ハヤカワ・ミステリ

JOHN HART

# アイアン・ハウス

## IRON HOUSE

ジョン・ハート

東野さやか訳

TOKYO HAYAKAWA BOOKS

A HAYAKAWA
POCKET MYSTERY BOOK

装幀／水戸部 功

ピート・ウルヴァートンとマシュー・シアに捧げる。

# 謝辞

この本の執筆中、逃げだしたくなったことが一度あった。迷いと落胆の時間が長引くことはよくある。なにひとつ思ったとおりにいかず、一枚も進まない。実際、そうしていてもおかしくなかった。さっさとあきらめて、ほかのものを書きはじめていたかもしれない。それを避けられたのは、最初の遠大な構想を読んで、これならいける、きみなら書けると励ましてくれた担当編集者のピート・ウルヴァートンと発行人のマシュー・シアのおかげだ。ふたりが信じてくれたからこそ何ヵ月もの長い執筆生活を乗り切ることができ、だから誰よりも先にお礼を言いたい。マシュー、ピート……きみたちの存在がなければ、この本が日の目を見ることはなかった。わたしを信じ、逃げだしそうになるのをとめてくれてありがとう。

同じく編集に携わってくれたアン・ベンソンとケイティー・ギリガンにもお礼を言いたい。その鋭い洞察力のおかげで、目を通してもらうたびに本がレベルアップしていった。本当にありがとう！ ピートにもあらためて礼を言おう。南部に足を運んでもらうたびに得る物があった。

『アイアン・ハウス』執筆に発破をかけてくれた出版社のみなさんには格別に感謝をしている。サリー・

リチャードソン、マシュー・シアア、トム・ダン……きみたちが数多くの本を担当していることは知っているが、この本にきみたちの視線が注がれているのはいつも感じていた。一冊の本の陰にきみたちの存在がなければ奇跡が起こることはめったにない。わたしの仕事を信じてくれてありがとう。

本書のマーケティングにおいては、いつものごとくマット・バルダッチがすばらしい仕事をしてくれ、部下のナンシー・トリプクとキム・ラドラムとローラ・クラークも同様だ。広報担当のスティーヴン・リーとドーリ・ワイントラウブは実にすばらしかった。ふたりの仕事ぶりに感謝する。とてもありがたく思っている。制作担当編集者のケネス・J・シルヴァー、制作部長のキャシー・トゥリアーノ、およびページデザインを担当してくれたジョナサン・ベネットにも感謝する。おかげで美しい本ができあがったが、わたしは美しい本がこのうえなく好きだ。わたしに恥をかかせまいと一生懸命に仕事をしてくれた校閲のスティーヴン・A・ローマンにも感謝したい。本書におけるまちがいはすべて彼ではなくわたしの責任だ。また、ぴったりの表紙をつくるために精力的に働いてくれた美術部のみなさんにも感謝しなくてはなるまい。たいへんな仕事だったと思う。いつものように、セント・マーティンズ・プレスおよびグリフィン・ブックスの勤勉なる営業担当者にはとくに大きな感謝の声を届けたい。ミッキー・チョートおよびエスター・ニューバーグのふたりには本当に世話になった。ふたりともとてもすばらしい代理人だ。

さらに、大親友のニール・サンソヴィッチにも感謝をしなくてはいけない。彼の純粋な心と常に変わらぬ楽天主義のおかげで、長かった日々に鬱々とせずにすんだ。きみの友情はかけがえのないものだよ、ニール。奥深い会話といい土をありがとう。

世界じゅうの出版社が本書の成功に尽力してくれているが、イギリスのチームは格別の感謝に見合う貢献をしてくれた。そこで、ローランド・フィリップス、ケイト・パーキン、ティム・ヘリー・ハッチンソンを始めとするジョン・マレー出版の全員に心からの感謝を捧げたい。おかげでわたしまでマレー・ファミリーの一員になれた気がする。

最後はもっとも大切な人々の番だ。小説家との同居生活に特有のむずかしさを理解できるのは、現役作家の家族だけだろう。執筆には時間がかかる。どうしても心ここにあらずになり、仕事時間も不規則になりがちだ。その過程は必ずしも楽しいものではなく、妻のケイティと娘のセイラーとソフィーには、深々と頭をさげて感謝の意を表したい。きみたちがいなければ、わたしは終わりだ。

# アイアン・ハウス

## おもな登場人物

**マイケル**……………………………殺し屋
**ジュリアン**…………………………マイケルの弟。児童書作家
**エレナ**………………………………マイケルのガールフレンド
**オットー・ケイトリン**………犯罪組織のボス
**ステヴァン**…………………………オットーの息子
**ジミー**………………………………組織の幹部
**ランドール・ヴェイン**………上院議員。ジュリアンの養父
**アビゲイル**…………………………ランドールの妻。ジュリアンの養母
**ジェサップ・フォールズ**……アビゲイルの運転手兼ボディガード
**クローヴァーデイル**……………ジュリアンの担当医
**カラヴェル・ゴートロー**……上院議員の隣人
**ヴィクトリーン**…………………カラヴェルの娘
**アンドリュー・フリント**……アイアン・ハウスの経営者
**ヘネシー**
**ロニー・セインツ**
**ジョージ・ニコルズ**……アイアン・ハウスの孤児たち
**ビリー・ウォーカー**
**チェイス・ジョンソン**
**サリーナ・スローター**………謎の女

吹きすさぶ嵐に木々が大きくしなった。黒い幹は石のように硬くてごつごつとし、枝が雪の重みでたわんでいる。真っ暗な夜だった。木々の合間をひとりの少年が走り、転び、ふたたび走りだす。体温で解けた雪が服に染みこみ、やがてかちんかちんに凍りつく。少年の目にはすべてが黒と白に見えた。赤いところ以外は。

両手と爪の内側の赤。

子どもが持つべきでないナイフの刃に凍りついた赤。

一瞬、雲が押し寄せ、周囲は完全な闇に閉ざされた。

少年は木に激突してまたもや転び、鉄のような幹で鼻を血だらけにした。彼は起きあがると、膝、場所によっては腰ほども積もった雪のなかを駆けだした。枝に髪を引っ張られ、皮膚がすりむける。はるか後方から光が射し、森の口が呼吸したかのように追跡の音があふれ出た。

冷たい風に乗って聞こえてくる長々とした咆声……尾根の向こうの犬たち……

# 1

マイケルは目を覚まし、ベッドわきに置くのをやめた銃を手探りした。なにもない木の卓の上を指が滑ったとたん、はっとして起きあがった。肌が汗と氷の記憶でぬるぬるしていた。アパートメントはひっそりとし、街のざわめき以外なんの音も聞こえない。隣で眠る女がぬくもったしわくちゃのシーツのなかで寝返りを打ち、がっしりした彼の肩に手をのばした。「どうかしたの、スイートハート？」

あけっぱなしの窓にかかったカーテンから弱々しい光が射しこんでいた。マイケルは背を向けたままでいた。なかなか消えてなくならない少年を、あまりに深いところにあって彼女に知られていない心の傷を見られたくなかったのだ。「悪い夢を見たんだ、ベイビー」彼は女の丸い尻を探りあてた。「きみは起きなくていい」

「本当に？」枕で声がくぐもる。

「ああ」

「愛してる」彼女は言って静かになった。

マイケルは彼女が寝入ったのを確認してから床に足をついた。凍傷の古傷に触れる。両のてのひらと三本の指の先端は感覚がない。手をこすり合わせ、光にかざした。てのひらは大きく、指は長くて先にいくほど細い。

**ピアニストの指みたい**、とエレナはことあるごとに言う。

**太くて傷だらけだ**。そのたびに彼はかぶりを振る。

**芸術家の手だわ……**

彼女はそういう、楽天的なロマンチストのような言い方を好んでする。手指をほぐしていると、頭のなかでその言葉が、はずむような口調までが再現され、とたんに彼は自分を恥じる。多くをこなしてきたこの手だが、物作りとは無縁だった。立ちあがって肩をまわしていると、ニューヨークが具体的な形をともないはじめた。エレナのアパートメント。熱くなった舗道に降ったばかりの雨のにおい。ジーンズを穿き、あけっぱなしの窓に目をやった。夜が街にかざした真っ黒な手は、まだ灰色にもなっていない。目を落とすと、闇のなかで見るエレナの顔は青白く、眠っているせいで柔和にほころんでいる。彼女はふたりで寝ているベッドに身じろぎもせず横たわっていた。その肩に二本の指で触れる。温かい。街はこれ以上ないほど暗く深閑とし、息を吐ききったあとの無音の間のようだ。エレナの顔から髪を払うと、こめかみで命がリズミカルに力強く脈打っていた。その脈動に触れて、強さとたしかさを確認したくなった。とある老人が死の床に瀕している。その男が死んだら、連中はマイケルを殺しにくる。マイケルを苦しめるために彼女も殺す。エレナはなにも知らない。彼がどれほどのことをやってのけるのかも、彼が戸口にいかなる危険をもたらすのかも。しかし、彼女を守るためなら地獄に堕ちることもいとわない。

**地獄に堕ちる。**

**炎に焼かれて戻ってくる。**

それは生々しい事実だった。

ほの暗い明かりのなかで彼女の顔をのぞきこんだ。なめらかな肌に、ふっくらとした半開きの唇、黒いウェーブヘアは肩から下が砕け散る波のように広がっている。彼女が寝返りを打ったのを見て、暗い思いが、事態は上向く前にいっそう悪化するという経験則がこみあげた。少年の時分から、暴力はにおいのように彼につきまとってきた。それが、彼女にまでつきまといはじめた。これまでやってきたように、彼女のもとを去るべきだ、おのれの問題を抱えて姿を消すべきだという考えが頭をかすめる。むろん、以前にもそうしようとはした。一度ならず百度も。しかしそのたびに決心がゆらぎ、確信だけが強まるのだった。

この女なしでは生きていけない。

大丈夫、なんとかなる。

マイケルは指で髪を梳きながら、ふたたび考える。なぜここが突きとめられたのか。なぜ事態がこれほど急速にこじれてしまったのか。

窓のそばに行って、下の路地がのぞける程度にカーテンをめくった。車はまだ、遠くの暗がりに真っ黒な影となってひそんでいる。ぼんやりした街灯の明かりがフロントガラスに反射しているせいで、奥までは見通せないが、乗っている連中のひとりは誰だかわかる。その男は存在そのものが脅威であり、だからマイケルは言いしれぬ怒りを覚えた。おやじさんに話をつけた以上、それが尊重されるものと思っていた。マイケルはいまも言葉に重きを置いている。

約束。

掟。

最後にもう一度エレナを見やり、サイレンサー付きの四五口径を隠し場所からそっと出した。冷たい感触で、手にしっくりなじむ。装塡を確認し、愛する女に背を向けながら苦々しく顔をゆがめた。こんなことから足を洗って、自由になれるはずだったのに。彼はいま一度、黒い車の男に思いをめぐらせた。

八日前まで、ふたりは兄弟も同然だった。

ドアから出る寸前、エレナがマイケルの名前を呼んだ。彼は一瞬足をとめ、銃を置いて忍び足で寝室に戻った。彼女は仰向けの姿勢で片腕をわずかにのばしていた。「マイケル……」

そう言いながら唇をほころばせた。夢を見ているのかもしれない。彼女が寝返りを打ち、ぬくぬくしたべッドのにおいが立ちのぼった。彼女の肌と洗い髪のにおいも混じっている。それは家庭と未来のにおいであり、いまとは異なる人生を予感させるものだった。少しためらってからエレナの手を握ると、彼女は言った。

「ベッドに戻って」

マイケルはキッチンをのぞきこんだ。二挺の銃は、黄色いペンキ缶の隣にある。エレナの声はか細かったから、いま彼が出ていっても、坂を転げるように眠りに落ちて、なにも覚えていないにちがいない。こっそり外に出て、よく心得ていることをやればいい。あの連中を殺せば、事態はますます悪化するし、ほかの人間が取って代わるだけなのはわかっているが、こっちの意思が伝わる可能性はある。

伝わらない可能性も。

視線をエレナから窓へと移動させた。窓外の夜は真っ暗で、ぴんと張りつめている。車はまだとまっていた。昨夜も、その前の夜もそうだった。連中としても、おやじさんが生きているうちに仕掛けるつもりはなく、ただ揺さぶりをかけているだけだ。やつらの目的は威嚇することであり、マイケルの全身は威嚇し返すことを望んでいた。ゆっくりと息を吸い、望ましい自分の姿を思い描いた。エレナがそばにいて、ふたりでつくりあげる世界には暴力のかけらもない。だが、マイケルはなによりもまず現実主義者だ。だから、握った手から彼女の力が抜けたとたん、頭は希望だけでなく、報復と抑止をも思考しはじめた。古い詩がふと浮かんだ。

**黄色い森のなかで道がふたつに分かれていた……**

マイケルはいま、岐路に立って選択を迫られている。寝床に戻るか、銃を手にするか。エレナか下の路地か。未来か過去か。

エレナがまた彼の手を握ってきた。「愛して、ベイビー」彼女が言い、マイケルが選んだのはそれだった。死ではなく生を。

人があまり通っていないほうの道を。

夜明けのニューヨークは灼けるような暑さだった。二挺の銃はしまいこまれ、エレナはまだ眠っている。マイケルは窓台に足をのせて腰かけ、無人の路地を見おろした。連中は五時をまわったころにいなくなった。路地からバックし、クラクションを一度だけ鳴らして監視の終了を告げた。マイケルを起こすか怯えさせるつもりだとしたら、まったくの空振りだった。彼は三時から起きていたし、気分は上々だった。マイケルは黄色いペンキが点々とついた指先に目をこらした。

「なにをにやにやしてるの、ハンサムさん」彼女の声に驚いてマイケルは振り返った。エレナは気怠そうにベッドに起きあがると、長い黒髪を顔から払った。シーツが腰のところまで落ちた。マイケルは無防備に幸せをかみしめていた自分を恥じながら、床に足をおろした。

「考えてただけだ」彼は答えた。

「わたしのこと？」

「あたりまえじゃないか」

「嘘つき」

彼女は皺《しわ》がついたままの顔で笑っていた。背中を弓なりにそらし、真っ白になるほど小さな手を握ってのびをした。「コーヒーはいるかい？」マイケルは訊いた。

彼女は枕に頭を戻し、満足そうな声を漏らした。

「あなたって最高」

「待ってろ」マイケルはキッチンに引っこむと、マグに温めたミルクを、つづいてコーヒーを注いだ。エレナの好きな飲み方、ハーフ・アンド・ハーフ。カフェオレ。完全にフランス風。寝室に戻ると、彼女は彼のシャツをはおり、袖を無造作にまくって細い腕をさらしていた。彼はコーヒーを差し出した。「いい夢でも見たのか？」

彼女は目をきらきらさせてうなずいた。「とってもリアルないい夢だった」

「へえ？」

彼女はベッドに沈みこみ、さっきと同じ、満足の声を漏らした。「いつか必ず、あなたより先に起きてみせる」

マイケルはベッドのへりに腰をおろし、彼女の土踏まずに手を置いた。「ああ、きみならできるさ、ベイビー」エレナは朝に弱く、マイケルはめったなことでは五時間以上眠らない。彼女が彼より先に起きだすのは不可能に近い。コーヒーを口に運ぶエレナを見ながら、彼女のすみずみまでを目に焼きつけていく。あえて無色のマニキュアを塗った爪、長い脚、肌の唯一の欠点と言える頬の小さな傷。眉は黒く、茶色の瞳は光の加減で蜂蜜色にも見える。しなやかでたくましく、どこから見ても美しいが、マイケルがなによりすばらしいと思うのはそれではない。エレナはどんなに些細なことにも喜びを見出せる。ひんやりしたシーツにもぐりこむときの、あるいは初めての食べ物を口にするときの感覚を楽しみ、外に出ようとドアをあけるたびに期待に胸をふくらませる。どの一瞬も、前よりすばらしいはずと固く信じている。性善説を信奉し、白茶けた世の中を明るく見せてくれる存在だ。

彼女はまたコーヒーに口をつけた。手についたペンキに彼女が気づいた瞬間をマイケルの目がとらえた。カップが口から遠ざかった。「もうペンキを塗っちゃったの？」

彼女は怒った声を出そうとしたが失敗し、彼は彼で肩をすくめて質問をやり過ごそうとしたものの、顔のそこかしこがゆるんでくるのを抑えることができなかった。彼女はふたりでペンキを塗る光景――笑い声とこぼれたペンキ――を思い描いていたが、マイケルはがまんできなかったのだ。「うれしくてしょうがなかったんだ」彼は言いながら、廊下の先にある小部屋の壁にさっき塗った黄色いペンキを思い浮かべた。ふたりはその部屋を第二寝室と呼んでいるが、実際にはウォークイン・クロゼットをちょっと大きくした程度だ。縦に細長い窓にはすりガラスがはまっている。午後になって陽が射せば、黄色が金色となって光り輝くことだろう。

エレナはコーヒーをおろし、背後のなにもない壁に背中を押しつけた。膝でシーツがテントのように盛りあがる。「ベッドに戻って。朝ごはんを作ってあげる」

「遅かったな」マイケルは腰をあげ、ふたたびキッチンに引っこんだ。すでに花瓶には花がいけてある。フルーツはもう切って、ジュースも注いである。それに焼きたてのペストリーをプラスし、トレイにのせて運んだ。

「ベッドで朝食?」

マイケルは言葉につまって、すぐには答えられなかった。「母の日のプレゼントだよ」ようやくそれだけ告げた。

「母の日はまだ……」エレナは言葉を切り、そこでやっとわかった。

きのう、彼女は彼に妊娠を告げたのだった。

十一週目だと。

ふたりは午前の大半をベッドで本を読んだり、話をして過ごした。そのあとマイケルは、混雑するランチタイムの準備があるというエレナを職場まで送った。彼女は日焼けした肌と濃い色の目を引き立てる黒いシンプルなワンピースを着た。ヒールのある靴を履き、五フィート七インチの身長でダンサーのように歩く姿はとても優雅で、隣にいるジーンズに頑丈なブーツ、着古したTシャツ姿のマイケルが無骨でぎこちなく、場違いに見えてしまう。だがそれこそがエレナの知るマイケルだった。無骨で貧しく、いまは学業を中断しているが、いつかは復学する夢を捨てていない学生。

その嘘がすべての始まりだった。

ふたりは七カ月前、ニューヨーク大学近くの街角で出会った。周囲に溶けこんだ服装とまじめくさった顔で仕事中だったマイケルは、美人に声をかける余裕などなかったが、彼女のスカーフが風で飛ばされたのを見て思わずキャッチし、自分でもびっくりするほど仰々しい身振りで返してやったのだった。なぜ突然ひょうきん者に変身したのか、いまもってわからないが、彼女はそれを見て大笑いし、尋ねると名前を教えてくれた。

**カーメン・エレナ・デル・ポータル。**

**エレナと呼んで。**

彼女は口もとにうっすらと笑みを浮かべ、目をきらきらさせながら答えた。かさかさの指とあけすけに値踏みするようなまなざし、スペイン語のように聞こえるしゃべり方をいまもありありと覚えている。彼女はもつれた髪を右耳にかけ、屈託のない笑顔を浮かべてマイケルが名乗るのを待っていた。彼はよっぽど立ち去ろうかと思ったが、踏みとどまった。恐れることも疑うことも知らない、彼女の温かな人柄に惹かれたからだ。かくして火曜日の午後二時十五分、マイケルは過去のあらゆる教訓に逆らい、自分の名を告げた。

本名を。

とても軽いシルクのスカーフは、猛烈ないきおいでふたりの人生に舞いおりた。コーヒーでもという誘いは、やがて狂おしいほどの思いへと発展したが、それに対し彼はまったくの無防備だった。かくしてマイケルは、彼のことをわかっているつもりで実はまったくわかっていない女性と愛し合っている。変わろうと努力はしているが、殺しは容易だ。対して、やめるのはむずかしい。

勤め先に向かう途中、エレナが彼の手を取った。

「男の子、それとも女の子?」

「なんだって？」誰もが普通にする質問だったが、マイケルは二の句が継げなかった。足をとめると、通行人がふたりをよけていった。彼女が小首をかしげた。

「男の子と女の子、どっちがいいと訊いたの」

彼女の目が、本の世界でしか知らない満足感のようなもので輝いた。初めて会った日の彼女を見る思いがするが、あのときよりもいっそう表情が輝いている。空はあのときと同じ色調の青で、明るさも効果も同じだ。マイケルは口をひらき、心の奥底にしまっていた言葉を発した。「おれと結婚してほしい」

彼女は笑った。「それだけ？」

「ああ」

彼女はマイケルの頬にてのひらをあてた。もう笑っていなかった。「いいえ、マイケル。あなたとは結婚しない」

「どうして？」

「まちがった理由でプロポーズしてるから。それにまだ時間はあるもの」彼女は彼に口づけた。「それもたっぷりと」

それについては彼女はまちがっていた。

エレナは〈シェ・パスカル〉という高級レストランのウェイトレスだった。彼女は美人で三カ国語を話せた。八日前、店のオーナーは彼女に頼みこまれて、マイケルを皿洗いに雇った。マイケルはアルバイトをくびになったから、新しい勤め先が見つかるか、学生ローンの審査が通るかするまでのあいだ、つなぎの仕事が必要なんだという話を彼女にしたのだが、アルバイトも学生ローンもそもそもなく、何千という嘘がただよう海にあらたな嘘をふたつ足しただけのことだった。しかし、どうしてもエレナのそばについている必要があった。おやじさんが息をしているあいだは、誰もマイケルに手を出してこない。しかしエレナに関してはそんな保証はない。連中がおもしろ半分に殺すこともありうる。

　レストランの二ブロック手前でマイケルは言った。

「家族には話したのか？」

「妊娠のこと？」

「そうだ」

「話してない」声に感情がにじみ出ていた――悲しみと不快感。

　エレナの家族がスペインにいることはマイケルも知っているが、めったに話を聞かない。写真は一枚もなく、手紙もなかった。一度電話がかかってきたことがあるが、マイケルが受話器を差し出すとエレナはすぐに切ってしまい、おまけに翌日、番号を変えた。家族のことにしろ過去のことにしろ、マイケルは答えを強要しなかった。一ブロック進んだところで、彼女が彼の手を取った。「キスして」彼女に言われ、マイケルはキスをした。唇が離れると、エレナは言った。「あなたがわたしの家族よ」


　レストランの入口には青い日よけの細い影が落ちていた。少し前にいたマイケルはドアの瑕に気づき、それを見せまいとしてエレナの向きを変えた。しかし、ドアに背を向けても、頭に焼きついたイメージは去らなかった。ささくれた扉、マホガニー色のペンキから盛りあがる白い破片。すべて背の高さの一部に集中しており、半径三インチの円内に四発が撃ちこまれていた。マイケルには襲撃の模様が手に取るようにわかった。縁石にとまった一台の車。サイレンサーつきの銃。エレナのアパートメントから車で六分とかからないから、けさの五時ちょっと過ぎのことだろう。道路は閑散とし、人通りもない。小口径の、軽くて正確な銃だろうとマイケルは推測した。二二口径か二五口径。ドアにもたれると、シャツごしにささくれた木を感じ、目の奥で冷たい怒りがたぎりはじめた。彼はエレナの手を取った。「ニューヨークを離れてほしいと頼んだら、言うとおりにしてくれるか？」

「仕事があるもの。それに生活だって……」

「おれがこの街を離れざるをえなくなったら」彼は再度尋ねた。「一緒に来てくれるか？」

「ここがわたしたちの住む場所よ。わたしたちの子どもはここで育てたい……」彼女は言葉を切り、ああ、そういうことねという表情をした。「この街で子育てをしてる人はいくらだって……」

マイケルがこの街は危険だと思っているのはエレナもうすうす感じている。彼は嘘という重荷に耐えきれず、顔をそむけた。ここに残り、来るべき抗争に飛びこむか、真実を告げて彼女を失うか。「あのな」彼は言った。「きょうは少し遅れる。ポールにそう伝えてくれ」ポールとはこのレストランのオーナーだ。彼は路地に車をとめているから、ドアになされた襲撃の痕はまだ見ていないはずだ。

「休むの？」

「少し遅れるだけだ」

「この仕事はわたしが紹介したのよ、マイケル」めずらしく怒りをのぞかせた。

マイケルはてのひらを上に向けた。「きみの鍵を貸してくれ」

エレナは不承不承、ポールから預かっている鍵を渡した。マイケルはレストランのドアをあけ、彼女が入れるよう押さえてやった。「どこに行くつもり？」彼女は訊いた。

顎を突き出し、まだむっとした様子だ。マイケルは彼女の頬に触れ、きみの命を守るために殺すか殺されるかの戦いをしにいくのだと答えたかった。この街を火の海にするつもりだと。「すぐ戻る」彼は言った。

「レストランから出るなよ」

「やけに秘密めかすのね」

「やらなきゃいけないことがある」彼は言った。「生まれてくる子どものために」

「本当なの？」

マイケルは彼女の腹のふくらみに手を置き、こんな日々を終わらせる荒っぽい方法をいくつも思い描いた。
「本当だ」
その言葉は嘘ではなかった。

## 2

潮時だ。その言葉がいつからあったのかマイケルにはわからなかったが、歩いているあいだ頭を離れず、コンクリートに響く靴音と調和していた。彼としてはきちんと敬意を持ってやったつもりだった。誠意をつくしたつもりだった。

**だがもう潮時だ。**

タクシーをつかまえ、アルファベット・シティにある住所を運転手に告げた。目的の場所に着くと、仕切りガラスごしに五十ドルを押しやり、待っているようにと頼んだ。

マイケルのアパートメントはエレベーターのない建物の三階にあり、寝室はふたつ、窓には鉄格子がはまり、頑丈な鉄の扉がついていた。エレナはここには来たことがなく、これから先も来させるつもりはない。予備の寝室のクロゼットにライフル、拳銃、防弾チョッキ、大量の現金が隠してある。長い棚にはナイフや飛び道具類、鋭く光るコイル状の針金が並んでいる。言い訳するのに苦労しそうな代物ばかりだ。

警報装置を解除して広いリビングルームを突き進んだ。高い窓から昼の陽光が射しこんでいたが、それによって照らし出されたものには目もくれなかった。壁一面の本、上質な家具、複製でない美術品。奥の短い廊下に向かい、武器一式をおさめた部屋を通りすぎ、その先の寝室に入った。ベッドは大きかったが、飾り気がなく質素なもので、整理簞笥の上に一枚だけ持っている写真があった。ガラスにはさまれたその写真は色褪せてぼろぼろで、土がところどころ見えている雪原を背景にふたりの少年が写っていた。マイケルはフレームから写真を抜き取り、それを持ってクロゼットに向かった。この写真はたったひとつの真に大事な持ち物だった。

クロゼットの前でマイケルは着ているものをすべて脱ぎ、山にした。シーダー材の長い棚からイギリス製の型押しの靴を、二十着あるなかからあつらえたスーツを選んだ。スーツもイギリス製でシャツも同様だ。クリーム色のシャツに袖を通し、訪問理由に見合った濃い色のネクタイを締めた。おやじさんは上等なスーツを好む。彼はそれを尊敬のあらわれと見なし、マイケルも同じ考えだった。上着の内ポケットにさっきの写真をおさめると、タクシーに戻り、運転手にあらたな行き先を告げた。北へ、次に東に進み、川と五〇丁目台後半の道路とが接する界隈を目指した。金があってプライバシーを守りたいなら、サットン・プレイスこそ地元と呼ぶにふさわしい。著名人や政治家が住み、ミラーガラスのついた長い車に誰も興味を示さない。おやじさんは死に場所に選んだ建物全体を所有している。川をのぞむ五階建てタウンハウスの住人の正体をFBIが把握しているのはまちがいないが、近所の人間には見当もついていない。それが大事な点だ。さんざんマスコミに叩かれ、何度となく法廷に立たされ、四十七年にわたって白い目で見られてきたおやじさんは、静かに逝くことを望んでいた。

マイケルにはその気持ちがわかる。

家の前を通りすぎ、まるまる一ブロック先、六〇丁目のかつてヘリポートだった場所の近くでとめさせた。そこはいまはドッグ・ランになっていて、タクシーを降りると身なりのいい女たちが子犬を遊ばせながらおしゃべりに興じていた。女のひとりが彼に気づいて仲間になにか言い、三人はタクシーに金を払うマイケルのほうに首をめぐらせた。マイケルは会釈すると、目的の家の前を二度通りすぎた。最初は南に、次は北に戻りながら。玄関前の通路は奥の身内用駐車場に通じている。マイケルはドアの前で足をとめ、両のてのひらをかざし、四隅と中央扉の上に設置された防犯カメラをひとつひとつ確認した。三階の窓の向こうで人が動く気配がした。一階でもカーテンが揺れた。

意を決してノックすると、しばらくしてドアが大きくあき、四人の男が現われた。そのうちふたりは、わざわざ名前を覚えてやるほどもない下っ端だった。二十代で、濃い色のズボンにシルクのような光沢のあるシャツを着て、背広をはおっている。ひとりはガムを嚙み、ふたりとも、銃を持ってることをマイケルにほのめかす必要があると言わんばかりに、上着のなかに手を入れて立っていた。髪をてかてかになでつけ、ほっそりした顔は怯えていた。彼らはマイケルに関する逸話や、彼が過去にしてきた仕事についていろいろと聞かされていた。ファイターで殺し屋、もはや殺しをやる必要もほとんどないほど各方面から恐れられているストリートの貴公子。彼がいるだけで充分だった。その名前だけで。名前そのものが脅威だった。

三人めの男は初めて見る顔で、若く物静かで痩せぎすだったが、最後のひとりはよく知っている。

「やあ、ジミー」

ジミーはマイケルより一インチ背が高いが体重は三十ポンド少なく、肩幅が狭く、ミイラかと思うほど痩せている。暗緑色のズボンと起毛加工したベルベットの上着でめかしこみ、四十八歳にして頭頂部がややさびしく、うぬぼれが強い性格ゆえ、そのことをひどく気にしている。長年のつき合いから、マイケルはこの男の腕と胸に十以上もの傷があるのを知っている。ナイフ傷。嚙まれた痕。弾痕。十八年前、彼は大の男が腰を抜かすほどのことをやってみせた。当時マイケルは十五歳、非情ではあったが残酷ではなかった。かたや、ジミーは残酷の権化だった。メッセージと恐怖の達人であり、根っからの残忍なサディストで、いまだにマイケルが知るなかでもっとも危険な男だ。

「入らせてもらっていいか?」マイケルは訊いた。

「いま考え中だ」

「だったら、さっさと考えてくれ」

ジミーは複雑な男で、食欲とうぬぼれと自衛本能が三分の一ずつ同居している。彼はマイケルを高く評価しつつも、好意は抱いていない。ジミーはいわば肉屋で、マイケルは外科医。そのちがいがトラブルを生む。要はプライドの問題であり信条の問題だった。

ふたりはさんざん視線をからませ合ったが、やがてジミーは言った。「好きにしろ」

ジミーが一歩さがり、マイケルは薄暗い家に足を踏み入れた。玄関の間はだだっ広く、床は黒と白の大理石で、赤いカーペットを敷いた階段が両側からゆるやかなカーブを描き、十二フィート上の踊り場で合流している。右手の空間はビリヤードルームで、目をこらすとその向こうの応接室とさらに奥の小さな書斎が見えた。奥のほうで人の気配がし、長テーブルに並んだ料理、四人以外の男たちと銃が垣間見え、マイケルはそこで連中が待機しているのだと知った。おやじさんが死ぬのを固唾をのんで待っているのだと。

「おやじさんに会わせてほしい」

「おやじさんでもおまえの命は救えない」

「そんなことは頼んでない」

ジミーはかぶりを振った。「おまえにはがっかりだ、マイケル。さんざん恩恵を受けてきたってのに。チャンス。スキル。尊敬。おれたちが拾ってやったときは役立たずも同然だったくせして」

「あんたにそんなことを言われる筋合いはない」

「大ありだ」

マイケルは腹立ちを隠そうともしなかった。首をめぐらせてうしろの男たちに目をやり、すぐさまジミーに視線を戻した。「機会をあたえてくれたのはおやじさんであって、あんたじゃない。尊敬はおれが自分の力で勝ち取ったものだ。スキルの一部はたしかに最初はあんたに教わったかもしれないが、あくまで最初だけだ。それ以降は自分で身につけた」

「そうだとしても、おれがおまえを抜擢するよう手をまわしてやったんだ」

「下心があったからじゃないか」

「ずいぶんとえらそうな口をきくな」

「そっちこそ」

沈黙が流れ、やがてジミーがまばたきをした。マイケルは言った。「会わせろ」

「自分にその資格があると、まだ思ってるのか？」

「そこをどけ、ジミー」

ジミーは薄ら笑いを浮かべて肩をすくめ、それからうしろにさがってマイケルを奥まで入れた。シャンデリアの明かりのもとで見ると、ジミーがえらくぴりぴりと神経を尖らせているのがよくわかる。光を吸い寄せた黒い目はうつろで、マイケルが数えきれないほど見てきたのと同じ、ガラス内を真空にしたようなまなざしだった。死にゆく者が見せるまなざしと同じだ。

「おやじさんは抜けていいと言ってくれたんだ、ジミー。おれに手を出すなというお達しも出ている。おれには面会する権利があるはずだ」

ジミーは目をしばたたいて表情を消した。「いまの科白をステヴァンに言うんだな」

ステヴァンは三十六歳、コロンビア大学とハーヴァード大学の学位を持っているが、勉強熱心だからではなく、彼の名があまねく知られているこの街で社会的地位を確立するためだ。マイケルとおやじさんのひとり息子である彼は、かつては兄弟同然の親友だったが、いまやふたりをつなぐ橋は焼け落ち、煙と瓦礫と化している。マイケルが抜けると宣言して八日が過ぎた。

一週間と一日。変化の時。

「兄貴はどうしてる？」マイケルは皮肉で怒りを覆い隠した。ステヴァンの愛車は黒のアウディで、グローブボックスに二五口径が入っているのをマイケルはちゃんと知っている。

「ステヴァンがどうしてるかって？」ジミーはマイケルの質問をまね、その言葉を舌の上で転がして味わった。「弟分は組織を裏切り、親父は死にかけてる。それでやつがどうしてると思う？」

「過ちをおかしてまわってると思うね」

「そんなことはおれが許さん」

「けさの五時、あいつはどこにいた？」

ジミーは肩をまわし、口をへの字に曲げた。「ステヴァンが赦してやると言ったのは——これで何度めだ？　三度？　それとも四度か？　とにかく思い直せ。組織に戻れ」

「状況が変わったんだ。おれは抜けたい」

「だったら、やつが取るべき道はひとつだな」

〈シェ・パスカル〉のドアについた弾痕が脳裡によみがえった。二発連射の穴がふたつ。頭の高さ。「個人的な恨みじゃないんだな？」

「そうとも」

「父親の意思はどうなる？　この組織をゼロから築きあげた男。おまえをゼロから鍛えあげた男。あの人の気持ちはどうでもいいのか？」

「息子は親父じゃないんだぜ」

彼の目に一瞬だが皮肉るような表情が浮かんだ。おやじさんの命令でマイケルは十五のときにジミーの弟子となり、その立場からジミーのうぬぼれを映す鏡となった。ジミーはマイケルを指してよくこう言った。「おれが仕込んだ手下を見てくれよ」おやじさんの事業はふたりの現場仕事のおかげで拡大した。ジミーひとりのときもそれなりに効果はあったが、ふたりが組んで以降とは比較にならなかった。

彼らはふたつの川にはさまれた地域を殺しによって牛耳り、北から南、さらには州境を越えてニュージャージーにも手をのばした。ロシアン・マフィア。セルビア人。イタリア人。相手は誰でもかまわなかった。おやじさんに逆らう者がいれば始末した。だが、これだけの歳月をへてもなお、ジミーにとってマイケルは殺しの道具でしかなかった。

使い捨ての。

マイケルはジミーから視線をはずし、初めて見る男へと移した。男はジミーの右肩三フィートうしろに立っていた。麻のズボンに、固く引き締まった筋肉が浮き出るほどぴったりしたゴルフシャツを着た男。「そいつは何者だ？」マイケルは訊いた。

「おまえの後釜だ」

マイケルは喪失感とも傷手ともちがう、またひとつ絆が断たれた痛みを感じた。男をじっくりとながめまわし、さっきは見逃した些細な点に目をとめた。両腕にうっすらと傷があり、一本の指だけ爪がない。背の高さは六フィートほどで、顔立ちはどことなくスラヴ系を思わせ、目と目が離れすぎて頬がのっぺりと広い。

マイケルは一度肩をすくめ、無視を決めこんだ。「おれは信頼してくれる相手に刃向かったりしない」とジミーに向かって言った。「そうか？　あの女とはいつからのつき合いだ？　三カ月か？　一年か？」

「そんなことは関係ない。私生活のことだ」

「関係あるんだよ。八日前になってようやくおれたちに打ち明けたんだからな。おまえは女の存在を隠していた。おれたちに隠し事をするのは、おれたちの秘密をばらすも同然だ。コインの裏と表の関係だよ。秘密。信頼の欠如。優先事項」

「絶対に刃向かわないと言ったろ」

「だが、おまえは選んだ」

「おやじさんも選んだ。おれを抜けさせるという道を」

「おやじさんもやきがまわったんだろうよ」

そう言ったのはマイケルの後釜――かすかに訛《なま》りのあるぶっきらぼうな声――で、本人の家にいながらなんと不遜なとマイケルは耳を疑った。スラヴ人を一瞥《いちべつ》してからジミーを穴があくほどにらみつけ、相手が目を合わせてくるのを待った。「あんたはもっとちっぽけな理由で殺しをやったよな」マイケルは言った。

ジミーは小指の爪をさりげなくいじってから口をひらいた。「それについては否定しない」

「彼に会わせろ」マイケルはざらついた声を出した。ここにいる全員がおやじさんの恩を受けている。これだけのものを手に入れたのも、いまの自分があるのもひとえにおやじさんのおかげだ。おやじさんに敬意を払えば、おやじさんも敬意を持って応える。それが昔気質のまっとうな流儀というものだ。

ジミーもある程度は同意見だった。「抜けるのは許されない。昔からそうだった。それを認めるとはおやじさんもばかなことを言ったもんだ」

「ボスはあの人だ」

「いまのところはな」

マイケルは心臓が二度脈打つあいだ、その言葉の意味を考えた。「ゆうべ、車に乗っていただろ。ステヴァンと」

「ドライブにもってこいの夜だったもんでね……」

「このげす野郎」

ジミーはマイケルの怒りに気づくと、前のめりになって顔をぐっと近づけた。ふたりのあいだには、どっちがどっちを殺すかという長年にわたる問題がある。ジミーの目がきらりと輝き、冷酷な笑みがうっすらと浮かんだ。彼はいま、その勝負に決着をつけたがっている。マイケルは悟った。簡単に抜けるのは無理だ。情熱を持てなくなった人生からすんなり抜ける方法はない。この事態を個人的なものととらえている人間が多すぎる。

ホルスターの銃にかけた手に力がこもり、その状態が延々とつづいた。しかし、それが断ち切られるより先に、上で人の気配がし、踊り場に看護師が姿を現わした。四十代で、ジミーをひとまわり小さくしたような風采だが、女であることはなんとなくわかる。振り返って頭をそらしたジミーに彼女は言った。「どなたがお見えかと旦那様がお尋ねです」

「おれから話す」ジミーは言うと、冷酷な表情になってマイケルを振り向いた。「ここで待て」それから若いスラヴ人に合図した。「こいつを見張ってろ」

「ステヴァンはどこだ?」マイケルは問いかけた。

ジミーは一瞬だけ薄くほほえんだが、それをのぞけばマイケルの質問を無視したも同然だった。彼は軽い足取りで階段をのぼっていき、おりてくると言った。

「おやじさんがおまえに会いたいとよ」マイケルは階段のほうに歩きかけたが、ジミーがそれを制した。

「そのままじゃ行かせるわけにはいかない」彼がお茶を混ぜるかのように指をまわすのを見て、マイケルは両腕をあげ、身体検査を受けた。ジミーはマイケルの脚から股間、次に腕から手首を調べた。それから服の上から胸を、つづいて背中をなで、上着とシャツの襟に指を這わせた。

「こんなこと、必要ないだろう」マイケルは言った。

ジミーは下から上へと視線を移動させたのち、一点にとどめた。「もう、おれの知ってるおまえじゃないからな」

「いままでだって、知らなかったくせに」

手首を軽く叩かれた。「いいだろう。あがれ」

二階にあがると、緑色を帯びたモニターがずらりと並ぶナースステーションが目に入った。ケーブルがくねくねと階段下にのび、モニターをのせたテーブルの下を這っている。さっきの看護師が床に足をきちんとつけてすわり、モニターにかじりついていた。奥の小さな部屋では、鉄色の髪の司祭が目を軽く閉じ、膝の上で手を交差させた恰好でふかふかの椅子に腰かけていた。よく磨かれた靴を履き、首のところに白いカラーがのぞく黒い衣装に身を包んでいる。看護師が顔をあげたのを見てマイケルは声をかけた。「もう長くはもたないのか?」

看護師がジミーに目を向けると、彼はかまわんと言うようにうなずいた。「すでに二度、蘇生措置を講じました」

「なんだと?」マイケルの怒りが燃えあがった。おやじさんは死にたがっている。それを蘇生とはむごすぎる。「どうしてだ?」マイケルは問いただした。「なぜそんな措置をした?」

看護師はジミーの顔をうかがった。「息子さんが――」

「息子が決めることじゃない! おやじさんははっきりと意思を表明している。もう心の準備ができてるんだ」

看護師は両手をあげ、震えあがった。「わたしはただ――」

マイケルは彼女の言葉をさえぎった。「痛みはどの程度ある?」

「モルヒネがほとんどききません」

「量を増やしてやれないのか？」

「増やしたら死んでしまいます」

「意識ははっきりしてるのか？」

「あったりなかったりです」

マイケルは司祭をにらんだ。相手は怯えた表情でにらみ返してきた。「あとどのくらいもつ？」

「数時間か数週間か。ウィリアム神父様は五日前からつめておいでです」

「会わせてほしい」マイケルは返事を待たず、次の踊り場まで移動し、大きな両開きドアのわきで足をとめた。ジミーがそのドア枠に肩をもたせ、ベルベットの上着から糸くずを払った。マイケルは言った。「ひどいことをしやがって。おやじさんは死にたがってるんだぞ」

「ステヴァンが決めたことだ。口出しするな」

「いやだと言ったら？」


ジミーは肩をすくめた。

「なにもおまえに盾突こうってわけじゃない」マイケルは言った。「おれはただ抜けたいだけだ」

ジミーはもう片方の袖を調べた。「抜ける方法はひとつしかない。おまえだってわかってるはずだ。おやじさんが死んだら、次はおまえの番だ。それがいやなら、信頼を取り戻すためにおれたちを説得するんだな」

「だったら方法はふたつじゃないか」

ジミーはかぶりを振った。「ひとつは抜ける方法で、もうひとつは出戻る方法だ。まったくの別物だろうが」

「おまえらを説得しろと言うが、具体的にはどうすればいいんだ？」

ジミーはトカゲのような緩慢なまばたきをした。

「女を殺せ」

「エレナは妊娠してるんだぞ」

「いいか、よく聞け」ジミーは顔をぐっと近づけた。「おまえが見当ちがいな責任感を抱いてるのはわかってるけどな、おやじさんはもう長くはないんだ」彼は家全体と、下にいる男たちを示す仕種をしてから、声を落としてつづけた。「ステヴァンじゃこれら全部を統率するのは無理だ。優柔不断で情にもろいところがあるからな。おれたちとは人間の出来がちがう」彼はその言葉の意味が伝わるのを待った。「おまえをおれの右腕にしてやってもいい。分け前と現場の指揮権をやろう」

マイケルは首を振ったが、ジミーの話は終わらなかった。

「おれひとりじゃ難癖つけてくるやつもいるだろうが、おれたちふたりが相手となれば、どいつもわざわざ——」

「興味がない」

「おやじさんがおまえに目をかけてたのは全員が知ってる。現場も納得するさ。配下の連中もな。だから一緒にやろう」

「彼女は妊娠してるんだ、ジミー」

ジミーは目を伏せた。「おれの知ったことじゃない」

「とにかく抜けさせてくれ」

「抜けることは許されない」

「あんたを殺したくないんだ」

ジミーはドアノブに手をかけた。「殺せると思ってんのか?」

ドアを大きく押しあけ、薄笑いを浮かべた。

マイケルはおやじさんの部屋に入った。

## 3

マイケルが足を踏み入れると、ジミーは立ち去り、命の恩人と言っても過言でない死にかけている男とふたりきりになった。奥の窓までペルシャ絨毯がびっしり敷きつめられ、床から格天井《ごうてんじょう》までは十五フィートもある。明かりはひとつもついておらず、カーテンも一ヵ所以外はすべて引いてあるため、弱々しく射しこんだ光が椅子、ベッド、そのベッドに横たわる衰弱しきった男を照らしていた。薄暗いせいで細長い部屋はがらんとして見える。この部屋でマイケルは数えきれないほどの時間を過ごし、おやじさんが日々弱っていくのを何ヵ月にもわたって見てきたが、最後に見舞ってから八日で変化が棺にかける布のごとく広がっていた。息がつまるほど暑苦しい室内には、癌と苦痛、それに死を目前にした老人のにおいが立ちこめていた。

マイケルは部屋の奥へと歩を進めた。床を打つかつんかつんという靴音が、絨毯のところで無音に変わった。部屋は前と変わりなかったが、全長六フィートの十字架が壁にかかっていた。前に見た記憶はないと思ったが、その疑問を頭から締め出し、小さなベッドの手前で足をとめ、心から大切に思っている男を見おろした。皮膚に刺した針から液体が血管へと送りこまれている。着ている部屋着はマイケルが八年前にプレゼントしたものだが、そのせいで飢えた子どもかと思うほど痩せこけて弱々しい。しゃれこうべのような頭は骨が異様にきわだち、蠟に通した糸のように血管が浮き出ていた。目のまわりを濃い藍色の皮膚が囲んでいる。前歯が見えるほど唇を上下にそらしているのを見てマイケルは思った。やむことのない痛みが悪化し、ついには睡眠中にも襲ってくるようになったのだろうと。
しばらくなすすべもなく立ちつくし、やがて老人の手を取って椅子にすわり、壁の十字架を見あげた。おやじさんには信仰心のかけらもないが、息子のほうは信者を自称している。ミサには毎週出る。ステヴァンは数々の罪を犯しながら、自己欺瞞にからめとられた矛盾だらけの男。神を恐れながらも、意志が弱すぎて、暴力で手に入れたものを手放すことができない。金と権力。彼の名声と端麗な容姿にあらがえない、不健康な顔色のモデルや上流未亡人らがあたえる喜び。ステヴァンは悪名に酔いながらも、父親が悔悟の念を示さないことに苦しんでもいた。おやじさんが二度も蘇生措置を受けた理由はそこにあると、マイケルはにらんだ。改悛しない父が地獄に堕とされるのをステヴァンは恐れているのだ。あまりの偽善ぶりにマイケルはあきれた。行為と結果。選択は代価をともなう。おやじさんは自分が何者かをわきまえており、マイケルもそれは同じだった。

ベッド近くのテーブルから額に入った写真を持ちあげた。十七年前に撮ったその写真にはおやじさんとマイケルが並んで写っている。マイケルは十六歳で、肩幅は広いが痩せこけており、着ているスーツはそれを隠しきれていない。彼は笑顔で車のボンネットに寄りかかり、その肩におやじさんの腕がまわされている。おやじさんも笑顔だ。ふたりが寄りかかっている車は誕生日のプレゼントだった。一九六七年型コルベット。名車だ。

マイケルはおやじさんに見える場所に写真を置くと、立ちあがって北側の本の壁に歩み寄った。壁の端から端までを占める書棚には、おやじさんが三十年以上にわたって集めた本が並んでいた。ふたりとも古典が好きで、ここにある本は、ヘミングウェイやフォークナー、フィッツジェラルドなどの著作も含め、ほとんどが初版だ。マイケルは『老人と海』を手に取って、ふたたび腰をおろした。

ここの窓からは川と対岸のクイーンズの景色がのぞめる。おやじさんはあの地で娼婦の息子として生まれたが、母親は現金と、それで次にどの酒を買うかにしか興味のない女だった。地下の借家から一歩も出されず、何日もひとり置き去りにされ、風呂にも入れず、餓死寸前になる生活がつづいたが、七歳のときに孤児となった。あるときおやじさんはマイケルにこう言った。おれたちの人生が交差するまで、おれがいちばん悲惨な子ども時代を送ったと思っていた。だからおれとおまえは家族なんだ。おれたちが味わった孤独は誰にもわかりはしない。恐怖心も。それらがおれたちを賢くし、強くもしてくれたんだと。そしてステヴァンは、父親と強い絆で結ばれているがために、マイケルを憎んでいた。

しかしマイケルにはその絆が心のよりどころだった。それを失えば天涯孤独になってしまうからというよりも、ふたりの類似性に意義を見出していたからだ。おやじさんの幼少期を決定づけた愛情の欠如がどれほどのものであったか、息子のステヴァンですら把握していないからだ。おやじさんの脚に無数に残る傷はベビーベッドでネズミに嚙まれたものだということも知らなければ、指が欠けているのは母親が生きていたころに凍傷でやられたからだということも知らない。そういう話はマイケルだけが聞かされた。マイケルにしか理解できないからだ。一から十まですべて知っているのは彼だけだ。おやじさんがこの部屋を選んだ理由がその眺望にあり、この世で最後に目にするものが、地獄のような日を積み重ねてようやく抜け出したあの場所になるよう考えてのことだと気づいたのも彼だけだ。マイケルはそこに揺るぎのない美学を見出した。かつて死にかけた地下の借家は川を隔てた目と鼻の先でありながら、一生分も離れている。

太陽が高くなり、おやじさんの顔から光が消えた。

目があまりに落ちくぼんでいるせいで、マイケルにはあいた瞬間がわからなかった。さっきまでどこかに隠れていたのに、突然、落ちくぼんで血走った目が現われた。「ステヴァンか？」

「マイケルです」

苦しそうに小さくあえぐのに合わせて薄い胸が上下し、マイケルは痛みがさらに深く食いこんだのを察した。目尻のあたりに皮膚が集まり、眉根が中央に寄っている。「マイケル……」老人の口が動いた。まだ首のところに射していた陽光を受けてなにかが光り、彼が泣いているのに気づいた。「頼む……」

懇願されたことから目をそむけた。おやじさんは何カ月も前から、死なせてほしい、痛みがひどくてたまらないと訴えていた。しかしステヴァンは聞き入れなかった。ステヴァン。自分の息子。だからおやじさんは苦しみながら病にむしばまれていった。数週間が数カ月となったところでおやじさんは懇願した。

懇願したのだ。

そして八日前、マイケルはエレナの存在を打ち明けた。仕事よりも生活が大事になったから、組織を抜けてまっとうな人生を歩みたいと告げた。おやじさんは苦痛にゆがんだ目で見つめながら話に耳を傾け、病人なりに大きくうなずいた。貴重な人生がどんなものかはわかっていると彼は言った。貴重。腕をがっちりとつかまれた。**短いんだ！** その言葉が唇のすぐ上をただよっているうちに、おやじさんはマイケルを大切に思っていると告げた。

**実の息子同然に思っている。**

おやじさんはつかんだ手に力をこめ、マイケルを引き寄せた。

**わかったか？**

そこまで言うと彼はいきなり咳きこみ、ふたたび話せるようになると、組織を抜けて思いどおりの人生を歩めと言い、その見返りにおれを死なせてくれと頼んだのだった。その要望にあてこすりは微塵もなく、苦しみがあるだけだった。そしていま、彼は同じことを頼んでいる。

「できない」

言葉だけではとても足りず、マイケルは顔を伏せた。これまで数えきれないほど人を殺してきたから、そのくらい造作もない。軽く圧迫するだけでいい。数秒間ほど。しかし、おやじさんに拾われた日のことがよみがえった。スパニッシュ・ハーレムの橋の下で生きるか死ぬかの喧嘩をしていたときだった。ホームレスと暮らす威勢のいいガキがいると聞いて、自分の目でたしかめに来たのだとおやじさんは言った。その噂が本当なのか気になったからだと。

おやじさんの口から音が漏れたが、苦悶の声以外に言葉らしい言葉は出てこない。ここを訪れたのは、ステヴァンに自分は危険な存在でないと納得してもらうためだった。それが不発に終わり、死んだあとまで命令を徹底させるだけの力がおやじさんにあればと一縷《いちる》の望みにすがった。しかし、憑かれたような目の奥に隠れた苦しみに気づいたとたん、マイケルはやましさを覚えた。彼は自分のことしか考えていなかったが、それではおやじさんがかわいそうすぎる。その手を取り、ふたり並んで車のボンネットに寄りかかっている写真に目をやった。おやじさんは腕をマイケルの肩にまわし、頭をうしろにそらしている。

ふたりとも笑っている。

ふたり一緒に写っている写真はこれしかない。おやじさんがこだわったのだ。**必要以上に持つのは危なすぎる**と言って。**危険をまねく**と。写真は十七年間、おやじさんの部屋から出ることはなかった。そこには嘘偽りのない喜びの瞬間が封じこめられ、この写真から読みとれる父親の気持ちをステヴァンは嫌悪していた。しかしおやじさんは悪びれなかった。行動と結果。選択と代価。

マイケルはおやじさんの顔を見おろした。これまでがどうで、いまがどうなのかをはっきりと悟った。彼が送ってきた人生と、終止符を打ちたがっている人生とを。苦痛で表情がゆがんでいるが、痛みと恐怖の向こうに見えるおやじさんの魂は昔となんら変わっていない。

「怖じ気づかんでくれ」死期を迎えた老人がか細い声で訴えた。

その声が聞きとれなかったので、彼は確認した。

「本当にいいんですか?」

おやじさんは無言でうなずき、マイケルはその手を強く握った。「やつらは報復に出ますよ」マイケルは言った。「ステヴァン。ジミー。きっとおれを殺そうとします」

この頼み事がどれほどの波紋を招くか、おやじさんにわかっておいてもらいたかった。ステヴァンがマイケルを襲っても、返り討ちに遭うだけだ。その事実でおやじさんの目が満たされたが、〝いい人生を送れ〟と言われてようやく、言いたいことが伝わったのを確信した。老人の目は悲しみにくれていたが、みずからの死とは関係なかった。おやじさんが死のうが生きようが、どっちにしろステヴァンは襲う。

そしてマイケルは彼を殺す。

「わかっていた……」おやじさんの声はかすれ、マイケルは耳を近づけた。「わかっていたよ、抜けるのを認めてやったときに……」

マイケルは絶望を顔に出すまいと踏ん張った。殺した人間はあまりに多く、愛した人間はあまりに少ない。

「こいつをもらっていっていいですか?」そう言って、ベッドわきの写真を手に取った。おやじさんは答えなかったが、指がシーツの上で動いた。マイケルは写真を額から抜き、べつの一枚と一緒にポケットにしまった。「エレナは妊娠してます」そう言ったが、おやじさんに聞こえたかどうかはさだかでなかった。おやじさんは目に涙をため、マイケルをうながすようにうなずいている。マイケルは彼の額に口づけると、片手を相手の胸に置き、もう一方の手で口と鼻を押さえた。「赦してください」呼吸をふさぐあいだ、ふたりは目をしっかりと合わせていた。マイケルはなだめるような声を出したが、おやじさんはあらがわなかった。最後の最後まで。心臓の鼓動が断続的になり、やがて最後にひとつ脈打ったとき、言いしれぬほどの安らぎが手を通して伝わったが、気のせいにちがいない。腰をのばすと同時に計器のグラフが直線となり、下の踊り場で警報が甲高く鳴り響いた。死んだ男の目を閉じてやっていると、大声と階段をのぼってくる足音が耳に届いた。

おやじさんは逝った。

そして連中が追ってくる。

マイケルは書棚に近づき、数分前までおやじさんの蔵書のひとつ、歴史に残るヘミングウェイの中篇小説がおさまっていた、黒い長方形に目をこらした。三ヵ月前に自分で隠した九ミリ口径二挺を、奥から探りあてた。それぞれ、弾倉に十五発と薬室に一発入っている。

**洞察力。**

**先見の明。**

マイケルの後釜にはそのふたつが欠けている。

そいつが自分の銃を低くかまえ、うすら笑いを浮かべながら右側のドアから入ってきた。マイケルは相手が三歩進んで、これから起こることを察するまで待った。

そして心臓に弾を撃ちこんだ。

そのときには、さらにふたりの男が部屋に入ってきていた。どっちも銃を持っている。玄関からうめくような声が聞こえた。片方が大声をあげた——ま、待て。だが、ふたりとも銃を持ちあげ、長かった銃身が短くなった。マイケルは一歩踏みこむと、一秒とかからずにそいつらを仕留めた。ふたりが倒れ、階段から怒鳴り声がした。三人か、おそらくはそれ以上。声に恐怖がにじんでいる。マイケルはなにも言わずに部屋を突っ切り、閉め切った左側のドアの四フィート手前に立った。こういう事態に慣れていない人間にとって恐怖は癌も同然だから、時間をかければかけるほどこっちに有利になる。断然とまではいかないにしても。絨毯を進む足音に耳をすまし、ドアの下の隙間から靴が見えたとたん、ドアごしに二発、ど真ん中に撃ちこんだ。

ひとりの身体が倒れ、マイケルはそれをよけるように踊り場に出ると、そこであらたに三人の男を発見した。ふたりは階段を退却中で、残りのひとりが持っていた銃を向けてきた。しかし、引き金を引く指さえあれば人が撃てるわけではない。撃ち返すには、ロックスターだけがまねできる、ある種の胆力が必要だ。マイケルにはその胆力がそなわっていたし、ジミーもそうだ。

この家につめているほかの連中は足もとにもおよばなかった。

二発の銃弾はマイケルの肩を大きくそれ、彼は撃った男の額に一発撃ちこみ、そいつが倒れもしないうちにわきをすり抜けた。他のふたりはその場に凍りつき、ひとりはやみくもに撃ちまくり、もうひとりは武器を捨てて両手をあげた。マイケルは最初のほうを撃ち、残りのひとりに銃を二挺とも向けた。そいつは六十代後半の古株のチンピラで、お情けで組織に置いてもらっているような男だった。いまは下っ端として使い走りをし、食事の支度を担当している。相手は両手を頭の上にしっかりとあげ、あきらめの表情を浮かべた。マイケルはそいつの一段上で足をとめ、銃の熱が伝わるほど銃身を頬に近づけた。「ジミーはどこだ?」

「ここにはいない。出ていった」

「いつ?」

「ついさっきだ」

マイケルはあけっぱなしのドアを見おろした。その向こうの街がわずかにのぞいている。男の頬に熱い金属を押しつける。「嘘だったら、じっくり時間をかけて殺す」

「嘘じゃない」

「看護師はどうした？　神父は？」

「同様だよ」

「あのふたりは雇われてるのか？」

男はうなずいた。つまりふたりとも他言はしないということだ。マイケルはいま一度、あけっぱなしのドアに目をやった。「車のキーはあるか？」

男はズボンのポケットからキーリングを出した。「ナビゲーターだ」と言った。「裏にとめてある」

「ほかに残ってるやつは？」

男は首を振った。あたりは焦げた火薬のにおいが立ちこめ、シャンデリアの下が灰色にかすんでいる。マイケルは男の顔に目をこらし、以前にかわした会話を思い出した。こいつの名前はドノヴァン。たしか孫がいるはずだ。

「ステヴァンにおれは組織を辞めたと伝えろ」ドノヴァンはうなずいたが、マイケルは自分で言いながら、それは嘘だとわかっていた。おやじさんはマイケルの手にかかって死んだ。血が壁を、階段を流れ落ちている。どう考えても辞められるはずがない。こうなった以上は。マイケルは銃を振り動かした。「行け」

ドノヴァンは飛ぶように逃げていき、マイケルはふたたび二階に戻った。ベッドのわきに立ち、自分が手にかけた男の抜け殻を見おろした。非情な男だったが、目をかけている者には情をつくしてくれた。十四歳の誕生日の朝に、おやじさんとかわした会話がよみがえった。橋の下での出会いから一年が過ぎ、おやじさんから問いただされたのだった。

**なんで路上生活をしてたのか、ですか？**

**そうだ。**おやじさんは口をへの字に曲げ、頭を傾けた。**頭はいいし、器量もいい。役所なりなんなりに頼ることもできたはずだ。なぜしんどい道を選んだ？**

**なぜ路上生活をしてた？**

**おれなりに理由があったから。**

**言うことはそれだけか？**

おやじさんの目に満足したような、ユーモアの光が宿った。

**はい。**

**おまえがなにから逃げてるのか知らんがな、マイケル、もうなにかされる心配はない。わかってるな？**

**わたしのもとにいる以上は。**

**わかってます。**

**それでも答えるつもりはないのか？**

**それにもおれなりの理由があります。**

おやじさんは彼の髪をくしゃくしゃに乱すと、笑いながら言った。**男には男の理由があるもんだ。**


そうしてこれまで、マイケルはしんどい道を選んだ理由をついぞ話さずにきた。おやじさんの言うとおりだからだ。男には男の理由がある。

それに秘密も。

おやじさんの腕をまっすぐにのばし、胸のところの毛布の乱れを直してやった。まだぬくもりの残る頬に口づけをし、もう片方にも同じようにした。立ちあがると、目に熱い涙がこみあげた。ナイトテーブルからヘミングウェイの小説を取りあげ、そのまま長いこと立ちつくし、おやじさんを見おろした。「本当に世話になった」彼は言うと、本を手に部屋をあとにした。

それも理由があってのことだった。

# 4

世の中にはマイケルよりもずっと手際よく殺せる連中がいる。千ヤード離れた場所からライフルで狙うのは彼の能力では無理だし、爆弾や毒を使った殺しも、いかなる形にせよ大量殺人も同様だ。この世界に足を踏み入れたのは生きるために戦ってきたからで、いずれも面と向かっての接近戦だった。食べるものや寝る場所をめぐる争いであり、血管に血液を送りこむためのものだった。ストリートではそのための教訓を真っ先に学ぶから、マイケルも幼いうちから柔和よりは極悪、緩慢よりは迅速であるほうがいいと理解していた。盗みを覚え、策をめぐらすことや他人を傷つけることを覚えた。おまけに彼には生まれつき、精神的なもろさが微塵もなかった。ジミーはその素質を見抜いて強化しただけだった。彼は暴力に対する許容量を増やし、いま見てもほれぼれする無駄のない動きを教えた。

ドノヴァンのことがふと頭に浮かんだ。髪が白くなるほど年老いた男。無精ひげまでもが白かった。マイケルが彼を殺さなかったと知ったらジミーはあきれるだろうが、マイケルの師匠はジミーだけではない。おやじさんの存在も大きい。彼の死に接し、マイケルは自分がどれほど生きたいと思っているかを悟った。じわじわと衰弱していくなかで、おやじさんは一度として金や権力、体面のことを口にしなかった。息子に深い思慮が欠けていることを嘆いた。失った女たちと、ほしかった娘への思いをぶちまけた。ほとんど手に入らなかった人生。

**いい人生を送れ……**

父親の意志を尊重するためにせよ、マイケルがもたらす災厄を回避するためにせよ、ステヴァンがすんなり抜けさせてくれるチャンスはほんのわずかしかなかった。だが、そのわずかなチャンスもこれで失われた。マイケルはステヴァンが殺せなかった父親を殺し、六人の手下を撃ち殺した。マイケルが生きているかぎり、ステヴァンは弱い男と見られるわけで、マイケルを殺そうと考えるのは理の当然だ。だが、それには私情もからんでおり、私情がからむと物事は予測しにくくなる。

マイケルは迅速に行動した。

警備室に入って裏と表の防犯カメラの接続を切り、ジップ・ドライブをはずした。誰の仕業かステヴァンにはすぐわかるだろうが、マイケルの目論見には証拠となる映像を残しておく余地などなかった。いまの生活と手を切るなら、すっぱりと切りたかった。

自分の姿をたしかめると、ズボンの両脚、シャツ、手の甲に真っ赤なしぶきが飛んでいた。ふだんなら、汚れひとつない状態でなければ人前には絶対に出ない。着替えて脱いだものを袋につめ、銃は分解し、それらをいくつかある迅速で効率的な方法のどれかで処分する。雨水管。大型ごみ収集容器。イースト川。しかしいまは平常時ではない。なんの計画も立てておらず、おやじさんを殺すつもりも抗争を始めるつもりもなかった。すべては八十秒のあいだに発生し、いまマイケルは自動操縦モードでてきぱきと動いていた。ステヴァンはどこかに出かけている。ジミーは生きていて、エレナは無防備な状態で街にいる。

マイケルは外に出るとナビゲーターのエンジンをかけ、南に向けて走りだした。この街を離れなくてはいけない。エレナを連れて。これからつくことになる嘘がビデオのように繰り出され、マイケルは一瞬のやましさを覚えたが、真実を告げるのは日をあらためてからでいい。

それを告げられるよう生き抜くことが先決だ。

トライベカに向かう途中、大渋滞に巻きこまれた。

携帯電話でレストランにかけ、エレナを呼び出した。

「問題はないか?」彼は訊いた。

「ポールがおかんむりよ」

「くびだと言ってたか?」

「心配してるの?」

「おれが心配してるのはきみのことだ」マイケルは軽口に聞こえるように言ったが、そのあとの沈黙に彼女は反応しなかった。彼女が怒る気持ちはよくわかる。

「いいか、これからすぐ、そっちに行く。どこにも行くなよ」

「どこかに行くわけないでしょ」

「いいから、レストランから外に出るな」

マイケルは電話を切り、ぎっしりつまった車の流れを強引に突破しようとした。クラクションをけたたましく鳴らし、重い車体を左右に振りながら、少しでもあいている車間を求めて移動を繰り返した。タイヤを二度、縁石に乗りあげたが、二度とも効果はなかった。

道路はいらいらした金属のいがみ合いの様相を呈していた。トライベカにたどり着いたときには一時間以上が経過していた。おやじさんを殺してから六十二分だ。マイケルは大型SUV車をレストランの向かいに二重駐車した。駐車中の車や狭い通りに並ぶ窓を調べていく。歩道は通行人で混み合っている。マイケルは一方の拳銃をグローブボックスにしまい、もう一挺は上着の下に隠した。二分でエレナを静かなところに連れていき、三分でレストランから連れ出そうと計算した。金ならある。雑踏にまぎれ、彼女を連れてこの街を出る。山のある土地がいいかもしれない。緑豊かな土地。彼はその未来がすでに実現したかのように錯覚したが、未来というのはひと筋縄ではいかない悪女だ。エンジンを切ると同時に携帯電話が鳴った。彼は画面に目をやり、さらに四回鳴らしてから応答した。

知っている番号だった。

ステヴァンの番号。

不安と後悔とすまなさを同時に感じながら、フラップをひらいた。ステヴァンに欠点は多々あるが、彼が父親を愛していたのはたしかだ。「やあ、兄弟」

しばらくは息をする音しか聞こえず、電話線の向こうにいるステヴァンの姿がまぶたに浮かんだ。手入れの行き届いた爪にほっそりした顔、自尊心の高そうな傷ついた黒い瞳。ステヴァンは強面《こわもて》を気取っているが、内心では他者の目に自分がどう映っているかを気にする男だった。相手の恐怖や羨望の念を感じ取ることで力を感じ、自分という人間を自分でなく他者の印象で定義していた。しかし父親はそれを見抜き、それゆえ、マイケルと話すほうを好んだ。ふたりは幻想もまやかしの欲望も捨て、腹を割って話した。彼らにとって力は食べる物や寝る場所、身の安全を得るための道具だった。ふたりはそれを子ども時代から学んだ。

**外見などなんの価値もない。**

ステヴァンにはそれがわからず、父親の目にマイケルがまばゆく輝いて見える理由も理解できなかった。だから電話ごしにマイケルの声を聞いたことで、長年にわたる嫉妬と不信感がいっそう深まって、べつのものに姿を変えたのにちがいない。

「おやじがおまえを家族の一員にしてやったんだぞ、マイケル。天涯孤独のおまえを。くず同然だったおまえを」

「おやじさんは痛みに苦しんでいた」

「あの判断はおまえが下すべきものじゃない」

「おれはおやじさんを大切に思っていた。向こうから頼みこまれたことだ」

「おやじが頼みこんだのは自分ひとりだと思ってるのか？　自意識過剰もたいがいにしろ。おやじは掃除女だろうが、赤の他人だろうが、誰彼かまわず頼みこんでいたんだよ」

「おれはおまえが一ヵ月前にやるべきだったことをやったまでだ」

「おまえのせいで、おやじはいまごろ地獄の炎に焼かれてる」

「おやじさんは望んだとおりの死に方をしたんだ」

「おれからおやじを奪いやがって」

「そういうことじゃ……」

「おまえは終わりだ、マイケル。おまえの女もな」

「おれを恨まないでくれ、兄弟。いまならまだおたがい撤退できる」

「絶対に生かしちゃおかないからな。このくそったれめが」

マイケルはもう引き返せないのを悟った。和解は不可能だ。「あばよ、ステヴァン」

「いまいる場所からレストランが見えるか？」

あまりにとげとげしい質問に、マイケルは恐怖という刃が心臓に食いこむのを感じた。再度、通りを見まわした。「どこにいる、ステヴァン？」

「おれたちがここまでやるとは予想しなかったのか？すんなりと出ていけると思ってたのか？　どうなんだ、兄弟」

彼はからかうように最後の言葉を強調した。

「ステヴァン……」

「本当はふたり一緒に始末するつもりでいたんだが、これから起こることをとっくりと見せてやる」

「よせ――」

「女は妊娠してるんだってな」

マイケルは電話を放り出し、ドアを乱暴にあけた。市の歩道に足をおろし、死に物ぐるいで七歩走ったところで、レストランが爆発した。窓から炎が噴きあがり、その風圧でマイケルの身体は浮きあがって、ナビゲーターに叩きつけられた。つづいて黒煙が渦巻きはじめたかと思うと、一瞬、音が消えた。二次爆発によってエネルギーが撒き散らされ、屋根が粉々に吹っ飛んだ。音の戻ったマイケルの耳に悲鳴が届いた。炎が熱と煙の塔となってほとばしり出る。通りでは車同士が衝突し、歩道では通行人が死に、あるいは死にかけていた。服に火が燃え移った男がやみくもに駆けまわり、マイケルの見ている前でばったりと倒れた。炎がますます高く噴きあがった。隣接するビルを舐めていく。ふと気づくと、マイケルは立ちあがっていた。

**エレナ……。**

目がかすみ、のばした手で熱さを確認しながら、少し近づいた。五十フィート離れていてもてのひらが炙《あぶ》られ、頭の一部が停止状態になった。彼女の顔を見られそうにない。火ぶくれとやけどで見るも無惨な顔など想像もしたくない。全身が熱でほてっているものの、騒然とする通りの様子や、蜂の巣を突いたような混乱、それにひっそりとした静かなる死が肌を通して伝わってくる。炎の間近にあった車の窓ガラスが砕け散った。黒のエスカレードが滑るように角を曲がってとまった。マイケルは群衆、驚愕と恐怖、遠くで聞こえるサイレンの音を冷静に観察した。エレナの死を知ったばかりにもかかわらず、二秒前にはなにが起こるかを察知した。

エスカレードを振り向くとウィンドウがゆるゆるとさがった。白いものが混じった茶色い髪の下にガラスのような無表情を貼りつかせたステヴァンが、前の席にすわっている。彼が右手の指で撃つまねをすると同時に、後部座席で自動小銃が火を噴いた。マイケルは身を伏せて転がり、うしろの車に弾がめりこんだ。叫び声があがり、あたりが騒然となった。人々が倒れ、撃たれ、踏みつけられる。さらなる銃弾が金属を叩いたが、狙いを大きくはずし、ほうぼうに散った。マイケルは拳銃を手に遮蔽物から立ちあがった。三秒間で九発撃った。彼の撃った弾によってエスカレードのボディがあばたになり、ガラスが砕け、ステヴァンの顔に一瞬にして恐怖の色が広がった。彼がダッシュボードを激しく叩いて運転手になにやら怒鳴ると、大型車はタイヤを鳴らしながら右に針路を変え、縁石を乗り越えた。マイケルはすかさず追いかけた。熱からも悲鳴からも遠ざかる方向に。立ち往生している車をよじ登り、硬い舗装路で向こうずねをしこたま打った。全速力で追いかけていくと、最初の一ブロックはなんとかついていけたが、道がすいたとたん、大きなエンジンは一気に噴きあがった。マイケルは足をとめ、残った弾をすべてリアウィンドウに撃ちこんだ。仕留めたかどうかはあやしいところだが——距離がありすぎ、動きも激しすぎた——こっちにも勝機があると思うと気分がよかった。

いずれにせよ、ステヴァンは死ぬ。

いまでなくても、いずれ。

死ぬ。

マイケルは車が見えなくなるまで見送っていたが、ふと、自分が通りの真ん中で銃を持ち、血のついた服で突っ立っているのに気がついた。人々が目を丸くして見ている。スーツ姿の男。タクシー運転手。黒い服の女。口をぽかんとあけて。呆気にとられたように。

マイケルは銃をおろした。「エレナ？」

彼女が困惑した表情で、まばらな人垣のなかに立っていた。右手に紙袋をさげている。袋は白く、上のほうがくしゃくしゃだ。彼女は銃からマイケルの顔に視線を移した。彼女の顔には血の気がなく、ふいに風が吹いて美しい髪を乱した。まわりの人々があとずさりを始めた。何人かは背を向けて走っていく。少なくともひとりが携帯電話を操作していた。

「マイケル？」

彼の全身は、彼女を抱き寄せて二度と離さないことを望んでいた。たったいま起こった出来事の余波から守ってやりたかった。死の灰から。彼女の人生は大きく変わろうとしている。それよりなにより彼女を抱き締め、ありったけの安堵と愛情をぶちまけたかった。

しかし実際には、彼女の手首をつかんだ。きつく、痛いくらいに力をこめて。

「逃げるぞ」彼は言った。

「いま、車に向かって銃を撃ってたのは——」

「はやく逃げるんだ」

マイケルは銃を隠すと彼女を引っ張るようにして歩きはじめたが、近くにいた何人かが勇気を奮い起こして大声で助けを呼んだ。反対側の歩道にいた痩せこけた女が指差した。「誰か、とめて。あの男をとめて」

「マイケル、いったいどういうこと?」

「いいから逃げるんだ」

「それはもう聞いたわ」エレナは腕を引こうとしたが、マイケルは手を離さなかった。小走りになってエレナを引きずりはじめた。「そんなにしたら痛いじゃないの」彼女は言ったが、マイケルは聞き流した。サイレンの音が近くなっている。煙が前方の屋根の上で渦巻き、どの通りも怯えた人々でいっぱいだ。「どこに行くの? マイケルったら……」角を曲がったところで彼女の声が途切れた。目の前でレストランが、最前よりもさらに激しく燃えていた。「これってまさか……?」

「そのまさかだ」

人々が倒れ、血を流していた。破片や飛んできたガラスで怪我をした者。焼けただれた者。撃たれた者。多くは呆然と立ちつくすばかりだ。なかには散乱した残骸のなかを駆けまわり、負傷者の介抱にあたっている者もいる。エレナが泣きだした。

「ポールは——」

「死んだ」

「ほかの人は?」

「死んだ」

「ひどい」エレナは最初の焼け焦げた遺体のところで足をもつれさせた。服がまだ燃えているせいで、上半身から煙が立ちのぼっている。被弾して膝から下がずたずたになった女のわきを通りすぎた。マイケルはエレナを引っ張るようにして瓦礫のなかを進んだ。彼女はまたもや足をもつれさせ、転びかけたところをマイケルが抱きとめた。

「なにがあったの?」彼女は衝撃に打ちひしがれながら、目にしているものを理解しようとしていた。「なんでそんなスーツを着ているの?」

「もうすぐだ」

警察の車がタイヤをきしらせながら二ブロック先の角を曲がった。消防車があとにつづく。マイケルはナビゲーターのドアをあけ、エレナをなかに押しこんだ。

「さわらないで」目はあいていたがうつろで、火明かりが踊れるほど大きく見ひらいている。マイケルは腰のシートベルトを締めてやった。

「おれだよ」彼は言った。「もう大丈夫だ」

「さわらないで」

車の前をまわりこみ、運転席に乗りこんだ。エンジンをかけ、そろそろと発進すると、タイヤがガラスや粉々になった煉瓦をざくざくと踏みしだいた。助手席ではエレナが変わり果てた街を、うつろな目をして歩く負傷者の姿を呆然と見ていた。マイケルは半ブロックほどゆるゆると車を進め、混雑が緩和したところでアクセルを踏みこんだ。

どこもかしこもパニック状態だった。

ふたりに注意を払う者はひとりもいなかった。

さらに二ブロック進むと火災現場は見えなくなった。炎はビルの背後に消え、黒煙は上昇して水蒸気に変わった。ハドソン・ストリートとの交差点で南に折れ、チェインバーズ・ストリートを西進した。エレナはひとこともロをきかなかった。マイケルのほうを見ようともしない。

「エレナ」彼は声をかけた。

「いまは黙ってて」彼女はかぶりを振った。

彼は車を南に向け、グラウンド・ゼロとノース・コーヴ・ヨットハーバーを通りすぎた。バッテリーパーク・シティまで来ると路肩にとめ、ひたすら待った。エレナの名を呼んだが、彼女はなんの反応も示さなかった。車の流れをうかがってからグローブボックスのなかの銃を出し、上着の下からもう一挺を出した。無言で銃を分解して指紋をぬぐい、次にポケットから二個のジップ・ドライブを出すと、車を降りた。エレナの視線を背中に感じながら川べりまで歩き、手に持った品をすべて川の遠くに投げ捨てた。車に戻ると声をかけた。「大丈夫か？」

「川に銃を捨てたわね」

「二挺の銃をだ」

「二挺の銃」

「そうだ」

エレナは一度うなずき、膝にのせた白い紙袋をぎゅっとつぶした。小さな袋だった。彼女がその皺をのばすと、レストランから二ブロック離れた薬局のものだとわかった。彼女は袋を持ちあげ、また膝に置いた。

「吐き気がしたの」そう言って、また袋の皺をのばした。「つわりで」指二本で濡れた目をぬぐうのを見て、マイケルは彼女が動揺しているのを見てとった。「そうでなければ、わたしもレストランにいたんだわ」

震える手で下腹部をさする姿に、彼女の思っていることが、ふたりのあいだにただよっているかのようにはっきりとわかった。

**もしもこの子がいなかったら……**

彼女は手を広げた。そこになにもないことが多くを語っていた。車。火災。銃。「なにがどうなってるの、マイケル？」

彼女は真実を知りたがっている。自身の安全と、その他もろもろの理由から。しかし、彼女が宿している赤ん坊は嘘つきの血を引いているなどと、どうして告げられよう。職場の仲間が彼女の身代わりに死んだなどと。いまも彼女の命が狙われているなどと。昼食前に七人も殺してきたことを、愛する女性にどうして告げられよう。エレナが怯えたように顔をのぞきこんできた。答えないでいると、彼女の視線が彼のシャツに落ちた。

「エレナ……」

彼女は真っ白な生地についたどす黒い染みに触れ、指でなぞった。「これって……」

「聞いてくれ――」

「これって血？」

そう言うと彼女は顔をあげ、彼をしっかりと見すえた。ズボンにも手の甲にも、同じような染みがついている。「わたし、吐きそう」古い骨のような顔色になって、身体をくの字に折った。マイケルは手を差しのべたが、彼女はさっと身をかわすと、片手でシートベルトをはずし、もう片方の手でドアを手探りした。ドアが大きくあき、道路に、川までつづく陽に焼けた草むらに転がり出た。十歩ほど進んだところで、へなへなと膝をついた。マイケルがそばに寄ろうとすると声が飛んだ。「来ないで」

彼女は茶色い草むらに胃のなかのものを吐いた。マイケルは心配のあまり生きた心地がせず、電話の呼び出し音をうっかり聞き逃すところだった。ポケットから乱暴に引っ張り出し、表示された番号を見たとたん、周囲の動きがゆっくりになったように感じた。出ないでおく気持ちに傾いたが、けっきょくは出た。エレナに背中を向け、なけなしの自制心を総動員して告げた。

「おまえを殺してやる、ステヴァン」

「次はおまえの弟を殺《や》る」

マイケルは首がかっと熱くなるのを感じ、川のにおいを吸いこんだ。エレナのほうに目を向けると、そこだけ時がとまって見えた。「おれに弟などいない」

「いるじゃないか」

電話が切れた。まばたきすると、ある姿が浮かびあがった。

弟の姿が。

亡霊のように。

## 5

ノース・カロライナ山脈

二十三年前

人けのない廊下には冷たい空気が吹きだまっていた。ほの暗い光。泥とがらくた。そこへ逃げこんできた少年は九歳で痩せこけ、だぶだぶの服を着たかかしのようだった。垢じみた目の下に三日月を描いた涙が、白い筋を残しながら顎、首、耳のうしろのくぼみへと流れていく。少年はひたすら走った。窓が次々に現われては遠ざかるが、おもての雪もうっすらとした山も、ぽつぽつといるほかの児童も眼中になかった。走り、むせ返り、女のように泣きわめく自分を嫌悪した。

**とにかく走れ、ジュリアン……**

呼吸が喉につまったガラスと化した。

**必死に走れ……**

廊下が交差する場所まで来ると、つまずきながら左に折れ、腐敗とカビと凍土のにおいがただよう暗い廊下を進んだ。割れたガラスをざくざくと踏みしめながら、彼はふたたび口を動かした。

**棒きれと石ころなら……**

なにをぶつぶつ言っているのか自分でもわからなかった。血が沸き立ち、ひからびたリノリウムが踏まれて割れる、パリンという音を感じた。おそるおそるうしろを振り返ったとき、靴が割れたタイルに引っかかり、足首がボール紙みたいにふたつ折りになった。窓がまちに倒れこんで、腕をすりむいた。

**棒きれ……**

ジュリアンは痛くてすすり泣いた。

**石ころ……**

うしろで金属のカチャカチャいう音が聞こえ、遠くから声がした。彼は腐食した階段の下で足をとめた。三階から光が射しこみ、どこか窓が割れているのだろう、雪がはらはらと落ちてくる。階段をのぼろうかとも思ったが、そんな力は残っていなかった。負傷した足首から、痛みというナイフが次々と打ちあがってくる。

**ぼくをマイケルのようにしてください**、と祈った。

うしろから足音が聞こえ、彼は白目を剥いた。

**ぼくを強くしてください。**

またも喉から嗚咽を漏らすと、連中の足音から、連中がドアをくぐり、堅いコンクリートの壁に鉄パイプを叩きつける音から逃げた。

**お願いです、神様……**

ジュリアンはいきおいよくドアから飛び出した。怪我した足首ががっくりと折れ、またもや転んだ。目の奥で火薬が閃光を放った。彼は袖で顔をぬぐった。泣いているところを見つかったら、もっとひどい目に遭わされる。

十倍はひどい目に。

千倍かもしれない。

のろのろと歩を進める彼の目に、部屋がぎくしゃくと現われては消えていく。剥き出しのベッドフレームに壊れた椅子、クロゼットからは古いハンガーと使い物にならなくなった布地がはみ出ている。彼はべつの廊下に折れた。呼吸はあいかわらず喉に鋭い痛みをもたらし、充分な空気が入ってこない。うしろで野獣のような声があがり、つづいてもうひとつ聞こえた。隠れる場所はないかと探したが、大声が廊下を跳ねるように近づき、すぐうしろに迫った。「いたぞ!」

振り返ると、降りしきる雪で明るくなった高い窓が見え、つづいて汚れた顔や手、むさ苦しい黒っぽい服に覆われた身体が目に飛びこんだ。少年五人は暗がりから一斉に飛び出し、全力疾走で向かってくる。今度はジュリアンも悲鳴をあげた。年上の大柄な連中が走るスピードをあげた。彼らはみずからの残虐さを過去百回にわたって、百通りのむごたらしさで証明してきている。一直線の廊下に彼らの足音が鋭く響き、ジュリアンは大声をあげながら走った。泣きじゃくり、情けない思いを抱きながら。

建物の突端で捕まった。冷たくずっしりした空気の吹きだまりに入りこんだと思ったら、次に鉄の扉と太い鎖が現われた。両手をあげ、てのひらを見せながらくるりと身体をまわしたジュリアンはドアに強く押しつけられ、無理矢理すわらされた。大きな鎖を一度揺すったが、すぐに指をひらかされ、仰向けに倒された。たちまち、笑い声と生温かい唾の攻撃を受け、ゴムのにおいがしたと思うと靴で鼻を押しつぶされ、真っ赤な熱い血が流れ出した。

「きょうは傷痕を残さないようにやれよ」薄汚れたジーンズの上から顔のない声が言った。「顔だけはな」

ジュリアンは叫んだ。「マイケル！」

「呼んだって助けになんか来るもんか、このチビ」

声の主がわかった。「ヘネシー。やめて……」

しかしヘネシーはやめなかった。寒々とした光のなかでくすんだ赤褐色の髪と細くて黒い目をした彼は低く腰をかがめると、ジュリアンの髪に五本の指を差し入れ、自分よりひとまわり小さな少年の頭を押さえてコンクリートにこすりつけた。さらに左頬が上に来るよう横を向かせ、薄汚れた床に強く押しつけた。

彼の口から耳に熱い空気が吹きこまれた。ジュリアンは目を白黒させた。ヘネシーの上気した顔、唇にかかった淡い色の髪、殺気立った容赦のない目。「やめて」

ヘネシーは唇がジュリアンの耳に触れるほど顔を近づけた。頬ひげがクモの糸のように軽くて細い。「言えよ」

「お願い……」

「ヘネシーはアイアン・ハウスの王だと言え」ジュリアンは泣きだしたが、それはヘネシーをいっそう強硬にさせるだけだった。彼はジュリアンの頬がすりむけるほど力をかけた。「ヘネシーが王だ。マイケルじゃない。さあ、言え。ヘネシーがアイアン・ハウスの王だ。マイケルはめめしい――」

「いやだ」

「マイケルはめめしい野郎だ。言うんだ」

「お願いだから……」

「あん？」ヘネシーはジュリアンの頭を床に叩きつけて立ちあがった。「お願いだからのあとはなんだ？」

少年たちは五人全員がジュリアンを見おろした。ヘネシーの唇にほほえみが浮かび、いつもの獰猛な光が目に宿った。「お願いだからのあとはなんだ、このへなちょこ野郎」

「お願い、待って」

しかし彼らは取り合わなかった。ヘネシーはひとしきり笑ってから、声をかけた。「やれ」全員が足を使いはじめた。ジュリアンが動かなくなるまで蹴りつづけると、顔をぐっと近づけ、これからどうするかを教えた。ジュリアンは小さく丸まったが無駄だった。脚と髪に手がのびてきた。冷気が肌を切り裂くまで引きずられ、一糸まとわぬ姿で窓から放り出された。吹きだまった雪のなかに背中から着地した。見あげると、石壁にボルト留めされた金属の看板があった。看板の文字は雪で見えなくなっていたが、ジュリアンは全部暗記していた。

**ここに入りし子は神以外に恐れるものなし**

窓の向こうからばか笑いが聞こえ、血色の悪い顔がガラスに押しつけられていたかと思うと、またたく間にいなくなった。出血している鼻に触れると、爪に積もった雪がフィンガーペイントされた。雪だまりに血を吐き出して起きあがろうとしたとき、硬く尖ったものが手に触れた。古いナイフが雪に埋もれていた。向きを変えると腐食しかけた木の握りと、さびの浮いた八インチの刃が見えた。側面を頬にあて、指が痛くなるほど柄を強く握る。「マイケル」涙がこぼれた。

しかし兄は現われなかった。

ジュリアンは目に痛いほどの真っ白な空を見あげた。

雪はまるで涙のようだ。

**あまりに冷たい……**

あとからあとから落ちてくる。

解けかけの雪とアスファルトの破片が両端を縁取る山道を、一台のリムジンがのぼっていた。車の塗装面が凍結防止剤にうっすら覆われている。ざらざらしたこの物質は、標高四千フィートのノース・カロライナの山々を走る凍結道路では使い物にならないタイヤが巻きあげたものだ。外は冷えこみ、弱々しい陽が射している。ほかに動いているものは見あたらない。車の往来も舞い散る木の葉もなく、重く湿った玉屑が低い空から降ってくるばかりだ。後部座席の女は断崖を、大地が忽然と消えたあとの広大な空間を見てはいなかった。目をつぶっていると車はふたたび木陰に入り、彼女のめまいもおさまった。それから木立を、葉の落ちた幹のあいだに積もった雪を見やった。煙草に火をつけると、ミラーのなかで運転手が目をあげた。

「これっきり、もう吸わないわ」彼女は言った。

運転手はさっと目をそらした。「ええ、わかっております」

「きょうだけよ」

「はい」運転手の髪はあいかわらずミリタリー・カットだが、彼女はそこに白いものが混じりはじめているのに気づいた。首のうしろがたるみ、上着の黒さにシャツが雪よりも白く目立っている。彼女は結婚指輪をまわし、肺が焼けるほど煙を吸いこんだ。最初の雪片が舞い降りたのは、シャーロットを出発して一時間ほどたってからだった。運転手は引き返しましょうと二度提案したが、彼女は二度ともしりぞけた。きょうでなきゃだめなの、と言って。かくして彼らは、ふたりきりでこの世の果てにいるのだった。

運転手は彼女をしみじみとながめた。抜けるような肌に緑色の目、金色の髪が肩のところでカールしている。歳は二十五になるかならないかで、これほどの富と権力を有しているとは信じられないほど若い。

「遅れちゃうわ」彼女は言った。

「待っていてくれますよ」

「そうね」彼女は新たな煙草に火をつけた。「待っていてくれるはずだわ」

いきおいを増した雪のなか、車はしんと静まり返った岩のひだをぐるりとまわりこんだ。何本もの煙草が現われては灰になり、彼女はなぜ凍てついたこんな山奥にいるのかと自問した。なぜここへ来たのかと。

「とめて」すわったまま身体を折り、下腹部をてのひらで押さえた。運転手はためらった。「とめて」

運転手は速度をゆるめて停車した。降りしきる雪に向かって重たい扉を押しあけ、彼女は外に出た。解けかけた雪と凍結防止剤で高価な靴がだいなしになった。三歩で雑木林のはずれまで行き、腰を折った。

「奥様？　大丈夫ですか？」

雪で髪や上質なシルクのブラウスに玉のようなしずくがついた。ようやく立ちあがると、彼女は手の甲で頬をさすった。ひんやりした空気が肌にすがすがしく、吐き気はおさまった。振り返ると、運転手が車の前に立っていた。熱を帯びた金属のボディに片手を置いて。

彼はうなずいた。「きょうは重要な日ですからね」と、わかったような口をきいた。

「ええ」

「わたしだって緊張すると思います」

彼女は運転手の誤解を正さずにおいた。

「もう行けますか？」運転手は訊いた。

彼女は濡れたシーツのような空を見あげ、ゆがんだ腕と百万ものねじれた指をした丸裸の木々に目をこらした。「嘘のように静かね」

「ドアをあけます」

「それにものすごく寒い」

四時すぎ、リムジンはゆっくりと下りはじめた。くねくねとした山道をたどっていくと小さな山間に入り、その中央が低い建物を寄せ集めた街になっていた。アビゲイル・ヴェインはこの場所に見覚えはなかったが、どんなものかは想像がついた。すたれる一方の街、ビニールのスツールとあかぎれだらけの肌をした客しかいないバー。大通りの両端にガソリンスタンド、真ん中へんにドラッグストアくらいはあるだろう。この山脈のはずれにぽつんと灯った小さな街。車で半日の範囲にはこういう街が百はある。ノース・カロライナにも、テネシーにも、ジョージアにも。よその土地を夢見る人々が住む小さな街。車がゆっくりとメイン・ストリートに入り、彼女はバーの入口やうなだれた野暮ったい男たちに目をこらした。「もうじき？」

「はい」

町の反対側で道は狭くなり、運転手は右にハンドルを切って、舗装の古い、ろくに雪かきがされていない道に曲がった。雪のなかに崩れかけた柱がぽつぽつと見え、広い野原の奥を川が黒々といきおいよく流れていた。「あそこです」運転手が言い、彼女は身を乗り出した。

いかにも施設然とした建物が谷床からにょっきりと生えていた。煉瓦と石でできたそれは三階建てで、本館の両わきに長い翼棟がのびている。片方の翼棟は真っ暗で、ずらりと並んだ窓に人の気配はなく、一部は板が打ちつけられている。それ以外からあふれた光が、ほかの小さな建物や凍てついた庭に落ちていた。前かがみになった人影が建物の合間を動きまわっていた。小さな人影。子どもたち。ひとりの少年が足をとめて振り返ったが、降る雪で顔の造作まではわからない。彼女は首をのばしたが、運転手が首を振った。「まだ幼すぎますよ」

車は中庭をぐるりとまわるドライブウェイを進み、屋根つきポーチに通じる幅広の階段がある場所でとまった。建物のドアがあき、男が姿を現わした。彼の頭上で、文字がコンクリートを飾っていた。

**アイアン・マウンテン少年養護施設**
**保護としつけ**
**一八九五年創設**

彼女がその文字をじっと見つめていると、運転手が身体ごとうしろを向いた。顔に皺が寄り、ごま塩頭の下で険しい目が光った。「お降りになりませんか」

「ちょっと時間をちょうだい」

心臓が破れそうなほど高鳴り、両手がかすかに震えた。運転手は了解したというように車を降り、彼女のドアのわきに立った。高いポーチにいる男に会釈したが、どちらも口をひらかなかった。数分後、アビゲイル・ヴェインは指輪でウィンドウをコツコツと叩いた。ドアが大きくあき、運転手が彼女の手を取った。

「奥様」

「ありがとう、ジェサップ」彼女が車から出ると、運転手は手を離した。彼女は劣化したコンクリートの階段と、鉄の手すりに浮いたさびに目をやった。それから視線を、もっと上の傾斜した屋根に、さらには廃墟となった翼棟に移動させた。三列の窓がずっと先までつづいている。割れたガラスにガラスのない窓、しっかり釘留めされた板は風雨で色が変わっていた。

「ミセス・ヴェイン」なで肩の男が階段を駆けおりた。目はチャーミングで生き生きしており、のどぼとけが大きかった。わずかしかない髪を形のよい耳の上でなでつけ、笑うと小さく白い歯がのぞいた。「おいでいただき、わたくしども一同、たいへん喜んでおります。わたくしはアンドリュー・フリントと申します。アシスタントの方からお聞きおよびかもしれませんが。お手紙と電話で何度もやりとりしましたので、他人のような気がいたしません」

握った男の手はほっそりとして冷たかった。「フリントさん」彼女は、千もの資金集めイベントや千もの集会の場で使うのと同じ、感情のこもらない声をたもった。過去ふたりの知事、大統領、百人もの異なるCEOたちと会うときにも、これとまったく同じ声で話すようにしてきた。彼女は男の手をしっかり握ってから手の力をゆるめ、相手に手を離すようそれとなくうながした。

フリントは無人の車内を一瞥した。「ご主人は?」

彼女はブラウスのボタンに触れた。「上院議員はほかに用事がありますので」

「しかし、われわれとしてははてっきり……」フリントは無理に笑みをこしらえた。「いえ、なんでもありません。こうしてご夫人にいらしていただけただけでも、ありがたいことです」彼は落ち着かない様子で両手を広げ、雪と迫り来る夜を示した。「なかにお入りになりませんか？」

階段を途中までのぼったところで彼女は振り返った。夕暮れを思わせる闇が中庭を包みこみ、さっきいた子どもたちは暗くてもう見えない。あの光景には胸がふさがれる思いがした。身寄りのない子どもたちがあんなにもたくさん。しかし、きょうからはちがう。ふたりの兄弟にとって、きょうはすばらしい日々の始まりになるはずだ。「わたくしどもからの寄付は受け取りまして？」

「はい、ミセス・ヴェイン。もちろんです」フリントはまたもお辞儀をし、手を揉み合わせた。「おわかりでしょうが、すでに使い道も決まっております」彼の身振りで、彼女もその視線を追った。使われていない翼棟が大雪のなかにのびている姿は、情け容赦のない海岸に打ちあげられた巨大な座礁船を思わせる。窓のひとつに人の気配があった。白いものがひらりと二度光り、すぐにまた見えなくなった。

「あっちの翼棟も使われているのですか？」彼女は訊いた。

「いいえ、まさか。とても使える状態ではありません」

「誰かいたようですけど」

フリントはかぶりを振った。「鳥じゃないですかね。でなければのら猫か。だったらなかに入ってもおかしくありません。あそこはとても危険です。子どもたちはみなきつく言われておりまして――」

彼女は最上段で足をとめた。「彼らに会わせてください」

フリントは指を組み合わせ、へどもどしながら言葉を探した。「あいにくと、それはできかねます」

「寄付は五百万ドルですよ。いろいろ融通をきかせてもらっていいはずじゃありませんか」

「ええ、それは重々承知しております、もちろん。ですが……」フリントはおろおろとし、首をのばしてうしろの建物を見やった。誰かが手を差しのべてくれるのを待つかのように、なかなか口をひらかない。「正直に申しあげます。ふたりの姿が見えなくなりまして」

「ふたりが見あたらないですって？」

「ええ、まあ……いまのところは」

「よくあることなのですか？」

「いえ、まさか。もちろん、そんなことはございません」

「すぐに会えると思っていましたのに」

「じきにひょっこり顔を出しますよ。男の子というのはそういうものです。おそらくそこらへんで……」

「そこらへんで？」彼女は鋭い視線を向けた。

「ですからその……」

引きつった笑い声。

「……遊んでいるのではないかと」


マイケルは目を左に右にせわしなく動かし、手をこぶしに握ってがらんとした廊下を走った。窓は彼の頭上、ドアほどの高さまでそびえていたが、外の雪景色にも、窓に映った走る自分の姿にも目をくれなかった。ジュリアンの姿が見えなくなって一時間が過ぎた。こんなことは初めてだ。三階にある自分たちの部屋から出ることはなく、大部屋かマイケルの目の届く範囲にいるのが普通だった。きょうのようにマイケルがそばを離れるときは、数少ない友だちのそばにいた。ジュリアンだってばかじゃない。自分が弱いことくらい承知している。弱ければいじめの対象になる。

ジュリアンを痛めつけるのはヘネシーお気に入りの遊びだった。彼もその取り巻きも、マイケルに直接手を出すほどの度胸はない。一度ためしてきたが、指の骨が折れ、歯がぐらぐらする結果となった。ひとりで五人を相手にしながら、マイケルはどれだけ殴られようが、どれだけ出血しようが気にならないのか、全員をのしてしまった。まるで檻に入れられた動物のように、喉の奥から声をあげながら戦った。ターザンのように戦った。それが年下の少年たちから尊敬されるゆえんであり、年長の連中から手を出されないゆえんだった。追いつめられると手がつけられぬほど荒れ狂うマイケルを見て、年長の少年のなかには本当に正気を失ったのではないかと考える者もいた。だが、そうじゃない。アイアン・ハウスには時間だけはたっぷりある。燃やすほどの時間が。つぶすほどの時間が。ここは地獄で、弟は背中に的をつけているようなものだった。マイケルにほかの選択肢などなかったのだ。

「ジュリアン！」

弟の名を呼ぶと、凍てついた空間に声がこだました。

マイケルが厨房作業から戻ると、同じ大部屋の少年からジュリアンがいなくなった、呼び出されて、使われていないほうの翼棟に連れていかれたと知らされた。ヘネシーがばか笑いしながら封鎖したドアから板を引きはがし、さっさと走れというようにジュリアンを強く蹴飛ばしたことを。相手は五人だった、と少年は語った。ジュリアンに二分のアドバンテージをあたえてから、五人で追いかけはじめたのだった。

一時間前のことだ。

それを聞いてマイケルは走った。弟の名を呼び、その声がむなしく戻ってくると、ふたたび呼んだ。

冷え冷えとした言葉。

吐く息が白かった。

フリントは二階にある小さな寝室にアビゲイルを案

内した。「訪問者に使っていただける部屋はここしかございませんで」彼は詫びた。「どうぞごゆっくり、おくつろぎください。あの子たちはじき見つかるでしょうから」

「ありがとう、フリントさん」

彼は背を向けかけて、ためらった。「ひとつおうかがいしても？」

「必要なことでしたら」

「なぜあのふたりを？」

「あの子たちの年齢が気にかかりますの？」

「片方の身体が弱いからです」フリントの目は温和だがとまどっていた。「きわめて異例なお申し出なんですよ」

「特別な事情があるとお思いなんですね」

「気になるのも不思議じゃないはずです」

アビゲイルは窓に近寄り、雪景色をながめた。「あの兄弟は十歳と九歳でしたね、たしか。捨て子と聞いていますが」

「見つかったのは州境のテネシー側にある川床で、実はここからそう遠いところではありません。直線距離にして四十マイル、実際の距離はその倍くらいでしょうか。十一月後半のことで、ひどく寒い日でした。ふたりのハンターが袋小路になっている洞窟の奥から人の泣き声がするのに気づいたのです。川幅は二フィートほどですが、流れが急でした。ジュリアンは身体の一部が水に沈んでいて、ふたりとも凍りつきそうになっていました。どちらか一方でも助かれば奇跡でしたが、ジュリアンに関してはとくにそうです。あの子は弱くて、わたしの祖母なら〝腺病質〟と呼んだことでしょうね。ハンターたちはふたりをふところに抱いて運びました。へたをしたらふたりとも死んでいたと思いますよ。発見があと数分遅ければ。親切な人が通りかからなければ」

「そのときふたりはいくつでしたの？」

「正確にはわかりません。ジュリアンは生後まもなくで、おそらく数週間ほどだったでしょう。マイケルはもうちょっと大きかったですね。医者はだいたい生後十カ月と見当をつけましたが、もっと幼かったかもしれません。ジュリアンは見るからに未熟児でした。母親は同じと思われますから――」

「未熟児だった？」

「少なくとも一カ月は」

「一カ月」アビゲイルは視界がぼやけるのを感じた。間があきすぎてフリントは居心地が悪そうな顔になった。

「ミセス・ヴェイン？」

「わたしは孤児院で育ちました。小さな施設で、ここよりずっとみすぼらしかった。寒くて苛酷で寛大さのかけらもない場所でした」彼女は窓に背を向け、片方のてのひらを上向けて味気ない光を受けた。「わたしがいくらか共感できるのもおわかりいただけるかと……」

「ええ、ええ、もちろんですとも」

「わたしは十歳のときに養女に迎えられ、九歳の妹は迎えられませんでした」彼女はフリントと目を合わせた。その目には弱さのかけらもなかった。「妹もジュリアンと同じく病弱で、それが原因で引き取られなかったのです。わたしが愛情深い家族に迎えられた四カ月後、妹は肺炎にかかりました。あのおぞましい場所で、ひとり死んでいったのです」

「わかります」

「本当に？」

「そのまあ、わたくしとしましては――」

「わたしは良縁を得て、同じ悲劇を阻止できる立場になりました。あの兄弟のような子どもをずっと探していたんです。年長で、引き取り手のない子どもを。それで妹が戻ってくるわけじゃありませんが、いくらかでも救いになればと思います。あの少年たちに新しい人生をあたえることで、わたしにも新しい人生がひらけるんじゃないかと思うんです。これでご満足いただけたかしら?」

「べつに詮索するつもりはなかったんです」

「あの子たちに会いたいわ、フリントさん」

「わかっております」

「ふたりを見つけてください」

　いやなことがあったときに隠れる場所がジュリアンにはいくつかある。森のなかに建つ使われなくなった井戸小屋に、礼拝堂の床下。いつだったか、花崗岩に割れ目があって、そこから川の水が下のほうに流れているのを発見した。おりるには狭い隙間を頭からもぐっていかねばならないが、三フィート下は洞窟になっており、手足をのばす余裕があった。もっとも、鼻から十二インチのところに濡れた真っ黒い岩が迫っているが。穴のなかは寒くて暗く、一度など、出てきたら全身ヒルだらけだったこともあった。しかし深くもぐれば、もっとひどいことがジュリアンを待ち受けている。世の中の奥深く。心の奥深くに。

　マイケルは地下二階でジュリアンを見つけた。

　そこは暗く埃まみれの部屋――何十か、ひょっとしたら百はあるかもしれない――が迷路のように入り組んでいたが、マイケルはこれまでにすべての廊下を歩き、すべてのドアをあけていた。八十年以上も昔のファイルがおさまったキャビネットの列。廊下に積み重ねた新聞は腐ってドロドロになっている。昔の診察室。蔵書、包帯、ガスマスクが詰めこまれたカビだらけのクロゼット。ガラスの注射器が入った箱、革の拘束具がついた椅子、茶色く変色した拘束衣もあった。一部の部屋は扉がスチールで、べつの部屋はコンクリート壁に手かせがボルトで留めてあった。あるときなど、南奥の部屋に足を踏み入れたら、腐った基礎から入ってきたコウモリの群れに襲われ、尻もちをついたこともある。地下二階は天井が低く、明かりもまばらにしかなかった。

初めてジュリアンの行方がわからなくなったときは、燃焼炉室で見つけた。熱くなった炉のうしろの狭い場所で膝を胸にくっつけ、煉瓦壁にもたれて丸くなっていた。

六歳の弟は、殴られて血まみれだった。

三年前のことだ。

配管を何本かくぐり、たわんだドアの下から漏れる青い光と炉の熱に向かって、真っ暗闇を突き進んだ。小さな声が聞こえた。弟が歌う声だ。ドアをあけると熱がいきおいよくわきをすり抜けていった。部屋の大半を占拠している炉の中心で青い炎が燃え、じめっとした熱が噴き出してくる。ジュリアンはボイラーのうしろの狭苦しい場所で背中を丸め、膝を抱えてすわっていた。靴も履かず、その狭い空間で身体を揺らしていた。裸の上半身は赤くて薄汚れ、髪は水蒸気が立ちのぼってもおかしくないほど濡れていた。

弟は顔をあげなかった。

「ジュリアン？」マイケルはボイラーのうしろに身体をもぐりこませた。「おい、大丈夫か？」ジュリアンが首を横に振ると、初めて見る痣がいくつかついていた。弟の肩に手を置いて腰をおろす。ジュリアンはしばらく無言だった。やがて切れ切れの声を出した。

「小さいときのことを覚えてる？　ドレッジじいさんのことを」

すぐには答えられなかった。「雑用係の人か？」

「あの人はこの廊下の先の小部屋で寝起きしてたんだ」

ジュリアンが首を動かすと、マイケルも思い出した。ドレッジじいさんは寝台と冷蔵庫がある小さな部屋を持っていた。壁にヌード・ポスターを貼り、冷蔵庫には酒がしまってあった。年老いて腰が曲がっていたが、ジュリアンはどういうわけかいつも彼を怖がらなかった。「そいつがどうかしたのか？」

「だから、ここにおりてきたんだ」ジュリアンはなんにもわかってないんだなという口ぶりで言った。「ドレッジじいさんはいざというときに必ず助けてくれた。ぼくをかくまって、探しに来た年長のやつらにすごんでくれた。手に持った棒を振りかざし、わけのわからないことを口走るものだから、しまいにはみんなびびって、地下におりようなんて考えもしなくなったんだ。本当は全然悪い人じゃなくて、ぼくを助けようとしただけなんだけど。ぼくの味方だった。いやなことがあると、いろんなお話を聞かせてくれたよ。ドレッジじいさんによれば、ここには魔法の隠し扉があるんだって。その話をするときは決まって目を細くしたけど、絶対にあるらしいよ。正しい壁を探せって言われた。いやなことがあったら、正しい壁を探してコンコンと叩けば、必ずあくって」

「陽の光と銀色の階段……」

「前にも話したっけ？」ジュリアンは訊いた。

「よりよい場所に通じる扉の話だろ。すっかり忘れてたけど、思い出した。前にも聞いた」マイケルはドレッジ老人の姿を思い浮かべた。皺深い肌に血走った目、酒と煙草のにおい。老人は二年前、姿を消した。くびになったのだろうとマイケルはふんでいる。解雇理由は頭がおかしいからか、不潔だからか、あるいはその両方か。「そいつは作り話だ、ジュリアン。いかれた年寄りの」

「わかってる。いかれてるよね」ジュリアンは声をあげて笑ったが、気持ちのいい笑い方ではなかった。彼が両手をお椀の形にしたとき、指の関節がすりむけ、血で汚れ、皮膚が切れているのが見えた。

**弟はここの壁を叩いていたんだ……**

「なにがあった、ジュリアン」

弟は肩をすくめた。「あいつらに投げ出されそうになったんだ。投げ出されそうになったけど、抵抗したよ」彼は音をたてて洟《はな》をすすりあげた。「靴は取られちゃったけど」

弟をしげしげとながめまわしたところ、皮膚が赤いのは熱のせいではなく、寒さのせいだとわかった。そして、髪についているのは汗ではなく、解けた雪だった。さらに、もうひとつ気がついた。「そのズボンはおまえのじゃないな」

ジュリアンは聞こえないふりをした。「やつら、玄関以外の全部のドアに鍵をかけたんだ。正面から入らせて、みんなの前を歩かせようとしたんだよ。それで笑い者にするつもりだったらしいけど、ぼくは裏をかいてやった。コウモリの出入口から入ったんだ。知ってるよね。ほら。コウモリの部屋だよ」

そういうことだったのか。弟が素っ裸で寒さに震えながら雪のなかを走り、腐った壁と崩れ落ちた下張り床の隙間を身をよじらせながら頭から通り抜け、コウモリだらけの部屋にもぐりこむ姿がまぶたに浮かんだ。

「そのズボンはおまえのじゃないな、ジュリアン」

ズボンは汚れてごわごわし、ジュリアンの細い腰には大きすぎた。地下室の床に散乱していたカビまみれの箱から発掘してきたのだろう。古くて染みだらけで折り返しがほころびている、大人用のズボンだった。ジュリアンは硬いズボンの膝をつかむと、急にしまりのない顔になって目をきょとんとさせた。「どうしてぼくが人のズボンなんか穿くわけ?」

これまで何度も目にした表情だった。焦点の合わないとろんとした目に半びらきの口、精神のバランスを崩した気配。

遮断。

その表情を見るのは死ぬほど嫌いだが、それが弟に頻繁に取り憑く理由は充分にわかっている。ことあるごとにいじめを受けるジュリアンは、何カ月にもわたって精神のバランスを崩し、常にびくびく怯え、顔色は悪くうつろな目をするようになり、食事も睡眠もろくにとらなくなった。たとえ眠れても、執拗な悪夢にさいなまれ、起きているときと大差のない苦しみを味わうのだ。最悪だったのはふた晩前、ジュリアンが嗚咽を漏らし、顎に銀色の唾をつけてベッドから転がり出たときだ。彼は隅に逃げこんで丸くなった。いまと同じしまりのない口と怯えた目だった。正気に戻すには何分もかかったが、どうにかこうにかふたたびベッドに寝かせたときも、震えはおさまらず、目はうつろで怯えていた。弟は切れ切れの声で説明した。

**暗くなるとみんな変わるんだよ。それがすごく怖いんだ。**

**どんなふうに変わるんだ？**

**言ったら、頭がおかしいって言われる。**

**言わないよ。**

**絶対に？**

さっさと言え、ジュリアン……

**ろうそくって、初めはまっさらですべすべしててきれいだよね？　見れば、それがろうそくだってわかる。みんなが知ってる形だから。**

**うん。**

**でも、火をつけると溶けて、蠟が溶けて、そのうち変な形になっちゃうでしょ。でね、ときどきそんな感じがするんだよ。電気が消えると。なにもかもがへんてこになっちゃうみたいな。**

**わかんないな。**

**暗いと、なにもかもが溶けてなくなっちゃう気がするんだ。暗闇が炎で、世の中が蠟みたいな。**

**世の中はろうそくじゃないよ、ジュリアン。**

**でも、マイケルには見えないだけかもしれないのに、どうしてそう言い切れるのさ？**

**なんで泣いてる？**

**そう言い切れる人なんている？**

思い出すだけでマイケルは頭に血がのぼった。弟が軟弱でなにが悪い？　「誰にやられたんだ、ジュリアン？　ヘネシーか？」

「それにビリー・ウォーカー」ジュリアンはふたたび泣きだし、きらきら輝く油じみた涙をこぼした。彼は盛大に洟をすすり、腕で顔に泥のあとをつけた。

「ほかにもいたのか？」マイケルは訊いた。

「ジョージーボーイ・ニコルズ。チェイス・ジョンソン。それと、少年院から来た、あのいやなやつ」

「ジョージア州北部の出の野郎だな？　ばかでかいやつ」

「ロニー・セインツ」ジュリアンはうなずいた。

「全部で五人か？」

「うん」

マイケルはますますいきりたって、立ちあがった。炉の熱で肌に汗が浮いていた。「おまえも自分の力で立ち向かわなきゃだめだ、ジュリアン。一度ガツンとやれば、むこうも手出しをしなくなる」

「だけど、ぼくは兄ちゃんとはちがうもん」

「おまえらなんか怖くないぞってところを見せればいいんだ」

「ごめんね、マイケル」

「謝るなよ……」

「お願いだから怒らないで」

「怒ってなんかいない」

「ごめん、マイケル」

自分の腕に目を押しつけるジュリアンを、マイケルはしばらく見おろしていた。「いいかげんにやめろよ、ジュリアン」

「やめるってなにを？」大きな目が上を向いた。細い喉がごくりと生唾をのみこむ。

「あちこちふらふらするのをやめろって言ってるんだ」マイケルは自分で言いながらいやになった。「鼻歌を歌うのも、ぼけっとした顔をするのもやめろ。やつらに追いかけられて逃げるのもやめろ。びくっとするのもやめろ」

「マイケル……」

「女みたいにめそめそするな」

ジュリアンは顔をそむけた。「ぼくだっていやだよ。そんなこと言わないで、マイケル」

しかしマイケルは心配するのも、喧嘩をするのももうんざりだった。「いいから、部屋へ戻ってろ、ジュリアン。話はあとだ」

「兄ちゃんはどこへ行くの？」

「決着をつけてくる」マイケルは動きの悪いドアを肩であけ、またたく間にその場を去った。その結果、弟の顔に浮かんだ傷心の表情にも、ダイヤモンドのような涙と固い決意にも気づかなかった。立ちあがったジュリアンの両腕が震えていたことにも、背中からナイフを出し、手が骨のように白くなるまで強く握ったことにも気づかなかった。

「わかったよ、マイケル」

兄の姿はすでになかった。

「わかった」

ジュリアンは手のなかのナイフをじっと見つめ、つづいて自分の骨と皮だけの腕と鳥カゴのような胸を見つめた。マイケルのような筋肉はついていないし、肩幅も広くない。兄の腕に浮く太い静脈も彼にはない。鋭い目も、揃った歯並びも落ち着きもない。顔色は青すぎるし、ちょっと走るだけで肺が焼けてくる。しかし、それ以上に深刻なのが気の弱さだった。胸骨の奥にでこぼこした場所がひそんでおり、ジュリアンは心のどこかで、自分のような内なる弱さを持たない兄を憎んでいた。その憎悪はときに激しいものとなり、あまりの強さに、うっかりすると顔に出そうになる。一方、愛情によってかなり薄められ、完全に消滅してしまうこともある。

ジュリアンは屈辱と情けない気持ちを嚙みしめ、濡れた目を光らせながら、いつまでもその場に立ちつくしていた。頭のなかを何千というささいな傷心の記憶が駆けめぐる。嘲笑と悪態、顔にかかったヘネシーの唾、ドレッジじいさんのズボンとコウモリの糞の味。深く傷ついた記憶、痛みと恐怖と自己嫌悪も去来した。兄の目に浮かんだ失望の念。なによりもそれがいちばんこたえた。ジュリアンは顔についた鼻水をぬぐい、なぜ兄を愛しながら憎めるのかと不思議に思った。どちらの感情もそれほどまでに大きかった。

**愛情。**

**憎悪。**

自分の足でしっかりと立ちたかった。廊下で会ったらみんなから挨拶されるようになりたいし、おもしろ半分にいじめられるのをやめさせたい。マイケルみたいになれば、それが実現するのだから、そうなるしかない。マイケルのようになるんだ。しかし、ドアに向かって一歩を踏み出したとたん、怪我をした足首がふらついていきおいよく倒れ、板が割れるような音をさせながら顔がコンクリートに激突した。ナイフが派手な音とともに転がり、彼は泥のなかで丸まった。心細く、傷つき、兄のようになりたいと思いながら。

**マイケル……**

目の上の骨が砕けたように、尖った熱いものをその隙間に押しこまれでもしたように頭が痛んだ。彼は顔を覆って泣いた。目をあけると、さびの浮いたナイフが床に転がっているのが見えた。指で持ち手を探りあてた。四つん這いになって進むと刃がきしるような音を立て、頭が落ちそうなほどぐらぐらした。視界がぼんやりとかすんでいく。喉の奥から妙な音が漏れ、頭のなかにガラスの割れるような音が響き、思わず顔をしかめた。立ちあがったときには別人になった気分だった。意識が朦朧とし、全身がだるい。身体をゆらゆら揺らしていると周囲が白んでいった。視界がはっきりすると、こぶしが壁を叩く音が聞こえた。骨と皮だけの手が強く叩くたび、頭の奥の声が言った。**そんなことをしたら痛いじゃないか……**

だが、痛みを感じているのはべつの少年だった。**女みたいにめそめそするな**、とその少年に言われ、ジュリアンは足を引きずって黒ずんだ床を歩きだした。上にのびる手すりを探りあてて階段をのぼっていくと、途中に地下の厨房があり、砂糖入りの茶や脂身の多い肉、白パンに代用バターのにおいがあたり一面に立ちこめていた。さらに階段をのぼって左に折れると、その先は食堂で、すでに少年たちが集まりはじめていた。ジュリアンはふらつく足取りでその前を過ぎると、ナイフを強く脚に押しつけるようにして、さらに何段か無人の階段をのぼって長い廊下を進んだ。ここでも数人の少年とすれちがった。自分でもひどいなりなのはわかっていた。全身は埃まみれで、足は引きずっているし怪我もしている。みんなの目が痣や擦り切れたズボン、憑かれたような目の上にできたたんこぶに集中する。彼らはナイフを目にするや道をあけ、仕上げの雑な漆喰壁に背中をぴったりとつけた。しかしジュリアンは、憐憫と嘲笑、あるいは気味が悪いほど優しい問いかけの表情には目もくれなかった。

**お断りだ**、とジュリアンの声をした少年が言う。**ぼくたちには誰の助けも必要ない。**

ヘネシーは北廊下の突きあたり、一階のトイレにひとりでいた。小便器の前に立っていた彼は、ドアがいきおいよく閉まる音に振り返った。信じられないという表情がゆがみ、すぐにずる賢い顔に変化する。「なんだ、おまえか」ヘネシーは背中を向け、水を流した。トイレは的をはずれた小便と消毒剤のにおいがただよい、天井のワイヤかごの奥で、電球が白く冷たい光を放っていた。ジュリアンが背中にナイフを隠し持って立っていると、ヘネシーは床に唾を吐き、間合いをつめた。鼻梁に浮いたそばかすが、飛び散った泥のように黒い。

「おまえなんか怖くない」ジュリアンは言った。

ヘネシーは上にも横にも大きく、髪は赤毛で泥水のような茶色の目をしていた。薄い色の体毛が手の甲をびっしりと覆い、一本の虫歯のせいで笑顔の右半分が台無しだった。彼はジュリアンを上から下までながめまわすと、またも大きな笑い声をあげた。「たまげたな。女みたいな筋肉が束になって、目が怒ってるぜ」彼は指を振り、口をOの字にした。

ジュリアンは頭をそらした。黒い目がとろんとしている。「ぼくはめめしくなんかない」

「ばか言え」ヘネシーは乱暴に突き飛ばして歩きだした。「じゅうぶんめめしいぜ」

「いまのを取り消せ」

「いやだと言ったら？」

ヘネシーは振り返りもしなかった。片手をドアにかけたところで、ナイフが首の横に突き刺さった。ナイフがズブリという音を立てて沈みこむと、ジュリアンはあとずさりし、床に倒れた大柄な少年が首を両手で押さえ、白目を剝いてのたうちまわるのを黙って見ていた。血が流れ、困惑が恐怖へと変わる様子に見入った。「ジュリアン……」

その瞬間、いつもは涙が巣くう場所におぞましい満足感が湧きあがったが、心の声は、こんなことはまちがっていると叫んでいた。大人を呼べ。助けを呼べ。

**黙ってろ、めめしいやつめ。**

その言葉がジュリアンの頭に響きわたった。あまりの大音量に、怪我をしていないほうの足で立っていた彼は、思わずうしろにのけぞった。

激しい憎悪。

猛々しいほどの。

ジュリアンは個室のドアにぶつかり、けたたましい音とともになかに倒れこんだ。背中にあたる便器がひんやりと硬い。ヘネシーの両脚が二度床を叩き、やがて動かなくなるまで、彼はずっと頭を抱えていた。目の奥からなにかがむしり取られたような激痛が走った。頭を抱えた手に力をこめると、トイレ全体が重力で横に引っ張られたように妙な角度に傾いた。ジュリアンは頭から手を離し、みじめに傷つき、混乱した頭で個室から這い出した。

「マイケル?」

口のなかでつぶやくような小さな声だった。床に目を転じると、ヘネシーがタイルに大の字に倒れ、首を押さえる手のあいだから、グロテスクにもナイフが突き出ている。まわりに赤い液体が広がって、それと呼応するようにジュリアンの頭のなかにぽっかりと穴があいた。血にまみれた両のてのひらを合わせると、少しべとつき、離そうとすると肉の表面からラップをはがすような音がして、思わず目をしばたたいた。その目を高いところから照らす白い明かりに向け、それから同じくらいまばゆく光る鏡に向ける。黒と白の小さな長方形が並ぶタイルの床を、赤いものが目地に沿って流れていく。

「マイケル?」

静寂。

「マイケル?」

まさに三度めの正直だった。ドアがあき、当の兄が、ジュリアンの救世主たる兄が立っていた。息を切らし、汗にまみれた様子から、あちこち走りまわってきたのだとわかる。ジュリアンはなにか言おうとしたが、頭が朦朧として、口がうまく動かなかった。真っ赤になった両手を差し出し、目をしばたたいた。マイケルはたっぷり五秒間、身じろぎもせずに立ちつくし、目をヘネシーから弟へ、弟から廊下全体へと移動させ、最後にふたたびトイレに戻した。ドアを閉め、大股で死体をまたいだ。ジュリアンは兄の姿を見たとたん、安堵のあまり泣きだしそうになった。マイケルならなんとかしてくれる。マイケルにまかせれば安心だ。

マイケルの手がジュリアンの肩に置かれた。口が動いて言葉を発しているが、ジュリアンは理解するどころではなかった。彼は何度もまばたきしながらうなずき、視線をマイケルの口から、床に転がるぶざまな脚へと転じた。こんなはずじゃなかった。耳に音が流れこみ、口のなかに嘔吐物の味が広がった。マイケルがまだなにやらしゃべりながら、流しまで連れていき、手と腕を洗うのを手伝った。紙タオルを濡らし、母親のような優しい手つきで顔に飛んだ血しぶきをぬぐった。その間ずっと、目は弟から片時も離さなかった。彼の口が動いたが、ジュリアンが反応せずにいると、今度はもっと大きな声でゆっくりと言った。「わかったか?」

長いトンネルの反対側から聞こえてくる声。ジュリアンは自分の頭が動くのを感じた。マイケルが大丈夫だと言い、つづけてなにか言った。さっぱりわけがわからなかったが、言葉だけは聞きとれた。「やったのはおれだ」マイケルは顔をほんの数インチのところまで近づけ、胸をしきりに叩いた。「やったのはおれだ。わかったか?」

ジュリアンは口をあんぐりとさせ、ぐっと前に乗り出した。マイケルは急いでドアを確認すると、腰をかがめてヘネシーの首に刺さったナイフを引っぱった。湿った音とともに抜けたそのナイフを、マイケルはジュリアンに見えるようかかげた。「やったのはおれだ。ヘネシーがおまえに暴力をふるったから、やったんだ。訊かれたら、そう答えるんだぞ。わかったな?」ジュリアンはぽかんとした顔になった。「おまえじゃこのあとに待ち受ける仕打ちに耐えられっこない」マイケルは言った。「ジュリアン? 聞いてるのか? やつがおまえをいじめた。そこへおれが入ってきた。おれが刺した」

「兄ちゃんが刺した……」口がうまくまわらない。意識が朦朧としている。ジュリアンは頭がのけぞるのを感じ、まぶたを一度閉じた。

「そうだ、おれがやったんだ」マイケルは閉じたドアを見やった。「おまえがナイフを持ってるところを見たやつがいる。そのうち先生たちがやって来る。もうおれは逃げないと。やったのはおれだ。ほら、言ってみろ」

「ぼくはヘネシーにいじめられてた」沈黙。「兄ちゃんがやった」

「そうだ、ジュリアン。よく言えたな」

マイケルは弟を一度抱き締め、ドアをあけていなくなった。血まみれの手にナイフを持って。

ジュリアンはヘネシーを見やった。こぼれた牛乳のように濁った目をしている。あとずさりして目をしばたたくと、大人たちが入ってきた。大声が飛び交い、ばたばたとあわただしくなった。大きな手がヘネシーの首を、目をさわる。彼の口に耳が近づけられる。フリントが率いる大人たち。ジュリアンは彼らに質問を浴びせられながらまばたきし、もう一回、まばたきした。

ひらいたドアに目を向けた。

そしてマイケルに言われたとおりにした。

アビゲイルは狭い部屋の窓辺に立っていた。外は真っ暗な空が広がり、雪はまだ風に舞っている。窓ガラスの縁に霜が付着し、なにもかもが湿気を帯びて冷たかった。家具、着ているもの、肌。ドライブウェイに人の気配があった。少年だ。こんな殺伐とすさみきった場所に子どもたちが暮らしているなんて、考えただけでもぞっとする。コートをはためかせながら走る少年の姿を見て、嵐なのにあの子はどうして外にいるのか、どこに向かって走っているのかと気になった。目を閉じ、ここの子どもたちをどうぞ見守ってください、これから先も無事で過ごせるようおはからいくださいと神に祈った。まぶたをあげるとすっかり夜が満ち、あたりは漆黒の闇に包まれ、風が吹きすさんでいた。

さっきの少年はどこかと探したが、すでに見えなくなっていた。

冷たい風が吹き荒れ、雪がいきおいを増した。ガラス窓の向こうからもの悲しい音が聞こえ、アビゲイルは思わず喉に手をやった。

遠くのサイレンの音。

激しく鼓動する小さな心臓。

## 6

マイケルはこの瞬間を何度となく見てきた。夢のなかでも、あるいは眠れなかったりエレナのアパートメントの空気が息苦しかったりして何時間も汗だくで過ごすときの物思いのなかでも。自分のしてきたことをうまく伝える方法を、後悔と希望と夢を語るすべを模索したが、心の奥底をのぞく窓はすべて割れているか黒く塗りつぶされていた。人殺しという事実はどうやっても取り消せない。それ以外がどうであろうと関係ない。しかたなかった？　一般市民を手にかけたことはない？

エレナは斟酌しないだろうし、それが当然だと思う。少しだけ距離をつめた。いろいろと想像してきたが、こんな形で真実の瞬間を迎えるとは一度として思わなかった。手を血まみれにした自分が、枯れてもろくなった草むらに膝をついたエレナに打ち明けることになるとは。彼女はひどく小さくて、苦しそうだった。片手を広げて地面につき、もう片方の手で下腹付近の服地をよじっている。その頭のなかをどんな思いがよぎっているのかマイケルにはわかりようがないが、つかみどころがなく、ぐしょぐしょで冷たいものにちがいない。裏切られたという思いだろう。嘘と、過去になされた暴力に思いを馳せているのだろう。

携帯電話をポケットにしまい、草むらに足を踏み入れた。彼女までの距離は五フィートだが、千フィートにも思える。

「大丈夫か?」彼女の背中は太陽の熱で温かく、シルクのような手ざわりのワンピースごしに痩せた感触が伝わってくる。彼女は首を振った。微風が吹き抜け、川のにおいがきつくなる。車が流れるように通りすぎていくなか、遠くのほうからサイレンの音が、都市の音が聞こえてくる。北に目をやると、真っ黒な煙が立ちのぼっているのが見えた。

「あなたのことがわからない」その言葉には熱意のかけらもなかったが、灰と崩れ去ったものの味がした。彼女は身体を起こすと、膝をついたままうしろにのけぞり、マイケルの手を払いのけた。「あなたのことはなにひとつわからない」

「大事なことは全部知ってるじゃないか」

「あなたはあの人たちに向けて何度も引き金を引いた。そこの川に銃を捨てた。んもう、自分で言いながら、でたらめな話に聞こえてくるわ」

彼女の頭は微動だにしなかったが、いつ泣き崩れてもおかしくなかった。友人が死に、マイケルの答えが嘘なのはおたがいにわかっている。彼は自分の胸に触れて言った。「ここは変わってない。誓ってもいい」

彼女がまばたきもしないのを見て、マイケルの胸のなかにパニックの核が形成された。「おれにとって大事なのはきみだけだ。ふたりで築いてきたものと、ふたりで分かち合ってきたものと」

「やめて」

「おなかのなかの子どもに誓う」

「だめ」

「なにがだめなんだ？」

彼の目をうかがうエレナの目を見たとたん、マイケルは信頼が消滅したのを悟った。「わたしの赤ちゃんに誓ってはだめ」ふたりは、彼女が発した言葉の力を感じ取った。

マイケルは顔を空に向けていたが、しばらくしてうしろを振り返ると、一台のパトロールカーが目に入った。警察の車はゆっくりと通りすぎていった。ウィンドウの奥で、警官の顔が停車中の車とふたりが膝をついている草地に向いた。「ここを離れなくてはいけない」エレナは彼の視線を追い、漠然と理解した。「いますぐに」マイケルは言った。

彼女は視線を彼の顔に、次に百ヤード向こうにとまっている警察の車に向けた。大声を出して走りだされたら、マイケルにはとめるすべはない。「ちゃんと説明して」彼女は言った。

「説明ならあとでする」

「嘘はいやよ」

「誓う」

マイケルがふたたび自分の胸に触れると、ふたりのあいだにただよう空気に火花が散った。恐怖に塗りつぶされた愛。暗黒のエネルギー。ふたりはまるでナイフの刃の上に立っているようだった。その鋭い刃がいつ自分たちを切り刻んでもおかしくない。エレナも同じように感じているのか、さっきと変わらぬ不吉なまなざしを向けている。だがけっきょく、彼女はうなずき、彼を追って車に向かった。彼女の脚が力を得たのは愛ゆえであることは、ふたりともよくわかっていた。

歩道に戻ると、彼女はパトロールカーを、遠くに見える黒煙をながめた。多くの人が死に、街の一部が燃えている遠くの場所で、サイレンが鳴り響いている。エレナはおなかの子どもの父親を一度見やってから、車に乗りこんだ。顔は落ち着き払っているが、小さな手を淡い朱色に色づくほど強く握り合わせていた。

マイケルはナビゲーターのエンジンをかけ、加速して車の流れに滑りこんだ。警察官はまだ同じ場所に残っていたが、道がカーブすると見えなくなった。マイケルは東に折れ、川から遠ざかった。「ニューヨークを離れなきゃならない」彼は言った。

「どうして？」

小さな声だった。

「おれには敵がいる」

彼女はシートに深く沈みこみ、マイケルは事実の動かしがたさを恨めしく思いながらミラーでうしろをうかがった。エレナは膝を抱きかかえた。アパートメントの前まで来ると、マイケルはいったんブロックを一周してから車をとめた。エレナは身を乗り出し、ウィンドウごしに見あげた。「ここはなんなの？」

「おれのアパートメントだ」

「だけどあなたは住むところなんか……」彼女の声はしぼむように途切れた。「家に帰りたい」

「それはできない」

「どうしてよ？」

「おれを信じてもらうしかない」マイケルはドアをあけた。

「どうしてここに寄るの？」

「金が必要だからだ」彼は通りを、近隣の窓をうかがった。「きみも一緒に来るんだ」

車の前をまわりこんで彼女の側のドアをあけた。子犬を連れた女性がひとり、通りすぎていった。通りの先の木々で鳥がさえずっている。エレナは両手でワンピースをなでつけて腿のあたりの生地をぴんとさせ、たるんだ部分を手でぎゅっとつかんだ。彼女が車を降りると、マイケルは小さな玄関口へと案内し、なかに入って三階にあがった。エレナを入れる前にアパートメントのなかをたしかめた。

「いいぞ、入っても」

彼女は入口から五フィートのところで足をとめ、マイケルが住んでいたこの場所をせわしなく見まわした。

「どうということのない部屋だ」彼は言った。

彼女は壁にかかった絵や、棚の上の本に触れた。

「ここを借りっぱなしにしてたの？」

「しばらく来ていなかった」

「しばらくって？」

彼女の目に怒りが燃えあがった。ちらりとでも激情をのぞかせたのは、これが初めてだ。「五年ほど。六年かもしれない。そんなことはどうでもいい」

「よくそんなことが言えるわね」

マイケルは答えに窮した。「すぐにすむ。いいから……ここで待っていてくれ」彼は廊下を進んで小さいほうの寝室に向かった。クロゼットに入って血のついた服を脱ぎ捨て、べつのスーツを着て、新しい靴を履いた。ラックにかけた銃から拳銃二挺を選び、棚からダッフルバッグをおろして床の上に広げた。拳銃のうちの一挺、キンバーの九ミリ口径は携帯用ホルスターに入れてベルトにつけ、上着で隠した。もう一挺のスミス&ウェッスン四五口径は予備弾倉五個とともにバッグにしまった。次は現金だ。いちばん下の棚、弾薬の箱の隣に二十九万ドルを百ドルずつ束ねて置いてある。それをダッフルバッグに投げこんだとき、エレナが背後のドアに現われた。彼女はたじろいだが、マイケルはあえて堂々と見せた——大量の鋼鉄、ガンオイルのにおい、現金、イギリス製の革製品。「もっとある」マイケルは言った。

「なにが？」彼女の目は整然と並ぶ銃に吸い寄せられていた。

「金のことだ」

「わたしがお金の心配をしてると思ってるの？」また殺気立って顔がほてってった。

「ちがう、おれはただ――」

「お金をちらつかせればついてくると思ってるわけ？」

「そういう意味で言ったんじゃない」

エレナは下腹を押さえた。「わたし、吐きそう」

「すぐによくなる」意図したよりも冷ややかな声になったが、エレナの非難はこたえた。金の話を持ち出したのは、ちゃんと面倒をみてやれると伝えたかったからだ。彼女をかくまい、しっかり守ってやれると。ドアのほうに移動すると、エレナもついてきた。

「ほかにいくらあるの？」彼女は訊いた。

「たっぷりとだ」

「お願いだから、このすべてに納得のいく説明ができると言って」彼女は腕をつかんで彼を引き留めた。

「なんとか言ってよ」

ふたりは廊下に立っていた。がらんとしていた。エレナはつま先立ちになった。一羽の鳥がいまにも飛び立とうとしている。「話したいことはいろいろある」

「どういう話？」

「きっかけ。動機。なにもかも」

「それを話してくれるのね？」

「ああ、だがいまはだめだ。いいか？」

「約束してくれるなら」

「約束する」マイケルはくるりと向きを変え、ふたりは一階までおりた。マイケルは歩道をうかがうと、なかに引っこみ、エレナを強く抱き締めた。顎の先から彼女の髪のぬくもりが伝わり、またひとつ、嘘をつきたくなった。なにも心配いらない、すぐにもとの生活に戻れると。「てきぱきと行動する必要がある。頭を低くして。まっすぐ車に乗りこめ」彼女の手を引いて灼けたコンクリートを渡り、車に押しこんだ。彼女はしどけなくシートに倒れこんだ。この場所からだと、手っとり早く街の外に出る方法はふたつ。北に向かってホランド・トンネルを目指すか、東のブルックリン橋を目指すか。マイケルは運転席にまわって乗りこみ、エンジンをかけた。エレナは隣で目を閉じている。口の動きだけでなにか言っている。マイケルは一拍遅れて、彼女が口に出して言おうとしない言葉を理解した。

**どうか、神様……**

彼女は指をきつく握り合わせた。

**悪い話ではありませんように……**

マイケルは市街地を北上してホランド・トンネルを抜け、州間高速道路で南に向かった。助手席のエレナは街が遠ざかっていくのをじっと見ていた。「ニューヨークの外には行ったことがないわ」

「だったら、いい経験になる。田舎を知るチャンスだ」

「冗談のつもり？」

「笑えない冗談だったな」

走行計が距離を刻み、胸苦しいほどの沈黙が流れた。

「話してくれるんじゃなかったの？」

外は夏空が、恋空が広がっていた。車はニュージャージーに入り、エレナの声は他人のようによそよそしかった。

「少年ふたりの物語だ」

「あなたのこと？」

「それにおれの弟と」

「兄弟はいないはずでしょ」マイケルが黙っていると、彼女はうなずいた。「ふうん。それも嘘だったわけね」

「十歳のときから一度も会ってない」太陽がウィンドウごしに熱を押しつけてくる。マイケルは彼女に一枚の写真を見せた。モノクロで傷だらけの写真には、泥混じりの雪原に立つふたりの少年が写っていた。ズボンは短すぎ、上着には継ぎがあたっている。「右がおれだ」

彼女は写真を受け取り、目を和らげた。「ずいぶん小さいときの写真ね」

「そうだ」

「弟さんの名前は？」

「ジュリアン」

彼女はジュリアンの顔を指でなぞり、次にマイケルの顔に触れた。顔に赤みが差している。彼女の長所である感情移入がおこなわれた証拠だ。気持ちが高ぶったのだろう、訛りが強くなった。「弟さんのことが恋しい？」

マイケルはうなずいた。彼女の表情が和らいだのを見て、ちゃんと話を聞いてくれそうだと確信した。

「二歳よりも前のことはほとんど記憶に残らないとよく言われるが、それはちがう。おれが生後十カ月のとき、ジュリアンは凍りかけた小川の岸辺に裸で置き去りにされた。生後すぐのことだ。その日は雪が降っていた。おれも一緒に捨てられた」

「十カ月？」

「そうだ」

「なのに覚えてるの？」

「断片的にだが」

「たとえば？」

「真っ黒な木、顔に降りかかる雪」

エレナが写真に触れた。

「ジュリアンが泣きやんだあとの静寂」

エレナは目を伏せたまま、マイケルの話に耳を傾けた。森のなかにゴミ同然で捨てられたふたりの兄弟のこと、水の冷たさ、ハンターに助けられたこと、孤児院での歳月と弟の衰弱。彼はぎゅう詰めの部屋と病気、いさかいと倦怠と栄養失調への無理解について話した。そして、腕力に自信のある子どもは盗みを覚え、か弱い子どもは逃げることを覚えるのだと説明し、年長の子どもが暴力に走ることも語った。「きみには想像もつかないだろう」

エレナは黙って聞いていた。虚実入り交じった話を聞きながら、嘘を感知する手がかりがないかと耳をすまし、真相に迫る手がかりが飛び出さないかとうかがっていた。そうするのは彼女が利口で油断がなく、命よりも大切な子どもがおなかのなかにいるからだった。しかし、一瞬の怒りと後悔、心のなかにずっとためてきた炎についての話は誠意にあふれていた。「ヘネシーはトイレの床で死んでいた。おれはナイフを引っこ抜いて、駆けだした」

「弟を守るため？」

「おれのほうが年上だったからな」

「逃げて罪をかぶろうとしたの？」マイケルはなにも言わなかったが、その表情から図星なのがエレナにもわかった。「そのあとどうなったの？」

マイケルは肩をすくめた。「ジュリアンは養子にもらわれた」

「あなたはだめだった」

マイケルはうなずいた。

「なんと声をかけていいのかわからない」

「そういうものだよ」

「それでニューヨークに来てからは？」

マイケルは肩をほぐした。「あの街は子どもがひとりで生きていけるようなところじゃない」

「どういうこと？」

マイケルは左に車線変更し、遅い車を追い越した。さっきと変わらぬ声でつづけた。「バスを降りた九日後、おれは人を殺した」

「なぜ？」

「おれが小さくて相手は強かったからだ。世間が残酷だからだ。酔っぱらってまともじゃなくなった相手に、おもしろ半分に火をつけられそうになったからだ」

「ひどい」

「おれが波止場近くで寝てると、こっちが起きあがる余裕もなくガソリンをぶっかけてきた。片足でおれの胸を押さえ、マッチを擦ろうとした。いまもそいつの靴を覚えてるよ。色は黒で、白い靴ひもを結んでいた。ズボンは垢まみれで、手で触るとごわごわしてた。最初の一本は火がつかなかった。たぶん、湿っていたんだろう。でなければ硫黄を塗った頭の部分が取れたのか。あくまでおれの想像だけどな。やつが二本めのマッチを手にしたとき、おれはその脚にナイフを突き立てた。膝のすぐ上のわきを。ナイフが骨にぶつかると、相手が倒れるまでえぐってやった。とどめに腹を刺して逃げた」

エレナはひとことも言わずに、首を左右に振った。

**十歳で……**

マイケルは咳払いをした。「ストリートではそんなのは日常茶飯事だった。狂気。無差別攻撃。そういうのは予測がつかない。それ以外は容易に察知できる。自分の配下に引き入れようとするやつが現われる。背後で操って働かせ、さんざん利用して搾り取れるだけ搾り取る。なんでもありだ。警察に訴えなければ、ストリートキッズなんか長くはもたない。おれは運がよかったんだろう」

「どういう点で？」

「腕力があってすばしこくて、戦い方を心得ていた。アイアン・ハウスで教わったんだ。あそこのおかげで用心深くなったし、容赦もなくなった。それにストリートに出るようになって初めて知ったが、おれは頭も切れた。まわりがそれに気づけば、こっちはそれを利用できる」

「わからないわ」

「ストリートにひとりでいたら無防備だ。ふたりで組めば少しはましだが、それでもまだ安全じゃない。だが、十人とか二十人ならちょっとした軍隊だ。バスを降りて十カ月たったころには、少年六人がおれの傘下に入った。その六カ月後、さらに十人が集まった。おれより年下のもいれば、十七とか十八のやつもいた。おれたちは眠るのも食べるのも一緒だった。で、みんなで仕事した。ウィンドウ破りとか強盗とか。観光客はいつもいいカモだった。そのうち、おれたちの存在が気づかれだした」

「警察に？」

マイケルは首を横に振った。「ほとんどはギャングだ。それにケチなごろつき。べらぼうに稼いでたわけじゃないが、盗んだもののなかにはけっこうな金になるものもあった。電気製品とか宝石、それに現金。忍びこんでおれが集めたものを横取りするのはわけないと思いついたやつらがいた。こっちはガキだから、脅すのも横取りするのも簡単だとふんだんだろう。まだ誰も手をつけてない市場だったし、リスクも少ない。やり方はしだいに荒っぽくなった」

彼が首のわきの白い筋に触れたのを見てエレナは訊いた。「ガラスのドアでついたんじゃないのね？」

「それも嘘だ。すまない」

エレナは彼の身体についている傷を全部知っている。下腹部にふたつ、肋骨に三つ、そして首に長いのがひとつ。薄くなって少しだけ盛りあがったそれらの傷の感触も、舌でなぞるとひんやりしていることも知っている。

「スパニッシュ・ハーレムの橋の下をねぐらにしていたときのことだ。当時は全部で七人いたように思う。そこには数週間、滞在していた。ねぐらは頻繁に替えていた。ここに一週間、べつの場所に一ヵ月という具合に。あのときは一日長くいすぎたらしく、ある日の午後、地元のギャングのメンバーがやって来た。やつらの狙いはただひとつ、おれたちをこてんぱんにのすことだった。敵はたったの四人だったが、ほかの連中は逃げだした」

「ほかの子どもたちということ？」

「そうだ」

「それでどうなったの？」

「おれだけがその場に残った」

「そのあとは？」

マイケルは肩をすくめた。「連中が切りつけてきたから、おれも切りつけ返した。だが、時間の問題だった。けっきょくおれは組み敷かれた。ひとりに手首を思いきり踏まれ、骨が折れた。おれは縛りあげられた。死んでもおかしくなかった」

「それで？」

「ある人物が現われた」

彼の言い方から、エレナはここからが話の核心だと察した。半マイルにおよぶ工場群が油を塗った丸太の上を転がるようにするすると流れていく。真っ黒なアスファルトの上の金属板、金網塀、高いポールで光るナトリウム灯。エレナは声をかけた。「マイケル？」

「名前は知っていたが、会ったことは一度もなかった。おれにとっては単なる名前で、いちおう知っておくべき相手で、関わり合いになってはいけない相手だった。残忍な男と言われていた。犯罪者で人殺しだと」

「マフィアってこと？」

「ちがう。イタリア系じゃない。彼の人種を知る者はいないが、ポーランド系だとかルーマニア系だという噂が流れていた。実際のところはクイーンズ生まれのアメリカ人で、母はセルビア人娼婦だった。孤児だったと、あとで知った。その男は暴行が始まったときから、通りの反対側にとめた長い車のなかで見ていた。ウィンドウがおりていた。彼はずっと見ていたんだ」

「あなたがやられるのを？」

「敵はおれを組み敷いて、ここにナイフをあてがった」マイケルは首についた筋に触れた。七インチの長さがあり、中央がひねったようにぎざぎざしている。

「おれは殺されると観念した。血がどくどく流れていた。連中にとって、そこまでは単なるウォーミングアップだった。顔にそう書いてあったよ。連中は本気だと。そこへ、その男が現われた」

マイケルは目をしばたたき、記憶をよみがえらせた。紺のスーツに隠れたねじれた脚。白いものが混じった黒い髪。

「ぼうっとしているように見えた」マイケルは言った。「それが第一印象だった。ぼうっとして愚鈍そうで、へらへら笑っているように見えた。次の瞬間、おれを殴っていた連中の顔に恐怖の色がさっと浮かんだ。連中は両手をあげて、うしろにさがった。ひとりが持っていたナイフを落とした」

**わたしが何者か知っているな?**

いまも老人の声の冷酷な響きが記憶によみがえるが、どうしてもうまく説明できない。あの日のあの声がどれほどの意味を持っていたか、いまの自分にとってどれだけの意味があるかをあまさず理解できる者はほかにいない。

**消えろ。**

「連中は言い訳しようともしなかった」マイケルは咳払いした。「すぐさま逃げた」

「マイケル、あなた、汗をかいてる」

マイケルはてのひらで額の汗をぬぐった。いまだに老人の顔が目に浮かぶ。細い顎に薄い眉、石のように黒くて生気のない目。彼はふたりの手下を従えていた。彼がマイケルのわきに膝をつくのをふたりは立って見ていた。当時、男は四十代で痩せ型、いかにも都会育ちらしい色白の肌で、小さい手は指が欠けていた。下の歯はゆがんで、白かった。

**仲間はみな逃げた。なぜおまえだけ逃げなかった?**

**わかりません。ただ、なんとなく。**

**何歳だ?**

**十三です。**

**名前はマイケルといったな?**

**はい。**

**噂はいろいろ聞いている。**

しかしマイケルは気を失いかけていた。男が青いスーツの衣擦れの音をさせながら立ちあがった。**おまえはどう思う、ジミー？**

**チビのわりに根性があります。**

靴がコンクリートをこすった。血がだらだらと流れるうち目の前が暗くなり、川を渡る靄のように声が届いた。

**息子もこの子のようならば……**

ひどく汗をかいていると思ったら、いつの間にか暖かい車内にいた。おやじさんの顔に触れたときの、しなびて熱い感覚がよみがえった。おやじさんが最後にもう一度大きく息を吸いこもうとしたときの痩せこけた肋骨と薄くなった胸板がよみがえった。「おれはすべてをあの人から教わった」マイケルは言った。「いまのおれがあるのはあの人のおかげだ」

「顔色が悪いわ。ねえ、マイケルったら。真っ青よ」

「あの人のおかげで家庭というものを知った」マイケルの声はかすれ、車が左に流れた。「家庭を教えてくれたあの人を、おれは殺した」

その後三時間は、ほとんど会話がなかった。エレナが質問しても、マイケルは首を横に振り、ぽつりぽつりとしか答えなかった。「おやじさんは死にかけてた。大事な人だった」

「それが理由であの人たちはあなたを殺そうとしてるの？」

「それに、きみと一緒だからだ。連中はおれが売ると思ってる。警察にぶちまけるつもりだと」

「わたしのために？」

「平凡な暮らしのためにだ」

「そうするつもり？」

「いいや」

マイケルの頭に九日前のおやじさんが浮かんだ。黄疸で肌が黄ばみ、肉がそげ落ちながらも、半身を起こして川をながめていた。マイケルは彼の手を取り、初めてエレナの存在を打ち明けた。自分の気持ちや、足を洗いたい理由も。彼女のことを秘密にしていて申し訳ないと謝った。

**彼女は特別な存在なんです。こんなことと関わらせたくない。**

**こんなわれわれの世界と？**

**はい。**

おやじさんは理解した。**相手の女もおまえを愛しているのか？**

**そう思います。**

おやじさんはうなずき、黄色い涙を流した。**その女は天からの贈り物だ、マイケル。われわれのような人間ではめったに手に入れられない。**

**おれたちのような人間とは？**

**人生から贈り物をもらうことがまれな人間だ。**

**ですが、彼女にどう話せばいいんですか？**

**本当のことをか？　話してはならん。**

**絶対に？**

**その女を離したくなければな……**

「マイケル？」エレナの声は不安げだった。

「一分待ってくれ」しかし、それ以上の時間を要した。伝えたいことはあまりに多いが、エレナに理解してもらえることは皆無に等しい。彼は十歳のとき、自分の命を守るために人を殺し、その次はおやじさんを喜ばせるために殺した。「罪のない者などいない」子ども時代に聞いた言葉だ。

「どういう意味？」

マイケルは目の上の皮膚に触れた。「昔、誰かから聞いたんだ。べつに深い意味はない」

「話のつづきを聞きたいわ。自分にとって大事な人を殺したと言ったわね。そこで終わりなんてだめよ。そんな中途半端なことはしないで」

「一分だけ待ってくれ」

しかし、最適なタイミングは訪れなかった。

ボルティモアの北で渋滞につかまった。一時間が二時間になった。エンジンの単調な音がするばかりで、いつしかエレナは眠ってしまった。深く、熱い眠りに落ち、赤ん坊と火事の夢を見ていたが、ふと目を覚まし、くぐもった悲鳴をあげた。

「夢だよ」彼はなだめた。

「どのくらい眠ってた?」

「二、三時間かな」

車はほとんど進んでいなかった。フロントガラスの向こうで青い光がひらめき、前方に警察車両と救急車、塗装がずたずたになった車が見えた。散乱したガラス片が道路上で星のようにまたたくのを見て、エレナはほんの一瞬、車から飛び出して警察に保護を求め、それで終わりにしようと考えた。てのひらを下腹部に強く押しあてると、夢のなかで焼け死んでいった幼子たちがあげたような、断末魔の叫びが聞こえてきた。

マイケルが彼女の髪に触れた。

「ただの夢だ」彼は言った。

「わたし、大丈夫なの?」自分でもなにを言っているのかわからなかった。

「おれがついてるよ、ベイビー」

それは彼から、千回も聞かされた言葉だった。仕事でうまくいかなかった夜。真っ暗ななかを家に向かって歩いているときや、きょうとはちがう悪夢を見たあと。体調がすぐれず、心細くなったとき。彼に髪をなでられると、それだけで不安な気持ちはなくなった。悪夢が消え去り、彼の声が毛布のように舞いおりた。

重みがあって……

「おれがついてるよ、ベイビー」

温かい……

彼女はワシントンでも目を覚ましたが、当惑し、怯え、落ち着かない気持ちに変わりはなかった。十五マイル走ったところでマイケルは口をひらいた。「どこに向かってるのか尋ねないんだな」

彼女はかぶりを振った。「どうだっていいもの」

「どうして？」

「明日になるまでは、なにひとつ現実じゃないから」目をぎらつかせ、シートにすわり直す。「きょうはとんでもない一日だった」

車が少し進んだ。ヘッドライトがマイケルの顔の片側を照らすが、反対側は影のままだ。「これまでおれがしてきたことだが——」

「やめて」

「大事な話だ」

「お願いだからやめて」

彼女は手を強く握ってきたが、マイケルが目を右に向けると葛藤する彼女の姿があった。容赦なく照りつける黄色い光を受け、片目だけが星のように輝いていた。

リッチモンドの北に、現金払いで身分証提示のいらないモーテルを見つけた。安くて清潔で、州間高速道路から五十ヤードほど引っこんでいた。マイケルはエレナを部屋に入れ、彼女が服を脱ぎ、上掛けにもぐりこむのを見守った。部屋は薄暗く、引いたカーテンの隙間からわずかな光が射しているだけだった。彼女は枕に頭をつけると仰向けになり、片腕をのばした。

「ベッドに来て」上掛けを引っ張りあげると、マイケルがベルトから拳銃を抜いてベッドわきのテーブルに置くのを、黙って見ていた。彼は着ているものを脱いで隣にもぐりこみ、仰向けに身体をのばした。エレナがすり寄ってきて、温かい肌を密着させた。彼の腕のつけ根に頭を押しつけ、胸の上にてのひらを広げた。マイケルの心臓の鼓動を感じているのだろう。

「エレナ」彼は呼びかけた。

「黙って。とにかく休みましょ」

彼女はさらに身体をすり寄せ、片脚を彼の二本の脚をまたぐようにのせた。下腹が腰に押しつけられ、肋骨に彼女の乳房の重みを感じた。首のわきに吐息が熱風のように吹きつけてくる。彼女は何事もなかったかのようにふるまっている。恋人はごく普通の男であり、世の中が平和であるかのように。マイケルはそれを夜からの贈り物と見なし、奪わないことにした。彼女が寝つくのを待って起きあがった。ズボンとシャツを身につけ、銃を手に取り、すっかり習慣となっている銃の手入れにかかった。弾倉をはずし、スライドを引く。銅の被甲が淡い光を受けて輝いた。真鍮の薬莢。油を引いたスチール。彼は銃を組み立て直すと、薬室に銃弾を一発送りこみ、安全装置をかけた。おもてに目をやったが駐車場にはなんの動きもない。とまっている車と見通しと出口を確認する。ステヴァンのもとには五十人の狙撃者がいるし、兵隊にはことかかない。おまけにジミーもいる。

ジミーの存在はやっかいだ。

椅子を窓のそばに持っていき、それにすわって窓台に銃を置いた。じっと目をこらし、ひたすら待った。夜が明ける一時間前、ポケットのなかで携帯電話が振動した。表示された番号を見ても、マイケルは驚かなかった。おやじさんの息子は昔から話好きだった。

「やあ、ステヴァン」

「おれがいまどこにいるかわかるか?」耳にあてた電話が熱く感じた。ステヴァンの声は低く、疲れ切って、腹を立てているようだった。

「わかるはずがない」マイケルは声を押し殺したが、エレナを見やると、もぞもぞと動いていた。ドアをあけ、外に出る。空気はベルベットのようになめらかで、州間高速道路は不気味なほど静かだった。東の空がわずかに白みはじめていた。

「市の死体保管所の外にとめた車のなかだ。なぜかわかるか？　親父の遺体を持ってかれたからだ。警察に持ってかれて、いまは切り刻まれてるところだ。おまえのせいだぞ、マイケル。こんな辱めを受けるのは」

「悪かった、ステヴァン。そんなつもりはなかった。おれはただ抜けたかっただけなんだ」

「それを黙認したら、おれは弱腰とののしられる。それに親父のことがある。よくも無抵抗の親父を殺したな」

「そっちもエレナを殺したろう。おあいこだ」

「女ひとりが死んだからって、なにがおあいこなもんか。だいいち、あの女が生きてるのはわかってる」

「なにもわかっちゃいないくせに」

「いつまであの女を守りきれると思ってる？」

「エレナにちょっとでも触れてみろ、殺してやる。よく覚えておけ」

「これはまたおっかねえ」

「おまえなんかに見つかるはずがないけどな」

「べつに見つける必要なんかない」

「なぜだ？」

「弟に別れの挨拶をしておくんだな」

「言っただろ、おれには弟なんか――」

電話が切れた。携帯電話をたたんで振り返ると、エレナがあいたドアのところに立っていた。シーツにくるまった恰好で。「あの男から？」彼女は尋ねた。

「ステヴァンのことか？　そうだ」マイケルは彼女を部屋のほうに向かせ、ドアを閉めた。

「あの男は本気でわたしを殺すつもりなの？」

彼女は怯えていた。マイケルは彼女の顎をつかみ、唇に一度口づけた。「そんなことには絶対ならない」

「なぜそう言い切れるの？」

「さっき、明日になるまではなにひとつ現実じゃないと言ってたろ。まだ明日じゃない」ふたりはその嘘で納得することにした。夜明けという指が空を引っかいて赤くするのはしばらく先であり、それは大きなちがいであると。うなずいて目を閉じた彼女にマイケルは言った。「ベッドに戻ろう」

マイケルはシーツを受け取ってベッドに広げた。ふたりでその下にもぐりこむと、彼女はさっきのように身体を押しつけてきた。「抱いて」

「いいのか？」

ふたりのまわりは真っ暗で、ドアの錠はしっかりおりている。彼女はまたうなずいて、やわらかな唇を彼の唇に重ね、マイケルは彼女を仰向けにした。温かい平面と浅黒い部分からなる肌を探りあげる。彼女が彼の首に、胸に口づけた。ふたりはこれが最後の夜であるかのように愛し合ったが、たしかにある意味では最後の夜だった。朝日がのぼりはじめ、きょうという容赦のない現実がに急接近しているのを感じていたのだから。

## 7

マイケルはこんこんと眠り、テレビの音で目覚めた。目をあけると、エレナが毛布にくるまって、ベッドのへりに腰をおろしていた。時計を見ると正午近くだった。彼女はCNNを観ていた。「わたしたちのことをやってる」彼女は振り返らず、マイケルは上掛けをはいで両手で顔をこすり、隣にすわった。映っていたのは前日の模様だった。燃えさかるレストラン。猛火にいどむ消防隊員。カメラのアングルが切り替わり、現地リポーターが男女のふたり連れから話を聞いていた。どちらも中年で白人、ひどく興奮している。ふたりはマイケルに特徴がよく似た男について説明した。オートマチックの銃が使われ、あちこちから悲鳴があがるなか、人が死んでいったのだと話した。それからエレナの人相風体を説明した。ひじょうに的確な描写だった。

「黒のワンピースに長い脚で……ものすごい美人で……」

妻が夫のシャツを引っぱってさえぎった。

「女は男と手をつないで、走ってましたよ。ふたりして同じ車に乗りこんだの」

画面の下方に、黒いナビゲーターの粒子の粗い監視カメラの写真が現われ、その下に文字が流れた。〝警察はこの車の行方を探しています〟。さらにその下には車のナンバーが表示されていた。

マイケルは立ちあがって駐車場をうかがった。テレビの前に戻ると、夫婦は画面から消え、煤まみれの消防士と遺体を調べる救急隊員の映像に切り替わっていた。ずらりと並んだ死体袋やショックで呆然とした負傷者の姿が映し出された。リポーターが概要を述べはじめると、〝テロ攻撃の可能性〟という言いまわしが三度も使われた。

エレナは立ちあがったものの、マイケルを見ようとはしなかった。「警察はわたしも関わってるとみてるようよ」

「そんなことは――」

「わたしの行方を追ってるもの」

マイケルは力なくうなずいた。「たしかに」

「わたしは仕事仲間を殺したと思われてる」

「まだなんとも判断がついてないはずだ」マイケルは言った。「連中はきみとおれの人相をつかんだ。車の目撃証言はあるが疑問も山のようにある。その程度だ。それだけなんだ。おれたちの名前は不明で、なにひとつつかんでいない」

「わたしは警察に追われているうえ、あなたの仲間から命を狙われてるわけね」

「必ず切り抜けられる」

「シャワーを浴びてくる」彼女はテレビの画面を示した。「つづきがあるわ。あなたも観ておいて」浴室の入口で立ちどまったが、まだ彼と目を合わせようとはしない。「しばらくなかにいるわ。お願いだから入ってこないで」

ドアが閉まった。鍵がかかり、マイケルはテレビに目を向けた。「捜査関係者からの情報によりますと、今回の事件には犯罪組織が関わっているとの……」

画面がサットン・プレイスにあるおやじさんのタウンハウスの映像に切り替わった。家の前の通りに列をなす警察車両。黄色のテープ。バリケード。警官が正面玄関を出たり入ったりしている。死体袋がストレッチャーで運ばれては、回転灯を消した救急車に載せ替えられる。

「……爆発現場から立ち去ったナビゲーターを調べた結果、この住所のものと判明しました。第一報によれば、トライベカでの爆発の数分前、ここで七体の遺体が発見され……」

マイケルは浴室のドアに目をやった。彼の名前には触れられていないが、ステヴァンの名前は報道された。警察は彼から事情を聞く意向とのことだった。彼の写真が映し出された。

ジミーの写真も。

マイケルはテレビを消し、もう一度、駐車場をうかがった。空は青く晴れあがっている。フロントを呼び出すと、煙草吸いらしい声の年配の男が出た。「服を買うならどこがいいだろうか？」フロントの男は地元のショッピングモールへの行き方を教えてくれた。マイケルはそれを書きとめ、きのうと同じ服を身につけた。靴ひもを結び、髪を手ぐしでととのえ、書き置きをした。着るものとかいろいろ買いに行ってくる。すぐ戻る。ここを離れるな。昨夜のことがある以上、出ていくことはないだろう。訊きたいことが山ほどあり、言いたいことも山ほどあるはずだからだ。

外は暑く、車の往来を舌に感じた。車で十分走ってリッチモンドに入り、州間高速道路をおりると、教わったとおりの場所に大きなショッピングモールが見つかった。車をとめ、フードコート近くの入口から入った。できるだけ急いで買い物をし、自分とエレナの分、それぞれ三組の着替えを購入した。自分のほうはシンプルに徹した――ジーンズ、シャツ、上等な靴。それに銃を隠すための、ジッパーつきのライトジャケット。

エレナの服のサイズと靴の好みはわかっている。たっぷりと金をかけ、すべて現金で支払った。駐車場に戻ると、ナビゲーターのナンバープレートをはずし、いちばん奥にとまっていた濃紺のピックアップ・トラックのものと交換した。最後に立ち寄ったのは宿から二ブロックほどのドラッグストアだった。歯ブラシ、ひげ剃り、その他、必要と思うものを買った。モーテルに戻ると敷地内をゆっくり流し、不審なものがなにひとつないのを確認した。百万ものほかの場所と同じだった。

車をとめ、部屋に入った。

エレナは体にタオルを巻きつけ、椅子にすわっていた。「同じ服をまた着るのかとうんざりしてたところ。薄汚れた感じがするんだもの」

マイケルは買ってきたものを床に置いた。「きみはなにひとつ悪いことをしていない」

エレナは言った。「あなたもシャワーを浴びたら?」

マイケルはがまんできるかぎりの熱い湯を浴びた。石鹸を泡立て、こすり洗いをし、ひげを剃り、新品のジーンズと青いシャツに着替えて出てきたときには、これ以上ないほどさっぱりした気分だった。「ずいぶんましになったわね」エレナがしみじみとながめた。彼女は高級ジーンズと茶の革のブーツという恰好だった。ブーツは踵が低く、ふくらはぎのなかほどにバックルがついている。彼女は落ち着かなそうに立っていた。「少し歩かない？」

「歩いて楽しいようなところじゃないぞ」

「少し身体を動かしたいの」

　マイケルは上着をはおり、九ミリ口径をベルトに戻した。エレナが先に立って、ふたりは部屋をこっそりと出た。駐車場にはほとんど車がなかった。ゆるやかな坂道には大きな金属壁の建物が並んでいる。倉庫。ボート・ショップ。中古車販売店。州間高速道路と平行に走る側道際に建つべつのモーテル。何列にも連なった人けのない窓が、この駐車場を見おろしている。モーテルの隣に、ブラシ研磨された金属壁のダイナーがあり、窓の向こうにボックス席が見えた。看板には大きなコーヒーカップの絵が描いてある。エレナは両手をジーンズのポケットに突っこんだ。「逃げたくなってきたわ」

「どこに？」

「どこでも」

　彼女はそのまま歩きだした。駐車場の奥に向かい、雑木林と金網塀がぶつかるへりを気持ちよさそうに歩いた。木がまばらになり、大きな涸れ谷の向こうに屋根が見えてくるまで、ふたりは無言で歩きつづけた。エレナは目を閉じ、つんとするにおいをかすかに含んだ風を、鼻で調べるかのように顎をあげた。目をあけた彼女の口には、強い意志と覚悟が浮かんでいた。

　別れを切りだすつもりだ。

「これまでに何人殺したの？」

　その質問にマイケルは不意を突かれた。冷静な訊き方だったが、彼女の顔はゆがみ、まわりのものすべてに突如として恐怖が宿った。それによって、ぎくしゃくと動く手足に緊迫感が、州間高速道路を疾走する車に声が、モーテルのガラス窓に映った姿に奥行きがあたえられた。それは次の段階に対する恐怖であり、いまだ越えていない一線を越えて反対側にとらわれることへの恐怖だった。マイケルは自分が発する答えにエレナがどう反応するかと案じる一方、彼女の不安な思いも理解できた。「ひとりだろうと百人だろうと、そんなことが関係あるのか?」

「あるに決まってるでしょ。なにくだらないことを言ってるの?」彼女はポケットの手をさらに深く突っこみ、ふたりはそのまま高速道路わきにいる犬をながめた。犬は鼻面をさげ、茶色くなったまばらな歯から舌をのぞかせ、道路際をすたすたと歩いていく。それから丘を見あげ、道路わきに落ちていたおむつのにおいを嗅ぎだした。

「育ててくれたおやじさんをべつにすれば」マイケルは言った。「おれがこれまで殺した連中はあの犬よりも劣る」

自信のこもった言い方とその言葉の意味に、エレナは不快感を覚えた。「人間は犬とはちがう」

「たいていの場合、犬のほうがましだ」

「そうとはかぎらないわよ」

「おれの目はたしかだ」

犬がおむつに突っこんでいた鼻をあげた。エレナは叫びたかった。走っていって嘔吐し、胸の肉を大量にえぐりたかった。「わたしたち、これからどうするの?」

「きみをランチに連れていく」

彼女はかぶりを振った。「おなかなんかすいてない」

マイケルは彼女の腕に指を三本置いて言った。「食事をするのが目的じゃない」

レストランは白いテーブルクロスと奥まったボックス席のあるイタリアン・ビストロだった。柔らかい革はすわるときに吐息のような音を漏らした。ウェイターがメニューを差し出し、グラスに水を満たした。

「ご注文をお考えになるあいだ、なにかお飲み物でもいかがですか?」

「エレナ？」マイケルはうながした。

「平然となんてしていられない」彼女は白いクロスをつかんで、ボックス席から飛び出した。「すみません」ウェイターのわきをすり抜け、化粧室に姿を消した。

ウェイターは困惑の表情を浮かべた。

マイケルは言った。「ビールを頼む」

エレナが戻り、ふたりは食事をしたが、なごやかなものではなかった。エレナは予期した以上にふさいでいた。

モーテルに帰るなりエレナは浴室にこもった。出てきたときには髪のすそが濡れ、冷たい水とざらざらのタオルのせいで顔がうっすら赤くなっていた。「決めたわ」彼女は落ち着き払った声で言った。「家に帰る」

「だめだ」

「愛してるわ、マイケル。神様に誓ってそう言える。あなたの話は理解した。子ども時代の出来事も、あなたの身に起こったことも、いまのあなたになったいきさつも。とても心が痛むわ、本当よ。それに持ち歩いてる写真のなかのふたりのかわいそうな少年を思って、一日じゅう泣きたい気分。でも、いまのわたしにはおなかの赤ちゃんがなにより大事なの。この子が。わたしの赤ちゃんが」下腹部を両手で覆う。「だから、一緒には行けないわ。ごめんなさい」

「ニューヨークに戻ったら危険だ。ここにいたっておれと一緒でなければ危ない」

彼女は顎を上向けた。「マリエッタに電話したわ」

「隣に住んでるマリエッタか？」

「彼女に鍵を預けてあるの。速達でここにパスポートを送ってくれるよう頼んだ。明日、スペインに帰る」

「マリエッタにここの住所を教えたのか？」

「あたりまえでしょ」

「いつ電話した?」

「それがどうかした? ええ、電話したわよ。パスポートが届いたら、この国を出る」

マイケルは彼女の腕をつかんだ。「いつだ?」

「けさよ。あなたが寝てるあいだに」

「時間は?」

「七時半か、八時だったかも。離してよ、マイケル。痛いじゃないの」

「彼女に電話しろ」マイケルはエレナの腕を放し、自分の携帯電話を彼女の手に押しつけた。「いますぐだ」

エレナは電話した。「出ない」

「携帯電話にかけてみろ」

エレナは再度かけたが、すぐに留守番サービスにつながった。「いつも携帯は持って出るのに。電源も入れてるはずだし」

マイケルもそれは知っている。マリエッタは広報の仕事をしている。電話は生命線だ。「どういう話をしたのか聞かせてくれ」

「彼女はどこかの企業のイベントに出かけるところだったの。たぶんメルセデスだったと思う。パスポートがオーブンの上の食器棚にあると教えたの。すぐに送ると言ってくれた」

「ほかには?」

「ほかの人の声が聞こえたけど。階段を行き交う人だったのかもね。彼女はもう切らなきゃと言ったわ」

「荷物をまとめろ。すぐ出発する」

「どうして?」

「マリエッタは死んでいる」

「なんですって?」

「ここを出なきゃいけない」

マイケルは窓の外をうかがった。ダークグリーンのバンから男が三人降りてくるところだった。全員が強面で、ヒスパニックがひとりに白人がふたり。ヒスパニックの男が持っているダッフルバッグは見るからに重そうだ。三人とも知らない顔だったが、一瞥しただけで彼らの目的はわかった。バンのナンバープレート、三人の目の動き、三人の歩き方をとくと観察した。

「遅かった」彼はカーテンを閉じ、浴室に入ってシャワーの水を出した。浴室を出ると、ドアを薄くあけておいた。

「なんなの？　なにをするつもり？」

部屋はドアで隣室とつながっていた。真鍮のデッドボルト錠がついていたが、ドア自体は安物で薄かった。肩で押すとわき柱のところが割れ、まばゆい金属がねじれた。「行け」マイケルは頭でドアを示した。エレナは隣室に入り、マイケルもあとにつづいた。彼は壊れたドアを無理に押しこみ枠におさめた。それから窓のところに行き、カーテンを少しあけた。男たちは駐車場をはさんで十二フィートのところにいた。横一列になって、真ん中の男はモーテルのドアを見すえ、両わきのふたりは横に目を配りながら歩いてくる。「エレナ」

彼女がそろそろとかたわらに歩み寄った。マイケルとしては自分の目で見て、理解してほしかった。男のひとりがシャツの下に手を滑りこませ、エレナは黒い鋼鉄が鈍く光るのに気づいた。「嘘でしょ」

彼女は十字を切った。

マイケルは部屋を隔てるドアを頭で示した。「十秒後、連中はあっちの部屋に押し入る。これの使い方はわかるな？」そう言って、尻のホルスターから九ミリ口径を抜いた。

「いやよ」

彼女は完全に怯えきっていた。さっきとはちがう種類の恐怖だった。「簡単だ」マイケルは言った。「十五発撃てる。セミオートマチックだ。狙いをつけて引き金を引くだけでいい。そこのドアから入ってくるやつがいたら撃て。ひたすら引き金を引きつづけろ。安全装置ははずしてある」
「あなたはどうするの？」
マイケルは彼女を壁まで押し戻した。そこからなら自分たちの部屋に通じるドアをはっきりと見通せる。
「相手が誰でも撃つんだ」そう言うと四五口径を抜いて窓に戻った。三人組は歩道に寄り固まっていた。そのうしろの駐車場はがらんとしている。三人は念入りに周囲を確認すると、ダッフルバッグをおろしてあけ、重さ三十ポンドのハンマーを出した。もう一度あたりに目を配り、今度は銃を抜いた。それを脚のところで低く持つ。ハンマーが地面を離れると、うしろにさがり、振りあげるための余地をつくった。男は大柄だった。そいつがハンマーに全体重をかけて振りおろしたのだから、ドアはひとたまりもなかった。もだえるようなきしみ音をあげて大きくあいた。男がハンマーをおろすと、ほかのふたりがわれ先にと入り、残ったひとりもすぐあとにつづいた。

マイケルはきっかり二秒待ってからドアをあけ、外に出た。暖かいはずだが、涼しく感じた。風が顔を舐めていく。彼は心のどこかで後悔していた。歩道を五歩進んで部屋に入り、敵の背後に近づいた。忍び足で、心拍数すら変化させずに。三人組は銃をかまえ、浴室のドアに狙いをさだめていた。奥からシャワーの音が聞こえてくる。誰もうしろを振り返らなかった。誰も気配に気づかなかった。マイケルはものの二秒で三人を殺した。

二秒。

銃弾三発。

立てつづけの銃声は神経質な爆竹のように響いた。マイケルは銃をかまえたままドアを閉め、倒した相手を調べにかかった。三人ともまちがいなく死んでいた。ふたりは後頭部に、残りのひとりは振り返ったせいで側頭部に命中していた。ふたりは尻ポケットに財布を入れていた。身元を示すものを調べ、買い物の袋に投げ入れた。三人の銃を一瞥しただけで疑念は確信に変わった。空薬莢を回収し、衣類の入った袋を手にした。最後にもう一度確認してから部屋をあとにした。男たちを床に残したまま。

彼は隣室に通じるドアをノックした。「おれだ」

「入って」エレナの声は震えていた。

彼女は床にしゃがみこんで、銃をドアに向けていた。

「いま、音が聞こえ……」震えだした彼女の手から、マイケルは銃を取りあげた。彼女は顔を覆った。「あの音はきっと……ああ、神様」彼女はてのひらで顔をぬぐったが、まだ涙は一滴も流れていなかった。

「出発する」マイケルは言った。

「なにがあったの？」

「連中はアマチュアだった」

「どうしてわかるの？」

「簡単にやられたからだ」マイケルはぐずぐずせず、九ミリ口径をホルスターにおさめ、買い物袋をエレナの腕に押しつけた。「銃声を聞かれたかもしれない」

「あの人たち、本当に死んだの？　あなたが――」

「このくらい予期できたはずなんだ」マイケルはかぶりを振った。「ナンバープレートに惑わされた」

「どういうこと？」

「連中のバンはおれたちが帰ってきたときにすでにあった。気がついたが、ナンバープレートがメリーランド州のものだった。おれはニューヨークのナンバーだけを気にしていた」マイケルは窓の外をうかがった。「おそらくボルティモアあたりの、金で雇われた連中だろう。想定外だった。そこまでは読んでなかった。さっき、連中はアマチュアだと言ったのはアマチュアそのものだったからだ。簡単に封じこめられる場所にバンをとめていた。誰も背後に目を配っていなかった。銃はどれも粗悪品で、手入れはほとんどされていなかった。ふたりは身元がわかるものを持っていた」彼はかぶりを振った。「アマチュアだ。もう出られるか

「どこに行くの？」

「ノース・カロライナ」

「なぜ？」

「弟を見つけるためだ」

彼女はまだ呆然としているように、目をしばたたいた。「あなたはあの人たちを殺した」

マイケルはドアをあけ、彼女の手をつかんだ。「そういうことから足を洗いたいんだ」

ふたりは車に乗りこみ、駐車場を出た。マイケルは何度か右左折を繰り返し、バックミラーに頻繁に目をやった。「新しい車が必要だ」

「わたし、吐きそう」

「少しがまんしてくれ」

「吐きそうなのはあなたのせいなのよ」

マイケルはさっきのショッピングモールに戻った。


人でごった返している。何千台もの車がとまっていた。彼はずらりと並んだ車の列を進み、べつの列で引き返した。「あれがよさそうだ」

「なんのこと？」

彼は最新型のセダン車を頭で示した。「ありきたりで、目だった瑕がない」彼は四台分離れたスペースにとめた。

「あれを盗むつもり？」

マイケルはにやりと笑った。「窓があけっぱなしだ。盗んでくれといわんばかりに。きみも来るか？」

「いやよ」

「すぐ戻る」

「マイケル……」彼女の顔を午後の太陽が照らした。

「あなたが殺したあの人たちは……」

「あいつらはおれたちを殺しに来たんだ」

「善人じゃない」エレナは言った。「そう言いたいの？」

「そんなところだ」

「マリエッタは善人だった」

「おれはマリエッタを殺してない」

「でもそうしたかもしれないでしょ？」彼女は質問で彼を引き留めた。「立場が逆で、ニューヨークにいるのがあなただったら？　望みのものを手に入れるために、彼女を殺した？」

「場合による」

「場合って？」

「どれほどそいつを必要としているかだ」マイケルは車を降りた。三分後、彼は戻った。「行くぞ。顔をあげて。普通に振る舞ってくれ」

　ふたりで片方の車から荷物を降ろし、もう一方に運んだ。エレナが二度つまずいたが、誰も気づかなかった。誰も声を発しなかった。乗り換えた車で出発すると、エレナは言った。「さっきの答えには納得がいかない。黙って受け入れるなんてできないわ」

　マイケルは黙って運転し、エレナはその隣で、情けない思いで身をこわばらせていた。州間高速道路に乗ったところで彼は口をひらいた。「世の中には死んでもしかたない人間がいる。ひとつの罪は逃れても、ふたつめ、三つめの罪がある。それがマリエッタのような人間に起こった場合は不運としか言いようがない」

「不運？」

「きみが思う以上に意味深い言葉だ」

「彼女は友だちだったのよ。彼女には両親がいて、未来があり、野望があった。それに恋人も。かわいそうに。その彼にプロポーズされるはずだったのに」

「おれは一般市民を手にかけたことはない」マイケルは彼女が目を向けるまで待った。「この仕事に抜きんでていれば、そういう事態にはならない」

「あなたはこの仕事に抜きんでていると言いたいのね？」恐怖は薄れ、彼女はいまやすっかり怒っていた。怒鳴り散らしたくてたまらないのだろう。それはよくわかる。マイケルも同じ気持ちだった。生き残った者の罪悪感。悪いことが起こるスピードがいかに速いかを初めて知った。

「そうだ」彼は言った。

「具体的にはどういうこと？」

「無関係の人間に手を出さずにすむよう、予防措置を取る。つまり、先を読んで動くんだ」

エレナはやけくそな笑い声をあげた。両頰の中央に白い斑点が浮いた。「先を読んで動くですって？　なんの先を読むの？　これのどこがそうなのよ？」

マイケルは深くため息をついてから、上着の内ポケットに手を入れた。ポケットから出てきた手には、エレナのパスポートが握られていた。へりのぱりっとした感触が指先を通じて伝わってくる。彼女が固まったように動かず、口を半開きにしているのが見ないでもわかった。「ワシントンから直行便が出ている。本当に国に帰りたいなら、そこまで送る」

彼女はパスポートを受け取って強く握りしめた。じわじわと理解するにつれて顔がゆがんでいく。「マリエッタ……」

彼女の声が乱れ、マイケルはいたわるようなまなざしを向けた。マリエッタは苦しまずに死んだ、即死だったと言ってやりたかったが、そんなことはありえない。ジミーなら念には念を入れるだろう。ステヴァンも同様だ。「友だちは残念なことをした」彼は言った。しかし、その言葉はエレナの耳には届かなかった。彼女は罪悪感にどっぷりと浸っていた。

ワシントン近郊まで来ると車の量が多くなった。マイケルはステーションワゴンと並んだ。幼い子ども連れの一家を乗せた車だった。子どもたちはおもちゃの銃で遊んでいた。銃はつやつやで小さく、幼い顔は真剣そのものだ。「つづきを聞かせて」エレナは子どもたちをじっと見つめていた。ひとりが手を振り、変な顔をしてみせた。エレナは自分の頬に一度触れてから顔をそむけた。それでもまだ目はその子どもを見ていた。寄り目になって頬をふくらませ、汚れたウィンドウに白くなるほど鼻を押しつけている。妹がその背中に銃を向け、引き金を引いた。

「つづき?」マイケルはその車を追い越した。

「まだ話してないことがあるでしょ」エレナの目は赤く血走っていた。ささくれが剝《む》けたところに血が玉になっている。「全部話して」

「楽しい話じゃない」

「ただの言葉の羅列だと言い聞かせながら聞くから」

「ベイビー――」

「お願い」

そこでマイケルは過去にしてきたことを語った。これまでの人生をそのまま語った。ストリートでの生活、おやじさんの頼もしい右腕としての人生、この仕事をしつづけるために払った犠牲について。ほかの話もした。信頼していた唯一の相手、受けた恩義とその人物の最後の日々について。おやじさんへの親愛の情について語り、エレナについて語った。彼女と知り合っていろいろと望むようになったことを。「平凡な人生や、もっとましな生きる目的がほしくなったんだ」

話が終わるころには、車はダレス国際空港にとまっていた。上空は晴れわたっていた。その空を、信じがたいほど巨大なジェット機が切り裂いていく。エレナは首を振っていた。「聞くに堪えない」

「きみが聞きたいと――」

「わたしがまちがってた」彼女は空港ビルを見やった。歩道に人が行列を作っている。荷物が次々と降ろされる。彼女は首を振った。「あなたを救うなんてできない」

「救ってほしいわけじゃない。理解して、チャンスをくれと言ってるだけだ」

彼女はパスポートをいじり、咳払いをした。「お金がいるわ」

「おれの過去だけで判断しないでくれ」

「頭をさげなきゃだめなの？」

ヒステリー寸前の彼女の姿に、マイケルは胸が張り裂けそうになった。こんなはずではなかった。こんな展開は望んでいなかった。彼は額をたしかめもせずに現金を渡した。分厚い札束だった。何千か。何万か。深呼吸してから現実的な話をした。「スペインに行っても安全とは言い切れない。ステヴァンには金もコネもある。あいつがその気になればきみはいずれ見つかる」

「彼はそうすると思う？」

彼女の目のなかで希望の残り火が燃えたったが、小さな炎は長くはつづかなかった。彼女は親指の爪のささくれをしきりにいじった。血の粒は乾いて小さなかさぶたになっていた。「愛してるかどうかはべつにして」マイケルは言った。「いちばん安全なのはおれといることだ」

「絶対安全なわけじゃない」

「そうだ。百パーセントということはありえない」

エレナはそれはわかっていたとばかりにうなずいた。彼女は両手を股にはさんだ。「わたし、怯えた顔をしてる？」

「きれいな顔をしてるよ」

「怖いの」

それは目にはっきりと現われていた。ひそやかだが疑いようのない恐怖の色だった。彼女はドアをあけた。

「行かないでくれ」

「ごめんなさい、マイケル」

「きみのことはおれが守る。おれが片をつける」

「どうやって？」

「わからないが、やってみせる。頼む、エレナ。きみにもしものことがあったら、おれは自分を赦せない」

「もしものことがあると思ってるのね？」

「ステヴァンは執念深い。今度のことはおれとあいつの確執からきている。やつはおれを苦しめようとするだろう。それには、きみをこの世から消すのがもっとも効果的な方法だ」マイケルの声には必死さがにじみ、泣きついているも同然だった。「おれといるのがいちばん安全なんだ」

「なら一緒にスペインに行きましょうよ。ふたりして姿を消せば――」

「ジュリアンはおれの弟だ」

彼の声にエレナは黙った。彼の目を食い入るようにのぞきこむと、ふたりを隔てるものはなにもなかった。

「わたしとジュリアンを天秤にかけてるのね」

「そうじゃない」

「あら、そう」

「ふたりとも守ってみせる」

「ごめんなさい、マイケル」

「あいつは弟なんだ」

「この子はわたしの子よ」

彼女は下腹部を手で押さえながら車を降りた。もう顔は見えないが、それでもマイケルには彼女が泣いているのがわかった。肩の落とし具合や頭の傾け方を見れば明らかだった。彼女は金をポケットに突っこむと、歩道まで行き、そこで足をとめた。行き交う人が彼女を押しのけていく。歩道は女や子ども、スーツやジーンズやサングラスの男たちでごった返していた。誰もがちらりと目をやるだけで先を急いでいく。ひとりぽつんと立っている者に集団で寄りあつまっている者。車の流れが滞っている場所でクラクションがけたたましく鳴り響く。エレナは一歩進んだが、すぐにまた立ちどまった。それからしばらく彼女は呆然と立ったまま、肩をまわし、顔をまず左に、つづいて右に向けた。男にぶつかられてあとずさりし、パスポートが手から落ち、それを拾おうと腰をかがめた。前にぽっかりとスペースができたが、彼女は動かなかった。マイケルは車を降り、行き交う車をかわしながら駆けていった。うしろから近づいていくと、パスポートが手のなかでふたつに折れているのが見えた。横に立つと彼女は身をすくめた。「おれだ」

彼女はあいかわらず人混みに目をこらしている。大男が押しのけていく。黒いサングラスをかけた若者がコンクリートの柱の陰から彼女をじっと見ている。

「こんなに他人が怖いと思ったのは生まれて初めてだわ」

マイケルは人混みをざっと見まわした。「ここにいる連中は誰も危険じゃない」

「どうしてそう言い切れるの？」

「わかるんだ」

「わたし、死にたくない」

「おれと一緒に行こう」

「怖いの」

「きみはおれのものだ、ベイビー」

「もう一度言って」

「おれと一緒に行ってくれないか？」

彼女は長いこと黙っていた。「さっきの言葉をもう一度言ってくれたら」

マイケルは彼女の肩に腕をまわした。頭のてっぺんの温かい場所に口づけた。「きみはおれのものだ」

## 8

チャタム郡の空におぼろな太陽がのぼったものの、黒い雲にすっぽりと隠れているせいで、アビゲイル・ヴェインはほとんど気づいていなかった。どんよりした空にはかなげに浮かんだそれは、しんとした空気を淡いオレンジ色に染め、木々の合間をほんのりと色づかせている。雨が一直線に降り注ぐ。背の高い草むらを叩く雨はほかの音をかき消すほど騒々しく、手の甲や頭のてっぺんに落ちるのがわかるほど強い降りだった。暗くて騒々しく、降りやまない雨の朝、アビゲイルは顔に雨粒を受けながら馬を駆った。二時間後、身体は冷えきり、指がこわばって手をひらくこともままならなくなった。背中が痛み、脚もひりひりしたが、気にならなかったし、そもそも感じてもいなかった。もっと思いきり走りたかった。ひたすら馬を駆って、こみあげる叫びを駿馬が起こす風にさらわせたかった。

草むらの終点で歩をゆるめようと手綱を引くと、馬は鼻を鳴らして横にステップを踏み、馬銜《はみ》をくわえて抵抗した。ズボンは泥と馬の汗にまみれ、あぶみにかけた足が重く感じる。雨のなかに広葉樹の壁が浮かびあがった。オークとブナとカエデ。どれも背が高く横幅もあるので、その下は夜のように真っ暗だ。彼女は顔にまとわりつく髪を払うと馬の向きを変え、走ってきた草むらをながめた。向こうからここまで、踏みつぶされた草とぬかるんだ泥の道を、谷底にできた深い亀裂のような道を走ってきた。なのに馬はまだ走り足りないようだ。頭をのけぞらせて目を剝くその姿に、アビゲイルはいまの気分にぴったりの野性を感じた。体高十七ハンド（ハンドは馬の高さを測るのに使う単位で、手の幅に由来する。一ハンドは約十センチ）でほかの馬にはない凶暴さを秘めたこの馬は、とても危険な生き物だ。

しかし足は速い。

とびきり速い。

彼女は手綱を一回振ると、踵でわき腹を押して走れと命じた。馬は鼻をふくらませ、蹄《ひづめ》で泥を蹴立てた。端まで行くと向きを変え、ふたたび同じ道を走りだした。肺が焼けつくように痛みはじめたころ、木立のなかからランドローバーが現われた。地が見えるほど塗装のはげた年代物で、それが停止しないうちからアビゲイルにはハンドルを握っているのが誰かわかっていた。馬を方向転換し、湯気が出るほど熱を帯びた首を手でなでおろした。頭を振りたてる馬をもう一度だけ軽く叩いてやってから、ランドローバーに近づいた。

肩幅のある引き締まった体つきの男がひとり、ボンネットのわきに立っていた。男は六十歳だが、たくましくて一本気、手の関節が大きく、近寄らなければわからない笑い方をする。しかし、このときは少しも笑っていなかった。カーキの上下に革のブーツ、苔と同色の雨具の下にバーガンディ色のネクタイを締めている。彼がとがめるように顔に皺を寄せているのに気づき、アビゲイルは鞍から身を乗り出して言った。「聞きたくないわ、ジェサップ」

「なにを聞きたくないので?」

「安全、あるいは礼儀作法、あるいはわたしくらいの女にふさわしい行動に関する講義よ」

「その馬。この視界の悪さ」ジェサップ・フォールズは馬を指差し、硬い声で言った。「首の骨を折ったらどうします」

「お説教が始まった」彼女の目がいたずらっぽく光ったが、ジェサップは無反応だった。

「首の骨を折りでもしたら、ここまでお連れしたわたしの責任になります」

「ばか言わないで」

「ばかは言っていません。腹を立てているんです。しょうのない人だ。その馬はこれまでに調教師ふたりに怪我を負わせているんですよ。しかも、そのうちひとりはあやうく死にかけた」

アビゲイルは彼の気遣いには頓着せず、馬からするりとおりた。雨が木の葉の合間から落ち、トラックにあたって跳ね返る。「どうしてここへ、ジェサップ？」

ジェサップの肌は年齢とともに赤みが増し、髪は白く薄くなったが、それをのぞけば昔となんら変わらず、彼女の運転手とボディガードをつとめている。アビゲイルは雨を含んだ地面で乗馬靴をぐじゅぐじゅいわせながら馬を旋回させた。彼女も老けたが、気品ある歳の取り方だった。皺が目立つようになってきたが、四十七ではなく三十七にしか見えない。髪はまだ生まれ持った色をたもち、男を振り返らせる魅力をいまなお維持している。

「ご主人がお目覚めになりました」ジェサップは言った。「奥様をお呼びです」

彼女は歩をゆるめて遠くの丘に顔を振り向けた。大きな屋敷の一部が見える——スレート屋根と切妻のある窓、それに七本ある高い煙突のうちの一本。

「大丈夫ですか？」怒りを出し切ったのか、ジェサップの声はさきほどよりも穏やかだった。

「大丈夫じゃいけないわけでも？」

ジェサップはわかりきっていることを言う気になれず、咳払いをした。びしょ濡れの服に泥、首のところが泡汗で黄変した馬。アビゲイルはすぐれた馬乗りだが、これはまともじゃない。「たとえばジュリアンのこととか」ジェサップは言った。

「あの子、けさはどんな様子？」ジェサップ以外の相手ならば通用する素っ気ない声で言った。馬に体をあずけ、片方のてのひらを大きくて平べったい頬に置いた。リンゴかニンジンでもあればよかったと思うが、乗馬は急に思いたってのことだった。朝の五時。どしゃ降りの雨。

「わかりません」

「前より悪いの?」

「本当にわからないんです。誰も奥様の行方を知らなかったもので。ご主人もスタッフも。誰ひとり。それで最初に厩舎を調べたんですよ」

「あの子、なにか言ってた?」

「わたしにはわかりかねます」

彼女は顔から雨をしたたらせながら馬をなでた。馬をおりたせいでずいぶんと寒く、薄暗い光を受けた肌が青ざめている。「いま何時?」

「七時ちょっとすぎです」

アビゲイルは振り返って彼の顔をしげしげと見つめた。無精ひげがのび、目の下が痣になっているのかと思うほど黒い。光景が脳裏に浮かぶ。手つかずのウィスキーをかたわらにむっつりとすわりこみ、あるいは暗いなか、自室である小部屋をうろうろしながらひと晩明かしたジェサップの姿が。彼がジュリアンを案ずる気持ちは彼女への気遣いと同じで、心からのものにちがいない。そう思ったとたん、喜怒哀楽のわかりやすいこの男に深い愛情を感じた。「もう戻らなきゃ」

彼は首を横に振った。「その恰好ではよろしくないかと」

「その恰好って?」彼女は顔の泥を手でぬぐった。

「裸も同然ですよ」ジェサップはためらいがちにほほえんだ。「雨でシャツがかなり透けています」

見おろすと、彼の言うとおりだった。ジェサップが防水性のロングコートを出し、前に進み出て肩にかけてくれた。油絵と猟犬と燃えた火薬のにおいがした。コートをかき合わせようと片手をのばしかけると、ジェサップがすかさずその手をつかんだ。彼の目は手首についた黄緑色の痣に注がれた。指の形をした大きな痣だった。ふたりのあいだに沈黙が落ち、やがて彼が口をひらいた。「いつのことです?」

「なにがいつなの？」彼女は顎を上向けた。

「とぼけるのはやめてください、アビゲイル」

彼女は手を振りほどいた。「なにがあったと考えてるか知らないけど、勘違いよ」

「ご主人に殴られたんですか？」

「まさか。もちろんちがうわ。わたしが黙って殴られるわけないでしょうに」

「酔っぱらった彼があなたに手をあげた。だからあなたは外に出た」

「ちがう」

「だったら、なぜです？」彼の表情は怒りで険しくなった。

「なんとなく大きなものに触れたくなったのよ」彼女はまた馬を軽く叩いた。「清らかなものに」

「アビゲイル、いいかげんに……」

彼女は彼に手綱を差し出し、この話題はこれでおしまいだとはっきり伝えた。「わたしのかわりに厩舎まで連れて帰って。クールダウンもお願いね」

「話は終わってません、アビゲイル」

「わたしは口であれこれ言うより行動するタイプなの」

ジェサップは不快感を剥き出しにした。「言うことはそれだけですか？」

彼女は天を仰ぎ、雨を顔に受けた。「あなたはわたしに雇われてる身でしょ」

「トラックはどうすれば？」彼の首がこわばり、傷ついた表情が黒目に定着した。

「わたしが乗っていく」

彼女は振り返ることなくトラックまで歩いたが、ジェサップが不満顔でじっとにらんでいるのを感じていた。

「こんなことはまちがっている」彼は言った。

「長めに歩かせてやってね、ジェサップ」ドアをあけ、するりとなかに乗りこんだ。「けさはそうとう走ったから」

そのランドローバー・ディフェンダーは古く、結婚して間もないころに敷地内で乗りまわす車として買ったものだった。納車された日のことはいまも覚えている。彼女は二十二歳で、まだ夫を尊敬していた。ふたまわり年上の夫は上院議員に立候補する直前で、想像を絶する金持ちだった。女に関してはよりどりみどりだったが、ほかの誰でもなく彼女を選んだ。美貌だけでなく、あふれんばかりの気品と服のようにまとった落ち着きに惹かれたということだった。長年にわたって独身を通してきた彼だが、政治家としてふさわしい顔が必要となり、彼女はそれにうってつけの存在だった。ディフェンダーが納車された日、ふたりはそれに乗って敷地内でもっとも高い場所、自宅と庭が見おろせる、細長い尾根にのぼった。夫にスカートをたくしあげられ、ボンネットに乗せられながら思った。この人の汗ばんだ手が、きっと喜びをもたらしてくれると。しかし夫はことのあいだ、彼女の顔を一度も見なかった。自宅をながめ、みずからの栄光に思いを馳せていた。四千エーカーの土地と絶品ものの乳房。二カ月後、彼は上院議員選に圧勝した。その一年後、最初の愛人を持った。

アビゲイルはジェサップに馬を預け、あのときと同じ尾根の同じ場所、百万年前からあるにちがいない花崗岩の一枚岩へと向かった。車をとめ、手入れの行き届いた芝生、厩舎、灰色の混じった黒いガラスのように見えるふたごの湖を見おろした。雨にけぶる芝は色がなく、うっすら見えるこんもりとした樹葉の向こうに森が広がっている。雨のせいですべてのものがおぼろに見えたが、そびえ立つ自宅だけは昔と同じように高くて巨大だった。その瞬間、アビゲイルは時間を巻き戻し、なめらかな肌とあふれんばかりの自信だけが取り柄だった若かりしころの自分に触れたくなった。

その娘の顔をひっぱたき、スカートを直して悪魔がすぐうしろに迫っているつもりで走れと言ってやりたかった。しかし実際には、グローブボックスのなかからリボルバーを出した。銃は手にずしりと重く、金属は冷たく、青みを帯びていた。まがまがしい銃身をのぞきこみ、薬室に卵のようにおさまっている弾を見つめた。腕をまっすぐにのばして自宅の建物に狙いをさだめ、しばし残忍な夢想にふけった。やがて拳銃をもとの場所に戻した。グローブボックスに、鍵をかけて。

それからでこぼこ道を下った。車の底を砂利が叩き、サスペンションがかなりへたっている。林の終点まで来ると最後の草むらを横切り、厩舎と家の裏にまわる広い通路を進んだ。厩舎にジェサップがいるのを確認してから、ガレージのほうにハンドルを切り、ありえないほどまっすぐな通路にちらりと目をやった。突端の門が、ねじれた鉄骨の柄《がら》の切手のように見える。

アビゲイルは車を裏口に寄せてエンジンを切った。なかに入ると、使用人がまじまじと見つめてきたり、急にあわただしく動きまわりはじめたが、彼女は気にもとめなかった。狭い廊下を進み、食器室を抜けてキッチンに入ると、コックふたりが顔をあげた。ふたりは驚きのあまりひとことも発せず、サイズの合っていないロングコートに泥だらけの足、乱れた髪を呆然と見ている。「ミスター・ヴェインはどこ?」アビゲイルは尋ねた。

「あの、奥様?」

「ミスター・ヴェインはどこだと訊いてるの」

「書斎においでです」

「ジュリアンは食事をした?」

ふたりのコックは不安そうに目を見交わした。「おぼっちゃまのいらっしゃる一角には入らないようにと、ミスター・ヴェインから言われておりまして」

「ばかばかしい」

「上院議員様がおっしゃいますには――」

「上院議員様がなにを言おうとかまいません」必要以上に大きな声が出てしまい、彼女は気を鎮めようとした。他人を怯えさせたところでなんの得にもならない。「トレイに食事を用意して。誰かに取りに来させるから」

「はい、奥様」

使用人用の裏口を出て母屋に入ると、天井がぐっと高くなった。床までの長さが十二フィートあるカーテンと、三十人が着席できるダイニングテーブルのわきを通りすぎた。玄関広間はひんやりしていた。天井までの高さは四十フィート、広間をぐるりと囲むようにしつらえられた階段がらせんを描きながら三階と、その上のドーム型天井へとのびている。アビゲイルは階段をのぼった。ベッドほども大きな鉄のシャンデリアと、夫とは血がつながっているわけではない、はるか昔に死んだ男の肖像画のわきを通りすぎる。最初の階で、長くのびて広々とした豪勢な客室棟に向かった。


廊下の両側に三部屋ずつ、全部で六部屋が並んでいた。ここも壁に絵がかかっている。アンティークのサイドボードはつやつやに磨きあげてある。なかほどの椅子に男が腰かけていた。引き締まった身体の中年で、髪の色は黒、立ちあがったときに靴が光を反射した。男はこの屋敷の関係者ではなく、アビゲイルの知るかぎり、夫の事務所の者でもない。雪のように白い袖から太い手首と大きな手がのぞいていた。

「おはようございます、ミセス・ヴェイン」男のネクタイは敷物と同じ紺色で、そのまなざしは敷物の下の床のように平板だ。しかし、まじろぎもせぬライトブルーの目が舐めまわすように動いている。彼女は好きなように見させておいた。自分について、いろいろ取り沙汰されているのは知っている。けさのこの恰好も、あらたな噂の種になるのはまちがいない。

そんなことはまったく気にならなかった。

「ミセス・ハミルトンはどこ?」

「寝ているんじゃないですかね。ご子息の世話役としてあの女はふさわしくないと上院議員が判断されて」

「上院議員が判断？」

「三時間前に解雇されました」

彼女は首をかしげた。目の前の男に劣らず険しい顔で、ひたすら相手を値踏みする。「どこかでお会いしたかしら？」

「リチャード・ゲイルです。ご主人のもとで働いています」

「そんなことを訊いたんじゃありません」

「お会いするのは初めてです」

「でも、わたしが誰かご存じなのね？」

「もちろん」

彼女は相手の外見をさらにじっくりと観察した。幅の広い肩に細い腰、首にうっすらと皺ができはじめている。ぴくりとも動かず、さも愉快そうに飄々《ひょうひょう》と立っている。アビゲイルはそこに、特定の体つきをした者に共通する傲慢さを感じ取った。軍の将校や諜報の世界で重んじられる現場工作員にしばしば見られる特徴だ。昔はそういう男を見ると胸が躍ったが、若いころは自分が思っているほど賢くなかった。「それで、なにか支障でも？」彼女は訊いた。

「いいえ。奥様にはなかに入る許可があたえられております」

「許可？」

「上院議員のリストにお名前がありますから」

彼女は顔をしかめた。「あなたが夫のためにしていることは、いったいなんなの？」

「必要なことすべてです」

「あなた、連邦の職員？」相手は一度まばたきをしただけで、口をひらかなかった。

「民間の業者ね」アビゲイルは結論づけた。

「ご主人のもとで働いています。わたしからはそれ以上申しあげられません」

彼女は詰め寄った。

「上院議員はわたしとちがっていろいろ気を遣わなきゃならないことがある。体面もそのひとつだし、訴訟に記者に有権者もよ。息子以上に案ずるものが多いから、ばかなことをしでかすの。手にあまる責任を押しつけ、あなたをこの廊下にすわらせるとかね。だけどわたしにはどうでもいいことだわ。わたしは母親なの。あの息子の。おわかり？」

「ええ、まあ」

「いいえ、ゲイルさん、あなたはわかってない。わかったのなら、早足でここを出ていき、わたしがあなたの名前を忘れていますようにと祈るはずだもの」

「しかし、上院議員が――」

「わたしの息子に手出しをしないで」

「はい、奥様」

「わかったら、ドアの前からどきなさい」

アビゲイルは彼を押しのけ、この三日間、世間から

「息子を見張っているんでしょう？」

「ご子息は逃げようとなさっていません。ご子息は――」

「なんですって？」

ゲイルは肩をすくめた。

「いくつかはっきりさせておきます、ゲイルさん。うちの息子は囚人ではありません。ここはあの子の家です。だから、あの子が部屋の外に出たいと言ったら、わたしかあの子の父親に電話すればいいし、必要ならあとをつけてもいい。でも、あの子に手を触れたり、なんらかの方法であの子の行動を制限しようとしたら、後悔することになりますからね」

「ヴェイン上院議員から厳格な指示を受けておりまして」

「あなたが怯えなきゃいけない相手はヴェイン上院議員ではないわ」

男の目からユーモアがさっと引いた。

息子を隔絶している扉をあけた。

疑念と不安の三日間。

地獄の三日間。

戸口をくぐってドアを閉めた。なかは目に痛いほど暗く、ほとんどなにも見えない真っ暗闇だった。湖がのぞめる窓には厚手のカーテンがおろされ、明かりはひとつもついていない。生温かい空気が肌に迫るなか、アビゲイルはうしろのドアに背中を強く押しつけると、電気をつける前の儀式として決死の覚悟で笑顔をつくろった。母親である彼女にとって、ジュリアンに精神崩壊を起こされるのは身を切られるよりもつらい。心の傷を持つ情緒不安定な彼は、ここへ来た当初から神経が細く、夜驚症で疑り深い傾向を示していた。それでも彼女は治してやろうと努力した。数カ月はやがて数年となり、最後にはジュリアンの壊れた箇所を元どおりにすることが彼女の決意であり信念となった。あたえられるものはなんでもあたえた。教育と活動、愛情と忍耐と力。それはいろいろな形で効果をもたらした。ジュリアンは身体が弱いだけでなく、心の傷と深い悲しみを抱えているが、いつもそれを意志の力で耐えてきた。幼少期のトラウマも、兄との別離も、アイアン・マウンテンで過ごした日々も乗り越えた。生来の才能を発揮し、いまは芸術家として詩人として、さらには児童書作家として成功をおさめている。世間一般には強い感受性と繊細な心の持ち主と思われているが、本当の彼はいまも傷つきやすい少年であり、これまで耐えてきたものが澱《おり》となってよどんでいるにすぎないのをアビゲイルは知っている。これはふたりだけの秘密で、心の奥底にしまいこまれた暗部だった。

「ジュリアン？」

目がようやく慣れはじめた。右にあるベッドは、暗く平らで無人だ。家具のでこぼこした形が影となってぼんやりと浮かび、奥のほうからコツンコツンという鈍い音が聞こえてくる。

「ジュリアン？」

音はさらに二回つづいて、突然やんだ。隅のほうでなにかが動いた。

「電気をつけるわよ。目をつぶってなさい」

彼女はナイトテーブルに走り寄り、小さな電気スタンドのスイッチを入れた。ティファニー・ランプの柔らかな光が淡黄色の敷物と、フレンチブルーの地に金色のユリの紋章の壁紙を貼った壁にめぐらしたクリーム色の幅木を照らした。家具の下に影ができ、ベッドの奥の隅にジュリアンがうずくまっているのが見えた。脚を胸に引き寄せ、膝のあいだに顔を埋めているせいで、汚れた髪だけが見える。ズボンは泥と草にまみれ、すそを出したシャツは首のところが脂で黒くなっていた。洗った衣類がきちんとたたんで置いてあるが、それに手をのばした形跡はない。食事にも手をつけず、水さえ飲んでいなかった。

「おはよう」アビゲイルが少し近づくと、ジュリアンはさらに奥へと逃げこんだ。膝を抱えた腕に力がこもった。手にガーゼを巻いているのが、光のなかではっきりと見える。ガーゼは両の手首から指の先端までを覆い、端のところがほつれてぼろぼろになっていた。関節のあるあたりから血がにじんで白地を赤く染めていたが、彼のまわりの壁――四面全部――の上質な青い壁紙にも変色した血の痕がついていた。ジュリアンがうずくまっているあたりの壁の血は、まだついたばかりで乾いていないが、離れた場所のものは乾き、さび色のインクを薄く塗りつけたようになっていた。

ぐっしょり濡れた包帯とひどく汚れた壁を目にしたアビゲイルは、その場に凍りついた。これまでになく深刻な事態だ。痛んだ手と血のついた壁。わけを尋ねても答えは返ってこない。原因をあれこれ考えたが、狂気以外見つからなかった。胸の壁に恐怖というとげが引っかかり、意志という糸がぷつんと切れた。染みは上は天井、下は床までついていた。壁は、赤とさび色とアビゲイルには耐えがたい疑問にまみれていた。

彼女は崩れるように膝をつき、両手を息子の手に重ねた。「ジュリアン」

包帯は湿って温かかった。

**わたしのぼうや……**

十分後、アビゲイルは書斎にいる夫を見つけた。彼は半眼鏡を鼻にのせ、口をわずかにあけて《ワシントン・ポスト》紙を読んでいた。うしろのフレンチドアからは、整形式庭園とその向こうのプール小屋が一望できた。

ランドール・ヴェインの銀髪の下の顔は機嫌がよさそうだった。六十九歳の彼は肩幅が広く、やや多めの体重をささえるのに充分な上背がある。どっしりした鼻に、銀髪とよくマッチした緑色の目。かつてはリオナインと呼ばれていた。彼の好きな言葉だ。

リオナイン。

意味は〝ライオンのような〟。

アビゲイルはノックもせずに入った。身体の感覚がすべてなくなったように思いながら歩を進めた。足が動いているのも、息子の包帯で頬についた血も感じない。感じるのはジュリアンの目に浮かんでいたうずきと、怪我をした手が熱かった記憶だけだ。デスクの手前で足をとめ、指が白くなるほど強くそこに手をついた。「ジュリアンをお医者様に診せなければいけないわ」声が震え、動揺しているのかもしれないと思った。

上院議員は新聞をおろし、眼鏡をはずした。彼は妻の姿をしみじみとながめた。鼻孔が白くえぐれた形のいい鼻、大きな目、かつてはふっくらしていた唇をきつく引き結んでいる。彼の視線は妻が着ている男物のコートとその下の泥だらけのズボンに移動した。「ますますひどくなってるのよ」彼女は言った。

「そのコートは誰のものだ？」

「ますますひどくなってると言ってるの」

彼女は言葉に有無を言わせぬ響きをこめ、その響きを聞き取ったランドール・ヴェイン上院議員は椅子の背にもたれ、新聞をたたんでデスクに置いた。シャツが厚い胸板と太鼓腹の上でぴんと張っている。赤ら顔で、歯がありえないほど白い。シャツの袖口には淡いブルーの糸で組み合わせ文字が刺繡してある。「どういう意味だ？」

「あの子、自傷行為をしてるわ」

上院議員は太い指を組んで腹の上に置いた。彼の声にはよどみがなかった。「昨夜からやるようになった。正確な時間はわからんが」

「ミセス・ハミルトンはどこにいるの？　ジュリアンには一緒にいて安心できる人がついていないと」

「ミセス・ハミルトンは廊下で居眠りをしていたのでな」

「ジュリアンを育てるのに力を貸してくれた人なのよ、ランドール。わたしがそばにいないときは、彼女がつく。そういう取り決めでしょ。なのに先にわたしを呼びもしないで、彼女を解雇するなんて」

「ジュリアンが血まみれになるまで手を叩きつけていたというのに、あの女は仕事中に居眠りをしていたんだぞ。だからベッドに行けと命じ、信頼できる人間を連れてきた」

「わたしの息子になにがあったの、ランドール？」

上院議員は椅子にすわったまま身を乗り出し、デスクに大きな肘をついた。「壁を殴りはじめた。ほかにどう言えというんだ？　理由はわからん。とにかくそういうことだ。わたしが様子を見に行ったときには、すでに血をだらだらと流していた。何時間も前からやっていたのかもしれん」

「なのにわたしを呼びに来なかったの？」

「だいたい、どこに呼びに行けばよかったのだね？」

議員の視線が鋭く突き刺さり、アビゲイルは怒りと情けなさで顔をそむけた。「話し合いのさなかに出ていきおったくせに」

「諍《いさか》いよ」

「諍い。話し合い。どっちでもかまわん。きみの姿は見あたらず、わたしひとりでジュリアンの件に対応せねばならなかった。手に包帯を巻いてやり、薬で落ち着かせた。傷そのものはたいしたことはない。ちゃんと目を光らせてもいる」

「お医者様に診せないと」

「それには賛成できん」

「帰宅してからひとことも口をきいてないのよ。どこに行っていたのかもわかってないし、なにがあったのかも……」

「わずか数日のことだ。同意したじゃないか――」

「していません」

「あいつが自分で乗り越えるまで待とうと同意したはずだ。あいつはなにかショックを受けた。それはしょうがない。誰にでもあることだ。大げさに騒ぎ立てるほどのことじゃない。おそらく女性関係だろう。いい女に泣かされたんだろうよ」

「自分の身体を傷つけてるのよ」

「医者はカルテを書くんだ、アビゲイル。そしてカルテはリークされる可能性がある」

「自分の保身を優先するのはやめて」

「あいつはわたしにとっての政治的な弱みだ」

「自分の息子でしょうに」

同じ議論の繰り返しで、その対立軸はジュリアンが子どもの時分にできたものだった。彼は人の目を見るのが苦手で、めったに握手をせず、他人に触られるのもいやがった。いまだに痛々しいほど内気であり、無口すぎ、よく知らない相手とのつき合いがおそろしく下手だ。事態をさらにややこしくしているのが、彼の書く本は救いようもないほど暗いにもかかわらず、子ども向けであることだ。取りあげるテーマは死と裏切りと恐怖、幼少期の終末の苦しみなど、むずかしいものばかり。鮮明な無神論が彼の物語の特徴であると書評家は論じ、そのせいで、保守的な地域では彼の著作は発禁処分を受け、燃やされることすらあった。しかし彼の芸術的手腕と物語をつむぐ力量は否定しようもなく、そのあふれんばかりの才能に、読んで大きく心を揺さぶられない者はまずいない。つまり、一部において悪魔と称されつつも、最高ランクの芸術家としてもてはやされてもいるのだ。本人による説明は単純だ——**世の中は残酷で子どもは自分で思っているよりも強い**。だが、彼の著作は人生と同じで、必ずしもハッピーエンドではない。子どもが死に、親は過ちをおかす。彼は口癖のように言う——**子どもに少ししか伝えないのはべつの意味で残酷だ**、と。

「今年は選挙の年だ」上院議員は顔をしかめた。「あいつには立ち直ってもらわないといかん」

「あなたの目は節穴だわ、ランドール」

「節穴？　そうは思わんね」

「目が節穴で、おまけに傲慢よ」

上院議員は椅子に背中をあずけ、ベルトの上で指を組み合わせた。「そのコートは誰のものだ？」

「そんなことは関係ないでしょ」

「昼時までに医者を呼んでやってもいい。おまえが着ているそのコートの持ち主の名前を言いさえすれば」

彼女は疲れ切ったため息を漏らした。「なんでそうこだわるの？」

「わたしの目が節穴だと、おまえが言うからだ」

「そう。だったら、節穴と言ったのは取り消すわ」

「ちゃんと答えろ」

「ジェサップのものよ。これで満足？」

「ジェサップはいい男だ」議員はそこで口をつぐんだ。「おまえの好みからすると、いささかおとなしすぎるが」

「その人が自分のコートを貸してくれたのよ」

「わかっている」

アビゲイルは電話をデスクの向こうに押しやった。

「電話してくださるわね？」

「もちろんだとも」してやったりという笑みが浮かんだ。

「あなたのおかげで一気に疲れが出たわ、ランドール」

「わたしの仕事はきみの夫であることのようだ」

「お医者様を」彼女は言った。「いますぐに」

ジュリアンの部屋に戻ると、彼はちびた鉛筆で壁に扉の絵を描いていた。子どもが描いたような小さな絵で、ふだんの彼の作品とは似ても似つかなかった。いつものジュリアンが扉を描くとしたら、あけてなかに入ろうとするくらい本物そっくりなものになるはずだ。そのくらい真に迫ったものになるか、でなければべつの世界に通じる扉か、魔法と喜びに満ちた世界への入口か、はたまた無数の傷ついた魂を集めようと大きくあいた黒い門のような、思いきり奇想天外なものにするはずだ。だが、アビゲイルが目にしているのは、それとはまったくちがった。ドアの輪郭はがたついており、高さ五フィートにも満たないいびつな恰好だった。取っ手は不細工で、蝶番は黒く塗りたくってあるだけ。ジュリアンはその扉の前に膝をついて、あいかわらずうなだれていた。自分で描いた扉にこぶしを叩きつけていた。包帯はじっとり濡れているだけでなく、びりびりに破けていた。

「ベイビー」彼女は息子の隣に、熱が伝わってくるほど近くに膝をついた。目の下の皮膚が黒ずみ、頬がこけるほど顔が痩せている。彼は母の声を聞き流した。目は熱に浮かされたようにうつろで、唇は嚙んで血がにじみ、チョークのようにかさかさだった。扉の絵のここを叩いたと思えば、次はべつのところを叩く動作に熱中するあまり、母の手が腕に置かれてもなんの反応も示さなかった。「ベイビー、お願いだから……」

彼の目はぞっとするほど落ちくぼみ、眼窩の奥深くまで引っこんでいるせいで、真っ黒に見えた。口がひらき、舌の先端を歯の裏に押しつけていた。アビゲイルが息子に触れようとあらためて手をのばしたとき、腕が電気スタンドの前をよぎり、壁の影が揺らめいた。それを見たジュリアンは身をすくめ、その顔に突如として浮かんだ恐怖の表情に、アビゲイルも思わずたじろいだ。しかし、感情は現われたのと同じくらい素早く消え去り、表情はふたたびうつろになった。彼女は息子の身体の一インチ手前で手をとめたまま、唇が意味もなく動くのをじっと見ていた。「ベイビー、お願い」

「陽の光……」

その声はほとんど消え入りそうだった。

「銀色の階段……」

## 9

その医師はいかにもそれらしいタイプで、物静かで自信家、ほっそりした体型をしていた。彼は見慣れぬ看護師を連れて現われた。ドアがカチリと閉まる音に、ジュリアンは金縛りにあったように固まった。顔にあらたな緊張の色と、心のなかのとりわけ穏やかな場所から這いあがってきたとおぼしき瞑想の表情が浮かんだ。

「ジュリアン。わたしは医師のクローヴァーデイルだ。お父さんの友人でね。きみを傷つけるようなことはなにもしない。ただ少し診察させてもらって、手の傷の手当てをするだけだ。かまわないかな？」ジュリアンは反応を示さなかったが、医師は言った。「ここにいる全員が友だちだ」

医師はいたわるようにジュリアンの心音と肺の音を聴いた。それから目に光をあてた。アビゲイルはその光景を見て、深い井戸の底からのわずかな光を受け、息子の顔が闇のなかに浮かびあがるところを想像した。

「それでいい、ジュリアン。それでいい」

医師は診察をつづけた。ジュリアンの手から包帯がはずされたときには、アビゲイルは小さく叫びそうになるのをなんとかこらえた。「大丈夫だ」医師は言ったが、大丈夫どころではなかった。指関節がえぐれて皮膚がめくれ、体液がじくじくとにじんでいた。白い肉の合間から、ぬらりとした灰色の骨が一瞬見えた気がした。医師は手当てしてから、痛み止めの注射をした。針が腕に刺さっても、ジュリアンは身じろぎひとつしなかった。アビゲイルがシーツをめくり、医師と協力してジュリアンをベッドに寝かせた。ドアのところで医師は小声で告げた。「看護師に身体を拭かせます」

アビゲイルは廊下に出ると、壁に背中をあずけた。

「手があんなことに……」

「一生残るようなことはありませんよ」

「たしかですか？」

「これ以上悪化させるようなことをしなければ」医師の表情は穏やかながら真剣だった。「どういう経緯だったんです？」

「なにがですか？」アビゲイルは自分でも声がうろたえているのがわかった。

「こうなったのはいつですか？　まずはそこから教えてください」

「三日前です。ふらりといなくなりました。行き先はわかりません。帰ってきたらこんな状態で。裸足で薄汚れた状態でガレージにいるところを、わたしが発見したんです。なにもしゃべらないし、自分の部屋に戻ろうともしなくて。この部屋に入りこむなり鍵をかけてしまいました。話しかけても返事をしないし、出てくる気配もありません。一日たって、錠前屋を呼びました」

「そういうふうに、ぷいといなくなることはよくあるんですか?」

アビゲイルは首を横に振った。「いいえ。一度も。もちろん、出かけることはありますよ。けれどもそういうことはまれですし、必ず行き先を言っていきます」

「出かけると言いますが、どこに行くんです? 友だちのところ? 遊び?」

「いいえ、そういうわけでは。もちろん、友だちはいますが、親しくしているわけではありません。大半は学生時代の知り合いでしょう。とくに誰というわけじゃなく。出版社を訪ねにニューヨークまで行くこともあります。たまにですが、会議や人前に出る仕事でも。けれど、たいていはこの家を出ません。森のなかを散歩したり、本を執筆したり。つき合いのひじょうに少ない若者なんです」

「自分に満足しているわけですか」

「それは言いすぎです」

「親元に住むにはいささか歳がいきすぎているのではありませんか?」

「息子は少し変わっているんです、クローヴァーディル先生。いろいろと問題を抱えておりまして」

「上院議員から事情はうかがいました。幼いころにいじめを受けていたそうですね」

「ええ」

「深刻なものでしたか?」

「ええ」アビゲイルはみずからも殺気立ってくるのを感じた。「深刻なものでした」

クローヴァーディルは顔をしかめた。「カウンセリングは受けたのですか?」

「あまり効果はありませんでしたけど。受けることは受けましたが、いまだに大声をあげながら目を覚まします」

「大声をあげる?」

「兄を呼ぶんです。仲のいい兄弟でしたから」

「このような自傷行為はこれまでにもありましたか?」

「いいえ。昨夜が初めてです」

クローヴァーデイルはかぶりを振った。「これはわたしの専門外です。精神科医に診せることをおすすめします。場合によっては、デュークかチャペル・ヒルで入院治療を受けたほうがいい。心的外傷を専門とする医師に……」

「施設に預けろとおっしゃるのですか?」

「結論を急ぐのはやめましょう」クローヴァーデイルは言った。「いま息子さんを施設に入れても、数日ほどは様子を見るだけです。それならここでもできますから、問題ありません。ご主人から今週いっぱいの約束で雇われているので、わたしがそばについています。一日か二日待ってみましょう。ジュリアンが穏やかにのんびり過ごせるようはからいましょう。わたしが目を光らせます。そうすることで、自然と解決する場合もあるんですよ」

「本当に?」

「ええ」彼は落ち着いた、医者らしい笑みを浮かべた。

「もちろんですとも」

アビゲイルは相手の目をのぞきこんだ。「では、数日だけ」

「けっこう」医師は両手を組み合わせた。「さて、あなたのお話をうかがいましょうか」

彼はまたも優しそうな顔をしたが、そこで初めてアビゲイルは、泥まみれで憑かれたような目をした自分がひどく取り乱して見えることに気がついた。二日ほど寝ていないし、食事もろくにとっていない。顔色は悪くげっそりとやつれ、頬についた息子の血が乾いて固まっている。鳥の巣のような髪の毛に触れ、医師の顎に目をこらすと目の前が急に真っ白になった。「わたしなら大丈夫です」

「話の内容をご主人に報告するとご心配なら――」

「本当に大丈夫です」目力は衰えていないはずだ。わかっているが、どうしても目をあげられない。いつものあの感覚、つまり拒絶だ。

「人間は誰しも助けが必要になるものなんです、ミセス・ヴェイン。恥じることはありません」

「ありがとうございます、先生。でも、けっこうです」顎があがるのを感じ、彼女はつかの間、この医師に本当のことをしゃべってしまおうかという気になった。しかし、わたし以上に強い人間に先生はお会いになったことなどないはずですと言えば、この医師はそれを空威張りにすぎないと一笑に付すに決まっている。あたりさわりのない言葉を発しておいて、あとで議員と面会する際に、かぶりを振り、守秘義務を守ったふりをするだろう。目と目を合わせ、女のうぬぼれってやつはと言いたげに薄笑いを浮かべることだろう。だから、彼女は真実を胸にしまった。医師の胸が張り裂けるようなものを目撃したことも、膝から下の力が抜けるほどのことをしでかしたことも言わなかった。

「本当に大丈夫ですから」彼女は言った。

医師が反論しようと口をひらいたが、彼女は背中を向けて歩き去った。

# 10

大きくてりっぱな家だが、厳密にはアビゲイルの自宅ではなかった。本宅はシャーロットにあり、マイヤーズ・パークの広さ二エーカーの敷地に建つ、十九世紀末の屋敷だ。いまいるのは夏の別荘という位置づけだが、アビゲイルはシャーロットが死ぬほど嫌いだった。街が大きすぎるうえ、住民が自分たちの選んだ上院議員とその妻の行動に異常なほど目を光らせているからだ。過ぎた人生が長くなるにつれ、広々として静かなチャタム郡に足を向けることが多くなった。ここで過ごす時間がしだいに増え、さらにはそれがあたりまえになっていき、いまではめったに離れない。馬とプライバシーと息子とともに暮らしている。ほぼ理想的な生活だ。

長い廊下を早足に進んで、自室として使っているつづき部屋に入り、シャワーを浴び、着替え、いつもの完璧に近い状態になるまで顔に手を入れる。高さ十フィートの鏡に映る姿は、体調万全のエレガントな女性そのものだった。一度くるりとまわって、問題がないのを確認すると、三階のジュリアンの部屋に向かった。北東の奥の一角を占めるその部屋は贅沢な広さがあり、窓からは斜面とその向こうに広がる林冠が見わたせる。春にはゆるやかな緑の起伏と内海がのぞめ、それが秋には赤と黄色と橙色に変化し、炎の海はしだいに茶色くなって、やがては消えてしまう。

アビゲイルは戸口で足をとめ、しばしためらった。床から天井まである書棚には額入りの写真がいくつも飾られ、二十年間の読書の成果が並んでいる。奥の壁に置かれた六台ほどのイーゼルには大きなスケッチブックがひらいて立てかけてあり、ジュリアンが取り組んでいる絵が見える。森の風景、月夜の湖、いま構想を練っている新しい本の登場人物。未使用の散弾銃とシカ撃ちライフルがベルベットを張ったケースにおさまっている。細かい埃の積もった高価な鋼鉄の火器は、父とその支援者から贈られたものだ。しかし、ジュリアンは生まれてこのかたなにも殺したことがない。彼は心優しい男だが、それでも男に変わりはない。部屋はその二面性をよく表わしていた。濃い色の敷物と高級な美術品、子ども向けの本と沈黙する銃。ここは男の部屋であると同時に、少年の部屋でもある。戸口に立ちつくすうち、アビゲイルの視界が涙でぼやけ、ジュリアンを迎えた日のことがまざまざとよみがえった。あのときの彼はとても小柄で怯えていた。兄と引き離されて茫然自失の状態だった。

**ここには何人が住んでるの、**と彼は訊いた。

**あなただけよ。**

彼はしばらく部屋を見つめていた。それから窓の外に目をこらし、黒い目を落ち着かなげに動かしながら林冠を、果てしなくつづく緑を見やった。小さな指を窓がまちにかけ、よく見ようとつま先立ちになって顎を上向けた。

**すごく大きいね。**

**気に入った？**

彼は長いこと考えこんでから、口をひらいた。**ここにいたら、マイケルにぼくの居場所がわからなくならない？**

その質問に彼女は泣いた。

アビゲイルは敷居をまたいだ。本の背に指を這わせ、写真を手に取り、もとに戻した。いつになく落ち着かず不安だったせいで、うしろを振り返ったとき、あいた戸口に夫が立っているのを見て、卒倒しそうになった。足音がまったく聞こえなかったが、あれだけの巨体であることを考えると、ただただ驚くしかなかった。

「さっきの話のつづきだが」夫の声はやけにしおらし

かった。「むろん、ジュリアンを第一に考えていると も。それはわかっていると思うが」部屋全体を舐めるようにながめまわす彼の表情に、いまいましそうな心の内が見え隠れした。政治家としての彼は、あらゆる点において保守的だ。ひとりの男としては、男らしい趣味を好む。ジュリアンのようなタイプは好みとは言いがたく、それゆえアビゲイルはいつも勘繰っている。上院議員はジュリアンが養子でよかったと思っているのではないかと。

そのほうがまだ恥ずかしくない。不利な材料にもならない。

実際、議員はアビゲイルが妊娠できなかったことをずっと根に持っていた。彼は男の子と女の子をひとりずつほしかった。しつけが行き届き、母親の写真うつりのよさを受け継いだ子どもを。養子を迎えるのはさんざん悩んだ末の妥協案であったが、ジュリアンには本当にがっかりさせられた。けっきょくアビゲイルが理詰めで説得した。養子を迎えれば——少し年長の、引き取り手のなさそうな子どもならとくに——あなたが人情と良心にあふれた人であることを示せるわ、と。この山間地での彼の支持率は最低だった。彼はその案を検討し、一度だけうなずいた。それで決まりだった。

上院議員は近くのイーゼルに歩み寄り、スケッチブックをめくりながら、次から次へと絵を見ていった。「ジュリアンのことでは」と彼は言った。「少々言いすぎた。悪かった」最後のページをめくり、そこに描かれた絵に見入った。髪から葉が生え、黒煙のような目をした半裸の少女。「こんな絵を描くとは意外だな」

アビゲイルは絵を見やった。挑発的に描かれた美しい少女。「どうして?」

彼は肩をすくめた。「ずいぶんときわどい絵だからだ」

「あの子は児童書作家であって、子どもじゃないのよ。

過去には恋人だっていたのだし」

「本当かね？」「ずいぶんとばかにした言い方をするのね」

議員はページをめくってその絵を隠した。それからいかにもせつなそうな表情を浮かべ、アビゲイルの顔をうかがった。「老人にキスをしておくれ」

彼は目を伏せたが、その間が意図的なものなのは明らかだ。彼女が頬を差し出すと、彼は乾いてひんやりとした唇で口づけた。一歩さがり、室内に目をこらす。

「ずいぶんと散らかってるな」

「掃除係に言っておくわ」

「頼む」

彼女は出ていく夫を見送ると、部屋の片づけにかかった。ベッドメイキングをし、本を積み重ね、いくつものコーヒーカップをひとまとめにした。最後にジュリアンのタキシードを拾いあげ、クロゼットに持っていった。葉巻とアフターシェーブのにおいがした。皺をなでつけたところ、ポケットから一枚の写真が見つかった。痩せこけた娘の写真だった。十九歳だが、エルフかと思うほど小柄だ。傾いたポーチに立ち、うしろの家はろくに塗装もされていない。くしゃくしゃのブロンドの髪が縁取っている顔は、もっとまともな恰好ならば目の覚めるような美人と言えそうだ。しかし彼女は裸足で薄汚れ、目ばかり大きくて頬がこけ、怒ったように口を真一文字に引き結んでカメラをにらみつけている。色褪せたカットオフジーンズは彼女の脚には短すぎ、薄手でぴったりしたタンクトップが胸を圧迫している。両手をポケットの奥まで突っこんでいるせいでジーンズが腰の低い位置までずり落ち、骨盤の翼部分の引き締まった肌がのぞいていた。

陽に焼けて真っ黒だ。

庭は土だった。

この娘を見るのは子どものとき以来だが、うしろの家は覚えている。胸がむかつくのを感じながらイーゼルに向き直り、森のなかの若い裸婦を描いた木炭スケッチが出てくるまでページをめくった。その絵を見つめ、それから写真に目を移した。そばに寄り、両方を並べてかかげた。絵はみごとな筆さばきによるもので、娘が実物よりもずっと魅力的に描かれている。森のなかでくつろいだ表情、吊り目気味の奥まった目、髪にからまった木の葉。尻や胸の丸みも、いかにもふてぶてしそうな目もしっかり再現されている。

「まさか、そんな」

絵に目をこらすうち、身体の下のほうから吐き気がこみあげた。

「嘘よ、きっと」

彼女は写真を折り曲げ、ほとんど走るようにして部屋をあとにした。外に出ると、雨は弱まって霧雨になっていた。ランドローバーはさっきとめた場所にそのままあった。エンジンをかけ、銃の装塡をたしかめてから、敷地の裏へと車を向けた。

「嘘よ、きっと」さっきの言葉を繰り返した。

森が濃さを増した。

長年にわたって対立、計略、および政治的陰謀に揉まれてきたアビゲイルの夫だが、彼にはしつこくつきまとう悩みの種がひとつあった。四千エーカーにもおよぶ彼の土地の裏にマツの原生林が広がる六十エーカーの民有地があるのだが、そこは一八〇〇年代からずっと同じ家族が所有している。一帯は地相が険しいうえに人の手が入っておらず、傾斜のきつい丘と雨裂がいくつも連なるなかに、十エーカーの平らな土地と南北戦争以前からある家に通じる砂利道が一本通っているだけだ。この地所には議員の土地の裏に行く通行権が設定されており、上院議員が何度となく話を持ちかけたものの、所有者の女性は頑として売却を拒んでいる。彼は土地の価値の五倍を払うと提案し、さらに十倍、二十倍と値をつりあげた。けっきょく議員が癇癪を起こし、交渉はこじれた。

相手の女はカラヴェル・ゴートローといい、ルイジアナ州出身のフランス人を自称している。だが言うだけなら誰にでもできる。この女は嘘つきで頭がいかれている。ふたりのあいだにはいろいろとあった。不愉快な出来事が。

いちばん広い敷地内通路はやがて短く刈りこんだ芝地に入り、作業エリアへと入っていった。舗装路は砂利道に変わり、大きく弧を描きながらブドウ畑と馬の放牧地、それにアビゲイルが八年前にゼロから立ちあげたオーガニック乳製品の製造所を通りすぎた。ゆるやかに流れる川を横に見ながら走り、北に折れて深い森を抜け、牛が点々とする七百エーカーの牧草地を越えた。道が奥の森に突っこむころには、砂利はまばらになり、道幅も狭くなった。森のなかをずんずんと進んでいくと、塗装に瑕がつくかと思うほど木々が間近に迫り、若草が前のバンパーにもぐりこんでいく。ここは敷地のなかでもかなり鬱蒼とした一帯で、三千エーカーもの禁猟区と狩猟場、それに伐採されたことのない原生林が広がっている。

やがて坂道が現われ、それをのぼりきって下っていくと、目の前に速くて白濁した川が流れていた。ギアを落とし、車軸までの深さの川をゆっくりと渡り、急な傾斜を尻を振りながらのぼった。このあたりは地層が波状に変形している裸の土地だ。薄い黒土の地表から花崗岩が突き出ている。広葉樹はなく、二世紀も昔のテレピン油交易でつけられた瑕をいまも残すダイオウショウマツの林が広がっている。

前方を細い砂利道が横切っていた。南に曲がれば敷地の南を通る州のハイウェイに出られるが、そっちに用はない。ふたつの丘のあいだを通る北に折れた。両側の斜面がきつくなって、光が翳りはじめ、道が下へ下へともぐっていくように見える。ここを訪れるのは二十年ぶりだが、カラヴェルの家が見えてくると、前と同じように胃がよじれる思いに襲われた。貧相な部屋を寄せ集めて白ペンキを塗りたくったものを、さびの浮いた車や動物の落とし物が散乱する地面にぽんと置いたような、古くて小さな家だった。あけはなした窓にカーテンがかかっている。ペカンの木の下のぬかるみにヤギが集まり、壁なしの厩舎には毛並みの悪い馬の姿があった。

アビゲイルは広い場所まで車を乗り入れながら、二十年におよぶ歳月のなかで忘れてしまった風景を確認していった。右にある貯蔵小屋からしずくがぽたぽたと垂れている。その先の燻製小屋はドアがあけっぱなしで、なかに金属のフックがぶらさがっているのがよく見える。車を降りると、じめついたにおいが鼻を突いた。湿ったタルカムパウダーと踏みつぶされた花のようなにおいだった。

風鈴の軽やかな響き。

茶色いひもにつなげた色つきガラスの破片。

細かい灰と黒く焦げた小骨がつまった調理用の穴のわきを通りすぎた。玄関ステップには五芒星を彫った石と、小便とさびた画鋲らしきものが入った広口瓶。壁に近い戸枠に獣の皮が吊るしてあり、ポーチには乾燥した植物がぶらさがっていた。

玄関のドアが大きくあき、アビゲイルは足をとめた。薄暗い屋内でなにかが動く気配があり、すぐに女が現われた。「おやおや、意外なお方のお出ましだね」

声も、小ばかにした目に浮かんだふてぶてしい表情もあいかわらずだった。

「こんにちは、カラヴェル」

「金持ち女」

カラヴェル・ゴートローは陽だまりのなかで足をとめ、ドアの横がまちに手を置いた。アビゲイルが貧しさと苛酷な生活に苦しむカラヴェルを想像していたなら、期待はずれもいいところだった。手は荒れているものの、いまも男の目を惹きつける体型をたもっていた。背丈は五フィート半、褐色に日焼けした肌。足にはなにも履いておらず、すらりとした身体を歳月と日光で透けるほど薄くなったワンピースで包んでいる。髪にはところどころ白いものが混じっているが、唇はふっくらとして官能的だ。「元気そうね」アビゲイルは言った。

「ものすごく元気だよ」彼女は煙草に火をつけた。「旦那はどうしてる?」

「ほしいならあげるわ」

ゴートローは口の左端をくいっとあげた。「もう、あの男は食いつくしたよ。いまごろになって仕返しに来たのかい?」

アビゲイルは肩をすくめた。「男なんてみんなあんなものだわ」

「あの男はいまも寝言であたしの名前を呼ぶのかい?」

「まさか」

「だろうね」カラヴェルは灰を落とした。「なんの用でわざわざここまで来たんだい、金持ち女?」

「あなたの娘に会うためよ」

「ほう」おもしろがるような表情が浮かんだ。「ジュリアンのことだね」

アビゲイルは身を固くした。つまり、彼女の仮説は正しかったのだ。「息子のことでなにか知ってるの?」

「あんたの息子は亭主と同じで、ゴートローの女のよさがわかるってことと、そういう趣味をあんたには内緒にしておくほうがいいとわかってることくらいだね。なつかしいね——嘘とみだらな関係、ろうそくの火とぬくもった空気、若い恋人のにおい——」

「いまもそういうものが好きみたいね」

「あたしはいろんなものが好きなんだよ」カラヴェルはその言葉を舌から転がすように発した。「男に煙草、それに生温かい真っ赤な肉」

「彼女と話をさせて」

「取り乱してるあんたの相手をすること……」

「いいかげんにしてよ、カラヴェル」

笑みがすっと消え、カラヴェルの声は冷ややかになった。「ヴィクトリーンはいないよ」

「なら、いるときにまた来るわ」

「わかんない女だね。あの子は一週間、家をあけてるんだ。もう二度と帰ってこないかもしれない」

「そう、あの子もようやく気づいたわけね」

「なんだって？」

「気づいたって言ったの。おとなになったってこと」

「あの子はあたしのものだよ」カラヴェルは言った。

「もう、そうじゃないみたいね」

ずっしりとした怒りがカラヴェルの目に宿り、口もとに深い皺が刻まれた。「いまのを取り消しな」

「とにかく、あなたの娘をわたしの息子に近づけないで。そうすれば、わたしたちのあいだにはなんの問題もない。うちの敷地に立ち入らないよう、家に近づかないよう言ってちょうだい」

カラヴェルは片方の肩を怒らせ、にわかに凶暴な目つきになってポーチをおりた。「うちの娘を見かけたんだね、そうだろ？」

アビゲイルは一歩うしろにさがった。「だったら、わざわざここまで来たりしないわ」

カラヴェルは指を突き立てた。「娘はどこだい？」

「言ったでしょ——」

「ママはもう怒ってないとあの娘に言っとくれ。家に帰って来さえすれば、全部水に流すと」

「いいから、わたしたち家族にはもう近づかないで」

「いま言ったこと、あの娘に伝えてくれるね？」

「第一に、あなたのいかれた娘の居場所なんか知りません。そう言ってるでしょ。第二に、あの娘にとっていちばんいいのは、あなたと距離をおくことよ。見かけることがあったら、そう伝えておくわ」

カラヴェルは煙草の灰を地面に落とし、激しい憎悪を声ににじませた。「あたしと娘のあいだに割って入ろうってのかい？　仲を裂こうってのかい？」彼女はさらに詰め寄った。スイッチが切れたみたいに正気が吹き飛んでいた。「あの子はあたしのもんだ！　わかったかい？　あんたやあんたの息子がうまいこと言って、親子の仲を裂こうとしたってそうはいかない。やっとわかったよ」彼女は手をのばし、アビゲイルに触れた。「そういうことだったのかい」

「さわらないで」アビゲイルはうしろによろけた。

「距離をおいたからって忘れられるもんじゃないよ、金持ち女。世界の果てからだってあんたを苦しめてやれるんだ」

アビゲイルは車に手をのばし、ドアに手をかけた。

「とにかく、息子には近寄らないで」

「二フィート離れようが、地球の反対側に行こうが」ゴートローはポーチの階段に腰をおろし、高笑いした。

「絶対に忘れるもんか」

アビゲイルは車に乗りこんでエンジンをかけ、土埃を踏みしめるように小さく向きを変えた。あいたウィンドウごしに、ゴートローがじっとこちらを見ているのがわかる。

「どんな道もけっきょくはママ・ゴートローに戻ってくるんだよ」

バックミラーに家がすっと現われた。木々が立ちあがり、最後の言葉が、エンジン音に混じってかすかに聞こえた。「あたしの娘に言っとくれ……」

アビゲイルは速度をあげた。

「どんなくそったれな道も……」

車が森に入って五分後、アビゲイルはようやく速度をゆるめた。ひどく取り乱し、心臓が小動物のように小刻みに動いている。深呼吸し、カラヴェル・ゴートローに対して芯から怯えあがった事実に向き合った。アビゲイルは四十七歳で冷静な女だ。しかし、悪魔も自分と同じ、現実の存在だと思う。同じように心臓が鼓動し、同じように赤い血が流れている。罪あるいは堕落、なんとでも好きなように呼べばいいが、あの女は悪魔だ。悪魔はあの女の皺とあの場所の歴史に、土埃のにおいと男どもの弱さにひそんでいる。とにかくアビゲイルは、カラヴェルの目つきにうろたえた。あの狂気も、冷酷で険しい表情もさんざん見てきた。あの手の女のことはよく知っている。

ああいう連中を恐れるのにはわけがある。

最後のおののきが肌の下を伝わっていくと、いつものように気持ちを落ち着けた。弱さと疑念を押しつぶし、高い石壁と未来を見せてくれなかった鏡のある自宅へと車を向けた。わたしの心は鉄でできている、この世のどの女よりも硬い鉄で、と自分に言い聞かせながら。

十分後、ランドローバーをとめた。ジェサップ・フォールズが裏口のところで待っていた。「どこに行っていたんです？」

彼女は相手の赤らんだ顔とこわばった全身を見つめた。「カラヴェル・ゴートローに会ってきた」

「どうしてまた？　あの女はまともじゃありません」

「ジュリアンがあの女の娘と深い仲らしいの」

「ヴィクトリーン・ゴートローはまだ十九ですよ」

「チャタム郡じゅうの既婚男性をものにしたときの母親もその歳だった。ゴートローの女に年齢は関係ないの。カラヴェルが始めたのは十四のときよ。ハイスクールの男子生徒。農場労働者。流れ者」

「それは単なる噂……」

「あの人は五ドル持ってて勃起してる男なら誰でもいいのよ」

「そういう言い方は感心しませんね」

アビゲイルは息を漏らしたが、それとともに緊張の大半も恐怖の記憶も排出された。「そうね。ところでなにがあったか教えてちょうだい」

「おわかりになりましたか?」

「あなたとは長いつき合いだもの、ジェサップ」

「ついてきてください」彼は背を向け、アビゲイルは隣に並んだ。ふたりはドライブウェイ沿いに歩いたのち、日陰になった芝生にそれた。「門のところに人が来ています」

「門のところはいつも人がいるじゃないの。上院議員の自宅なのよ。そのために門があるんでしょ」

「この人物にはお会いになったほうがいいかと」

「じれったいわね、もう――」

「ジュリアンのお兄さんです」

「そんなばかな」

ジェサップの目をのぞきこむと、確信と不安が深いところをたえまなく流れているのが見てとれた。

「たしかです」

「ありえない……」

自分のものとは思えないほど、あまりにか細く、あまりに幼い声だった。

「アビゲイル……」

周辺の視界がかすみ、彼女は身体を折った。

「アビゲイル……」

息をとめ、さらに身体を折った。斜めに吹きつける雪のなかを行く少年が目に浮かんだ。あの子が奪われた晩、走り去る姿が一瞬だけ見えた。とても小さく、孤立無援の姿だった。アビゲイルは身体を起こそうとしたが、二十三年という歳月の重みが首にどっしりとのしかかった。

**マイケル……**

「深呼吸をして」声が聞こえた。

しかし、できなかった。

# 11

盗んだ車の前に、高さ十二フィートの鉄の門が立ちはだかっていた。りっぱな造りだが、実用的でもあり、重量四千ポンドの手づくりの鋳物は強固で、戦車以外のものならなんでも阻止できそうだ。門の反対側を見ると、ベルベットのような芝生に黒い舗装路がまっすぐにのびている。奥に見える家は桁外れに大きい。高さ十フィートの石壁に囲まれた城のようだ。マイケルは車に寄りかかって、道路を行き交う車をながめた。門に、警備員に目をこらす。車のなかからエレナが呼びかけた。

「大丈夫か？」彼はひょいとかがんでウィンドウからなかをのぞきこんだ。エレナはシートを横に移動していき、運転席にすわった。くたびれ果て、目の下には黒い隈ができ、頬がげっそりとこけている。疲労は声にも、果てしなくつづく州間高速道路をさまようやつれた魂のごとく、舟を漕いではぴくりとする瞬間にも表われていた。昨夜泊まったモーテルでも、彼女はべつのベッドでひとり背中を丸めてじっと息をひそめていたが、眠ることはなかった。朝になると押し黙ったままシャワーを浴び、笑顔もろくに見せずに着替えた。マイケルとはほとんど目を合わせず、たとえ合ったとしても、そこには誰も踏みこめない秘密の場所があった。

「わたしたちなんか、入れてもらえるの？」

マイケルは門を警備している男たちに目をこらした。短髪にぱりっとしたスーツ姿の筋骨たくましい男たちは、いかにもプロらしく油断がない。ふたりともホルスターに銃をおさめ、礼儀正しいと同時に自信に満ちている。使っている通信装置は最新式のものだ。民間会社の人間だとしたら、そうとう高くつくはずだが、実際のところ、どの程度の腕前なのだろう。「ジュリアンがここにいるなら、入れてもらえるはずだ」

「さっきの人、あなたの話を信じたと思う？」

「状況次第だろうな」

「あの人、絶対に戻ってこないわよ」

　マイケルは門を、壁を観察した。警備員は目を一瞬たりとも離さない。高いところに設置された防犯カメラが向きを変え、そのうちのひとつがまっすぐに彼らをとらえた。「戻ってくるさ」マイケルは言った。

「ここにいなかったらどうするの？」

「上院はいま休会中で、ここは彼らの別荘だ。たぶんおれの勘はあたってる」

　エレナは指の爪を噛んだ。道路や深く暗い森に目をやるたび、髪が首の上をはらりと動く。車のなかにいても無防備な気がするのだろう。マイケルにはその気持ちがわかった。だが、どうして真実を告げられよう？　ステヴァンとジミーは、深い森から一発できれいに仕留めて決着をつける連中ではないなどと説明できるはずがない。連中は必ずやふたりの前に現われるだろうが、そのときには流血の惨事になるなどと、彼女の目を見て言えるはずがない。

「いやだわ、こんなの」

　車が猛スピードで通りすぎていき、森で鳥が翼をさっと広げた。ドライブウェイに目をこらすと、遠くに一台の車が現われ、銃弾のような形の金属は近づくにつれてフォード・エクスペディションとなり、門の手前で速度をゆるめた。さっきと同じ白髪の男がハンドルを握っている。男は車を降りると警備員に声をかけた。警備員があいかわらず油断なく、しかし無表情に見守るなか、門が大きくあいた。男はマイケルたちに近づいて声をかけた。「ミセス・ヴェインが会うそうだ。わたしの車に乗りなさい」

　マイケルは車通りの途絶えた道路に目をやった。壁は両方向に少なくとも一マイルはつづいている。「自分の乗り物で行きたいんだが」

「門のなかに入りたければ、その車はここに置いていきたまえ」ふたりのあいだに沈黙が流れた。「それに銃も」

マイケルは眉をあげた。「銃？」

「見損なってもらっちゃ困るな、若いの。きみのズボンのうしろに差してあるやつだ。そいつを車にしまえ。車に鍵をかけろ。さあ、乗れ。時間がもったいない」

マイケルは相手の顔をしみじみと見た。陽に焼け、いかつく、無愛想だ。正直者の顔のようだが、顔立ちなどマイケルにはどうでもよかった。嘘つきもペテン師もいやというほど見てきた。「おれの弟を知ってるのか？」

男が目を細くし、目のまわりに皺が寄った。「ジュリアンのことなら実の息子のように知っている」

「ここにいるのか？」

「いる」

マイケルはまず顔をそむけた。「ちょっと待ってろ」彼は車に乗りこむと、銃を座席の下に押しこみ、ウィンドウを閉めた。

「本当に行くつもり？」エレナは両のてのひらで自分の腿をなでさすった。

「大丈夫だ」

ふたりは車を降り、マイケルは施錠した。男が親指を立てた。「彼女はうしろに乗ってくれ。きみはわたしから見えるよう、前に乗ってもらいたい」

ふたりが乗ると、年配の男は片手を自分のシートの左わきにおろし、急旋回して大きな屋敷に向かって走りだした。マイケルの目に整形式庭園やなにかの形のように美しく刈りこんだ木々が映った。遠くに見える玄関にも、警備員がひとり立っていた。さらにふたりが周辺の警戒にあたっている。目には見えないが、ハイテクな警備システムも設置されているにちがいない

「おれたちを入れるかどうかで」マイケルは言った。

「きみがヘネシーとかいう少年を殺した日、わたしはアイアン・マウンテンにいたんでね。だから答えはイエスだ。それも話し合った項目のひとつだ」

「左手で銃を握ってるのはそのためか」

フォールズは肩をすくめると、シートのわきから銃を出し、脚のあいだに置いた。「昔の癖だ」

「あんたが警備責任者なのか？」

「ミセス・ヴェインの警備専門だ。上院議員はべつに雇っている」ふたりを乗せた車は半マイルほど走った。まずは森を抜け、屋敷と庭が一望できる尾根沿いに半マイルほど進む。その景色が消えたところで、フォールズは車をとめた。

「ここがミセス・ヴェインとの面会場所か？」マイケルは尋ねた。

フォールズはギアをパークの位置に入れた。その顔は真剣そのものだった。

――カメラ、赤外線。

「なぜこんなに警備が厳重なんだ？」彼は訊いた。

「きみは何人の億万長者を知ってる？」なかほどまで来ると、車は左に折れ、オークの木立に吸いこまれている細い砂利道に入った。「家に入れてもらえるんじゃなかったのか」マイケルは言った。

「母屋には行かない。そっちはあとだ。おそらくな。わたしの名前はジェサップ・フォールズ」

「彼女はエレナだ」マイケルは言った。

フォールズは目をあげて、バックミラーに映るエレナと目を合わせた。片手でハンドルを握り、もう片方の手はシートとドアのあいだの空間に垂らしてある。

「よろしく」

「思ったよりも戻ってくるのが遅かったようだが」

フォールズはマイケルを見て、肩をすくめた。「きみたちの来訪が突然だったからだ。いろいろと話し合わなきゃならなかった」

「いまいるのは敷地の西側だ。これからゲストハウスに案内する。あっちだ」彼は指差した。「無人だ。ほかには誰もいない」彼はくるりと振り向き、エレナとマイケルを同時に視野にとらえた。そのまましばらく見つめたのち、顔をしかめて口をひらいた。「ここにはきみらにやる金はない」

「それが目的で来たんじゃない」

「なら、なぜだ?」

「弟に会うためだ」

「本当に理由はそれだけか? しかもいまごろになって?」肩をすくめたマイケルにフォールズは尋ねた。

「なぜ銃を持ち歩いている?」

「あんたはどうしてなんだ?」

「住まいはどこだ?」

「いまのところ、不定だ」

「なにをやって生計を立ててる?」

「直近の仕事は皿洗いだった」

フォールズはフロントガラスごしに外をうかがった。道がずっと先までのびている。「そんな答えじゃ、とても信用する気にはなれん」

「個人の警護をしてるってことは、おそらく元警官と見た。おれを信用できないならそれでもいい。なにを言ったところで同じだろうからな。だったら、時間を無駄にするのはやめにしよう。おれはジュリアンに会いたいだけだ。あんたは、その前にミセス・ヴェインと話をしなきゃいけないと言った。いいだろう。彼女のほうもおれに会うことを同意した。だったら、さっさとすませようじゃないか」

「よかろう。ふたりとも、車を降りてくれ」

「なぜだ?」

「公道のわきでボディチェックをしなかったのは、べつにわたしが間抜けだからじゃない」ひんやりした森のなかで、マイケルはフォールズのボディチェックを受けた。念入りで、手早かった。「申し訳ない」彼はエレナに言った。

「大丈夫だ」マイケルはエレナに声をかけ、フォールズが彼女にもボディチェックするのを黙って見ていた。やはり念入りで、手抜かりはなかった。

「車に戻っていい」

三人は車に乗りこんだ。振り返ったフォールズは、口を決然と結んでいた。「ノース・カロライナ州では殺人に時効はない」彼は目をすがめ、視線をマイケルからエレナへ、そしてふたたびマイケルに戻した。

「それを承知しているのか確認しておきたい」

「なんの話かわからないわ」エレナが身を乗り出した。

「アイアン・ハウスでの一件のことだ」マイケルは数秒の間をおいたが、フォールズから目を離さなかった。

「この人はおれを脅そうってつもりなんだろう」

「忠告をしているんだ」

マイケルは薄ら笑いを浮かべたが、目に輝きはなかった。「おれの名前が書かれた令状が出てないことくらい、わかってるはずだ。起訴はされてない。法の範囲内ではなにひとつなされていない」

「それでも、警察はさんざんきみを捜しまわった」

「二十三年も前の、州の反対側の話だ」マイケルはわずかに身を乗り出した。「誰もおれのことなんか追ってない。おれもあんたもその本当の理由を知っている」

ふたりは十秒間にらみ合い、さきにフォールズが目をそらした。「困らせるようなことを言うもんじゃない、若いの。わたしは自分の職務に忠実なだけだ」

「おれは弟を大切に思っている」マイケルは言った。

「なら、おたがい、なんの問題もないな」

ゲストハウスは、湖と屋敷を見おろせる低い丘の上に建つ石造りのコテージだった。ドアのそばに鉄の泥落としがあり、ポーチは屋根つきで、黒い鉄の蝶番がついた緑の鎧戸の建物だった。芝地が傾斜して湖へとつづき、鬱蒼とした森がすぐ裏まで迫っている。

「ここで待て」

ふたりはフォールズがポーチにあがり、ドアをあけてなかに消えるのを見守った。ゲストハウスは小さく、昔からずっとあったように見える。重たいスレートの屋根はひびのところが緑に変色していた。上のほうの窓に青空が映りこみ、下の窓は黒かった。入口におんぼろのランドローバー・ディフェンダーがとまっている。マイケルはなかの様子をうかがったが、なにも見えなかった。エレナが心配そうな顔で、彼の腕を取った。

「さっきあの人が言ったことは本当？　逮捕されるかもしれないの？」

「ありえない」

「本当の理由とやらのせい？」マイケルが彼女の肩を揉んだ。「それっていったいどういう意味？」

「正義の追求が完璧、あるいは公平になされることはめったにないという意味さ」

「煙に巻くのはやめて、マイケル」

「つまり、ここの人間は、ジュリアンの養子縁組の経緯やトイレの床でヘネシーが死んだ一件について、あれこれ探られるのを望んでないってことだ。いかにもマスコミが食いつきそうなネタだから、議員が内々に処理したんだろう」

「そんなことが可能なの？」

「彼には金と権力があるからな。ヘネシーに家族はいなかったし」

「ずいぶん冷たい言い方ね」

「そういう世の中におれたちは生きてるんだ」

「でも、そもそもなぜこだわるの？」彼女は遠くに見える屋敷を示した。「だって、やったのはあなただと言えとジュリアンに言い聞かせたんでしょ。彼に嫌疑はかかってないはずよ」

「スキャンダルというのは、隙あらば自家増殖するものと相場が決まってる。だいいち、ジュリアンの言うことに説得力があったとはとても思えない。嘘がへただったからな。考えてることが顔に出やすいタイプなんだ」

「警察は彼の主張を信じなかったわけ？」

「議員が金と政治資本をたんまり使って、あまり突っこんで調べさせないようにしたとだけ言っておくよ」

「なぜそこまで知ってるの？」

「自分でいろいろと調べたからさ」彼女は顔をしかめたが、マイケルはその腰に手を置いた。「信じてくれ、エレナ。この数日でいろいろあったかもしれないが、何十年も前の捜査については心配しなくていい」

「逮捕されることはないと断言して」

「逮捕なんかされないよ」

「わかった。ありがとう」彼女は彼に寄り添い、湖をながめわたしした。「これがあなたの期待していたものの？」


この屋敷も含めたもろもろを指しての言葉だった。

「思ってたより警備が厳重だが、そのほうがありがたい」

彼女はため息をついた。「そういう答えを聞きたかったんじゃないわ。わかってるくせに」

「大丈夫か？」

「悲しいだけよ」

「どうして？」

彼女はやわらかな芝と遠くの屋敷をじっと見つめると、彼の腕を取り、その肩に頭をもたせかけた。「これがあなたの人生になったはずなのにと思っただけ」

ジェサップは居間のソファにすわっているアビゲイルを見つけた。「彼が来たの？」彼女は訊いた。

「外で待たせてます。本当にいいんですか？」

アビゲイルは目を落とした。てのひらにすくうように小さな写真をのせている。モノクロで、かなり古い。

「そこに写っているのがマイケルですか？」ジェサップは訊いた。

「アイアン・ハウスのファイルにあったものよ」彼女は彼にも見えるよう写真を傾けた。写っている少年は幼く、おそらく八歳くらいだろう。髪が乱れ、無理にこしらえたような笑顔を浮かべている。「彼の写真はこれ一枚しか見たことがないの」そう言って写真に触れた。「ほんの数分の差だったのよ、ジェサップ。吹雪で遅れたせいで、風と凍った雨なんかのせいで、彼の一生をだめにしてしまった」

「彼は十五歳の少年を殺したんですよ。相手の首をナイフで刺し、トイレの床に放置して死なせたんです。そういう連中は変わりません。そういうのはさんざん見てきましたから、わかります。あの吹雪のおかげで、あなたは悲惨な人生を逃れたんです」

「ああいうことをしたのには、それなりの理由があるはずだわ」

「だったら、逃げ出さずに説明したはずでしょう」

「子どもだったんだもの、怖くなったのよ」

「だからって、いまさら彼を信用する理由にはなりません」

「もちろんよ、ジェサップ。わたしだってばかじゃないし、そこまで甘くないわ」

「ならばなぜ、彼を自分の人生に関わらせようとするんです？」

「ジュリアンがそう望むと思うからよ」

「あの男は危険です、アビゲイル。これは大きなまちがいです」

「どう危険なの？」

「まず第一に、やつは銃を隠し持っていました。それにナンバープレートを調べたところ、盗難車とわかりました。それに仕事は皿洗いだと言っています。それも嘘です」

「本人に会いもせずに決めつけるわけにはいかないで

しょ」

「わたしはあなたを守ることで給料をもらっている」

「あなたにお給料を払っているのは、わたしの言ったことをしてもらうためよ。だからちょっと……静かにして。そう、それでいいわ。しばらく落ち着いて考えさせて」彼女は目を閉じ、それをあけると指差した。「外にいるのね？」ジェサップは無言でうなずいた。彼女は窓に歩み寄り、カーテンをあげた。「まあ、あの子にそっくり」

マイケルのほうが長身でたくましかった。彼にはジュリアンが持てそうにない無言の自信ともいうべきものがそなわっているが、ふたりの血がつながっているのは疑いようもなかった。同じ茶色の髪に、同じ表情豊かな黒い目。しかし温和なジュリアンに対し、マイケルは非情だ。片方は気弱で、もう片方はその正反対。マイケルはいま、腕を組み、片脚を前のタイヤに乗っけた恰好で車に寄りかかっている。彼はアビゲイルたちに気づいて会釈した。

「盗難車に乗っていると言ったわね」

「はい」

アビゲイルはもうしばらく見つめていた。連れの女がいらいらと歩きまわっているが、マイケルはアビゲイルと目を合わせつづけた。あの目には力がひそんでいる、と彼女は思った。ふてぶてしく、狡猾で、冷静。「車内を調べて」彼女は言った。「彼についてすべてを知りたい。勤め先。仕事。人柄。ありとあらゆることを」

ジェサップが携帯電話をひらいた。「なぜ気が変わったんです？」

「変わってなんかいないわ」

「では、どういうことです？」

「あなたの言ったことはひとつだけ正しい」アビゲイルは言った。

「というと？」

彼女は頭を傾け、黒いまつげごしに見つめた。「彼は皿洗いなんかじゃない」

エレナの最後の言葉を反芻していたマイケルは、かすかな香水の香りがただよってくるのに気がついた。顔をあげると、つけている香水に負けず劣らず上品な女性が立っていた。女性はドライブウェイに足を踏み出した。その瞬間はいくつもの要素が入り交じっていた。平凡で風変わりで甘酸っぱい。母になっていたかもしれない女性。赤の他人でありながら、彼以上に彼の弟を知っている女性。少し近づいてみると、肌が紙のように真っ白だった。

「おじゃまだったかしら?」

「いいえ、全然」マイケルは無表情をつくろった。「会うと言ってもらえて感謝してます。こちらはエレナ」

彼女は挨拶がわりにエレナにうなずいた。それからすばやく視線をマイケルに戻すと、申し訳なさそうな顔になった。「あなたに会うことがあったら、なんと声をかけようかと、何度も自分に問いかけたわ。口先だけのありきたりな問いかけだけど。毎日のように考えていた。縁もゆかりもないかのように、ごく冷静に声をかける? それとも膝から下の力が抜けて立てなくなる?」彼女は小さく笑った。「わたしは簡単にへなへなするような人間じゃないけど、それはやりすぎかしらとも思ったりして」そこまで言うと気まずそうな顔になった。「わたし、支離滅裂なことを言ってるわね」

「完璧に筋が通ってますよ」マイケルは言った。「言いたいことはよくわかります」

彼女は曲げた指を唇に押しあて、目を輝かせた。「あなたが逃げた日、わたしはアイアン・ハウスにいたの。あの晩、あなたを見たわ。雪のなかでコートをはためかせていたかと思うと、すぐに見えなくなった。激しい吹雪にのみこまれてしまったわ」

「ずいぶん昔の話です」マイケルは言った。

彼女の目が、〝明るい〟から〝濡れて光る〟に変化した。「あなたを見つけることができれば、そうして

た」

「いいんです」なぜそんなことを言ったのかマイケルにもわからなかった――この女性にはなんの借りもない――が、それは本心から出た言葉だった。その瞬間、皮膚に張っていた氷が、両手の凍傷の痕がうずくほどリアルな記憶がはぎ取られていくのを感じた。寒くて暗いなかの逃走劇に思いを馳せたことはなく、夢で見ることがあるだけだったが、いまこうしてふたり、向かい合っている。彼女の大きな緑の目が、いまにも泣きだしそうだ。「いいんです」マイケルは繰り返した。

しかし彼女は前に進み出て、彼の身体に腕をまわした。「本当にごめんなさい」一瞬、マイケルは身をこわばらせたが、彼女の髪が羽毛のようにふんわりと頰にかかった。彼女の肌はラベンダーと、さっきの上品な香水のにおいがした。「かわいそうに」

ジェサップが歩み寄った。「ミセス・ヴェイン……」

しかし彼女は聞いていなかった。「本当にかわいそうに」

# 12

自分がどこにいるのか、ジュリアンはなんとなくわかっていた。客用寝室のひとつにいることも、母が入ってきて、出ていったことも、医師がいることもわかっていた。だが、その認識は闇のなかで揺らめく光にすぎなかった。なぜここにいるのかも、なにがどうなっているのかもわからず、いまが何年で何月で何日かもわからなかった。自分の名前すらまともに覚えていなかった。

頭が朦朧としていた。

不安だった。

ベッドは小さすぎ、熱を帯びたくしゃくしゃのシーツが脚にまつわりついて、罠にかかったような感じがする。ひどく息苦しい。シーツを蹴飛ばしたが、まぶたをすかして赤が見えるように、赤と熱と黒い汚れが見えるようにと目は閉じたままでいた。そうやって、なんらかの模様が、理性による落ち着きが現われるのを待っていた。

しかし理性などどこにもなかった。

黒い色が動き、赤のなかで鋭い金属がまばゆく光った。横向きになった。手が痛み、変なにおいがする。だから黒だけに集中した。黒は安全で、黒は冷静だ。その外には熱があり、その外には悪がある。

ジュリアンは身体を丸めた。

黒は島であり、この島から出なければ何物にも手出しをされない。この島もまた、彼が頭のなかでつくり出したものだった。いやなことや怖いこと、つらいことがあったらそこに逃げこめばいい。島は安全であり、彼だけのものだった。島の外に出たら……

彼は空想から引きあげ、べつのものを探した。しかしそのとき、廊下で聞き慣れない声がした。

声は不気味でもあった。

複数の声。

知らない人間。

ジュリアンは消えたくなったが、ドアがきしみ、目をあけると、床に足の甲が見え、そこから脚がのびていた。母と、知らない女がいた。それに男もひとり。わけがわからなかった。鏡に向かって顔をしかめた自分を見るようだった。

目をしばたたくと、闇が起きあがった。男がなにか言ったが、ジュリアンは誰の顔も見たくなかった。黒のなかにひとりきりでいたかったから、目を閉じ、念を送って橋を壊そうとした。

やり方はわかっている。橋を壊して、水に流してしまえばいい。

誰かの手が腕に触れ、目をあけると、自分の顔だが、実際はそうじゃない顔があった。そこには安らぎとぬくもり、孤独を感じなくてもいい理由が浮かんでいた。しかしすでに橋は壊れかけていた。自分の名前を呼ぶ声がしたが、とどまるには重さが足りず、さっとかすめただけで通りすぎていった。

ジュリアンはその声を引き戻したかった。頭の一部はどういうことかを理解しており、自分がなぜこの島にいるのかを、なにか大変なことが起こったのを見慣れた顔の男に伝えようとしていた。あの顔の男ならすべてをいい方向に変えてくれると、なんの根拠もなく信じられた。

だからジュリアンは男が膝をつくのを待ち、顔がそばに来たときに、その恐ろしい事実を告げた。橋がゆがみ、ひび割れ、崩れ落ちるのを見てジュリアンは悲鳴をあげた。

しかし男の姿はぼやけはじめた。

島は島のままだった。赤は消え、闇だけが残った。

だが、ジュリアンはようやく理解した。

**マイケル……**

その声がこだました。

彼は黒のなかにひとりぼっちだった。

マイケルは身体を起こして立ちあがった。弟の目はもう閉じているが、マイケルはそのなかに狂気を見た。血走って瞳孔がひらき、子ども時代の最悪の瞬間以来見ることのなかった、生々しい恐怖の色が浮かんでいた。

「彼はきみになんと言ったのだ?」

ジェサップ・フォールズだった。彼は戸口に立ち、そのうしろの廊下に武器を帯びた警備員がひとり立っていた。門のところにいた連中と同様、いかにも有能そうでありながら、超然とかまえている。まさしくプロだ。マイケルはフォールズに一度だけ目をやると、かぶりを振った。抱き起こしたときにジュリアンが一瞬だけ目を覚まし、意識がはっきりした状態で顔を近づけ合った瞬間があった。ジュリアンはマイケルにしか聞こえないほど小さな声でささやいた。狂気が鎮まった――兄弟の意思疎通がおこなわれた――ものの、すぐに排水弁があいてジュリアンは流されてしまった。

「もう一度訊く」フォールズは部屋のなかに足を踏み出しかけたが、アビゲイルが片手で制した。

「お願い」彼女は言った。「息子はもう三日もなにもしゃべっていないの。なんて言ったのか、わたしたちにも教えて」

「たいしたことじゃない」マイケルは嘘をついた。「子ども時代の、くだらない話だ」彼はもう一度しゃがむと、弟の片腕を取り、さらにもう片方の腕も取った。ジュリアンはなんの反応も示さず、マイケルが袖をまくって注射の跡はないかと調べたときにもそれは変わらなかった。

「注射による薬物摂取の痕跡はありません」医師が言った。「足の指のあいだも、脚のうしろ側も調べました」

マイケルは腰をあげた。「もうひとつの部屋を見ても？」

クローヴァーデイル医師がアビゲイルを横目で見やると、彼女はうなずいた。すでにジュリアンは血の跡がべたべたついた部屋から移されていたが、壁はまだそのままになっている。全員でジュリアンのいる部屋を出て、廊下を渡った。警備員がうしろにどき、スペースをつくった。

「わたしがためらった理由がこれでわかるわ」アビゲイルは正視する気になれないらしく、戸口で足をとめた。

マイケルは室内をうかがった。「弟を移したのはいつです？」

「けさよ」

「始まったのは三日前からだとか」

アビゲイルは説明を繰り返した。ジュリアンの失踪。ガレージで発見したことや、血まみれになるほど自分の手を痛めつけていたこと。「そういう彼を見たことある？」

マイケルは乾いた三日月形の血痕に触れ、扉の絵のひとつにてのひらを置いた。「もう少し症状の軽いものならば。ずいぶん昔に」マイケルのまぶたに、アイアン・ハウスのボイラー室にいるジュリアンが、つづいてどんよりした目と血まみれのこぶしが浮かんだ。ふたつめの扉に触れた。それも漆喰に彫りつけたものだった。「いやなことがあるとジュリアンは奥まったところに隠れた。地下室とか洞穴とか。深さが足りなければ自分の心の奥深くにもぐりこんだ。子どものときにはしょっちゅうだった。いやなことがあるたびに、引きこもった。数分。数時間。ここまで長かったことはなかったが」

「扉はどういう意味？」アビゲイルは壁の絵を示した。

「あるとき、壁には魔法の扉が隠れてるとじいさんから教わったんです。よりよい場所、ちがう人生に通じる扉があって、正しい場所をノックすればひらくんだと。ジュリアンはひたすらそれを探してた」

「手が気の毒だわ」エレナがぽつりと言った。

マイケルはベッドわきで足をとめた。シーツはすでにはがしてある。「三日前によくないことが起こったんだ」

「そうとは言い切れんだろう」フォールズが言った。

「言い切れます」

「もう二十三年もたつんだぞ。ジュリアンだって昔のままじゃない。きみの知ってる弟じゃない。わかるわけなかろう」

ジェサップ・フォールズの顔に、皺深い肌に、目尻のたるみに、不信感が宿っていた。彼は身体を芯までこわばらせ、否定されたマイケルはむっとした表情を浮かべた。血で汚れた壁を見やったとたん、目の奥の、めったに動じることのない場所で怒りの火花が散った。

この連中は、おれの大事な弟がこんなになるまで放っておいたのだ。

こいつらのせいだ。

マイケルではなく。

かつての、おれが守ってやらなければという思いが、ずっと眠らずにいたかのように頭をもたげた。二十三年にわたって押し殺してきた不安、怯え、それに疑念が煮えたぎって怒りへと姿を変えた。そのあまりに急で劇的な変化に、自分でも制御不能になりそうなのを感じた。だが、かまうものか。彼はフォールズとアビゲイルに詰め寄った。廊下にいる愛想のないいかつい顔の警備員が警戒するように立ちあがり、片手を銃がある上着の下に差し入れるのが見えたが、意に介さなかった。「ガキのころ、弟がどんな仕打ちに耐えたか、あんたたちは知ってるのか？　どれほどののしられ、いたぶられたかを？　あいつの必死の要求に、まわりの大人がいかに無神経で無関心だったかを？」

「いいえ、わたし――」
「やっぱりな」マイケルの視線はアビゲイル・ヴェインに据えられた。「わかりっこない。誰にも。あいつがいかに傷つき、しょちゅうふさぎこんでたか、あんたたちは知りもしない。来る日も来る日もあいつを探し出し、立たせてやり、しっかりしろと言い聞かせるのがどれほど大変だったか、あんたたちにわかるはずもない。その場にいなかったあんたたちには想像もできないだろう。弟は殴られ、ののしられ、無視され……」

マイケルの頭に子ども時代のある日のことが、目の前で起きているようにまざまざと浮かんだ。八歳だったジュリアンの行方がわからなくなり、一時間後にようやく、その後ヘネシーがさびの浮いたナイフで首を刺されて死ぬことになるあのトイレで見つかった。マイケルをそこへと導いたのは悲鳴だった。ジュリアンは冷たいタイルの床に裸で寝かされ、腕と脚をそれぞれべつの少年に押さえつけられていた。シャワーを浴びたあとの濡れた身体で必死にもがき、赦しを請うていた。ヘネシーがジュリアンの無毛のペニスにナイフをあてがい、ちょんぎってやるぞと脅して大笑いした。

**豆の煮たやつに刻んだウィンナーを入れるとうまいんだよな……**

**やめて！　お願い！**

**言えよ、このめそめそ野郎。**

「ジュリアンは子どものころの話をしたがらないの」アビゲイルはマイケルの正面に立った。
「当時の悪夢のような出来事を人に言いたくないからだ」
「あのおぞましい場所で幼いあなたたちがどんな体験をしていたのか、わたしたちにわかりようがないと言われればそれまでだけど、努力はしてきたのよ」アビゲイルはさびしそうに目を伏せた。「とてもつらかった」

「簡単に〝つらい〟なんて言葉は使ってほしくないし、過去や弟のことでおれに質問しないでほしい。あんたたちはわかったつもりになるだろうが、本当にはわかりっこない。誰にもわかりっこないんだ」

室内の静寂と、エレナがじっとこっちを見ている目つきが伝わってくる。声を荒らげ、怒りくるうマイケルを見るのはこれが初めてなのだ。

「べつにばかにしてるわけじゃないのよ」アビゲイルは言った。「あなたとジュリアンとの結びつきはよくわかった。それを尊重する。お願いだから、そんなカッカしないで」

それでもまだマイケルは怒っていた。彼は世の中に、さらには自分自身に怒っていた。廊下に出ると、警備員を指差した。「そこのあんた、なんて名前だ?」

「リチャード・ゲイル」

「そいつの扱いはうまいのか?」マイケルはゲイルがベルトに帯びた銃を示した。

「マイケル、なにをしてるの?」

心配そうな顔のアビゲイルが、彼を追って廊下に出てきた。彼女はマイケルの腕をつかんだが、彼は強く引っぱって振りほどいた。それからリチャード・ゲイルをまじまじと観察し、目にしたものに満足した。意気込みとも取れる自信。マイケルを値踏みするときの、恐怖も疑念もいっさいない表情。「ためしてみるか?」相手は言った。

それで知りたいことはすべてわかった。マイケルはエレナの手を取るとくるりと向きを変えた。「行こう」彼女を連れて長い廊下を歩いていき、大きく湾曲した階段に出た。そのあとをアビゲイルが追い、彼女のスカートの裾の二歩うしろをジェサップ・フォールズが追いかけた。

「マイケル、お願い……」

彼の決意は固かったが、玄関のドアの前で捕まった。

「なぜ、出ていくの?」

「ここに来たのは弟の身の安全を確認するためだ。あいつは安全に守られてる」

「どういうこと?」

「数えたんだが、ここに来るまでに警備員が六人いた。もしかしたらもっと多いかもしれないが、とにかく全員が銃を帯び、腕もよさそうだ。敷地全体は門と壁で囲まれているし、防犯カメラもある。電子的な対策もされている」マイケルは首を振った。「ジュリアンはおれがいなくても大丈夫だ」

「ううん、いなくちゃだめよ。ふらりと現われてすぐ出ていくなんてだめ。あの子にはあなたが必要なの。わたしもあなたが必要だわ」

マイケルは遠くの門の向こうを見やった。ジミーはいずれ現われる。エレナの手を握ると、温かくて小さかった。「ほかにおれを必要としてる人がいる」彼は言った。

その言葉の意味するところが頭のなかで燃えあがった。エレナの頭のなかでも燃えあがった。握り返してきた彼女の手から安堵の気持ちが伝わった。彼はやるべきことをやった。ジュリアンは安全だ。これで彼とふたり、家庭を築ける。「行こう」彼は言った。

しかし、アビゲイルは食いさがった。「さっき、あの子は安全と言ったわね」

「安全です」

「なにから?」

ふたりの視線がからみ合い、なにがなんでも知りたいという彼女の熱意に、マイケルはうっかり真実を話してしまうところだった。ジミーのこと。ステヴァンのこと。背中に負った的のこと。だが、そんなことを教えてなんの役に立つのか。「おれには敵がいる」余計なことは言わなかった。「そいつらが、ジュリアンを傷つけることでおれを苦しめようとするかもしれないと思ったもので」

「その敵とはどういう連中だ?」フォールズが会話に

割りこんだ。

「これほどの警備をかいくぐってまで、ジュリアンを傷つける連中じゃない」マイケルは確信していた。ジュリアンはおびき寄せるための手段でしかない。「おれが出ていけば、危険はなくなる」

「それでは答えになってない」フォールズは言った。「どのようなリスクだ？　どのような脅威なんだ？　なんらかの危険にさらされているなら、われわれも把握しておく必要がある。具体的な情報を教えろ。名前、時期、とにかく全部だ」

しかしマイケルは確信していた。ステヴァンはマイケルをおびき出す道具としてジュリアンを使っただけだ。「ジュリアンに危険がおよぶことはない。ここにいるかぎり。これだけ警備が厳重ならば」

「そもそもきみは、どうやってわれわれにたどり着いた？」フォールズは厳しい口調で尋ねた。「養子縁組の記録は閲覧できないことになっている。ジュリアンの養父は合衆国上院議員だ」

マイケルは少し間をおいてから答えた。「どこに行けば弟に会えるかは、かなり前から知っていた」

「どうやって？」

肩をすくめる。「コネがある」

「上院議員とその家族に関する個人情報にアクセスできるほどのか？　いったいどんなコネなんだ？」

どう答えろというのか。ジュリアンのハイスクール時代の学業平均値を知っていたこと、一家の所得申告書の写しや、議員がふたりの娼婦とべつべつに写っている写真を持っていることを、どう説明すればいいのか。あれは十七歳の誕生日のことだった。早朝で、空はまだ真っ暗だった。おやじさんが分厚いフォルダーを手に、マイケルの部屋に入ってきた。

〝**男は自分の家族を知っておかないとな**〟そう言うと、フォルダーをマイケルのベッドに置き、せつなそうな秘密めかした笑みを浮かべた。〝**誕生日おめでとう、**

**マイケル〟**

組織の一員に迎えられた証しのそれは、詳細なものだった。のちにマイケルは、おやじさんが私立探偵や汚職役人に五十万ドル近く使ったことを知った。おやじさんは何事もケチケチしない。

そういうことだ。

マイケルはそうやって上院議員とその家族について知った。彼はエレナの手を強く握った。「そろそろ行こう。そのほうがおれたちにとっても、ジュリアンにとってもいい」

「でも、あの子を見たでしょ!」アビゲイルが必死の形相で訴えた。「はい、さよならと出ていくなんてひどいわ」

「そもそも来るべきじゃなかった」

「なら、どうして来たのよ?」

あせった表情のアビゲイルを見ながら、マイケルは心のなかでその質問に答えた——**自分の目でここの警備を確認したかったからだ。弟が安全かどうかを知りたかっただけだ。**

「あなたの弟でしょ、マイケル。お願いよ」

「すまない」

「どういうたぐいの危険なんだ?」フォールズがまたも尋ねた。「どういう脅威なんだ?」

「あんたの手に負えないようなものじゃない」

「それじゃ答えになってない」

「なってるさ」

マイケルは遠くの門を目指して歩きだした。アビゲイルは小走りで二十歩進み、これが最後とばかりに道をふさいだ。「待って、マイケル」彼女は彼の胸にてのひらをぴたりと押しつけ、しばらくためらった。「フォールズを、それから大きな屋敷を一瞥した。「見かけとは全然ちがうの。わかる? なにもかもよ。考え直してちょうだい」

「なぜです?」

エレナがマイケルの手を引っ張った。彼はふたりでどこに逃げようかと考えはじめていた。ヨーロッパ。南アメリカ。

紛れこみやすい大都会。

どこまでもつづく、人けのないビーチ。

「あなたが心強いと思ってるあの警備員だけど」彼女は早口になっていた。「リチャード・ゲイル。ジュリアンの部屋の前の廊下にいる、あの人」

「そいつがなにか?」マイケルは訊いた。

「彼は他人をなかに入れないためにいるんじゃない」

「ジュリアンは閉じこめられてるってことか?」

隣でエレナが身をこわばらせたのがわかった。無言の訴えのように、握った手に力をこめてくる。マイケルは、意識のはっきりした瞬間に弟が言った言葉を思い返した。それから、覚醒そのものを振り返った——純粋で、狂気に縁取られた、鋭利な刃。マイケルは視線を下に、そして左にさまよわせ、細長い湖とその岸に見えるものに目をこらした。振り返ると、アビゲイルが訴えるような目を向けていた。

「それには複雑な事情があると言ってるの。だから行かないで」

さっきより威厳のある態度で、彼の腕に手を置いた。

「お願いだから」

以前のマイケルなら、足手まといになる連中を置き去りにしただろう。それがストリートで生きるうえでもっとも大事なルールだ。なにをおいてもまず生き残ること。ニューヨークでバスを降りてすぐに学んだのがそれだった。人は平気で嘘をつき、平気で殺す。その現実が骨の髄まで染み、すっかり自分の一部になっていた。だが、それが変わりつつあった。エレナに目をやったとき、マイケルは胸のなかで緊張の糸がほどけていくのを感じた。

「大丈夫か?」ふたりは車に戻り、ジェサップ・フォールズの先導でゲストハウスに向かっていた。

「ここにいちゃいけないわ」

「一日だけだ。少し様子を見ておきたい」

彼女は遠くの空の灰色の筋をじっと見つめた。「雲が厚くなってきてる」

「あいつは弟なんだ」

「じゃあ、わたしはなんなの?」

マイケルは彼女の手を握った。怒るのも無理はない。

「おれを見てくれ、ベイビー」

「いやよ」

「見るんだ」顔を向けた彼女にマイケルは言った。「それ以外のすべてだ、わかるな? きみはおれの人生そのものだ」

ゲストハウスに着くと、フォールズはふたりが車を降りるのを待って、ウィンドウをおろした。エレナと同じで、彼も不機嫌だった。「鍵はかかっていない。必要なものはすべてそろっている。なにかあったら母屋に電話するように」

「わかった」マイケルは車のそばに立っていた。エレナはポーチまで行って腰をおろした。

「車のなかの銃は預かった」フォールズは言った。

「気がついていたよ」

「ここを出ていくときに返す」

「金を勘定しようか?」マイケルは砂利の上にダッフルバッグを落とし、フォールズが長いこと見つめてから顔をあげるのをじっと見ていた。

「ここに盗人はおらんよ、若いの。それに愚か者もな」

「覚えておこう」

フォールズはちょっと考えてから口をひらいた。

「わたしは一介の雇われ人にすぎないが、ジュリアンをわが子のように思っている。育っていくのをこの目で見守ってきたんだ。なにかと面倒も見たし、あの子の母親には好感を抱いている。あの子のためならたいていのことはできる」

「なにが言いたい？」

「要するにだな、わたしはミセス・ヴェインほど寛大じゃないということだ。性格も、職務内容も寛大とは無縁だ。わたしには話してもらうからな。知りたいことがある以上、なんとしても聞き出してみせる。明日の朝には態度を変えてくれることを願ってるよ」

「考えておく」

「とにかく」フォールズは大型フォードのギアを入れた。「母屋には許可なく近づかないように。陽が落ちると犬を放すし、警備員の数もいまより多くなる。それは確実だ」

「おたがいわかり合えたようだな」

フォールズは一拍おき、ブレーキから足を離した。

マイケルは、木立のつくる暗がりにテールランプが消えていくのを見送ってから、ポーチにいるエレナに近づいた。彼女はロッキングチェアにすわって、膝を胸に引き寄せていた。マイケルは隣に腰をおろした。

「腹は減ってないか？」

「怖いわ」

「ちょっと待っててくれ」彼は車に戻ると、運転席側のエアバッグ装置を作動させた。エアバッグは取り外されて、なかが空洞になっている。そこに、振動を抑えるために新聞紙でくるんだ四五口径がおさまっていた。「な、これなら少しは安心できるだろ」

しかしエレナは安心できなかった。奥の寝室に入ると、カーテンを閉めてベッドにもぐりこんだ。「愛してるわ、マイケル。だから、なんとかがまんする。弟さんのことも。この場所にも。一日だけ猶予をあげるから、あなたなりに決着をつけてちょうだい。自分のしてることがちゃんとわかってるとだけ言って」

「自分のしてることはちゃんとわかってる」

「はっきり誓って」

彼は胸に手をあてた。「はっきり誓う」

彼女はその顔を引き寄せてキスした。「わたしを愛してる?」

「わかってるじゃないか」

「選択を迫られたらどうする? ジュリアンかわたしを。ジュリアンかこの子を」

「そんなことにはならない」

彼女は彼の顔を両手ではさみ、目の奥をのぞきこんだ。熱のこもったキスをすると、横を向いた。

「もう、なってるじゃないの」

## 13

ジェサップの部屋は使用人棟から離れたところにあった。部屋は狭い居住空間とクロゼットに浴室、および専用の出入口からなっている。もっと広い部屋を選ぶこともできたが、気兼ねなく出入りできる専用口がついているのが気に入っていた。アビゲイルがそのドアをノックしたのは、マイケルがゲストハウスに案内された一時間後のことだった。

「どうぞ」ジェサップはドアをあけ、一歩さがってアビゲイルを通した。ふたりがいるのは屋敷の北側で、ドアは勾配のゆるい三段の踏み段をおりきったところに引っこんだ形でつけられ、陽はほとんど射さず、湿ったコンクリートのにおいがした。アビゲイルは無言で彼のわきをすり抜けた。その目には、いつもならおもてに出さない、生き生きとした表情が浮かんでいた。

彼はドアを閉め、彼女はゆっくりと奥に進んだ。ずらりと並んだ本に指を這わせてからベッドに腰かけ、すぐに立ちあがった。

「昔からこの部屋が好きだったわ。いかにも男の部屋らしくて」彼女はどっしりした家具、鏡板の壁、そして石造りの小さな暖炉を見ていった。鍛冶職人がつくった暖炉用具を手に取り、金槌で叩いた跡が光るよう傾けた。「あなたにぴったり」

「大丈夫ですか？」

火かき棒を戻す際、金属の用具立てにぶつかって派手な音が響いた。「彼はもうゲストハウスに？」

「はい」

「まさかいまごろ」彼女は肩を怒らせた。「彼が現われるなんて」

「ご不安でしょう」

「そういうことじゃないの」

「あらたな不安要素が見つかりました」

「どうして、いつもそう疑心暗鬼なの？」

「なぜ、いつもそう簡単に人を信じるんです？」

彼女は破顔し、彼の腕に触れた。「世の中の重荷を全部背負おうなんて、ずいぶんとたくましいこと……」

「あなたはあけすけすぎます」

アビゲイルの手がゆっくりと離れていき、それとともに笑顔が消えた。「上院議員には知らせたの？」

「警護の者には話しておきました。ヴェイン上院議員はまだ弁護士と会議中だとのことで」

「主人のほうの人たちはどう思ってる？」

「下心のあるいかれた男と考えているようです。おそらく金目当てだろうと。でなければ、中絶の権利や銃規制、死刑制度について意見をしに来るくだらん連中のひとりだろうと。ご主人への脅迫の大半はこの三つのテーマにからんでいますからね。それ以上突っこんでは考えていないでしょう」

「でも、あなたはちがう？」

「わたしは彼個人に関心を抱いています」

「彼は危険な存在だと思う？」

「徹底的に調べるべきとは思います」

「あなたの直感だけじゃ無理よ」

「直感だけじゃありません」ジェサップは隅の窓の下にある小さなテーブルに歩み寄った。ファイルをひらき、束になった写真を並べた。「さきほど現像から戻ってきたものです」

「彼の車のなかの写真？」

「ざっと調べただけですが、それでも……」

「誰にやらせたの？」

「アルデンです」

「アルデンは有能だわ」

フォールズはひと握りの写真を並べた。車。ナンバープレート。車内の写真。「車内に銃は一挺だけでした」ジェサップは大写しにした拳銃の写真を手に取った。「キンバーの九ミリ口径は高性能な拳銃です。製造番号は消されてます。削り取ったのではなく、酸で焼き消してありました。徹底してる。実に手際がいい。それから、こういうものも見つかりました」あらたな写真をテーブルの向こうに滑らせた。ひらいたダッフルバッグと大量の札束が写っていた。

「いくらあるの？」

「二十九万ドルというところですかね。全部ピン札で帯封がついたままです」

「それでもまだ、お金目当てだと思うわけ？」

「三十万は十億じゃありませんから」

「見つかったものはこれで全部？」

「これがダッフルバッグの底から見つかりました」フォールズはファイルフォルダーから写真を一枚抜いて差し出した。本を写した写真だった。

「ヘミングウェイ？　気にかけるほどのもの？」

「見つかったものを報告してるだけです。銃。衣類。現金。最後に、とっておきのものをふたつお見せします」彼はまた写真を一枚出した。モノクロのスナップ写真を大写しにしたもので、泥と雪の平原に立つ幼い少年ふたりをとらえたものだった。写真は歳月によって劣化し、顔立ちはわかりづらく、目はただの黒い点と化していた。

「まさか、そんな」アビゲイルは写真をつまみあげた。

「同じ写真ですね」

「アイアン・ハウスの庭で撮ったものだわ」彼女はふたりの少年に触れた。ジュリアンもこれと同じ写真を、二階のデスクに飾っている。ジュリアンが十五のときのある日、匿名で送られてきたものだった。カードのたぐいもなく。写真が一枚あるだけだった。それからずっと、写真について何度となく想像をめぐらした。送り主は誰で、目的はなんなのかと。ジュリアンがその写真を握ったまま眠りこけているところも何度となく見た。「これがどういうことかわかる？」

「かなり前からわれわれのことをつかんでいたということでしょう」

「でも、なぜそのとき、わたしたちに連絡をよこさなかったのかしら？　あるいはジュリアンに」アビゲイルは写真から目が離せなかった。ジュリアンの記憶によれば、この写真はマイケルがいなくなる一ヵ月近く前に撮ったものらしい。「もっと前に彼を呼び寄せることもできたはずだったんだわ」

「そこで、タイミングの問題に戻るわけです」

彼の声がわずかに変化し、アビゲイルは顔をあげた。

「まだあるのね？」

フォールズはフォルダーから最後の写真を抜き出した。それを、おもてを伏せて滑らせたのち、ひっくり返し、向きを変えた。これもまたべつの写真を大きく写したもので、十代のマイケルが車のボンネットにもたれかかっていた。年配の男性が片腕をマイケルの肩にまわしている。ふたりとも愉快そうに笑っていた。

「この写真も彼の荷物にあったものです。おそらく、撮影時は十六歳くらいではなかったかと推察されます。もう少し年上かもしれませんが」

アビゲイルは写真をつぶさにあらためた。マイケルと年配の男、窓をあけはなした褐色砂岩の建物、駐車中の車、消火栓。「町なかの通りで撮ったみたいね」

「ニューヨークです」

「ずいぶんと自信のある口ぶりね」

「まちがいありません」

「どこだっておかしくないでしょうに、ジェサップ。何十というほかの都市ということもあるわ」

「マイケルの肩に腕をまわしている男がおわかりになりませんか？」

「さあ」

「もっとよく見てください」

彼女は写真を光にかざした。「そうね。なんとなくだけど、見たような気がする。たぶん。二十年近く前の写真だし」

「それ以前からマスコミを騒がしている男ですよ」フォールズは新聞をテーブルに置いた。「きのうの《ニューヨーク・タイムズ》です」彼女は新聞を取りあげ、見出しと、殺戮現場と化した自宅で死んでいるのが発見された老人の顔に目をやった。

「オットー・ケイトリン？」

「近年における、もっとも力のある犯罪組織のボスと目される人物です」

「オットー・ケイトリンが何者かくらい知ってるわ。それがマイケルとどう関係あるの？」

「その写真の男がケイトリンです」

「ばか言わないで」

「五ページに特集記事が組まれています。彼の生涯についてわかっている事実。古い写真が何枚か。似ているのがよくわかります」

アビゲイルは五ページをひらき、写真を見くらべた。マイケルと笑っている男。四十年にわたって殺人、詐欺、恐喝事件に関わったとされる、死んだギャング。若いころのケイトリンの顔写真や、痩せた身体を高級スーツに包んだ彼が手錠姿で裁判所前の階段に立っている写真もあった。たしかによく似ている。髪も目も、自信たっぷりの笑い方も。オットー・ケイトリンは昔気質のギャングで、紳士の人殺しと言われ、六度起訴されたが、一度も有罪になっていない。目鼻立ちがくっきりとして写真うつりがよく、おっとりした上品さとハリウッド俳優顔負けの笑顔を兼ね備えていた。彼の足跡を記した本も何冊か書かれている。映画も少なくとも二本は作られた。アビゲイルは椅子を探りあて、腰をおろした。

フォールズが抽斗をあけ、ビニール袋に入れた拳銃を出した。「マイケルの車にあったものです」

「取りあげたの?」

「オットー・ケイトリンの自宅で七人が死亡し、そのうち六人までが九ミリ口径で撃たれている。その一時間後、トライベカで爆発が起こった。ここでも九人が死亡し、十人以上が負傷しています。警察は現場から逃走した男女ふたりを捜しており、彼らの車はケイトリンの自宅のものと判明。ふたり連れの人相も一致しています」

アビゲイルはかぶりを振った。「人相ですって? 男は三十代。女は黒髪。ほかの人かもしれないでしょ。百万もの人が当てはまる」

「六人は九ミリ口径で撃たれていた」

「それがこの銃だと?」

「かもしれません」

「憶測。古い写真。まったくあきれたわ。オフィス内のゴシップか、おばあさんのくだらないおしゃべりレベルじゃないの」

フォールズはマイケルと笑っている男の写真を指差した。「この男がオットー・ケイトリンなのはたしかです」

「たしかなものなんかなにもないわ」

フォールズは写真を彼女の手に押しつけた。「否定ばかりせず、よく見てください」

「そうね。似てるところはあるけど、飛躍のしすぎだわ。マイケルはジュリアンの兄よ。もう少しでわたしの息子になってたのよ」

「あなたは目をそらしてばかりだ」フォールズはオットー・ケイトリンの新聞写真に手をついた。「こいつらはそうとう危ない連中なんですよ、アビゲイル。平気で人を殺す悪党です」

「考えすぎじゃないの？」

「彼は現金のつまったバッグと出所不明の銃を持って、盗難車で現われた。素人のはずがありません」

「そうだとしても、ちゃんとした理由があると信じてる」

「彼が弟を心から大切に思っているからですか？」

「ええ」

「ですが、危険な連中が彼を追ってきたらどうするんです？　彼がオットー・ケイトリンの組織の者だったら？」

「あなたに守ってもらうわ」彼女は彼の肩に手を置いた。「身体が大きくて強い男。元警官。元軍人」

「茶化さないでください」

「わが家は去年一年で警備に百万ドルを使ってるのよ」アビゲイルは写真を落とし、両のてのひらをテーブルについた。「息子のジュリアンの人生はとてもつらいものだったけど、あそこまでぼろぼろになった姿は初めて。そこへ、二十三年ぶりに兄が訪ねてきた。これはなにかの思し召しだと思うの。彼ならきっと力になってくれる。だから、あなたは職務遂行に必要なことをやって。上院議員のほうにもなにかあるかもしれないから警戒するよう伝えてちょうだい。でも、理由はあいまいにしてね。警戒を怠らず、抜かりのないように。でも、マイケルを追い出すようなまねをしたら、絶対に赦さない」彼女はすわり直し、ぶっきらぼうに言い渡した。「あなたの仮説は当分、胸にしまっておきなさい。ギャングだとか大量殺人だとか古い写真の話はもうたくさん」

フォールズは落胆したようにかぶりを振った。「あなたはまちがってる」

「そんなことない」

「自分でおっしゃったじゃないですか」

「なにを?」

フォールズは彼女をまじまじと見つめた。「あの男は皿洗いなんかじゃないと」

## 14

人知れず、ひとりで実行するのが最善なこともある。マイケルはそう自分に言い聞かせることで裏切りの味を喉からほぼ洗い流し、上掛けから這い出て、床に足をおろした。時計は四時二十分を指し、ベッドではエレナが静かに眠っている。彼女をうかがいながら服を身につけ、ナイトテーブルからそっと銃を取った。弾はこめてある――フル装填した弾倉と薬室に一発。エレナはいつの間にか銃の存在に慣れていた。きのうまで見たこともなかったものが、いまでは風景のひとつとして溶けこんでいる。おかしくも悲しいことだが、そう考えると希望が持てた。これから、彼女を幸せにするために現状を打開しにいくが、暴力が魂についた

染み以上のものであることも、心の奥底でわかってい
た。
ベルトに銃を差し、そっとドアをあけて外に忍び出
た。遠くに見える屋敷の窓は真っ暗で、高い雲とスラ
ッシュ記号のような月が浮かんだ夜は静かすぎるほど
静かだった。通路に出たところで、エレナが彼の名を
呼んだ。翳った顔と乱れ髪、きつく巻いたシーツでボ
ディラインの見えない彼女が、あけはなした戸口にす
っぽりとおさまっていた。声がひくついたせいで、彼
の名前が絶望的な響きを帯びた。「出ていくの？」
「やらなきゃいけないことがある。起こすつもりはな
かったんだ」
「まだ夜明け前よ」
「すぐ戻る」
彼女の目は黒くて湿り気を帯び、ガラスのように光
っていた。「わたしも行く」
震えている姿を見て、マイケルは理解した。彼女が
闇に閉ざされた世界のなか、細いひも一本でぶらさが
っている状態なのを。「行き先も知らないのにか？」
「どこだっていい。そばを離れたくない」
「ここにいたほうが安全だ」
ふっくらした下唇に縦皺が寄った。歯は白く、肌が
かさついている。「あなたになにかあったらどうする
の？」
マイケルは彼女が立っている場所に向かった。その
頰にキスをする。「わかった、着替えてこい」
「出ていくんじゃないのね？」
彼は片目をつぶった。「まさか」
彼女はゲストハウスに姿を消した。明かりがまたた
きながらつき、数分灯っていたかと思うと、カチリと
いう音とともに消えた。外に出てきた彼女はジーンズ
に濃色の靴、濃色のシャツという恰好だった。首のつ
け根のあたりで髪をクリップでひとつに束ねていた。
「本当にいいのか？」

「あなたと一緒に行く」

彼女は覚悟を決めていた。答えとしてはいいものだった。そこでマイケルは、ジュリアンが言ったことと、これから行く場所を教えた。彼女がいつまでも考えこんでいるので、打ち明けたのはまずかったかと後悔しはじめた。あくまで直感と信頼にもとづくものであり、よからぬことがジュリアンの精神のバランスを崩したとわかっているからこその行動なのだ。弟の恐怖はいくつもの要素が複雑にからみ合っているが、それらはどれも本物で、ひとつひとつの微妙なちがいがマイケルにはわかる。エレナもわかると言うだろうが、しょせん彼女は普通の人間だ。

「ジュリアンはなぜそんなことを言ったのかしら。つじつまが合わないわ」

「それをたしかめに行くんだ」

「でも、あなたも彼を見たでしょ。まるで生ける屍だったわ。単なるうわごとじゃないの？ 無駄足に終わる気がする」

「弟のことはおれがよく知っている。ほんの一瞬だが、意思が通じたんだ。混乱状態が消えて、本来のジュリアンが現われた。あいつはおれが誰かちゃんとわかった。なにに苦しんでいるにせよ、心のなかにどんな隠れ場所をつくっているにせよ、あれを言ったときのあいつは正気だった」

「だけど、ヘネシーは死んだんでしょ」

「たしかに死んだ」

「だったら、なぜジュリアンはそんなことを言ったの？」

マイケルは頭のなかで、あの瞬間を再生した。ジュリアンの顔に汗が浮き、瞳孔が収縮し、狂気が消滅した。

**ヘネシーがボートハウスにいる……**

「とにかく、あいつはそう信じこんで死ぬほど怯えてる」

「だから出ていくのをやめたのね。ジュリアンが怯えてるから。意味をなさないことを口走ったから」

マイケルは首を振った。「それだけじゃない」

「だったら、教えてよ、マイケル。遠くに逃げて、この子を産んで、平穏無事に暮らそうとしないのはなぜ？　どうしてこんなところでぐずぐずしてるの？」

「弟だからだ。その弟の力になることがおれのやるべきことだからだ。次に会ったときにも、おれがいまも気にかけてることを知ってほしいからだ。ちゃんと目を配ってると伝えたいからだよ。きみだって、あいつを見ただろう、ベイビー。みんなが気にかけてることを、あいつにわかってもらいたいんだ」

エレナはじっとりとした暗い夜に目をこらした。

「そもそも、ここにボートハウスなんかあるの？」

「いちばん大きな湖の北東の隅にある。ここからでも見えるよ。たぶん、石造りだと思う。湖の上にせり出すように建てられていて、大きなドアが三つと、片側に木のデッキがついている。湖岸沿いに通路がのびている」

彼女の目が染みのような黒い水をとらえた。「弟さんはほかにもなにか言ってた？」

「ああ」

マイケルは色みのない唇を、こわばった肩の筋肉を思い浮かべた。

**お願い、マイケル……**

「おれに懇願した」

マイケルはエレナの髪のにおいを嗅ぎわけられるように、死のにおいを嗅ぎわけられた。鼻がそれを最初にとらえたのは、五十フィートも手前からだった。

「待て」

「なんなの？」

「いいからちょっと待て」

彼女の腕に手をかけ、暗がりに引っ張りこんだ。においは、軽やかにただよう濁った空気のように、とらえどころがなかった。足もとを見おろすと、歩いた跡がうっすらと見え、それが湖岸をぐるりとまわって、黒い水面と遠くの尾根から押し寄せている森とのあいだに消えている。その先に、ボートハウスの黒い影が湾曲した湖岸を背景に浮かんでいた。もう一度大きく息を吸うと、さっきよりも強いにおいが鼻を突いた。

「きみはここにいろ」

「冗談はやめて」

彼女の腕を強くつかみ、もう片方の手で腰に差した拳銃を探った。「言うとおりにしてくれ、エレナ。深刻な事態なんだ」彼は中腰になると、歩いてきた道を、小さく波打つ鈍色の水面をうかがった。森に目をこらすうち、生温かい風が木立を吹き抜け、あのにおいがたっぷりと運ばれてきた。

「ここで待ってるなんていやよ、マイケル」

「これより先に、きみを連れていくわけにはいかない」彼女は口をひらきかけたが、マイケルはそれを制してたたみかけた。「このにおいがわからないのか?」

「においなんてしないわ」

「いいから、嗅いでみろ」

あらたな渦が空気をそよがせた。さっき彼の顔をなでたあとに失速し、ふたたび吹いたのと同じ、生温かい風が吹いた。あるかなきかの、かすかなにおいだった。エレナが首をかしげたのを見て、彼女にもわかったのをマイケルは察した。「なんのにおい?」

「死骸のにおいだ」

「動物かなにか?」

「ここにいろ。音を立てるなよ」

「ねえ、動物の死骸なの? そうなんでしょ?」

マイケルは答えなかった。アライグマではありえない。

「こんな森のなかに置いていかないで」

「ほかには誰もいないさ」彼は言ったものの、すぐに自分の答えに疑問を持った。湖の向こうから音が聞こえてくる。きしむような音だが、石と石がこすれ合う音かもしれない。右に目を振り向けると、湖が湾曲して浅い入り江へとつづいている。遠くの明かりが水面すれすれに浮かんでいる。高くのぼった真っ白な月に、輝く数個の星。向こう岸はと見ると、牧草地が石だらけの岸まで迫り、草の色は黒よりも紫に近い。

「マイケル、ねえ――」

「シーッ」

耳をこらしたが、ほかにおかしな音は聞こえなかった。向こう岸は人けがなく穏やかで、長くのびた影とまばらな草があるだけだ。通路の先に目をやると、ボートハウスがさっきよりも鮮明に見える気がした。屋根のへりの直線に、手前側に突き出たウッドデッキ。建物は低いが幅があり、その石壁は、ふたりが水際に近づくにつれて、濃さを増した。湖に三十フィートほど迫り出しており、ボート用のアーチ形ドアが三つと、鎧戸を閉めた窓の黒い四角が見えた。「これを」彼は持っていた銃を彼女の手に押しつけた。「この前と同じやつだ。覚えてるな？　安全装置ははずしてある。おれを撃つなよ」

「ピストルなんか持ちたくない」

「すぐ戻る」

「わたしを置いていかないで」

しかし、ボートハウスで発見することになるものを彼女に見せるのだけは避けたかったから、反論の余地をあたえなかった。彼は背を向けると、通路を小走りした。一歩進むごとに、死のにおいがきつくなった。二十フィート進んだところで、においはひどく濃密になり、むせそうだった。さらに十フィート進むと、最後の疑いも消えた。なにが死んでいるにせよ、この建物のなかか、そこからほとんど離れていない近辺のはずだ。マイケルは素早くうしろに目をやったが、エレナの姿は闇にまぎれて見えなかった。さぞかし怯え、動揺しているだろうと思うと心が揺れたが、一歩進むごとにリスクが増している――見つかるリスクとまちがいをおかすリスク――と自分に言い聞かせ、頭のなかに仕切りをつくってエレナを思考の外に閉め出した。

目の前にそそり立つボートハウスは思っていた以上に高く、そして幅があった。少し立ちどまってから、奥の隅に向かってふたたび歩きだし、最後のひらけた芝地は腰を低くして進んだ。ボートハウスまで来ると足をとめた。石壁についた手から、ひんやり湿った感触が伝わった。

そろそろと角をまわると、がらんとした草ぼうぼうの駐車場があった。その奥は牧草地が傾斜し、高い尾根の森へとつづいている。草は短く刈ってあるが、枯れた低木の茂みが斜面を蛇行しながら水際へとつづいている。

ボートハウスに向き直り、壁に沿って湖の上までのびているウッドデッキにあがった。石は苔むし、板は腐ってやわらかいせいで、周辺には死のにおいだけでなく、腐敗臭もただよっていた。目の前に鎧戸のおりた窓が現われ、めくれあがった塗装は手で触れると簡単に崩れた。さらに十歩進んで、ドアの前に立った。においはいっそう強くなり、もはやまちがいようがなかった。壊れた掛け金からどっしりした鍵がぶらさがっていた。扉を無理にあけたときの力で掛け金がねじれ、五、六個のねじが曲がっていた。扉そのものは数インチあいた状態で、隙間が黒い一本線に見える。鎧戸と同じでドアの塗装も薄く剝離し、この場所全体にただようすさんだ雰囲気に拍車をかけていた。

そろそろとドアをあけると、あふれ出た熱波と悪臭があまりに強烈で、それだけで息がつまりそうだった。マイケルはしばらく目を慣らしてから敷居をまたいだ。なかは水音が聞こえるだけで静かだった。戸口に輪郭が浮きあがるのを恐れて、右に移動した。電気のスィッチが手に触れたが、明かりをつけたら何マイルも離れたところからでもわかってしまう。そのかわり、ポケットからマッチを出して擦った。火をつけると、がらんとした床のない空間のだいたいの感じがつかめた。大半は影と闇だったが、黒い水らしきものとラックにかかったカヌーが見えた。ヨットが何艘か奥の壁の近くにごちゃごちゃと置かれている。木のモーターボートが吊り網におさまっている。全体的に埃っぽく、半分は防水シートで覆われていたが、かつてはきれいにタールが塗ってあったと思われる表面に、無数のひびが入っていた。奥の壁際にある作業台には、ロープや帆、埃まみれの道具が散らかっていた。

マッチが燃えつきた。

もう一本擦って、奥に向かっておそるおそる歩を進めた。ベンチの上に置かれたグースネックランプと隣の道具箱、それに色あせたオレンジ色の救命胴衣が散らばっているのが見えた。ランプの首の部分を曲げて電球を奥の下のほうに向け、上から薄汚れたぼろ布をかけてスイッチを入れた。黄色い光はぼろ布を透過したが、あまりに暗すぎ、これでは届かないのではないかと心配になった。しかし、光はボートハウスを照らし、さらには死体を照らした。まず見えたのは脚だった。一艘のヨットの陰から太くてむくんだ脚が突き出ていた。片方はまっすぐにのび、もう片方はねじれた恰好でその下敷きになっていた。革のワークブーツを履いていた。ブルージーンズ。型押しの革のベルト。

マイケルはピラミッド型に積んだニスの缶をまたぎ、船尾にまわりこんだ。全長十八フィート、ファイバーグラス製。どうやら死体はヨットのうしろに押しこまれたものの、落ちてこのようになったらしい。胴体らしきものも見えるが、暗がりが深く、彼はヨットをずらそうと引っぱった。竜骨がギシギシと音をたて、巻いたロープが乱れ動いて、船体から滑り落ちた。死体のところに戻ると、死後しばらくたった中年男だった。

上半身は膨張し、肌は染みだらけで土気色をしていた。顔に死者特有のたるみが見られ、人間らしいところが完全に失われているのはマイケルも知りすぎるほど知っている。片目があいて白濁した眼球がのぞき、頬ひげだけが顔のなかでやけに目立つ。身長は六フィートを四インチ超え、体重はおそらく二百六十五ポンドほど。大柄だが、不健康そのものだった。たこでてのひらの皮膚が厚く、爪が汚れている。下顎から目を下に移動すると、デニムのシャツが血で黒ずんでいた。首からナイフの柄が突き出ている。そのナイフを目にしたとたん、パズルのピースが動いてぴたりとおさまった。一本のナイフによって全貌が浮かびあがった。

「まずい」

マイケルは愕然とした。死んだ男に刺さったナイフは、ヘネシーが殺されたときとは位置も角度も正確には異なるが、大きくはずれてもいない。右側。耳のすぐ下。似ているのは傷だけでなく、顔にも類似点があった。マイケルは腕に鳥肌が立つのを感じた。死んだ男の顔をしばらくじっと見つめてから、シャツのポケットをあらため、ジーンズの前ポケットを調べた。なにも出てこなかったので、死体の向きを変えた。だらりとした動き方からして、死後硬直は発生したものの、すでに終わっているようだ。数日はたっている、とマイケルは推測した。ジュリアンがわけのわからないことを言うようになった時期を考えれば、おそらく三日だ。死体は冷たくぶよぶよで、たるんだ肉に指が沈むほどだった。うっと声を漏らしながら死んだ男の身体を横向きにすると、片腕がべつのヨットにぶつかり、乾いた血がばりっという小さな音を立てた。マイケルはぼろ布と指二本を使って、男の尻ポケットから財布を抜いた。数枚の札にクレジットカードが何枚か。運転免許証によって、うすうす勘づいていたことが裏づけられた。マイケルもジュリアンも知っている男だった。

**少年院から来たいやなやつ。ロニー・セインツ。**

歳をとって顔が老けていたが、マイケルは人の顔をけっして忘れない。敵と思う相手はとくに。ヘネシーをべつにすれば、ロニー・セインツ以上にジュリアンの人生を台なしにした者は数えるほどしかいない。この男は十一歳のときに、盗んだ拳銃をめぐって喧嘩するうち、近所の子どもを殴って半殺しの目に遭わせ、少年院に三年間入っていた。出所したときには両親はいなくなっていた。死んだか、ジョージア州北部の山岳地帯にある田舎者のメタンフェタミン製造トレーラーにでもまぎれこんだか。そういった推測は一、二週間で終わり、ロニーはアイアン・ハウスに流れ着いた。その後は誰もまともに気にかけなくなった。少年院出のいかれた少年などめずらしくもなんともなかったのだ。

マイケルは運転免許証を調べた。セインツは三十七歳で、住まいはアッシュヴィルとなっていた。その住所を覚えると、今度は背中が下になるよう転がした。ぼろ布を手に巻いたまま、ナイフの柄に一本の指で触れた。刃はまだ充分使えるようで、握りはブラシ研磨した鋲がついた、彩色した木でできていた。おそらく釣り用ナイフだろう。とにかく、そのたぐいのものだ。指に力をこめたが、刃はびくとも動かなかった。かなり深いところまで刺さり、骨と軟骨に食いこんでいた。マイケルはナイフから手を離し、死体の検分にかかった。防御創も、争ったあとも見あたらなかった。血が飛び散っていたが、死体が見つかった場所をのぞけば、どこにも血はなかった。

犯行はすみやかに一撃でおこなわれたようだ。

くだくだと理由を考えている余裕はなかった。昔のパターンが、体に染みついていたかのようによみがえった。ジュリアンがピンチになったらマイケルがなんとかする。そうするのが兄弟であり、家族とはそういうものだ。立ちあがって、このあと三分間で打つべき手を考えた。それらを頭のなかで、機械的に整然と並べた。沈まない小舟と、死体が浮きあがらないようにする重しが必要だ。血はざらざらの床板に深く染みこんでいるから、こすっても落ちそうにないが、荒れようからするとここが使われていないのは明らかだ。ボートを動かして、ニスを少しこぼせばいい。

作業台に古い手袋があるのを見つけて、はめた。最初に調べたカヌーは木製で腐食が激しく、どう見ても使い物にならなかった。次のはアルミでできていた。それをラックからはずして湖面におろしたところ、水しぶきをあげ、ウッドデッキにゴツンとあたってから着水した。このカヌーなら死体を乗せたりおろしたりしても大丈夫だろう。細身で傾きやすいが、軽いからすいすいと静かに進む。マイケルは腰をかがめて死んだ男のブーツをつかむと、床の上を十フィート引きずった。へりのところでとまった。二フィート下でカヌーが揺れている。その向こうで湖水が黒光りしていた。奥の壁の棚から、重さ十二ポンドの錨とひと巻きの重いロープを拝借した。前かがみになって死んだ男の胸に錨をのせ、上半身と腰に何度もロープを巻きつけ、きつく縛った。骨の折れる作業だった。男が太ってぐんにゃりしているせいだった。最後に足首をくくると、両脚を持ちあげて結び目をきつく締めた。そのとき、エレナの姿が目に入った。

彼女は片手で口を覆い、透きとおって見えるほど真っ青な顔で戸口に立っていた。いつからそこにいたのか見当もつかないが、いまのこの状況ではどうでもいいことだ。遠くで太陽がのぼりはじめている。残された時間はあと四十分か、もっと短いかもしれない。

「手を貸せ」彼は言った。

彼女はにおいに耐えきれず、腰をふたつに折った。げえげえと二度吐いてから言った。「なにを言いだすの」

「そこに鎖がある」マイケルは指差した。「そいつを取ってほしい」

彼女は視線を下に、つづいて右に移動させ、ドアのわきの奥まった場所で山になっている汚れた鎖のところでとめた。死体を振り返ると、マイケルがその首からナイフを引き抜いて、カヌーのなかに無造作に投げこんだところだった。「あなたが……」

「鎖を。エレナ、頼む」

「あなたが殺したの？」

マイケルは死体をさらに六インチ引きずり、カヌーのへりと平行にした。「死後しばらくたってる」

「なにをするつもり？」

「どうにかしなきゃいけないことを、どうにかしてるんだ。説明してる余裕はない。頼むからそこの鎖をこっちによこしてくれないか？」

彼女は動かなかった。マイケルは彼女が葛藤するのも当然だと思ったが、同時に腹を立ててもいた。じっとしてろと言ったのには、ちゃんとしたわけがあったのだ。

「これが見つかるとわかってたのね？」

マイケルは彼女に歩み寄り、鎖をすくいあげた。

「このにおいはまちがえようがない」そう言うと、力の抜けた彼女の手から銃を取りあげ、自分のベルトに差した。「言うことを聞いてくれればよかったのに、ベイビー。こんなものを見せて悪かった」

死体を呆然と見つめる彼女の喉が、その惨状に誘発された激しい感情をのみこむかのように脈打った。

「誰なの、その人？」

「誰でもいい。さあ、こっちに来てくれ。手伝ってほしいことがある」マイケルは死体に鎖を巻きつけはじめたが、じれったそうに顔をあげた。「死体には手を触れなくていい。そのカヌーを押さえててくれ」

「カヌーを押さえてろって、どうして？」その質問がふたりのあいだにただよった。マイケルの目は彼女が理解した瞬間をとらえた。「その人を湖に沈めるのね？」

「おれがしでかしたわけじゃないが、後始末をしないといけない。必要なことなんだ。どうしても。さあ、カヌーを頼む」

彼女は首を横に振った。「こんなのまちがってる」

「こうするしかないんだ」

「警察を呼ぶべきよ。だってこれは……」最後まで言葉が出て来なかった。「これは……」

「きみはカヌーを押さえてくれるだけでいい。ベイビー、頼むから……」

「いったいどういうこと？」

「深いわけがあるんだ」

「死んだ人を湖に沈めるなんて、わたしはいやよ」

「おれがちゃんとやるから」

「そんなこと、聞きたくない」

「もうすぐ夜が明けてしまう」

彼女はかぶりを振った。「だめ、いられない」

「エレナ……」

「いや」彼女はよろよろとドアをくぐり、扉が一度、外の壁に激しくぶつかった。マイケルの目は彼女のうしろ姿を、黒い服と肌を一瞬とらえたが、すぐに見えなくなった。彼はがらんとしたドアを一度見やり、それから死体を見つめた。半秒だけ思案し、彼女を追って走りだした。

「エレナ」

「そばに来ないで」

彼女の足がウッドデッキを音高く叩き、やがて芝地におりて聞こえなくなった。彼女は走っていたが、暗闇で見通しがきかなかった。マイケルは水際で追いついた。つかんだ腕は熱を帯び、かさかさしていた。その腕を引っぱってとまらせた。「落ち着いてくれ。頼むから」

彼女は振り払おうとしたが、彼は手を離さなかった。

「離して、マイケル」

「とにかく聞いてくれ」

「離してくれないなら大きな声を出すわよ」一秒が三秒になり、けっきょくマイケルは手をどけた。一瞬よりも少しだけ長く、完全な静寂が流れた。やがて彼女は口をひらいた。「あなたはいったい何者なの?」

「普通の男だ」

「もう、あなたとはいられない」

暗闇のなかで彼女の頭が動き、マイケルは彼女が走りだそうとしているのを察した。一歩踏み出した彼女に言った。「危険だ、ベイビー。おれと一緒にいるほうがいい」

「いやよ」

「エレナ……」

「少し考えたい。少し時間がほしい。それに……」

しかし、ほかに希望することを思いつかず、空はますます明るくなってきていた。マイケルは手を取ろうとしたが、彼女はよろけるようにあとずさりした。

「さわらないで」

「おれはおれだ……」

「追わないで。呼びとめないで」彼女が一歩うしろにさがり、マイケルは一歩前に進んだ。「あと一歩でも動いたら、二度と会わない。本当よ!」彼女は片手をのばした。闇のなかに青白いてのひらが浮かびあがった。

マイケルは動きをとめた。「信じてくれ」

「無理よ。できない」

その声は強い嫌悪の情を、生々しいまでの恐怖と憎悪を含んでいた。そのせいでマイケルは、彼女が駆けだしても追いかける気にはなれなかった。湖岸沿いに遠ざかっていくのを見送り――踏ん切りの悪い自分を悔やみながら――ゆっくりとボートハウスに引き返した。彼女は少し考えたいと言い、時間がほしいと言った。ならばと、彼は血まみれの床にニスを流し、その上をボートを引きずって移動させ、死体を転がすようにして乗せた。それは彼の心と同じように重く、冷えきって、無反応だった。だから彼はそれを湖に沈めた。しんとした森と紫に染まった山々に囲まれた、深く黒い湖水に。一瞬だけ、落ちていく死体の顔がぱっと輝いたが、あとにはマイケルと、彼がみずから下した決断だけが残った。

ゲストハウスに戻ると、車がなくなりエレナも消えていたが、意外でもなんでもなかった。車があった場所に目を向け、ポーチに立ちつくした。夜が最後の息をつき、新しい一日が到来するのを身動きひとつせずにながめていた。彼女に電話したいと思いながら、時間だけが刻々と過ぎ、谷間一帯に赤い光があふれだした。彼女はわかってくれるかもしれないし、くれないかもしれない。戻ってくるかもしれないし、このままいなくなるかもしれない。だから彼はなかに入り、シャワーを浴びた。ダッフルバッグをソファの近くに置くと、大の字になって、そのまま夢も見ない深い眠りに落ちた。目が覚めたときには、すでに太陽の光が空いっぱいに広がっていた。ドアをあけ――灼けるような熱さを感じた――ポーチに立つと、ふたつのものが同時に目に飛びこんだ。

エレナは戻っていなかった。

警官が湖をさらっていた。

## 15

エレナは目に涙を浮かべ、喉をひりつかせながら運転した。まだ死体のにおいが鼻に残っている。においは髪にも服にも染みこみ、皮脂にまでもぐりこんでいた。しかも、においは数々の記憶を呼び起こした。まだらな肌とむくんだ手、マイケルが浮かべた表情、冷静なまでの落ち着きぶりと手際のよさ。

**そこに鎖がある……**

ミラーをのぞきこみ、片腕で顔をこすった。胸の空洞に自虐的な笑いが湧き起こった。なんてばかだったんだろう。あの人は前に思ったまんまの人だと思いこもうとするなんて。冷酷に人を殺しはするけれど、彼女の体内に宿った子どものいい父親になれると思うなんて。

「ひどい話……」

そのとき笑いがこみあげた。甲高くひくついた声が漏れ、彼女は思わず縮みあがった。ミラーに映る目はとても自分のものとは思えない。ガラスのように無表情なそれは、黒く塗った石も同然だった。ハンドルを握っている感触はあるものの、感触そのものが変だった。なにもかもが変だった。いまどこを走っているのか、さっぱりわからなかった。ノース・カロライナ州内のどこかの町、四車線道路、ファストフードの店に安モーテル。田園風景、赤い光からオレンジ色への褪色、さやさやとそよぐ木々。

**わたしはやましいことはなにもしていない。**

自分でも言い訳じみていると思いながら、彼女はそのひとことにすがりつき、片手で隣のシートをまさぐった。着替えもパスポートもあるし、スペインに帰国するお金もある。いずれマイケルのことも、目撃した死のことも忘れるだろう。父親のもとへ戻り、家を出たのはまちがいだった、小さな田舎町での暮らしのよさがやっとわかったと告げればいい。そう考えると、変わらぬ故郷と家族と人々の顔がまざまざと目に浮かび、エレナは思わず泣きそうになった。ぬくもった腹部をなでるうち、恐怖だけを感じていた心に決意が芽生えた。親の住む家に帰ろう。そう決めた。故郷に帰ったら、この過ちをバネにして、この子をすばらしい子どもに育てあげ、出生の秘密は絶対に明かすまい。

バックミラーに手をのばし、上に向けた。隈で黒ずんだ目もとも不安定な情緒も、もうたくさん。わたし、カーメン・エレナ・デル・ポータルは故郷に帰る。しかしその前に、このにおいをなんとかしないといけない。ということは、シャワーを浴び、着替える場所が必要だ。その思いつきには抗いがたく、それ以外には考えられなくなった。着ているものはずっしりと重く、不潔な感じがしてしょうがなく、肌は荒れ放題だったから、前方ののぼり坂の沿道にモーテルが見えると、右折のウィンカーを出して駐車場に乗り入れた。

しばらくは気持ちを落ち着けようと、じっとすわっていた。マイケルのことが頭に浮かび、切ない気持ちがこみあげた。

「だめよ」

両手で顔をぬぐい、かぶりを振る。

「だめ」

車を降りたときには、目は赤かったがもう濡れてはいなかった。なかに入ると、ベルが軽やかに鳴り響いた。カウンターにいたフロント係は長身の痩せぎすの男で、顔に皺が多いが、それ以外は四十代らしく見えた。腕が長く、角張った大きなてのひらをしていた。プラスチックのタグがついたキーを選び、彼女が薄汚れたカウンターに札を四枚置くあいだ、にやにや笑いながら見ていた。「なんか用があれば……」彼は二秒よけいに鍵を握ったまま言った。「気軽にフロントに電話しな」

彼女は洟をすすり、目の下に残った涙をてのひらでぬぐった。「ありがとう」

「おれの名はカルヴァート」彼は低い天井と、擦り切れたカーペットを示した。「ここのオーナーだ」

「ありがとう、カルヴァート」

「で……」彼は小さく迫り出した腹をドラムのように指で叩いた。「ほかにはなにか？」

「地図はある？」

彼は頭頂部をかいた。「どこに行くんだい？」

「いちばん近い大きな空港はどこ？」

「ローリーだな」

「なら、行き先はそこよ」

カルヴァートは彼女に地図でローリーの場所を教え、それから廊下の先にある部屋の鍵を渡した。エレナは車の運転席に地図を置き、わずかな荷物をおろすと、ロビーを抜け、小さくて暗い部屋に入った。室内は空気が肌にまとわりつくほどじめじめしていた。ドアに鍵をかけ、服を脱いだ。浴室の床は掃除したてで、シャワーカーテンは白いビニールがくすんで灰色がかっていた。エレナは小瓶に入ったシャンプーとコンディショナー、それに包装された石鹸を持ってシャワーに入り、ぽつぽつと赤い斑点が浮くまで熱い湯という針に顔を打たれていた。

カルヴァートがカウンターに寄りかかっていると、扉の上のベルが二度軽やかに鳴った。人影と色がちらりと見えただけで、すかした服に身を包んだなで肩の優男《やさおとこ》らしいとわかった。積極的に用件を聞いてやる気にはなれなかった。カルヴァートは金持ちが好きではなく、オカマを毛嫌いしている。それゆえ、読んでいる新聞からすぐには目をあげなかった。頭のなかはまだ、地図でローリーの場所を教えてやったときに、かがみこんでブラジャーをのぞかせた、セクシーなメキシコ女のことでいっぱいだった。

男が咳払いをした。

カルヴァートが新聞をめくって顔をあげると、黒いベルベットのズボンに暗紅色のコート姿の中年男が立っていた。目が透けて見えるサングラスをかけ、はめているばかでかいゴールドの腕時計は、そこらの車よりも高そうだ。カルヴァートは嫌悪感を隠そうともせずに言った。「そんなズボンを穿くには、ちと暑すぎやしないかい？」

「こいつは通気性がいいんだ」

男がほほえんだ。こいつは侮辱されたのもわからないほどの鈍チンだなと思う。無表情で突っ立っている男の姿に、カルヴァートのあるかなしかの脳みそがただならぬものを察知した。しかし彼はここのオーナーで、男はベルベットのズボンを穿いているのだ。ガラスの向こうに、ニューヨーク・ナンバーの汚れた車がとまっていた。「それはさておき、おしゃれズボンさんよ。用件はなんだい？」

「うまいこと言うな。おしゃれズボンか」

「あのな、おれは忙しいんだ」

「いましがた来たご婦人だが……」

「部屋番号なら教えないよ」

「そこをなんとか、考え直しちゃもらえないか」

「だったらまわれ右して、とっととどこぞの大都会に帰ることだね。見てのとおり……」彼は黄ばんだ爪で新聞をはじいた。「おれは忙しいんだ」

「ずいぶんと非協力的だな」

新聞をめくるガサガサという音がした。「悪いね」長い間ののち、カルヴァートは顔もあげずに言った。

「まだそこにいるのか？」

「実はな、あんたに見せたいものがある」

「なにを見せようってんだ？」

「トリックみたいなもんだ」

カルヴァートが顔をあげると、ベルベットのズボンの男は左手を肩の上まであげた。そして派手な動きをしてみせた——手をぱっとひらき、すぐに閉じた。

「つまり手品か?」

「そんなところだ。見るかい?」

「いやだね」

「とてもおもしろいんだがな」

カルヴァートは新聞を閉じた。「そうかい、わかった。見ててやるよ」

「一瞬の早業だからな」

カルヴァートは男の手をじっと見つめた。指が動いた。手がこぶしになった。

「始めるぞ」指が一本立ち、つづいてもう一本立った。

「よく見てろ」

左手にじっと見入るカルヴァートを、ジミーはサイレンサーつきの二二口径で撃った。銃弾を受けた相手は一歩あとずさり、一瞬、口をあけたかと思うと、その場に倒れこんだ。ジミーはカウンターをまわりこみ、念には念を入れてさらに一発を頭に見舞うと、見るも無惨なカルヴァートを颯爽とまたぎ、パソコンの画面をのぞいた。満足した彼はペグボードから十二号室の鍵を取り、袖の糸くずを払った。

「田舎者めが」彼は言うと、十二号室目指して廊下を歩きだした。

# 16

蒸気がエレナの喉を満たし、熱い湯が身体を叩いた。シャワーヘッドをつかむと腐食してあばたが浮いているのが手ざわりでわかり、濡れたシャワーカーテンが脚を舐めてそのまま貼りついた。彼女は全身をもう一度洗った。

それでもにおいは依然として残った。

それに記憶も。

シャンプーを泡立て、指で強く揉んだりこすったりするうち、楽しかった日々のことが次から次へとまぶたに浮かんだ。マイケルの手についた黄色のペンキ、生まれてくる赤ん坊の話をするときのはじけるような笑顔。この七カ月が一瞬に凝縮される。彼の両手が触れる――彼女の下腹部に、乳房に、そしてあの死体の肌に。彼はものすごく……手慣れていた。死体に動揺している様子はなかった。においにも。あの男が死んでいるという厳然たる事実にも。

**そこに鎖がある……**

このなにもかもが現実なのだ。

エレナは下腹部にてのひらを押しつけ、少女のころのように祈った。強さと導きをおあたえくださいと乞うだけでなく、神が地上におりてすべてを正してくれますようにと。けれども簡単な解決法などありえず、彼女は心の奥で他力本願な自分を恥じた。父からは強くなれ、人に頼るなと言われて育ったのだからと、弱音をわきに押しやった。心の内奥を探り、本来の自分を取り戻した。恐怖と悲しみを感じるなかに、赤々とした激しい怒りが猛然と湧きあがった。マイケルは人殺しだ。その〝人殺し〟という言葉が力という糸を次々と引き出した。最初のうちは貧弱な糸がからまっているだけの、取るに足りないものだったが、それらを束ねて引っ張りつづけていると、しだいに気持ちがしっかりしてきた。いつの日か立ち直るだろうし、いまはうずいている痛み——肌に触れる彼の手の感触——も、少しずつ薄れて消えていくにちがいない。そう強く言い聞かせるが、嘘はつかみどころがないうえに逃げ足が速く——嘘とはそういうものだ——自分でも気持ちがぐらぐら揺れているのがわかった。彼を愛している。あんな人はほかにいない。

**でも、あの人がしたことは……**

水栓を閉めた。湯がとまってしずくがぽつぽつと落ちるなか、顔にかかった髪をかきあげた。

「大丈夫」

言い方がしっくりこなかったので、もう一度言ってみた。

「きっと大丈夫」

このほうがいい。ずっとまともだ。

金属を引っかくような音をさせてカーテンをあけ、バスローブに手をのばしたが、置いた場所になかった。そのかわりに男が、というよりも男の一部——肌と髪と目がおぼろに見えた。目は冷酷そうで青く、薄い唇ときめの細かい色白の肌をして、あざけるような表情を浮かべている。男はシャワーから一フィート離れて立っていた。額は広くていかつく、頭頂部の髪はかなりさびしい状態だった。とても現実とは思えない、予想外の事態に、エレナは思わず笑いそうになった。きっとなにかのまちがいだ。従業員がタイミング悪く、部屋を勘違いしただけに決まっている。しかし、男の表情はまともでなかった。妙に悠然としているし、妙におかしそうだ。バスローブは男の片方の手にあり、もう片方の手は黒くて四角いものを握っている。男の笑みが大きくなって初めて、エレナの喉の奥いっぱいに悲鳴がせりあがった。

「大丈夫なもんか」男は言った。

そこでようやく、エレナは男が誰かを悟った。

両腕を振りあげたが、わけがわからぬうちに男の手がのびてきた。青い光がはじけ、電流の流れるような音が聞こえると同時に、あばら骨を炎が駆け抜けた。激しい痛みと猛烈な熱さが襲ってきたが、すぐになにも感じなくなった。

## 17

マイケルが有能な仕事人である理由のひとつはコントロール能力にある。実行する時間と場所を選び、関与する要素を操作したのち、予想されるあらゆる結果を頭に入れて行動する。この商売に身を置く連中の大半はマイケルと正反対だ。彼らは怒りと恐怖から人を殺すか、彼らなりのねじれた理由から殺しを楽しむかのどっちかだ。感情が先走るだけの連中が長続きすることはめったにない。燃えつきてしまうか、ドジを踏んで組織のお荷物になるか。常につけ狙われる存在になる者もひと握りどころではなく、そのうちの何人かはマイケルが始末した。マイケルの世界の図式は単純だ。感情は悪。コントロールは善。だが、いまの彼はコントロール不能におちいっていた。

エレナが去った。

マイケルはめまいに襲われ、玄関ステップの最上段に腰をおろした。ゆうべはなにもかもが、問題点もその解決方法もはっきりしているように思えた。それが彼の仕事だった。物事を解決し、処理することが。てっきりエレナも対処してくれるものと思いこんでいた。辛抱強く、こっちの説明を聞いてくれるものと。なのに、あの目つきときたら！ 彼女の目にはあからさまな後悔が、不快感と嫌悪が浮かんでいた。

**おれはなんてことをしてしまったんだ。**

いなくなったのはおれのせいだ。彼女がハンドルを握ってからすでに何時間も経過している。ヴァージニアかサウス・カロライナあたりまで行っているだろう。場合によってはジョージアかテネシーにたどり着いているかもしれない。

どこにいてもおかしくない。

ステヴァンとジミーもどこにいてもおかしくない。

不安で胸が締めつけられそうだったが、マイケルは無理に思考しつづけた。警察関係者の情報源がないかぎり、ステヴァンもジミーもマイケル同様、八方ふさがりのはずだ。クレジットカードの使用履歴を閲覧することも、警察のデータベースに侵入することもできない。だから連中はまず最初にジュリアンを脅しの材料に使い、マイケルが地下にもぐるのを阻止したのだ。この屋敷の外に出れば、エレナは追跡の手から逃れられる。連中には彼女の居場所を突きとめられない。彼女は安全だ。安全に決まっている。

マイケルは自分に何度もそう言い聞かせた。高ぶる感情を無理に抑え、ポーチのへりに進み出て、ボートハウスの状況をながめた。数台の警察車両がとまり、澄んだ空気のなかにライトが点滅し、ボートが二艘、湖に浮かんでいる。男たちが大声でなにか言い、引き綱を放り投げた。

まもなくダイバーが出動してくるだろう。死体が見つかるまで、どれくらいかかるだろうか。湖はかなり大きいし、たしかなことはわからないが、深さもあるようだ。両側から傾斜した大地が湖に落ち込み、そのせいで湖底がはるか下にあるように見えるのだ。湖水の見た目は真っ黒で、太陽の光を受けてもなお、深く穏やかな冷気をただよわせている。

だが、それは希望的観測というものだろう。

引き綱の一本が投げこまれた。この距離から見ると、一本の糸にしか見えない。幅広の鉄のフックがきらりと光って湖水に沈んだ。綱が引き戻されると、フックには水草が垂れさがっていた。マイケルの目が自然と右に移動した。

〝あのあたりだ〟と心のなかでつぶやく。

またも綱が繰り出された。それが弧を描いて落ちるのを見ながら、マイケルは、警察を呼んだのはエレナだろうかと自問した。たしかに可能性はある。無惨な死は尋常ではなく、恋人がその死体に鎖を巻きつけて湖に沈めるのを目撃するとあってはなおさらだ。だからと言って、警察に通報するだろうか？ それはないと見ていい。売ったりすれば、マイケルが逃亡の身となって、死ぬか手錠をかけられることになるとわかっているはずだ。つまり、可能性はひとつ。

ほかに目撃者がいるのだ。

頭のなかで一部始終をさらった。足を忍ばせて近づいたこと、紫色を帯びた草、湖の狭くなっている側から聞こえた音。彼は寒気をもよおしたが、見られていたと思ったからではない。死んだ者の声がしたからだ。おやじさんの顔が現われた。まるで、いま生きていて、同じポーチに立っているかのように、心の目に鮮明に映った。

**途方もない説明を探すのはやめろ。警察が来たのなら、おまえの女がしゃべったに決まっている。**

まばたきすると、おやじさんは消えた。それは彼を育ててくれたおやじさんであって、破れた恋と生まれてこなかった娘について語る、死にかけた男ではなかった。その男は、人生は変化であり誠意である、なにもかもが単純というわけではないと悟っていた。彼はけっきょく、ひとり息子の意を無視し、マイケルを自由の身にしてくれた。

**こいつはそう単純明快には割り切れないんだ、おやじさん。**

彼自身の人生も単純明快には割り切れなかった。マイケルは人殺しなのか、それとも父親なのか。そのふたつを両立させることは可能なのか。エレナのために変わりながらも、ジュリアンを守れるほど強くいられるのか。子どもを育てることは？　生活を築くことは？　マイケルの一部は、みずからの評価どおり冷静だ。しかし一方で、胸のなかの小部屋がふさがれてしまったようにも感じていた。冷静にならなくてはいけないが、エレナはいない。情緒不安定になったときこそ力が必要だ。今度のことでは、どんどん悪い方向に考えてしまいそうだった。

ゲストハウスに引っこんで、水を流し、顔にかけた。タオルで顔を拭いてから、首のわきのてかてかした傷痕に触れた。細長くて平べったく、真珠のように白い。あと一インチ右なら、昨夜、死んだ男の首からナイフを抜いた場所と同じだ。

**どこにいるんだ、エレナ？**

タオルを流しのわきに置き、無理に意識を集中しようとした。エレナが彼を受け入れてくれるかどうかはわからない――彼のもとに戻るかどうかもわからない――のだから、彼女のことで悶々としても、湖の底に沈めた男の謎を解く助けにはならない。

孤立。

コントロール。

深呼吸し、ロニー・セインツのことを考えようとした。感触やにおいではなく、彼に関する疑問点についいて。なぜチャタム郡にいたのか？　なにが狙いだったのか？　なぜ死んだのか？　ジュリアンはなにか知っているのか？　マイケルは鏡のなかの自分をのぞきこみ、二十年以上前はどんな顔だったかを思い出そうとした。思い出せるのは空腹とぼさぼさの髪、ざらざらした肌触りのウールと汚れて固くなったシャツの袖口だけだった。ロニー・セインツの顔をはっきりと思い浮かべたかったが、なぜか弟の顔が見えた。それもいじめられて傷だらけになった小さな彼ではなく、それよりもっと幼いときの、枕に横向きになった顔だった。たしか五歳だった。

**養子にもらわれたふりをしようよ……**

ジュリアンの笑顔はほとんど記憶になかったから、マイケルは不意を突かれた。たしかに、一瞬なり午後のひとときなり、楽しいときはあった。ささやかでひかえめな幸福の瞬間が。それらの記憶はいつの間にか消えてしまったのか、それとも子ども時代のほかの記憶とともに葬り去ってしまったのか。一瞬、自分が唾棄すべき不誠実な存在に思えた。

おれはいったいどれだけの氷を胸の奥に抱えれば気がすむのか。

どこまで非情になれば気がすむのか。

流しをつかんだ。それがどうした？　すべて過去のことだ。いまはちがう。だが、これはいまだけの問題だろうか？　いい質問だ。最初にヘネシー、そして今度はロニー・セインツ。アイアン・ハウスにいた少年ふたりが死んだ。ふたりのあいだには二十三年の隔たりがあるが、両者とも首を刺されている。

**いったい、どうなっているんだ？**

**通報したのは誰だ？**

ふたたびポーチに出て、携帯電話でエレナの番号をプッシュした。応答してほしかったが、心の奥底では、出ないとわかっていた。

まだ早すぎる。

込み入りすぎている。
おそらく、これがいちばんいいのだと彼は思う。きれいさっぱり縁を切り、彼から遠く離れた土地で安全にのんびりと暮らせばいい。それで納得しようと思うものの、嘘がじわじわと熱を帯び、頭のなかにひとつの光景が出現した。エレナとその子ども――おそらくは女の子で、母親と同じ肌の色をした、黒い目の愛らしい娘。ふたりはカタルーニャの山間にある高原を歩いている。ひとりはやつれて悲しそうで、ひとりは幼すぎて自分の人生のぽつんとあいた場所が理解できない。

**もう一度、パパのお話をして……**

ふたりの上に広がる空は目に痛いほど青く、エレナが黙っていると、同じ質問がふたたびなされる。それがマイケルの目に生々しく映った。幼い子ども、何度も繰り返されたせいで真実味を帯びた嘘。エレナは立ちどまらず、娘はマイケルなしで育つ。マイケルにはその将来像が心臓の壁にあいた穴のように感じられた。だが、そんな結末でなければいけないいわれはない。選択肢はあるのだ。いつでも。

彼はふたたび彼女に電話をかけた。

二十分後、アビゲイル・ヴェインがきのうのおんぼろランドローバー・ディフェンダーに乗って現われた。麻のパンツに薄化粧の彼女は元気そうだった。不安な様子はほとんど見られず、わずかばかりの剝き出しのパニックも胸の奥深くに隠してあった。「どういうことかと気になってるんでしょう?」彼女はボートハウスのほうを示したが、マイケルの目は彼女が手にしている大きくて薄い封筒に注がれていた。

「ええ、まあ」

彼女は悩んでいるそぶりはまったく見せなかったが、ささいな変化で本心がうかがえた。白くなるほど握った手に突然差した赤み。話し始める前に小さく飲みこんだ唾。どんよりしすぎている目。「すわりましょう」彼女はロッキングチェアを示し、ふたりは奥行きのあるポーチの日陰に腰をおろした。アビゲイルは手に持った封筒を小さく震わせながら身を乗り出した。

「警察がけさ早く訪ねてきたの。地元の刑事が、ボートハウスと湖を捜索する令状を持って」

「なにを見つけるつもりなんだろう」

彼女の目はまじろぎもしなかった。「死体よ」

彼女は全神経をぴんと張りつめさせていたが、この程度のゲームなど、マイケルは眠っていてもできる。警官、死、秘密。「具体的には誰の死体を？」

「見当もつかない」

「令状は確認したのか？　なぜ捜索するのか、その理由はわかってるのか？」

「ボートハウスで人が死んで、死体が湖に沈められたという通報があったそうよ。わたしが知ってるのはそれだけ」

「通報してきたのは？」

「匿名の情報提供者——宣誓供述書にはそうあったわ。匿名の情報提供者によれば、ボートハウスで人が殺されたそうよ。死体は昨夜のどこかの時点で湖に沈められた。うちの弁護士団が抵抗をこころみてるけど、捜索そのものを阻止することはできなかった」

「なぜ、とめさせたいんだ？」

反応はないかとうかがっていると、あった。ほんのつかの間だが、彼女は口を半開きにし、言葉もなく呆然とした表情になった。それも長くはつづかなかった。

「警察が最初にボートハウスを調べたところ、床に血がついていたの。それも大量に。だけど、見たところ、何者かがそれを隠そうとした形跡があったらしいわ」

「見たのか？」

「犯行現場とされてるの。だから立ち入りできない」

「なぜここに来たんだ、ミセス・ヴェイン？」

「アビゲイルと呼んで」

マイケルはぐっと顔を近づけた。「おれになんの用なんです、アビゲイル?」

ここが核心だ。彼女の顔のすべての皺にそう刻まれている。彼女は怯えていたが、自分の身がかわいいからではない。なにかを必要としていた。心の底から。

「あなたは弟を愛してる?」彼女は訊いた。「記憶とか、頭のなかのあの子じゃなくて。わたしのようにあの子を愛してる? いまもあなたの一部として」

「ジュリアンはこれからもおれの一部だ」

「だけど愛してる? 愛と、愛の記憶とはちがう。記憶は心温まるものだけど、基本的には無意味だわ。愛は、どんなことでもする覚悟を言うの。橋を燃やす。家を取り壊す。愛は平凡な人生をなんの意味もないものに変えてしまう。あなたがそういう気持ちでいるのか知りたいの」

「どうして?」

「あなたを信頼する口実がほしいから」

「あいつがこの件に関係あるんじゃないかと心配なんだな」マイケルは湖のほうを示した。

「なにかがあの子をあんなふうにした。あなたがそう言ったのよ」

彼女は足をもぞもぞと動かし、マイケルは頭の片隅であれこれ考えながら、もとの姿勢に戻った。放置され朽ちかけたボートハウスが見え、アビゲイルの目に恐怖が浮かんでいるのが見えた。「なにがあったと考えているんです?」

「わたしは、ジュリアンを守るためなら人を殺すこともいとわない。あなたも同じ強い気持ちでいるのかたしかめる必要がある。たしかめたいんじゃない。たしかめる必要があるの」

なにかが起こりつつあった。アビゲイルのなかに揺るぎのなさが、魂と直接結びついた強い確信が広がった。

「おれは弟を愛してる」マイケルは言った。

アビゲイルは目を閉じ、大きく息を吐くと、手の指を組み合わせて腰を曲げた。「あの子はあなたになんて言ったの？　きのう、あの部屋で、あなたになにを耳打ちしたの？　ずいぶんとショックなことのようだったわ。あなたの顔をちゃんと見てたんだから、勘違いだなんて言わせないわよ。そんなことを言っても信じないから」

「なんの話かさっぱりわからないな」

「必要なら頭だってさげるわ。そのくらい、なんでもないもの」

いまや彼女は共犯者のように声をひそめ、マイケルは、それのどこまでが演技なのかといぶかしんだ。共通の関心事をそれとなく持ち出すやり方はみごとだった。彼は立ちあがり、湖のほうに二歩進んだ。「あの水底に死体があったとして……」そこで振り返ったが、象牙色のアビゲイルの顔はぴくりとも動かなかった。

「ジュリアンにそんなことができると本気で思ってるのか？」

「ええ」彼女の目はまばゆく、真摯だった。「思う」

「なぜ？」

その質問を発したとたん、必要があるだの愛がどうのと言っていた彼女が動揺を見せた。おたがいに勇み足にすぎた。彼女は心を閉ざしかけていた。「けさはひとりで来たようだが」マイケルは言った。「ジェサップ・フォールズがよく許したものだ」

「ジェサップはいい人だけど、あなたを悪人と思ってる」

「悪人？」マイケルは片方の眉をあげた。

「ニューヨークから来た悪人」彼女は膝にのせた封筒を片手でなでた。マイケルは彼女が一歩を踏み出したら、足をおろした地面が陥没するのではないかと思った。「オットー・ケイトリン並みの悪人」

「オットー・ケイトリン？」

「ちゃんと聞こえてるくせに」

ジェサップ・フォールズによる評価がわずかにあがったことを知って、マイケルは目を一度しばたたいた。この二十年間、警察でさえ確固とした関連づけができなかった。マイケルの存在は知っていても、写真もモンタージュもなく、名前すらつかんでいなかった。彼の仕事ぶりを間近で見た連中も、人相風体の描写は食いちがいを見せた。背が低かったり、高かったり、白人だったり、黒人だったりした。マイケルは幻のような存在であり、まことしやかにささやかれる噂でしかなかった。いくつもの誤った名前とでっちあげの話で覆い隠された脅威だった。彼はオットー・ケイトリン以外の誰からも命令を受けない、影のような存在だった。恐るべき相手。謎の人物。二十年前にそう仕組まれ——ジミーの考えだった——マイケル自身も細心の注意を払ってきた。彼は一度も逮捕されず、指紋を採られたこともない。十以上の偽の身分を持ち、そのどれもが鉄壁だった。「フォールズはなぜ、おれがオットー・ケイトリンとつながってると考えたんだろう」

アビゲイルが目を細めたのを見て、マイケルは前に見た容赦のなさが戻ってきたのを感じた。いかなる恐怖を抱えているにせよ、彼女は決断を下したのだ。「わたしをなんだと思ってるの、マイケル？」そう言ってマニラ封筒を膝の上に広げた。「来る日も来る日もくだらないことにうつつを抜かしている、金持ちの妻？　道楽女？」彼女は封筒から一枚の写真を出して渡した。

マイケルはそれを光にかざした。彼がオットー・ケイトリンと一緒に写っている、この世で唯一の写真のコピーだった。マイケルとおやじさん、それに十六の誕生日にプレゼントされた一九六七年型コルベット。ダッフルバッグにしまっておいた写真だ。マイケルは写真をじっくりながめてから、アビゲイルに返した。胸のなかで入り乱れる感情はいっさいおもてに出さなかった。おやじさんの姿に感じた愛情と後悔。写真のとも思ってる」

コピーを取られ、それを突きつけられたことへの怒り。

「たかが写真じゃないか」とうそぶいた。

彼女は写真を封筒に戻した。「いま、ニューヨークは大変な騒ぎになってるわ。テロだの組織犯罪だのの話でもちきりよ。警察は男女ふたり連れの行方を捜索してる」

「ニューヨークはここからかなり距離がある」

「たいして遠くないわ」

マイケルは肩をすくめた。金は充分にある。ジュリアンの身は安全だ。あとはエレナを見つけて逃げればいい。「それで？」彼は訊いた。「フォールズはおれを悪人と思ってるが、あんたはそうじゃない？」

「どうでもいいことだわ」

「なぜ？」

「なぜって、湖から死体があがると思ってるからよ」

彼女は顔をぐっと近づけた。怒ったように口を真一文字に結んで。「それについてあなたがなにか知ってる

## 18

目覚めたエレナは、エンジン音と車の走行音に気がついた。あたりは暗闇でなにも見えず、両の手首を背中で縛られ、足首も交差した状態で縛られていた。手足の感覚がなくなっていたが、口に貼られたテープの味——苦くて合成ゴムのような味だった——はわかり、動こうとすると、闇のなかで頭が鉄のような硬いものにぶつかった。痛みが首を這いおり、むせかえるような暑さのなかですっかりパニックにおちいった。手足をばたつかせたり寝返りを打ったりを繰り返すうち、膝と肘をぶつけ、つま先の小さな骨や足の裏のやわらかい部分を痛めてしまった。空気はよどんで暑苦しく、ガソリンのにおいが喉の奥まで入りこんで、息ができないほどだった。
これは悪い夢よ、と彼女は自分に言い聞かせた。恐ろしい夢という皮をかぶっているだけ。だが、その皮は貼りついて剝がれなかった。彼女はいま、人殺しの車のトランクにいるのだった。

**人殺しの車。**

こんなこと、現実のはずがない! モーテルも。シャワーも。だが、モーテルのローブを着ているのが感触でわかったし、わき腹には感電した痕が残っている。冷静でいよう、おなかの子のことだけを考えようとつとめるものの、この車はいずれとまる。そのあと、どこかの細い未舗装路に引きずり出されることだろう。最期の太陽を見あげたら、その瞬間が訪れる。彼女は泥にまみれて死に、子どもも彼女の体内で死ぬ。
考えただけで吐き気をもよおしたが、冷静に考えようと努力した。マイケルならどうするだろう? まったく、なにをばかなことを考えてるの。マイケルのことなんかこれっぽちも知らないくせに。だが、彼のように思考しなくてはならない。強くならなくては。**考えるのよ、エレナ！**　指先がなにかの缶にあたり、つづいてナイロンのひもと輪になったごわごわの綱に触れた。おおよその距離を計算しようとこころみたが、車は減速と加速を繰り返し、右に左に曲がった。一度、線路を渡り——つかの間、カタカタという音がして車が上昇し、すぐ下降に転じた——さらに二度左折し、砂利道に入った。揺れがひどくなり、エレナのまぶたに、恐れていたとおりのうらさびしい未舗装路が浮かんだ。車から引きずり出されたら、きっと高い木があって、世の中はすべて何事もなしとばかりに木の葉がそよいでいるにちがいない。あとは祈るしかなさそうだ。そのとき、なんの前触れもなく静寂が訪れた。車が滑るようにとまり、エンジンが停止した。先の尖ったものか硬いものはないかと手探りしたが、なにも見つからなかった。そもそも、そんなものはここにはないのだ。

**マイケル……**

エレナは少しでも小さく見せようとしたが、トランクのふたがあいて、さっきの男が彼女のほうに身を乗り出した。サングラスをかけたその男のほかにも数人の男がいるらしく、頬ひげとまじろぎもしない目がちらちらと見える。男たちはあけたトランクを取り囲み、バケツの底にいる魚を観察するような目でながめた。ジミーとおぼしき男がなにか言うと、ふたりの男が引っぱり出そうと腕を差し入れた。ふたりはローブと腕をつかんだ。抵抗すると、ひとりがばか笑いし、相棒とともに彼女を持ちあげて出し、もがく彼女を下におろした。

「やれやれ」ジミーらしき男の声がした。「世話の焼ける女だ」

目をこらすと、木立と枯れた草に囲まれた、小さな緑色の家が見えた。そこに向かって、未舗装の長い私道がのびている。シルバー塗装の車は焦げた油のにおいがした。

ふたたび手がのびてきた。毛むくじゃらの手が二本と引き締まった褐色の手が二本。「いいおっぱいをしてんな」誰かの声がし、エレナはローブの前があいているのにようやく気づいた。

「いいから、さっさと家のなかに入れろ」

彼女はふたたびつかまれた。立ちあがらされると、手足をばたつかせて抵抗し、相手は根負けしてまたも彼女を下におろした。

「ったく、なにやってやがる……」

「だってよ、ジミー。この女、えらくしぶといぜ」

「しょうがねえな。そこをどけ」ジミーは彼女を見おろすように立った。その顔は、さっき想像したとおりにそよぐ緑の木の葉で翳り、青白くぼやけている。彼はスタンガンを目の前に差し出し、青い光がバチバチ音をさせながら閃くのを見せた。

「こいつを覚えてるだろ」

彼女は無意識にうなずいた。

ジミーはスタンガンをおろすと、はだけていたローブを閉じてやった。「おとなしくしろ」

エレナはおとなしくさっきの男ふたりに抱えあげられ、四段のステップをあがらされたときも、古いファームハウスとおぼしき建物の朽ちかけたポーチにおろされたときも抵抗しなかった。入口にはスクリーンドアがついていた。緑色の下見板は焼けつくような陽射しで塗装が剥がれ、ポーチからはトウワタとキイチゴが四方八方にのびたなかに納屋が建っているのが見える。納屋のわきには埃まみれの車が六台ほどとまっていた。

「奥の寝室に連れて行け」ジミーが指示した。身体が入口をくぐったとたん、熱がわっと襲ってきた。そこは古い家具と泥の足跡がついた茶色いカーペットの部屋だった。ここにも別の男たちの気配があり、テーブルに銃が置いてあった。「右だ」

彼女は側卓をぐるりと迂回させられ、きしむ床の廊下へと連れて行かれた。右側の部屋には椅子が一脚と鉄のベッドがひとつあるきりだった。剝き出しのマットレスの上におろされた。カビくさいにおいが立ちのぼって鼻を突く。男たちが入口に集まり、一匹の蚊が羽音を立てて彼女の耳もとに近づいた。目をあげたものの、処理しなくてはならない情報が多すぎた。こっちに目、あっちにベルトのバックル。ひらいたり閉じたりしている手。話し声ひとつしないなか、汗が玉となって顔を伝い落ち、バスローブが持ちあがってあらわになった尻をねっとりした空気がなでていく。

「出ていけ」ジミーが命じた。

全員がいなくなった。

ジミーは服の袖の皺をのばし、ドアを閉めた。この暑さにもかかわらず、肌は化粧でもしているようにさっぱりしている。彼は靴に泥がついていないか確認すると、部屋にある唯一の椅子を引きずって持ってきた。腰をおろし、サングラスをはずして上着の胸ポケットに差しこんだ。それからぐっと身を乗り出すと、爪をテープの下に差し入れ、エレナの口から破り取った。

彼女は冷静に話しかけたかった。大声でわめきたかった。しかし言葉はひとつも出てこなかった。頭のなかにあるのはただひとつ——**おなかの赤ちゃんにはなにもしないで……**

「まずはおれの知ってることを話す」ジミーは首のうしろにとまった蚊をつまみ、二本の指をこすり合わせて血をぬぐった。「あんたの名前はカーメン・エレナ・デル・ポータル。二十九年前にカタルーニャで生まれ、この国に来て三年がたつ。腹には赤ん坊がいる。しゃれたレストランだった場所で働いていた」彼は冷酷な笑みを浮かべた。「派手な女が好みの男の目——もちろん、マイケルのことだ——には魅力的に映るだろうが、片方の乳房がもう片方にくらべていくらか小さいし、右腿の内側に残念な傷がある」エレナは身を縮めた。「なにか言い漏らしたことはあるか？」

「なにが望み？」

ジミーはその質問を聞き流した。「マイケルから正体を明かされたんだろう、え？　だから大あわてで出てきたわけだ。だから、あんなしょぼくれたモーテルでシャワーを浴びながらめそめそ泣いてたわけだ」

彼は真鍮のライターで煙草に火をつけ、あいた窓に向かって灰色の煙を吐き出した。「おれが誰かわかるか？」

エレナは喉の痛みを覚えながら、唾を飲みこんだ。

「ジミーでしょ」

「マイケルからおれの話は聞いてるな？」

「ええ」

「で、あいつはおれのことをどう言ってた？　大げさなホラー仕立ての話をしたんだろ？　血まみれのおどろおどろしい話だったんじゃないのか？」エレナが黙りこんだのを見てジミーはうなずいた。「想像力の足りないところが、昔からあいつの最大の欠点だ。運命ってものをわかってない。より大きな存在ってものをわかってないんだ」

両手にペンキをつけたマイケルの姿がエレナの目に浮かんだ。生まれてくる子どもと将来に胸を躍らせていた彼が。彼はいつも家族というものを、それを構成する個人よりも大きな存在と見なしていた。彼女に向かって何度もそう訴えていた。ふたりが家族となることにどれほどの意味があるのかを。「そんなことない」

「ケチな考えしかできないケチな男さ」

「それはとんでもない誤解よ」

「聖書で言う小さき火ってやつだ。とにかく、そういうことだ。おそらくそれが、あいつを仕込んだ際の最大の失敗だな。自分の偉大さを充分に気づかせなかったことが」ジミーは最後にもうひと吸いし、窓から煙草を投げ捨てた。「情けないくらいに自尊心てものが欠けてやがる」

エレナは手首を動かしたが、テープが深く食いこむだけだった。

「ひとつ教えてやろう。おもしろい話がある。おやじさんがあいつを見つけた日の話は聞いてるか？　スパニッシュ・ハーレムの橋の下で殺されかけたところを、おやじさんに救われた話だ。知ってるか？　あいつから聞いてるんだろ？」

エレナは頭がこっくりと動くのを感じ、ジミーがばか笑いした。

「やっぱりな。あれはマイケルの十八番で、いわば、やつ個人の神話なんだよ。あいつが読んでる小説みたいな話じゃないか。ディケンズ、あたりのな。たしか『オリヴァー・ツイスト』だ」

エレナは両手を大げさに振り動かすジミーを見ながら、この男が顔をゆがめて蔑むように笑うのを忘れることはないだろうと思った。

「ここからがおもしろくなる」ジミーは顔をぐっと近づけた。「心の準備はいいか？　心して聞けよ。オットー・ケイトリンはあの不良どもに金を払ってマイケルをやっつけさせたんだ。おもしれえだろ。嘘じゃないぜ。オットーは、あいつが噂されてるほどタフなのか、自分の目でたしかめたかったんだ」ジミーはあらたな煙草に火をつけ、身体を起こすと肩をすくめた。

「噂は本当だった」

「なぜそんな話をわたしに聞かせるの？」

「そういういきさつにもかかわらず、いまのマイケルにまで育てあげたのはオットー・ケイトリンじゃなく、このおれだからだ」

「それがそんなに大切なこと？」

「本気で言ってんのか？」彼は笑った。

「なぜそんな話を聞かせるのか教えてちょうだい」

「なぜかと言うとだな、このばか女、マイケルはそこらの無差別殺人鬼じゃないからだ。いわば、ピアノを弾いて人を殺すモーツァルトみたいに、『モナリザ』を描いて人を殺すダ・ヴィンチみたいにあざやかなんだ。いわば歩く芸術品で、天才で、それを創りあげたのがおれなんだよ。オットー・ケイトリンじゃない。ストリートでもない。どこの淫売があいつを安宿の薄汚いシーツに産み落としたか知らないが、それと同じ意味でおれがあいつを生み出したんだ」

「それを誇りに思ってるわけ？」

「神がイエスを誇りに思ってないってのか？」

ジミーの黒い瞳のなかで、狂気が静かに細々とくすぶっていたが、ほかにも燃えているものがあり、一瞬、よく見知っているもののような気がした。「わたしにどうしろと言うの？」

ジミーの上着の袖からシャツのカフスがのぞいた。

「マイケルのことで訊きたいことがある。どういう計画を立ててるのか。どこに行くつもりなのか」

「ここから出して」

「そいつは無理だ。もう遅い」ジミーは腰をあげ、彼女の隣にすわり、細い腰を脚に強く押しつけた。彼女の額に浮いた汗を指でなぞり、湿った指と親指とをこすり合わせた。

「教えられることはなんにもないわ」

「もちろんあるとも。どこに泊まってるのか。武器はなにを持ってるのか。どこでいつ眠るのか。警備の状況。やつのまわりにいる人間。どこでいつ眠るのか」ジミーはほほえんだが、あるかなきかのかすかなものだった。「そういう、ちょっとしたことでいい」

彼が青白い肌を赤らめながら唇を舐め、エレナは天啓のようなひらめきを得た。さっき彼の目に浮かんだものの正体がわかった。

「マイケルが怖いのね」

なぜそこまで確信を持って言えるのか自分でもわからなかったが、それは事実だった。プライドとか父性の話ははったりだ。この男は怯えている。それをずばり指摘され、怯えが全身にまわっていた。態度にも、表情にも。

「もう一回言ったら承知しないぞ」

ジミーは脅すように言ったが、すでにエレナはスタンガンで感電させられ、テープで縛りあげられ、車のトランクに押しこめられ、とさんざん怖い思いをしていた。この秘密は彼女の唯一の切り札で、小さいものかもしれないがとても魅力的に思えた。彼女は口をひらきかけたが、言葉が声にならないうちに、ジミーの目から表情が消えた。彼は彼女の髪をつかんでベッドから乱暴におろし、無表情に床の上を引きずりだした。

「ごめんなさい！　ごめんなさい！」

コップをくわえたみたいな声で叫んだが、居間へ連れていかれ、それから薄汚れたカーペットの上を引きずられた。男たちが一斉に立ちあがり、目を見張った。両手の甲がすりむけた。やがて、ジミーの靴がポーチの床を強く踏みつける空疎な足音が響いた。太陽の光の直撃を顔に受けながら、ステップを引きずられ、やわらかで刺激臭のただよう土の上におろされた。

「お願いだから……」

車のうしろに連れて行かれ、足で転がされた。誰かが声をかけた。「どうした、ジミー？」だがジミーは無視した。トランクが小さな音とともにあくと、なかに身を乗り出してガソリン缶を出し、中身をエレナに全部ぶちまけた。そのにおいが本能を刺激したのだろう、目がひりひり痛み、口を苦味でいっぱいにしながらも、エレナは這って逃げようとした。

「さあて、怯えてるのはどいつだ？」

ジミーの声は冷酷な響きを、わざとらしすぎて真実味の感じられない冷淡さを帯びていた。彼がガソリン容器をおろしたときに、真っ赤なポリタンクについた瑕と、履いている革靴の繊細なステッチが目に入った。ひりつく目を無理にしばたたくと、彼の手にライターが見えた。真鍮製だ。彼はそれを親指とそれ以外の四本の指でくるりとまわすと、ふたをあけ、そして閉めた。まばゆい金属がウィンクし、なかの焦げて黒くなった灯心がのぞいた。

「やめて」彼女はお腹の赤ん坊をかばうように丸まった。

「なにをやめろって？」

ライターがくるりとまわり、カチリという音とともにあいた。

「お願い……」

ジミーは顔を仰向け、目を細くして、高く青い空を見あげた。「きょうは暑いな」

エレナは泣きだした。

## 19

いつものジュリアンは薬が死ぬほど嫌いだが、どうしても必要になると豹変する。閉ざされた心のなかで怯えきっているときには、薬にまつわるすべてが好きになる。小さな瓶に針を刺すときのドクターの真剣な表情も、そのガラス瓶を透過する光も好きだった。注射器を爪が軽くはじく音も、なかの液体を少しだけ外に押し出すのを見るのも好きだった。針が抜かれると、目がとろんとした。

針は頭のなかの声を黙らせてくれる。

針はジュリアンをかくまってくれる。

最初に針が入ったときは焼けるような熱さを感じたが、それも一瞬のことで、すぐにやわらかなぬくもりに変化し、腕から胸へ、そこからさらに移動して両脚と頭蓋骨のなかの金属へと広がった。世の中が大きくなりすぎたときやジュリアンが怯えきったとき、あるいは気力が失われていくのが自分でもわかるときに聞こえてくるあの声の出所である、巨大で暗い空間にも広がっていく。

**それはぴったりの言い方じゃないか、え?**

ジュリアンはあのあざけるような笑い声が苦手だった。怖いものは山ほどある。自分の人生、あたえられた重荷、失敗とそれが心のほかの部分におよぼす影響。人々に見抜かれるのも、二十年にわたる幻想が内部崩壊し、幽霊のような存在でしかなかったとばれるのも怖かった。だが、これらは大きな恐怖——一生つき合っていく恐怖であり、そうたちが悪いというわけでもない。ほかにも一瞬一瞬の恐怖、何百万という小さな劣化が生む恐怖というものがある。声はそういった怯えのすべてを見抜いていた。それが、あの声を毛嫌いしながらも必要とする理由だった。声は彼を苦しませもするが、力をあたえてもくれる。そして、ジュリアンは強くならねばならなかった。

**おまえにはおれが持つすべてが必要だ……**

何カ月かぶりの声は、薬がきいているはずなのにはっきりと、荒々しく聞こえた。いったいなにがこの声をよみがえらせたのか、思い出そうとしたが、頭がまともにはたらかなかった。

よくないこと……

彼は思い出そうとした。とぐろを巻いた灰色の脳を握りしめるところを想像した。

よくないこと……

握りしめる手に少し力をこめた。

**価値のない……**

〝黙れ〟

両手で頭を強くはさんだ。この声はいったいいつよみがえったんだ?

わからない。すさまじすぎる。

**おれたちにあいつは必要ない……**

今度は細い針金のような声だった。

**さあ、一緒に言え……**

〝いやだ〟

**おれたちにマイケルは必要ない……**

〝いやだ〟

**言え！**

頭の外の世界のざわめきが聞こえてきたときも、ジュリアンはまだ小さく丸まっていた。聞き慣れたひそひそ声には独特の力があり、それが証拠に例の声は退却した。甲高くか細くなり、やがてジュリアンだけが暗闇に残された。闇に浮かぶ島にうずくまっていると、マイケルと母が入ってきてドクターと話しはじめた。ふたりがベッドのわきに立って、質問を発するのが聞こえた。声をかけたかったができなかった。ふたりにも彼と同じものが聞こえた。彼の声そっくりだが、彼のものではない声が。

その声は彼らを笑っていた。

まともと思えない響きだった。

マイケルはベッドの手前で足をとめた。右腕の隣の空間にアビゲイルがそっと入りこむのが気配でわかった。見おろすと、髪をもつれさせ、臘のような顔色をして横向きに寝るジュリアンがいた。腕は青白い肌が日焼けで隠され、握った手を覆うガーゼは関節のところが点々と赤くなっている。顔を近づけると、かすかな音がジュリアンの唇から漏れた。

「ジュリアン？」

音はしだいに大きくなり、冷ややかでおぞましい笑い声に変わった。マイケルは上体を起こした。「なぜ笑ってる？」

「わかりません」医師は言った。「いままでもときどきなにかしゃべってはいましたが。笑うのはこれが初めてです」

「どんなことをしゃべるんだ？」

「だいたい似たようなことです。すぐに自分の耳で確認できますよ」

マイケルはベッドわきにしゃがみ、ジュリアンの額に手をあてた。「熱はないな」

「ええ」

「だったら、どういうことなの？」アビゲイルの声には母親らしい懸念が表われていた。

医師は両手を組み合わせ、首をかしげた。顎のたるんだ肉がぐるりと動いた。「こちらが教えていただきたいくらいです」

「というと？」

「上院議員はいまだ、息子さんの医療記録を見せてくださいません。それが治療するうえでの大きな障害になっています。正直、だんだん腹が立ってきています。知らなければならないことがまだあるのはたしかなんですから」

「普通の人とちがって、主人には警戒しなくてはならないことがいろいろとあるんです」

「医療記録は極秘扱いです。なにがあろうと、わたしは患者の信頼をそこねたりしませんよ。そう思われるだけで心外です」

「でも、まちがいはしょっちゅうあることだし」

「わたしにかぎってありえません」

アビゲイルは医師の怒りに青ざめたが、折れなかった。「息子の医療記録は封印されているんです」

「封印？」

「裁判所命令で」彼女は咳払いをした。「少年法とのからみとかだそうよ」

「おっしゃる意味がわかりませんが」

マイケルの見たところ、アビゲイルは板挟み状態になっていた。彼女の目はジュリアンから医師へと素早く動き、それからマイケルの顔にたどり着いた。なにを言い渋っているにせよ、深刻な問題なのはまちがいない。それは医師にもわかったようだ。「こう言い直しましょう」クローヴァーデイルはすっと近づき、声を落とした。「クロルプロマジンはご存じですか？　薬の名前ですが」彼は眉をあげて答えを待ったが、アビゲイルは口を半開きにし、立ちすくむだけだった。彼は残念そうにうなずいた。「ならばロクサピン、あるいはハロペリドールはどうです？　クロザピンは？」反応はなかった。「ジプラシドンやオランザピンは？」

アビゲイルは顔をそむけ、マイケルが口をひらいた。

「どれも抗精神病薬だ」

「そうです」

「なぜ、抗精神病薬の話など持ち出す？」

医師は、ふたたび笑いだしたジュリアンを指差した。

「よく、ごらんになってください」

全員が見つめていると、ジュリアンの目はしだいに大きく邪悪なものになり、突然、笑い声が洞窟のような口のなかで固まった。「おれたちには必要ない……」ジュリアンが甲高い声を出した。

「これを何度も言ってるんです」医師は言った。

「正確にはなんと言ってるんだ？」

ジュリアンが顎を上向け、まぶたをおろして半眼になると、顔全体に邪悪な笑みが浮かんだ。「おれたちにマイケルは必要ない」

ジュリアンの言葉に部屋じゅうの空気が吸いこまれ、怨毒《えんどく》の出現と同じく一気に弛緩が顔に広がった。彼は白目を剝いた。呼吸が深く、ゆっくりになった。医師はかぶりを振ると、マイケルのうろたえた目をのぞきこんだ。それから憂いを帯びた顔で口をひらいた。

「ジュリアンはおそらく統合失調症と思われます」

アビゲイルを見やると、きついひとことで砕けてしまいそうなほど顔をこわばらせ、床の一点をじっと見つめているばかりだ。「ジュリアンと話をさせてくれ」マイケルは言った。医師は問いかけるようにアビゲイルを見た。彼女が即答せずにいると、マイケルは語気を強めた。「ふたりだけで」

ドアがあいて閉まり、ほかの者は部屋を出ていった。マイケルはベッドわきにすわった。ジュリアンはと言えば、長年にわたって太陽を覆っていた黒い雲が、ようやく晴れたように感じていた。兄の手は力強く、目もとに皺が刻まれてはいるものの、ふたりがまだ幼く、それでもマイケルには地獄のような夜を乗り越えさせてくれる力があったあのころと同じ、一体感が伝わってきた。安堵の気持ちが一気に湧きあがり、ジュリアンは泣きそうになった。実際、泣いていたのかもしれない。というのも、マイケルがこういうのが聞こえたからだ。「もう大丈夫だ」

兄の片手が後頭部に触れた。

心から案ずるような目をしている。


「話してくれないか。いまはふたりだけだ。おまえとおれと。なにがあったにせよ、おれがなんとかする。ちゃんと始末をつけてやるよ」

ジュリアンは心底うれしかった。ずっとひとりで耐えてきた。ずっと兄を案じていた。案じると同時に会いたかった。マイケルが戻ってきたいま、言いたいことはありすぎた。たくさんの言葉が喉の奥で波のように積みあがった。ジュリアンは目を輝かせてうなずくと、口をひらいた。

「おれたちはおまえなんかいなくても平気だ」

**やめろ……**

ジュリアンの頭のなかで鋼鉄の扉がすさまじい音を立て、はるか遠くから高笑いする声が聞こえた。

あいつの声だ。

**やめろ！**

しかしマイケルはすでに立ちあがりかけていた。ジュリアンは呼びとめようとしたが、できなかった。沈下する島の岸辺に立ちつくす彼を闇が押しつぶし、その闇のなかで笑い声が音量を増した。

## 20

ライターがジミーの長い指の先でくるりとまわった。血色のいい手を背にまばゆく光る金属が、パチンとあいては閉じる。照りつける太陽の光線を受けながら、エレナは這って逃げようとした。

「おっと」

ジミーがその首を踏みつけ、顔を泥に押しつけた。泣くまいとするが、唇に貼りついた髪の毛がにおい、ガソリンの味が舌に伝わってくる。

ジミーは煙草に火をつけた。

「ジミー……」男の声が割りこんだ。

「なんだ？」

「ステヴァンが来る」

未舗装路をタイヤが進んでくる音と、エンジンの音がエレナの耳に届いた。ジミーは煙草を遠くに投げ捨てると、私道を見やって大きくため息をついた。「まったく、あいつらしいぜ」そう言って、ライターをポケットにおさめた。

その手がなにも持たずにポケットから出てきたのを見てエレナは大いに安堵し、車がゆっくりととまったときには、殴られた子どものように身体を丸め、身動きひとつしなかった。

「調子はどうだ、ジミー?」ドアが閉まった。足が車をまわってきたかと思うと、雪のように白いシャツにぱりっとしたスーツを着た魅力的な男が現われた。日焼けしたなめらかな顔を黒い髪が縁取っている。ネクタイはなく、笑顔もなかった。

ジミーは両のてのひらを見せるようにあげた。「すべて順調だ」

ステヴァンのまなざしがエレナに釘づけになり、好奇心が冷え冷えとした怒りに変化した。「まさか例の女じゃないだろうね?」

「べつに怒るようなことじゃねえだろ」

エレナはじっとしていようと下腹をつかんだが、目で命乞いをしているのが自分でもわかった。「お願い、わたしに火をつけるのをやめさせて」喉の奥からかすれた声を出した。

ジミーが靴で彼女をつついた。「むかつく女なんだよ、こいつは」

「なんでこの女がここにいる?」

ジミーは肩をすくめた。「こいつがどっかに行こうとしたんで、あとをつけたんだよ。なにか情報を引き出せるかと思ってね」

ステヴァンはもう一度彼女に目をやってから、不機嫌に言った。「だったら、なかに入れろ。さっぱりとさせてやれよ、まったく。おれたちはけだものじゃないんだぜ」

部下が次々と道をあけ、ステヴァンは家のなかに消えた。「やれ」ジミーの命令に、ふたりの男がエレナを起きあがらせた。彼女はさっきと同じ廊下を運ばれていったが、寝室のドアまで来たところでジミーの声が飛んだ。「そっちじゃない。風呂場だ」彼らは廊下の奥にある狭い浴室に身を狭めるようにして入った。クロゼットと大差ない広さだった。窓はない。鏡の上に小さなバルブが一個、突き出ている。「浴槽に入れろ」

男たちがエレナをそろそろとおろし、ジミーが手首と足首のテープを切った。血の味がして、彼女は舌を噛んでいたのに気がついた。血行がよくなり、両手が熱を帯びた。

「服を持ってこい」ジミーがひとりに命じた。

「服ってどんな?」

「知るか、そんなの。適当に持ってくればいい」

男がしわくちゃになった男ものの服を持って戻り、流しの上に積みあげた。ジミーはシャワーを出すと浴槽のわきにしゃがみ、ぶるぶる震えているエレナをじっと見つめた。「てめえを切り刻んで、火をつけて、殺してやったっていいんだぜ。ここにいる七人の手下は、てめえが壊れるまで犯すことなんか平気な連中だ。そうしないのは、おれがそういうふるまいを許さないってだけのことだ」彼は彼女の顔にかかった髪を払った。「わかったか?」

エレナは無言だった。

ジミーは立ちあがって見おろした。「なにか入り用なら、おれはすぐ外にいる。いいにおいのする石鹸だとか。きれいなバスローブだとか」

その声にはユーモアのかけらもなかった。彼はシャワーカーテンを閉じ、ドアを閉めた。一命を取りとめたエレナはひとり、シャワーのなかで凍えながら、血を吐き出し、赤い水が円を描いて排水口に流れていくのを見つめていた。身体を小さく丸め、強く息を吸い、正気をたもとうとした。容易なことではなかった。冷たいシャワーに打たれながら震えている、この怯えた女が自分とはとても思えない。さらに血を吐き出すと、バスローブの前を乱暴にあけ、下腹部にてのひらをあてながら、マイケルの身体の傷を、強くて万能な手を思い描いた。いままでとはちがって見えると同時に、いままでと変わらないようにも見える。彼のもとを去って初めて、彼が見つけに来てくれますようにと、目の前でジミーを殺してくれますようにと祈った。てのひらから広がるこの怒りは、これまで経験したことのない感情だった。母親ゆえのすさまじい怒りであり、無力感という冷たい奔流のなかで、それだけが唯一、真に希望の味をあたえてくれるものだった。

ステヴァンは浴室のドアを出たところに立っていた。背後にのびる廊下は無人で、建物そのものもとてつもなく空虚な感じを帯びていた。

「ほかの者には外で待機するよう言っておいた」ステヴァンは言った。「ふたりだけで話をしよう。連中が混乱しないようにな。おまえとおれの立場をはっきりさせないといけない」

「混乱するわけないだろうが、ステヴァン。もしもの場合は、おれがおまえをささえる。連中だってちゃんとわかってる」

「ならいい。というのも……」彼の声が途切れた。

「なにをにやにやしてる?」

「すまん」

「悪いと思うならやめろ」

「わかりました。ほら、このとおり」

ステヴァンは冷ややかに一瞥した。「親父が死ぬ前になんと言ったか知ってるか? どんな警告を発したか?」

ジミーはあやうく笑いそうになった。ステヴァンはいつものえらそうな声だったが、おやじさんが死んだいまとなっては、ほとんど意味をなさない。たしかにえらく頭の切れる男だが、臆病者なのは街の連中も知っている。すでに彼がいつまでもつか、誰が始末するかで賭けが始まっている。賢明な人間なら〝たいしてもたない〟に賭ける。本当に賢明な人間はジミーに賭ける。ステヴァンがいまも息をしている唯一の理由は、最後に数えたときには六千七百万ドルだった金の存在があるからだ。おやじさんが死んだ時点でそれだけの額の現金があるという噂だった。事業の利息でもなければ予測キャッシュフローでもなく、ちゃんとした現金だ。海外の十以上の口座に預けられている現金。口座番号とパスワードを知っているのはステヴァンだけだ。

そうでなければ、この男はとっくの昔に死んでいる。

ステヴァンは声を落とし、間合いをつめた。「親父に言われてたんだよ、あんたの寝込みを襲わないと大変なことになるってな。自分が生きてるうちにやってほしかったみたいだが」

ジミーは聞き捨てならなかった。「そうかい」

「あんたはまともじゃないと考えてたんだ」

「ばか言え。おれたちはたがいに尊敬し合ってたぞ」

「尊敬してたのはあんたの腕だよ。なんでもかんでもじゃない」

「黙れ、ステヴァン。おまえの親父とおれは二十五年も一緒に仕事してきた仲だ」

「だからって親父の言ったことが変わるわけじゃない。あんたは生まれつき精神が不安定だって話だったぞ。あんたの暴走を食いとめてたのは親父への恐れとマイケルへの恐れだったそうじゃないか」

「おれはマイケルなんざ屁とも思っちゃいない」

「親父が言ってたぜ。あんたは親父と一緒に劣化し、マイケルはいずれ組織を去ると。あんたはいずれ道を踏み外して、危険因子になるとな」

「おまえの親父は落ち目だった」ジミーは突然に湧き

あがった怒りを慎重に抑えた。「そうだろうが」

「いいか、ジミー。こんなことをわざわざ言うのは、親父はまちがってたと思うからだ。おれを信頼してもらいたいし、ふたりで組みたいからだ。わかるか？これをきっかけに、あんたと新規まき直しといきたいんだよ」

「いいだろう、ステヴァン。おれに異存はない」

「で、どういうつもりなんだ？」

「なんかまずいことでもあるのか？」ジミーは訊いた。

「おれたちはマイケルを殺すためにここにいるんだよな？」

「そうだ」

「機会をうかがい、親父にあんなことをした仕返ししてあいつを殺すために」

「殺す理由はほかにもあるぜ。傲慢で、独善的で――

――」

「あんたはあいつの女を拉致した。それをあいつが気づかないとでも思ってるのか？」

「やつの弟を襲うと言ったのはそっちじゃねえか」

「あれは餌だ。本気でやるわけじゃない。それをやつに知られちまったんだぞ！」

ジミーは手を振った。「大丈夫だって。そいつもこっちの武器になる」

「あんたは真っ向勝負を挑みたいようだが、おれはちがう。マイケルならものの三十秒でこの家に踏みこめる」

「おまえの家だ。おれのじゃない」

「なら四十秒だ。あんたはその矢面に立つ」

ジミーは目を細めた。「びびってんのはそっちのようだな」

「いまのを取り消せ」

「断る」

数秒が流れ、ステヴァンが先にまばたきをした。

「あんたじゃあいつに勝てないよ、ジミー」

「そうか？」

「ああ、そうだとも」

「ならどうして、やつを放っておかない？」ジミーは苦々しい気持ちを隠そうともしなかった。「かまわなきゃいいじゃねえか」

「あの野郎は無抵抗の親父を殺したんだ！」

ジミーは自分の目から表情が消えるのを感じた。ステヴァンがマイケルの死を望む理由は、おやじさんの死に方にはない。おやじさんの生き方が理由なのだ。おやじさんが実の息子よりもマイケルに愛情を注いでいたからだ。一目置いていたからだ。ステヴァンは臆病者で、マイケルはそうじゃないからだ。

それ以外の言い訳はすべて嘘だった。

「おれに考えがある」ステヴァンが言った。「すでに計画は動きだしている。おれから指示があるまでマイケルのことは気にかけなくていい。のんびり待っていろ」

「おれとしてはマイケルを気にかけたいね」

「感情を交えるな、ジミー。誰がナンバー・ワンかを決めるわけじゃない。やつを殺し、先に進むのが肝腎だ」

「気に入らねえな」

「もう段取りはすんでる」

「ずいぶんと手回しがいいじゃないか」

「あんたが必要になったら声をかける」

# 21

「記録が封印されている理由を教えてほしい」マイケルは感情を高ぶらせまいと努力したが、触れると熱く、自分そっくりの骨格にぴんと張った弟の肌の手ざわりがまだ残っていた。弟が感じている恐怖の正体に触れたのは、ノース・カロライナに来てこれが初めてだった。口先や想像上の恐怖ではなく、ナイフの刃のように鋭く、生々しいまでの恐怖だった。この十年で初めて、マイケルは冷静さを失いかけていた。

「さっきのジュリアンの言葉は本気じゃないわ」アビゲイルはひどく動揺していた。ふたりは一階下の無人の廊下に立っていた。「あの子にはあなたが必要だもの」

「話をそらさないでほしい。あんたはさっき医者が言ってた薬を知っていた。以前にもあの診断を聞いてるはずだ」彼女が否定しようと口をひらきかけたが、マイケルはかまわずつづけた。「裁判所は相当の理由なしに医療記録を封印したりしない」

「有力な上院議員から頼まれればするわ」

「実際にそうだったのか？」

「便宜。脅し。あらゆる手をつくした」

「ジュリアンがやったことを隠蔽するために」

「息子を守るためによ」

「ボートハウスがからんでるんだな？　いつのことだ？　十五年？　二十年？」

「ボートハウスのことはどこまで知ってるの？」

「あそこは放置され、すっかり朽ち果てている。駐車スペースは草ぼうぼうだし、通路は荒れ放題だ。デッキはぼろぼろで、ボートはほったらかし。敷地内のほかの場所はどこも完璧に手入れされているのに対し、ボートハウスだけはなんの手入れもせず、朽ちるにまかせている。いつからあんな状態なんだ？　十五年？二十年か？」

アビゲイルはためらってから答えた。「来月で十八年になるわ」

「あいつは誰を殺したんだ？」

彼女は顔をぱっとあげた。「なぜそういう話になるの？」

「あんたが自分で言ったじゃないか。あいつには人が殺せる、湖から死体があがると思ってると。だから話をごまかすのはやめよう。あいつは誰を殺したんだ？」

彼女は首を横に振った。「ここでは話せない」

「どこならいい？」

彼女は声をうわずらせた。「ここ以外ならどこでも」

けっきょくふたりはランドローバーに乗りこみ、マイケルが運転した。敷地内の道を適当に流した。

「あの子をうちに連れてきた五年後だったわ。十四歳のときよ」アビゲイルは無表情で前方に目をすえていた。「それまでほとんど友だちらしい友だちがいなかったけど――あなたの美しい傷ついた弟のことよ――初めてできた友だちが、クリスティーナ・カーペンターという若い娘だったの。ジュリアンよりも年上で、亡くなったときは十七で、とても小柄だった。若くてちっちゃくて、とてもかわいい娘だった。母親はうちの厩舎で働いていて、父親は街のどこかに勤めていた。一家はここから数マイルほど行ったところにある小さな家に住んでたわ。とてもいい人たちで、娘がジュリアンに興味を持ったの。もちろん、性的な意味でじゃないわよ。ふたりともまだ子どもで、彼女はいい娘さんだったというだけのこと。あくまで友だちだったの」彼女が目をしばたたいたのを見て、マイケルは過去を振り返っているのだなと思った。「ごくごく平凡な十代の友だち同士だった」

マイケルはわかるというようにうなずいたものの、実際には、平凡な十代の友人を持つことがどういうことか想像もできなかった。彼の少年時代は暴力と飢えと不信にまみれ、友人など皆無だった。その歳で彼は宿なしとなり、出会った少女と言ったら、十ドル札一枚と、口のあいた彼のリュックからのぞく果物の缶詰半分と引き替えに、やらせてあげると言ってきた娘だけだ。彼が断ると、娘は無理にほほえんでから空疎な笑い声をあげ、ほっとしたわと言った。本当はまだそういう経験がないけど、若い男ってみんな、してほしがるものと思ってたと言った。

**あそこを女の子にくわえさせて……**

彼女はその言葉をゆっくりと、うしろめたそうに言った。

**十ドルとその果物半分で、あそこをくわえてあげてもいいよ……**

マイケルは最初、なにも言わなかった。相手の言葉を真に受けていなかった。ストリートではよくある手だからだ。前方で注意をそらし、後方から攻撃するのが。だが、誰かがこっちをうかがっている様子はなかった。

誰ひとり、気にしていなかった。

彼女は水のペットボトルを持ち、肌は垢まみれ、着ている服は固くなって、いやなにおいがした。まだ若いのに、すでに短く粗末なロープの先っぽにぶらさがっている状態だった。だから、マイケルは好きにしゃべらせておいた。ペンシルヴェニアの田舎町から家出してきたのだと彼女は言ったが、町の名前を聞いてもぴんとこなかった。ニューヨークに出てきて一週間以上になるとのことだったが、正確な日数は自分でもわからないようだった。深夜バスを降りて歩きだしたものの、いまだにニューヨークのどのへんにいるのか見当がつかず、ハーレムなのかクイーンズなのかマンハッタンなのかもわかっていなかった。

**どれもニューヨークには変わりないよね？**

マイケルはあまりの無知さ加減にあきれてものも言えなかった。しかし、寒いなか、ひとりぼっちで空腹を抱えていた彼女に果物を少しわけてやり、食べ終えても震えながらちらちらと缶詰を盗み見る様子に、さらに少しわけてやった。食べるときの様子はいまも覚えている。ちろちろと動く小さなピンク色の舌、顎についた透明なシロップ、それをぬぐったときに現われたもとの肌の色。食べ終えると彼女は一度洟をすすりあげ、この汚れを全部落とせば、あたしだって本当はかわいいんだよと言った。どこかで身体を洗いさえすれば、服か靴か帽子のモデルの仕事がもらえるかもしれないと。そのためにニューヨークに来たんだよ。だって、田舎の男たちから、お人形さんみたいにきれいだってさんざん言われたんだもの。

**ひとりの男なんか、あたしを花みたいだって言ってくれたよ。まっピンクのバラみたいにきれいだって。**

マイケルはそうは思わないとは言わなかった。彼女が汚い指でもつれた髪をすいたときにも言わなかった。残りの果物をやり、もしよければ、しばらくおれのところに寝泊まりしていいと申し出た。だが、娘は断った。モデルの仕事にありつくために、身ぎれいにする場所だけあればいいと言って。「若いうちから始めなきゃいけないんだ」顔にシロップが飛んでできた甘い罠にアオバエがたかった。彼女のほうが年上には見えなかったが、男とそういう経験がないというのも信じがたかった。経験豊富なのは見てわかる——腹を立てているのや怯えているのがわかるのと同じように——から、彼女をまっピンクのバラのようにきれいだと言った男は下心があったにちがいないと推測した。だが、普通なら人生のひとこまですむが、ここストリートではわけがちがう。だから、友だちのよしみで、ミッドタウンに行くようすすめた。そこなら観光客や警官や世界中の富が集まっていて安全だからと。だが、彼女はそこまでたどり着けなかった。四ブロック行ったところで殺された——ナイフで刺され、段ボール箱に放置されて失血死したのだ。事件は一日だけ話題になったが、それきりだった。しかし、マイケルは彼女の名前を覚えている。ジェシカといったが、〝ジェス〟と呼んでほしいと言っていた。灰色の冷たい街に咲いたピンクのバラ。

　生まれて初めて、マイケルは心からの嫉妬を覚えた。友だち、あるいはそれ以外の平凡なものが持てるのは、どれほどすばらしいことかと。母親がいるのはどれほどすばらしいことかと。

「ジュリアンはどういういきさつで彼女を殺したんだ?」

　マイケルは後悔の念も、たら、れば、の話もすべて追いやった。丘のてっぺんに車をとめ、黒光りする水面と、ダークスーツ姿の刑事たちをながめた。

　三艘めのボートが湖に出ていた。ダイバーの姿も見える。

「ふたりはあの湖に出ていたの」アビゲイルが言った。「それも頻繁に。ボートを漕いだり、魚釣りをしたり、泳いだり。ときどきジュリアンが本を持っていって、ボートに揺られながら彼女に読み聞かせていたこともあったわ。きれいな女の子とボートに乗るときにはそうするものと思いこんでたようね。だけどあの子が読むのは詩だとか若い恋を描いた散文とかじゃなく、SF小説や冒険小説、それにコミックだったのよ。穏やかな湖の上できれいな女の子に本を読んであげることの意味を、ちゃんとわかってなかったのね。たぶん、一度映画で見て、男はそうするものと思ったんでしょう」アビゲイルは言葉を切った。坂をおりきったところでは、軽くひらいた膝のようにそびえる緑の土手のあいだで湖水がきらめいている。「目撃者はひとりもいなかった。ふたりは土曜の午前中に出かけたわ。同じ日の午後、ずぶ濡れで両手を血まみれにしたジュリアンが通路わきを歩いているのが発見された」

「女の子のほうは？」

「翌日、クリスティーナの死体が見つかった。湖で溺死したの。顔に打撲の痕があり、片方の手首に痣ができていた。警察は怪我をしたジュリアンの手が、彼女の顔についた打撲痕に一致すると考えたようだけど、説得力のある動機がひとつもないし、あの子が少女を襲う理由もなかったわ」

「あいつがそんなことをするはずがない」

「女の子に危害をくわえること？」

「友だちに危害をくわえることだ」

「警察はそうは思わなかった。最初からジュリアンが殺したと決めつけていた。迫ったら拒否されたと考えたの。あの子なら怒りにまかせて彼女を殺してもおかしくないと」

「ジュリアンは否定したのか？」

「生まれたばかりの赤ん坊みたいに呆然としてたわ。なにがあったかまったく覚えてなかったし、自分がどこにいたのか、なぜ道ばたを歩いていたのかもわからなかったの。とにかく、湖からクリスティーナの死体が引きあげられるのを見て泣いたことだけはたしかよ。彼女をとても慕ってたんだもの」

言いよどんだ彼女をマイケルはうながした。「それで？」

「疑問点がいくつも提示され、それが意味するのはほかの可能性はありえないというものだった。打撲の痕とジュリアンの記憶喪失、彼女の爪の下から検出された皮膚。ふたりのつき合い。ジュリアンは生きてる彼女を見た最後の人間だったの」

「誰がそう言ってるんだ？」

「たとえば、警察とか」

「起訴はされたのか？」

「されたけど、裁判にはいたらなかった」

「便宜と脅しで？」

「代替の処置がおこなわれたと言っておくわ」

「具体的には？」

「死んだ少女の家族に二千万ドルが支払われたの。さらに、被害者の名を冠した慈善事業の設立に五百万ドルが注ぎこまれた」

「金で彼女の両親に手を引かせたわけか」

「ジュリアンを守るために必要なことをしたまでよ」

「上院議員を守るためでもある」

「必要なことをしたの。それだけよ」

彼女は腹を立てていて、弁解がましかったが、マイケルはそれも仕方あるまいと思った。「統合失調症の診断の件はどうなんだ？」

「起訴が取りさげられる前におこなわれたわ。捜査の一環としてね。まず、警察の精神科医が診察し、つづいて裁判所命令による評価がおこなわれた。判事は記録を封印することに同意した」

「だが、治療はおこなわれたんだろう？」

「投薬。セラピー。けっきょく、あの子が自分でやめたの。薬を飲むと弱くなると言って。あの子は人から弱いと思われるのをいやがるのよ。アイアン・マウンテン時代の名残だと前から思ってるわ。心の奥深くにできた傷だと」ふたりはしばらく黙っていた。やがて雲が太陽を覆い隠し、アビゲイルは口をひらいた。

「ねえ、さっきからずっと待ってるのよ」

「おれだって待ってる。話してもらってないことがまだたくさんある」

「お願いよ、マイケル。どうしても知りたいの」

「令状の中身を話してもらえないか」

それは質問ではなかった。ふたりはダイバーがうしろ向きで小型モーターボートから離れていくのを見ていた。その顔を太陽が明るく照らしたかと思うと、次の瞬間にはいなくなっていた。「どうしても本当のことを聞きたいの」彼女は言った。

「おれを信頼できるか？」

「ええ」

マイケルはエンジンをかけた。「よそへ行こう」彼はランドローバーをＵターンさせて坂を下りはじめた。警察の姿が見えなくなるまで待ってから、アビゲイル・ヴェインがどうしても聞きたいという話を打ち明けた。「おたくの湖で死体が見つかる」

「嘘でしょ」

傾斜がきつくなったので、マイケルは低速ギアに入れ替えた。アビゲイルも心の準備はしていただろうが、表情からそれはうかがえなかった。血の気をなくし、がっくりしていた。

「なぜうちの湖に死体があるのを知ってるの？」

「おれが沈めたからだ」彼女が口を覆ったのを見てマイケルは言った。「こんな話に耐えられるのか？」

「ええ。ごめんなさい。先をつづけて」

ボートハウスでなにを見つけたか、そもそもなぜそこに行ったのかをマイケルが説明するあいだ、アビゲイルはじっと黙って聞いていた。彼はジュリアンから打ち明けられたことを説明してから、死んだ男の名前を告げ、ロニー・セインツをよく知っていると話した。話は数分ですんだ。

「ロニー・セインツですって？」彼女は顔をそむけた。

「そんな、まさか」

マイケルは彼女の顔をうかがった。ショックで呆然としている。「知ってる名前なのか？」

「ちょっと待ってて」彼女は何度か深呼吸をしてからうなずき、目を伏せた。「ジュリアンが知ってる人ね」

マイケルもうなずいた。「知っていたし、恐れていたし、憎んでもいた」

「セインツは、あの子をいじめていた連中のひとりだったわね」彼女はまだサイドウィンドウのほうを向いたまま言ったが、答えを求めたわけではなかった。

「痛めつけていたんだ」マイケルは言った。「はっきり言ったほうがいい」

**痛めつけていた……**

その言葉が彼女の口から漏れると、マイケルは思わずハンドルを握る手に力をこめた。「ロニー・セインツはヘネシーの次にいやな野郎だった。でかくて腕っぷしが強くサディストで、ジョージア北部の山から出てきた不良だった。あいつはジュリアンの人差し指を三度折った。同じ指を。治るたびに。一度など、身を守ろうとしたジュリアンの耳をひどくちぎったものだから、切れたところを縫わなきゃならなかったほどだ」

「まわりに大人はいなかったの？」

「数が少なすぎたし、薄情な連中ばかりだった。死にさえしなきゃ、ほったらかしさ。一種の閉鎖社会だったんだ」

「でも、ジュリアン自身が訴えれば――」

「アイアン・ハウスで告げ口は許されない」

アビゲイルはようやくマイケルのほうを向くと、背筋をぴんとのばした。「彼が死んでくれてよかった」

マイケルも同じ気持ちだった。しかし、アビゲイルが見落としている問題がいろいろとある。「ジュリアンとロニー・セインツはアイアン・ハウスで一年間一緒だった。警察はいずれその事実を突きとめるだろう。連中はそこに動機があると見るだろうし、十八年前に少女が死んだ一件もある。それだけあれば、警察が全力でジュリアンを追いつめるに充分だ」

「でもクリスティーナが死んだのはずいぶん昔よ。当時ジュリアンはほんの子どもだったのだし」

「おまわりほど執念深いやつらはいない。連中はすでにジュリアンの線で考えてる。絶対に」

アビゲイルは鼻梁をつまんだ。タイヤがざくざくと砂利を踏みしいていく。車のなかは暑かった。「話を前に戻すけど、そもそもなぜ警察は死体があるのを知ってるの？　誰が通報したのかしら？」

「おれが沈めるところを見たやつだろう」

「でもあなたは拘束されてないじゃないの」

「思ってたよりも暗かったせいかもしれない。とにかくなにか理由があるんだろう」

アビゲイルは動揺がおさまらない様子でうなだれた。

「ジュリアンが殺したと思う？」

「だとしたら、理由があってのことだ」

「それで状況が変わるとでも？」

「どんな場合でも理由で状況は変わる」

彼女はマイケルの顔をじっと見すえた。「人を殺したことはあるの、マイケル？　ヘネシーとかいう少年はべつにして」

彼女の声は怯えていた。それだけの言葉を絞り出すのがどれほど大変だったか、表情を見なくてもよくわかる。彼女にはマイケルの正体の見当がついている。それも普通の人間なら拒否反応を示すたぐいの見当だ。すでにマイケルは、いつもなら見せない自分をさらけ出してきたが、それもふたりには共通するものが、血のつながりにも等しい絆があるからだった。つまり、いまの問いかけを無視するか、マイケルは決断しなくてはならない。これまでずっとつき通してきた嘘で答えるか。きょうの彼は第三の道を選んだ。「何人も殺した」

「ちゃんとした理由があってのこと？」

「そういうのもある」彼は肩をすくめた。「なかにはたいした理由じゃないものも」

「でも、がまんできないほどの理由じゃないんでしょう？」

「そうだ」

彼女はウィンドウの外を見つめながら、消え入りそうな声でつぶやいた。「けっこうだこと」

ふたりを乗せた車は湖の南端をまわり、林のなかの道をゲストハウスのほうに引き返した。マイケルが車をとめるずっと手前から、ドアが大きくあいているのが見えた。

マイケルは近くまで行かずにエンジンを切った。

「恋人が戻ったんじゃない？」

マイケルはすぐには答えなかった。あけっぱなしのドアと窓をうかがい、それから自分たちの周囲の林と、家の両脇の木立を調べた。あれほどしっかりしたエレナが動揺したのはそれ相応の理由があってのことだ。ボートハウスであれを見られた以上、こんなすぐに戻ってくるはずがない。「車がない」

「でもドアがあいてるわ」

「彼女はそういうことはしない」

「風の仕業かしら」

「ちがう」

窓に目をこらすと、なかでちらりと動くものがあった。「人の気配だ」彼は言った。

アビゲイルはゲストハウスに視線を戻した。マイケルがすわったままもぞもぞしていると思ったら、いつの間にか銃を手にしていた。どこから出してきたのか見当もつかなかった。さっきまでなにも持っていなかったのに、一瞬にして銃が現われた。理由があってのことという彼の言葉を思い出し、ニューヨークの路上に倒れたいくつもの死体を思い浮かべた。血と死を思い、四十年にわたるオットー・ケイトリンの暴力による支配を思った。

「ここを動かないで」マイケルは言った。

彼は車を降りると、銃を脚のわきで低く持ち、芝生と土の一画を進んでいった。ステップの最下段に足がかかった。戸口からなかをのぞいたところ、影と光が見えるだけでほかにはなんの気配もなかった。振り返ると、アビゲイルが車を降り、あけたドアに手をかけて立っている。そのとき、奥のほうでなにかが動く音がした。そろそろとポーチにあがると足もとから振動が伝わった。

アビゲイルが隣に立っていた。

なかからは、木を叩くような、鈍い音がゴンゴンと二度聞こえた。

「右の奥だ」マイケルは思いきってなかをのぞいてから、うしろに隠れていろと指示するように五本の指を広げた。彼女がうなずくのを確認すると、親指で撃鉄を起こし、するりとなかに入った。身体が暗がりにすっぽりのみこまれた。二フィート進んだところで奥の寝室から声が聞こえた。

「ちくしょう……」

うしろでアビゲイルが身をこわばらせた。一本の廊下が家の奥へとつづき、突端が寝室ふた部屋になっている。キッチンを調べていると、ガラスの割れる音が小さな家全体に響いた。音の出所がどこにせよ、大量のガラスが割れたのはたしかだ。廊下を半分まで進んだところでなにが起こっているのか、どういうことなのかぴんときた。突きあたりを曲がって寝室に飛びこむと、入れちがいに人影が窓から飛びおりて見えなくなった。

あわてて駆け寄り、侵入者の正体を突きとめようとしたが、森が裏のすぐそばまで迫っているせいで、木の葉のなかに消えた人物の肌と動きがちらりと見えただけだった。

マイケルはすぐさま追いかけた。つま先で着地し、走りだした。苔とシダになかば隠れていた木のスツールをどかそうと手をのばした。おそらく、追いかけている相手が窓に投げつけたものだろう。相手は逃げ足が速く、木の合間を猛スピードで抜け、周囲の森が深くなってもあいかわらずはるか前方を走っている。遠くのほうからアビゲイルの呼ぶ声が聞こえた。マイケルはかまわず突き進み、さらにスピードをあげた。前方に森が広がる地点まで来てようやく、相手の姿がはっきりとらえられるほど距離が縮まった。

女だった。短いカットオフジーンズから長い脚がのびている。腰回りは細く、スポーツ選手のような体格だ。褐色に焼けた肌の下で小さな筋肉が収縮し、その動きは永遠に走っていられるかのようにしなやかだった。マイケルは必死で追いあげた。その変化を感じ取ったのか、女は右にそれた。しばらくマイケルは彼女を見失ったが、どれほど無駄のない動きをしようと、どれほど身軽だろうと、物音ひとつ立てずに走るのは不可能だ。彼は音に聞き耳を立てながら追いかけた。木立がひらけてちょっとした林間地に出たところで追いつき、片足をのばして引っかけた。女は足をもつれさせ、そのまま倒れこんだ。

「動くな」彼は言った。

しかし女は四つん這いになり、すぐにも駆けだしそうだった。マイケルは女の背中に手を置いて押さえると、銃の安全装置をオンにしてベルトに突っこんだ。

「話がしたいだけだ」女は激しく抵抗した。「落ち着け」

「離せ！」

女は起きあがろうとしたが、マイケルは肩甲骨を前腕で押さえつけた。

「離せって言ってるだろ、このくそったれ！」女が強く押し返す。「この野郎！　離せってば！」

「いいから落ち着け。べつに危害をくわえようってわけじゃない」

その言葉が嘘でない証拠に少し力をゆるめると、腕の下の身体からも力が抜けたのがわかった。見ると女は裸足で、肌は虫さされの痕だらけで汚かった。着ているものはぼろぼろの短パンに、かつては白かったがいまは灰色に変色したタンクトップのみ。薄汚れたブロンドの髪には小枝がこれでもかとからまっている。しかも、あんな捕まえ方をしてまずかったと思うほど幼かった。

まだほんの子どもだった。

「悪かった、本当に。まさかこんな……」マイケルは呆然として、自分の髪に手をやった。「怪我しなかったか？」

「もういい？」

娘の声は身体同様、軽くて少女らしかった。

「ああ、もちろんだ」マイケルは腕をどけたが、必要以上に乱暴にされた泥だらけの小柄な少女は、ぐったりしたまま動かなかった。

マイケルが顔を近づけると、娘はすばやく仰向けになり、右の腰の下から片手をさっと振りあげた。銀色のものが閃くのが見えた。娘はそそくさと這い出した。鋭い痛みが走ったかと思うと、マイケルの胸に真っ赤な筋が一本ついていた。さわると、てのひらに血がついた。娘は五フィート離れたところに剃刀を持ってうずくまっていた。「さわんないでよ。あたしがいいと言わないかぎり」

マイケルは立ちあがりかけて、彼女の顔に目をとめた。大きく見ひらいた怯えた目に、サクランボ色の唇からのぞく真っ白な歯。体重はせいぜい九十ポンド、愛らしい顔と凶器になりそうなほど獰猛な青い目、しなやかな手足の少女だった。だが、マイケルが戦意を失ったのはそれが理由ではなかった。それよりもっと深く、なじみのあるものだった。マイケルはうしろの地面に手をついてもたれ、少女が剃刀をたたんでぴったりしたポケットに押しこむのを見ていた。

「次は」彼女は言った。「その男前な顔を切るからね」

そう言うと地面に唾を吐いて駆けだした。青い目を一度だけ輝かせ、夏の地面のような茶色い素足で。

# 22

恥辱と自己嫌悪、それに腹立たしさ。マイケルはいまその三つ全部を同時に感じていた。「小娘だった。十八か、せいぜい十九というところだ」

「じっとしてて」マイケルはランドローバーのボンネットにすわり、血で汚れたシャツが地面に落ちていた。アビゲイルは彼の膝のあいだに立ち、かたわらのボンネットにひらいた救急箱が置いてあった。「痛くするわよ」

傷は浅いが長く、右の六番めの肋骨から心臓のすぐ下までを斜めに十インチほど切っていた。アビゲイルは傷をアルコールで消毒してからガーゼをあてがい、しばらく押さえているようにとマイケルに言うと、自分は一ダースほどのバタフライ形絆創膏をパックから出した。

「どんな子だった？」

「美人だったが薄汚れていた」彼は目を閉じて娘の姿を思い描いた。「背丈は五フィート二インチというところで、体重はせいぜい九十ポンドだろう。髪はぼさぼさで肩につくくらい、ブロンドみたいな色だった。顎は細くて目が大きかった」

「色は青？」

「宝石みたいな色だ」マイケルはガーゼをめくると傷痕に顔をしかめ、ガーゼを戻した。「船乗りみたいな口をしてた」

「その先をあててみせるわ」アビゲイルは手もとから目を離さずに言った。「裸同然の恰好で、発情期の猫みたいに獰猛だったでしょ」

「まるで知ってるみたいな口ぶりだな」

「ヴィクトリーン・ゴートロー。母親のほうなら知ってる」

「その彼女がここでなにをしてたんだ？」アビゲイルが顔をあげて口をすぼめた。マイケルは言った。「ジュリアンか？」

彼女は肩をすくめた。「あくまで推測だけど、そう考えてまちがいないでしょうね」

「なぜゲストハウスに入りこんだりしたんだろう？」

「たしか家出したはずよ。きっとジュリアンを探してたんだわ。がまんしてね。それを取って」

彼は絆創膏を渡した。傷口を押さえ、ガーゼを取り去ると、さらに強く押さえた。

「なにかわけがあって家出したのか？」マイケルは尋ねた。

「あの家の事情をあれこれ推測する気はないけど、彼女は幼いころに何度か福祉事務所に保護されてたわ──七歳のころに一度、それに十二か十三になってからは何度か」

「理由は？」

「虐待と育児放棄が何度となく繰り返されたから。医者にかかった記録はないし、ほとんど字が読めない。ろくに学校も行ってないし、行けば行ったでしょっちゅう喧嘩ばかりで、乱暴で手に負えないの。同級生に噛みついたこともあって、何人かはひどい傷を負ったわ。裁判にもなったけど、郡のおばか連中は親権を取りあげる勇気がなかったの。たぶん、母親を恐れていたんでしょう」アビゲイルはガーゼをめくって傷の具合をたしかめ、さらに強く押した。「あの娘はチャンスにめぐまれなかったの」

「で、あんたは彼女がジュリアンとつき合ってると思ってる」

「あの娘を見たでしょう？　ジュリアンなんかひとたまりもないわ」

「たしかに美人なのは認める。だが、どうやって知り合ったんだ？」

「森を散歩してたときとか。そんなこと、わたしにわかるはずないでしょ」

出血がとまると、彼女は傷口をぴったりと合わせ、右から左へバタフライ形絆創膏でとめていった。そのあと傷に新しいガーゼをのせ、動かないようテープでとめた。「必要なら縫ってもいいけど、これでくっつくと思う。みっともない傷痕が残るでしょうけど、身体のほかの部分だって似たようなものなんだから、かまわないわよね」彼女は血のついたシャツと絆創膏を拾いあげた。「なかに入りましょう」

マイケルは新しいシャツをはおり、ふたりで部屋のなかを調べてまわった。窓が一枚割れているのをのぞけば、荒らされた形跡はなかった。マイケルは一カ所の窓枠を調べ、つづいてべつのをためした。「はめ殺しになってる」

「それが窓ガラスを割った理由よ」アビゲイルはガラス片が飛び散ったあとの残骸に触れた。「でも、そもそもなぜ彼女はここに来たのかしら。なにか理由があるはずだわ」

ふたつめの戸口をくぐったときに、理由が判明した。「アビゲイル」マイケルは奥の寝室から呼びかけた。彼女が入っていくと、彼はクロゼットの入口に立っていた。「これを見てくれ」彼が指差し、彼女はそばに駆け寄った。クロゼットはほぼ空で、ハンガー掛けと数個の針金ハンガーがあるだけだったが、天井の隅にはねあげ戸があるのが見えた。そのまわりだけ、白いペンキが指紋と垢で汚れていた。

「このゲストハウスには天井裏があるの。だからここになにかあるとは思えないけど」彼女はあたりを見まわした。「上に乗るものがほしいわね」

「スツールのある場所はわかる」

外のシダの茂みからスツールを回収し、クロゼットのなかに置いた。「ここについてるのは足跡か？」マイケルはこすったような泥汚れがついたスツールを指差した。

「そうかもね」

「とにかく、調べてみる」

「あなたが先に行って」

マイケルは言った。「まさか懐中電灯なんか持ってないよな？」

「あいにくと」

「そう都合よくはいかないか」彼はスツールの上に立った。スツールは少し揺れたものの、重みに耐えた。はねあげ戸は奥に折れる形でひらいた。「梯子がある。ちょっとさがって」マイケルは扉を全開にし、梯子をおろしながらスツールをおりた。梯子は蝶番でひらき、先端を床につけるとほぼ垂直になった。「こっちのほうがいい」

彼は得体の知れない黒い空間に向かって、ゆっくりのぼっていった。頭が天井裏に出ると、数秒かけて目を慣らした。ひさしにあけた通気口からそこそこ光が入ってくるので、高さはないものの床板が敷いてあるのがわかる。天井は傾斜して手がつきそうなほど低く、なかの空気は乾燥していたが熱かった。

「なにか見える？」

「ろうそくがある」数フィート先に太い円筒型のろうそくがあり、受け皿に溶けた臘がたまっていた。「ちょっと待っててくれ」そばにあったマッチを擦ると、炎がぱっとあがり、静かに燃えだした。それでろうそくに火をつけ、床の上で光がゆらめくのに見入った。受け皿を持ち、高くかかげた。

「なにが見える？」

マイケルはさらに高くろうそくをかかげた。「あんたもあがってきたほうがよさそうだ」

「なんなの？」

「ちょっと待って。いま場所をあける」

その五芒星は幅八フィートで、木炭か燃えた棒の先で床に描いたように見えた。うまく描けているが、黒くて線が細く、ところどころ色が濃くなっている。それを囲むように十本ほどのろうそくが瓶に入れたり、床に直接立ててあった。五芒星はまわりを大きな円で囲まれ、中央には枕が一個と乱れてごわごわの毛布が置いてあった。

さらに何本かのろうそくに火をつけたので、ゆらめく光が届く範囲は広くなった。円の外にはゴムサンダル、水差し、カットオフ・ジーンズが並んでいた。たらい、歯ブラシ、小さなチューブ入りのリップクリームもある。「ここに寝泊まりしてたんだな」マイケルは足先で毛布に触れた。「いつからかはわからないが」

「だとしても……」アビゲイルは周囲をそろそろとまわった。「いったいこれはなんなの？」

「妙な図形だ。五芒星かな。よくは知らないが」

「このあたりには、あの娘の母親を魔女と呼ぶ人が大勢いるわ」

「魔女？」

「あの一家にはいろいろとあるのよ。話せば長くなるわ」アビゲイルはろうそくを一本手にし、天井裏の隅に向かった。腰をかがめなくてはならなかったが、たいした距離ではなかった。垂木が斜めにおりてきている暗がりをのぞきこむと、身体の向きを変えて全体をながめた。「こんなところでなにをしてたのかしら？」

「見当もつかない」マイケルはいま一度、毛布を足でつついた。腰をかがめ、アルミホイルの包み紙の丸まった切れ端を拾いあげた。端をつまんで広げてみる。

「コンドームだ」

「なるほどね」

彼は最後にもう一度、毛布を足でつつき、身をこわばらせた。「こんなものもあった」

アビゲイルがそばに寄ると、マイケルは立ちあがった。彼のてのひらにリボルバーが一挺、仰々しくのっていた。ブルースチールのボディは銃身にさびが浮き、引き金にはつやがあった。「コルトの三五七だ」シリンダーを振り出して弾を確認する。「一発発射されてる」

ふたりは外のポーチに立ち、遠くの湖に浮かぶボートを見おろした。マイケルは手すりに両手を広げ、長いことじっと見つめていた。ふたりの頭のなかでは、同じおぞましい考えが渦巻いていた。「大きな湖だ」彼はぽつりと言った。

「結婚直後に造らせたの」当時を思い出したのか、アビゲイルの表情がやわらいだ。「主人の思いつきよ。敷地の真ん中に大きな宝石を作ろうって。あらたな一歩と永遠の象徴になるはずだった。ふたりで歩む人生の始まりの意味をこめたものに」

綱が繰り出された。またひとり、ダイバーが潜った。

「どうせならもっと大きくしてくれればよかったのに」マイケルは言った。

「きっと見つかってしまうわよね？」

「水深はあるのか？」

アビゲイルはわびしそうな表情になった。「充分な水深があるとは言えないわ」

## 23

ヴィクトリーンは動物のように穴に逃げこんだ。その洞穴は何年も前に見つけたものだった。かなり昔からあるものらしく、入口の石はつるつるになるほど摩耗し、いちばん奥には小型哺乳動物の骨が散乱している。おそらくピューマの巣だったのだろう。かつて、州のこのへんにはピューマが棲息していたが、少なくとも百年は前のことだ。もっと昔かもしれない。だから、ここにある骨は古い。

洞穴も古い。

見つけたのは子どもの時分で、言うことを聞かなかったか、なにかをさぼったかした罰として母親に靴を取りあげられ、裸足で探検していたときのことだった。母はヴィクトリーンに対してはいつもそうだった——口が悪くて残忍で、嫌がらせとしか思えないお仕置きをする。彼女のほうも慣れっこになっていた。しかし、人生はもっと楽しいものだとジュリアンが教えてくれた。それを証明してくれた。

腹這いになって洞穴にもぐりこんだ。なかは天井が高く、花崗岩にできたひびから光が漏れてくる。ひびは火をたいたときの換気口になるが、雨の入口にもなる。そうでなければここに寝泊まりするところだ。だが、ここで寝るのはよくない。一度、一週間ほどためしたが——初めて家出したときだった——肺炎にかかってあやうく死にかけた。おまえを育ててやった善良なる女にひどい仕打ちをするから天罰が下ったのだと母に言われたが、湿気と寒さときのこの胞子が原因なのはわかっている。これで彼女は教訓を得た。夜に暖かくしてくれるものもあれば、冷たくするものもあると。

ヴィクトリーンは暖まりたいと思ったが、母の家に戻るのはごめんだった。絶対に。切りつけてやった男の顔が頭に浮かんだ。ジュリアンの兄にちがいない。顔は見分けがつかないほどそっくりだったが、ほかは似ても似つかなかった。あの男は彼女に切られてもなお追いかけようとした。しかし、目にぱっと浮かんだ決意はまたたく間に消え去った。あの男が追いかけるのをやめた理由はなにか、いまだに見当もつかない。足が速くて腕っぷしも強そうだったし、傷もさして深くはないはずだ。彼女はさんざん頭をひねったあげく、考えるのをやめた。

洞穴の奥まで行って、古ぼけた毛布と使いかけのろうそく数本が入っている古い木箱を引っぱり出した。寝床の準備をし、ろうそくに火をつけた。その光で、ずっと昔に岩に彫りつけた魔除けが照らしだされた。彼女の母親は魔女を自称しており、この十九年間で、その主張を否定する根拠はひとつも見つかっていない。あの女は底意地が悪く、男を支配する力に長けている。魔女かどうかはさておき、母に対しては用心深い行動をこころがけている。いろいろないきさつがあり、いろいろな確執があるからだ。

洞穴のなかでゆったりと寝そべった。毛布の下の砂地を自分の身体の形にへこませながら、明日になったらなにが変わるだろうかと考えていた。とりあえずいまは暖かいが、もっと暖かくなろう。それを実行に移した。闇と、古いネコ科の動物の巣に散らばる骨に囲まれながら。ほしいものと、ジュリアン・ヴェインを思い浮かべた。彼女の人生のあるべき姿について彼から言われたことを思い返し、自分には神にあたえられた恵みがあり、天からおりてきた肉体と芸術家の目、それに悪魔が持つ大きな赤い三つ又の真ん中の歯のように鋭い頭があると自分に言い聞かせた。

計画はあるが、金はない。ひとりだけいた友だちはいなくなった。

## いったいどこにいるの、ジュリアン？

### 24

「ゴートローの女は男の扱いが上手なのよ」アビゲイルは運転しながら言った。土の道と深い森しか見えないなか、車は敷地の奥に向かって進んでいた。「彼女たちの身のこなし、見せる表情、放つ香り。言葉じゃうまく説明できない。理解するには自分の目で見てもらうしかないわ」彼女はかぶりを振った。「すべてがわざとらしいの」

「なんだか含むところがあるような言い方だな」

アビゲイルは手の甲で頬をぬぐった。「カラヴェル・ゴートローはうちの主人と関係してたのよ。ずいぶん昔のことだけど、しばらくつづいたわ。主人は狩りに行くと言って出かけては、手ぶらで帰ってきたものよ。結婚していくらもたたないころだった。本人は一時の気の迷いだと言ったけど、けっきょく、その後も同じことを繰り返してる」

こともなげな口調だったが、マイケルはそこに心の痛みを感じ取り、無理もないと思った。人を信じるのは危険をともなう。「彼女のことを教えてくれ」

アビゲイルはざっと周囲を身振りで示した。木々を、森全体を。「ゴートロー家は一八三〇年代後半にフランスから渡ってきたの。母親と成年の息子ふたり、それに十三歳にもなってない娘ひとりの四人で。最初はポンチャートレイン湖のほとりに落ち着いたものの、八年後にルイジアナを追われ、放浪のあげくにカロライナの沿岸部までやって来ると、川をのぼって内陸のチャタム郡にたどり着いたの。その時点で娘は二十一になっていて、兄のどちらかの子どもを身ごもっていた。どっちの子かは誰にもわからなかったらしいわ。一家は奴隷商人やこそ泥で生計を立てていた。インディアンにお酒を売ったり、買える人なら誰彼かまわず銃を売りつけもしていたそうよ」

「節操のない連中だ」

「チャンスと見れば盗みをはたらき、お金になるなら人も殺した。女性陣はもっとすごかったらしいわ――母親だけじゃなく娘も、その娘と彼女を妊娠させたどちらかの兄とのあいだに生まれたふたごの娘まで。全員が娼婦で、神霊治療師兼まじない師だった。自分で梅毒をうつしておきながら、翌日には治療すると言って三ドルを請求するなんてこともあったらしいわ。郡内の人口が増えるにつれて一家は孤立し、凶悪化していった。南北戦争中は、温かい食べ物と乾いたベッドを提供すると言って脱走兵を引っぱりこんでは、喉を切り裂いて身ぐるみをはいだと言われてる」アビゲイルはマイケルを横目でうかがった。「この町に住むひとりの老人がいまも言い張ってるわ。子どもの時分に忍びこんだら、彼らの土地に建つ小屋に百挺以上のマスケット銃が積んであったと」

マイケルは想像力が豊富ではないが、黒土の細い道を車で走っていると、その光景が目に浮かんだ。かくまわれて食事をあたえられた飢えた男、夕暮れとひそめた足音、流れ落ちる汗と火明かり。娘のひとりが動物の皮の寝床の上で男の尻に乗っかる。娘は泥で汚れ、素っ裸だ。その娘が見ている前で、母が背後から男の顔を上向かせ、喉もとにナイフを突き刺す。

「話によっては細部が若干異なるけど」アビゲイルが言った。「大筋で事実なのはたしかよ。この土地に住み着いて一世紀半、あの一家はヘビのように狡猾で、暴力と自尊心と強欲を餌にして非情に育った悪党だわ」アビゲイルは不快な表情を浮かべた。「ヴィクトリーンは美人だったでしょ?」

「この世のものとは思えないほどに」

「母親も昔はそうだった。美人で粗野で乱暴。わたしなら彼女とセックスするなんてクーガーとセックスするようなものだと思うけど、男のなかにはそういう手合いが好きなのがいるのよ」

「あんたはこの母娘と密接に関わりすぎてる。おれひとりで行くほうがよさそうだ」

「あの娘はジュリアンと深い仲なのよ。わたしも行くわ」

「あんたは自分の感情を交えすぎてる」

「あの母親は悪魔よ。娘だっていずれ悪魔に変わるわ」

マイケルは切られた瞬間を、驚きと後悔がより複雑な感情に変わったあとの数秒間を頭のなかで再生した。娘は残忍で俊敏で、いつでも戦える状態だったが、怯えてもいて、それをおもてに出すまいとしていた。ナイフのあるなしに関係なく、その気になれば倒せたが、娘の顔を、細めた目と決意を見たとたん、自身のつらかった日々がまざまざとよみがえったのだった。「そんなふうには見えなかった」彼はようやく言った。

「じゃあ、どう見えたの？」

「生還者に見えた」

アビゲイルは彼の答えを頭のなかで反芻した。「生還者。人殺し。あばずれ」車が下りはじめ、彼女はギアを落とし、底を流れる川にランドローバーを突っこませた。「あの一家はもっと早く焼き殺しておくべきだったのよ」

カラヴェル・ゴートローが所有する土地に入ったとたん、マイケルはその変化を肌で感じ取った。地面のあちこちから花崗岩の一部が突き出て平坦さが失われ、広葉樹が姿を消してマツの木が見られるようになった。マツ葉が地面に毛布のように積もっていた。森が暗さを増した。

「あの女にさわられないよう用心してね」

「どうして？」

「とにかく気をつけて」アビゲイルは一瞬たりとも道から目をそらさなかった。やがてアクセルを踏む足をゆるめて言った。「着いたわ」

車がゆっくりとまると、木々が両脇にわかれ、まっさらな土の地面と青い空が目の前に広がった。古い家が見え、家畜小屋とぶち毛の家畜が見えた。それから警察の車が目に入った。陰になった奥の一画にとまる黒っぽいその車はなんの変哲もないものだったが、疑いの余地はない。「警察が来てる」マイケルは言った。

「たしかなの？」

マイケルは敷地全体に目をやったが、人の姿は見えなかった。「なかにいるんだろう」

「引き返しましょう」マイケルの事情をおもんぱかってアビゲイルは言ったが、キーに手をのばしかけたとき、玄関のドアがあいて、男がうしろ向きでポーチに現われ、カラヴェル・ゴートローがあとにつづいた。

「ひとこと声をかけたほうがいい」マイケルは言った。

「本気で言ってるの？」彼女は不安そうに訊いた。

「このまま帰ったら不審をまねくだけだ」彼はランドローバーを降り、カラヴェル・ゴートローをつぶさにながめた。娘より背が高いが、名状しがたい泥くささをそなえている。袖なしのシャツを着て、白髪交じりの黒髪の下から奥まった目がのぞいている。肩幅はあるがいかつくはなく、強そうな手をしていた。まぶたをゆっくりと伏せる仕種といい、泥くささや余裕綽々《しゃくしゃく》の自信といい、どこか人を惹きつける磁力のようなものがある。

「アビゲイル・ヴェイン！」警官が口をひらくより先にゴートローはわざとらしい笑みをうっすらと浮かべて言った。「もうひとりの息子を連れてきたのかい？」彼女がポーチをおりると、全員が彼女のあとを追い、四人は庭の真ん中に集まった。五フィートの距離で見ると肌は皺をのばしたようで、がさがさしているというよりも垢じみた感じだった。さらに一歩近づくと、髪は思っていたよりもつやがあった。彼女はマイケルを見て言った。「こいつの話は聞いてるよ」

「誰から？」アビゲイルは訊いた。「娘から？」ゴートローが高笑いしたので、アビゲイルは相手にするのをやめた。「マイケル、こちらはジェイコブセン刑事」と落ち着きはらって言った。「ジェイコブセン刑事とは以前から顔見知りなの」

「もっとも、ここしばらく話をしてませんがね」刑事は六十まであと数年といったところで、赤ら顔で痩せていた。彼の言葉には敵意とあからさまな不信感が見え隠れしていた。「ところで、ジュリアンは元気にしてますか？」

「いろいろあったのよ」アビゲイルはマイケルに説明した。「何年も昔に」

ぴりぴりとした緊張がただようなか、ジェイコブセンはマイケルを上から下までとっくりとながめた。「びっくりするほどよく似てる」彼はアビゲイルに言った。「もうひとり息子さんがいたとは知らなかった」

「息子はひとりだけだ」マイケルは言った。「おれはジュリアンの兄だが、彼女の息子じゃない」

「ジュリアンは養子に迎えられ――」

「おれは迎えられなかった」

刑事はうなずいた。「あなたがたはここでなにを？」彼はふたりを見つめた。「あなたとミズ・ゴートローは昔から嫌い合っているとお見受けしたが」

「この人の娘と話がしたいだけよ。個人的な用件で」

「話、話、話、そればっかだ……」ゴートローはニワトリのようなけたたましい声で言い、アビゲイルが顔を赤くすると、高笑いした。

「湖の捜索でなにか見つかったのか？」マイケルは訊いた。

「いまのところはまだ」ジェイコブセンの目はマイケルの顔に据えられていた。冷静にして実務的。分析するようなまなざしだった。「ダイバーが捜索中だ。一帯を念入りに調べている。それ以上のことはわたしの口からは言えない」彼はそこで口を閉じ、マイケルをじろじろとながめた。「本当に弟そっくりだ。最近、彼には会ったのか？」彼はアビゲイルのほうを向いた。「息子さんはいまこっちに？」

「時間の無駄です」アビゲイルは言った。「ジュリアンが人に危害をくわえたことは一度もありません。これからもありません」

「そうはおっしゃるが、こうしてわれわれが話しているあいだにも、ご主人は自宅に六人もの弁護士を集めている。ジュリアンから話を聞こうにも会わせてもらえない。前に経験したのとそっくり同じだ」

「息子について訊きたいことがあるなら、当家の弁護士を通してちょうだい。わたしたちはこの人と話をしにきたの」アビゲイルはゴートローを指差した。「個人的な問題で。さあ、もう話が終わったのなら……」

「終わった？　まだ話はこれからですよ」

「なにがこれからなの？　得体の知れない情報提供者

の話を鵜呑みにした、無意味な捜索のこと？」

「まあ、いろいろと」

そのままにらみ合いに突入しそうないきおいだったが、刑事の無線が甲高い音を発した。「十九号。こちら本部」

ジェイコブセンは日陰に入った。「本部、こちら十九号。どうぞ」無線の音量を絞り、声が小さくなって雑音程度になるまで遠ざかった。戻ってきた彼は気合いの入った顔をしていた。「話のつづきはまたのちほど」

車に行きかけた彼をマイケルは呼びとめた。「なにがあった？」

ジェイコブセンはその質問には答えなかった。ドアをあけ、閉めた。エンジンを始動させ、土の地面にタイヤの跡を残しながら急旋回すると、轟くような音を残して去っていった。

「行こう」マイケルはアビゲイルの肩に触れた。「引きあげる」

「どうして？」

「いいからトラックに乗ってくれ」

ふたりはランドローバーがあるほうを向いたが、カラヴェル・ゴートローはまだ言い足りないらしかった。

「あたしの大事な娘を返しな」

「その話ならもう言ったでしょ――」

「あんたの言い分はわかってるさ。あんたが嘘つきだってのと同じくらい、よおく」

「主人のことはなんでもわかってるでしょうけど、だからってわたしのことを知ってるつもりにならないで」

ゴートローは唇をゆがめた。「ひと目見りゃなんでもわかるんだよ、あたしは」彼女はアビゲイルの正面にまわりこんで、首をかしげた。「金持ちと結婚したからって特別の存在になるわけじゃないんだよ」

「どいて、カラヴェル」

ゴートローは手を差し出した。アビゲイルが身をすくめたのを見て、彼女は冷酷な笑い声をあげた。「おたがい、それはよくわかってるはずだ」彼女が動き、アビゲイルはふたたび身をよじった。「なんてざまだ。びびりあがって、顔が真っ青だよ」

「アビゲイル？」

「大丈夫よ、マイケル」

「なら、もう行こう」

「そうとも、さっさとケツまくって逃げるんだね。今後いっさい、招かれもしないのに訪ねてくるんじゃないよ」

マイケルはアビゲイルをトラックに乗せてドアを閉めた。ゴートローを見やると、相手は顎をそらした。

「さっさと行きな、大男」

「知らない相手の扱いはもうちょっと慎重にしたほうがいいと思うぞ」

「平気だね。その女のことならいやになるほど知ってるから」

「おれのことは知らないだろう？」

彼は指を銃の形にして引き金を引くまねをし、車を出した。呆然としたアビゲイルを隣に乗せて。何分もたってから、彼女はようやく口をひらいた。「ごめんなさい」彼女は助手席に浅く腰かけ、顔にいくらか色が戻っていた。「怖かったわ」

「どこが？」

「言ってもわかってもらえない」

マイケルはランドローバーが跳ねあがるのもものともせずに、でこぼこ道を乱暴に進んだ。

「なにをそんなにあせってるの？」アビゲイルは訊いた。

「急いで戻らないといけない」

「なぜ？」

「死体が見つかった」

「どうしてわかるの？」

「ぴんときたんだ」

二十分後、車は森を抜け、アビゲイルの指示で湖を見おろせる場所に向かった。低い尾根が傾斜し、片側が切り立った崖となっている場所にとまった。車を降りると、ふたりが立っている場所には一本の木も生えていなかった。なにもかもが見わたせた。湖、警官の姿、鏡面のような湖水に浮かぶボートの一団。ボートは――全部で四艘あった――同じところに集まり、湖岸にいる全警官が食い入るように見つめている。すでにふたりのダイバーが潜っていた。見ていると、あらたにもうひとりがボートのへりを越えた。

「なにをしてるのかしら？」

アビゲイルは断崖のきわへと歩を進めた。一歩まちがえれば転げ落ちてしまいかねない。マイケルは湖の作業に目をこらした。いちばん大きなボートのわきから、警官たちがメッシュのカゴをおろしているところだった。カゴは長身の男の背丈ほどもあり、四隅から一本ずつロープがのびていた。

両側にダイバーがひとりずつついて、そろそろと水のなかに入れた。マイケルに答えるつもりがないとわかり、アビゲイルがふたたび口をひらいた。

「あれで死体を引きあげるの？」

「おそらく」カゴが沈み、三人のダイバーも一緒に沈んだ。「ただし問題がひとつある」

「どんな問題？」

「あそこはおれがロニー・セインツを沈めた場所じゃない」

# 25

マイケルとアビゲイルのふたりはカゴが引きあげられるのを待っていた。湖底から立ちのぼったあぶくが水面に顔を出したが、カゴはまだ水のなかだった。

「いまのはどういう意味？」アビゲイルはマイケルが納得のいく答えを言うものと期待して、顔をのぞきこんだ。

「おれがロニーを沈めたのはあっちだ」彼は顎で示した。「少なくとも三百ヤードは離れてる」

「湖の水は流れてないから、死体の位置が変わるはずはない」

「誰かが動かさないかぎり」

アビゲイルはかぶりを振った。「それはありえないでしょうね」

マイケルも同感だった。「おれが沈めた時点ですでに陽はのぼっていた。誰かが死体を動かしたとしたら、その人物は真っ昼間にやったことになる」

「つまり、どういうこと？」

「考えられるのはふたつ。連中がまちがってるか」ふたりは警官とボートに目を向けた。「あるいは、あの湖にはもう一体べつの死体が沈んでいるか」

アビゲイルは胸の前で腕を組んだ。青い顔で両方の肩をまわしてほぐした。「いやな予感がする」

マイケルは腕時計と、太陽の傾き方から時間を読んだ。「出かけよう」

「出かけるって？」

「死体があがったら、ここは封鎖される。単なる捜索が本格的な殺人事件の捜査に変わる。聞き取りや尋問がおこなわれるだろう。敷地全体が犯行現場と見なされる可能性もある。ジェイコブセンは石頭で、すぐかっとなるタイプだ。警察の許可なしに出入りできなくなると思う」

「でも主人の力で——」

「あんたの亭主が上院議員で、おまけに前回のこともあるから警察はよけいに厳しく調べる。それだけじゃない。連邦の捜査機関がくわわってくる可能性もある。それにマスコミも。連中がこの事件を伏せておくはずがない」湖で男たちがロープを引っぱりはじめた。ボートに囲まれ湖水が揺れはじめ、マイケルはアビゲイルの腕をつかんだ。「行こう」

「どこへ?」

「引きあげが始まった。もうあまり時間がない」

「見ていたいの」彼がそっと腕を引くと、彼女もかたくなに引っぱり返し、彼の手を振りほどいた。「見ておかなきゃいけないの」

彼は一分待った。彼女は崖まで数フィートのところで揺れながら立っていた。湖では男たちがボートのへりから身を乗り出していた。騒然としはじめる。ここからだとほとんど聞こえないが大声が飛び交っている。ひとりのダイバーが湖面に顔を出し、もうひとりもつづいた。ふたりのあいだ、水面のすぐ下にカゴがぶらさがっている。棺桶のような大きさと形をした銀色のものが、ちらりと見えた。

「ここからじゃ遠すぎる」マイケルは言った。「細かいところまではわからない」

「もう、だめ」最後の数インチが持ちあがってカゴが姿を現わした。なかは空ではなかった。「ああ、やっぱり」

たちまち警官たちががなりだし、カゴをたぐり寄せはじめた。

「行こう」マイケルは彼女をランドローバーに乗せてエンジンをかけた。ギアを乱暴にローに入れたせいで、変速機がきしるような音をあげた。「あの死体が湖岸に移されるまでに出発しなければ」

「出発って、どこへ行くの？」

「アッシュヴィルはここから五時間の距離だ」

「アッシュヴィル？」

「答えを知りたい。あの死体は誰なのか。なぜここにあるのか、ロニー・セインツとどう関係しているのか。なぜ死んだのか。死因はなにか。あの死体を沈めたのは誰なのか。知りたいことは山のようにあるが、どれもなんらかの形でロニーとつながっているような気がする。だから、まずはあいつの家から調べたい」

「ロニー・セインツがアッシュヴィルに住んでるのをなぜ知っているの？」

「運転免許証があった」

「でもそこでなにがわかるの？　彼はもう死んだのよ。どうにもならないわ」

マイケルはかぶりを振った。「いやな予感がするんだ」

「ジュリアンがこれをやったと言いたいの？」


彼女は湖全体を示し、マイケルはうまい答えをひねり出そうとした。たしかにジュリアンは人を殺せる。幼い少年のときにヘネシーを殺しているのだから、ロニー・セインツの命を奪ったのは彼だと考えても飛躍のしすぎとは言えない。すでにアイアン・ハウスの少年をひとり殺しているのだから、もうひとり殺したところでおかしくはない。だが、どうにも釈然としないのだ。ジュリアンのことならよくわかっている。いくら心を病んでいるとはいえ、そしてボートハウスに死体があるのを知っていたとはいえ、どうしても納得がいかないのだ。「ロニーを殺しただけならまだわかる。あいつがひょっこり現われたせいで昔の感情がよみがえって口論になり、収拾がつかなくなる。そういうシナリオなら理解できる。だがもうひとつの死体については……」

「あの子がやったとは思えない？」

「念が入りすぎてるんだ、第二の死体は。湖に隠すなんて。ジュリアンならその場に置いて逃げるはずだ」

「なぜそう断言できるのか教えて」

マイケルはどこまで話していいものか迷った。戦うよりも逃げろ、生まれたときからそう叩きこまれてきたこと？　生まれつき臆病なたちであること？　ヘネシー殺しは例外中の例外であること？　今度の事件はまったく彼らしくないこと？　「あいつが書いた本を読んだことは？」

「もちろんあるわ」

「あいつの本のなかではいろいろとひどいことが起こる」

彼女は喉に手をやった。「おぞましいことばかりね」

「登場人物はもがき、苦しむ」

「悪と暴力と子どもたち」彼女は沈痛な表情になった。「挿絵までおどろおどろしいわ」

「だが、描かれているのはそれだけじゃない。だろう？　あいつが描いてるのは、傷ついた人たちが自分を傷つけたものを乗り越えて前に進んでいく話だ。光と希望と犠牲の物語であり、愛と信念とより大きな善をなすための戦いの物語なんだ。つらく恐ろしい物語だが、登場人物は暴力から逃げ出す扉を見つける。彼らは抗いながら進んでいく」マイケルは悩んだ末につけくわえた。「ジュリアンの本には、あいつが選んだ人生が描かれている」

「無力感といじめ？」

「そうじゃない」

「もろさ？」

彼女自身のもろさがにじみ出たのを見て、マイケルは理解した。ジュリアンはなにかにつけて苦しんだろうし、それを目にしなくてはならなかったアビゲイルもさぞつらかったことだろう。だが、マイケルが弟のライフワークに見たものはちがった。「あいつの本はハッピーエンドじゃない。これっぽちも。登場人物は地獄をくぐり抜け、最後は半死半生の状態になるが、あいつの創り出す人間はすぐれた資質を持っている。ささやかな強さと選び取る能力、恐怖と嫌悪感と自己不信にもめげずに行動する力」ギアを入れ替えたせいで車体が揺れた。「登場人物は葛藤し傷つくが、それがあいつの魔法なんだ。そこが肝腎なところなんだ」

「魔法?」

「ジュリアンが闇を描くのは、伝えたい希望があまりに淡すぎて、まわりをすべて黒くしないと見えないからだ。あんたも読んだろう? 邪悪なキャラクターと陰惨な行為、苦痛ともがきと裏切り。だが光はつねに存在している。登場人物のなかに、結末に。あいつの本はわかりにくく、そのせいで多くの学校や親からは燃やせだの禁止しろと言われている。そういう輩は無神論とは神の存在を否定するものと考えるが、あいつが書いてることとは全然ちがう。神は小さなもの、最後にちらりとよぎる希望に、世界が灰になったときのささやかな思いやりに宿っているんだ。ジュリアンは荒廃した世界の汚物から美をこそげ取り、子どもにはわかる形で表現している。上っ面を見せるんじゃなく、醜さと恐ろしさの下にもしっかりした道があるから、そっちを選んで生きることもできると説いている。ジュリアンの本を読むと、おれはいつも心が安らぎ、あいつも自力でそういう道を見つけたにちがいないと確信できた」

「あの子は幸せではないし、怯えているわよ」

「たぶん、人によってはその道が長いんだろう。あいつはまだ歩いてる途中なんだ」

「だから、あの男たちを殺したのかもしれないのね」

マイケルはハンドルをぎゅっと握った。「確信できるまでは、そんなことは信じない。それが事実だったら、なかったことにする方法を考える」

「なかったことにする?」

マイケルは平然としていた。「おれが始末をつける」

「ヘネシーのときのように？」

「どういう意味だ？」

右に目をやると、真剣さが彼女の顔の造作のひとつひとつを重々しいものにしていた。「ジュリアンを引き取った最初のころは、寝るときにそばについていたの」彼女はわざとらしく弱々しい笑みを浮かべた。「いまもよく寝言を言うわ」

「いったいなにが言いたいんだ、アビゲイル？」

「愛と犠牲と暴力から逃げる扉の話を持ち出したのはそっちよ。あなたもわたしと同じことを言ってるんじゃないの」

「ジュリアンがヘネシーを殺したとでも？」

「たとえそうでも全然かまわない。だけど答えはイエスよ。そうじゃないかと疑ってる。それより、あの子の本をああいうふうにとらえてくれてうれしかったわ。わたしも同じように思ってた」

「本当に？」

「あなたの弟は天才よ。と同時に、わたしが知るなかでもっとも感受性に富んだ、思慮深い人間だわ。そこで左に曲がって」

車は分かれ道に来ていた。右に行けば屋敷、左に行くとY字形に分岐している。マイケルはなんと言えばいいかわからなかったが、アビゲイルは反応を待っていたわけではなかったようだ。「仕切りのどっち側にも小さい門があるわ」彼女の声はあいかわらずうつろだった。「警備員はいない。操作パネルがあるだけ」

「近いのはどっちだ？」

「左よ」

マイケルは右に折れた。

「なにをする気？」彼女は訊いた。

「ジュリアンも連れていく」

「連れていったところでどうせしゃべってなんかくれないわよ」

「だろうな。だが、そんなことはどうでもいい」

「だったらどうして？」

「あいつを警察から遠ざけたいだけだ」前方に家が、まばらになった木立ごしに灰色の石壁が見えた。「自白されたらまずい」

アビゲイルは目を閉じたが、自室で生ける屍となっているジュリアンの姿がまぶたに浮かんだ。細長い金網カゴに入った死体が見えた。カゴが水面に近づくにつれ、黒い水が緑に変化し、やがて緑が薄まって透明になった。眼窩に眼球はなく、傷だらけだった。肉は魚に食いちぎられ、唇もところどころなくなって、きれいな白い歯が見えていた。あいた口のなかで動くものがあった。

「いや……」か細い声が漏れた。

「大丈夫か？」

彼女はこめかみを揉んだ。「頭痛よ」

マイケルはなにも言わなかった。必死に車を駆った。屋敷の前まで来ると、アビゲイルの指示で裏にまわった。そこには車が十二台入るガレージがあった。石造りで横に長く天井は低い。木の扉が光っている。アビゲイルは端近くの区画を指差し、彼が車をとめるとふたりそろって降りた。

「ついてきて」

彼女は通用口に消え、マイケルもあとを追った。なかに入ると、スチールとつやありペンキが目につき、鍵をぶらさげたフックがずらりと並んでいた。アビゲイルはてきぱきと行動した。彼女が選んだ車は並はずれて美しいものだった。メルセデス・ベンツにはくわしくないが、あのメーカーでもっとも高価な車種にちがいない。

アビゲイルはそのキーをマイケルに渡した。「ランドローバーでハイウェイを走るのはきついわ」

「ジュリアンをここから出すにはどうするのがいちばんいい？」

「ジュリアンは同行しない。わたしも」

「さっき理由を説明したじゃないか」

「わが家で起こった問題から逃げるわけにはいかないの。わたしは上院議員を信頼してる。いろいろ欠点のある人だけど、やらなければいけないことはちゃんとやってくれる」

「ジュリアンの状態はもっとひどくなる」

「あの子は、愛する人たちとともに自宅にいるほうがいい。あなたと一緒に州内を走りまわれるほど強くないのよ」

「信頼の問題ならば――」

「あなたの気持ちは疑ってないわ。でも、ジュリアンをちゃんと守ってくれるかどうかまでは確信が持てない」

「なら、あんたも一緒に来ればいい」

「わたしは息子とここに残る」

マイケルは腕時計に目を落とした。時が刻々と過ぎていく。「警察の連中は死体があがったとたん、においを教えられた犬と化す。とくに新聞の一面を飾るような事件の場合はその傾向が強く、今度の事件が一面に出るのはまちがいない。警察は……」マイケルは自分の言葉に重みを持たせようと言葉を切った。「やつらの鼻が嗅ぎつけるのはジュリアンのにおいだけだ。わかるだろう？　前回は取り逃がした。だから今度は満を持してやってくる。昼めしがわりにジュリアンを食っちまうつもりで」

「ジュリアンは治療を受けている。それでいくらか時間稼ぎができると弁護士の先生が言ってるわ」

「弁護士にできるのはせいぜいそれくらいだ。ロニー・セインツがここを訪れた理由を、なんとしても突きとめる必要がある。もうひとりの死体が誰なのかも突きとめなくてはいけない。あのふたりを殺したのがジュリアンでないなら、犯人を探し出さないといけない。逆にあいつの仕業だったら、助ける方法を考えなきゃいけない。いずれにしても、情報がなくては動きようがないんだ。アッシュヴィルは五時間で行ける。そこをとっかかりにするんだ、アビゲイル。いまのところ手がかりはそれしかない」

「いいから、その車を使って」

「警察の取り調べを受けたらジュリアンは壊れてしまう。わかってるのか？　あいつの精神状態では、身柄を拘束されての取り調べに対処できるはずがない」

「ごめんなさい、マイケル。わたしはジュリアンのそばについていてやりたいし、ジュリアンはこの家から出ないほうがいいの。本人もそのほうが安心できるはずだし。だから、あなただけで行ってきて」アビゲイルがボタンを押すと、ガレージの扉があがりだした。舗装した通路が見え、つづいて木々とわずかな空が見えた。マイケルが先に警察の動きに気づいた。

「まずい」彼はドアに駆け寄った。湖からの道を、何台もの車が回転灯を点滅させながら近づいてくる。


まだ四分の一マイルほど離れているが、距離はどんどん迫っている。アビゲイルの携帯電話が鳴った。

「ジェサップからだわ」彼女は言うと、平然とした表情を崩さず、警察の車をにらんだまま電話に出た。

「もしもし、ジェサップ」そこで言葉を切って聞き入った。「ええ、知ってる。こっちに来るのが見えるわ」またも沈黙。「ううん、いまはガレージにいる。ええ、マイケルも一緒よ。湖でなにか見つかったみたいね」

彼女は長々と耳を傾けてから、送話口を覆ってマイケルにささやいた。「死体が岸に運ばれたとき、ジェサップも現場にいたんですって。彼によると死体は数週間は水中にあったらしいわ。男性で、ほとんど骨しか残ってないそうよ。セメントブロックの重しがついていた。身元がわかるものはなにもないみたい」

一台めのパトロールカーが母屋の正面をまわりこんで消えた。

「警察は玄関にまわったわ」アビゲイルは電話に向かって言った。「いまからそっちに向かうわ」彼女はしばらく耳を傾けていたが、やがて言った。「いやよ、わたしもそっちに行く」

今度はフォールズの声がマイケルの耳にも届いた。静まり返ったガレージのなかにブリキのように響いた。

〝いい考えとは思えない〟

「でも、どうしても立ち会いたいの。どうしても……」

〝これには関わらないほうがいい。賢明とは思えない。わかってるはずだ。上院議員も弁護士もいるんです。この件に関しては感情を腹におさめ、プロの手にゆだねるべきでしょう〟

「でもジュリアンが……」

彼女は言いかけた。フォールズの声は小さくなって単調な低い音と化し、アビゲイルは相手の話を聞きながら、しだいに身を硬くしていった。やがて彼女は言った。「わかったわ。そうね。あなたの言うとおりよ。ええ。よければわたしも――」

彼女は暗い顔で電話をおろした。「連行されたわ」

「やっぱり」

「彼はわたしがまいってしまうと心配してるの。精神面でね」

「まいってしまうのか？」

「いつもならそんなことはないけど、ジュリアンのこととなるとべつ。かばおうとして、つい過剰反応してしまう。そんな姿を見せてもジュリアンのためにならないのに」

「なら、おれと来るんだ」

アビゲイルは一瞬、呆然とし、さだまらない目をマイケルの顔から車、そして屋敷へと移動させた。「本気でジュリアンの仕業でないと思ってるの？」

「ロニーが死んだのはジュリアンが神経衰弱になったのと同時期なので、あいつがからんでいることは考えられる。しかし、さっきの話によれば、第二の死体は白骨化していた。つまり、数週間か、それ以上が経過してることになる。一週間前のジュリアンの様子はどうだった？」

「元気だったわ」

「二週間前は？」

「同じよ」

マイケルはかぶりを振った。「あいつの仕業じゃない。もっと情報が必要だ」

「だけど、なにもアッシュヴィルまで……？」

「エレナはいなくなった。ジュリアンとは意思の疎通ができない。おれに残されてるのは弟で、その弟がおれを必要としてる」アビゲイルが母屋に目をやるとマイケルが言った。「ここにいたってあいつの助けにはならない」

「さっと行って戻ってくるだけ？」

彼はうなずいた。

「わかった」彼女は言った。「わたしも行く」

ふたりは車に乗った。道は静かでなめらかだった。アビゲイルはほとんど口をひらかなかった。そこで曲がって、ずっとまっすぐなどと指示するだけだった。外壁まで来ると、アーチ形の門が同じくらい静かにあき、マイケルはアクセルを踏みこみ、ずっしりした車はまばらな車の流れに滑りこんだ。町のはずれをまわりこむようにして西に進んだ。広い野原は姿を消して分譲地に取って代わり、ショッピングセンターが沿道に現われた。交通量がぐんと増えた。

「幹線道路を北に進んで」アビゲイルは小声で言った。「数マイルほどで州間高速道路四〇号線に出るわ。それで行けば山までは一本よ」

「わかった」

「ジュリアンを連れてきたときに使った道なの」

彼女は押し殺した声を出した。マイケルが顔を向けると、ふたりの視線がからみ合い、このうえなく明快な考えがふたりのあいだにただよった。アイアン・ハウスはアッシュヴィルから遠くない。おそらく一時間ほどの距離。一生分の距離。

五十分後、マイケルはぐんと加速して州間高速道路に乗り入れた。メルセデスは速度計に表示されるより先に時速百十マイルに達した。アクセルをゆるめ、制限速度を九マイルオーバーする程度にまで落とした。そこでオートクルーズ・モードにした。

着信をチェックしていると、アビゲイルが気づいた。

「彼女からの電話はなし？」

「ええ」彼は電話をポケットにしまった。

「喧嘩でもしたの？」

「そんなところだ」

「きれいな娘さんね」

「おれの人生そのものだ」

「結婚はしてるの？」

「まだしてない」アスファルトが車の下に吸いこまれていく。「彼女は妊娠してる」

アビゲイルが顔を振り向けたので、マイケルはありきたりであたりさわりのない〝おめでとう〟という言葉をかけられるものとばかり思った。

しかしそうではなかった。

「統合失調症の患者にきょうだいがいる場合、そのきょうだいも統合失調症になることがあると聞いたわ。知ってた？」

「いいえ」

「家族には同じ血が流れる傾向にあるの。きょうだいとか子どもとか」

彼女はエレナのおなかの子の話をしているのだった。マイケルは身を硬くした。

「お医者さんに診てもらったことはある？」

「いいや」

「これまでになにか――」

「おれは統合失調症じゃない」

彼女は起伏する大地をながめながら、かぶりを振った。「大変な病気よ」

「暴れたりするのか？」

「人によって症状はさまざまね」

「ジュリアンはどうなんだ？」

「記憶喪失。幻覚。思考の混乱。だからいまもわたしたちと住んでいるの。あそこなら安全だから。ストレスを受ける可能性が少ないし、妄想にとらわれる可能性も少ないわ」

「どんな妄想を抱くんだ？」

「声が聞こえるんですって」彼女は顎をこわばらせた。

「薬でなんとかおさまってるけど」

「どんな感じか、本人から聞いたことはあるのか？」

「ずいぶんと昔に一度だけ。声がすると苦しいけど、励まされもするそうよ。支えてくれるし、自分がちっぽけに思えるときには大きくしてくれると言っていた。その晩、あの子は酔っぱらって、まともにものが考えられる状態じゃなかった。聞いているだけで不憫だったけど、本人もわかってたようよ。わたしに打ち明けたことをずっと後悔しているみたい。ときどきわたしをじっと見てることがあって、そういうときは必ず心配そうな顔をしているもの。一度など、ぼくを好きじゃなくなったのなんて訊いてきたわ」

マイケルの脳裡にトイレの床で死んだヘネシーがよみがえった。首に刺さったナイフと、赤く縁取られた黒いタイルの床が見えた。ジュリアンはスイッチが切れたように呆然としていた。「統合失調症にお決まりの症状は出てるのか？」

「どういうこと？」

「よく映画に出てくるじゃないか。多重人格者というのが」

「あれはめったにないケースだし、脚色のしすぎよ。

ハリウッドのああいう大げさな描き方は有害無益でしかないわ。この病気はもっと複雑でね。無限とも思えるほどの段階があるの。ジュリアンはたしかに頭が混乱しているけど、そこまで症状は悪化してないわ」

「たしかなのか?」

「この病気のことなら知りつくしてるもの」

　アッシュヴィルまであと一時間のところで上院議員から電話が入った。アビゲイルはいくつか質問し、あとはじっと耳を傾けていた。電話を切ると彼女は言った。「門のところにマスコミが押しかけてるんですって。じきに国じゅうに知られるわ」

　マイケルは驚かなかった。「ほかにはなにか?」

「いまのところジュリアンは大丈夫だそうよ。上位裁判所の判事が、ジュリアンの事情聴取は専門医の証言を聞いてからおこなうこと、という一時的な差し止め命令を出したの。これで一日か、たぶん二日は稼げる。クローヴァーデイル先生が抗精神病薬を処方してくださった」

「話はそれだけか?」

「湖の捜索はまだつづいているそうよ」

　アッシュヴィルはノース・カロライナ州西部を通るブルーリッジ山脈に抱かれ、コウモリの洞窟《バット・ケイヴ》や黒い《ブラック・》山《マウンテン》や古い要塞《オールド・フォート》といった地名に囲まれた美しい町だ。芸術活動が盛んで、音楽と美術と金にめぐまれる一方、貧困層も存在し、その大半はノース・カロライナ、ジョージア、テネシーと全方向にのびている深い山脈に集中している。市境を越えるとアビゲイルがそう説明した。「アイアン・マウンテンは西にさらに四十マイル、山脈の奥深くにそびえ、標高は三千フィート以上。車で一時間程度の距離だけど、まったくちがう国と思ったほうがいいわ」

「州のなかでも貧しい地域なのか?」

「このあたりでは州の境界線はさして意味がないのよ。テネシー州のロスト・クリーク。ジョージア州のスネイク・ネイション。ブラックストラップ・パス。ヘルズ・ホロウ。全部山の名前よ。それぞれに由来があるの」

「一度も戻らなかったんだろう？」

「アイアン・マウンテンに？」アビゲイルはかぶりを振った。「そんな気はなかったし、そうする理由もなかったもの。ジュリアンは救い出せたし、あなたは行方不明」道が下り坂になり、眼下にアッシュヴィルの街が広がった。「それ以来、このあたりはどこか近寄りがたい気がして」

ロニー・セインツの自宅は、険しい山々のふもとに広がる渓谷とアッシュヴィルの境界線がせめぎ合うあたりに建っていた。道路は狭くて黒く、くねくねと曲がっていた。小さな家々の刈りこんだ芝生には子どものおもちゃが転がっている。ドライブウェイにはピックアップ・トラックがとまり、アメリカ国旗が短いポールではためいている。小川の流れは速く、ドクニンジンが百フィートほどにまで育っていた。

「まさかこんなところとは思ってなかった」アビゲイルが言った。

「ロニー・セインツはあんたの息子にとってもっともおぞましい悪夢に登場する、凶悪な人物だ。人間らしいところがあると思えなくても不思議じゃない」

車は短い通りに入った。黄色か煉瓦か白の壁に緑色の鎧戸がついた家が並んでいる。ロニーの家はその通りでいちばん小さく、古いが見苦しくはなく、塗装にひびが入りかけていた。側面に〝セインツ電気〟の白い文字が入った小型バンが一台、ドライブウェイにとまっていた。

「ここでまちがいなさそうだ」マイケルはゆっくりと家の前を通りすぎた。近所の家や側庭、駐車中の車に目を光らせる。「とまってたのは仕事用のトラックだ。べつにもう一台持ってるはずだ。となると結婚しているとも考えられる。だが、子どものおもちゃはない。同居人がいるのかもしれない」

「なんだかいやな感じがする」

「どういう意味だ？」

「さあ」彼女は苛立ち、両手を強く握り合わせた。トラックが壁のようにドライブウェイにとまっていた。家は暗く、ひっそりしていた。「危険な気がしてしょうがないの」彼女はかぶりを振った。「具体的になにとは言えないわ。なんとなくぞわぞわするだけで」

マイケルは行き止まりでUターンし、来た道を引き返して縁石に寄せた。細い通りにとまったメルセデスはとても目立った。いまのところ、気にする者はいないようだ。「行こう」

ドアをあけるとアビゲイルが声をかけた。「マイケル……」怯えて真っ青な顔の彼女を見て、マイケルは同情で胸がうずいた。「あんたは車に残ったほうがいい。チャタム郡の警察がロニーを発見して身元を突きとめた場合、まっさきにアッシュヴィル警察をここによこすはずだ。あんたは目立ちすぎる。ここの連中に顔を見られないのがいちばんだ。上院議員の妻が死んだ男の家の呼び鈴を鳴らしたなんて知れたら、あとで説明するのがやっかいだからな。それでいいか？」

「本当にいいの？」

「ここでじっとしてろ」

マイケルがドアを閉め、彼女がロックした。振り返ると、目当ての家がぐんと迫った。屋根つきのポーチと車一台分のガレージがついた、広いドライブウェイの白い平屋建てだった。側溝にごみはたまっていない。歩道近くの芝地に高い木が一本生えている。マイケルは窓をうかがった。トラックのボンネットをさわってみたが冷たかった。ポーチにあがり、一度振り返ってから呼び鈴を鳴らした。

応答なし。

もう一度鳴らす。

さらにもう一回。

左に移動し、手びさしをして窓をのぞきこんだ。カーテンに隙間はなかった。しばらく耳をすましてから、ドアをためした。

鍵がかかっていた。

しっかりしたオークのドアだ。

プランターの下に鍵があった。

アビゲイルが見ていると、マイケルは敷物の下を、次にドアの上の横木を調べた。やがて鍵を見つけた彼はドアをあけ、するりとなかに入っていった。たちまち心臓が早鐘を打ち、呼吸が荒くなって、パニック障害を起こすのではないか、手に負えない事態になるのではないかと不安になった。複数の死体。秘密。抜け殻のような息子。

**なにがどうなっているの？**

汗が玉となってシャツの下を転がっていく。

**神様……**

呼吸をするのさえ骨だった。

鍵があいたのが感触でわかった。金属が金属の上を滑っていったかと思うと、マイケルはなかに入っていった。物音がしないかと耳をすましたが、通気口から空気が出ていく音以外、なにも聞こえない。室内はきちんと片づいていた。色の剥げた硬木の床に煉瓦の暖炉、それにちぐはぐな家具。右手にアーチ形の開口部が見え、その先はバーガンディ色の壁ともう少しましな家具とクリーム色の敷物があるダイニングルームになっていた。その奥にもうひとつ開口部があり、小さな書斎へと通じていた。消えるほど時間がたっていないチキンと煙草のにおいが鼻先をかすめた。

背中に差した四五口径を手探りした。奥へと歩を進めると、四人掛けのテーブルがあり、安物のクリスタルと陶器のアヒルが並んだ棚があった。アーチ形の開口部で足をとめた。まわりこむように部屋に入りながら銃をかまえて右に進んでいくと、女の声がした。

「もう警察を呼んだからね」

女は両脚を壊れたソファの上に引き寄せ、八インチの肉切り包丁を握っていた。華奢な体つきで顔色が悪く、整った顔立ちでボリュームのあるウェーブヘアをしている。二十歳くらいだろう。濃い色の目が怯えていた。ナイフが震えた。ボール紙の靴箱を左わきにしっかり抱えている。

「ほかにも誰かいるのか?」マイケルは銃をかまえたまま訊いた。

「警察が来るんだってば」彼女は言ったが、嘘だった。腕に力を入れすぎたせいで靴箱がゆがみ、ふたに隙間ができていた。そこから札束がのぞいていた。それも大量の。近くに電話は見あたらなかった。

「その包丁でおれを刺すつもりか?」

「必要じゃなきゃやらない」

女はピンク色のタオル地の半ズボンに、袖を切り落とした白いTシャツ姿だった。マイケルは背中をそらしてキッチンをのぞいた。どこかに寝室もあるはずだ。それも、もしかしたらふた部屋。「できれば誰も傷つけたくない、いいな? だが、びっくりさせるようなまねをしたら、傷つけざるをえない。さあ、教えろ。子どもはいるのか? ふらりと入ってきそうなやつは?」

「子どもはいない。びっくりさせたりしない」

「本当だな?」彼は低い声のまま言うと、彼女に見えるようわざとらしい仕種で撃鉄を戻した。

「うん」

「わかった。信用しよう。そっちもおれを信用してくれ。そうすればことは簡単に運ぶ」彼は銃をベルトに差した。女はその一部始終を見ていた。それでも手のなかの包丁は動かなかった。「おまえはロニーの女房か？」

「あんた、ロニーを知ってんの？」女は包丁を高く持ちあげたが、いいかげん、重くなってきているようだった。

「あいつの女なのか？」

彼女は肘から腕を曲げた。「婚約者よ」

「ここに来たのはその金を奪うためじゃない」

女は下に目をやり、金が見えているのを見て驚いた。箱をごそごそと膝にのせ、ふたで乱暴に押さえた。

「あんた、フリントのところの人？」そう言うと、音を立てて洟をすすりあげた。

「アイアン・マウンテンにある孤児院を経営してたアンドリュー・フリントのことか？」女はうなずき、マイケルは話を理解しようとした。もう二十年以上、フリントの名前は聞いておらず、ロニー・セインツの自宅でそれを耳にするとは意外だった。アイアン・ハウスの関係者同士が連絡を取り合っていようとは思ってもいなかった。そういう施設ではなかったからだ。

「なぜ、アンドリュー・フリントの名を出した？」

「フリントが来たら逃げろとロニーに言われたんだもん。四日前。あんたが高そうな車で来たもんだから、てっきりフリントの仲間と思ったの」

「ロニーの居場所を知ってるか？」マイケルは訊いた。

「あたしを捨ててどっか行ったんじゃないことはたしかよ。これがここにある以上はね」彼女は箱を揺すった。

「そいつを見せてもらっていいか？」

マイケルが金の入った箱にうなずくと、女は腕をまわしてかき寄せた。「あの人に殺されちゃう」

「おれの知りたいことを教えてくれれば、奪ったりしない」彼はちらりと銃に目をやった。「約束する」

女はこみあげた涙をまばたきで払うと、威嚇的な態度をやめ、包丁をゆっくりと下に向けた。「こんなうまい話はあるもんかって言ったんだ」彼女は包丁をコーヒーテーブルに置き、その隣に箱を置いた。煙草のパックを手に取ると、そのうちの一本に安物のライターで火をつけた。マイケルは包丁をテレビの上にどけ、奥にあった椅子を持ってきた。

「なんていう名前だ？」

彼女は煙草を吐き出し、目を上に、それから左に向けた。「クリスタル」

マイケルは箱のふたを持ちあげた。入っていた札は真新しく、一万ドルずつ束になって帯封がついていた。それらを出して、テーブルに並べた。

十五束。

「けっこうな金だな」

「あの人に殺されちゃうよ」彼女は腕を小さな胸の下で組み、現金をじっと見つめた。見ると片腕に、白く引きつれたまん丸な傷痕が十個ほど、模様のようについている。見られているのに気づくと、彼女は片手で傷を覆い隠した。マイケルと目が合うと、下を向いた。見た瞬間に煙草でつけられたものとわかった。

「ロニーとはいつからつき合ってる？」

「あたしがハイスクールに通ってたころから」彼女は白い皿に灰を落とした。「あの人は働いてて、あたしのことを特別な存在だって。そういうすてきな人なんだ。大人の男って感じで」

マイケルは札をぱらぱらとたしかめた。番号は不揃いで、見たところ本物だった。箱の底に一枚の紙切れがあった。彼はそれを手に取った。「ロニーの字か？」

「男のわりにはきれいな字を書くでしょ」

紙には五つの名前が、上から下にひとつずつ書いてあった。「この金の出所はどこだ？」マイケルは訊いた。

彼女は顔をそむけた。

「クリスタル……」

「先週、届いた」フィルターに口紅がついた。「ちゃんと包んであって、しゃれた感じの男の人が朝いちばんに持ってきたんだ。ぴかぴかの車に乗って、はい、奥様、いいえ旦那様とか言いそうな人だったよ。ロニーはサインとかいろいろさせられてた」

「どういう金なんだ?」

「ロニーったら、あたしは知らなくていいって。結婚の約束をしたからって……」そこまで言うと声が乱れた。彼女は煙草を揉み消し、目を覆った。「お願いだから、それを持ってかないで。赤ちゃんを産んで、建て売りの家がほしいだけなんだ。お願い。ロニーが帰ってきてお金がなくなったと知ったら、なにされるかわかんないよ」

「おれは人は殺すが、ものは盗まない」彼は女がその言葉の意味を理解するまで一秒待った。こっちの知りたいことをしゃべらせるためには、ある程度、怯えさせておく必要がある。正直に話してほしかった。「わかるな、クリスタル?」やがて彼女は顔をあげ、目を合わせた。「言ってることはわかるな?」

彼女は真っ青な顔で身動きひとつせずににらんでいた。彼の目を見て納得したのだろう、彼女はうなずいたが、ヘッドライトに照らされた鹿のように全身が石と化していた。「うん」

「なら、もう一度訊く。この金はどういう金だ?」

「あたしが知ってるのは、お金はもっとあって、これと同じようなのがまた届けられるってことだけ。ロニーが戻ったらすぐ。本当にそれしか知らないんだってば」

「アンドリュー・フリントのことはどうなんだ?」

「名前を知ってるだけだよ。それにロニーに言われたことと。そいつがやって来たらとにかく逃げろって。このお金を持って、決めた場所に行けって。そこでロニーが来るまで待ってる約束なんだ」

「ロニーがどこに出かけたか知ってるか?」

「東のほうのどっかだよ。それ以上は教えてくれなかった」

マイケルは札束と、手のなかの紙切れをしげしげと見た。紙切れを彼女に見えるようにかかげた。「ここに書いてある名前に心あたりはあるか？」

「ううん」

マイケルは金を箱に戻しはじめた。インクと紙とクリスタルの恐怖のにおいがした。ふたをすると、彼女が両手を差し出していた。

「ねえ……」

彼は片手を箱にのせ、名前に目をやった。

**ビリー・ウォーカー**
**チェイス・ジョンソン**
**ジョージ・ニコルズ**

過去からよみがえった名前だった。アイアン・ハウス時代にヘネシーとつるんでいた連中。二十三年たってもきのうのことのように彼らの顔がよみがえる。大柄で陰険な連中。

けだもの。

犬。

死んだ男の手書きの文字を見おろすうち、それらすべてが、痛いほどいきおいのあるどす黒い流れとなって、ふたたび襲いかかってくる気がした。

「ねえ……？」彼の変化を感じ取ったのだろう、クリスタルの声はさっきよりも小さかった。「あの……」

マイケルはもう一度ロニー・セインツが書いた名前のリストに目をやった。最初に三人が順に並び、その下に線が引いてある。その線の下に、さらにふたつの名前が書いてあった。

「サリーナ・スローターとは何者だ？」彼は注意深くうかがったが、クリスタルの首の振り方にはわざとらしいところは微塵もなかった。

「知らない」

彼女に見えるよう紙切れをかかげた。「ロニーから聞いてないのか？」

「うん。そのリストは見るには見たけどさ、とても話してくれるような雰囲気じゃなかったよ。ロニーってそういう気むずかしい人なんだ。こっちからなにか訊くなんてありえない」

「けど、いろいろと見てるだろう？」マイケルは食いさがった。「耳もすましてたはずだ」

「まあね」

「ほかになにか気づいたことはないか？」マイケルは金の入った箱をわずかに手もとに引き寄せた。

「なんにも」

「電話はどうだ？」クリスタルの目は箱を凝視していた。「客は？」

「ううん」

「ロニーがこのリストの誰かと話をしたことはないか？　ジョージ・ニコルズ？　ビリー・ウォーカー？　チェイス・ジョンソン？」

「チェイス・ジョンソンとなら。ふたりは友だちなんだ、いまでも」

「チェイス・ジョンソンはどこに住んでる？」

「シャーロットじゃないかな」

「シャーロットでどんな仕事をしてる？」

「知らないよ。一度会っただけだもん」

「ロニーは出かけてからきみに電話してきたか？」

彼女は首を横に振った。「携帯電話を使うと脳が癌になるって、あの人が言うんだ」

「サリーナ・スローターとは何者だ？」マイケルは箱を持ちあげ、自分の膝にのせた。「言えば、金はきみのものだ」

金を取りあげられると思って動揺したのか、彼女の目に涙がわいた。「あたしは赤ちゃんと建て売りの家がほしいだけなんだってば」

「サリーナ……」

「なんにも悪いことなんかしてないのに……」

「……スローター」

「その女なら一度、ここに電話してきたよ。あたしが知ってるのはそれだけ。ロニーが出かける直前だった。本当にそれしか知らないんだって」

マイケルは金が入った箱を左手に持ったまま立ちあがった。彼女は本当に知らないらしい。「アンドリュー・フリントがどこにいるか知ってるか？」彼女は身体を丸くした。鼻は濡れて赤く、頭を左右に振っている。マイケルはしばらくその様子を見おろしていたが、やがて金が入った箱をコーヒーテーブルに置いた。

「家を買え。ほしいなら子どもを産め。だが、おれならロニー・セインツをあてにはしないな」

「どういう意味？」

マイケルは死んで湖に沈むロニー・セインツを思い浮かべた。彼の視線は、引きつれて白くなった傷が描く円を漠然と見つめていた。「きみならもっとましな生活を手に入れられる」

## 26

恐怖から生じる意識というものがある。エレナはようやくそれを知った。壁の染みがすべて見え、着古したデニムのやわらかさや膝まで届くシャツのカラーの固さを感じた。自分の身体やこの家の饐《す》えたにおいを嗅ぎとった。心臓は、単なるかすかな鼓動ではなかった。

ドアに耳をつけると、声とテレビの音がした。ドアから離れ、室内をつぶさにながめた。もうこれで十五度めだ。彼女は活路を求めていた。武器を。クロゼットのなかを調べたが、何度見てもやはり空だった。ハンガーも服もない。ハンガー掛けすら取り払われていた。部屋にはベッドと椅子があるだけだった。ベッドフレームを調べてみた。どっしりとした鉄でできている。

**この脚を一本……**

十分間をついやして、指先でボルトをまわそうとこころみたが、けっきょくもとの隅っこに戻ってへたりこんだ。低くなった太陽で肌がぬくもった。こうして待っていると気が変になりそうだ。先の読めない不安が襲ってくる。

**もう、がまんできない……**

頭にきて立ちあがり、忍び足でふたたびドアに近寄った。テレビの音がいっそうはっきりと聞こえた。ニュース番組らしく、ニューヨークと流血と暴力が話題になっている。誰かが〝くだらねえ〟と言った。つづいてガラスの割れる音。いさかい。怒声。何人かが声を張りあげたかと思うと、一発の銃声が盛大に響きわたり、あとに完全無欠な静寂がおりた。風通しの悪い狭苦しい家のなかに強い感情が渦巻いていた。それが大気中に充満した静電気のように、ビリビリと伝わってくる。一分後、錠前のなかで鍵のこすれる音がした。ドアがあき、ジミーが立っていた。「少しは気分がましになったか？」

彼は服を着替えていたが、火薬のにおいが強くにおった。手に彼女のバッグと拳銃を持っている。そのうしろで男たちが雑然と立っているのが見えた。怒っている顔もあれば、怯えた顔もある。彼らは壊れてなにも映っていないテレビを取り囲んでいた。画面の中央にきれいな丸い穴があいている。ジミーはたいしたことではなさそうな様子で立っていた。

「ひでえじゃねえか、ジミー」

その声を発したのは、廊下の先にいる男だった。大柄でがっしり体型。見るからに腹を立てている。ジミーの腕がすっとあがった。目はエレナに据えられていたが、照準は不平を申し立てた男にぴたりと合っていた。

「こいつを持っててくれないか？」ジミーは彼女にバッグを渡し、廊下を逆戻りした。男たちが次々に道をあけた。「悪いが、いまなにか言ったか？」

銃身が男の顔から一インチのところでとまった。いかつい両腕が腰から数インチあがった。「おれはなにも言っちゃいないよ、ジミー」

「本当だな？」

大男はうなずいた。ジミーは銃をおろすと、さもばかにしたような態度で背中を向けた。さりげなく片足をテレビにのせて押しやった。テレビは床に叩きつけられ、画面が大きな音を立てて砕けた。それから新聞をひとつかみすると、部屋の中央で足をとめた。「これ以上文句を聞かされるのはごめんだ」彼は室内をにらみわたした。「ここを引きあげるときはおれがそう言う」

誰も彼と目を合わせようとしなかった。足をもぞもぞさせる音がし、誰かが言った。「わかってるよ、ジミー」

数人がうなずいた。

大半はそのまま固まっていた。

ジミーはエレナがいる部屋まで引き返し、バッグを取りあげ、ドアを閉めた。「ここから逃がしてちょうだい、いますぐ」

「気持ちはわかる。悪いな。明日にはなんとかしてやれるかもしれん」

彼がベッドに新聞を放り、その見出しにエレナは見入った。ストリートの抗争。爆発。ギャング。死体の写真や特殊装備に身を包んだ警官の写真があった。ジミーはその視線に気づいて言った。「おやじさんが残したものをめぐって争ってるんだ。空白状態を早急に埋めないといけないんでな」彼は言葉を切ると、表情のない目をして親指でうしろの居間を示した。「あいつらはな、さっさとこんなところから引きあげて街に戻ればいいのにと思ってる」

「あなたはそうじゃないの？」

「遺産なんぞ重要じゃない。オットー・ケイトリンの資産の大半は合法的なものだ。何年も前からな。広告会社にモデル派遣会社。車の販売業。死んだとき、やつはふたつの美人コンテストまで運営してた。こいつは値がつけられない。信じられるか？　美人コンテストだぜ。あのオットー・ケイトリンが」

「あの人たちにそう言えばいいでしょうに」

「連中はガキなんだよ」

彼はベッドに腰をおろすと、彼女のバッグをあけ、なかのものを出しはじめた。ひとつひとつをベッドに並べ、長い数珠つなぎにしていく。ヘアブラシに化粧品。パスポート。財布。鍵。ガム。レシート。「女はバッグのなかの持ち物で決まるとよく言われる。だが、あんたの場合、バッグに入ってないもののほうが人柄を語ってるようだ」彼はバッグの奥深くをかきまわした。「煙草もピルの瓶もない。酒もなし。防犯スプレーもなし。避妊具もなし。アドレス帳もなし。写真もなし」まっすぐ並べた品をひとつひとつ指差した。

「徹底したミニマリストだ」

彼女の携帯電話を手に取った。「だが、こいつは……」乱暴にひらき、スクロールして通話記録を見ていく。「今週はほとんど電話してないな。どうやら相手は女が多い。大半はマイケルだが。それに勤め先のレストランと」彼は唇を突き出し、さも驚いたような表情をした。「マイケルからメールが届いてるぞ」エレナは餌に食いつかなかった。

ジミーは肩をすくめ、それからメッセージをスクロールした。「電話をくれ。いまどこにいる？　おれが悪かった、だと。ずいぶんと下手に出やがって」

「なにが望み？」

「マイケルから新しいメッセージが四件届いてる。聞かせてやろう」彼はしばし口をつぐんだ。「そのためにはまず、パスワードが必要だ」


「なんでそんなものを知りたがるの」

「知りたいからさ」

彼は笑みを浮かべたが、前に見たのと同じ狂気が宿っていた。マイケルに執着する理由が恐怖なのか、自負なのか、もっと深いものなのかはわからないが、とにかくとてつもなく大きかった。彼女からパスワードを教わると、彼は口を半開きにしてボイスメールの番号を入力した。「お」片手をあげてささやいた。「これだ……」

声が途切れた。

彼は目をゆっくりと閉じて聞き入った。

# 27

車に戻ると、アビゲイルが呆然としていた。「ネットを見ていたの」彼女は自分のブラックベリーを見せた。「すべての主要メディアで報道されてるわ」

「具体的な内容は？」

「うちの敷地内に警察がいること。死体が発見されたこと。大手メディアのなかには、十八年前のクリスティーナの死に触れてるものもあった。一社なんか、上空にヘリを飛ばしてるわ。湖に浮かぶボートやボートハウス周辺に集まった警察車両が写ってた」

「ジュリアンについても触れているのか？」

「前回、容疑者になったことだけね。でもどこも写真を公開してる。そうやってほのめかしているのよ」

「あのジェイコブセンの仕業だな。ジュリアンがおもてに出てこざるを得ない状況を作り、質問を浴びせるつもりなんだ。いかにも警察が使いそうな手だ」

「あの子の顔に泥を塗ろうというのね？」

「泥を塗ったうえで、踏みつけにする。弱い者いじめはお手のものだからな」マイケルはロニーの自宅を一瞥してから、エンジンをかけた。時刻は五時を数分過ぎたところだった。あと三時間もすれば太陽は完全に沈むだろう。「もう行こう」

　車はロニーが住む通りを離れた。ふたりとも振り返らなかった。アビゲイルが助手席に深く身を沈めて尋ねた。「なにかわかった？」

　マイケルは答えなかった。なにやら考えこんでいた。

「マイケル？」

　右に曲がると道路が少し広くなった。さらに曲がって住宅街を出ると、道は二車線から四車線に広がり、道路わきに街灯が点々と並ぶようになった。マイケルはジュリアンとアビゲイル・ヴェインについて、いましがた知った事実について、紙切れに書かれた名前について考えをめぐらしていた。いま地図のどのへんを走っているのか正確にはわからなかったが、沈みゆく太陽を追って走ろうと決めた。

「アイアン・マウンテンへは西に行けばいいのか？」

彼女はうなずくと、怪訝な顔で彼を見つめた。「あの家でなにがあったの、マイケル？」

マイケルも怪訝な顔で見つめ返した。これまでふたりは味方同士だったが、いまや事情が一変した。マイケルはあの事実の意味を理解する必要に迫られていた。解釈し、判断しなくてはならなかった。そこで、鬱蒼とした山の陰からあふれんばかりの黄色い陽射しが降り注ぐ場所に出るまでのあいだ、ひたすら黙って運転した。道路に目を戻すと、アビゲイルがカーナビに目をやって咳払いした。

「数マイル先で右折したら、十マイルほど道なりに行って。そこから先はちょっと複雑だわ」

「複雑というと？」

「裏道と深い森の連続なの。ここからアイアン・マウンテンのあいだに大きな道は一本もない」

「距離は？」

「四十マイルだけど、かなりくねくねしてる。一時間半くらいかしら」

「わかった」

「アイアン・マウンテンに行くんでしょう、マイケル。だったら……」彼女は言いにくそうにした。「教えてもらえないかしら、その理由を」

彼はどこまで打ち明けるか、どういう順番で話すか思案した。これは過去と現在がぶつかり合う、きわめて大きな問題だ。そこで慎重に説明した。ロニーの恋人の件を話し、アンドリュー・フリントの件を話した。現金が入った箱のことも、ビリー・ウォーカーとチェイス・ジョンソンとジョージ・ニコルズのことも話した。「ヘネシーとロニー・セインツ、それにいま言った三人がジュリアンの人生をめちゃくちゃにした犯人だ」

「アンドリュー・フリントなら覚えてる。あれほどの責任を背負うにしては気が弱すぎる感じだったわね。あそこの運営は彼の手にあまるように見受けられたけど、もっとよくしようという意欲は感じたわ」

「ほかの三人はどうだ？　ウォーカー？　ジョンソン？　ニコルズ？」

「知ってるわよ」

よそよそしくて容赦のないその声に、あの連中がしでかした非道の数々を彼女も聞きおよんでいるのだと知った。それほど彼女の声には怒りと苦々しい思いがあふれていた。きっとジュリアンが話したのだろう。自分の言葉とまなざしというインクで生々しく語ったにちがいない。すべてを打ち明け、心の傷をさらけ出したにちがいない。ジュリアンはひとりで抱えこめるタイプではない。他人の善意と、簡単にはやられない強くて狡猾な腕力とハートにすがるしかないのだ。

「なにかわたしに隠しているわね？」アビゲイルが訊いた。

アッシュヴィルの街が遠ざかると、車はくねくねした山道をのぼりだした。

「マイケル？」

「サリーナ・スローターという名に心あたりは？」

「サリーナ？」彼女は少しためらってから答えた。

「知らないわ」

「たしかに？」

「知ってる気もするけど、たぶん、ラジオででも聞いたんでしょう。はっきりとは覚えてないわ」

道は右に、つづいて左にカーブした。材木を積んだトラックが反対車線を猛然と走っていった。マイケルは疑わしいところはないかと、嘘やねじまげた真実がないかと探ったが、彼女の様子に不自然なところはなく、目も力強く毅然としていた。

「マイケル……」

「いま、考えごとをしてるんだ」

道路は蛇行しながらのぼっていった。

「なにを?」

「たいしたことじゃない」そう答えたが、それは嘘だった。

リストには五つの名前があった。

アビゲイル・ヴェインが五番めだった。

「胸に迫るものがあるんじゃない?」アビゲイルが横目を向けた。「こうして帰ってくると」車は最後の峠に差しかかっていた。眼下に谷が広がり、その奥にアイアン・マウンテンがそびえている。巨大な一枚岩のような山肌は光を受けているせいで、造り物かと思うほどやわらかく見える。

マイケルは無言でうなずいた。

「あそこがアイアン・マウンテンの街よ」マイケルの運転で山を下りながら、アビゲイルは座席に尻を強く押しつけて身を乗り出し、咳払いをした。最後の太陽が谷床を照らし、降り注ぐ金色の光で川がきらきらと輝いている。「実際にはそんなにきれいなところじゃないけど」

「孤児院はどこにある?」

「街を抜けてさらに四マイル行ったところよ。山が建物の上に迫りだしてるの」

「山のことは覚えてる」マイケルは言い、谷床に向かった。最終的にひとつの川に流れこむいくつものせせらぎを渡り、有刺鉄線のフェンスや緑豊かな沖積地を過ぎた。マイケルはなつかしく感じないかと目をこらしたが、見覚えがあるのは山だけだった。山は近くなるにつれて高さを増した。下のほうは緑に覆われたなだらかな斜面で、途中から巨大な花崗岩が垂直に突き出ている。谷そのものは海抜三千フィートで、山はそこから二千フィートの高さまでそびえている。山肌はひび割れ、頂上は深緑のペンキでさっと刷いたようだった。

「大丈夫？」アビゲイルが訊いた。

「平気だ」

彼女は彼の腕に触れた。「過去は過去にすぎないのよ」

「どこかで聞いたような科白だな」

「そうやって言い聞かせることが大事なの」

彼女は彼の腕を強く握ってから、手を離した。車はふもとに建つ小さな家々を通りすぎた。どの家も貧相で薄汚れている。「さびしいところだな」

「ここはもともと炭坑と木材の町としてつくられたのだけど、石炭が枯渇してしまったの」彼女は頭を傾けた。「それに大半は国有林で切り出せない。私有地の木はもう何年も昔に伐採しつくしてしまった。それにともなって製材所が閉鎖になった。運送会社も製紙工場もね。全部なくなってしまったの」

「なぜそんなことまで知ってるんだ？」

「自分で調べたのよ。あなたたちを引き取りたいと思ったときから、いろいろと準備したの。お金。知識」

彼女は指示を出した。「そこを左へ」車がメイン・ストリートに入ると、彼女は声をひそめた。「なにひとつ変わってない。二十三年もたってるのに、わたしの記憶にあるまんまだわ」

実際、そのとおりだった。酒屋に営業中のバー、ひびだらけの赤ら顔をした酔っぱらい。営業中のダイナーとガソリンスタンドの前を通りすぎた。一部の店舗は正面に板を打ちつけてある。すれ違うたびに町の人間にじっと見つめられ、アビゲイルは落ち着かなくなった。「アイアン・ハウスは孤児院になる前、収容所だったのを知ってる？」

「え？」

彼女は自分の身体を抱き締めた。「犯罪をおかした精神障害者を収容する施設だったの」

九分後、マイケルは高くそびえる鉄の門の手前で大きなメルセデスをとめた。その縦格子になつかしさを覚えた。直立した硬い指が降り積もった雪を突き抜け、上へ上へとのびていたのを思い出した。ここを出ていくとき、ナイフを手に、首をうしろに振り向けながら、格子の一本に触れたのだった。

門は新しくなっていた。

金網塀も。

マイケルは車を降り、アビゲイルもつづいた。高さ八フィートのフェンスは門の両側にのびていた。門には鎖がくくりつけられ、揺すると大きな真鍮の錠前がガチャガチャとやかましい音を立てた。縦格子の隙間からなかをのぞくと、黒々とした堂々たる山を背景にアイアン・ハウスがこんもりと盛りあがっていた。

「ぞっとするわ」

彼はアビゲイルを見やったが、すぐにかつて家と呼んでいたゴシック様式のばかでかい建物に目を戻した。建物はすっくとのびていた。煉瓦は長い年月で黒ずみ、石造部分は昔のまま変わっていない。高いスレート屋根は入り陽で黄色く染まっていたが、軒裏天井と三階より下はすべて灰色で見る影もない。みすぼらしい翼棟がいまも同じ場所にのびてはいるが、うしろ側は無惨なありさまで、壁はあちこち崩れ、その隙間から小さな木が入りこんでいた。ほかも大差はなかった。窓ガラスが割れ、朽ちかけた窓枠から破片が歯のように突き出ている。正面玄関にはツタが生い茂り、庭は雑草が胸の高さにまでのびていた。なおざりにされ朽ちるにまかされているのが、建物全体から伝わってくる。世間から忘れられ、忌まわしくさえ見えた。

「いつ閉鎖されたんだ?」

アビゲイルは首を横に振った。「正確なところは知らないの。ジュリアンを引き取って数年ほどたってからだと思う」

マイケルはおぞましい建物を、その陰に隠れるように建つ小さな棟をじっと見つめた。丈の高い草がうなるような風に吹かれて倒れている。川は原油のように真っ黒だった。「ここは収容所だったという話だったが？」

「だから、こんな人里離れた場所に建てられたのよ。大きくて頑丈なのもそれが理由」

マイケルは考えまいと必死にこらえたが、ふたつの高い小塔と大きな階段を見るうち、子どものときに地下を探検していて見つけたものを思い出した。壁に鉄輪がボルトで固定された、天井の低い小部屋。もろくなった革ひものついた椅子。さびがびっしり浮いた奇妙な形の機械。

「ここは南北戦争直後に建てられたの」アビゲイルが言った。「患者の多くは外傷後ストレス障害をわずらう兵士だった。もちろん当時は症状に名前なんかついてなかったけど。人々は兵士をきちんとケアしたいと思いながらも、忘れたいとも思ってたの。あの戦争でこの州はたいへんな思いをしたわ。甚大な被害。数々の苦痛。アイアン・マウンテン収容所は患者五百人を収容できる施設として造られたけど、あっという間にその四倍の入所者であふれかえった。さらには六倍にもなった。負傷した兵士。精神障害者。なかには、悲惨な戦争で肥大化した悪質な犯罪者も混じっていた。この施設に関する本は何冊か出てるから、興味があったら読んでみるといいわ。説明。写真……」彼女はかぶりを振った。「おぞましいものばかりだけど」

「なぜそんなにいろいろ知ってるんだ？」

「ジュリアンを養子に迎えたあとに読んだからよ。なにかヒントになるようなものがないかと思ったの。藁《わら》をもつかみたい気持ちはあなたにだってわかるでしょう？」

彼女は虚空をつかむように手を握った。マイケルのなかで怒りが沸き立った。収容所に入れられた子どもたち……

「それで？」彼はうながした。

「監視の目は行き届かず、資金も充分でなかった。十九世紀の終わりにはかなり深刻な状況になっていたようよ。患者は着るものもなく悪臭を放ち、治療方法も野蛮だった。瀉血《しやけつ》。氷浴。口輪。定員オーバーは深刻で、治るものも治らなくなっていた。亡くなる人もいた」彼女は気を落としたように、息をついた。「最後には世論の反発が大きくなって、政治家が介入せざるをえなくなったの。所内の状況が非人道的と判断されて閉鎖に追いこまれた」

「それで、孤児院になったわけか」

「数年後にね」

「すばらしい」マイケルは暗灰色の空と、どちらの方向もがらんとしている道路を見やった。「まったくもってすばらしい」

「これからどうするつもり？」

アビゲイルは自分の身体を抱き締め、マイケルは門を乱暴に揺さぶった。その向こうのドライブウェイは、アスファルトがひびわれ、そこから雑草が生えている。ぬくもった鉄の縦格子に額を預けた。計画、もしくは作戦を立てなくてはならないのに、このときの彼の頭のなかは過去でいっぱいだった。少年たちが庭に出ている光景が目に浮かび、声が遠いかすかな叫びのように聞こえてくる。

「必ずしも楽しいことじゃないものね」アビゲイルは縦格子に手を置いた。「かつていた場所に戻ってくるのは」

マイケルは首を振った。「ここに来ればなにか答えが見つかると思ってた」

「どんな答え？」

「アンドリュー・フリント、かな。すべてを結びつけてくれるなにかだ。進むべき方向を示してくれるものとか」彼はフェンスの向こうの廃墟に目をやった。

「いずれにしても、おれが求めてたのはこんなものじゃなかった」

アビゲイルは彼の落胆を察したように言った。「大丈夫よ、マイケル」

しかし大丈夫なわけがなかった。マイケルは収容所、刑務所、そして弟の心を閉じこめているカゴを次々と連想していった。「逮捕されたら、ジュリアンの正気をたもっているものが壊れてしまう。壁。柱。とにかく、あいつをささえているものがなくなってしまうんだ。刑務所に入れられるか、べつの施設に入れられることになる。そうしたら、あいつは絶対にもたない」

「でも、うちの弁護士が……」

「弁護士なんかにあいつは救えっこない」マイケルはどっしりした縦格子の一本をてのひらで叩いた。「ジュリアンの神経が公判に耐えられると思うのか？　弁護士が報酬を受け取りながら案件を引きのばしてるあいだ、あいつは勾留されるんだぞ。それにあいつが耐えられると思うか？　ひどい仕打ちを受けるかもしれない。あれより劣悪な施設で」彼はアイアン・ハウスの残骸を指差した。「おれはムショに入っていた連中を知ってる。どいつもこいつも冷酷で荒っぽかった。ジュリアンの立場からすれば、性犯罪者の集団にレイプの被害者を放りこむようなものだ。もともと深い傷を負ってるから、手を触れられるより早く精神のバランスを崩してしまう。だめだ。たとえ無罪放免になったとしても、もとには戻らない。だから、あいつがやってないと証明するか、べつの容疑者に警察の目を向けさせるしかないんだ。先に進むにはそこを理解しないといけない」

「そこまでひどいことにはならないわよ」

「刑務所のなかを見たことがあるか？」

両手を縦格子に置くと怒りがこみあげ、胸に重いものがつかえるのを感じた。

## ジュリアン、統合失調症収容所に入れられた子どもたち

ストリートで過ごした日々——空腹と寒さと恐れの日々——を思い出し、さらにいまの自分を思った。いくつもの死体と手についた血、彼の正体を嫌悪したエレナに去られて消滅した人生の亡霊が見えた。いまの彼は彼女と同じように思い、かつてのささやかな生活には戻れないのだと悟っていた。彼女が以前と同じ目でおれを見てくれることはない。

彼はふたつの人生を追うのをあきらめ、ジュリアンを守ることに全力を注ごうと決めた。

「こんなことで弟を破滅させるわけにはいかない」マイケルは言った。「絶対に」

「わかるわ」

「わかる?」

彼女の目をうかがうと、そこにふたりの接点があり、やるべき手を打つしかないという共通する思いが見出せた。しかし、答えるより先に彼女の携帯電話が鳴った。彼女は表示に目をこらした。「ジェサップからだわ」二度めの呼び出し音が鳴り、彼女は電話に出た。

「もしもし、ジェサップ」

けたたましい声が聞こえ、アビゲイルは電話を数インチ遠ざけた。「ちがうわ」彼女は言った。「べつにあなたを無視してるんじゃない」彼女は黙りこんだ。感情が高ぶって顔がほんのりと赤くなっている。「どこに行こうが、誰と一緒だろうがあなたには関係ないでしょ」彼女はマイケルを見て、肩の力を抜いた。「いいえ。いま山のほうに来てるの。ふと思いついて。ええ、山のほうよ。マイケルとふたりで。ええ、彼も一緒よ。なんていうところだったかしら?」彼女は雑草が生い茂るドライブウェイを目でたどり、いちばん高い小塔でとめた。「アイアン・マウンテン」

ジェサップの声がますます大きくなり、アビゲイルはマイケルに指を一本立てた。「うるさいわね、ジェ

サップったら……」

マイケルはふたたびアイアン・ハウスを見つめた。ジュリアンと暮らした三階の隅の部屋に目が行った。ふたつの窓が庭を見おろし、そのうちのひとつはガラスが割れていた。

「なんですって？」アビゲイルの声がうろたえたように甲高くなった。「なぜそんなことに？」彼女は相手の話に聞き入った。「いつのこと？　あなたはどこにいたの？　それと主人が雇ったあの人――なんて名前だったかしら？　あの人はなにをしてたの？」彼女は髪に手をやり、くしゃくしゃに乱した。「とにかく、ちゃんと仕事をしなかった人がいたせいよ」彼女は目でマイケルを探してから、顔をそむけた。背筋をまっすぐにし、片腕をわきにぴったりとつけた。さらに二分ほどしゃべった。電話を切ったあともマイケルに背を向けたまま、古い煉瓦の柱のあいだに並んだ鉄の格子にも負けないほど、まっすぐに背筋をのばしていた。

「なんだったんだ？」マイケルは訊いた。

彼女は振り返った。「ヘリコプターをよこすそうよ。そのほうが速いから」彼女はひとりうなずいた。「わたしがなんとかする」

「なんの話だ？」

「ここまで一時間十五分。戻るのに同じく一時間十五分。わたしがなんとかする」

「なにをなんとかするんだ、アビゲイル？」

「警察が湖でもうひとつ死体を見つけたわ」

「ロニーの？」

「いいえ」彼女は首を横に振った。声が沈んでいた。

「ロニーじゃない」

マイケルは素早く頭をべつのモードに切り替えて考えた。これで死体はふたつとなり、ロニー・セインツはまだ見つかっていない。この発見によって捜査もマスコミ取材も過熱するだろう。湖は隅々までさらわれるだろうから、あとは時間の問題だ。ロニー・セインツの死体もじきに見つかる。死体とジュリアンのつながりに気づけば、警察は令状を請求し、彼を連行するだろう。

マイケルは建物を、空が映りこんだ割れた窓ガラスを見あげた。

**ロニー・セインツ。アイアン・ハウス。**

警察は早々に割り出すはずだ。

彼は腕時計に目を落とした。

アビゲイルの電話がふたたび鳴った。

「はい」彼女は聞きながら、左を向き、遠くになにか見えるかのように目をこらした。やがてうなずいた。「なんとか見つける。わかった。ええ」電話を切った。「ジェサップからだった。町の東のはずれにハイスクールがあるんですって。簡単に見つかりそうなところよ。フットボール場があって、そこでヘリと落ち合うことにした」

「死体の話を聞かせてほしい」

彼女はかぶりを振り、唾を飲みこんだ。「ロニーではなさそうよ。死後、もっとたってる。一ヵ月は沈んでいたようだって。着ていたものはボロボロになってはがれ落ち、ほとんど骨しか残っていないらしいわ」彼女は自分の髪を引っぱった。「ああ、なんて恐ろしい……」

「アビゲイル」彼女は頭が朦朧としてくるのに必死で抵抗していた。「おれを見てくれ。なにをなんとかするつもりなんだ?」

マイケルの顔だけは見ようとしないその様子に、彼は彼女がなにを考えているのかを悟った。太陽はまもなく沈む。ハイスクール。町の東のはずれ。彼女は指を組み合わせ、白くなるまでねじった。やはり想像したとおりだったか。

「ジュリアンのことだな?」彼は訊いた。

彼女はうなずいた。

「あいつがどうしたんだ?」

彼女は一度まばたきをすると、指で涙の粒をぬぐい、それからできるだけ背筋をのばした。「いなくなったの。ひとりでどこかへ」

## 28

ヘリコプターは低空を高速で飛んできた。最初はゴーゴーいう山風のような音だったものがしだいに大きくなり、雷のようにとどろきながら色とりどりの小さな家を越え、三十度のバンク角でハイスクール上空を旋回した。太陽が没してからすでに二十分がたち、紫色の空は黒くなりかけていた。マイケルとアビゲイルは大きなメルセデスのわきに立っていた。ヘッドライトがフットボール場を照らし、そのまぶしい光の円錐に茶色い芝とすり減って見えにくくなった白い目盛が浮かびあがった。通りの反対側ではポーチに出てきた住民がヘリコプターを見あげ、それが旋回しながら放つまぶしい光があたっている先を指差している。ヘリは東の観覧席側から接近すると、フィールドの長手方向に向きを変え、二十ヤードライン付近で機首をあげた。次の瞬間、ヘリはホバリングし——真下の枯れた芝がなぎ倒された——やがて、キスするようにふんわりと着陸した。

ローターの回転が落ちたが、停止はしなかった。

扉がひらいた。

「驚いた」

マイケルはアビゲイルに目を向けた。「なにがだ?」

彼女はヘリのほうに頭を傾けた。男がふたり降り、腰をかがめて回転翼の下を歩きだした。「議員も一緒だから」

ジェサップ・フォールズはすぐにわかった。長身で痩せ型、険しい表情をしている。隣にいる上院議員は恰幅がよくてがっしりとし、自信に満ちあふれていた。髪は白く、スーツは上等だった。その動きはまるで、世の中の人間が暮らしていけるのは自分のおかげだと言っているようだった。

アビゲイルが出迎えようと一歩進み出た。マイケルもならった。

「いらしたのね、あなた」彼女は聞こえるように声を張りあげた。上院議員は妻に軽くキスをすると、マイケルに手を差し出した。

「こんな形で会うことになって残念だ」彼は言った。「むろん、アビゲイルからいろいろと聞いているが、もう少しましな状況で握手したかったよ。わたしがランドール・ヴェインだ」

「どうも、上院議員」

ふたりは握手した。ジェサップ・フォールズは手を差し出さなかった。一歩さがった場所に立って、上院議員がアビゲイルの手を両手で包みこむのを、苦虫を嚙みつぶしたような顔で見ていた。「ジェサップからきみが出かけたと聞いたが、まさかこんな遠くまで来ているとは思わなかったよ」

「話せば長くなるの」

「自宅までは長旅だ。一部始終を聞かせてもらおう」

「ジュリアンからなにか連絡は？」

「いや、なにもない。残念だが」

「警察はあの子がいなくなったのを知ってるの？」

「知るわけがないだろう。でなきゃ大騒ぎになってるところだ」

「いったいどういうことなの、ランドール？」

「あいつだって大人だ、アビゲイル。心配しなくていい」

「そんな鷹揚にかまえてないでよ」

「そう言うのなら、ちゃんと目を光らせていることだ」議員は笑顔を崩さなかったが、声は辛辣だった。

「こんな面倒を起こしてくれていい迷惑だ。まったく、各メディアの見出しときたら」

「例の死体とジュリアンが関係あるとは思ってないの？」

「どう考えていいのかわからんし、それはきみも同じだろう。そこがジュリアンの困ったところだ――これだけ一緒にいても、あいかわらずあいつの頭のなかがどうなっているのかさっぱりわからん」

「そういう、いかにも政治家みたいな笑い方はやめて」アビゲイルは怒ったように彼を押しのけた。「ほかの人ならありがたがるでしょうけど。ジェサップ……」そう言ってジェサップの手を取った。「いったいどういうことと？」

「部下の一部を敷地境界の警備に割いたんです。壁を乗り越えようとした記者が数人いたものですから。野次馬の数もすごくなってきていましたし。ジュリアンは、ドクターがちょっと席をはずしたすきに出ていったようです。ご存じのように部屋には鍵をかけてませんでしたから。まだ敷地のどこかにいるものと思われます。壁の向こうは大変な騒ぎになってますんでね。

じきに見つかりますよ」

「あの子は死体があがったことを知ってるのかしら？　異変に気づいてる様子だった？」

「なんとも言えませんが、可能性はあります」

そこへ上院議員が割って入った。「地元の連中が騒ぎはじめているぞ」彼は道路わきに集まったささやかな見物人を示した。路肩に車が何台も斜め駐車していた。ポーチにいた連中もおりてきていた。「急ぎの用がないなら、出発だ。車はジェサップに運転してもらおう」

「おれが乗って帰ります」マイケルは言った。

全員がその場に立ちすくみ、ジェサップがアビゲイルの腰に手をあてがった。「わたしたちと戻らないの？」彼女はほかのふたりから離れ、マイケルに近づいた。

「最後までやりとげないといけない」

彼が遠くの黒い山を顎で示すと、アビゲイルはふもとの孤児院に行くのだなと察した。

「アンドリュー・フリントのこと？」彼女は訊いた。

「どうしても見つけないといけない。繋がりがあるはずだ。絶対に」

「もう何十年もたってるのよ、マイケル。孤児院のあのありさまを見たでしょう？　フリントだってどこにいるかわからないわ」

「とにかく、あそこが出発点なんだ。やってみる価値はある」

アビゲイルは顔だけうしろに振り向けた。ヘリを待っている男たちを見やる。「一緒に戻りましょう。ここじゃ答えは見つからないわ。ジュリアンがわたしたちを必要としてる」

「さっき門のところでこう言ったじゃないか。かつていた場所に戻ってくると胸に迫るものがあると」

「そうだけど」

「もう一度、この目で見たいんだ。廊下、それに部屋を。うまくすればフリントに会えるかもしれない」

「エレナはどうするの？　女ってカッとなっても、じきに落ち着くものよ。彼女が戻ってきたらどう言えばいいの？」

ヘリコプターに目をやったマイケルは、思いもかけず気持ちが高ぶるのを感じた。自分もあのヘリに乗りたいと思ったとたん、ここにいたるまでに下した決断すべてを後悔した。本当ならいまごろはスペインか、オーストラリアのビーチにでもいるはずなのだ。エレナの手の感触がよみがえり、彼女のウィットに富んだところを思い出した。「明日の夜には戻る。彼女が戻ってきたらそう伝えてください。愛している、待っていてほしいと」

「本当にそれでいいの？」

「もう行ったほうがいい」

「マイケル……」

「早く」

「わかった」彼女は小さくうなずくと、不安そうな目のまま議員に腕を取られ、ヘリまで連れていかれた。フォールズは五秒待ってから、怒りもあらわにマイケルに顔を近づけた。「いくらわたしでも、居場所がわからなければ彼女の身を守ってやれない」

マイケルは目を覆っていた鎧がはずれるのを感じた。

「彼女だって大人だ」

「外の世界は危険なんだ。まったく横柄で無神経なやつだな、きみは。わたしは責任を持って彼女を守らねばならないし、この二十五年間ずっとそうしてきた。わかったか？」

「おれだってちゃんと目を配ってた」

「きみの理解がおよばない危険があるとは思わなかったのか？　きみの技量の上をいく危険が」

「ヘリに乗り遅れるんじゃないのか」

フォールズがうしろに目をやると、全員がヘリに乗りこんでいた。彼は指を一本立てた。「二度と、勝手に彼女を連れ出すな」

マイケルは彼が操縦士の隣に乗って、シートベルトを締めるのを見守った。顔が蒼白な卵形のおぼろと化したアビゲイルが、彼のいるほうに手をあげた。マイケルは心のなかで苦悶しながらも手を振り返した。やるべきことはわかっているが、やる気になれない。エレナが必要だが、彼女はここにいない。落ち着け、冷静になれと自分に言い聞かせた。まだ、すべてを解決する道は残っている。ジュリアンのこと、エレナのこと、これからのふたりの人生のこと。だが、そんななぐさめは幻想にすぎない。愛するものすべてが遠くへ行ってしまったのだ。

ヘリコプターが上昇して方向転換すると、彼は手をおろした。ヘリは機首をさげ、加速しながらメルセデスを飛び越えた。赤い塗装が一度ひらめいたかと思うと、すぐに闇のなかに消えた。

あとにはマイケルとアイアン・マウンテンだけが残された。

メイン・ストリートまで車で戻り、ダイナーと営業中のバーのあいだに駐車スペースを見つけた。歩道に立ち、携帯電話をたしかめ、鳴ってくれと念じた。星空を覆い隠している真っ黒なアイアン・マウンテンをちらりと見たが、すぐに目を戻して番号案内にかけた。相手が出ると、この町か周辺にアンドリュー・フリントの名前があるかと尋ねた。答えはノーだった。やっぱりという思いで電話を切った。それから、出ないとわかっていながら、エレナの携帯の番号を押し、メッセージを残した。

**おれがなんとかする。**

**きっと変えてみせる。**

彼は本気でそう信じていた。状況さえ許せば。世の中が変われば。

ダイナーに向き直ると、でこぼこの歩道を歩いていき、ガラスのドアを大きくあけた。小さなベルが軽やかな音を立て、バターで炒めた野菜のにおいが思い出のように押し寄せた。窓際に並んだボックス席、小さな丸いスツールのある年季の入ったカウンター、ガラスのフードをかぶせたパイ、レジからにこやかな笑顔を向けているずんぐりしたきれいな女。「お好きな席をどうぞ、シュガー」

数人が顔をあげたが、誰もまじまじと見つめてはこなかった。マイケルは女の前を通るときに声をかけ、いちばん奥のボックス席に赤煉瓦の壁を背にして腰をおろした。三十フィートの板ガラスが彼の車の手前まででのびている。白いシャツ姿の男が厨房で動きまわっているのが見えた。

とたんに空腹を覚えた。

指紋とケチャップの染みでべたつくラミネート加工のメニューに目を通し、チーズバーガーとビールを注文した。「フライドポテトもつける、シュガー？」

三十代だろうか、とても陽気で、目をきらきら輝かせながらペンをかまえている。

「いいね」

「ビールはグラスに注ぐ？」

「頼む」

注文を書きとめて立ち去りかけた彼女を呼びとめた。

「ひょっとして、電話帳を置いてないかな？」

「誰を探してんの？ たいていの人なら知ってるわよ」

「アンドリュー・フリントは知ってるかい？」

「もちろんよ。孤児院に住んでる人でしょ」

「そこならさっき行ってきた」マイケルはかぶりを振った。「誰も住んでる様子はなかった」

ウェイトレスはにっこり笑うと、やわらかな茶色い髪にペンを差した。「暗くなってから行ってみた？」

マイケルが行ってないと答えると、彼女はさらに屈託のない笑顔を浮かべた。「だったら、このジンジャーの言葉を信じることね」

彼女はウィンクすると、見せつけるように腰をゆっくり振りながら、厨房に消えた。

ビールはうまかった。ハンバーガーはそれに輪をかけてうまかった。レジのところでジンジャーに訊いた。

「この町にホテルはあるかな？」

「そっちに二マイル行ったところに一軒あるわ」彼女は街の南端を指差した。「そんなにいいホテルってわけじゃないけど、別れた亭主と出会ったのがそこだったから、そこそこ用が足りるのは保証するわよ。うちは九時に閉まるの。よかったらあたしが案内しようか？」

マイケルはチップとして五ドル渡した。「また次の機会に」

「本当にいいの？」

軽く触れた彼女の指はやわらかかった。

「明日になったら、せっかくのチャンスを逃すとは、なんてばかなんだと自分を責めるさ」

彼はウィンクすると外に出た。ガラスの向こうにほほえんでいる彼女が見えた。

孤児院への道はがらがらだった。反対車線の車とはほとんど行き合わなかった。うしろにもヘッドライトはない。高い門が見えてきたのでスピードをゆるめてハンドルを切ったが、大きな車は動きがなめらかで音もほとんどしなかった。車のドアをあけるとルームライトが点灯し、それが消えると彼は立ったまま目が慣れるのを待った。

ここまで来ると夜は真っ暗で、山と山のあいだに濃密な闇がおりていた。月は出ていない。街灯もない。星はあまりに高くて淡く、ほとんど光が届いていない。四マイル離れた街の明かりもほの暗く、下のほうに固まっている。

マイケルは門に歩み寄り、夜の音に、コオロギの鳴き声と風と川のせせらぎに耳をすました。たっぷり二分かかってようやく、ジンジャーが暗くなってから訪ねてみろと言った意味がわかった。巨大な黒い廃墟から視線をはずし、庭のほうにさまよわせたときのことだ。建物と暗闇、鏡面のようになめらかな川に映った星が見えた。なにもない、と彼は思った。月の裏側のように暗くて荒涼としている。ふと、庭の奥にある小さな建物のひとつに目を戻した。一階の窓に淡い光が見える。半分あいたカーテンから青い光がうっすら漏れているだけだが、それで充分だった。

マイケルはフェンスを越えた。

銃を手に、軽やかに着地した。足もとのドライブウェイはひび割れもろくなっていた。丈の低い雑草で靴が滑る。歩いていくうち、過去がよみがえった。アンドリュー・フリントの姿を思い浮かべた。実際のところあの男は腹黒い人間だったのだろうか。気が弱いのはたしかで、無能なうえに思いやりもなかった。もっとも、どっちでも同じことだ。そんなことは百も承知だ。腹黒かろうが、気が弱かろうが、フリントがいわば刑務所を受刑者に仕切らせていたことに変わりはない。あの男はか弱い者に背を向け、人間としての最低限のつとめを怠ったのだ。闇のなかで見慣れた形が像を結び、古傷がうずいて記憶が押し寄せてくると、腹の底から怒りが湧きあがり、固く握ったこぶしがうずうずするのを感じた。

地獄の十年。

苦痛と恐怖と渇望の十年。

夜の空気をたっぷりと吸いこんでから、感情を排し、驚くほど鮮明に覚えている庭を忍び足で素早く移動した。記憶にあるとおりの木立を抜け、目でたしかめもせずに排水溝をまたいだ。かたわらに建物がにょっきりとのび、口に苦い味が広がったかと思うと、小さなベッドでめそめそ泣いているジュリアンが目に浮かんだ。東の壁沿いに忍び足で進み、手をのばして煉瓦に触れる。変わっていない。正面階段の前をゆっくりと過ぎ、恨みのバルブをきつく締めた。テレビの光が漏れていた窓まで来たときには、本来の自分を取り戻していた。冷酷で抜け目なく、強い自分を。

背中を壁につけ、がらんとした庭をながめたが、不審なものはなかった。二階建てで壁は赤煉瓦、マイケルが子どもの時分には緑色だった鎧戸がついている。当時ここは宿舎で、アイアン・ハウスに住む道を選んだ一部の職員のための部屋が集まっていた。少年たちはいかなる場合も立ち入りを許されなかった。それも決まりだった。近寄ってはいけない場所だった。

それもいまは昔のこと。

窓からのぞきこむと、そこは粗末な家具ばかりの小さな部屋だった。隅でテレビの画面がまたたいている。テレビは古い小型のもので、トランクの上にのっていた。室内には誰もいなかったが、ドアからべつの部屋の黄色い明かりが漏れていた。マイケルは建物をゆっくりと一周した。裏には古い車があり、がらんとした窓があった。明かりが漏れているのは玄関近くの部屋だった。ここでもカーテンが少しあいて、なかの様子がわずかながらうかがえた。石炭をくべた暖炉とその隣のおんぼろのウィングバックチェア、炉棚に置かれた二冊の本、木の床と一片が擦り切れた敷物。マイケルは銃を手にしているのを思い出し、見えないように隠した。

ドアをノックし、もう一度ノックしてから取っ手をガチャガチャまわしたところ、なかからこすれるような音が聞こえた。彼は扉に耳をぴったりと寄せ、広げた手を押しつけた。最初は静かだったが、すぐに金属の嚙み合う音——まぎれもないあの音だ——が聞こえ、身を引いたとたんに胸の位置のドアが吹き飛んだ。

あいた穴から光が漏れた。

硝煙も。

薬室に次の弾が送りこまれる音がした。指の影が見えたかと思うと、何者かがドアに向かって歩いてきた。

マイケルは背中を煉瓦壁につけ、手のなかの四五口径の重みを感じながら立ちあがった。安全装置をはずし、用心鉄に指を差し入れた。忍び足でドアに近づいていく――二フィート、そして一フィート。あいた穴から、息づかいが聞こえる。荒くなるのを無理に押さえつけているような音だ。足を引きずる音とともに、銃口が穴から現われた。赤い丸型照星のついた黒い金属が小さく震えながらドア板を壊した。マイケルはぐずぐずしていなかった。素早く近づいて銃身を握って押しやり、つづいて力まかせに引っぱった。銃から舌のような炎が放たれた。小さな悲鳴があがり、銃はマイケルのものとなった。熱を帯びた金属とクルミ材の握り。口径の大きなショットガンだった。それを穴から引き抜いて投げ捨てると、自分の銃をかまえ、なかにいるたるんだ白い肌の老人に狙いをさだめた。老人は、まだショットガンをかまえているかのように手を身体の前に浮かせたまま、口をぱっくりあけていた。膝までのバスローブの裾からのぞく素足に、擦り切れた赤いスリッパを履いていた。

「ドアをあけろ」マイケルは銃をしっかりかまえたまま命じた。老人――アンドリュー・フリントだった――は目をみはるばかりでどうやら動けないらしい。まばらな髪が丸い頭を覆っている。頬はこけ、両手は淡褐色の染みが浮いて、血管が浮き出ている。なにがなんだかさっぱりわからないという顔で穴から外をうかがっている。「頼む」マイケルの声は日曜の朝のように冷たく、落ち着き払っていた。それが功を奏したのだろう、フリントは鈍く光る真鍮のドアノブに手をかけた。ドアが大きくあき、マイケルはなかに入った。明かりで顔をまともに照らされ、フリントは目をしばたたき、唇をすぼめた。

「ジュリアン・ヴェインか？」フリントの表情に希望めいたものが浮かんだ。ふしくれだった指が一本あがったが、もしかしてと思った表情はすぐに消えた。

「ちがう。ジュリアンじゃない」

「うしろにさがって」マイケルはさっきと同じ、日曜の朝のような声で言った。これまでの経験でよくわかっている。そうしたほうが、相手はマイケルが来るべくして来たと心の奥でわかっていながら、おとなしく言うことをきく。世界の終わりを告げる声とはほど遠いことで、安心するのだろう。あまりに理性的で、あまりに穏やかなものだから、希望を抱いてしまうのだ。

フリントは膝のうしろが小さなコーヒーテーブルにぶつかるまで後退した。マイケルは室内を見まわし、さっき見た火のついていない暖炉とウィングバックチェアがあるのを見てとった。外から見えなかった壁は一面書棚になっていた。右に目を向けると、広い廊下が暗がりのなかへとのびている。テレビの光はその途中にある部屋から漏れていた。「この家にはほかに誰かいるのか？」マイケルは訊いた。

頭が左右に振られた。「いいや」

マイケルは銃をフリントに向けつづけた。「なぜおれをジュリアン・ヴェインだと思った？」

フリントは両手の指を広げ、書棚にのばした。「彼の本を持っているのだよ。全部の著作を」彼は書棚のほうに一歩進んだ。「ほら」

「もういい、わかった」マイケルは本の二フィート手前でフリントをとめさせた。ジュリアン・ヴェインの名を冠した本が背を手前に向けて並んでいた。

「その奥には彼の絵も……」

フリントがもう片方の足も踏み出して手をのばそうとしたので、マイケルは四五口径の撃鉄を起こした。フリントは棒立ちになった。「本のうしろに銃を隠し持ってるともかぎらない」

「とんでもない……」

「だとしてもだ」マイケルは銃を振って椅子を示した。「すわれ」

フリントはウィングバックチェアを見おろした。

「頼む、殺さんでくれ」

　彼は膝を椅子の背にぶつけ、へたりこんだ。しょぼくれた茶色いローブを着た姿は、骨と皮だけの年寄りでしかなかった。マイケルはコーヒーテーブルを引っぱってきて、フリントの正面、三フィートの距離をおいてすわった。銃をフリントに向けたまま、片目で暗くがらんとした廊下を見張った。「おれが誰かわかるか？」

「神の使いが、復讐を果たしに現われた……」

　ぶつぶつとつぶやくような、気がふれたとしか思えない口調だった。驚いたように大きく見開いた目は、白目が黄色く濁っている。着ているものからも、吐く息からも酒のにおいがぷんぷんした。すわっている椅子のわきに古ぼけた革装の聖書が落ちていた。指の爪を肉まで嚙んであり、両手はワニかと思うほど硬そうだった。

　マイケルは明るいほうに身を乗り出した。「おれが誰かわからないのか？」

「さ……さあ」フリントは顔をそむけたが、目はマイケルから離さなかった。「わからん」

「だいたいの推測はついてるんだろう？」

　フリントがうなずくと、下まぶたの淡紅色の三日月に光が映りこんだ。「こんなことはやめてくれ」

「こんなこととは？」

「わたしを殺すことだ」

「とにかくいまは、おれの名前を言ってみろ」

　フリントは銃口を見つめた。

「言え」

「マイケル……」

「なぜおれが殺しに来たと思った？」

「ほかの連中がみんな死んだからだ。いずれしっぺ返しがくるとわかっていたよ。あの金を受け取ったのがまちがいだったんだ。あの子たちを売るなんて……」

　声がうわずった。マイケルは撃鉄を戻し、フリントの腹部の五度左に銃の向きを変えた。フリントの目がそれを追った。「きみがヘネシーを殺したのはしかたないとずっと思っていた。彼は性根の腐った子どもだった」

「そうか？」

「当時は、そんな子どもばかりだった」フリントはあけはなしたドアをすばやく見やった。「きみの弟のような子どもはほとんどいなかった。だからと言って、いまごろ……」彼はじっと床を見つめながら、首を左右に振った。「いまごろこんな」彼は苦しそうに目をあげた。「もう二十三年になる。なぜいまさら、あの連中を殺すんだ？　これだけの年月がたってから……」

「なんの話か、おれにはさっぱりわからん」マイケルは言った。

しかしフリントはまだ、焦点のさだまらない目を涙で濡らし、しきりに頭を振っていた。「邪悪と復讐と神の慈悲深い目……」

マイケルが銃口を三度だけ戻すと、フリントははっとなった。「なぜ自分の家のドアに風穴をあけたんだ、ミスタ・フリント？」

「門にモーションセンサーがついている」

「つまり、人が来るとわかってたわけだ。だがそれだけでは、自分の家のドアに一発撃ちこんだ説明にはなってない」マイケルはフリントが話をのみこむまで待った。「侵入したのが何者か確認したのか？」

「いいや」

「ならなぜだ？」

「わたしの番が来たと思っただけだ。いずれは来ると思ってた。怖かったんだろう」

「なにが怖かったんだ？」

「しらばっくれるのはやめたまえ」フリントの声はかすれ、表情が急に険しくなった。「たしかにわたしは年寄りで怯えているかもしれんが、事の真相を見抜く程度の頭はある。冷静な声と狡猾な目をしたきみがここにいて、ほかの連中は行方知れずでなんの音沙汰もない以上、死んだと考えるほかないだろう。せっかく金をやったのに使えなかったわけだ……」彼は天を仰ぎ、短く息を吸いこんだ。「いまになって自分のしたことがわかったよ。そしてきみが何者なのかも」

「いや、わかってないと思う」

「とにかく、取り戻しに来たのだとしても、金はもうない」彼は怒ったような顔になると、腕で口もとをぬぐった。「ほかのものと一緒に消えちまったよ。インディアンのせいでな。安酒を出す八百長カジノをやってるチェロキー族のせいだ」フリントはすばやく左に目を向けた。ウィスキーの瓶とワンフィンガーの半分ほど入っているグラスがあった。彼は白い頬ひげをてのひらでひとなでし、視線を無理に引きはがした。

「ようやくわかった。きみも一味だったんだな」

「なぜそういうことになる？」

「この場所に足を踏み入れた人殺しはきみだけだ。少年時代にも殺し、大人になっても殺す」彼はうなずいた。「春の雨のようだ」

マイケルは立ちあがった。「おれのことをなにもわかってないようだな、ミスタ・フリント」そう言うと部屋を横切り、酒の瓶とグラスを手に持った。「おれもあんたのことがわからない。なにを必要としてるのか、どこに弱みがあるのか。行方知れずになってなんの音沙汰もないとかいう連中のこともな」彼はふたたび腰をおろし、茶色い液体をグラスに三インチ注いだ。「だが、話してくれるんだろう？」

「なぜ話さなきゃいけない？」

拳銃が右に動き、アンドリュー・フリントの額の中央でぴたりととまった。「おれは弟のためならどんなことでもするつもりだ、ミスタ・フリント。ほかのことはともかく、そいつだけは忘れてもらっちゃ困る」

フリントはグラスにじっと見入り、それからサンドペーパーのようにガサガサの唇を舐めた。「話せば命は助けてくれるのか?」

マイケルは銃をぴくりとも動かさず、フリントにグラスを渡した。「守れない約束はしない」

「どういう意味だ?」

「訊きたいことがある」フリントがグラスのなかのものを飲みほした。「それに答えてもらおう」

## 29

ヘリコプターは、アイアン・マウンテンの東八十マイルの地点を高度二千フィートで飛んでいた。南に目をやると、ミニチュアのようなシャーロットの街が金色に輝き、広大な黒い海に太陽が沈んでいくのが見える。アビゲイルはパイロットのうしろの席に、上院議員はその左にすわっていた。ジェサップは前の席で気むずかしそうに顔をゆがめている。肌のたるみが暗く翳り、無精ひげがうっすらのびている。彼は何度かうしろを振り返ったが、その顔には言いたいことを言えない苦悶の表情が浮かんでいた。しかし上院議員が同乗しているため、ありきたりな言葉しか口にできなかった。地図を見てはパイロットに話しかけた。ときおり、屋敷に無線連絡を入れ、現在地と飛行経路について報告した。

二十分後、アビゲイルは窓から目を離した。キャビンのなかは暖かく、ヘッドセットを通して聞こえる雑音が耳に心地いい。マイケルと過ごしたこの数時間を思い返した。アイアン・ハウスの門のところで見せた彼の表情。別れたときの彼の固い決意。目を閉じていると、上院議員の手が脚に置かれ、彼女は思わずぎくりとした。彼は平然とすわったまま、ふたりのヘッドセットを、隔離するモードに切り替えた。

「ふたりだけで話そう」

薄暗いなかでも表情に元気がなく、目が落ちくぼんでいるのがわかる。愛用のフランス製のコロンのにおいがし、太い指にはびっくりするほど力がこもっていた。「愛の言葉をささやく時期はとうに過ぎたと思ったけど」

「きみを愛していると言っても信じてくれないのか？」

「わからないわ」

「たまに浮気したぐらいで、いちいち勘繰らないでくれ。あんなのは性欲と自我のはけ口にすぎん」

「あなたは欲張りだものね」

彼女は素っ気なく言ったが、彼のほうは神の道を説かれたかのようにうなずいた。「それにここぞというときには誠実にもなる」

「その誠実とやらは、まだわたしにも向けてもらえるのかしら？」

彼は目を不気味に輝かせ、彼女の脚をぎゅっと握った。「きみは完璧な配偶者そのものだ――上品で美しく、ものに動じない。ひと目見た瞬間にわかったよ――」

「連れて歩けば見栄えのする女だと」

ヴェインは顔をしかめた。「きみならば慎み深く貞淑な妻になれると思ったのだよ。わたしが築こうとしているものの価値を理解し、きみ自身もさまざまな形でその恩恵をこうむるだろうと」彼は座席にすわり直した。「美人であると同時に、この世界の駆け引きをわかってくれる現実主義者だろうと」

「あなたが思ってるほどわたしは打算的じゃないわ」

「思っている以上に打算的かもな」

「なにが言いたいの、ランドール？」

彼はいかにも政治家らしい冷酷なまなざしを向けた。

「例の死体について、なにか知っているのだろう？」

「わたしは絶対に――」

「できないとは言わせないぞ」

「人を殺すこと？」

「秘密を守りきることだ」上院議員はパイロットとジェサップをうかがった。このやりとりはふたりから切り離されているので、聞こえていない。「きみはわたしに嘘をついてまでも、ジュリアンを守る女だ」アビゲイルが喉もとに手をやったが、彼は平然としていた。

「うちの土地で次々と死体があがり、わたしはマスコミから突きあげられている。妨害者だの、エリート主義者だの、さんざんな言われようだ。また十八年前の繰り返しだ。三ヵ月後には選挙なんだぞ！　なにがどうなっているのか、わたしだって知っておかねばならんのだ、アビゲイル。だんまりを決めこんだり、誤った忠誠心を示している場合ではない」

「本当になにも知らないのよ」

上院議員は顔をしかめた。「なあ、きみのすべてをわかってるふりはしないし、実際、きみはそこらの政治家以上に複雑な人間だ。だが、嘘をついているときのきみはすぐにわかる」

「こんな話はいいかげん飽きたわ」

「きみの口の堅さにはあきれるね。だが、なんとしても真実を教えてもらわねばならん」彼の頭が動き、それがプレキシガラスの窓に映りこんだ。「マイケルとふたたびアイアン・マウンテンを訪れたのは偶然でも、単なる思いつきでもないはずだ。きみがそれなりの理由なしに行動するとは思えん」

「それはあなたも同じでしょ。ここまでしつこく問いただされると、そっちもなにか隠してるんじゃないかと思えてくるわ」ヴェインが目を伏せた。「やっぱり、なにか隠してるんじゃないの」みぞおちに穴があいた気がした。そういうことだったのか。「死体の身元がわかったのね、ちがう？」

上院議員はいたるところにコネがある。金で買っている連中に貸しのある連中。地元警察のなかにも、そういう人間が少なくともひとり、おそらくは複数いる。

**お願いです、神様……**

「ジョージ・ニコルズは五週間前から行方不明だった」

「ジョージ・ニコルズ……」アビゲイルはその名前を繰り返すと愕然とし、急に吐き気をもよおした。

「彼はサザン・パインズで造園業をいとなんでいる」

ヴェインが顔をぐっと近づけた。「彼には友人がいるんだ、アビゲイル。従業員も。失踪届を出してくれる人たちがな。警察は数週間前、彼の車を発見した。チャタム郡の南奥部にある使われなくなった駐車場で燃やされ、放置されていた。うちから二十マイルと離れていない場所だ。ナンバープレートは取り外されていたが、車両登録番号は残っていた。警察が通常の手続きに従って調べたところ、彼の名前はすでに記録にあった。失踪届が出ていたからだ。きょうの午後に歯の治療記録がファクスで届き、夕食の時間には身元が判明した」

アビゲイルの口のなかがからからになった。

「その名前に心あたりでもあるのか？　ジョージ・ニコルズ。白人男性。三十七歳」

彼女は冷淡に首を振った。

「ロニー・セインツはどうだ？」

「ロニー誰ですって？」

両腕と両脚の感覚が薄れていくのがわかった。ヴェインがうなずいた。「一時間ほど前に、その男の死体もあがった。そいつは沈められてさほど時間がたっていないらしい。ポケットのなかに財布があった。その名前にも聞き覚えはないんだろうな」

「あたりまえでしょう?」

上院議員は身体を起こした。「いまの答えが嘘であるのはおたがいよくわかっている。もう何年も昔のことだが、いまも頭に鮮明に残ってる名前だ。ジョージ・ニコルズ。ロニー・セインツ。どこで聞いたのか、どういう文脈で出てきたかは思い出せんが、ジュリアンに関係あるのはまちがいない。アイアン・マウンテンがからんでいるはずだ」

アビゲイルは顔をそむけた。

「なぜまたあの場所を訪ねたんだ、アビゲイル?」

彼女はなにも言わなかったが、パニックの波が胸に迫りあがってくるのを感じた。夫が手を握ってきたが、驚くほど優しい握り方だった。

「これがどれほど危険なことかわからないのか?」彼は妻が振り向くのを待った。「わたしを信用してくれないのか?」顔を振り向けると、議員はすっかり打ちひしがれていた。「なぜなんだ?」

彼は彼女に訴え、柄にもなく懇願していた。つける嘘は十ほどもあり、そのうちのいくつかは実際に彼をだませるだろう。だが結局、どの嘘も口にしなかった。

「あなたはわたしほどジュリアンを愛してこなかった」彼女は顔を上向けた。「充分な愛情を注いでこなかったわ」

ふたりは三秒間見つめ合い、やがてヴェインは彼女の手を離した。口をひらいたが、けっきょくただ顔をそむけた。

妻が嘘をついているときはすぐにわかる。

本当のことを言っているときもわかる。

ヴィクトリーンは大変なことになっているのに気づいた。どこを見てもヘリコプターが飛んでいる。警官が次々とやって来る。音をたどって森のはずれまで行ったところ、すべての警官が湖に集まっていた。見ていると、陽が沈むころに死体が湖から引きあげられた。大きな男で、真っ白い肌はぬらぬらと光り、腐乱しているように見え、口から水が流れ出ていた。たっぷり見物したのち、暗闇の迫る森を忍び足で引き返した。洞穴に戻ると、ろうそくに火を灯し、残っている食料を少しだけ食べた。

それから大の字になって、どうしようかと思案した。金も車もない。母親のところに戻れば殺されかねないし、食器棚から盗んだ銃はなくなった。盗んだときのことや母の不敵な笑みが思い出された。激しく言い合ったときの母の顔がまぶたに浮かんだ。ヴィクトリーンが引き金を絞ってキッチンの屋根に穴をあけたとたん、あんなに傲慢だった母が腰を抜かした。その場で喧嘩は決着がついた。あのときの母の、恐怖と純然たるショックの表情は、思い出しても実に愉快だ。だが、いまはもう、なにもかもがめちゃくちゃだ。ジュリアンからあてがわれたゲストハウスはとても静かで、絶対に誰も来ないはずだった。

なのに、いつの間にか人が来ていた。おかげでヴィクトリーンは食べるものも金も行くところもなく、この洞穴に隠れるしかなくなった。それだけならたいしたことではなかったが、ジュリアンがいなくなった。これでもう何日になるだろう。三日？　四日？　家を出ろと言われたときは、彼が力になってくれるものと思っていた。彼もはっきりと約束してくれた。ふたりは計画を立てた。あまりにもすばらしい計画で、彼女はこれまでしたことのないことをした。男を信用したのだ。おかげで、こうしてやきもきするはめになった。

いったいどこにいるの？

あれこれ考えるうちに眠りこみ、夜遅く、暗闇のなかで目を覚ました。ろうそくは一本を残してすべて燃えつき、その一本もかなりちびて、弱々しい炎が揺らめくだけになっていた。ヴィクトリーンは起きあがろうとしたが、はっとして動きをとめた。

なにか変だ。

洞穴の入口を出たところからがさがさと小さな音が聞こえてくる。低木の茂みをかきわけるような音だ。ささやき声。なにかしゃべっている。

ヴィクトリーンは煙草のパックほどの平たい石を手に取った。この洞穴に入ってくるとしたら、頭が先に出てくるはずだ。

ろうそくを吹き消すと、闇が一気に濃くなった。そうして待った。じっと動かずに。音が大きく近くなったかと思うと、人が派手な音とともに滑りおりてきた。彼女が手のなかの石を頭上にかかげたちょうどそのとき、ジュリアンの声がした。「まいったな……」

「ジュリアンなの？」

彼女は石をおろした。

「ヴィクトリーンか？」

「うん、あたし」彼女は手をつかんで、なかへと引きずりこんだ。彼の息は荒く、そして熱かった。首に汗をぐっしょりかきながら、両腕で抱き締めてきた。

「ごめんよ」彼は言った。「本当にごめん」

「なにを謝ってんの？」

「なにがどうなってるのかさっぱりわからない。ひとりにしてごめん。ごめんよ、こんな……真っ暗なところに放っておいて」彼は彼女の身体を離すと、片手をこぶしにして頭の横を叩いた。「なにもかもまちがってる。なにひとつまともじゃない。ぼくは……」また自分を殴った。「どうしてもぼくは……」

「いいから落ち着いて。いま明かりをつけるね」

ヴィクトリーンは身体を離すと、マッチはどこかと手探りした。ようやく見つけ、最後のろうそくに火をつけた。ジュリアンの濡れた顔が、燃えあがったまぶしい炎に照らし出された。「ジュリアンったら」そう言いながら彼の顔についた汗と泥をぬぐってやった。イバラで引っかいたのか、血がうっすらと縞になっている。「ひどい顔してる」

彼は膝を引き寄せ、頭を胸につけた。「どうしても……」

「どうしても、なんなの？」

「どうしても消えてくれないんだ……」

彼は彼女のシャツをひっつかみ、その胸に顔を深くうずめた。

「なにが消えてくれないの？」

「床に倒れて死んでる男。真っ赤なしぶきと重たいものが落ちる音。兄貴と母も見える。アイアン・マウンテンが少しと、はるか昔の記憶が少し。なつかしい顔。声。わけのわからないことばかりだ」彼は膝をさらに引き寄せた。「きみのことは忘れてたんだ、V。悪いと思うけど、どうも頭がうまくはたらいてくれない。ぐちゃぐちゃなんだよ」

「落ち着いてよ、ジュリアン。なにがあったかだけ話してくれればいいから」

「それがわからないんだ。見えるように思うときもあるけど、すぐに消えてしまう。気づくとぼくは闇の奥深くにいる。まわりを水に囲まれて。みんなの笑い声がする。記憶。顔。ここまでひどいのは初めてだ」

彼は自分の髪を引っぱり、片方のかかとを洞穴の床に押しつけた。

「いいから、深呼吸してごらんよ。ほら」彼女はさらに強く抱き締めた。もともと思い悩むたちとはいうものの、ここまで深刻な状態の彼を見るのは初めてだった。彼女の知るジュリアンはまるで少年のようで、おとなしい性格でありながら、荒っぽく育った孤独な少女に辛抱強く接する一面を持ちあわせている。彼は踏みつけられる痛みを知っており、夜には長く暗い時間が積み重なっていくことも、のぼった太陽がひどく弱々しい光を放つことも知っていた。しかしいま、彼女は母親の言うことを聞くべきだったかと思いはじめていた。天上には神などいないし、信ずるに値する男などいない、肉体と家族とお金以外に真実は存在せず、ゴートロ一の名を持つ女にまともな居場所などない。母はそう言っていた。「心配しなくても大丈夫だよ、ジュリアン」彼女は本心から思っているように言った。

「ヴィクトリーンがついてる」

「きみに頼みたいことがある」

「どんなこと?」

彼は説明した。

「あなたのお母さんに?」彼はうなずき、ヴィクトリーンは美しい手と真っ白な肌、使用人と銀行の幹部と羽根のようにやわらかなベッドを思い浮かべた。自身のつらい歳月を振り返る。殴打と孤独、五十ドル持ってる男なら相手かまわず身をひさぐいかれた母と、彼女のベッドに通じる道をのぼれるほどパワーのあるトラックを思った。「あなたのお母さんならなんとかなると思う」

ろうそくの炎が揺らめき、しばしの時が流れた。

「なぜぼくがきみを愛してるかわかる?」彼が訊いた。

彼女は彼をあやすばかりで無言だったから、彼はもう一度尋ねた。

「どうしてかわかる?」

「うん」

事実、わかっていた。外見でも頭のよさでも美しく引き締まった身体でもない。ジュリアンがわたしを愛する理由はひとつだけだ。

「きみがとても強いからさ」彼は言った。

それだけだった。

ヘリコプターは敷地の裏側で旋回し、記者のいるところからは見えない場所に入った。速度がゆるむにつれ梢《こずえ》がしなり、スキッドの下に空地が現われたかと思うと、アビゲイルの目にヘリポートの縁がくっきりと見えた。明かりがついていた。その向こうの闇に車が何台もとまっている。パイロットが最後の調整をおこない、スキッドがコンクリートに接触すると、アビゲイルはシートベルトをはずした。

窓の外をよぎるごつごつした暗い大地を見ているうちに、怒りが高まっていた。自分でも身勝手と思うし、怒りの大半は恐怖の裏返しだったが、夫のにおいに腹が立ってしかたなかった。自分本位なところにも。計算高いところにも。外に出ると、回転翼で引き裂かれた空気が激しい下降気流となって吹きおろしてきた。エンジンの音はさながら岩崩れのようだ。手前の車まで行くと、肩に手を置かれた。振り返ると夫が立っていた。

「さっき言ったことを考えるんだな」

彼は声を張りあげねばならず、大きな頭を覆う白髪を派手になびかせていた。

アビゲイルも負けまいと大声を出した。「いやよ。そっちこそわたしが言ったことを考えなさい」

彼は長い黒塗りの車に目をやった。雇っている警備員のうちのふたりが立って待っている。その隣には、おんぼろのランドローバーがいやがらせのようにとまっていた。「きみはジェサップと同じ車のほうがいいのだろうな」彼は、プライドが傷ついたように言った。

「彼と話をしないといけないのよ」アビゲイルは言った。

「ならば、明日の朝なら会えるか?」

意地の悪い表情が彼の顔いっぱいに広がったのを見て、アビゲイルの怒りが一段階あがった。彼女は理性を失うまいと必死にこらえたが、怒りはあまりに強かった。「わたしは浮気なんか一度もしていない。どう考えようと勝手だけど、そういうことはいっさいしてないの」

「やめたまえ……」

「わたしとあなたはそのくらいちがうのよ」

「以前にも言ったろう、おたがい適当に気晴らしをするのはいいが、わたしを見くびるようなまねはするなと。あいつとやりたければやればいい。だが、隠しだてするのは許さん」

彼女はかぶりを振った。「わたしはもうずっと昔に、自分のあるべき姿を決めたの」

「きみはときどき突拍子もないことを言いだすな。自分でもわかってるのか？」

彼女は気のきいた反論を返そうとしたが、なにも思いつかなかった。けっきょく口を突いて出たのは平凡な科白だった。「あなたにはモラルというものがないの？」

「モラルとはそもそも相対的な概念だ。そのことは誰よりもきみがよく知っているはずだろう」彼は車におさまると、ウィンドウをおろして告げた。「明日の朝いちばんに。わたしの質問に答えてもらうからな」

上院議員のウィンドウがするするとあがり、車がゆっくり動きだすと、ジェサップがアビゲイルの隣に現われた。

「大丈夫ですか？」

「車に乗りましょう」

ふたりが車に乗ってドアを閉めると同時に、ヘリコプターのエンジンがようやく静かになった。ぞっとするほどの静寂のなか、同じようにぞっとするジェサップの声が響いた。「いったいどうしたんです、アビゲイル？　わたしにひとことも言わず、ろくに知りもしない男と出かけるとは。あの男は危険で、正真正銘のギャングなんですよ……」

しかし彼女の思いはジュリアンだけに向けられていたから、怒ったように手を振って制した。「周辺のモーテルは全部調べた？　交友関係は？」

「もちろん」

「敷地内も全部？」

「四千エーカーもあるんですよ。もちろん、調べてません」

「きっと、ヴィクトリーン・ゴートローと一緒だわ——」

「それはどうでしょうか」

「とぼけないで、ジェサップ。そうとしか考えられないでしょうに。あのあばずれの娘に引っかかったのよ。カラヴェルの自宅を捜索しないといけないわ」

「すでにやりました」

「あの女が許可したの？」

「五千ドルの現金と引き替えに。隅から隅まで調べましたよ。その間彼女はポーチにすわって、金を数え、われわれのことを笑っていました。ジュリアンはいませんでした。ヴィクトリーンも。われわれが引きあげるのと入れ替わりに、警察がやって来ました」

「警察が？」

「ジェイコブセンと、もうひとりべつの刑事のふたりです。なんの用だったのかはわかりませんが」

アビゲイルはかぶりを振った。「ロニー・セインツ。ジョージ・ニコルズ」自分の目が大きくひらいていくのがわかった。フロントガラスがかすんだ。外の景色もかすんだ。

「あそこには絶対に行ってはなりません、アビゲイル」

「わたし、怖いのよ、ジェサップ」

「われわれがきちんと手を打ちますから」

アビゲイルは両手で顔をさすった。「わたしは死んだ男たちが何者か知ってるのよ。ロニー・セインツ。ジョージ・ニコルズ。ああ、どうしましょう。そのふたりが何者か知ってるの。なのに、なにがどうなっているのかさっぱりわからない」

「わからなくていいんです。さあ、深呼吸して。わたしがなんとかします」

「あなたにだってきっと無理よ」

「とにかく順を追っていきましょう。全部、話してください」

彼女はマイケルとふたりで向かった先と、そこで知ったことを説明した。「ロニー・セインツの自宅に名前を書いた紙があったの。ジョージ・ニコルズの名前がそのリストにのっていた。それにビリー・ウォーカーとチェイス・ジョンソンの名前も」

「それでアイアン・ハウスに行ったんですね？」

「アンドリュー・フリントから話を聞こうと思って。彼ならなにか知っているとマイケルが言うものだから」

「でもあなたはフリントには会わなかった」

「ええ」彼女は指の爪を嚙んだ。湖のことが頭のなかを駆けめぐる。「まだ身元のわかっていない死体がひとつあるのよね。二番めに引きあげられた、ほとんど骨しか残っていなかった死体が」口から指を出した。「それがビリー・ウォーカーかチェイス・ジョンソンだとしたら？　とても偶然とは思えない。ねえ、ジェサップ、湖にはもうひとつ死体が沈んでいるんじゃない？　全員が死んでいるのかもしれないわ。ここでなにが起こってるの？」

「彼らを殺したのはジュリアンではありませんよ」ジェサップはきっぱりと言った。「信じてやってください。実際がどうであれ、あなたが信じてやらなくては」

「本当にあの子を大切に思ってくれてるのね」

「ええ、もちろん」

「だけど、どうしてなの、ジェサップ？　上院議員も努力したけどだめだったのに」

「あなたが彼を大切に思っているからですよ」

アビゲイルは彼の頰に手を触れた。「そう言ってくれてうれしいわ、ジェサップ。本当にありがとう」彼は彼女の手に顔を押しつけた。「ところで、サリーナ・スローターという名前に心あたりはある？」

彼は顔をあげた。「なぜそんなことを訊くんです？」

「その名前もリストにあったから」

ジェサップは首を左右に振った。「知りません」

「たしかなの？」

「ええ。ですが、あの、わたしからもひとつ質問が」

「どうぞ」

「あなたはマイケルをどう思いますか？」

「ひとことで言うのはむずかしいわね。なぜ？」

「議員から彼についていろいろ訊かれましてね。どうやら警察にも知らせたようです。議員の部下が素性を洗っています。あらゆる情報を集めているようです。何者なのか。どこから来たのか。とにかくすべてを。彼の足取りをつかみ、恋人の行方も追うつもりのようです。ファイルまで作成してますよ」

「意味がわからないわ」

「おそらくご主人はスケープゴートを探していると思われます」

アビゲイルにもようやくわかった。「殺人の罪を着せる相手ね」

「上院議員はそう考えているようです。マイケルはよそ者ですし」

彼女は背筋をまっすぐに起こした。「わたしたちが知ってる事実はしゃべってないでしょうね？　オットー・ケイトリンのことや、マイケルの車から見つかったもの——現金、写真、銃——のことはしゃべってないんでしょう？　そうよ、まさかマイケルの銃を主人に渡したりしてないわよね？」

「いまのところは」

「いまのところは。それはどういう意味？」

彼は平然とした顔で肩をすくめた。「それも悪くないと思ってます」

# 30

　ジミーが玄関ポーチで待っていると、ようやくステヴァンが現われた。もう遅い時間で、手下の大半は酔っぱらっているかトランプに興じている。家のなかにはいわくいいがたい怒りと不穏な空気が充満していた。エアコンはない。一台きりのテレビはど真ん中に穴があいている。しかし原因はそれだけではなかった。なかにいる連中は全員が雇われ者だった。ステヴァンのように何百万という金があるわけではなく、ジミーのような策があるわけでもない。それぞれが縄張りという名の、ささやかで血塗られたアメリカン・ドリームを持っているが、ステヴァンのせいで失いかけている——その結果、なにが得られる？　マイケルなんぞ何日も前に殺しておけばよかったのだ。ニューヨークから出ていかせたのはまちがいだった。おかげで彼らは、孤立し危険にさらされていると感じていた。

　その気持ちはジミーにもわかる。

　同情はしないが、気持ちはわかる。男は誰でも誇りに思うものを必要とする。ジミーがポケットに一ドル入れておく必要を感じるのと同じことだ。もちろん、連中の怒りなぞジミーにとっては問題でもなんでもなかった。彼の欲望は恐怖、尊敬、機会という単純な要素を超越していた。それは肥大しつつ、同時により単純化していた。マイケルには死んでもらう。それでどっちが上か、はっきりする。それにもうひとつ、六千七百万ドルを手に入れる。かなりの大金だ。彼は使い道を考えながら立ちあがった。

　**カリフォルニアに土地を買おうか……**

　**ブドウ畑のある土地がいい……**

　ヘッドライトが家の壁を舐め、ステヴァンが車をとめた。ジミーはベルトに差した銃に手をやった。ふたりはステップの最上段で向かい合った。「どこに行っていた?」

「親父の霊でも呼び寄せてるのか」

「おやじさんなら最初におまえを殴ってから、質問しただろうよ。そもそも、おやじさんなら手下をこんなところまで引っぱってきたりはしない。裏切り者は、反逆の徴候がわずかでも見えた時点で殺してる。手下を不審がらせるまねなどするものか」

「なんだよ、ジミー。あんたに会えたのだってうれしいさ」

「ずいぶんなごあいさつだな。あそこの敷地にはおまわりがうじゃうじゃいる。手下はみんな頭にきてるし、マイケルの野郎はまだ生きている。ややこしいことにしやがって」

「その話は聞き飽きたよ、ジミー」

ステヴァンはぐったりしていた。襟もとから剛毛がのぞくほどネクタイをゆるめ、目がすっかり落ちくぼんでいる。無理にわきをすり抜けようとした彼を、ジミーはドアの二フィート手前で制止した。「おまえの部下が指示を待ってる」

「いまのは正しい言い方だ」ステヴァンはジミーにぐっと顔を近づけた。「おれの部下ってのは」

彼はドアに手をのばしたが、またもジミーが制止した。「マイケルに電話をかけさせてくれ。さっさとこの件を片づけたい」

「その話はもうしただろう。おれに計画があるんだ。準備も進んでいる」

「いいかげん、その天才的な計画とはどんなものか、話してもらえないか?」

「あのな、ジミー、親父はあんたを信用して事業の一部をまかせてたかもしれないが、おれたちはまだそのレベルに近づいてもいないんだ。あんたとおれは」

「くだらん言い訳だ」

ステヴァンは自分の胸に触れ、子どもに言い聞かせるような口調で言った。「脳みそ」そう言うと、次にジミーを指差した。「腕っぷし。脳みそ。腕っぷし」手が行き来する。「これでわかったか？」

「女はどうする？」

片方の眉がさっとあがった。「まだ生かしてあるのか？」

「どうしてほしい？」

「あんたが蒔いた種だ」ステヴァンはドアをあけた。

「自分で刈り取れ」

ドアが軽い音とともに閉まり、ジミーは口に出さなかったあれこれを思い返した。マイケルと女のこと、ステヴァンが父親の数分の一にもならないケチな存在であること。六千七百万ドルが頭をよぎり、暗く静かな納屋で見つけたものがまぶたに浮かんだ。鎖と金属のフック、古い砥石と、それで研げそうな道具類。両手両脚を広げたステヴァンが血の涙を流す光景を想像し、あのくそガキがどこまでもつかと考えた。何時間泣き叫べば、口座番号と暗証番号を吐くだろうか。

**六千七百万ドル。**

**埃だらけの納屋と静かなる森の世界。**

ジミーは大きく息を吸い、男ひとり埋めるくらい造作もなさそうな場所のにおいを嗅いだ。

## 31

「話は終わりか？」マイケルはぐっと身を乗り出した。フリントはしゃべりすぎて声をからし、酒はもうにおいしか残っていなかった。これでいくらかは納得がいった。すべてではなく一部だけは。これが酒と恐怖のなせるわざだ。時間をたっぷりとかけて、そのふたつを慎重に使えば、たいていの男は落ちる。

しかしフリントのようなやつもいる。

彼は神経質な酒飲みで、酒量が増えれば増えるほど冷静になり頭が冴えてくるタイプだった。実際、歯車が安物の茶色い酒という油を差されてきちんとまわりだすのを見る思いがした。フリントもばかではないので、話すことの大半は真実だったが、ささいな嘘を慎重に混ぜこんでもいた。それが何なのかはわからなかったが、嘘は存在し、それがもっと大きななにかにつながる鍵なのもたしかだった。飲んでいようがいまいが、顔に四五口径を突きつけられながら、いいかげんな気持ちで嘘をつく人間はいない。「酒はまだあるのか？」マイケルは訊いた。

「キッチンにある。わたしはもうけっこうだ」

それは嘘だった。フリントは物静かで酒を手離さず、たとえて言うなら小さめに火をおこし、灰をかぶせて長持ちさせるのがうまい酒飲みだ。マイケルはそういう手合いを知っている。弱くて物静かで飢えており、気を失うか酒がなくなるまで飲みつづけるような連中だ。

「キッチンだと？」マイケルはすわったまま身体をねじった。尻の下のつるつるのコーヒーテーブルがぬくもっていた。書棚の下の閉じた戸棚を指差した。「さっきからあの戸棚をちらちら見てるってことは、もっと近くにもあるんじゃないのか？」

「ちらちら見てなどいない」

マイケルはにやりとした。というのもいまのは、フリントがついた最初のお粗末な嘘だったからだ。フリントが腰をおろして以降に目をやったのは三ヵ所だけ。マイケルの顔と四五口径、それにあの戸棚だ。「なかをのぞかせてもらうぞ」

マイケルが立ちあがると、フリントはすわったままつんのめった。「やめてくれ！」

「なにをやめろって？」

「頼む……」マイケルはフリントから目を離さずに戸棚をあけた。なかには箱がひとつあるだけだった。それを取り出してもとの場所に腰をおろした。フリントの口がぱっくりあき、世の中のすべての苦しみを一身に受けたような目になった。「頼む」

ふたをあけると現金が出てきた。それも大量に。箱を揺さぶってみる。紙幣は束ねておらず、銃身でなかをかき混ぜた。すべて百ドル紙幣だった。これだけで八万ドルはあるだろう。彼は箱をわきに置いた。「これが残りの金か？」

「それで全部だ、本当に。頼むから取らないでくれ」

「こいつを持ってきた男のことを聞かせろ」

その話はすでに二度していた。マイケルはもう一度聞きたかった。

「普通の配達だった」フリントは言った。「箱はビニールでくるんであった。持ってきたのは若い男で、受け取りのサインを求められた」

「前の男とはちがうのか？」フリントはかぶりを振り、マイケルはこれまでに聞き出したことを振り返った。

七週間前、弁護士を自称する男がフリントに接近した。高級スーツに身を包み、ブリーフケースをさげ、まともな会社の名刺を差し出した。中年の坂を越え、いかめしく容赦のなさそうな顔のその男は、名前を明かせない依頼人の代理であると言った。その依頼人からの提案だった。内容は非常に簡単で、アイアン・ハウスにかつて入所していた四人の現住所を教えろというものだった。チェイス・ジョンソン。ビリー・ウォーカー。ジョージ・ニコルズ。ロニー・セインツ。アンドリュー・フリントなら記憶があるし、記録の入手も可能だろう。依頼人はそれに金を払うとのことだった。

　マイケルは札をひとつかみし、ぱらぱらと落とした。

「いくら払うと言われた？」

「住所ひとつにつき五万ドル。三人の住所を教えた」

「どの三人だ？」

　フリントは目を閉じて、唾を飲みこんだ。「ロニー・セインツ。ジョージ・ニコルズ。チェイス・ジョンソン」

「なぜビリー・ウォーカーがない？」

「見つけられなくてね。だから三人だけになった。頼むから、もうこれで帰ってくれないか？」

　マイケルは箱を持ちあげて揺さぶった。「けっこうな額だ」

「持っていけ」意外な言葉にマイケルは驚いた。いま一度、相手の顔をまじまじと見る。フリントはもう喧嘩腰でもやけくそでもなかった。すっかり取り乱していた。「持っていけ？」マイケルは訊き返した。

「ああ」フリントは手を振った。「きみにやる」

　マイケルは黙っていた。

「もう質問には充分に答えたじゃないか」

　それでもなにも言わずにいると、沈黙のただようなか、フリントが廊下に目をやった。マイケルがここに押し入って以来、フリントは一度も廊下に目を向けていなかった。ただの一度も。いかなる場合も。

　そのとき、マイケルの耳にも聞こえた。足を引きずるようなかすかな音だ。彼は銃をかまえて立ちあがった。するとフリントが驚くほどのスピードと身のこなしで廊下に突進し、「よせ」と叫びながら両腕を広げた。青ざめ、酒がまわり、身体を小さく震わせながらマイケルの前に立ちはだかった。「やめてくれ。頼む」

フリントは廊下に行かせまいと必死だった。部屋着の前がはだけ、薄い胸板に浮き出た骨と、わずかに残った白い体毛があらわになった。

「奥に誰がいる？」

マイケルの手のなかの銃はゆるぎもしなかった。フリントの背後の足音がしだいに大きくなった。妙にぎくしゃくした音と、布地がこすれる音が聞こえてくる。

「子どもだよ」フリントは言った。

だが、廊下を歩いてきたのは子どもではなかった。どこから見ても、太い脚と大きくて分厚い手をした、身長六フィートのりっぱな男だった。片脚を引きずり気味に、のろのろと歩いてくる。ジーンズとなにも履いていない足とくしゃくしゃの黒髪が見えた。一部は影になっていて、テレビのある部屋からの青い光を顔に受け、伏せた目を左に向けていた。

フリントは身体をめいっぱいのばした。「頼む」

「そこまでだ」マイケルは撃鉄に親指をかけた。

「撃たんでくれ！」フリントの声が乱れた。いまにも泣きだしそうで、両の頬が不健康なピンク色に染まっている。「頼む」

マイケルがためらっていると、フリントのうしろの男が口をひらいた。「こんちは」子どもみたいな言い方だった。男は顔をこすると、フリントがかばおうとするのもかまわず、明るいなかに出てこようとした。銃に驚いたそぶりは見せなかった。マイケルがいることも気にならない様子だ。男がカーテンをあけるようにしてフリントを押しのけると、頭蓋骨が大きく陥没している影響で片目がつぶれているのがわかった。「喉が渇いちゃった」額には長い傷があり、生え際に縫った痕が見えた。「もう出てきてもいい？」

フリントはマイケルを一瞥してから、男の肩に手を置いた。「いいとも」それから少し挑発的になった。

「誰もおまえに悪さはしないから」

「うん」

「こっちのおにいさんにあいさつしなさい」

男は足を踏みかえた。照れくさそうにはにかんでいたが、やがて少年のようにおどおどと片手をあげた。

「こんにちは、おにいさん」

マイケルはようやく誰だかわかった。

「やあ、ビリー」

ビリー・ウォーカーは自分の名前を呼ばれてにっこりとした。「ミルクはある?」

「あるとも」フリントは言った。

「チョコレートは?」

不安でフリントの顔の皺が深くなったが、彼はうっすらとほほえみながらビリーの髪をなでてやり、さっきと同じ優しい声で言った。「ちょっと見てみようかね」


「彼はどうしたんだ?」あけはなしたドアからテーブルについているビリーの姿が見えた。いま彼は砂糖がけのシリアルを食べている。顎に牛乳をつけ、すわったまま身体を揺さぶったかと思うと、チョコレートミルクの入ったコップをじっと見つめたりとせわしない。フリントはついた嘘をことごとく見破られ、ぐったりしていた。彼がすべてを出しつくしたのはマイケルにもわかる。

「ロニー・セインツと喧嘩になったことがあってね」フリントはこぶしを右目に押しつけると、大きくため息をついて、バーボンのおかわりを注いだ。「きみがいなくなった一年後のことだ。喧嘩が激しくなって、ビリーがコンクリートの階段に頭から落ちたんだ」

「ロニーが押したのか?」

「もちろん、あいつは否定したさ」グラスが持ちあがり、空になって戻った。「けっきょくはどっちでも同じことだった。医者は六時間かけてビリーの脳みそから頭蓋骨の破片を取りのぞいたが、以来、ずっとあんなふうだ」

「それにしても、なぜ彼がここに？　なぜあんたと一緒に暮らしてる？」

フリントは物憂そうにほほえんだ。「頭の半分が陥没した十六歳の少年など、誰も養子に迎えようとは思わんさ。だが、おかしなものだな、人生は。あいつの頭をへこませたコンクリートのへりが、腐った性根を取りのぞき、腹黒い部分を取り出して太陽でこんがり焼いてくれたわけだからな」フリントは肩をすくめた。「以来、あの子はすっかり変わったよ。おとなしくて優しくて素直になった。十八になっても、とてもじゃないがひとりで世間に出す気にはなれなかったんだ。そこで施設に残した。雑用係としてね。枯れ枝を拾わせたり、掃き掃除をさせたりと。しばらくはそれでうまくやれていた。ビリーも。孤児院も。やがてカジノがオープンした」フリントの目が険しい光を帯び、彼は盛大に洟をすすりあげた。「おかげでわたしはすべてを失った」

「アビゲイル・ヴェインが寄付した金を？」

「五百万ドルをふいにした。ギャンブル。投資の失敗」罪の意識が大きすぎるのか、すまなそうな顔ひとつしていない。「施設をもっといいものにしようと賭けに出たんだがね。かえってみんなを失望させることになった。子どもたちを。わたし自身も。わたしがなにもかもぶち壊してしまったんだ」

「それで孤児院が閉鎖されたあとは？」

「この施設には残存価値というものがあるんだよ。銅の雨樋と配管。スレートの屋根」フリントは肩をまわした。「北部の会社が全施設を買い取り、わたしは解体までのあいだ、管理人として置かれることになった。もう何年も前のことだが、ずっと放置されたままだ。べつに不満を言ってるわけじゃない。いくばくかの金をもらっているし、住む場所もある」

マイケルはまた嘘をついていないかと探ったが、ひとつも見つからなかった。「その間ずっとビリーを手もとに置いていたわけか」

「ああ」

「なぜだ?」

フリントは目をあげた。その目はまぶしいほど純粋な愛情で輝いていた。「この六十年、ろくなことをやってこなかったわたしにとって、あの子の世話が唯一まともなことだからだよ」

二十分後、フリントはビリー・ウォーカーを寝かしつけにいった。戻ってきた彼にマイケルは言った。

「ドアの修理を手伝おう」

ふたりはベニヤ板と大釘で穴をふさいだ。外に出ると、低く大きな月がのぼりはじめていた。マイケルは言った。「本当に連中は死んだと思っているんだな? 全員が」

「三人とも行方がわからない」

「なぜ、三人のその後の足取りまで追ったんだ?」

「住所を教えたあと、後悔してね。予感がはずれていてほしかったのかもしれん」

「三人の誰かとは話をしたのか?」

「ロニー・セインツだけだが、あいつは猜疑心が強いうえに頭が混乱していた。金目当てかなにかと思ったらしい。ほかのふたりの行方がわからないと忠告したんだが、てめえの知ったことかと言い返されたよ。自分がやろうとしてることくらい、ちゃんとわかってるとな。二日後、彼も行方がわからなくなった」

マイケルは、思ったとおりだというようにうなずいた。子どものころもセインツは猜疑心が強かった。

「家族のいるやつはいるのか?」

「全員、家庭を持ちたがるタイプではないよ」

マイケルはドアを閉め、補修した板きれにこぶしを叩きつけた。赤ん坊と建て売り住宅を夢見る、ロニー

・セインツの恋人の顔が頭に浮かんだ。「ここを出たほうがいい。ビリーを連れてよそに住むところを見つけろ。新しいスタートを切るんだ」

フリントはうなずきながら言った。「でかいヤマをあてたらそうしよう」

マイケルはなにも言わなかった。酒飲みと博打打ちが変わることはまれだ。彼はショットガンを手に取って、なかの弾を抜いた。それが終わると、フリントがこっちをにらんでいるのに気がついた。

「本当にきみは彼らを殺してないんだな?」

マイケルは闇に広がる廃墟をながめわたした。「あいつらのことなど、この二十年、考えたこともない」

「だったら、死んだのではないのかもな」フリントは言った。

「かもな」

フリントはゆらゆらと揺れながら、バーボンを手に取った。「わたしだって最善をつくしていたんだ」

マイケルの顎に力がこもったが、フリントはまったく気づかなかった。

「きみがここに入所してたころ」フリントはつづけた。「悪いことが起こらないよう、わたしなりに心を砕いていた。これだけはぜひ信じてもらいたい。とにかく大変だった。膨大な数の子どもに対し、こっちの人員はほんのわずかだったのだから」彼は湿った音をさせて洟をすすった。声に嘘はなかった。「ひどい状態だったのはわかっている」

マイケルはフリントを穴があくほど見つめた。うろたえながらも自分の感情をふるいにかけ、冷静と沈着を選り分けた。終わった。これでけりがついた。それでもフリントには真実を告げなかった。フェンスを乗り越えたとき、彼を殺す気持ちに傾いていたことは説明しなかった。おかしなことだが、フリントを救ったのはビリー・ウォーカーだった。もっとおかしいのは、マイケルにそんな思いやりの気持ちがあることだった。

「あんたがビリーの面倒を見てくれてよかった」

マイケルからあたえられるのは、短い言葉と人生からの贈り物だけだった。

フリントは咳払いをした。「もう休ませてもらうよ。きみはよければソファを使ってくれ」

マイケルはその申し出を受けようかどうか考えた。昼間の明るいなかでアイアン・ハウスを見ておきたかった。廊下を歩き、子ども時代を過ごした場所をこの目で見ておきたかった。ひょっとしたら思いもよらないひらめきや、新鮮な考えに恵まれるかもしれない。場合によっては、天井の高い廊下を歩くうちに、怒りが復活をとげる理由が見つかるかもしれない。「街にホテルがある」マイケルは言った。

「〈ヴォロンテ〉だ。まともな宿だよ」

ホテルという言葉が魅力的に響いた。シャワーと闇のなかの四時間。しかしフリントを完全には信用できないし、何年も昔のヘネシー事件にけりがつくとなれば地元警察は大喜びするはずだ。たった一本の電話でそれが可能になる。宿泊先に警官が訪れる。夜明け前の静けさのなかで大捕物が繰り広げられる。血にまみれた手をしたマイケルが、実際にはおかしていないたった一件の殺人事件で刑務所行きとは、皮肉にすぎる。

「ソファを借りるよ、ありがたく。その前に、車をゲートのなかに入れてくる」

フリントは部屋着のポケットから鍵束を出した。

「真鍮のやつがゲートの鍵だ」

「朝は早く失礼する」

「いずれにしても」フリントは肩をすくめた。「わたしは遅くまで寝ているがね」

マイケルは孤児院のほうを示した。「なかを見ていきたい」

「本気かね？」フリントは左に首をのばした。「あのなかに入るのか？」

それは望みというより、自分が形成された場所に触れておかなくてはという強い欲求だった。アビゲイルの言葉は的を射ている――戻ってみると胸に迫るものがある。「いますぐじゃない」マイケルは言った。「朝になってからだ」

「そうか。かまわんよ。なかの様子は知っているな」彼は鍵束を指差した。「銀色のでかいやつが玄関の鍵だ。鍵はキッチンのカウンターに置いていってくれ」

「銃もそのときに返す」

フリントはまたよろめいた。肌の皺が地図の線にそっくりだ。「まだ言うことがあった気がする」

マイケルは首を振った。「もう充分だ」

「ならば、さらばだ」フリントは手を差し出した。たっぷり二秒が過ぎてから、マイケルはその手を握った。

「さよなら、ミスタ・フリント」

フリントは手を離すと、くるりと背を向けた。おぼつかない足取りでステップの最下段に足をかけたが、落ちることなく家のなかに入った。三つ先の窓に明かりがつき、痩せこけて弱々しい男のシルエットが酒瓶を傾けるのが見えた。一分とたたぬうちに明かりは消え、マイケルはフリントを頭から締め出した。門まで歩き、でこぼこの長いドライブウェイを車で戻りはじめた。それから電話を出してアビゲイルにかけた。

「やあ、おれだ。いや、大丈夫。ジュリアンの行方はわかったか？」

「いいえ」

「エレナはどうだ？」

「音沙汰なしよ、マイケル。残念ながら」

「いいんだ」マイケルは言ったが、いいはずがなかった。淡く高い星が空いっぱいに広がり、夜の空気がひんやりと身に染みる。エレナのことを考えまいとしていると、ひと筋の雲がのぼりかけた月を横切っていった。せめて無事でいるかどうかだけでもたしかめたい。

「あのな」彼は目をこすった。「ひとつ訊きたいことがある」

「どうぞ」

「ジュリアンは金を持ってるか？」

「どういう意味？」

「多額の現金を自由にできるかと訊いてるんだ」

「なに言ってるのよ、マイケル」彼女は思わず笑いだしそうになった。「あなたの弟の本がどれだけ売れているか知ってるの？」

「たくさん、だと思うが」

「何百万部もよ。なぜそんなことを訊くの？」

マイケルは目を強くつぶった。「なんでもない」

「本当に？」

「ああ。たいしたことじゃない」

「明日には会える？」アビゲイルは訊いた。

「早くにここを出るつもりだ」

ふたりのあいだに、どんよりとした気づまりな沈黙が流れた。アビゲイルがその沈黙を破った。「ねえ、戻ってくるときは用心してね。わかった？」

「なにかあったのか？」

「いいから……用心して」

「アビゲイル……」

「なんだかわたし、とても疲れた」

たしかに電話ごしにも、不安と疲労が湧き出ているのが伝わってくる。「おやすみ、アビゲイル」

「おやすみ、マイケル」

## 32

強大な支配者気取りのステヴァンが自室に消えるまで、ジミーは十分間つき合ってやり、それからなかに入って居間の入口で足をとめた。胸くその悪くなる光景だった。ピザの空箱に煙草、洗濯せずに何日も着たままの衣類。裸足と、裏が真っ黒の靴下も見える。毛むくじゃらの肌をぼりぼりとかく手。ペンのキャップを耳に突っこんでいるやつもいた。

**けだもののめ。**

「やあ、ジミー。どうした？」

クリント・ロビンズだった。ここで唯一まともな男だ。痩せぎすで身が軽く、ぼんくら集団のなかではきわだって頭が切れる。彼はソリティアをしている最中で、あと少しであがりそうだった。ジミーは顎をあげた。「ステヴァンは部屋か？」

「ああ」

「女のほうは？」

ロビンズはにやりとした。「いい女だよ」

「そんなことを訊いたんじゃない」

「わかってるって、ジミー。ちょっとからかっただけさ。閉じこめてある」

「夕めしはやったか？」

「ステヴァンも言ってるだろ」彼は隣にすわったジミーにウィンクした。「おれたちはけだものじゃないんだぜ」

ジミーが顔をしかめたところへ、べつの男が割りこんできた。男はソファに腰をおろした。名前はショーン。両親がアイルランド人で、アクセントにその名残がある。「いつ決行だ、ジミー？」室内がしんとなり、たちまち全員が聞き耳をたてた。ショーンはわざとらしく声を落とし、ステヴァンが自室として使っている部屋のほうを親指で示した。「金持ちの完璧男はなんにも教えちゃくれないんだ」

何人かの男がうなずいた。ステヴァンを揶揄する言葉がこうも簡単に飛び出すということは、敬意が低下しているあらわれだ。ジミーは室内の顔ぶれを見わたした。七人の顔が見える。全員が苛立ち、軽蔑の気持を隠そうともしていない。そこいらじゅうに銃が転っている。大半は拳銃だが、ポンプアクション式十二番径ショットガンも数挺ある。フルオートマチックはひとつもない。いいことだ。

「この状態もじきに終わる」ジミーは言った。

「絶対にか?」ショーンが訊いた。

部屋はあいかわらずしんと静まり返り、ジミーは思わず笑みを漏らした。「九十九パーセント確実だ」

「いつ百になる?」ロビンズが訊いた。

「じきだ」

「だといいがな」

ジミーは目の奥で冷たい鋼鉄が音をたてて閉まるのを感じた。いまの無礼は彼に向けられたものだ。あからさまではない。この場で喧嘩を売るほどではないが、それはどうでもいいことだ。「五分後だ」ジミーは答えた。

ロビンズが最後のカードを置いた。

エレナはドアノブのまわる音を耳にし、目をあけると、ジミーが入ってくるところだった。この男の動き方は本当に気味が悪い。まるで関節に油が差してあるみたいだ。彼女は両脚をベッドからおろした。その拍子に鎖がカチャカチャと音を立てた。ジミーは片腕とベッドをつないだ手錠を顎でしゃくった。「そんなことをしてすまん」彼は言った。「外はもう暗い。逃げ出されては困るんでな」彼は足で食事の皿をつついた。ファストフードのバーガーはすっかり冷え、手つかずだった。「腹が減ってないのか？」

エレナは顔から髪を払った。「なにが望み？」

「質問に答えてくれさえすればいい」

「どんな質問？」

ジミーは頭を傾けた。「マイケルはあんたを愛してるのか？」

「なにを言いだすの？」

「言っとくが、一般的な意味の愛じゃないぞ。本物の愛だ」

「わたしは……」

「本人は愛してると言い張ってた。けどな、おれたちは長いつき合いだが、あいつが自分とオットー・ケイトリン以外のものを愛したことなど一度もない。もし、あいつが自分自身の半分でもあんたを愛してるなら、あんたと引き換えにあいつを捕らえられる。おれの狙いはそれだよ。マイケルだ。あんたは故郷に帰れ。人生を謳歌しろ」


彼女は思わず下腹部に手をやった。男はほほえんでいるが、その目はあまりに冷ややかで、さっきの質問が気まぐれに発したものではないと告げている。この男は彼女を利用してマイケルに危害をくわえるつもりだ。そうとしか考えられない。「以前はそう思ってた。でも、あの人はそこまでわたしを愛してない」

「それは本当か？」

エレナはマイケルのいいところを、愛したところをすべて思い浮かべた。彼は彼女のためなら嘘をつき、人も殺す。一日前、それを知って愕然とした。「ええ。本当よ」

「あんたはべっぴんだ」ジミーは高笑いした。「だが、嘘はへただな」

「わたしたちは喧嘩したの。もう終わったわ。あの人はわたしを愛してない」

「べっぴんさんよ」ジミーが振り返り、エレナは手錠をぐいと引っぱった。「へたくそでかわいい嘘をつくのはやめろ」

「嘘じゃないわ！」

女の声が彼を追って廊下に響きわたった。

「嘘なんかじゃない！」

ベッドを揺さぶったり、床をこする音が聞こえ、ジミーは目の奥の暗い場所でにやりとした。あの女は赤ん坊よりマイケルを選んだ。これで知りたいことはすべてわかった。ふたりは愛し合っている。つまり、ステヴァンがどんな計画を準備しているにせよ、そんなものは必要ない。ジミーは居間に戻った。「ロビンズ」

クリント・ロビンズが顔をあげた。「ジミー」

「話がある」

「やっと百パーセントになったのか？」

「九十九・五パーセントだ。ちょっと来てくれ」

ジミーは廊下に出た。ロビンズがついてきているのが気配でわかる。家の奥に向かい、急勾配の細い階段をあがって、傾斜した天井と小さな四角い窓がある部屋に入った。部屋の隅には水染みと乱暴に扱われて瑕のついた古いデスクがあった。デスクの上には、黄色い紙と何年も前にインクが干からびたボールペンが散乱していた。

「椅子を持ってこい」

ジミーは奥にある椅子を指差し、自分はデスクについて、ロビンズが椅子を持ってくるあいだペンをもてあそんでいた。ペンは四本あった——青が三本にピンクが一本。それを並べているとロビンズが腰をおろした。ふたりは似たような椅子にすわっていた。木彫りで、梯子状の背がついている。部屋はカビと埃とネズミの糞のにおいがした。ロビンズが口をひらいた。

「話ってのはなんだ？」

「百パーセントにするための話し合いだ」ジミーはピンク色のペンを選び取り、指でくるくるまわした。キャップはなく、先端にダマのようなものがついている。

「ステヴァンについて不満の声があがってるが、その気持ちはおれにもわかる。そこでおまえに訊きたい。もしステヴァンがいなくなったら、連中はおれについてくると思うか?」

「彼がいなくなったらって……」

「引退。行方不明。死」

ここで問題にしているのが三つのうちひとつなのは、ふたりともよくわかっている。「なあ、ジミー――」

「みんながおれを恐れてるのはわかってるが、おれについてくると思うか? 連中はおれを信頼すると思うか?」

「ステヴァンが……引退した場合に?」

「そうだ」

ロビンズは肩をすくめた。「ステヴァンには金がある。会社はどれも彼の名義だ。不動産も。おやじさんは死んだが、ケイトリンの名はいまもストリートではそれなりの重みがある」

ジミーはうなずいた。「そこが肝腎なんだ、もちろん」

「しかも連中の大半はステヴァンに不満がない。親父にはおよばないが、みんなあいつの立場をわかってる。あいつなら安心できる」

「おれなら、不安になるわけだ」

「正直に言っていいのか?」

ジミーはほほえんだ。「友だちだろうが。はっきり言ってくれ」

「あんたはキレやすい」ロビンズはてのひらを見せた。「なにをするか予測がつかない」

「で、おまえはどうなんだ、ロビンズ? おまえならどっちにつく?」

「なあ、ジミー、おれはこういう話は好かねえよ」

「それがおまえの答えと考えていいんだな」

「まあな」

ジミーはうっすらと笑みを浮かべた。「おいおい、おれが本当のことを知りたいと頼んだから、おまえは言ってくれただけじゃないか」

「それでも友だちでいてくれるのか？」びくびくしている。

ジミーは手を差し出した。「ほかの連中にはしゃべるなよ」

「もちろんだ。わかってる」ロビンズは差し出された手を取り――ほっとした表情が浮かんだ――ジミーにペンで目を突き刺されたときもまだ、その手を握っていた。ジミーはペンをぐりぐりと突っこみ、瞳孔をあざやかなピンク色に染めた。全身から力が抜けて、片脚をぴくぴくさせているロビンズの身体を、ジミーは床に転がした。出血は微量。音もほとんどなし。ジミーは死んだ男のシャツで手をぬぐった。「さあて、これで百パーセントになったぜ」

ベッドに歩み寄り、下からハードケースを引っぱり出した。それをベッドにのせてあける。なかには銃器が並んでいた。乱射するタイプは一挺もない。ウージー軽機関銃はなし。フルオートの銃もなし。九ミリ口径を選んで弾倉を取り外すと、なかの銅の薬莢がきらりと光った。銃を撃ちながらオットーの家から逃走したマイケルは、たった七発で六人を殺した。すでにストリートはその噂でもちきりだ。

銃を持った男六人を七発で。それが伝説になりつつあった。

**マイケル、マイケル、マイケル……**

ジミーは弾倉内の弾をすべて出し、七発だけ入れ直し、一発を薬室に送りこんだ。ロビンズが死んだいま、ここにいるのはあと七人。七人を七発で。もちろん、ステヴァンはすぐには殺さない。

**だが……**

ジミーはウレタンの詰め物から銃をもう一挺取りあげた。お気に入りの二二口径セミオートマチックは、軽くて正確、それに装弾数がびっくりするほど多い。それを腰に差した。

彼は見栄っぱりだが、愚かではない。ケースのふたを閉め、ベッドの下に戻した。鏡に映った自分が、いまにもこっちにウィンクしてきそうに見えたから、そうしてやった。はればれとした笑顔でゆっくりと片目をつぶった。

六千七百万ドル。

最終段階。

変化。

軽い足取りで階段をおり、ペースを落とさずに居間に入った。こんな程度じゃマイケルの達成した記録に匹敵しないと頭のどこかで思いつつも、どうでもいい気持ちが大勢を占めていた。標的はそうとう酔いがまわっているうえに、予期して待ち受けているわけでもないから、ジミーの持つ銃があがったとき、全員が畜牛のように目をぱちくりさせるだろう。それがどうした？　銃は羽毛のように軽く、反射神経はナイフの刃のように鋭く、目は冴えている。

部屋に入っていくと男ふたりが立っていた。最初にそいつらを倒した。ふたりとも身体の真ん中を撃たれて吹っ飛んだ。次は、すわっているのがふたりと、立ちあがりかけたのがひとり。ジミーは三人とも頭を狙い、弾を発射し終えると同時にくるりとまわって身をかがめた。

五人倒した。六人めはどこだ？

あそこだ。

キッチンのドアのところ、ベルトから銃を抜こうとしている。

銃がホルスターから出きらないうちに、口に弾を見舞った。静寂がおり、あたりに硝煙が立ちこめ、喉の奥でマッチのような味を感じた。室内を見まわす。なんの気配もない。

六発で六人が死んだ。

せいぜい八秒。

残るはあと一発。見るとステヴァンがいた。戸口に立った彼の目は、作り物かと思うほど真っ赤でうつろだった。ジミーが腰をのばすと同時にステヴァンの手があがった。「あんたってやつは……」

「わかってる。なかなかやるだろ？」

「なかなかやる、だと？」

ジミーはかぶりを振りながら、血まみれのカーペットをよけてわきにのいた。「そうとも。すごい早業だったのを見ただろう？　マイケルじゃ、ああはいかない」

「あんたはこいつらを殺した」

「いかにも」

いまやふたりの距離は一フィートまで縮まり、ステヴァンのショックはずいぶんとやわらいできていた。怒りが湧きあがって頬に色みが差していた。「なんてことをしやがるんだ、ジミー」彼はそこで言葉を切り、背筋をのばした。「あんたは終わってる。あいた口がふさがらないよ、このいかれ野郎。役立たず」

「まだわかってないようだな」

「なにがだ？」

ジミーは最後の銃弾をステヴァンの膝に撃ちこんだ。

## 33

部屋はほぼ完全な静寂に包まれ、物音ひとつしないなか、エレナは筋肉を総動員して頭側の鉄棒に挑んでいた。脚を大きく広げて壁につけ、甲が白くなるほど踏ん張った。手錠が手首に容赦なく食いこんでくる。骨が痛み、皮膚が切れたが、それでも顔に玉のような汗をかきながら、自由なほうの手で鎖を握って懸命に引っぱった。手が濡れて滑り、すでに爪が三枚割れた。反対側の手錠が鉄棒を上下し、動くたびに白い塗料がこそげていく。さらに力をこめて引っぱると、細い手首のなかで骨が燃えているのかと思うほどの痛みが走った。

やがて背中がつらくなって、脚がぶるぶる震えだすと、彼女は頭のなかにシェルターをつくりあげた。高くて四角いその部屋は床がふかふかで、羽毛のような手触りの綿のシーツがあった。隅のほうで噴水がゴボゴボと水音を立てている。音楽が流れるなか、閉じたドアの向こうにマイケルがいる。エレナはどっしりした石壁と顔に吹きつけるそよ風を感じようとした。その空想はしばらく効果があったが、複数の銃声が響いたとたん、もろくも崩れた。

銃声は大きくて近く、実際、頭がくらくらしたほどだ。彼女は手錠をされているのも忘れて、ベッドに起きあがった。

なにが起こってるの？

見当もつかない。銃声がやむと重苦しい空気が流れ、これ以上ないほどの静寂が訪れた。

それから声がした。またも銃声。

そして悲鳴。

たしかに、悲鳴だ……

エレナは身をすくめた。これほどの恐怖を覚えたのは生まれて初めてだ。ホテルの部屋からジミーに拉致されたときとも、身体にガソリンをかけられたときともちがう。あまりに突然で、一瞬のことだった。ほんの数秒、この世のものとは思えない悲鳴があがり、おぞましいけだもののような声がしばらくつづいた。ドアに目をやった。いまにもあれがあいて、次に悲鳴をあげて死ぬのは自分だと思いながら。そうにちがいない。

しかしそのときはやってこなかった。

悲鳴が途絶え、ドアが乱暴に閉まる音がしたかと思うと、音の出所は外に移った。エレナはベッドをおり、窓のほうに動きかけた。

手錠に引っぱられた。

**もう!**

鉄のフレームを握って、ベッドを引っぱった。窓からは庭と、向かいに建つ納屋が見えた。低くのぼった月が木立の上に顔を出し、その月明かりのなか、ジミーが男を引きずっていくのが見えた。引きずられていくのが誰かはわからないが、おそらくステヴァンだろう。ジミーは彼の足を持っていた。前方に納屋がでんと建ち、その影でふたりの姿がよく見えなかったが、ジミーがドアをあけたとたんに光があふれ出した。ようやくはっきりと見えた。ステヴァンが片脚を抱えた恰好で地面に転がっている。ジミーはあいた戸口にいた。右手に干し草用のフックを握って。エレナのところからでも、黒ずんだ金属と見るからに恐ろしい先端がはっきりと見え、祖父の農場で過ごした子ども時代に同じものを見たのを思い出した。

見るとステヴァンが両手を差し出していた。声が小さい。

必死に懇願している。

「まさか!」

思わず声が漏れ、胃がひっくり返るような感覚に襲われた。ジミーがフックを素早く弧を描くように振りおろし、先端をステヴァンのてのひらに突き刺し、それで腕を強く引っぱった。その光景が目に焼きついた――のばした片腕と、黒く染まったてのひらから突き出たフック。ふたたびステヴァンの悲鳴があがった。彼は足で地面を叩きながら、納屋のなかへと引っぱられていった。

しばらくのあいだは光が庭にこぼれていたが、やがてドアが閉まると、エレナは静まり返った家のねっとり熱い空気のなかにひとりぼっちになった。いましがたの光景がフラッシュバックし、身体が金縛りに遭ったように動かない。鋼鉄がきらりと光ったのにつづいて黄色い光が見えると、口のなかに恐怖の味が酸のように広がり、肋骨が痛くなるほど心臓が激しく鼓動した。

「マイケル……」

彼の名前が唇からそっと漏れた。

「お願い……」

しかしマイケルに救ってもらうことはできない。それは動かしがたい事実だ。恐怖とパニックに襲われ、腕に痛みを感じながら室内を見まわしたが、ここにはなにもない。逃げるなら、自力でなんとかするしかない。あとで、でも、明日でもなく、ジミーの手がふさがっているいましかない。というのも、ひとつだけはっきりしていることがあるからだ。ジミーが彼女を生かしているのには理由がある。その理由がなんであれ、彼女にとっていいものではないはずだ。

そこでベッドに襲いかかった。音も痛みも気にせず、意志の力をいくらか残しておくことも考えなかった。これは生きるか死ぬかの問題で、残された時間はわずかしかない。金属のフレームをばらそうとした。マットレスをはがしてベッドの片側を持ちあげ、何度も何度も床に叩き落とした。壁にぶつけ、硬い金属を蹴飛ばし、腕がすりむけて赤くなるまで手錠に体重をかけた。これだけのことを何度も繰り返すうち、疲れ果てて全身ががくがくしはじめた。それでも彼女はあきらめず、泣き言も漏らさなかった。

そこにジミーが入ってきた。

空が白みはじめていた。彼の服はぐしょぐしょに濡れ、髪の毛まで赤く染まって逆立っていた。ステヴァンの一部が腕に、手の甲に点々とついているが、もっとも恐ろしいのは落ち着き払った態度だった。彼は仕事を終えて帰ってきた男のように戸口をくぐった。息をふっと吐いて頭を小さく振る。いまにも、〝きょうがどんな一日だったか、きみにはわからないだろうな〟とでも言いそうだ。エレナは隅に身体を押しつけた。彼は奥に進んで、煙草に火をつけた。

「あの男……」大きくひと吸いし、かぶりを振って煙を吐き出した。「思ったよりもしぶといな」

ライターをぱちんと閉めると、その手をポケットに突っこみ、そのまま出さずにおいた。エレナはじっとして動かず、煙草とヤニのついた彼の指だけを見つめた。

「だが……」ジミーは考えこみつつも、満足そうな様子だった。「時間はたっぷりある」

「あの人は……」

彼女の声がかすれ、ジミーは心のうちを読んだ。

「やつが死んだかって？　いや」

あいかわらず落ち着きはらっている。感情というものがいっさいない。エレナは来るべき最悪の事態を覚悟した。

肩をすくめる。「どうしてここに来たの？」「コーヒーでも淹れようかと思ってね」

「お願い、もう逃がして」

「それに朝めしも」

「わたしをどうする気？」

エレナは正気を失いつつあった。気が変になるのももうじきだ。

ジミーは最後にもうひと吸いすると、ポケットから手を出し、床に血まみれの耳を落とした。

「まだなにもしない」

エレナは正気を失った。

## 34

ひんやりとした夜明けに、アビゲイルは馬を懸命に走らせた。いつもの馬。川沿いに広がる低い野原を抜ける、いつもの泥の道。この馬は力と意欲の源であり、わからないことだらけになったときのよりどころであり、いまこそその、わからないことだらけの状態だった。ジュリアンの神経衰弱と失踪も、湖の死体もジェサップのなんとかするという言葉も。

「はっ！」

わき腹をかかとで圧迫すると、馬は要求に従った。泥が跳ね、手綱が一度、白い泡汗に叩きつけられると、いつもの調子で走りだした。

ばらばらに壊れつつある。

すべてが。

端まで行くと向きを変え、考えすぎて頭がオーバーヒートするのを感じながら、ふたたび走りだした。太陽はいまにも空を燃やしそうだ。きょうが正念場だ、と思う。もうひとつ死体が出るのか、ジュリアンが見つかって逮捕されるのか。マイケルがアンドリュー・フリントを見つけ出すか、なにか恐ろしい事実を突きとめるか。

終点にたどり着くと、ヴィクトリーン・ゴートローが木立から姿を現わし、アビゲイルはぎょっとなった。力いっぱい手綱を引き、馬をわきへ寄せる。「あぶないじゃない。人が死んでもいいの？」少女は黙っていた。「なにをしてるの？」

ヴィクトリーンは痩せた肩をまわした。「あんたを探しに来た」

「なぜわたしがここにいるとわかったの？」

「よくここにいるから」

「わたしが馬に乗ってるのを見てたわけ？」

「その馬が好きなんだ」

アビゲイルは少女から遠くの家へと目を移した。ふたりしかいない。「なんの用？」

「ジュリアンに言われたんだ。薬があるから――」

「息子のことでなにか知ってるの？」

「あんたじゃなく、あたしを頼ってきたことは知ってるよ」

またこれだ。ゴートローの女はすぐ挑発してくるから気に入らない。「息子は大丈夫なの？」

「頭をしゃんとしておく薬があるって言われたんだ。あんたに言えばなんのことかわかるから、もらってこいって」

アビゲイルは完璧な肌と小さな胸と左右に張り出した腰骨をした、みすぼらしい娘を見おろした。たしかにかなりの美人だが、きれいというだけのことだ。

「あなた、息子と寝てるの？」

「あたしはその気にならなきゃ、誰にもさわらせない」

「コンドームがあったわよ」

「そういう話になったことがないなんて言ってないよ」ヴィクトリーンは肩をすくめた。「ジュリアンはすごくいい人だよ。でもさ……」

「だったら、放っておけばいいじゃないの」

「彼は力になってくれるんだよ」

「どんなことで？」

「家を出ること」

それについてはアビゲイルも異論がなかった。カラヴェル・ゴートローのもとを去るのは、なににもましてまともなことだ。彼女は声をやわらげた。「ジュリアンがあなたの力になってるのは、ありきたりな理由だけじゃないと言ってるの？」

彼女は顎をつんとあげた。「卑しい生まれだからって卑しくなるわけじゃないよ」

アビゲイルは少女の顔をさらにしげしげとながめた。強がりを言って虚勢を張っているものの、恐怖も見え隠れしている。にらみ合いは長くはつづかなかった。

「息子を返してちょうだい」

「その前に頭をしゃんとさせたいって言ってる。怯えてるんだ」

「怯えてるってなにに？」

「ねえ、薬をちょうだいよ」

馬が一歩さがり、アビゲイルはその首に手を置いた。

「あなた、この森にしょっちゅう来てるの？」

「べつに、悪いことなんかしてないよ。森が好きなだけ」

「きのうから死体があがってるけど、そのことでなにか見たり聞いたりしてない？」

相手は首を横に振ったが、嘘をついているように見えた。

「ごまかさないで」

「その話はしたくない」

「ジュリアンから力になってやると言われたんでしょ。だったら、わたしも力になるわ。お金。住む場所。わたしが用意する。あなたの人生を変えてあげる」

挑発的な態度が影をひそめ、落ち着きがなくなった。

「嘘ばっかり」

「うちには十億ドルを少し超えるお金があるのよ。どう？」

ふたりはしばらく見つめ合ったが、先に目をそらしたのはヴィクトリーン・ゴートローだった。「ジュリアンから聞いたことしか知らないんだ」

「どんなことを聞いたの？」

「あんたの気に入る話じゃないよ」

「いいから教えて」

「彼はあんただって言ってた」

「なんのこと？」

「あんたがあの男たちを殺したって」

## 35

あらためてエレナの前に現われたジミーは、息があがっていた。玄関のドアがいきおいよく閉まる音につづいて、せかせかとした荒々しい足音が聞こえ、部屋のドアがあいて壁にぶつかったかと思うと、ジミーが戸口におさまっていた。肩を怒らせ、筋肉が浮き出るほど口もとをぐっと引き締めている。冷静さはすっかり影をひそめ、かわりに見まがいようのないぎらぎらした怒りが浮かんでいた。

「まったくしぶとい野郎だ……」

小さく吐き捨てる。

「自分勝手にもほどってものが……」

そこでようやく、ほかに人がいるのに気づいたようだ。エレナに目をこらし、わざとらしくほほえんだ。

「ああ、あんたはまだいたんだったな」

エレナは身を硬くし、そのせいで鎖がぴんとのびた。

「マイケルに電話してもらおうか」ジミーは言った。「いまからここへの道を教える。きっとやつはあんたを助けに来るぜ」

彼女はのろのろと立ちあがった。「いやよ」

「いやだと？」ジミーは驚きすぎて腹を立てるのも忘れたようだ。小さく引きつるような笑い声をあげた。それから急に怒りだした。「いまのが答えか？　いやだと？」

「あなたに手を貸すなんてお断り」

「べつにお願いする義理なんぞないんだぜ」目が危険な輝きを帯びた。「そのしれっとした顔に電話を押しつけてやってもいいし、悲鳴をあげさせてやってもいい。だが、いまは疲れてる……」彼はいかにもわざとらしい笑みを浮かべた。「そういうことはしたくない」

エレナはぴんときた。勇気をふるって言い返した。「なにも知らないマイケルをおびき寄せようというんでしょう。わたしにその片棒をかつがせるつもりなのね」

「そういうわけじゃ――」

「意気地なし」

彼女が顎をつんと上向けると、ジミーはぐっと冷ややかになった。「あんたは自由な選択ってものを信じるか？　おれは信じる。大事な概念で、ほとんどの連中があたりまえと思ってる権利だ。連中は大勢《たいせい》に従い、期待された行動を取る。マイケルも同じだ。よき息子、よき恋人、そしてよき男を演じてる。まったく反吐《へど》が出るぜ。そんなのは本来のあいつじゃない。やつはおれと同類だ。同じ穴のムジナなんだよ」

「マイケルとあなたとでは大ちがいよ」

「ちがう話を聞かされてたんなら、やつが嘘つきってことだ」

「あなたなんかに手を貸さないわ」

「ほう、そうかい。まだ選択のなんたるかがわかってないようだな」ジミーはコートのポケットから小さな鍵を出した。彼が一歩近づくと、エレナは手錠がぴんと張るまであとずさりした。ベッドが数インチ移動し、ジミーがフレームに手をかけてそれをとめた。「いいか……」彼は顔をぐっと近づけた。「言うのは簡単だ」彼はベッドのフレームから手錠をはずした。「選択するのはむずかしい」

「なにする気？」

彼は手錠を力まかせに引くと、彼女をドアのほうに引っぱっていった。「いいものを見せてやる」

エレナはぎくしゃくした足取りで家のなかを歩かされ、死体が散乱する部屋でつまずいて転んだ。ジミーは彼女を乱暴に起こし、冷たく硬直した死体の合間を縫うように引きずった。彼女は吐きたくなったが、そんな余裕はなかった。痩せてはいるものの腕っぷしの強いジミーに、石ころや土で背中がすりむけるほど猛烈ないきおいで引っぱられたからだ。骨が折れるかと思うほど腕がよじれたが、頭のなかで暴れている考えにくらべれば、その程度の痛みなどなんでもなかった。これからステヴァンのところに連れていかれるにちがいない。淡いピンクに染まった空を背景にくっきりと黒く浮かびあがるあの納屋へと。納屋のなかから、おぞましくもせつない響きを帯びた音が聞こえた。瀕死状態の男がすすり泣く声だった。硬い地面から身体が離れたかと思うと、二フィートだけあいていた扉を抜け、納屋に放りこまれた。埃にまみれた高い梁と暗がり、それに弱々しい黄色い光が目に飛びこんだ。釘に引っかけた道具類が見え、油と古い藁のにおいがした。

最後にステヴァンの姿が目に入った。

「これがおまえの選択だ」ジミーは片手で彼女の髪をつかむと、もう一方の手で手錠をつかんで乱暴に立ちあがらせた。腕をうしろにねじりあげてつま先立ちにさせ、前へと押しやった。ステヴァンは裸で、さびだらけのトラクターのボンネットに仰向けに寝かされていた。両の手首を縛ったロープがトラクターの後車軸にのび、そこでしっかり結び合わせてあった。左右の太腿には干し草用のフックが一個ずつ突き刺され、ひとつはエンジンのシリンダーブロックに、もうひとつは重さ百ポンドの肥料の袋に結びつけられていた。ステヴァンは手足をぴんとのばし、背中をそらし、太腿から血をしたたらせていた。まさに、ふさがっていない傷のパッチワーク状態だった。

だが、ここまではまだましだった。

それもかなり。

エレナは顔をそむけたが、ジミーに前を向かされた。

「だめだ。選択肢はきちんと呈示しないとな。まだろくに見てもいないじゃ——」

「見たわよ。もう、やめて」

「見ただけじゃ理解したことにはならない」

ジミーは彼女をもっとそばに近づけた。ステヴァンの片目がその姿を追う。もう片方の目は動かない、というより動かせなかった。眼球がなく、眼窩が血まみれの穴と化していたからだ。顔の真上に鏡が吊してあり、拷問の成果を残った片目で見えるよう角度がつけてあった。

「どうだ?」ジミーは磨きあげてつるつるの鏡面を指ではじいた。「これで自分がどうなってるか見えるって寸法だ」

「あなた、狂ってる」

「ちがう。ちゃんと順序だててやってるぜ」

そう言って頭を押さえていた手に力をこめ、エレナの顔の向きを変え、半死半生の男の姿をとっくり見せた。「目玉をくりぬいたせいでひどく見えるだけだ。だがな、さっきも言ったように、こいつは思った以上にしぶといんだよ」

「なぜこんなことをするの？」エレナの声は弱々しく、かすれていた。

「金さ」

「金なんか持って……」

　ステヴァンの喉からしわがれ声が漏れた。たちまちジミーにふさがっていない傷のひとつを強く殴られ、悲鳴をあげた。

「てめえに話してんじゃねえ」

　悲鳴はやまなかったが、ジミーは意に介さず、エレナの顔をステヴァンのほうに向けながら声を張りあげた。「片側ずつ痛めつけていってんだ。左目。左手。わかるか？」

　エレナはうなずいた。目がくりぬかれた側は、耳もそぎ落とされていた。顔の皮膚も剝がれ、指は親指を残して四本が折られている。ジミーはエレナがちゃんと見ているのを確認すると言った。「親指を立てて《サムズ・アップ》、やったぜってか」彼はステヴァンの血まみれの脚に手をのせ、目と目が合うまで顔を近づけた。「やったぜ《サムズ・アップ》」

　ジミーは高笑いし、ステヴァンはすすり泣いた。

「次は眉毛をやるか」ジミーは言った。「その次は頭の皮だな。それも左側だけだ。な、ちゃんと順序だてるだろ？　理路整然としてんだろ？」

「やめて」

「この野郎は昔からふたつの顔を持った、甘やかされたガキだった。これでみんなにもそれがわかるってもんだ」

　エレナは視線をそむけた。床に落ちた藁を見おろし、次にずらりと並んだ鋭い道具類を見つめた。のみ、ワイヤーブラシ、大ばさみ、やっとこ。鋭い刃やのこぎり状の刃。見ているだけでおぞましい道具類はどれも血がついていた。それが全部、安定の悪い小さなテーブルにのっていた。大きいものから順に並べてある。

「なぜこんなことをするの？」

「オットー・ケイトリンは死んだとき、海外の口座に六千七百万ドルを持っていた。ここにいる色男の協力を得て、そいつをおれの物にしようとしたんだが、どうもまちがいだったようだ」ジミーはエレナの髪から手を離し、のみを手に取った。先端が銀色に光るそれを、しげしげと見つめた。「というのもな、ステヴァンの野郎は口座番号も暗証番号もわからないと抜かすんだ。てっきりオットーが生前にそれをこいつに明かしたと思ってたんだが、こいつはそうじゃないとしか言わない」

ジミーは悠然とさりげない動きでステヴァンの左側の皮膚をつまみ、尖ったのみを肌と肋骨の間に滑りこませた。のみはいとも簡単に刺さった。そのまま柄が突き出た状態で放置され、悲鳴がしだいに大きくなった。ジミーは一秒おいて言った。「ステヴァンが言うには番号はマイケルが知ってるらしい」

「マイケルは六千七百万ドルなんか持ってないわ」

「それはどうかな」ジミーが柄を小さく揺すると、吸いこむような音が漏れた。「おやじさんはあいつを溺愛してた。だからそうであっても不思議じゃない。というわけで、選択の問題に逆戻りだ」

エレナは意味を理解した。「マイケルを生きたまま捕らえようというのね」

「やつがあんたに惚れてるのには理由がある」ジミーはべつののみを手に取った。今度のは少し小ぶりだ。彼はステヴァンの上にかがみこむと、さっきとはべつの場所の皮膚をつまんだ。ステヴァンが許しを乞い、ひとつだけの目を白黒させた。「マイケルを殺すのは簡単だ。生きたまま引っ捕らえるのは……」そう言いながらのみを差しこんだ。「またべつの話だ」

ステヴァンが痙攣を始めた。

ジミーは身じろぎもせずに立ちつくすエレナを見やった。「マイケルをここに呼び出せ。電話を一本かけるだけでいい。そしたらあんたは自由の身だ」

彼女はかぶりを振った。トラクターのステヴァンの姿に不快感を覚えつつも魅入られ、どうしても目をそむけることができない。いちばん大きなのみに目がとまった。それが刺さっている不出来な口から血がしたたっている。成型ゴムの柄は空のように真っ青だった。

「おれに手を貸して、手っとり早くすませることもできる。でなけりゃ、この納屋に場所を用意してやってもいい。あんたは女だからな、そうそうもたないだろうよ……」

ジミーはテーブルに並んだべつの道具に手をのばした。一瞬、彼の目が下を向き、エレナはステヴァンの胸に刺さっていたのみを引き抜いた。

ジミーが振り返った。

エレナはのみで彼を刺した。

## 36

フリントの家の居間は真っ暗で静かだったが、マイケルは寝つかれず、何度も寝返りを打った。何時間も天井を見あげ、まずエレナを案じ、ジュリアンを思って悶々と過ごした。アビゲイルは弟を見つけてくれたろうか。あいつはひとりぼっちで怯えているだろうか。それとも、いまも妄想という暗い廊下をさまよっているのだろうか。誰よりも大事なふたりが自分のもとを去っただけならともかく、手の届かないところに行ってしまったと思うと、マイケルは胸が張り裂けそうだった。ふたりの居場所を突きとめ、迎えに行きたかった。実際、何度か起きあがって出ていこうとした。しかし、ガラス窓の向こうに見えるアイアン・ハウスが先だ。まだ答えの出ていない疑問がある。彼と同じ時期をここで過ごした連中を追いつめている者がいる。金があって、いまも恨みをつのらせているその人物が、連中を東におびき寄せて殺害し、上院議員の屋敷の湖に沈めた。ロニー・セインツは死に、ジョージ・ニコルズも同様だろう。ビリー・ウォーカーの所在はわかったが、チェイス・ジョンソンの行方はいまだ不明だ。どこにいるのか。彼はどう関係しているのか。そもそもなぜあの連中がジュリアンの人生にふたたび関わってきたのか。

寝心地の悪いソファの上で身体の位置を変えた。少年だったときの彼らが目に浮かんだと思うと、すぐにそれは歳をとって、いっそう強くなったものの、威張りくさったところは昔のままの姿に変わった。いったい弟になんの用だったのだろう。金か。報復か。それ以外のなにかか。いくつもの可能性が頭のなかを駆けめぐったせいで、ようやく眠りが訪れたときには、連中が夢のなかで待ちかまえていた。長身で吊り目の男たちが、高い天井のもと、小柄な人影を追って長い廊下を走っていく。彼らはオオカミのように素早く堂々と動き、残忍な笑い声をあげながらジュリアンを引きずり倒し、鉄パイプと鉄板入りブーツを使いはじめる。マイケルはとめようとするが、足が釘で床に留めつけられて動けない。口をひらくが、なかに砂がつまっている。連中が懇願するジュリアンをあざ笑っている。やがてジュリアンがエレナに変わった。おなかに子どもを宿した彼女が、さっきと同じもろい床に丸くなっている。大きなおなかをした彼女は、マイケルと目が合うと片手をのばしたが、連中が激しく蹴りはじめると、悲鳴ともつかぬ声で彼の名前を呼んだ。

マイケルは闇のなかで飛び起き、銃のグリップのざらざらとした生温かさを手に感じながら、無人の部屋に銃をさっと振り動かした。見慣れない部屋は暑かった。汗が目にしみ、エレナの名を呼ぼうとするが声がうまく出てこない。四隅に、誰もいないドアに目をやり、ようやくいまどこにいるのか思い出した。銃をおろした。ソファに背中をあずけ、顔の汗をぬぐった。ここはアイアン・マウンテンのふもとにあるフリントの家だ。汗でぐっしょりしたクッションがぐっと沈みこんだ。夢か。

「くそ」

銃を酒瓶にぶつけながらテーブルに戻した。背を丸くし、両手で髪をすいてから、自分の電話をチェックした。着信はない。エレナの番号にかけると留守番電話につながった。「どこにいるんだ、ベイビー。どうしてもきみが必要だ。電話をくれ」

惜しむように電話を切って立ちあがった。家のなかは空気がよどんで異様に暑く、さっきの夢が強烈すぎてまだ頭のなかに残っている。ソファのそばを離れ、頭をすっきりさせようと何度か腕立て伏せをし、靴を履いた。すっかりほぐれた身体と研ぎ澄まされた頭で庭とドライブウェイをうかがった。いますぐにでも行動に移りたかったが、白みはじめた空のもと、アイアン・ハウスの大きく平らなステップに立って、燃えあがる赤い王冠のような日の出をながめた。じわじわとのぼる太陽が山の稜線を輝かせると、マイケルはまぶしい光に目を細め、エレナが怒るのも無理はないとようやく悟った。死体の始末をしたのはまちがいだった。彼女の手を取り、振り返ることなくボートハウスをあとにすればよかったのだ。

だが、本当にそんなことができただろうか？　マイケルとジュリアンはこの土地の凍てつく冬で育った兄弟だ。しかし、エレナもまた家族だった。彼の子の母親であり、愛する女性だ。その彼女に正体を打ち明けたのはいいことだったのか？選択肢をあたえてしまったことは？くそっ、考えていると頭が変になりそうだ。だが、いま、アイアン・ハウスの玄関ステップに立って強く感じるのは、急激につのってきた怒りだった。マイケルは一度も人生に不満を覚えたことはなく、神の差配にけちをつけたこともない。あたえられた仕事を淡々とこなしてきたが、ここへきてそれでは満足できなくなっていた。求めるものがちがってきた。エレナと家庭を築き、弟を立ち直らせたい。不当な仕打ちに報復し、自分の子ども時代を、それにジュリアンの子ども時代を取り戻し、なんらかの制裁をくわえてやりたかったが、おそらくそうはしないだろう。フリントは殺さないし、ビリー・ウォーカーも殺さない。だが、割り切れない気持ちもあるが、そう決断していた。だが、真っ赤な太陽がのぼったのも、この目で血の色を見ておこう、いまの自分の基礎となったものを目に焼きつけておこうと決めたのも正しいことだった。

いま一度庭を、山を、そしてのぼりゆく太陽に目をやってから、ドアをあけてなかに入った。なつかしさがこみあげる。崩れた床に高い天井。埃をかぶった木の家具や、割れたガラスによるジグソーパズル。肌がちりちりし、マイケルは自分に言い聞かせた。

**ただの場所じゃないか。**

長い廊下を行くと三階につづく折り返し式階段に突きあたった。窓にはまった金網から剃刀の刃のような光が入ってくるせいで、かなり明るい。ジュリアンと暮らした部屋はそのいちばん奥の角だった。指二本でドアを押し、思ったよりも小さく見える室内に足を踏み入れた。二段ベッドは昔のままだった。ジュリアンは下の段を使っていた。ベッド側面を覆う埃に指で筋を描き、それから窓に歩み寄って、アイアン・マウンテンを見つめた。山肌は昔と変わらず、もろく、ひびが入っている。どんな感情が湧きあがってくるかと探ったが、怒りはもう消えていた。心の奥底に石のような冷たさだけが残っていた。おそらく怒りは埋められたあとなのだろう。

しかし、自分で自分をごまかしているようにも思えた。むなしさはとことんむなしく、頭のなかのこだまはあまりに執拗だった。彼はひとつ大きく息をつくと、ジュリアンが使っていたベッドのへりに腰をおろした。ごわごわの木綿で覆われた薄っぺらいマットレスは、昔と変わらぬ感触だった。枕もそのまま残っていて、手に取ったところ、そのうしろの板に文字が彫ってあった。

**マイケルみたいになりたい**
**強くなりたい**

マイケルははじかれたように立ちあがった。ここはただの場所なんかじゃない。彼ら兄弟を吐き出した世界の、非情でごつごつした口だ。ジュリアンは壊され、マイケルは……

**なにになった？**

自分が殺した相手の顔は全部覚えている。死後の顔ではなく、最期の瞬間、恐怖か驚愕か怒りにゆがんだ顔だ。それに、数は少ないながら、オットー・ケイトリンのように疲れて死を受け入れた顔も。頭のなかでそれらが一列に並びはじめ、顔の連なりはどんどん長くなったが、それでもマイケルは罪悪感も疑問も感じなかった。あくまで自分のやったことはまちがっていなかったと思っているのか。それともこの場所のせいで、魂という黒くごつごつしたダイヤモンドにひびが入ったのか。絶対の自信を持って真実と言えるのはほんのわずかしかない。エレナとこれから生まれる子どもを愛していること。ジュリアンを愛していること。それだけかと言われそうだが、このうえなく大切なものであり、いわば人を殺してまでも守りたいほど愛しい存在だった。アイアン・ハウスを訪れたことでそれを再認識した。それがここへ来た目的だったのかもしれない。

階段をおりながら、そうにちがいないとあらためて思った。

だが、ここに戻ってきても、心の平穏は訪れなかった。ぬくもりも理解も。むしろ、受容という言葉が適切だろう。建物は朽ち果てた。フリントは飲んだくれの博打打ちになりさがっている。ビリーはあどけない子どもに逆戻りした。ひとつひとつの事象はいいことではないが、これによって子どものときから信じてきたことが裏づけられた――人生は苛酷で、強いほうが得だ。しかし、車に乗りこんで出発し、目の前に門が見えはじめると、彼は初めて疑問を抱いた。ヘネシー殺しの罪をかぶらなければ、自分の人生はどうなっていたのだろうと。アビゲイル・ヴェインに引き取られていたら、どんな人間になっていただろうかと。

おそらく変わらなかっただろう、と思う。殺しの数が少ないだけで。

街に戻る一本道をたどり、最初に見つけたガソリンスタンドで車をとめた。小さな店で、羽を広げた鳥のようなV字形のプラスチック屋根の下に、年季の入ったポンプが二基あるだけだった。新たな一日の始まりにあたって決断しなくてはならない。エレナはまだ手の届かないところにいるが、ジュリアンはそうじゃない。チャタム郡に戻ってアビゲイルとともに弟を探すか、一連の出来事の真相を突きとめるか。

メルセデスをポンプのわきにとめて車を降り、給油しながらいくつかの名前を思い浮かべた。チェイス・ジョンソンはどこに行ったのか？ サリーナ・スローターとは何者か？ それにアビゲイル・ヴェインの名がなぜリストにあったのか？

なにかつながりがあるにちがいない。

ポンプが自動停止して、満タンになったのを知らせた。マイケルは給油口のキャップを締め、チェイス・ジョンソンに考えを集中させた。彼とロニーはいまもつき合いがあった。折にふれてしゃべっていた。おそらくチェイスも湖に沈んでいるのだろう。あるいは状況を察して身をひそめているのかもしれない。いずれにせよ、ロニーの恋人によれば、チェイスはシャーロットに住んでいる。ここからそう遠くない。

チェイスの足どりをたどることは可能だろうかと頭のなかで議論しながら、金を払いに店に向かった。ロニーの家に引き返して、あの恋人からもう少し情報を引き出してみようか。あの女がまだなにか知ってるのはまちがいない。

ドアは重く、靴で歩道をこするような音をさせながらあいた。入りながら店内の様子をうかがった。キャンディを買っている人形みたいな恰好の女、天井の隅に取りつけたカーブミラー。レジに立つ年配男性が、ガソリン代を払おうと近づいていくマイケルに会釈した。「いらっしゃい」

マイケルは染みだらけのしわくちゃな帽子、着古したシャツ、右耳に装着した補聴器に目をとめた。「おはよう」

「四番のポンプだね」男は黒縁の眼鏡をあげ、カウンターの奥にあるなにかに目をすがめた。「三十七ドルだ」

マイケルはガラス板の上に二十ドル札二枚を置き、その下に絵はがきが敷かれているのに気がついた。グランド・キャニオン。サン・ディエゴ。ニューヨークのフラットアイアン・ビル。最後の一枚に彼は思わずほほえんだ。

「はいよ、お若いの。三ドルのおつりだ」

マイケルはつりを受け取り、決断を下した。「地図は売ってるかい？」

「どこのだね？」

「シャーロットだ。州全体がのってるのがいい」

「あんたのすぐうしろにあるよ」男は缶入りオイルと凍結防止剤が並ぶ棚の先にあるワイヤーラックを指差した。そこにはきちんとたたまれた地図がこれでもかと突っこんであった。「ノース・カロライナのは上のほうだね。テネシーとジョージアなんかは下のほうだ」
「ありがとう」言われたほうに歩いていくと、ラックの上の壁に地形図がピンで留めてあった。大きくて淡い緑色のその地図は、地表の起伏をあらわす波状の線が無数に引かれていた。
だだっ広い緑に囲まれたアイアン・マウンテンがあまりに小さく、ふと好奇心がわいて二フィート手前で足をとめた。地図はノース・カロライナ州の最西部とテネシー州とジョージア州の一部を網羅していた。小さな町と、細い谷間、湖、川、そして広大な国有林からなる山岳地帯だ。アイアン・マウンテンは標高五一六五フィート、ふもとの町は小さな黄色い染みでしかない。大きくて黒かったと記憶している川もあった。北からこの谷間一帯に注ぎこんでいる川は、下流へと流れながら分岐し、西に向きを変えるところでは小さな川がいくつも合流し、最終的にはテネシー州にまでのびている。川を示す線を指で州境までたどってみると、そこからべつの山のふもとに沿うように流れていた。印刷された小さな文字に目をこらしたとたん、興奮で胸がわきたった。彼は偶然の一致など信じない。
それもここまで大きなものは。
その山にはスローター・マウンテンという名前がついており、アイアン・ハウスから三十マイルの距離にあった。
**アイアン・マウンテン**
**スローター・マウンテン**
全身が熱を帯びた。
**スローター・マウンテン**
**サリーナ・スローター**
なにか意味があるにちがいないが、どんな意味なのか？　ドアがあく音がし、振り向くとさっきの小柄な女がキャンディの袋を手に出ていくところだった。ほかに客はいない。老人がカウンターから出て、足を引きずりながら近づいてきた。
「なにをそんなにらむよ

うな目で見ているんだね？」

「にらむような？」

老人は刈り取った草と煙草のにおいをさせていた。

「うちの壁に穴をあけそうないきおいで見つめていたぞ」

「スローター・マウンテンのことは知ってるかい？」

相手は肩をすくめた。「山岳の民だな」

「つまり？」

老人はパイプを出して詰めはじめた。「つまり、自分の母親と寝て、その死体を食らう連中だ」彼はパイプに火をつけて強く吸い、甘い香りの煙を吐き出した。

「というのも、スローターの連中は前時代の遺物なんだよ。木材。石炭。金もだな。おれが若かったころはどえらいご婦人がいてな。もう死んだことだろうがね」

「サリーナ・スローターという名前に心あたりはあるかい？」

「ないように思うが」

マイケルはがっくりしたが、相手はそれにかまわず話をつづけた。

「サリーナじゃなくセリーナだろう」

マイケルはぱっと顔をあげた。「セリーナ・スローター？」

「金。政治家。パーティ。そういったものがあの山を丸裸にしたという噂だ」

「その地域の地図はあるか？」マイケルは訊いた。

「ずいぶんと辺鄙なところのようだが」

「行くつもりかね？」

「おそらく」

「わしなら銃を持っていくね」老人は言うと、マイケルの手に地図を叩きつけるように渡した。

## 37

エレナは音も立てずにジミーの身体にのみを沈めた。のみは振り向いた彼を直撃し、胸はそれたが左腕のやわらかい部分に突き刺さった。金属が骨の表面をこするのを感じたかと思うと、ジミーがうなり声をあげて彼女の服につかみかかり、彼女はよろけるように後退した。ほんの数インチの差で難を逃れた。エレナはくるりと向きを変えると、腕を振りあげた。垂れさがった手錠がひゅっと飛んで、ジミーの鼻梁に激突した。彼はいっそう大きな声でわめくと、反射的に腰を折った。血が噴き出し、彼は腕から突き出た真っ青な柄に手をかけた。

エレナはぐずぐずしなかった。ドアをくぐり、湿った草と生まれたての朝のひんやりした空気のなかに飛び出した。頬にあたる風がとても冷たく、そのとき初めて自分が泣いているのに気がついた。妙な音が耳に充満していたが、自分の口から出たものだった。車に目をやったが、あれに乗って逃げるのは無理だろう。鍵は家のなかのなにかの上か、死んだ男たちのポケットのなかにあるはずで、取りに行っている余裕はない。ジミーは負傷しただけで、死んではいないのだ。深く暗い森に目をやり、次に家のなかに散乱していた銃を思い出した。テーブルの上にのっているものもあれば、手から転がり落ちた状態のものもあった。本能は森に逃げこめと叫んでいる。そっちなら暗がりや遮蔽物など、身を隠す場所は百万もある。

少し悩んだあげく、銃がある家に向かって走りだした。片足が玄関ステップにかかったそのとき、ジミーの叫び声がしたかと思うと、一発の銃声がとどろいた。エレナはうしろを振り返った。ジミーが片膝をついて、立ちあがろうとしていた。

銃があがりはじめた。

「うおおお……」

彼は大声で叫び、つんのめりながらも二発めを放った。弾は家にあたった。血が目に入り、眉間が切れている。ジミーが袖で顔をぬぐうのを見て、エレナは三発めははずさないだろうと確信した。ステップを飛びおり、森に向かって駆けだした。森と闇と希望だけが彼女の味方だった。

九十秒も走ると、まずいことに気がついた。森のなかの地面は落ち葉で覆われているとはいえ、その下は石ころだらけで硬かった。死に物狂いで走るうち、見えない石につまずき、足の指が折れた。痛みが走り、そのまま倒れこんだ。

ジミーが近づいてくる。

森の入口に姿が見える。なめらかな動きでずんずんと音も立てずに歩いてくる。怒りの矛先がたったひとつのものに向かっているような動きだった。まるでこの森で生まれ育ったかのように枝をよけ、幹の間を抜けてくる。赤い縞模様の顔で流れるように近づいてきた彼が、エレナの姿を認めて叫んだ。

「まずは右側からだ」

エレナは身体を引きずるようにして立ちあがると、足の指が折れているのもかまわず走りだした。強烈な痛みが走ったが、長くて黒く、のみのように鋭い爪をした恐怖に心臓をわしづかみにされた。

**お願いです、神様……**

近くにあった雨裂に飛びこんだ。根っこに顔を叩かれ、じめついた空気で喉がつまりそうになりながらも、水たまりをはねあげて進んだ。もつれた足で進んでいくと、やがて泥の壁が高くなった。安堵し、うまくまいたと思ったのもつかの間、五十ヤードほど進んだところで壁が消えた。狩人のような顔をしたジミーがすぐわきを走っていた。

「おじょうちゃん……」

彼は小ばかにしたように声をかけた。エレナは顔をそむけ、視界の周辺部が暗くなってくるのを感じながら、速度をあげた。走ることと、肺のなかの息だけが頼みの綱だった。木々が迫り、枝が鉤鉤と化した。つまずいて転んでも、すぐさま立ちあがった。走る。溝が現われ、それを飛び越す。

しかしそこまでだった。

朽ちかけた葉に隠れていた穴にはまり、プラスチックが割れるような音とともに足首が折れた。前につんのめったかと思う間もなく、いきおいよく転倒した。足はきかず、痛み、骨の髄まで凍りつく。腐敗臭のする落ち葉に埋もれれば身を隠せるかもしれない。わずかばかりの望みを懸けて、身体を丸めた。だが努力は実を結ばなかった。金属のこすれる音がして苦い煙が流れてきたかと思うと、鼻全体に広がった。

「みっともないざまだな」

声は彼女のうしろ、それもぞっとするほど近くから聞こえた。細く青い煙がたなびいてきては、ゆっくりとたまっていく。ジミーは数フィートと離れていない場所に立っていた。片手を出血している部位にあて、もう片方の手は二本の指で煙草をまっすぐにはさんでいる。仮面をつけたように目のまわりがべっとりと赤いのが出陣化粧を思わせ、血と冷静さ、ベルベットのジャケットと煙草の煙とあいまって、背筋の凍るような効果を醸し出していた。

エレナは目を下に向け、ねじれた足首を観察した。折れた骨に押しあげられている部分だけ皮膚が真っ白で、それ以外は黒ずんで腫れあがっている。反転して仰向けになった拍子に、同じところをまたねじってしまった。

悲鳴と涙。

真っ暗な闇が数秒おりた。

目の前がはっきりすると、ジミーがそばにしゃがみこんでいた。「どれ、おれがみてやろう」

「さわらないで……」

ジミーは膝でエレナの脚を押さえこんだ。

「いや。やめて。お願い……」

足は横にねじれていた。彼は彼女を押さえつけたまま、ねじれた足をまっすぐにした。意識が戻ると、最初に痛みが襲い、次に記憶がよみがえった。ジミーは地面であぐらをかき、負傷したエレナの脚を、つま先が本来の向きになる恰好で膝にのせていた。彼女の目はまず、彼の青みを帯びた頰ひげをとらえ、次に痛む足首をとらえた。

最後に自分の携帯電話が見えた。

「さあて、マイケルに電話しようじゃないか」

陽の光がジミーの目を舐め、ガラスのように見せている。彼は片手を彼女の膝小僧にのせると、目を細め、口をわずかにあけて番号を押した。「出てくれるといいんだが……」

独り言をつぶやく。電話を高くかかげる。

「マイケルをはめる手伝いなんかしないわよ」

意識して言葉を絞り出さなくてはならなかった。動揺しているせいだ。

「言いたくないことは無理に言わなくていい。おっと、呼び出してるな」呼び出し音がかすかに聞こえた。ジミーは手のなかのそれをエレナの顔に押しつけた。

「やらないと言ったでしょう」

「静かにしろ。いいんだって。もしもしとだけ言え」

「しつこい人ね。だから――」

「ほら、やつが出た」ジミーが小声で言った。たしかに聞こえる。

あまりにはっきりと近くに聞こえ、エレナは思わず泣き崩れそうになった。「マイケル……」電話が耳に強く押しつけられた。周囲の森はひっそりとしている。

「マイケル、聞いて……」

ジミーが足をつかんでひねった。

エレナは長い悲鳴をあげた。

## 38

マイケルは早足で駐車場を突っ切った。思わぬ長居をしたおかげで、いろいろなことが結びついてきた。頭のなかでいくつもの断片がぴったりおさまる場所を求めて動いている。まだ全体像は描けないが、それもそう先のことではないだろう。鍵になるのはスローター・マウンテンだ。

確信がある。

メルセデスのロックを解除し、エンジンをかけて駐車場から猛スピードで飛び出した。地図は隣のシートの上にひらいてある。

スローター・マウンテン。サリーナ・スローター。

ふたつの言葉が頭のなかでからまり合った。スローター・マウンテンにはいわくつきの過去がある。金、政治家、いわゆる結合組織。ジュリアンを救うには、その組織の構造についてくわしく知る必要がある。アイアン・ハウスとも結びついているのか。アイアン・ハウス出身の少年たちとはどうなのか？　ヴェイン上院議員とは関係あるのか？　ガソリンスタンドの老店主の声が聞こえてくる。

**金。政治家。パーティ。**

車は町はずれまで来ていた。

**そういったものがあの山を丸裸にしたという噂だ。**

ふと、ランドール・ヴェインの金の出所はどこなのか、疑問がわいた。それが接点だろうか？　その疑問をつらつら考えていると、ポケットのなかの電話が鳴った。取り出してディスプレイを見るとすぐ、ハンドルを右に切ってブレーキを強く踏んだ。車はでこぼこの舗装路を進み、道路わきに斜めに停止した。

「エレナか？」

「マイケル……」

「うれしいよ、ベイビー――」

「マイケル、聞いて……」

声がなんだかおかしかった。変だ。前方の、どこまでも蛇行している道に目を向けたそのとき、エレナが悲鳴をあげた。

「エレナ！」

電話を耳に強く押しつけた。

「エレナ！」

悲鳴はしばらくつづいた。彼は耐えるしかなかった。それがこの駆け引きのやり方だった。ジミーはなにかを求めている。あるいはステヴァンか。ふたりともマイケルの死を望み、主導権は向こうにある。だからマイケルは電話を握って自分を殺し、エレナの声がしだいに大きくなって裏返り、ついには聞こえなくなるまで耐えた。すすり泣く声を聞くうちに怒りと傷心で顔がすっかり青ざめ、ジミーが電話に出たときには、神の力で石に変えられたようになっていた。

「おれの望みはわかってると思うが」

「あんたの命だろ？」マイケルは冷ややかに言った。

「そいつは無理な相談だ」

ジミーは笑い声をあげた。「ちがう。いまさらそんな冗談を言ってもだめだ」

「ひどいことをしやがって。ここまでする必要はないだろうが」

「あいかわらずだな、マイケル。いまだに、おやじさんがかばってくれるつもりでいやがる」

「こんなことをしでかして、どうなるかわかってるんだろうな」

「わかってるに決まってるだろうが。だから電話してるんだぜ。それでこうして、おまえの友だちをもてなしてるんじゃないか」

「彼女と話をさせろ」

「いまはだめだ。おまえが六千七百万ドルを持ってくるのが先だ」

やはりそうか。マイケルは驚かなかった。おやじさんの財産に関する噂はそうとう広まっていたのだ。

「ステヴァンと話したい」ジミーの笑い声が聞こえ、マイケルは理解した。「ステヴァンは死んだんだな」

エレナの悲鳴がふたたびあがった。今度のはもっと大きく、もっと長くつづいた。それがやむと、ジミーが言った。「話し合うつもりはない。番号を教えろ。おまえが知ってようがいまいが関係ない」

「番号ならここにある。もうやめてくれ」

「いまどこにいる？」

マイケルはがらんとした通りを、遠くの山の、高くそびえる淡紅色の岩を見やった。「時間にして五時間のところだ」

エレナが悲鳴をあげた。

「山のほうに来てるんだ！　嘘じゃない！　五時間かかる。本当なんだ、ジミー。五時間でそっちに行く。

おまえのほしいものはおれが持ってる。あと数時間のことじゃないか。もう彼女を苦しめないでくれ。頼む」

「本当にこの女を愛してるらしいな」

「頼む」

ジミーはしばらくのあいだ黙っていた。マイケルは手が痛くなるほど電話を握りしめていた。やがてジミーは告げた。「四時間やる。街まで戻ったら連絡しろ。場所を教える」

「四時間じゃ時間が短すぎ――」

「四時間だ、遅れるなよ。電話のバッテリーがだいぶ減ってきてる」

「彼女と話をさせろ」

「六千七百万ドルだ、マイケル」

「ジミー……」

「言われたとおりにするんだな」

## 39

アビゲイルはコーヒーを持って裏のテラスに出た。低い太陽の光は日よけにさえぎられて彼女までは届かなかったが、湖面は陽射しを受けてきらきらと輝いていた。彼女はさっぱりとし、ふさわしいと思われる服に着替えていた。警察が夜明けから湖の捜索を開始したが、いつ新たな死体があがってもおかしくない。つまり、人生はそのくらい不確かなものとなり、正常という束縛が弱くなってきていた。

コーヒーを飲みながら捜索の様子をながめ、上院議員が隣の椅子に疲れたように腰をおろしても声をかけなかった。「もう一体見つかったら」議員は嫌悪感を隠そうともせずに言った。「わたしがこの手で誰かを殺してやる」

ボートに目を向けると、細くて黒い筋状のものが舷側から引きあげられるのが見えた。金属のフックから水がしたたり落ちている。それらがふたたび投げこまれたとき、ボート上の人物が彼女のほうを向き、丘を見あげ、目の上に手をかざした。ジェイコブセンだろう。例の堅苦しくて無遠慮な感じそのままだった。

ヴェインはコーヒーを注いだ。「死体が三つもあがり、世間の注目が集まっている。いずれ召喚状が届き、この家の捜索令状も出されるだろう。警察はジュリアンの勾留を求めるかもしれん。少なくとも取り調べはおこなわれる。最悪の事態だ」

クリームを入れる議員にアビゲイルは言った。「マイケルを葬り去ろうとしてもわたしが許さない」

「なんだと？」

彼女の肌からは色みが抜け、考えごとで一睡もしていないにもかかわらず目は澄んでいた。「あなたは彼に罪をかぶせようとしている。自分の保身のために彼を犠牲にするつもりでいるのよ」

「ばかばかしい」

「あなたの手口ならよく知ってるわ、ランドール。これまでさんざん見てきたから」

彼はほほえんだが、説得力のない笑いだった。「そんな悪質なものではないんだよ、アビゲイル。ちょっとしたPRであり、政治にすぎん。いわば目くらましだ。いつまでもつづくわけじゃない」

「わたしは絶対に許しません」

「きみの人生もかかってるんだ、許さないもなにもあるものか」

「いまのは脅し？」

「もちろん、ちがう」

「だったら、そういう鼻持ちならない言い方は胸にしまっておくことね、ランドール。わたしだって世間てものを知ってるのよ」

議員は顔をしかめ、話題を変えた。「けさ、ヴィクトリーン・ゴートローと一緒だったらしいな。この家に連れてきたそうじゃないか」

「ジュリアンの薬を渡したのよ」

「なぜだね？」

アビゲイルはボートが湖岸に向かって移動するのをじっと見ていた。「あの子が幻覚を見るようになったからよ。本人が必要としてるからよ」

「わたしが訊いたのは、なぜあの娘をそのまま帰らせたのかということだ。ジュリアンの居場所くらいは聞き出したのか？」

「おそらく森のなかだと思うわ」

「やはりちゃんと監視をつけないといかんな」

「頭のなかが混乱しているあいだは、よそにはやりたくないわ。あの子は幻覚を起こしてるのよ」

「だが、きみはあの一家を毛嫌いしてるじゃないか」

「カラヴェルを毛嫌いしてるのよ。同じにしないで。あの娘にはびっくりしたわ」

「どういうことだね？」

「感心したのよ」

「白人のクズの娼婦から生まれた白人のクズの娘に、きみが感心するなんてことがあるのかね？　あの娘がなにを言ったというんだ？」

「彼女はよりよい人生を望んでるの。ジュリアンが力になってやってるようよ」

「そうだろうとも」

「子どもじみた反応はやめて。あの娘は芸術家よ。骨を素材にした彫刻を作ってるらしいわ。おばあさんに教わったんですって。並はずれた才能の持ち主みたい」

「ジュリアンがやりたがってる相手だからか？」

「ジュリアンには欠点もいろいろあるけど」アビゲイルはついに声を荒らげた。「とても洗練された感覚を持ってるわ。その彼が才能があると言うのならまちがいないの。彼のつてで作品をニューヨークに送ったそうよ。一流の画廊での個展にまで漕ぎつけたんですって。あの子の出版社も本を出すつもりみたい」

「骨の本か？」

「失われゆく芸術形態に関する本よ。卓越した才能を発揮する、字の読めない娘に関する本」

「芸術家だの作家だの、まったく、わたしの人生がなぜこんなことになるんだ？」上院議員は立ちあがった。「用があるなら、わたしは弁護士と会っているからな。連中はごうつくばりだが、少なくとも、わたしでも理解できる人種だ」

ドアに行きかけた夫をアビゲイルは呼びとめた。「さっきのマイケルのことだけど……」彼女は夫が振り返るのを待った。「あれは本気よ。彼を傷つけるようなまねをしたら、あなたを一生恨む」

上院議員は弱々しくほほえんだ。「わたしよりもあの男のほうが大事というわけか」

「選択を迫るようなまねはやめて」

「ときどき、きみのことがわからなくなるよ、アビゲイル」

「それでいいじゃないの」

「そうは思えんね」

上院議員はいなくなった。アビゲイルはコーヒーを飲みほした。

二時間後、警察がジュリアンを連れに来た。

マイケルはそれをラジオで知った。撃鉄を起こした銃を隣のシートに置き、ハイウェイパトロールがひそんでないかと目を大きく見ひらきながら、州間高速道路を時速百十マイルで飛ばしていたときだった。いままで警官や民間人を殺したことはないが、ジミーのことはよく知っている。四時間と言われたら四時間で行くしかない。

速度計の針が時速百二十マイルを指した。

いま一度バックミラーに目をやり、ラジオのボリュームをあげた。

「……捜査当局に近い筋によりますと、世界的なベストセラー作家であり、ランドール・ヴェイン上院議員の養子でもあるジュリアン・ヴェインに対し、逮捕状が出されたもようです。現在、広大な敷地内に捜査員が集まり……」

さらにいくつか詳細がつづいたが、ともかく衝撃的なニュースだった。セレブ。政治。複数の死体。ニュースが終わると、アビゲイルに電話した。「ジュリアンはどうしてる？」

「マイケルなの？　いまどこ？」

バックグラウンドの声が聞こえる。低くざわざわした感じだ。「逮捕されたのか？」

「いいえ、でも警察が行方を追ってるから、時間の問題でしょう。あの子だってずっと隠れてるわけにはいかないし、ここで逃げたりしたら、どうなるかわからない。もう、どうにかなりそうよ、マイケル。ランドールは令状はでっちあげだと言ってるけど、だとしても同じことよ。逮捕なんかされたら、ジュリアンは壊れてしまう。あなたが言ったとおりよ。うまく立ちまわれる子じゃないもの」

「いまそっちに向かって――」

「ここに来てはだめ！」

マイケルは腕に鳥肌が立つのを感じ、一瞬ためらった。「どうしたんだ？」

「とにかく……だめなの」

マイケルはしばらく考えこんだ。「おれの銃が必要なんだ」彼はおずおずと言った。

「えっ？」

負傷してどこかの暗い穴に閉じこめられたエレナの姿が目に浮かんだ。ジミーと、人数不詳の手下たち。準備には丸一日が必要だ。手もとには四五口径しかない。「おれの車から取りあげた九ミリ口径のことだ。

どうしてもそれがいる。ほかの銃を探してる余裕がない」

「なにがあったの、マイケル？　まさか、あなたまでトラブルに巻きこまれてるんじゃないでしょうね」

「持ってきてもらえるか？」

「ええ、もちろんよ。でも――」

「どこで落ち合う？」


アビゲイルは苔むした細い階段を下ってジェサップの部屋のドアをノックした。もう一度ノックしてから、ドアをあけ、天井の低い簡素な部屋に足を踏み入れた。奥カーテンのおりた窓から淡い光が射しこんでいる。奥まったキッチンにある小さなコンロの上で、やかんがピーピーと鳴っていた。「ジェサップ？」やかんを火からおろした。水の大半が蒸発し、やけに軽かった。ピーピーいう音はやんだ。寝室のドアが細くあいていた。なかにジェサップの姿がある。糊のきいた白いシャツを袖口のボタンまでしっかりととめ、黒いズボンに黒いネクタイ、それに磨いたばかりの靴という恰好だった。彼は、几帳面にととのえた狭いベッドのへりにすわっていた。背中をまっすぐにのばし、うつむいているせいで首が襟にあたって皺になっていた。

「これをくれたときのことを覚えてますか？」

あいかわらずうつむいたままだが、片手をあげ、プラチナのチェーンで揺れる小さな十字架を見せた。出会って五年めのクリスマスにアビゲイルが贈ったものだ。そのときまでにふたりはかなり心を許し合うようになっていたが、ある寒い夜、ジェサップは地獄は本当にあると信じていると打ち明けた。抽象的な概念ではなく、実際に存在するもの、すなわち炎と記憶の湖として。そう打ち明けたときの彼は肩を落とし、目に涙をため、吐く息に甘ったるく濃厚なウィスキーのにおいが混じっていた。アビゲイルの知るなかでもひときわ強いはずの彼が、すっかりうちひしがれていた。

以前から、この人はおぞましい記憶に取り憑かれているのではないかと疑っていた。戦争での残虐行為、裏切り、あるいは徹底的に陵辱された女といった記憶に。だが、彼は絶対に話してはくれなかった。

「覚えてるわ」

アビゲイルはベッドの端をまわりこんで近づいた。ジェサップの目は落ちくぼみ、頬がこけていた。九ミリ口径はベッドの上、彼の脚の隣にあった。

彼は十字架を揺らした。「ここまで長いつき合いになると、当時は思ってましたか？」

「そんなこと、わかるはずないでしょう？　わたしはまだ若かったんだもの」

彼女は銃を見つめた。ジェサップは首を振った。「だが、けっきょく、二十年たったいまもこうしている」

「その間あなたはずっと、理想的な友人でいてくれた」

ジェサップが大声で笑ったが、とぎれとぎれの笑い方だった。

アビゲイルは口ごもりながら訊いた。「そこにあるのはマイケルの銃？」

彼の手が正確に銃へとのびたのを見て、ジェサップ・フォールズが危険な男であることをアビゲイルはあらためて思い知らされた。だから夫は彼を雇ったのだ。元特殊部隊員。元警官。いまは彼女の運転手兼ボディガード。

「そうです」

あいかわらず心ここにあらずなその声に、アビゲイルは甲高い音で鳴っていたやかんと蒸発した水を思った。いったいいつから、十字架を手に、わきに銃を置いて闇のなかにすわっていたのだろう。その瞬間、目の前にいるこの男のことをなにも知らないように思えてきたが、ジェサップが顔をあげると、前にも見たことのある、ひりひりするほど切ないまなざしが見えた。

「長いこと思いこんでいました、あなたはわたしを愛しているものと……」

「ジェサップ、その話はもう終わったはずでしょ」

「わかってます、あなたは人妻だ」彼はほほえんで見せると、すぐさまいつものジェサップに戻った。「ちょっと悩んでいただけです」彼はアビゲイルと目を合わせ、銃を手に取った。「あなたの意に沿うよう行動すべきなのか。それとも正しい行動を取るべきなのか」彼は銃を下に置いた。「わたし自身が正しいと思う行動を」

「マイケルの話をしてるのね」

「あの男は危険です」

アビゲイルはようやくわかった。ジェサップがなにをするつもりなのか、なぜ悩んでいたのかを理解した。

「その銃を上院議員に渡すつもりなんでしょう？」

「議員の部下にです」ジェサップは言った。「銃。写真。あの男とオットー・ケイトリンについて知っていることすべてを」

「そんなことはやめて」

「彼が逮捕されれば、みんなの肩の荷がおりるんです。警察は生贄《いけにえ》を手に入れ、マスコミは記事が書ける。一年もすれば、記憶など遠のいてしまう。そして何事もなかったように日常がつづく」

「真相はどうなるの？」

「誰もそんなものは望んでいません」

「わたしは望んでるわ」

「ならば、より大きな善のための犠牲と思うことです」

アビゲイルは銃をはさんで、彼の隣にすわった。

「わたしの決断だって大きな犠牲という意味では同じだわ」

「ですが、あなたがいつも正しい選択をするとはかぎりません」

アビゲイルは銃に手を置いた。その上にジェサップの手が重なる。「あなたは善人で実直だわ、ジェサップ。でも、いままで一度もわたしにノーと言わなかった。なにもいまそれを言わなくてもいいでしょ」

彼の手に力がこもった。「湖からは三つも死体があがってるんですよ、アビゲイル。じきにあなたとの結びつきもばれます」

彼女はほほえんだが、力のない笑みだった。「わたしは誰も殺してないわ、ジェサップ」

「ですが、連中をここに呼んだのはあなたです。居所を突きとめ、彼らに金をあたえた。それらが警察に知られるのも時間の問題です」

「すべてジュリアンのためにやったことよ。うちの人間は口が堅いし」

ジェサップは首を横に振った。「どこかに目撃者がいますよ、きっと。あるいは取引の痕跡が残っているはずだ。女友だち。あなたが雇った法律事務所の人間。いずれ警察はそこにたどり着く」

「わたしもジュリアンもあの男たちを殺してない。それでいいじゃないの」

「わたしにまかせてください、アビゲイル」

「だめ」

「なぜですか？」

「マイケルが大事だからよ」

「意味がわかりません」

「わかってもらおうなんて思ってないわ」ジェサップが激しい感情のこもった奥まった目でにらんだ。アビゲイルがにらみ返すと、彼は重ねた手をどけた。彼女はその頬にキスをし、銃を手に立ちあがった。「楽しい二十五年間だったわ、ジェサップ」

「すばらしい二十五年でしたよ」

「さっきの、終わった話のことだけど……」

彼はごくりと唾を飲みこみ、二本の指で彼女の脚に軽く触れた。「その話は生まれ変わったらにしましょう」

アビゲイルは彼の顔にてのひらを押しあてながら、自分の目が潤んでくるのを感じた。

「生まれ変わったら」

マイケルとアビゲイルは町はずれにあるドラッグストアの駐車場で、十一時に落ち合った。平らな屋根の古びた店で、モルタルから石灰のような白い筋が何本もついていた。左にがらんとした駐車場がのび、店の奥にもうひとつあるが、どちらも草ぼうぼうでごみが散乱していた。車通りはまばらだった。マイケルはここならいいと思った。人の姿はほとんどない。視界もひらけている。わかりやすい。

彼は裏に車をとめた。

アビゲイルはおんぼろのランドローバーで現われた。泥がタイヤにこびりつき、サイドミラーのあたりまで飛び散っている。彼女ははずみをつけて車を降りた。ロングブーツに糊のきいたカーキのパンツ。緑色のベストの下の白いシャツが、湿って貼りついている。彼女はトラックを見るマイケルの視線に気がついた。

「マスコミ対策よ」

彼は事情を察した。あそこの敷地の奥は塀がなく、三千エーカーにもおよぶ森で守られている。アビゲイルは見つからずにこっそり出るため、道のない森のなかを走ってきたのだろう。マイケルは腕時計に目を落とした。「頼みを聞いてもらえて助かった」

「どういうことか説明して」ためらうマイケルにアビゲイルは迫った。「銃がいると言うから持ってきてあげたのよ。さあ、わけを話しなさい」

ふたりはランドローバーのうしろに立っていた。アビゲイルは容赦のない目で見つめてくるし、すでに約束の四時間が過ぎている。そこでジミーからの電話、悲鳴、脅し、不安を抱えながらここまで運転してきたことを話した。

「本当にエレナの声だったの？」

アビゲイルはマイケルの説明をひとことも聞き漏らさなかった。手を揉みしぼることも、意見を差しはさむこともしなかった。顔を上向け、顎を引き締めていた。

「まちがいない」

「そのジミーという人は言ったことを実行するかしら？ 本当にエレナを殺すかしら？」

「なんのためらいもなく」

「そしてあなたも殺す。口座番号さえ手に入れたら」

マイケルは肩をすくめた。「まあ、そうしようとはするだろう」

「どっちがより危険なの？」

「おれだ」間髪入れずに答えた。

「でも、相手はエレナを人質にしている」マイケルはうなずいた。「それに、ほかに何人いるのかわかってない。銃が何挺あるかも。ひとりで乗りこんでいくのは、頭のいいやり方とは言えないわ」

「ほかにどうしようもない」

「六千七百万ドルは本当にあなたの手もとにあるの？」

「八千万近くになる」マイケルはトランクをあけ、ダッフルバッグからヘミングウェイの本を出した。表紙をなでてほほえんだ。「おやじさんの愛読書だ。何度も繰り返し読んでたから、丸ごと暗誦できるほどだった。どんどん弱って最期の時が近づいてくると、おれが読み聞かせてやった。ふたりの共通の趣味だったんだ、古典文学は」マイケルは本をひらき、献呈の言葉をアビゲイルに見せた。


**ほかの誰よりもわたしに似ているマイケルへ……**

**わたしの息子マイケルへ……**

**年寄りには優しくするように……**

**人生を楽しめ……**

文字は細くて弱々しく、いかにも死を目前にした男の字だった。「死ぬ八日前に書いたんだ。おれが、この稼業から足を洗いたいと言った日に」

「よくわからないんだけど」

マイケルは本の真ん中あたりをひらき、ページをぱらぱらとめくった。ぼんやりした数字が現われては消えていく。どのページにも同じようなミミズののたくった文字が書いてあった。「二十九の異なる海外口座だ。国も金融機関も異なる。おやじさんは絶対に番号を書きとめず、自分の頭のなかで管理してた。それを、こうやって書いてくれた。おれのために」

「気前のいい人ね」

「おれの大事な人だった」

マイケルは本を閉じ、それを額にちょっとつけてから、車に戻した。アビゲイルは長いこと黙りこんだ。

「あなた、殺されるわよ、マイケル。自分でもわかってるでしょう？　ジミーはあなたの恋人を殺す。そしてあなたも殺す」

マイケルは苦笑した。「警察に助けを求めるのはおれの性に合わない」

「主人の部下ならどう？　高度な訓練を受けたプロよ」アビゲイルはいったん黙りこみ、それからつづけた。「だめだわ、その手は使えない。あの人たちはスケープゴートを探していて、あなたがリストの最上位にいるんだった」

マイケルはなるほどと思った。「ジュリアンを守るためにおれを犯人に仕立てあげようという腹か」

「ジュリアンとわたしと上院議員を守るためよ」

「いい考えじゃないか。やらせておけばいい」

「わたしはそういう人間じゃないの」

マイケルは銃をよこせというように手を差し出した。

「とにかくいまはこっちを片づけないと。そう遠いところじゃない。連中が待っている」

「わたしも行く」

マイケルは差し出していた手をおろした。「なんのために？」

「あなたの命をお金で買うためよ」

「意味がわからない」

「一千万を上乗せするとその男に申し出る」

「一千万ドル？」

「二千万でもいいわ。金額にはこだわらない」

「なぜそんなことを？」

「あなたがジュリアンの兄だから」

「それだけじゃ理由として不充分だ」

アビゲイルは平然とした顔で肩をすくめた。「もうずっと昔に、こういう自分になると決めたからよ。それに一千万ドルなんてわたしにとってははした金だもの」

「それだけ？　本当に理由はそれだけなのか？」

「ほかになにがあるというの？」

マイケルは長いことアビゲイルを見おろしていた。彼らしくもなく心が揺れて、無防備な顔になった。だが、このときばかりは抗わなかった。感情が顔に出てもかまわなかった。「孤児に共通する夢がなんだかわかるか？　腕っぷしが強かろうが弱かろうが、幼かろうが年長だろうが、みな同じなんだ。彼らに共通する思いがなにかわかるか？」

アビゲイルの頭が動いたが、口もとはまだぐっと引き締めたままだった。雑木林のほうからセミの声がし、まばゆい太陽にあぶられた頬を汗が転がり落ちていく。

「なぜおれたちを引き取ろうと思った？」

「子どもがほしかったけど、恵まれなかったの。上院議員とわたしとで話し合って――」

「なぜジュリアンなんだ？　なぜおれだったんだ？」

「どういうことかしら」

「おれたちはもう、かわいいとか苦労が少なくてすむという歳じゃなかったし、施設にいた期間が長く、いわば訳あり商品だった。なのにどうして、そんなおれたちを引き取ろうとしたんだ？」

「わたしなりの理由があってのことよ」

「個人的な理由か？」マイケルの顔にうっすらと怒りが浮かんだ。

「ええ」

「ならいまはどうなんだ？　ここまでする必要なんかない。ろくに知りもしないおれのために」

アビゲイルは毅然としていようとするものの、重圧に押しつぶされそうになっていた。雑木林に目をやり、高く青い空を見あげた。「わたしはうんと昔に、あるべき自分の姿を選択したの」

「あるべき自分の姿？」

「正しいことをする勇気を持った人間よ。どんなときでも。いかなる犠牲を払おうとも」

もっと大きななにかが語られないままになっている。アビゲイルの顎のラインに、肩を縮める姿にそう書いてある。彼女は大きな決断を下して、苦労する人生をわざわざ選んだ。その決定にいたるにはなんらかの理由があるはずだが、マイケルはそれがなにかわかった気がした。「あんたはおれのおふくろなのか？」

アビゲイルは口をあけ、緑色の目を大きく見ひらいた。

「それが、さっき言ったおれたちの夢なんだ」マイケルは素知らぬ顔でつづけた。「産みの親が迎えにきてくれるのが。おれたちみんな、寝ても覚めてもそればかり夢見てた。あってはならないまちがいでおれたちは置きちがえられただけで、いずれ誤りが正される時が来るとね。計算してみようか。おれは三十三歳で、あんたは五十になってない。おれのおふくろには若すぎるが、ガキというのは過ちをおかすものだ。子どもを捨てたところで誰も責めはしない。おれは責めない。わかってやれると思う」

アビゲイルの胸に熱いものが込みあげた。目の前にいる長身の強い男を、端正な顔立ちと大きくて無防備な目をした痩せぎすの人殺しを見あげた。いろいろな思いが一気に押し寄せたが、最初のひとつが、これから残念な事実を伝えなくてはいけないというものだった。「いいえ、マイケル」彼女は彼の腕に触れた。「あなたの母親ではないわ」彼は顔をそむけてうなずいた。「でも、ジュリアンの母親よ」

マイケルはまたうなずき、二度目をしばたたいた。それで感傷は吹き飛んだ。「あんたはここに残ったほうがいい」

「どんな人間でもお金しだいでどうにでもなるものよ、マイケル。ジミーだって同じことだわ」

「どうしてそう言い切れる？」

「わたしは上院議員の妻よ」

アビゲイルのジミーに対する見方は正しい。あいつは多額の金が入るとなればなんだってする。自分のおふくろだって殺すだろうし、個人的な恨みをあとまわしにするのもいとわない。あいつならひとまず金をもらってから、あとでゆっくりマイケルを仕留めにかかるだろう。必ず。絶対に。「小切手を切ると持ちかけるのか？」

アビゲイルは口をゆがめた。「現金の袋はまだある？」

「ああ」

「とりあえずは鼻薬を嗅がせるだけでいいわ」彼女は自分の言葉が理解されるまで待った。「あとは人間の性《さが》にまかせるの」

「身の安全は保証できない。わかってるのか？　あいつはそんじょそこらのワルとはちがう。バランス感覚ってものに欠け、限度というものを知らないやつだ」

「わたしを連れていかなければ、エレナは死に、あなたも死ぬだけよ。これは罠よ、マイケル。そもそもあの男が電話してきたのはそのためなんだから」

「ならあの金を持っていく。おれがひとりでなんとかする」

「あの現金はあくまで手付けにすぎないと思わせなければ。とりあえずあの金額で折り合っておいて、残りは送金するとわたしが請け合う必要がある。だからわたしもその場にいないとだめよ。選択の余地はないわ」

マイケルはつらそうに顔をそむけた。「あんたの喧嘩じゃないのに」

「わたしはすでに一度、あなたを失っている」

彼はかぶりを振った。「おれはガキだった。あんたがあの場にいたことにもそれなりの意味があった」

「わたしは大人よ、マイケル。やりたいようにやらせて」

マイケルはすっかり見慣れた彼女の顔をのぞきこんだ。「死人が出るぞ」

「だったら、それがジミーになるようにすればいいのよ」

# 40

ランドローバーに向かいかけると同時に、アビゲイルの強がりは溶けてなくなった。スイッチが切れたように感じ、空は真っ青で、手を触れたトラックのボディは焼けるように熱かった。彼女は苦い味を飲みこんで、不安になっているのを自覚した――〝若干〟でも表面的にでもなく、心の底から怯えていた。自分にうんざりしながらその気持ちを無理に押さえつけ、座席の下からマイケルの九ミリ口径を出した。銃はずっしりと重く、熱を帯び、バターのようにすべすべだった。その瞬間、ジェサップの顔がまぶたに浮かび、もし無事に戻れなかったら、彼はどう思うだろうかと考えた。さんざん耐えた末に、ついに家を出たと思うだろうか。

それとも、よからぬことがあったと思ってくれるだろうか。怒り、あるいは悲しみを感じてくれるだろうか。彼女の死体があがったら、復讐の炎を燃やしてくれるだろうか。

汚れたウィンドウごしにマイケルをうかがい、グローブボックスをあけてジェサップの銃を出した。刻み目の入った木の握りと撃鉄が黒光りする古い銃。見るからに恐ろしげで物騒な代物《しろもの》だ。金属部分に〝コルト・コブラ三八口径スペシャル〟と刻印がある。シリンダーを振り出し、弾が装填されているのを確認してもとに戻した。大きく深呼吸すると、銃をパンツの腰に差してベストの裾で隠し、マイケルがいるメルセデスのトランクまで戻った。ダッフルバッグの口があいて、なかの現金が見えていた。九ミリ口径を渡すと、彼はシリンダーを振り出し、動作の確認をした。「用意はいいか？」

「と思う」

「断言できなきゃだめだ」

三八口径のすべすべした固い感触が肌に伝わった。

「断言できる」

マイケルは彼女に現金の袋を預けた。

マイケルが選んだ道は町の南のはずれをまわるルートだった。アビゲイルは助手席にすわっていた。ダッフルバッグがひどく重く、銃が腰骨に食いこんでくる。例の味がまた口に広がり、目の奥が圧迫された。それをまばたきで消し去ろうとした。

「大丈夫か？」

マイケルの声が遠くに聞こえた。アビゲイルは唇を舐めてうなずいた。「ちょっと暑いだけ」

「なにも、無理してやらなくてもいい」

「黙って運転してちょうだい」

「本当にいいんだな？」

彼女は高鳴る胸に触れ、後頭部がどくんどくんと脈打つのを感じた。「少し考え事をさせて」

わき道はジミーが言ったとおりの場所で見つかった。エクソンのガソリンスタンドを過ぎて三マイルのところにある、細い未舗装の道だった。本線の左側、青い反射板をつけた郵便受けの先だけ、木立が切れていた。マイケルはそこに突っこむように車をとめた。

電話を取り出した。

「なにをしてるの？」

アビゲイルは具合が悪そうだった。顔はほてって汗ばみ、呼吸が浅い。「この作戦を成功させる鍵は銃を使わせないことにかかってる」マイケルは彼女を落ち着かせようと、穏やかな声で言った。「ジミーは腕は立つし大きなことを言うやつだが、心の奥ではおれを恐れてる。あいつはこの機会に自分の力を誇示しようとしてるんだ。あんたやおれにはうれしくない形で。だからよけいに予測がつけにくい」マイケルは電話をかかげた。「これからおれたちが行くことを伝える」

アビゲイルは長くのびる未舗装路をうかがった。緑の壁と、光が射しこんでいる箇所をじっと見つめる。

「それが本当に賢明なやり方なの？」

「こっちに攻撃の意志がないことを示しながら接近し、あとは運を天にまかせるしかない。やつはあんたの提案に乗ってくるかもしれないし、こないかもしれない。ミスをおかすかもしれないし、おかさないかもしれない。もしかしたらひとりかもしれない。だが、十人の手下がひかえているかもしれない」マイケルはアビゲイルの様子を見て、先をつづける前に少し間をおいた。

「おれには性能のすぐれた銃が二挺あり、その扱いもそこらの連中よりすぐれていると自負してるが、そういうやり方ではいい結果は生み出せない」

「あなたはどのくらい腕が立つの？」

マイケルはまじろぎもせぬ目を見せた。「どうでもいいことだ」

「エレナが人質になっているからね」

答えるまでもなかった。

マイケルは電話をかけはじめた。

納屋のなかは暑く、エレナは想像を絶する苦痛に襲われていた。足。骨。心。首に巻かれた針金が食いこみ、息をするのもやっとだ。ジミーはどこかと探したが、姿をとらえることはできなかった。ガンオイルと血の味がする。口が痛くて動かせない。この選択は正しかったのかと、何分も自問した。おなかのなかの赤ん坊を思い、マイケルの黒い瞳を思い浮かべた。すすり泣き、自分は死ぬのだと覚悟した。

うしろで電話の鳴る音がした。

ジミーは笑いをこらえきれない声で電話に出た。

「わが友マイケル。いまどこにいる？」

「進入路を入ってすぐのところだ」

「そうか、そのまま進んでこい。ここにいる誰かさんが、おまえにとても会いたがってるぞ。ちょっと待て。いま替わる。ほら、なにか言ってやれ」くぐもった音につづき、押し殺した悲鳴がマイケルの耳に届いた。

「悪かったな」ジミーはあいかわらず、笑いを含んだ声で言った。「いまは話せないらしい。でかいものをくわえてるんでな」

「こっちは言われたとおりにしてるじゃ――」

「遅れたくせしやがって」

笑いが消えた。ぴりぴりした怒りのにじむ声に変わった。苛立ち。マイケルは必死で落ち着きをたもとうとした。「実は人を連れてきてる」

「話がちがう」

「いい話だ。もっと金が手に入る。トラブルはない」

「いくら上積みされる？」

「あと一本プラスだ」

「一千万か？」

「オットーが海外の口座に持ってる金にくわえてだ。かなりの額になるぞ、ジミー。いまからそっちへ行く。細かい話をつめようじゃないか」

「一緒にいるのは何者なんだ?」

マイケルは教えた。

「ほう、ごりっぱな上院議員の女房か。写真で見たことがある。美人だよな。彼女は上乗せの一千万でなにを買おうってんだ?」

「関係者全員の命」

まるまる一分の沈黙がおりた。「その女がおまえのことを気にかける理由はなんだ?」

「単なる気まぐれだろ」

「ほかに同行してるやつは?」

「いない」

「いいだろう、マイケル。話し合おう。おれはおまえの女友だちと納屋にいる。窓はない。ドアはひとつだけだ。だから、小細工はよすんだな。ふたりしてなかに入ってこい。おれの指示に従え。両手はおれの見えるところに出しておけ」

「エレナと話をさせ――」

電話が切れた。

カチリと電話を閉じる音がエレナの耳に届いた。ジミーは真うしろにいる。ずっと真うしろにいたのだ。いったいいつから? もう一時間以上、彼の姿を見ていなかった。つまり彼は、気配を完全に消して、うしろにいたのだ。

そのとき痛みが襲った!

**神様……**

すさまじい痛みだった。なんとか落ち着こうとしているところへ、耳に息がかかり、首の針金に手がのびてくるのを感じた。トラクターで大の字にされているステヴァンに目をこらす。生きているのか死んでいるのかわからない。動きはなく、声も聞こえてこない。

ふさがっていない傷に黒いハエが集まってきていた。

「悪かったな」

なれなれしい声だった。彼の口がすぐそばまで来ていた。唇をぐっと突き出されたら耳たぶに触れそうなほど。彼女は首に針金を巻かれた状態ですすり泣き、息をするのも苦しく咳きこんだ。十ヵ所以上に針金が食いこんでいた。肩を這いおりたジミーの手が乳房のラインをなぞり、腕を滑りおりて、いましがた折ったばかりの指にたどり着いた。彼がそこに軽く触れると、エレナの全身が観念したようにこわばった。だが、あらたに危害をくわえられることはなかった。ジミーは彼女のてのひらを取ってそっと握った。

「どこにも行くなよ」

彼はエレナから見える位置まで移動した。

「マイケルが来る」

殺し屋の平常心がマイケルに訪れた。旧知の友のように慣れ親しんだ感覚だった。時間の経過がゆっくりになり、感覚が研ぎ澄まされていく。頭が自動モードではたらき、筋肉が弛緩し、可能性がグラフ上の直線のようにのびていく。

「あそこだ」

雑木林を抜けると光が一気に押し寄せた。木々がかき消え、周囲がひらけた。草の生い茂る空き地のはずれに古い家がぽつんとある。何台もの車。最後に納屋が見えた。

「ずいぶん車がとまってる」アビゲイルは金の入った袋を手が白くなるほどきつく握って身を乗り出した。

「やっぱりひとりじゃないんだわ」

マイケルは家の窓をうかがった。ガラスにはなにも映っておらず、ただ暗闇が広がっているだけだ。茶色い高木が生えているあたりに目をこらした。真っ暗で、身を隠す場所はいくらでもある。ちょっと性能のいいライフルがあれば、ふたりはあっさり仕留められることだろう。マイケルは車をとめた。周囲は完璧な静寂がおりていた。

「いやだわ、マイケル。ここにいたら恰好の標的じゃないの」

「あいつは金をほしがってる。主導権はこっちにあるんだ。それを忘れないように」

「そうね」アビゲイルはうなずき、唾を飲みこんだ。

「どこに行くの?」

「あそこだ」

それはどこにでもあるような納屋で、雑草だらけの地面に建つ、雑な造りの四角い建物だった。古びた板壁はペンキがはがれ、金属屋根はさびていた。先端でキツネの形をした風見が、酔っぱらったように傾いている。屋根裏部分に開口部があるものの、それをのぞけばジミーが言ったとおりのようだ。

入口はひとつ。

出口もひとつ。

「おれが指示するまでなにもしないように」マイケルは自分の側のドアをあけた。「いいな?」アビゲイルは取っ手があるあたりを手探りした。「アビゲイル?」

「自分の身くらい守れるわ」

ふたりは庭に降り立ち、納屋を見あげた。マイケルはベルトの前とうしろに一挺ずつ、銃を差していた。どちらも弾は装塡済みで、安全装置も解除してある。がらんとした空き地をいま一度見わたしてから、ダッシュボードのなかの本を出し、納屋のドアに向かって歩きだした。うっすらあいたドアの三フィート手前で呼びかけた。「ジミー。おれだ、マイケルだ」しばらく待ったが返事はなかった。「アビゲイル・ヴェインも一緒だ。これからなかに入る」

隙間に片足を差し入れて押しやると、ドアは土と古い藁を掃きながらあいた。マイケルは両手をのばしてなかに入り、アビゲイルもすぐあとにつづいた。

「ゆっくりとだ」

ジミーだった。よく響く声は左から聞こえてくる。姿はまったく見えない。

「ゆっくりとだな」マイケルは言った。

ドアをそろそろとまわりこみ、五フィート進んだところで足をとめた。アビゲイルがぴったりと身体を押しつけてくる。なかは十個ほどの手提げランプの光で、思ったより明るかった。アビゲイルがぎくりとして息をのんだのが聞こえたが、マイケル自身は冷静さが湧き出てくるのを感じながら、鮮明で苦痛に満ちた数秒間で内部の状況を把握した。まず、ステヴァンが目に入ったが、怪我の程度を確認する手間はかけなかった。死んでいようがいまいが大差はない。エレナの姿もかいま見えたが、あえて視線をそむけた。あとまわしだ。ジミーは暗がりにいた。どっしりした柱の陰に身体を半分隠していた。そこから銃を持った腕が出ていた。

マイケルが恐怖を感じたのはその腕ではなかった……

「おたがい理解し合えたと考えていいか？」

高く広い天井にジミーの声が驚くほどよく響いた。マイケルの目は小さな木の丸棒を持った手に吸い寄せられた。長さ十インチほどの丸棒には、干し草を束ねるのに使う撚り糸が結んである。撚り糸は柱に固定されたアイフックに通され、べつの柱のべつのフック、さらにべつの柱を通って、最後に……

**エレナ**。
彼女は納屋の屋台骨のひとつ、屋根の近くに渡された長さ三十インチの梁につながれていた。身体に巻かれた針金はこれでもかときつくねじりあげられ、額や首、それに手足に食いこんでいた。腕が思いきりうしろにまわされているせいで、肩の骨がくっきりと浮き出ていた。首からしたたる血でシャツの襟もとに鋭いVの字が浮かんでいる。彼女は片足で立っていた。足は傷だらけで指が数本、横に曲がっている。もう片方の脚は足首が折れているうえ、膝のところで曲げられて、苦しい角度で柱の高いところから針金で吊ってあった。いったいいつからその姿勢で立たされていたのか見当もつかないが、マイケルも骨折はいやというほど経験しており、痛みの程度は想像がつく。だが、その痛みも、彼女の目に浮かんでいる恐怖にくらべれば取るに足りないものだった。マイケルはその場に凍りついて動けなくなった。彼女の目はたくさんのことを訴えていた。

「大丈夫だ、ベイビー」

だが大丈夫ではなかった。

彼女は二連式ショットガンをくわえさせられ、口をわずかにあけていた。銃は奥深くまで突っこまれ、ぴかぴかした銀色のテープが銃身と彼女の頭と顎をぐるぐる巻きにして固定していた。歯に赤い色がにじみ、無惨な状態の唇がのぞいている。彼女は必死に鼻から息をしていた。すっかり怯え、ショック状態におちいっている。肌は青ざめ、まつげに涙がたまっていた。ショットガンはナイロンのひもで吊るされていた。引き金からのびた撚り糸は、ジミーの手のなかの丸棒へとつながっていた。

「状況を理解したか?」ジミーが言った。

マイケルはエレナから目を離した。腹の底に冷たいものが広がっていく。レミントンの十二番径ショットガンの引き金を引くのに、重力はどれくらい必要だろう? 三ポンド半? もっと少ない? トラクターの上に大の字にされたステヴァンを見やる。顔の大半がなくなり、切り落とされた指が下に転がっている。何時間もかけたにちがいない。悲鳴が何度もあがり、派手な音がしたはずだ。顔になされた拷問の痕を本人が見られるよう、ごていねいに鏡まで吊るしてある。つまり、ジミーは思う存分時間をかけ、楽しんだということだ。この南部までステヴァンに同行してきた連中が誰にせよ、すでに死んでいると考えていい。ジミーは危険を承知でやるタイプではない。それもステヴァンが生きているあいだは。「おたがい、理解できたと思う」

「では銃を下に置いてもらおうか」マイケルは銃を二挺とも抜いて地面に置いた。「こっちに蹴り飛ばせ」マイケルは言われたとおりにした。「シャツをめくれ」従った。「ズボンの裾もだ」それにも従った。

「本はどこにある?」

マイケルは高くかかげた。「オットーの本だ」ジミーは丸棒をきつく握ったまま躊躇している。「望みの番号はこれに書いてある」

「全部か? 口座番号。暗証番号。銀行コードも?」

「全部そろってる」

ジミーが必死に考えをめぐらしているのが手に取るようにわかった。本を受け取って本当に番号が書いてあるのかたしかめたいが、両手が比喩ではなく本当にふさがっている状態だ。彼は銃で合図した。「そこの女、もっと近づいて顔をよく見せろ……」

「大丈夫だ」マイケルは言った。「言われたとおりにしたほうがいい。ただし、ゆっくりと」

アビゲイルはダッフルバッグをわきにぶらさげたまま、横に一歩踏み出した。

ジミーは首をかしげた。「とても一千万ドルが入ってるようには見えないぜ」

「これはあくまで手付けよ」アビゲイルは言った。

「残りはこれから手配する」

「どれくらい時間がかかる?」

「パソコンがあればすぐよ」

「そいつを持ってこっちまでこい」

マイケルを横目で見ると、彼はうなずいた。アビゲイルはゆっくりと歩いていき、ジミーにとまれと言われたところで足をとめた。

「そのままそこにおろせ」

ダッフルバッグが乾いたやわらかい土の上に落ちた。

ジミーは丸棒を握っていた手を離し、暗がりから姿を現わした。シャツの左の腋に血がにじみ、鼻が腫れて傷がぱっくり口をあけている。それをべつにすれば、マイケルがこれまで何度となく見た冷ややかで狂気を帯びた光が目に宿っていた。ナルシストで人格障害で、予測のつかない危険な男。彼はベルトからもう一挺の銃を抜き、一方をマイケルに向けたまま、もう一方をアビゲイルの顔に向けた。「あけろ」

アビゲイルは怯え、どうしていいかわからないようだった。

「膝をついて、そいつをあけろ」

アビゲイルは鋼鉄の塊が腰にあたるのを感じた。尖ったものが肌に食いこんだが、顔に突きつけられた銃のことしか考えられなかった。銃口は巨大で、銀色に輝く円と、暗くて深く、焦げた火薬のにおいをさせている中心部からなっていた。それが動くと、彼女の目はヘビを追うように一緒になって動いた。左に右に、それから小さく円を描く。後頭部に例の振動を感じた。頭痛。めまい。

「そいつをあけろ！」

ジミーは親指で撃鉄を戻し、銃口が彼女の右目から数インチのところに来るまで身体を傾けた。アビゲイルはそこをじっとのぞきこんだ。身体がよろける。膝に曲がれと念じる。膝はなかなか言うことをきかず、抵抗した。しかし、いったん曲がりだすと、今度はいきおいがつきすぎた。足がよろけ、アビゲイルは激しく倒れこんだ。

髪に顔を叩かれた。

パンツに差した三八口径が飛び出した。

アビゲイルが動くことも、まばたきも、あるいはひとこと発する間もなくジミーは彼女の頭を蹴って、土の上にのした。銃はマイケルに向けたままだ。「悪い子だ」マイケルは動くまいと必死にこらえた。ジミーがあばらを蹴って転がすと、アビゲイルは壁の手前まで運ばれた。彼は早足で近づいていき、さらに蹴った。アビゲイルの身体が一瞬宙に浮き、道具で覆われた壁に激突した。シャベルが落ち、柄が頭にあたる。金属が派手に揺れ、たがいにぶつかり合った。大ハンマーが横向きに倒れた。釘の入った瓶の中身が鈍い金属音とともに散らばった。

ジミーは様子をうかがったが、アビゲイルは動かなかった。四つん這いのままぐったりしていた。頭が力なく垂れ、目が泳いでいる。ジミーは彼女の頭を銃身で軽く叩いた。「そこにいろよ、このいかれ女」彼はマイケルを見やった。「信じられるか？ まったく」

マイケルはエレナを盗み見てからジミーに目を戻した。「彼女がそんなものを持ってるとは知らなかった」

「おめでたいやつだ」嫌味ったらしい。腹を立てている。「銃を持った女を信用するような男に育てた覚えはないぞ。やれやれ。女にサラダ用フォークより危険なものをあたえてみろ、一日を台なしにされることまちがいなしだ」ジミーは一挺の銃をうしろのベルトに差した。「さて、どこまで行ったんだったか」そう言うと、現金入りのバッグに目を向けた。「あれか」

ジミーがバッグを拾おうと腰をかがめた。マイケルは室内をながめまわした。自分の銃までは七フィート。ジミーは敏捷だから、月ほど離れているも同然だ。ステヴァンのわきのテーブルにはナイフや先の尖った道具がいろいろと並んでいるが、これもまた、距離がありすぎる。アビゲイルに目を向けた。息はあるし、目もあけているが、かろうじてという感じだ。そばには斧や大小の鎌がある。それにも手が届きそうにない。

部屋の奥でエレナが泣いていた。

ジミーがダッフルバッグを持ちあげ、三八口径を納屋の奥の隅に蹴り飛ばした。顔をにこやかに輝かせる。口座番号だけでも充分だが、現金にも未練がある。大量の緑の札束に目を向ける。「おまえは昔から金に興味がなかった」ジミーはバッグを持って立ち、拳銃を振った。「それがずっとおまえの欠点だった。優先するべきもの。抱く野望の大きさ。オットー・ケイトリンより上を目指すことも、どこまでのしあがれるか想像してみることもしない男だった」

「おれもあんたも仕事は同じだったじゃないか、ジミー。同じことをやってたんだぞ」

「だが、おれは満足なんかしてなかった。そこがでかい男と小さい男のちがいだ。おまえじゃオットーの二番煎じの人生を歩むだけだ」

「オットーは偉大な男だった」

「オットーはおまえにくだらんことばかり吹きこんだ」ジミーは小ばかにしたように首を振った。「だが、おまえはそれを受け入れた。ちがうか？　家族がどうのこうのって話ばかりだ。おまえはオットーに愛されてたつもりだろうが、あっちはそれほどの愛情を注いでたわけじゃない」

「それでも、おれに金を残してくれた」

「だが、いまは金の話をしてるんじゃない。上を目指す話だ。世間に自分を認めさせる話だ。おれががっかりしたのはそこだよ」ジミーはマイケルに銃を突きつけた。「おれとおまえ、ふたりであの街を牛耳ることだって出来た。オットーが夢にも見なかったことをやりとげられたかもしれないんだ。おれはおまえを王子にしてやることだってできたんだぜ」

「王はあんたか？」

「おれ以上におまえの父親と呼べるやつがどこにいる？　たしかにオットーはおまえを見つけたかもしれないが、いまのおまえをつくりあげたのはおれだ」ジミーはエレナを示した。「その女にはもう話して聞かせた。ちゃんと理解してるよ。だからよけいにがっくりきてるんだ。家族を大事にしてると思っていたのによ」

「家族だと？　本気で言ってるのか？」

「まだ間に合う。その女と一緒になったっていい。ふたりででかいことをやろう」

「おれを甘く見るなよ、ジミー。おまえの頭のなかなどお見通しだ」

「ふん、そうか。その女には死んでもらうしかない。だが、おまえとおれが組めば……」ジミーはにやりとした。「刃向かう者はいなくなる」

「おれの望みは、全員そろって生きてここから出ることだけだ」

「いまのがおまえの答えか？」ジミーの声がこわばった。「それしか望みはないのか？」

「金はおまえにやる、ジミー」

「おれが金だけの男だと本気で思ってるんだな？」ジミーはトラクターの上で大の字にされたステヴァンに歩み寄った。「勝手なまねをしたのはそっちだ。おまえが組織を抜けたのがいけないんだ。たかだか女のために」

「それだけでもけっこうな額になる」マイケルは指を広げた。「このままおれたちを帰らせてくれ」

「おまえってやつはちっとも変わってないな。どんなときでも平然としてやがる」

「あんたにそう仕込まれたんだ」

「おまけにぞっとするほど冷静だ」ジミーはマイケルに銃を向けたまま、バッグを持ちあげ、ステヴァンの血まみれの腹に落とした。「それに対して、こいつときたら……」言いながら、ステヴァンの無惨な顔を叩いてほほえんだ。「いまになってようやく役に立ってくれたぜ」

ジミーが現金を振り返ったそのときだった。いたぶられ、皮膚を剝がされ、半死半生のステヴァンが、きれいにそろった白い歯をジミーの手の肉に沈めた。

アビゲイルはその一部始終を見ながら、つるつるした暗い穴を落ちていくように感じていた。ジミーの背中が反り返るのが見えた。悲鳴がしだいに小さくなり、それとともに光が絞られた。

彼女の手が鋭いものをつかんだ。

目の奥に痛みが走った。


ジミーがうなり声をあげながらステヴァンの頭に銃を押しあてると同時に、マイケルは動きだした。すさまじい銃声がとどろき、ジミーの手が自由になった。親指と人差し指のあいだの肉がごっそりとなくなっていた。マイケルはもう一歩踏み出し、分の四五口径に飛びついた。肩から落下しながら、右手でグリップを握った。歯に土がつく。動きを察知して片膝をつき、土の上をスライディングした。先に発砲したのはジミーだった。発射した二発はいつもなら絶対はずさないはずだが、このときははずした。マイケルが発射した一発は、ジミーの胸の上部にあたった。ジミーはよろけたものの、指はまだ引き金を離れず、発砲を繰り返した。そのうちの一発がマイケルの脚にあたった。弾を受けたいきおいでマイケルは倒れ、痛みのあまり目の前を星が飛んだが、致命傷には遠くおよばなかった。マイケルは時間稼ぎにやみくもに発砲した。片手をついてバランスをとろうとしていると、ジミーが左に突進し、四フィート先にぶらさがっている丸棒に手をのばした。それでマイケルを意のままにできると考えたにちがいない。マイケルがまたも発砲すると、ジミーの首からわずかな肉片が飛んだ。彼は手をのばしたままよろけた。マイケルが次に放った弾は脊柱の一インチ右にめりこんだ。そのいきおいでジミーは前にのめり、立ったまま死んだも同然になった。だが、のばした手があと少しのところまで来ていた。

数インチ。

ひらいた手が近づいていく。

マイケルは頭を撃ち抜こうと動きかけたが、間に合わないのはわかっていた。三ポンド半の力。いまにもジミーの手がかかる。

そのとき、アビゲイル・ヴェインがどこからともなく、電光石火のごとく現われた。マイケルは彼女が立ちあがったことにも気づかなかったが、とにかくいま、さびの浮いた三日月形の金属を手に立っている。二十インチの鎌がおぼろな茶色い弧を描きながら上昇し、ジミーの手を切り落とした。手首から先がなくなった腕がぶつかり、丸棒が揺れた。マイケルはその頭に次の一発を撃ちこんだ。

## 41

アビゲイルの運転で現場をあとにした。肩をすぼめ、パンチをよけるように頭を低くしてメルセデスのハンドルを握る彼女は、とても小さく見えた。うしろの席では、濡れてぬるぬるした指がからまり合っていた。血のたまったシートの上で、マイケルがエレナを抱きかかえ、みずからも脚の痛みに耐えていた。ふたりとも頭を低くし、町をふたつ過ぎたところの貧相なモーテルの駐車場に入るまで、誰も口をきかなかった。アビゲイルは木陰に空いているスペースを見つけた。金網塀の向こうを車が行き来している。「ふたりとも生きてる?」

「なんとか」

「車のなかで待ってて」

アビゲイルはふたりを見ずに車を降りた。

車の通風口から生温かい空気が入りこんでくる。金気を含んだにおい。硝煙と汚れひとつない革のにおい。マイケルが髪にキスをすると、エレナは腕をぎゅっと握ってきた。ショック状態にあるようだ。肌に触れると冷たく、唇が青い。マイケルは顔や髪に残ったテープの切れ端をそっとはがしてやった。どんぐりが車の屋根を叩く音に、彼女が腕のなかでびくっとした。

「なんでもないよ、ベイビー」

それに対する反応は、沈黙と呼吸と見あげる黒い目だった。

「さっきからそればっかり」

蚊の鳴くようなその声は、救出以来、エレナが初めて発した言葉だった。マイケルは額にキスをし、彼女は頬を彼の胸にうずめた。「あなたが助けに来てくれた」

「あたりまえじゃないか」

「あなたが助けに……」

エレナは彼のシャツに指をからませた。彼女の声が途切れ、マイケルは手の甲で涙をぬぐった。

戻ってきたアビゲイルが声をかけた。「奥の部屋を取ったわ」

「医者に診てもらわないといけない」

「重傷なの？」

マイケルは歯を食いしばるように言った。「かなり」

アビゲイルは車を移動させると、部屋のドアをあけ、誰にも見られていないのを確認してからマイケルたちを降ろした。骨折と切り傷と銃創で、ふたりとも見るも無惨な姿だった。マイケルの脚はかろうじて歩ける程度。骨は折れておらず、血管も損傷していない。

ベッドに寝かされたとき、エレナは大声をあげた。

マイケルが水を飲ませ、アビゲイルは車のなかの荷物を運びこんだ。救急セットをテーブルに置いた。

「トランクのなかにあったわ」彼女は言い、次にマイケルの二挺の銃とジェサップの三八口径を並べた。それからヘミングウェイの本と現金が入ったダッフルバッグを運びこんだ。エレナを見やり、マイケルの脚に巻かれたぐっしょり濡れた布に目をやる。「急がないといけないわね」

マイケルはドアのところでアビゲイルを呼びとめた。脚に取り憑いた痛みという悪魔のせいで、顔が青ざめていた。「礼を言わせてほしい」アビゲイルはもごもごと答えた。このとき初めてマイケルは、彼女の顔をまともに見た。まだショックが抜けきれていないのか、傷ついて怯えた目をしていた。

彼女はかぶりを振った。これまでになく不安に満ち、老けた表情をしていた。「やめて――」

「あんたがいなければエレナを失うところだった」アビゲイルの手を取ると、軽くてほっそりした骨の感触が伝わった。「それがおれにとってどれだけ大事なことか、わかってほしい」

「やめて、マイケル。お願い」

「おれを見てくれ、アビゲイル」

「覚えてないのよ」

マイケルは目をぱちくりさせた。「どういう意味だ?」

アビゲイルの目はエレナ、銃、ドアをすばやく見やった。マイケルの顔だけは見ようとしない。「蹴られて怪我をしたのは覚えてる」彼女は赤黒く腫れたこめかみに触れた。「鋭い金属を握ったときの感触も覚えてる」

「鎌のことか――」

「怒りがこみあげてきたのも覚えてるし、ここまで運転してきたことも覚えてる」

マイケルはアビゲイルの頭を両手でそっとはさみ、蹴られた場所に光があたるよう傾けた。ジミーに蹴られたのは右のこめかみだった。腫れはかなりひどく、黒ずんだ肌がぴんと張っている。「痛むのか？」

「ものすごく」

「目の前がぼやけるか？」

「いいえ」

「吐き気は？」

「ないわ」

「運転は？」

「ええ、大丈夫」

マイケルは彼女の頭から手を離し、片手をドアに置いた。「あんたのおかげでエレナは助かった。つまり、おれの命を救ってくれたも同然だ。おれはそういう恩を大事にする。絶対に忘れない」

「変な感じ」

「なにが？」

アビゲイルは穏やかにほほえんだ。「すでに一度、救った気がする」

雰囲気はかなりなごんだが、それでもマイケルはドアから手をどけなかった。「おれはこういう事態に慣れている。車の血を誰にも見られないように。あったことを人にしゃべってはいけない」

「しゃべらないわ」

「ジェサップにも上院議員にもだ」

「ええ」

「医者には法律で銃創を報告する義務が――」

「わたしだってばかじゃないわ」

マイケルは顔をしかめた。横になりたくてたまらなかった。「エレナの面倒はおれが見る。死体はあとで始末する。あの場所には絶対に戻らないように。いいな？　適切に処置しないといけないんだ。あのままにしておいたらおれたちに疑いがかかる」

「わかってる」

マイケルはドアから手を離し、少しよろけたものの、なんとか踏みとどまった。「アビゲイル……」

取っ手に手をのばした彼女が顔をあげた。

「本当によくやってくれた」

マイケルはベッドに倒れこみながら、周囲が真っ白になるのを感じた。色が戻ると、救急セットからタイレノールを出してエレナに三錠を飲ませ、自分も三錠飲んだ。それから彼女の足首に目を向けた。痣と腫れがひどく、見るからに痛そうな角度に曲がったままだ。

「足の具合を診るよ」

天井を見あげるエレナの胸が、小さく上下した。

「痛いわ」

「医者の到着までどのくらいかかるか……」

「いいの、やって」

エレナは声をうわずらせながら言うと、顔を枕に押しつけた。マイケルは彼女の脚を持ちあげ、足首にそっと触れた。エレナの悲鳴はあまりに大きく、てのひらで口を押さえなければならなかった。彼女は顔を苦痛にゆがめ、激しく抵抗した。ようやく落ち着いたところで、マイケルは手をどけた。

「ごめんなさい」エレナは泣きじゃくった。「ごめんなさい……」

「シーッ……」

「痛いの、とてもがまんできなくて……」

「いいんだ。おれが悪かった」そう言って彼女の脚をそっとおろした。大量の鎮痛剤がなければだめだと判断し、タオルをかけるだけでそのままにした。折られた足の指と手の指も同様だった。それ以外の傷は浅い裂傷だったから、怪我をした子どもに対するように手当てした。

一度エレナが、彼の手を取って胸に引き寄せ、きつく握った。「納屋のドアからあなたが入ってくるのが見えたときは、死ぬほどうれしかった」目にふたたび涙がこみあげた。「もう死ぬんだとあきらめてたの。おなかの子どもも……」

涙声に変わった。

「いきさつを話してくれないか？」

「いまはいや」

「悪かった」

「でもあなたは来てくれた」エレナはさらに手を強く握った。

「それくらいじゃ罪滅ぼしにはならない」

「いまは充分よ」

それきり会話は途絶えた。話したいことはたくさんあったが、どれもまだ生々しすぎた。二時間後、医師が到着したときには、ふたりともあらたなレベルの痛みに苦しんでいた。クローヴァーデイル医師はベッドに診察鞄を置いて顔をしかめた。マイケルは言った。

「彼女を先に診てやってほしい」

医師はエレナの足首を調べてから、マイケルの脚に巻かれたびしょ濡れの包帯を取り去った。「きみの傷のほうが深刻だ」


「レディ・ファーストだ」

「本気かね？」

「ああ」

クローヴァーデイルはなにかオチがあるものと待っていたが、肩をすくめ、脱脂綿と注射針で仕事にかかった。脚に麻酔を打ってエレナの意識が遠のくと、タオルをどけて治療を開始した。「できるだけのことはするが、あくまで応急処置だ。腱が損傷している。神経もやられているようだ。骨は継ぎ合わせて金属で固定しないといけない。早急に手術をする必要があるな。放っておくと、普通に歩けなくなる」

「数日ほど待っても大丈夫か？」

「そのくらいならば」

「移動に耐えられる程度にしてやってくれればいい」

次に医師はマイケルの手当てにかかった。切れた血管をつなぎ、筋肉や肌の縫合をおこなった。治療が終わると、血の染みていない包帯に覆い隠されたせいで、ずいぶんとよくなったように見えた。「とても運がよかったよ。あと一インチ右にずれていたら、骨が粉々に砕けてたところだ」クローヴァーデイルは診察鞄からオレンジ色の薬瓶を出した。「治りかけがいちばん痛みがひどい。この薬はかなり強力だ。これで自殺を図ろうなどとは考えないでくれよ」

医師が薬瓶を差し出すと、マイケルはその手首を握った。「このことは誰にも言うな」

医師はマイケルが手を離すまでそこをじっと見つめていた。「それについてはミセス・ヴェインからも釘を刺されている」

「釘の刺し方が不充分な気がしただけだ」

クローヴァーデイルは顔をしかめ、診察鞄に器具をつめこんだ。振り返ると、マイケルが二万ドルの現金を手にしていた。「上院議員だろうと誰だろうと、絶対に言うな」マイケルは金を差し出した。「これをやる」

クローヴァーデイルがアビゲイルを見やると、彼女は肩をすくめた。医師も肩をすくめ、金を受け取った。「いまのはいわば飴と鞭の飴だ」マイケルは医師が目を合わせるまで待った。「鞭をくれなきゃいけなくなるまねはするなよ」

「本気かね？」

マイケルは少しすごんで見せた。「二度とおれにその科白を言うな」

医師は憤然と帰っていった。エレナはぐっすり眠りこみ、軽い寝息をたてている。マイケルも一緒に眠りたかった。暗さと静けさを欲し、血管に薬を入れたかった。だが、いまはまだだめだ。

「あとひとつ、やってほしいことがある」彼はアビゲイルに言った。

「なにかしら？」

マイケルは説明した。

「本気？」

「いいから、頼む」

戻ってきたアビゲイルはべつの部屋の鍵を手にしていた。「本当にここまでする必要があるの？」彼女はエレナを示した。「彼女をごらんなさいな。それにあなたもひどい様子だわ」

マイケルはベッドから脚をおろし、苦痛の声を漏らした。「どの部屋だ？」

「この反対側よ」アビゲイルは窓の外を示した。このモーテルはU字形に部屋が並び、真ん中が駐車場になっている。「二十七号室」

マイケルは立ちあがった。「エレナを運ぶのを手伝ってほしい」

エレナはなかば意識のない状態で、耐えた。移動には五分かかり、移し終えたときには、マイケルの包帯はすっかり濡れていた。

「クローヴァーデイル先生は誰にもしゃべらないわ」アビゲイルは言った。マイケルは彼女のほうを向いた。

「しゃべるにしても、上院議員にだけよ。主人は道徳心とは無縁だけど、愚かではないし、後先を考えない人でもない。今度のことにはわたしも荷担してるんだもの。関わってるんだもの」マイケルがエレナの隣に横たわった。アビゲイルは彼の脚を持ちあげた。「まあ。もうこんなにしちゃって」

「撃たれたのはこれが初めてじゃない」

「包帯を交換するわね」マイケルがうなずき、アビゲイルは脱脂綿とガーゼを換えた。血で真っ赤になったものをごみ箱に投げ捨てた。「脚の下に枕を置く？」

「頼む」

「なにをニタニタ笑ってるのよ？」

「世話を焼いてもらった経験がないもので」

「一度も？」

「まったく」

アビゲイルの胸がちくりと痛んだ。「水を持ってきてあげるわね」コップを持って戻ってきた彼女にマイケルは言った。「車が必要だ」

「ランドローバーがあるわよ……」彼女は親指をうしろにそらし、駐車場を示した。

「この脚じゃマニュアル車は運転できない」

「べつのを用意する。受け渡しはどうするの？」

「フロントに鍵を預けてくれればいい」マイケルは疲労困憊し、声がしだいに小さくなったかと思うと、ついに気力がつきた。薬の瓶に手をのばしたが、アビゲイルの手のほうが先だった。

「わたしがやるわ」

彼女は薬を二錠出してやり、マイケルがそれを飲み下すのをじっと見守った。それからベッドをギシギシいわせながら彼のそばに腰をおろした。

「ジュリアンはどうしてる？」

「まだ隠れてるわ」

「警察は？」

「血まなこになって捜してる。ニュースを見れば、必ずあの子の顔が出てる。検問や警察犬の出動も検討されてるみたい。捜査令状は出てるし、ヘリコプターによる捜索も始まった。敷地の捜索のために、よその郡からも保安官助手が応援に駆けつけてる。上院議員は弁護士を呼びつけたけど、手の打ちようがなさそうよ。この状態も長くはつづかないわ」

ジュリアンの心配をしなくてはいけない。リストの名前と接点について考えなくてはいけない。

**アイアン・ハウス……**

**スローター・マウンテン……**

目を閉じるとうとうとし、すぐにぱっと目を覚ました。「銃は——」

「隣にあるわよ」二挺ともテーブルにあった。「大丈夫」アビゲイルは言った。「打てる手はすべて打ったんだもの」

「なんとしてもジュリアンを見つけないといけない。なんとか突きとめないと——」

「それはわかってる。わかってるわ。でも、明日にしましょう」

身体がぬくもり、しだいに重くなっていくのを感じた。薬のせいか、出血のせいか、その両方か。「おれの正体を知る人間で信頼したのはひとりしかいない」

「オットー・ケイトリンね？」

「ええ」

「じゃあ、そろそろ……」彼女は両手を組んで、立ちあがった。

「ありがとう、アビゲイル」

マイケルは目を閉じ、そのまま寝入った。

「どういたしまして、マイケル」

目覚めたとき、時計の表示は四時だった。暗闇に赤い数字が光っていた。悪魔の目。発砲し、熱くなった二連式の銃。まばたきすると、時計は四時一分に変わった。喉が渇いていたが、痛みはそれなりの距離をおいたところにいた。暗いなかで丸まっているエレナの様子をうかがい、それから銃を調べにかかった。四五口径は残り二発、九ミリ口径のほうはフル装塡のままだった。三八口径はなくなっていた。

窓のそばに行き、駐車場ととまっている車をうかがった。最新型レンジローバーが部屋の近くに斜め駐車してあるのを見て、アビゲイルが約束を守ってくれたのだなと推測した。ほかの車はどれもこのモーテルにマッチしていた――古くてくたびれて薄汚れている――が、レンジローバーの塗装は汚れひとつなく、星明かりを受けて輝いていた。マイケルは空を、白い月とくっきりとした金色の点々を見あげた。どう感じればいいのかわからなかった。敵はもう死んだ。かつては兄のようだったステヴァン。よきにつけ悪しきにつけ、マイケルをここまで仕込んでくれたジミー。ふたりがこの世を去ったことはべつに残念とは思わないが、この世にひとりきりだと思うと、妙な感じがする。

オットーは死んだ。

ステヴァンも、ジミーも。

やがて、その事実の重大さがじわじわとしみてきた。これでマイケルは誰にも追われず、殺されるいわれもなくなった。彼の人生は暴力と卑劣と恐怖から一挙に解放された。エレナは八フィート離れたところで眠り、自分たちには新しい人生のスタートを切るための八千万ドルがある。安心して姿をくらませられる。子どもを持てる。一緒になれる。マイケルは大きく息をつき、胸のつかえがおりるのを感じた。

誰もおれを追ってこない……

二分後、バンが現われた。ライトを消し、ゆっくりと駐車場に入ってきた。ウィンドウが黒い。マイケルはすぐにトラブルを予感した。全体が真っ黒なのと、獲物を探すようなゆっくりとした走り方がそう告げていた。バンはアスファルトに乗りあげ、銀色に輝くガラスの破片を踏んでとまった。しばらくは何事も起こらなかったが、車はふたたび動きだして駐車場の奥へと進み、中央付近まで来ると、マイケルたちが最初に入った部屋の前までバックした。実に慣れた動きだった。手信号に、小口径のオートマチック拳銃、黒い服に防弾チョッキ。だが、警察ではなかった。

バッジも記章もつけていない。

ナンバープレートはカバーで覆ってある。

彼らはドアの両側につき、持ち手がふたつある破壊槌を手にした男が真ん中に立った。二秒後、彼らは室内に入った。乱暴にドアをあけ、無言の黒装束がなだれこんだ。二十秒後、彼らは出てきた。落胆の表情も見せなければ、プロらしからぬふるまいもしなかった。一行のうち三人はバンに戻り、四人めが壊れたドアを引いて閉めた。男は助手席側まで歩いていき、薄暗い駐車場をひとわたりながめてから車に乗りこみ、運転手になにやら言った。男は動きはじめたバンのなかから、マイケルがいるほうに目をやった。

やがてバンは走り去った。

来たときと同じようにゆっくりと出ていき、四輪全部が道路に出るまでヘッドライトをつけなかった。テールライトが小さくなり、やがて見えなくなった。マイケルはがらんとした道路に目をこらした。五分後、九ミリ口径の撃鉄を戻し、ベッドにもぐりこんだ。早くここを出ないといけないが、エレナはまだ眠っており、身体のぬくもりが伝わってくる。そこにぐっと身を寄せ、この目がとらえた男のことを考える。天空から射す淡い光のなかに、一瞬浮かんだ顔。その男とは一度会っている。ジュリアンの部屋の外で。

リチャード・ゲイル。

上院議員の部下。

## 42

マイケルは四十分待ち、闇のなかでエレナを起こした。彼女は朦朧とし、頭が混乱していた。「ここはどこ？」

「おれが一緒にいる、スイートハート。もう安全だ」

「よく思い出せない――」

「シーッ。無理に思い出さなくていい。時間をかけよう」

動こうとしたエレナを痛みが襲った。「いや、嘘でしょ……」ベッドに丸くなった様子からすると、襲ったのは痛みだけではないようだった。「夢だと思ってたのに」

「ちょっと待ってろ。ほら」彼は瓶から痛み止めを出

して飲ませた。エレナは少しむせ、マイケルは顎につ
いた水を拭き取ってやった。
「きょうは何曜日？」彼女は訊いた。
「金曜日だ」
「なにもかもずれてる感じだわ。歯車がうまく嚙み合
ってない気がする」
「待ってろ」
マイケルは立ちあがると、カーテンを少しあけて淡
い光を入れた。足を引きずりながらベッドまで戻ると
エレナが言った。「あなたも怪我してるじゃない。そ
うよ、すっかり忘れてた」
「きみはショック状態なんだ。それがあたりまえだ
よ」
「大丈夫なの？」
「平気だ」
「本当に？」
「痛みはある。だが、もっとひどい傷を負ったことだ
ってある」
「もっとひどい傷というのは、本当なんでしょう？
言葉の綾なんかじゃなく」エレナは長いことマイケル
を見つめていたが、彼がベッドに腰をおろすと、まつ
げが顔につくほど目を伏せた。「あんなのを見るのは
生まれて初めてだった。あなたが銃に手をのばして、
それを撃つと……撃つと……」
「いまはその話はやめよう。新しい一日が始まったん
だ。もう過ぎたことだ」
「そうね」
「腹は減ってるか？」
エレナははにかんだ。「トイレに行きたい」
「連れていってやるよ」
「マイケル、そんなの恥ずかしい……」エレナは首を
振った。
「おれだからいいじゃないか、ベイビー」
にっこり笑ったマイケルは、見た目も受ける印象も

以前となんら変わりなかった。右の頬に同じえくぼができ、目も同じ輝きを放っている。「ひとりじゃ歩けそうにないわ」

「ほら」

「そんな……」

「いいから」

マイケルはエレナをベッドから起きあがらせると、浴室に連れていって手を貸してやった。用を足し終えた彼女をふたたびベッドに寝かせた。やつれて血色が悪かったので、温かい濡れタオルを顔にあてがった。肌についたテープの糊や、点々と残る乾いた血と泥をぬぐい取った。

「殺されると覚悟したわ」

「エレナ、よせ」

「赤ちゃんも一緒に死んじゃうと思ってた。あの森に捨てられたら、永遠に見つからないだろうなって。忽然といなくなっちゃうって。両親にも知られずに。そして赤ちゃんは……赤ちゃんは……」目をぬぐうと少し回復したようだった。「あなたが納屋に入ってきたときのあの気持ちは、いままで感じたどんな気持ちともちがった。うまく言葉で表現できない。安堵とか喜びとか、そういうんじゃないの。いくらあなただって、助けるのは無理と思ったから。あの男はあなたが入ってくるのを待ちかまえてたし、完全に頭がおかしいうえに、恐ろしいほど自信に満ちてて……」

「ベイビー……」

「ものすごく怖かったけど、あなたの姿が見えた瞬間、少なくとも一緒に死ねるんだわと思った」

「だが、そうはならなかった。もう終わったんだ」

「終わったような気がしない」

「本当に終わったんだ」

「少しひとりにしてもらえる、マイケル？」

「いいとも、ベイビー」

「一分でいいわ」

マイケルはおもてに出て空を見あげ、淡紅色の筋が薄くなって消えていくのを見ていた。十分後、エレナに呼ばれ、なかに戻った。「大丈夫か？」

「ええ」

エレナの髪はタオルの水分で湿り、顔は洗いたてのようにさっぱりしていた。「アビゲイルが車を置いていってくれた」マイケルは窓のほうを顎でしゃくった。「なかにこれがあった」彼は服と杖を差し出すと、エレナが着替えるのを手伝い、車に乗せた。助手席がいいと彼女が言うので、シートをうしろにさげ、めいっぱい倒した。「これでよし」エレナを毛布でくるんでやった。「ベッド並みの寝心地だぞ」

マイケルは冗談だというようにほほえんだが、エレナは笑みを返さなかった。「これからどこに行くの？」

「安全な場所だ。きみを医者に連れて行って、足を治療してもらわないといけない。大丈夫だ。心配ない。おれが面倒を見る。すべてちゃんとかたがつく」自分でも、くどくどとまくしたてているのはわかっていた。そうしないと彼女が離れていく気がして怖かったのだ。

「家に帰りたい」彼女は言った。

「スペインなら安心できそうだな。ローリーでチケットを買おう」

「ひとりで帰りたいの」マイケルの顔から笑みが消えたが、エレナは彼の腕を離さなかった。「別れると言ってるんじゃないのよ。考えたいだけ。考えなきゃいけないことがたくさんあるの。あの出来事のことに赤ちゃんのこと。わたしたちのことも」

「わかるよ」

「マイケル――」

「いいんだ、気にするな」彼の目にフィルターが装着された。「いろんなことがあった。不幸な出来事。疑問。無理もない。ひとりになるのは賢明なことだ。当然だよ」

「そんなに割り切らなくっていいのに」

「本心から言ってるんだ」マイケルは彼女の側のドアをそっと閉め、運転席側にまわった。「ローリー空港まではそう遠くない。現金はある。医者からも移動の許可が出てる。パスポートはあるかい？」

「困ったわ」エレナの顔がこわばった。「あの人に取りあげられたままよ」

「ジミーにか？」

「ええ」

「心配するな」彼はエンジンをかけた。「この車がある」

早朝の陽射しのなかではすべてがちがって見えた。絨毯のように大地を覆う霧があまりに濃く、家はほとんど見えなかった。納屋は息絶え絶えに見えた。

「こんなところ、来たくなかったのに」エレナが言った。

「おれがさっと行ってくる」マイケルは彼女に九ミリ口径を渡した。「使い方は覚えてるな？」

彼女はなにも訊かずに受け取った。

「先に納屋を調べ、そのあと家のなかを見てくる」

「あいつには携帯も奪われたわ」

「そいつも持ってくるよ」

ドアをあけるとエレナが呼びとめた。「マイケル」

「ん？」

「あなたがあいつとはちがうのはわかってる」あいつとはジミーのことだ。「距離をおくのはそれが理由じゃないの」

「だったらなぜだ？」

「ただ……」エレナは洟をすすり、髪をうしろに払った。

「いいさ、時間はたっぷりある。あとで話そう」

「あなたにはわからない」エレナは首を振った。「わたしはあいつを自分の手で殺したかった。たっぷり痛めつけて、命乞いをさせてから殺したかった。わからない？　それを実行に移せるだけの強さがない自分がいやなの。ふがいない自分がいやなのよ」

「強さにはいろいろある」

「もう自分で自分がわからない」

「おれはちゃんとわかってる。きみはカーメン・エレナ・デル・ポータル。この世でいちばん美しい女だ」

「本気でそう思ってるの？」

「おれが信じてる数少ないもののひとつだ」

マイケルはドアを閉め、ウィンドウの外からほほえみかけた。

エレナは満足そうに、そのうしろ姿を見送った。

納屋はきのうよりも暗かったが、それ以外は変わっていなかった。同じにおいに同じ光景。同じ死体。マイケルは自分に腹を立てながらなかに足を踏み入れた。撃たれたうえに、エレナの救出に懸命になりながらも、銃と薬莢を回収するだけの余裕はあった。しかし携帯電話までは頭がまわらなかった。

**間が抜けている……**

携帯電話はエレナの名で登録されているのだから、あやうく彼女をまずい状況に引きずりこむところだった。もし先に警察に発見されていたら……

**間が抜けているにもほどがある。**

だが、あのときは気持ちが高ぶっていた。エレナは重傷を負っていた。死んだふたりとは、かつては家族も同然の仲だった。今度は二倍、用心した。ジミーの死体を上から下まできちんと調べた。ポケットからエレナの携帯電話が見つかったが、パスポートはなかった。ステヴァンにちらりと目をやり——少しだけ残念に思う——ジミーの顔めがけて地面を蹴った。

**くそったれ。**

さらに地面を蹴る。

**サディスティックで裏切り者のくそったれめが……**

居間は血の海だった。ドアが大きくあけはなしてあったが、じめついた金くさいにおいが強烈にただよっていた。マイケルは慎重な足取りで進みながら、感情を殺し、長いつき合いの男たちの顔を見ていった。全員が腕に覚えのある雇われ者で、手強い連中だった。

屋根裏部屋の瑕だらけのデスクの上でエレナのパスポートを見つけ、ポケットに入れた。ここにも死体が一体あり、ジミーが好んで使っていたハードケースも見つかった。ウレタンのクッションのなかに半ダースほどの拳銃がおさまっていた。ナイフ。針金。アイスピック。武器はいずれも前歴のない出所不明のものだろうが、持ち去るのはためらわれた。盗むことへのためらいではなく、穢《けが》らわしいものへのためらいだ。あの男はいま地獄で焼かれている。

**あんなげす野郎は焼かれて当然だ。**

武器には手をつけずに屋根裏部屋を出た。階下におり、この場所とエレナを結びつけるものが残っていないかと、ほかの部屋も調べた。警官の目で現場を見ようとしたが、それではだめだと思い直した。死体を始末し、建物全部を焼いてしまわなくてはいけない。これだけの規模の殺しの場合、はっきり言えることがひとつある。警察は絶対にうやむやにしないということだ。しつこく調べ、食らいつき、ほじくり返す。あらゆる角度から攻め、あらゆる手がかりを追う。その結果、どこに行き着くかわかったものではない。死んだ男たち全員がオットー・ケイトリンとつながっていたことが判明する。そうなったら、ニューヨークでの殺戮と結びつけられないともかぎらない。オットーの自宅で死んだ下っ端連中と、街中で死んだ民間人の事件と。死体は全部でいくつになるだろう。マイケルは数えようとしたが、民間人の犠牲が実際に何人だったのかわからず、けっきょくあきらめた。それに、わずかとはいえ、すべてマイケルに結びつけられる可能性もある。それはまずい。少なくともいまは。まだ現場近くにいるのだから。

頭のなかでざっと計画を立て、時間配分と必要なものを考えた。これでいい、と言うようにひとりうなずいた。三時間、場合によっては四時間だろう。エレナを空港まで送り届けたら、戻ってきて死体を始末し、すべて燃やす。完璧だ。マイケルは悦に入った。

そのとき、ファイルが見つかった。

厚さ四インチ、ゴムバンドでとめてある、なんの変哲もないマニラフォルダーだった。奥の寝室のナイトテーブルに斜めに置いてあった。ステヴァンが使っていた部屋だろう。クロゼットには上等なスーツがかかっている。イタリア製の靴とシルクのポケットチーフ。

マイケルはベッドに腰をおろし、ファイルをひらいた。

状況が一変した。

すべてに目を通したわけではないが、これでいくらか納得がいった。ステヴァンがなぜここにいて、なにを計画していたのか。そもそもなぜ彼はジュリアンを脅しの材料に使ったのか。写真、宣誓供述書、財務報告書をぱらぱらと見ていく。一部ははるか昔に見たことがあるものだった。だが、このファイルはより膨大で、より影響が甚大だ。これがここにあることで、すべてが変わる。このファイルの存在は大きな意味を持つ。そして可能性も。

ファイルを閉じてゴムバンドをくぐらせた。ポーチから車まで歩くあいだに、火を放つ計画を取りやめた。家も死体も。警察が張り切るだろうって？ ならこっちから仕掛けてやる。マスコミが真相を知りたがる？ けっこうだ。

このファイルですべてが変わった。

車に戻って乗りこみ、ドアを乱暴に閉めると、しばらくじっとすわっていた。エレナが妙なものを見る目を向けたが、マイケルの頭はまだ、見つけたものの意味をつらつら考えていた。道筋が見え、危険の有無を検証した。

「大丈夫？」

「ん？　ああ。悪かった」

「なにかあったの？　なんだか動揺してるみたい」

「動揺してる？　そうじゃない。ちょっと考え事をしていただけだ」

「考え事？」

エレナに打ち明けようかとも思ったが、彼女に関係ある話ではない。マイケルとジュリアンに関わることだ。彼女を飛行機に乗せたら、対策を練ろう。「なんでもないんだ、ベイビー」ファイルを運転席のわきの隙間に押しこみ、にっこり笑ってポケットからエレナのパスポートを出した。「もうなくすなよ」

「からかってるの？」エレナはパスポートを受け取った。

「雰囲気を明るくしようと思っただけさ」

エレナは家と納屋に、雑木林のなかにたゆたう霧に目を向けた。「わたしをからかってるのね？」

マイケルはウィンクすると、彼女の手から銃を取りあげた。「引きあげよう」

州間高速道路に出るころには、陽はすっかりのぼり、霧も晴れていた。エレナは痛み止めをさらに何錠か飲んで、毛布にもぐりこんでいた。「雰囲気を明るくしようと思っただけ、ですって」彼女はぽつりと言い、声を殺して笑った。そのあとは、奇妙でつらい車の旅となった。エレナは近くにいながら遠い存在だった。まもなく彼女とは別れ別れになるが、心の奥底では、当面は距離をおいたほうがいいとも思う。状況は複雑になりつつあった。しばらくしてエレナが言った。

「あとどのくらい？」

「三十分か、場合によっては四十分だな」

彼女が気怠げにうなずくのを見て、薬で朦朧としているのがわかった。マイケルはセンターコンソールに置いた自分の電話を手に取った。「フライトの問い合わせをするかい？」

「あなたが納屋を調べてるあいだに電話したわ。午後に一便あるって」

霧のなか、片手に銃を、もう一方の手に電話を持ったエレナの姿が目に浮かんだ。その光景があまりに鮮明に、あっさり浮かんできたことが悲しかった。「親父さんには電話したのか？」

「そういう話はしたくないの。いいでしょ？」

マイケルにとってつらい一撃だった。というのも、これまで何度も何度も同じ場面を思い描いていたからだ。スペインに飛び、エレナの父に会う。きちんと手順を踏む。伝統と誠実さの上に家族を築くため、彼女の手を取って結婚を申しこむ。だが、彼女はこれからおなかの子を抱えてひとり帰国の途につく。つまり、夢見てきた機会はけっして訪れない。「わかった」マイケルは言うが、それはふたりのあいだにただよう新たな嘘であり、彼の心の壁に打ちこまれた非情な釘だった。

ローリーのはずれを走っていると、上院議員から電話が入った。「やあ、マイケル。ヴェイン上院議員だ。早すぎたかな？」

「いえ、上院議員」マイケルは脚のわきに置いたファイルにちらりと目をやり、怒りがみみず腫れのように盛りあがるのを感じた。「なにか？」

「戻ってきたとアビゲイルから聞いてね。わたしたちとブランチでもどうかと思ったのだ。ジュリアンのことを話し合おうじゃないか。事態はますます複雑になり、わたしたち三人だけが息子のよりどころだと思うのだ。知恵を出し合い、最善と思われる行動計画を練ろうではないか。十一時ごろ、こっちに来られるかね？」

マイケルは道路を見つめた。何マイル先までも見通せる。ファイルのことが頭をよぎり、もっと先まで見通せた。「きょうはご一緒できない」

「そうか」

心底驚いたような議員の声に、マイケルはにやりとした。上院議員はステヴァンそっくりだ。ふたりとも身勝手で、なんでも自分の思いどおりにする癖がついている。「明日なら大丈夫かと」

「どうしてもきょうが無理なら……」議員はあえて最後まで言わなかった。

「では明日で。そっちに戻ったら連絡を入れます」

「ほう、いま移動中かね？」

「明日電話する。お招きに感謝します」

電話を切ってアビゲイルの番号をプッシュすると、相手は二度めの呼び出し音で出た。「マイケルだ」

「具合はどう？　なにかあったの？　エレナの具合は？」

「エレナは大丈夫だ。おれも大丈夫だ」

「ごめんなさい。なんだか神経過敏になっちゃって。一睡もしてないの。怪我をしたいきさつをランドールにしつこく訊かれたものだから。うるさくていやになったわ。ジェサップまで加勢してきて、もう大変。おまけに頭が悪さをしてくるし。あの光景がちらついてくるの」

マイケルも同じだった。死にはそれだけの力がある。

「ちょっと訊きたいんだが」彼は言った。「きょう、おたくでブランチを予定してるのか？」

「え？　してないわ」アビゲイルは戸惑った。「ブランチですって？」

「いいんだ。気にしないでくれ」

「いま、モーテルから？」

「エレナを安全な場所に移す途中だ」

「そう」どこかとは訊かれず、マイケルは安堵した。

「でも、あなたはこっちに戻ってくるんでしょう、そうよね？」

うろたえたような響きのアビゲイルの声に、マイケルは死体の心配をしているのだと察した。「おれはやるべきことを途中で投げ出したりはしない。それだけは約束する」

彼女はふうっとため息を漏らした。「つらい夜はこれまでにもたくさんあったけど、昨夜は別格だった。べつに、あなたを非難するつもりで言ったんじゃないのよ」

「これからやることがあるんで、今夜遅くか明日の早朝まで戻れない。でも電話はする。そっちもジュリアンが見つかったら連絡してほしい」

「ええ、そうする」

「もうひとつ質問がある」マイケルは言った。「個人的なことで」

「あなたには個人的なことを訊かれても仕方ないわね」

「とても個人的なことだ」

「まあ、いったいなにかしら……」

「ご主人を愛してるのか？」

「ずいぶんと妙な質問をするのね」

「ただの好奇心で訊いてるんじゃないんだ、アビゲイル。ちゃんと目的があってのことだ。ご主人はあんたにとって大事な存在なのか？」

アビゲイルは長いこと黙っていた。「なぜそんな質問をするのか教えてもらえないかしら？」

「教えられない。でも大事なことだ。絶対に漏らさない」

「わたしは四十七歳よ、マイケル。謎めいた言い方は好きじゃない」

「上院議員を愛しているのか、いないのか、はっきりと知りたい」

「愛してないわ」沈黙が広がり、外の景色が次々と流れていく。「愛してる人はべつにいる」

九時十分すぎ、ふたりはローリー－ダーラム国際空港に到着した。道路は渋滞し、歩道は混み合っていた。マイケルはアメリカン航空の出発口近くの縁石に車一台分のスペースを見つけ、そこに車をとめた。エレナは背筋をのばし、両手を膝にのせ、まっすぐ前を向いてすわっていた。マイケルは身を乗り出し、エレナの先に見える人混みに目をこらした。「ポーターを探してくる」建物に入ってすぐのところでひとり呼びとめると、百ドルを握らせ、車椅子を持ってきてほしいと頼んだ。「シルバーのレンジローバーだ」彼は指で示した。「そこを出てすぐのところにとまってる」

「数分ほどお時間をください」

「コーヒーをふたつ持ってきてくれたら、あと百ドル出す。ひとつはブラックで、もうひとつはカフェ・オレだ。それに焼きたてのペストリーも」

ポーターは急ぎ足で立ち去り、マイケルは人混みをかき分けた。車の後部座席に置いたバッグから金をつかむと、エレナの側のドアをあけて、片方の膝をのばした恰好で歩道にしゃがんだ。エレナは彼に目を向ける気になれなかった。目尻に皺が寄った。片足はがっちりと包帯を巻かれ、唇が腫れている。マイケルは札を折って分厚い束にし、彼女の手を取って金を握らせた。「三万ドルある――」

「そんなにたくさんいらないわ」

「なにが必要になるかわからないじゃないか。持っていくんだ。もっとやってもいいが、かさばって目立つからな」マイケルはグローブボックスをあけ、大きな封筒を出した。車の取扱説明書が入っている封筒だった。なかのものを抜いた。「これに入れたらいい」封筒を差し出し、エレナが札を入れるあいだ、歩道を見張った。「よく聞いてくれ」彼女の怪我をしていないほうの脚に手を置いた。「きみを傷つけようとした連中は全員死んだ。ジミーも、ステヴァンも。もうきみが追われる心配はない」マイケルは首をすくめ、両方の眉をあげた。「なにもかも終わった」

「まだ口のなかに鉄の味が残ってる」エレナは泣きだしそうになって言葉を切った。「口のなかにあの感触が残ってるの」

「その話は――」

「わたしはてっきり殺されると思ってたのよ、マイケル。目を閉じると、あの男の手が棒にのびるところが浮かんでくるの。あなたが銃を撃っても、あの男の動きはとまらない」エレナは痣になった唇に触れた。

「いまも銃の味が残ってる」

マイケルは手に力をこめた。「もう大丈夫だ。終わったんだ」

「あなたと離れたらさびしくなるわ」

「なら、行くな」

しかしエレナはすでに首を振りはじめていた。「故郷に帰って、父のそばにいる。いろんなことがあったあとだから、純粋なものが必要なの」

「きみへのおれの愛だって純粋だ」

「あなたの気持ちが純粋なのはわかってる」

「だが、おれ自身はそうじゃないと？」

「しかたないでしょう、マイケル？」

彼は顔をそむけ、うなずいた。

「とにかく、少し時間をちょうだい」

「どのくらいだ？」

「数週間か、数カ月か。わからない。でも、電話する」

「なにを言うために？」

「別れを告げる、あるいは居場所を伝える。ふたつにひとつよ。その中間はなし」

エレナの顔の皺をしみじみ見ながら、マイケルはパニックに近い気持ちを感じていた。彼女が育った土地すら知らないのだ――彼女はどうしても教えてくれなかった。ただ、カタルーニャ地方の山間の村としか知らない。ここで去られたら、一生会うことはかなわな

「きみの言うとおりだった」

「なにが?」

「あのときにきみを連れて出ていくべきだったんだ。そうしていれば、こんなことにはならなかった」

「ジュリアンはあなたにとって特別な存在で、心から愛する相手なんだもの。彼を助けようとしたのはまちがってないわ」

「だが、きみは家族だ」

「ジュリアンは弟でしょ。いいの、マイケル。わかってるから」

マイケルは何度か目をしばたたき、咳払いした。

「これからどうするんだ?」

「家族のもとに身を寄せる。傷を癒す。今度のことを頭のなかで整理する。あなたは?」

マイケルの頭にスローター・マウンテンと名前のリスト、それに厚さ四インチのファイルの中身のことが浮かんだ。警察が総出で弟を捜している事実と、ひとりでいる以上、ほかにどうしようがある?


だが、ほかにどうしようがある?

マイケルは車椅子を示し、手を貸して乗せてやった。ポーターに杖を預けた。

「お荷物は?」

「ない」ポケットの札束から千ドルを抜いた。「彼女の指示に従ってくれ」そう言いながら金を渡した。「彼女の望みどおりにするんだ。わかったな?」

「はい。必ず」

「少しふたりだけにしてほしい」

「承知しました」

マイケルは自分のコーヒーを受け取って車に置いた。エレナにカップを渡し、それから小さな紙袋も渡した。

「ペストリーが好きだろ」

エレナは紙袋を見おろし、黄色いペンキと、ベッドでの朝食を思い出した。おなかのなかの子どもと、守られなかった約束に思いを馳せた。

きわ壊れやすいジュリアンの心を思った。「いくつか知りたいことがある」彼は言った。「今度のゴタゴタからジュリアンを救う。始めたことにケリをつける」

「それだけ？ ひとりの命を救い、殺人事件を解決するだけ？」エレナは笑みを浮かべた。「たいしたことないわね」

「からかってるのか？」

「ちょっとだけ」

「もう一度からかってくれ」

エレナの顔から笑みが消えた。「もう行かなきゃ」

「考え直してくれないか」

「いまは行かなきゃいけないの」

「聞いてくれ、ベイビー。わかってるよ、きみがおれを……穢れてると思ってるのは」彼は両手を車椅子のアームにのせ、顔をぐっと近づけた。「だが、おれがやってきたことだけで判断しないでくれ。いつかきみが本当のおれに気づいてくれるよう祈ってる」


「マイケル……」

彼はさらに顔を近づけ、両の頬にキスをした。エレナは下腹部に手をあて、なかの子どもが動くのを感じた。

「気をつけてな」彼は言った。

そして背中を向けた。

## 43

アビゲイルが自室のベッドのへりに腰かけていると、夫が現われた。彼は疲れて落ち着きがなく、気が立っているように見えた。白い無精ひげが頬を覆っていた。目は血走り、昨夜飲んだ酒のにおいをさせている。

「胸がむかつくほどすがすがしい顔をしているな」

「ありがとう」アビゲイルは立ちあがり、糊のきいた白い綿シーツの皺をのばした。

「やれやれ。皮肉もわからんほど鈍いとはな」

「怖いものだからそんなことを言うのね」

「怖いだと?」

「あなたの世界ががらがらと崩れてるんでしょ、ちがう?」

「きみの世界でもあるんだぞ」

アビゲイルは肩をすくめた。「次の選挙で勝とうが負けようが、わたしにはどうでもいい。あなたの政策にも評判にも興味ないわ」

「興味があるのはわたしの金だけか」

アビゲイルは顎を上向けた。「互いに求めるものについては、以前から隠してなかったでしょ。ええ、あなたのお金が好きよ。それがどうかした?」

「あいかわらず貪欲な娼婦そのものだな」

「娼婦なんかやってないわ」

「たしかにそうだ。娼婦なら誰とでも寝るだろうからな」

「酔ってるのね」

「そして、皇帝ネロは炎上するローマを見ながらバイオリンを弾いた。悪いか?」

「べつに」彼女は無理に笑みをこしらえた。「出かけるわ。いい朝を」

背を向けたとたん、議員の太い指が腕をつかんだ。

「穢れた秘密がないふりはやめようじゃないか」

「離して、ランドール」

「きみの闇に包まれた世界のことだよ」アビゲイルは手を振りほどこうともがいたが、議員は腕をつかむ手に力を入れて揺さぶった。「きのうはどこにいた、わが忠実なる妻よ？　え？　メルセデスをどうした？　こめかみがナスみたいな色をしてるのはどうしたわけだ？」

「もういいでしょ」

「マイケルはどこだ？　ほう、やっとこっちを見たな。なんて顔をしてる」議員はまたもぷっくりした手を振った。「気になるのか」

「マイケルがどうかしたの？」

「撃たれたことは知ってる。きみがドクターを金で釣ったのも知っている。わたしの金だがな。おや？　あの男がご注進におよばないと思ってたのか？」

「あなたは、わたしのやることにいちいち口を出さないくらいの器量がある人だと思ってたわ。少なくとも、おたがいにそう納得してると思ってた。わたし以外に、誰がこの家族を守る努力をしてきたと思ってるの？」

「マイケルは家族じゃない」

「もう出かけるわ」

「なにが起こっているのか説明したまえ」

「なにも起こってないわ」

アビゲイルはドアに向かって足を踏み出したが、上院議員が大柄な体格からは想像できないスピードを発揮した。彼は片腕をのばし、ドアを閉めた。「なにが起こってるのか言うんだ！」

「そんなふうなあなたと話をするつもりはないわ」

議員は片手で爪を立てるまねをした。「なにかが起こっている……」

「ええ」

「きみには理解できないか、喜ばしくないなにかが……

ン・ハウスにいたの。わかった？　アイアン・ハウスにいたの」

「どうしてわかる？　三体めの身元はまだわかっておらんぞ」

「チェイス・ジョンソンよ。まちがいないわ」

「そいつもアイアン・ハウスにいたのか？」

「ええ」

「そいつらがなぜうちの湖で死んだ？」

「知らないわ。わたしはただ……」

「ただ、なんだ？」

「わたしが彼らをここに連れてきたのよ、わかる？　お金を払って呼び寄せたの。彼らの居場所を突きとめ、お金を払った」

「なぜ金を払った？」

「ジュリアンに謝罪させるためよ。あの子はあのおぞましい場所で経験した出来事を乗り越えられずにいる。


……」

「充分わかってる」

「わかってるものか」議員は詰め寄り、妻を上から見おろした。「ジュリアンはどこだ？　死んだ男たちはうちの息子とどんな関係がある？　なんらかのつながりがあるのはわかっている。どいつも聞いたことのある名前だからな」

アビゲイルはドアのほうを見てから、深くため息をついた。「ちゃんと話ができるくらいに落ち着いてちょうだいよ。少しは理性的になれないの？」

彼は妻の腕をふたたび取り、痛くなるほど締めつけた。「知っていることを話すんだ」

「痛いわ」

「ほう、そうか」

「いいかげんにして、ランドール」

議員が手を離すと、彼女は痛む場所をさすった。

「あの男たちは全員、ジュリアンと同じ時期にアイアあの連中の謝罪を受ければ区切りがつくと思ったの。そうすれば、すべてを過去のものにできるかもしれないと思ったのよ。あの子はいま三十二歳よ。いつまでもあんな重荷を背負っていてはだめだわ」

「わたしに相談もなしに、呼び寄せたわけか」

「ええ」

「わたしの家に」

「ランドール……」

「きみが連中をここに呼び寄せた結果、ジュリアンがそいつらを殺したわけだな」それは質問ではなかった。

議員の肌はたるみ、口が細い一本線になっている。

「きみが連中をここに呼び寄せ、あの気の触れたばか息子がそいつらを殺した」

「だったらなんなの？」今度はアビゲイルが腹を立てた。「あいつらはそれだけのことをしたのよ」上院議員が殴ろうとするように手をあげたが、アビゲイルはかまわず詰め寄った。顎を上向け、目をぎらつかせて。

「殴れるもんなら殴ってみな」

彼は手をおろした。「ときどききみは、過去が乗り移ったようになるな」

「過去？」

「わたしと出会う前のきみがちらりとのぞくんだよ」

「いまのを取り消しな」

彼はこわばった笑みを浮かべた。「白人のクズが……」そう言うとかぶりを振り、さっきの彼女の言葉を繰り返した。「殴れるもんなら殴ってみな、だと？」

彼はジャケットを直した。「まったく、どこで育ったものやら」

アビゲイルの目を暗い影がよぎった。「くたばりやがれ」

「おっと、まただ」

「今度わたしをこけにしたら、ランドール、一生後悔させてやる」

「どうするつもりだね？　わたしを捨てるか？」アビ

ゲイルは顔をそむけた。彼の声のトーンがさがった。

「思ったとおりだ。きみはここが気に入っている、そうじゃないか？　きみは権力と金を好む。この生活のすべてを享受しているんだ。この淫売が」

アビゲイルは膝をあげ、彼の股間に叩きこんだ。議員はよろけて両手を膝に置き、赤い顔が汗でぐっしょりとなった。「このあばずれが。ろくでもない……あばずれが……」

「警告したはずだよ」

「くそ……覚えて……」

アビゲイルは背筋をのばすと、白い綿シーツの皺をのばした。「なさけない男」

そう言うとドアに手をかけ、贅を凝らした長い廊下に出ていった。

「おまえは聖女なんかじゃない」彼はわめいた。

彼女はドアを閉めたが、夫の声はまだ聞こえた。

「純粋な聖女とは正反対だ！」

## 44

ジェサップは自室の浴室の小さな鏡の前に立った。六時に起き、不安な思いで森のなかを延々と探索したのち、十四年間ずっと使っているポットでコーヒーを淹れた。コーヒーを沸かすあいだにシャワーを浴び、慎重な手つきでひげを剃り、白いシャツと愛用の糊のきいたカーキのズボンで身支度した。鏡に映った顔は引き締まって皺深く、夏のあいだに黒く日焼けしたせいで、歯と髪が実際以上に白く見える。いま彼はペイズリー柄のネクタイをウィンザーノットに結ぼうとしていたが、手が震えて苦戦していた。

大きく息をつき、最初からやり直した。

アビゲイルは嘘をついている。ささやかな嘘ではなく、重大な嘘を。まずは銃を持ち去り、そのあと行方をくらましたかと思うと、怪我をして血だらけになって戻ってきた。どこに行っていたのかも、なにがあったのかも言おうとしない。ふたつのことが等しくショックだった——彼女が危険な思いをしたことと、その危険がなんであれ、彼に頼ってくれなかったこと。あの女性は彼の人生そのものだ。

彼女はそれに気づいていないのか？ 気にもしていないのか？

結び目を作り終えてきつく締めながら、不安が目にあらわれているのに気づいた。澄んだ青い目は歳がいきすぎていて、鏡のなかから切なそうに見返すのは似合わない。だが、六十年かけて築きあげた自分を変えることはできないし、変えたいとも思わない。

チェーンを引いて明かりを消し、浴室を出た。人生の大半を過ごしたコンパクトで狭いリビングルームに入る。ここで暮らしはじめて二十年が過ぎ、自分の身体の一部と化している。石造りの暖炉、本の並ぶ壁、隅にはここ何年かアビゲイルがプレゼントしてくれる杖を立てかけてある。ソファに腰をおろし、探索から戻って脱いだブーツに目をやった。年季の入った革のブーツは、イバラや泥炭岩、それにヘビの攻撃から足もとを守るようにできている。杖と同じ隅に置いたそれは、底から上まで粘りのある黒い泥でべったりと覆われていた。昨夜ようやく帰宅したアビゲイルのパンツと靴にも、同じ泥がついていた。タールのように真っ黒で、腐敗臭を放つ泥。あれがあるのは敷地内では一カ所だけだ。そこでジェサップは出かけた。探索に出かけた結果、あるものが見つかった。

だが、あれはなにを意味するのか？

彼は長いこと、ブーツをじっと見つめていた。あれこれ考えていると、ドアをノックする音がしてわれに返った。すぐに立ちあがった。ここに来るのはアビゲイル以外にいないからだ。それに、彼女のノックはすぐにわかる。「気を遣ってくれて感謝しますよ」ジェサップはわきにどいて、彼女を招じ入れた。「捜索に出かけないといけないかと思ってました」不意に怒りが湧きあがった。不安と恐怖、それに裏切られた気持ちがあまりに大きく、いつもなら絶対に気づくはずのサインを見逃した。

「ジェサップ、わたし――」

「言わなくてけっこう」彼は直立不動の姿勢をつづけた。「車を見つけましたから」

「なんのこと？」

「敷地の南端の湿地に隠しましたね。隠して歩いてここまで戻ってきた。わたしに嘘をついて」

「それがどうかした？」

「車内は血まみれでした」

アビゲイルの全身がこわばった。「あんな車の一台や二台」

それで様子がちがうことに気がついた。興奮した獰猛な目と、赤らんだ顔。荒い呼吸。いつもの彼女ではなかった。小刻みに身体を揺らしながら立っていたアビゲイルが一歩近づいた。肌に朝露のような汗が浮き、ラベンダーと蜂蜜のにおいがただよってくる。

なにか変だ。

大きな暗い穴と化した目がどんよりしている。まるでその奥にべつの人間がひそんでいるようだ。まったく異なる危険な人間が。

「キスして」アビゲイルは言った。

「なんですって？」

「キスしてよ、ねえ」彼女の手が腕にのび、ジェサップは反射的にあとずさった。

「いつものあなたらしくない」

「ええ、そうよ。人生は残酷なジョークだもの、だからいつものわたしじゃなくなったの」

アビゲイルは肌のほてりが伝わるほど、ぴったり身体を押しつけ、ジェサップのベルトに手をかけた。鼻筋の細かな毛穴と、彼女を駆り立てているどす黒い欲情が目に入る。「よせ」険しい口調になった。

「こういうことをしたかったんでしょ」アビゲイルはバックルに手をかけた。「いままでずっと……」

ジェサップは腰にかかった彼女の手を払いのけた。

「こんな形は望んでません」

「こんな形？」

自分でも顔がこわばっていくのがわかった。「こういうことはやめてください」

「わたしがほしくないの？」

「出ていってください」

「ジェサップ、ねえ……」

彼は乱暴にドアをあけ、声を震わせて言った。「これ以上わたしを苦しめるのはやめて、さっさと出ていってくれ」

## 45

スローター・マウンテンは幹線道路を行けるところまで行き、その後、舗装路とはほど遠い道を走ってようやくたどり着けるところにあった。ほとんど砂利道だな、とマイケルは独り言を言いながら、泥水が一フィートほどもたまったわだちを乱暴に走り抜けた。

だが、あと少しだ。それを肌で感じる。

答えに近づきつつある。

なにかに近づきつつある。

死んだ三人はアイアン・ハウスにつながっている。ジュリアンも上院議員もその妻も同様だ。アビゲイル・ヴェインおよびマイケルと少年時代をともにした男たちの名が並んだリストにサリーナ・スローターの名があり、スローター・マウンテンはアイアン・ハウスから三十マイルと離れていない。大きな世界のなかでは隣同士と言えるほど近い。なんらかのつながりがあってもおかしくない。

だが、どんなつながりなのか。

道路が低く落ちこんで底を打ったところに、幅五十フィートの雨裂にかかる一車線の橋が現われた。まだ午《ひる》をすぎたばかりだが、橋の下は薄暗かった。スローター・マウンテンへの道を教えてくれたガソリンスタンドの店員と出会ったあとは、まだ車一台、人ひとり見かけていない。もう三十分はたっているというのに。あの店員を見つける前にも三度車をとめたが、いずれもはかばかしい答えは得られなかった。不親切だとか人嫌いという問題ではなく、道路標識は存在しないに等しく、ミラーズ・フィールドのはずれに立つ枯れたマツか、愚かな若い旅行者が雨裂に転落して尻の骨を折ったという橋の存在を知らないと、教えにくい道だからだ。

橋をそろそろと渡る途中、下の斜面に目をやった。鬱蒼とした木々を透かして、白く泡立つ急流が見える。道路の左側に気をつけながら車を進めると、木立を突っ切るようにのぼっていく枝道が見つかった。道幅は狭いうえに植物が生い茂り、木の枝がめいっぱいのびてトンネルのように暗くなっている。枝道に入って車をとめ、外に出てみた。標識はやぶに埋もれていたが、店員が言っていたとおりの場所にあった。イバラや蔓をのけると、墓石のような一枚岩の花崗岩が現われた。

## スローター・マウンテン
## 一八九八年

山の頂上はすっかりさびれていた。全体の三分の二が切り出されていた——発破で切り崩され、採掘されたあとだった。鉱山跡にドロスの山、壊れてさびが浮いた使い古しの道具類がそこかしこに置いてある。この状態が二マイル先までつづいていた。

遠くの小山に屋敷の残骸が鎮座していた。

マイケルは鉱山跡をゆるやかに迂回する道をたどった。細かく砕けた灰色の石に水がたまり、そこに高く青い空が映りこんでいる。ベルトコンベヤー、ボディのなくなったトラック、朽ちかけた木造の建物の前を過ぎる。スローター一族がここを採掘しつくす前は、山の高さはどのくらいあったのだろうか。西のテネシー州のほうを見やり、東のアイアン・マウンテンを見やってから、より木深いほうへと車を進め、このあたりの大半を占める林間の空き地を目指した。

片方の翼棟だけがかろうじて残っていた。それ以外はかなり以前に消失していた。黒ずんだ立木や形のそろった石の山の周辺には雑草が生え、ガラスの破片が陽射しを受けてウィンクしている。瓦礫のなかから煙突が四本のびていたが、残り二本は崩れ落ちていた。かつては大きな屋敷だったのだろう。いまは、山と同じく荒廃しきっていた。

手前の一角に古いピックアップ・トラックがとまっていた。赤い塗装は褪せて粘土色となり、ボンネットにはさびが浮き、ごつごつしたタイヤは中央部分が摩耗してつるつるだ。マイケルはトラックのわきに車をとめ、ドアをあけて外に出た。小柄で猫背な人影が手押し車を押しながら、瓦礫にできた通路を歩いてくる。マイケルは男が近くに来るまで待った。「手伝おうか？」

男がびくっとした拍子に手押し車が傾いた。男はまっすぐに戻そうとしたものの、腕は細く、荷は重すぎた。手押し車はひっくり返り、あたりに煉瓦が散乱した。老人は怯えた表情を浮かべ、次に腹を立てた。彼が重ねた年月をはかるすべはなかった。八十五歳かもしれないし、百十歳でもおかしくない。顔は皺だらけ、痩せこけて背中が曲がっている。着ているものは貧相で、白茶けた革のブーツを履いていた。「びっくりさせやがって」

「すまん」

男は目をすがめ、ナイフを隠し持っているかのように片手をポケットに突っこんだ。「盗んだわけじゃないぞ。ここはもう誰のものでもないからな」

見ると、トラックの荷台には煉瓦が山と積んであった。手作りらしいその煉瓦は中古市場ではそれなりの値がつきそうだ。マイケルは肩をすくめた。「べつに全部持っていってもおれはかまわない」

老人はマイケルを上から下までながめまわした。

「あんた、旅行者かい？」

マイケルは首を横に振った。「手伝おう」

通路に出て、手押し車を起こし、こぼれた煉瓦を戻しはじめた。老人はしばらくじっと見ていたが、やがて腰をかがめて煉瓦を拾った。節くれだった手は震えていたが、手際はいい。「さっきは悪かったな、てっきり……」

「てっきり、なんだ？」

老人はレンジローバーを指差した。「たいがいの金持ちはくそ野郎だ。あんたも同じかと思ってね」

「おれは額に汗して働く人種だよ。この煉瓦を売るのかい？」

「バーベキュー用の囲いを作るんだ」

「ほう？」

「客を呼ぼうと思ってね」

マイケルは相手がからかっているのかわからず、あいまいにほほえんだ。「ここがスローターの屋敷かい？」

「その名残だ」

「なにがあったんだ？」

「火事で焼けたんだよ。三十年くらい前だったかね」

マイケルは最後の煉瓦を拾いあげると、持ち手を握って手押し車をトラックのほうに押しはじめた。「このへんにスローター家の人間は残ってないかな」

「いないんじゃないのかね」

「たしかか?」

「わしは生まれてこのかたずっと、この土地にいるんだ。残ってるやつがいればわかるとも」

トラックまで来ると、マイケルは手押し車をおろした。煉瓦をひとつ手に取って、トラックの荷台に落とす。「どこに行ったか知らないか?」

「地獄じゃないかね」

「全員が?」

「わしの知るかぎり、ここには女がひとりいるだけだった」

「セリーナ・スローター?」

「けちくさくて人使いの荒いばばあだったね。けた外れの金持ちだったが、骨の髄までおぞましかった。火事で焼け死んだよ。悲鳴をあげながら死んだことを願うね」

老人はポケットからバンダナを出し、盛大な音をさせて洟をかんだ。マイケルは山のほうを見やった。

「あんたはその女と知り合いだったのか?」

「わしだけじゃない、このあたりの大半の者は彼女を知ってたよ。というか、彼女のもとで働いてたんだ」

「その話を聞かせてもらえないかな?」

「煉瓦はもう移し終えたのか?」

マイケルはまたほほえむと、煉瓦をまたいくつか放りこみながら、老人がいましがたのバンダナで顔をぬぐうのを見ていた。「彼女とは個人的なつき合いがあったのか?」

「そんな気持ちになったこともないね」

「いまはあんたがこの山の持ち主なのか?」

「そういうわけじゃない」

マイケルは最後の煉瓦をトラックに積んだ。「サリーナ・スローターという名に聞き覚えはないかな?」

「ないね。そっちのわきを持ってくれ」

マイケルは手押し車のわきをつかみ、ふたりしてトラックに載せ、煉瓦の山に上下逆さまにかぶせた。

「このあたりに話をしてくれそうな人はいるかな。もしその女性に友だちがいたなら――」

「なあ、若いの。そいつはガラガラヘビに友だちがいるかとか、石っころが自分の下の地面のことを気にするかと訊くようなもんだ」マイケルの落胆ぶりが顔にあらわれたのだろう。老人は片目を細めて言った。

「おまえさんには大事なことのようだな」

「答えを探しているもんでね」

「おまえさんは潔癖症か？」老人はユーモアと茶目っ気を含んだ目を輝かせた。

「全然」マイケルは答えた。

「ならば、わしについてくるといい」

「どうして？」

「おまえさんの力になれそうな不愉快なばあさんがいるからさ。わしが案内しなければ、百万年たっても見つからん」

マイケルは老人のあとを追ってトラックをまわりこみ、彼が乗りこんでドアを音高く閉めるのを待った。

「そのばあさんは何者なんだ？」

老人はあいたウィンドウに肘をのせ、エンジンをかけた。「聞くところによれば、そのいかれ女がここに火をつけた張本人らしい」


老人の言うとおりだった。連れて行かれた場所は、マイケルひとりではとても見つけられそうになかった。山を下り、雨裂を過ぎて半マイルほどのところで左に折れ、すぐ右に曲がった。舗装した道も、右折をうながすいかなる標識もなかった。ぬかるんだ道は二度、ふたまたに分かれ、ちょろちょろ流れる幅二フィートのせせらぎに分断された狭い渓谷に出た。土地の大部分は木が切り払われていた――切り株が残っていた――が、地面に影をつくり、一帯を地滑りの被害から守る程度の木は残っていた。見たところ、この渓谷には全部で三十軒ほどの家があり、ペンキを塗った家もあるにはあるが、大半は塗っていないようだ。この道を牽引されてきたトレーラーハウスもいくつか見えるが、建物の大半はシンダーブロックの基礎に建つ、ペンキも塗っていない貧相な掘っ立て小屋だった。屋根つきのポーチ、燃料タンク、クズ鉄寸前の車、壊れた家電。あたり一面泥だらけだが、ところどころに置かれた植木鉢が色みを添えていた。この暑さのなか、煙突から煙が立ちのぼっている。そう言えばと見ると、道路から電線が引きこまれていなかった。

老人はもっとも大きな建物の前で車をとめた。かつては白く塗ってあったらしきその建物は、窓がことごとく割れ、屋根がへこんでいた。「社内雑貨店《カンパニー・ストア》って言葉を聞いたことはあるかね?」老人はマイケルの側のウィンドウまでやってくると、その建物を指差した。「ここにあるのがそれだ」

マイケルはレンジローバーを降りた。「話がよくわからないんだが」

老人は尻ポケットから丸い缶を出し、煙草を半インチほどつまんで下唇の内側に詰めた。「ここはその昔、スローター一族によって作られたんだよ。わしらが家を持てるようローンを組ませ、その分を現金と店の金券で払ってくれた。住民の半分は一族のもとで働くか、老いた親がそのせいで身体を壊すのを見ている」

「住民の半分?」

「残りはヒッピーとホームレスとメキシコからの移住者だ。おまえさんが探してる女はこの道の突きあたり、いちばん奥の家に住んでいる。滝の近くだよ」老人は木立を切り裂いたような、ちょろちょろとした水の流れを示した。「もともとは黄色かったんだがね。川べりに建ってて、正面の庭にでかくて平たい岩がある。その昔は見栄えのいい家だったよ」

マイケルは道の奥に目をこらした。「あんたは来ないのか？」

「わしの家はすぐそこだ」老人は五十ヤードほど引っこんだところにある、ペンキを塗っていない掘っ立て小屋を指差した。作りかけのバーベキュー用の囲いが正面玄関わきの一角を占領していた。

「なかなかいい囲いができてるじゃないか」

相手は肩をすくめた。「かれこれ二十年も、作ってやると女房に言いつづけてたんだよ」そう言ってウィンクした。「安らかに死ぬためには、せめてそのくらいやらなきゃなと思ってね。さてと、ここでお別れだ。女の名前はアラベラ・ジャックスという。目以上に耳がよくて、犬が一匹ポーチに迷いこんだだけで撃ってくる。だから、近づく前に声をかけたほうがいい。わしから聞いたとは絶対に言うなよ」老人はぐしゃぐしゃの道をトラックに戻っていったが、マイケルのほうはまだ訊きたいことがあった。

「どうしてその女がセリーナ・スローターに関する情報を持ってると思うんだ？」

「実際はどうかわからんよ。だが、ここの住民は全員が石切場か鉱山で働いていた。屋敷に雇われてた者で残ってるのはあの女だけだ」

「屋敷ではどんな仕事を？」

「皿洗い。洗濯。女主人の足を揉む。そんなところだろう」

「なぜその女が屋敷に火をつけたと思うんだ？」

「いわゆる内紛があってな」老人はトラックに乗りこみ、助手席のウィンドウごしに答えた。「要するに、あの屋敷でそこまでやりそうなほど頭がいかれてたのはあの女だけだったんだ」彼はトラックのギアを入れ、片手をあげた。「財布はしっかり握っておけ」そう言うと高笑いしながら走り去った。

車はタイヤが泥にはまって空回りしたが、すぐにまた動きだした。マイケルは自分の車に戻った。視線を感じ、あけはなした窓の奥でこそこそと動く気配がする。歩いてもたいした距離ではなさそうだが、離れているあいだにレンジローバーが無事でいるとは思えない。そこで乗っていくことにした。

車は二軒の家のあいだを抜け、小川があるほうに曲がり、渓谷の奥に向かって道なりに進んだ。マイケルもこれまでさんざん貧困を目にしてきたが、ここまで深く根を張ったものは初めてだった。ここは長年にわたってずっと貧しいままだった。電気も電話もない。木が切り倒されているのは、薪《たきぎ》にするためだ。

黄色い家はほかからかなり奥まって建っていた。マイケルはかつての姿を想像した。家の前を流れる小川が平たい巨岩のわきをかすめ、その先でいったん大きな深い池となり、そこからちょろちょろと流れ落ちている。雨裂のほうを見おろすと、はるか下方の緑のなかで川がきらめいていた。

だが美しいのはそこまでだった。雨樋の大半は何年も前に崩れ落ち、さびて地面に転がっていた。なんとか残っているものも、なかが詰まってそこから高さ二フィートの若木が生えている。屋根の一部がブルーシートで覆われ、窓がまちが腐って壁面から落ち、その下のタール紙がのぞいていた。ポーチの板がところどころなくなっている。剝がれていないペンキも砂の下に埋もれていた。

マイケルはエンジンを切って車を降りた。

あけはなした窓から、吐き気をもよおすにおいがただよってきた。

「アラベラ・ジャックスさん？」

ポーチから充分に離れた場所で呼びかけた。長く待たされることはなかった。

「あたしを呼んだのは誰だい？」

喫煙者らしい声で、かなり張りがある。

「いくつか訊きたいことがあるんです」

「なにを訊こうってんだい？」

「おじゃましてもいいですか？」

彼女は窓の近くにいるようだった。右側。しかし姿は見えない。家具らしきものの形と、カラシ色のカーテンが見えるだけだ。

「タダじゃ話さないよ」彼女の声がした。「金はあるんだろうね？」

「あります」

「だったらぐずぐずしないでさっさとおいで」

マイケルはおそるおそるポーチにあがった。ドアはあけっぱなしで、破れたスクリーンドアが斜めにかしいでいる。近づいたせいでにおいがいっそう強くなった。鼻が曲がりそうな、オイルのようにどろりとしたにおいだ。「なかに入ります」マイケルは声をかけた。

「いちいち言わなくたっていいよ。玄関からあんたの手はちゃんと見えてる」

スクリーンドアはなかなか動かなかったが、あいたときにいきおいがつきすぎ、あやうく壁にぶつけるところだった。入ってすぐの部屋は薄暗く、天井が低かった。擦り切れたカーペットと年季の入った家具がうっすらと見える。アラベラ・ジャックスは窓際の椅子にすわっていた。着ている部屋着はかつては白かったようだが、いまは食器を洗った汚れ水のような色になっている。白髪交じりの髪が頭にへばりつき、顔はたるんで血色が悪く、目のまわりが落ちくぼんでいる。片脚を黄緑色のオットマンにのせていたが、においのもとはその脚だった。足首から膝までが紫色に腫れている。足の指が二本なく、皮膚が壊死したところが穴になっていた。

おそらく糖尿病だ。それもかなり進行している。

本人は、においも足の状態も気にならないようだった。膝の上に年代物のショットガンがのっている。渦巻型の大きな撃鉄がついた二連式だ。「もっとそばに来な」

マイケルが命令に従うと、女は身を乗り出した。

「いい男じゃないか、え？」彼女は背中を戻し、片手を出した。「先に金をよこしな」

「いくらいる？」

「有り金全部」マイケルは逆らわなかった。ポケットのなかの三百ドルを渡した。彼女は慣れた手つきで数え、それからくしゃくしゃのパックから両切りの煙草を振り出し、テーブルでマッチを擦った。「さてと教えとくれ、色男……」彼女は目を細くした。「アメリカの金で三百ドルも払ってまで訊きたいこととはなんだい？」

マイケルはいくつもあるうち、どの切り出し方でいこうかと考えた。策を弄す、いきさつを説明する、嘘をつく。けっきょく、頭の大半を占めている疑問を口にした。「サリーナ・スローターのことが知りたい」

相手はぎょっとなり、そのまま煙草の煙を顔のまわりにただよわせていた。「サリーナ・スローターだって？」

「そうだ」

「サリーナ……」銃にかけた手が白くなった。「あの恩知らず」

彼女は大きな撃鉄に親指をかけ、銃口をあげながらそれを起こし、悪いほうの脚をどすんと床に落とした。その顔には恐怖が、それに怒りも浮かんでいた。しかし、彼女の機敏さには限界があった。マイケルはオットマンをわきに蹴って歩み寄ると、彼女の手から銃を奪った。彼女は椅子に強く背中を押しつけ、両手をあげ、歯を剝き出した。「ちくしょう。憎たらしい都会もんが……」

マイケルは撃鉄を起こしたままの銃を向けた。相手は口をつぐんだ。「もう気がすんだか？」

女はマイケルをにらみすえた。「こんな素早く動けるなんて、あんた人間じゃないね」

「かもな」

「その引き金を引く気かい？」

「まだ決めてない」

「だったら、さっさと決めな。いまあたしは煙草を落として、めちゃくちゃ頭にきてんだよ」

「拾えばいい」

彼女は脚とクッションのあいだから煙草を拾いあげ、口にくわえた。「そいつをいいかい?」オットマンを示しながら訊いた。「脚が昔のようにはいかなくてね」マイケルはオットマンを足で押しやった。

彼女はそこに脚をのせると椅子の背にもたれ、引き金を引こうが引くまいがどうでもいいという風情でマイケルをながめまわした。「平地のタマ舐め男に言われてあたしを殺しにきたのかい?」

「その、平地のタマ舐め男とやらはどいつのことだ?」

「そんなやつ、ひとりしかいないだろうに」

「名前は?」

「さあね、名前なんか覚えてるもんか。かれこれ十五年も前のことだし、そいつもあたしの顔に銃を突きつけてたしね。あたしみたいないいところのレディは、そんなことをされたらまともにものを考えられないんだよ」

マイケルは一歩近づき、彼女の額に銃口を押しあてた。「おれは同じことを二度訊かない性分だ」

「わかった、わかったよ。そんなことしなくたって話すよ。頭のどこかにしまってあるんだって。思い出すからさ、ちょっと待っておくれ……」

「いつまでも待たないぜ、ばあさん」

「だから、思い出せないって――」

マイケルはもうひとつの撃鉄も起こした。

「フォールズ」

マイケルは銃を一インチだけ引いた。「ジェサップ・フォールズか?」

「そう、そいつ。こっちがびびってたら逆ギレしやがった。冷血漢で、情けってものがまるでないやつだったよ。家族に対する敬意ってもんがないよ、まったく」

「家族？」

小ずるそうな表情が女の顔に浮かんだ。「まさかあんた、サリーナ・スローターのことで訪ねてきたのは、自分が最初だと思ってたのかい？」

「サリーナ・スローターはあんたの家族なのか？」

彼女は口を大きくあけると、目尻に皺を寄せながら高笑いした。

「なんにも知らないんだね、あんたは。サリーナ・スローターなんて女は存在しないよ。現在だけじゃなく、過去にもね。あんたが言ってるのはアビゲイル・ジャックスのことさ」

「アビゲイル？」

「あたしの娘さね」女はあけっぱなしの窓から煙草を投げ捨てた。「血も涙もない恩知らずの盗人娘は元気にしてるかい？」

## 46

マイケルはその後四十分間、アラベラ・ジャックスと過ごしたが、永遠とも思える四十分だった。それは彼女の姿以上に、あるいはあの悪臭や、周囲のものすべてがゆっくりと着実に瓦解していく感覚以上に耐えられないことだった。彼女がただよわせるいやな感じには黒々とした詩のようなところがあり、嘘と自尊心と狡猾さが織りなすリズムはストリートでもめったに感じることのないものだった。隙あらば攻撃に転じ、危険を察知したとたんに引きさがり、すぐにまた攻撃を仕掛けてくる。手に入るものはどんなものでも、金でも情報でも洞察でも欲し、だまし取るすべさえあるならマイケルの心の鍵も手に入れようと狙っていた。

おぞましいことを口にしたかと思えば、頭のねじがゆるんだティーンエイジャーのように意気がってはマイケルを横目でにらんだ。どこまでが演技でどこまでが本心なのかマイケルには見分けがつかなかったが、彼女がこっちを見る目や、牙を食いこませたのちに口をひらき、煙をくゆらせる仕種には鳥肌が立った。

「あんた、あたしのアビゲイルと寝てんのかい？　あんたみたいな若い男の目にも充分きれいなんだろうね。うちの血筋なんだよ」アラベラはコシのない髪を耳にかけた。「娘が住んでるところは暑いのかい？」

「質問をするのはおれだ」マイケルは言った。

「あんた、女みたいなまつげをしてるね。もしかして男のほうが好みかい？」

「アビゲイルとサリーナ・スローターの話に入ろう」

「あの、ジェサップ・フォールズって男は絶対に娘と寝てるね。娘は男の手なずけ方がうまいんだよ、ものすごく。あの男はたしかローリーから来たんじゃなかったかね。あんたもローリーから来たのかい？」

「彼女の居場所を言うつもりはない」

「どこにいようが知ったこっちゃないよ」

それは嘘だった。娘の名前を口にするたび、目もとがぴくぴく動いている。この女はアビゲイルがどこに住んでいて、なにをしているのか知りたくてたまらないのだ。喉から手が出るほど知りたがっているくせに、恐れてもいた。しばらくは膠着状態がつづいた。マイケルが質問するたびに彼女ははぐらかした。マイケルが何者で、なぜ訪ねてきたのかを知りたがった。彼の意図を探ろうとするが、マイケルは銃をかまえているし、一枚も二枚も上手だった。「ジェサップ・フォールズのことを話してもらおうか」

「その脚はどうしたんだい？」彼女は煙草を吸った。

「ジェサップ・フォールズ。サリーナ・スローター」

「さすってやろうか？」

そうやってのらりくらりとかわそうとしたが、マイケルは格がちがった。身をぐっと乗り出し、彼女の手を取った。彼女は振りほどこうとしたが、マイケルは手をきつく握りながら、もっと痛い目に遭うのが伝わるようにしてやった。「さてと……」彼は手の力をゆるめ、彼女の手を軽く叩いた。「もう一度訊く……」

「訊いたって無駄さ」

「それでも一向にかまわん」ふたたび手を握りしめ、かかる力を強めていった。

「やめとくれ……」

関節がいやな音をたてはじめた。

「あいつがよこしたんだね！」彼女の目が一瞬にして大きくなり、口の締まりがなくなった。「ああ、神様。あの男が本当にやるなんて」彼女のなかであらたな不安が、切迫した恐怖が湧きあがった。唇を舐め、取り乱したように目を忙しく動かすが、身体は金縛りに遭ったようにぴくりとも動かない。強がりも狡猾さもとげとげしさもかき消えていた。「あの男みたいなことはしなくたっていいよ。話すからさ。あたしを見ておくれよ。なにが知りたいんだい？　ちゃんと答えるよ。ほら、見ておくれ。あたしの顔を見ておくれよ」

その必死さがマイケルにも伝わった。「あの男というのはジェサップ・フォールズだな」

彼女はものすごいいきおいで首を縦に振ると、目をきつく閉じた。マイケルは手を離した。この女とジェサップ・フォールズのあいだになにがあったか知らないが、楽しいことでないのはたしかだ。彼女は死ぬほど怯えていた。「アビゲイルの話をしよう」

ようやく本題に入れた。彼女は最初のうちこそ切れ切れの声で力なくしゃべっていたが、数分が過ぎてもマイケルが手を出してこないとわかると、彼女らしさが戻りはじめた。狡猾さと計算高さ、それにフォールズにされたような仕打ちを受けることはないという確信が、彼女のなかでしだいに大きくなっていくのが手に取るようにわかった。けっきょく、痛めつけずとも必要なものは得られた。しかたがないと思えることもいくらかあったが、どれも気持ちのいい話ではなかった。「いまの話が嘘だったら、また戻ってくるからな」

彼女の顔に皺が寄り、血の気が戻った。「どっちにしたって、半年先にはあたしはもう生きてないよ」

彼女は吸いさしの煙草を右目の前で振った。

床に唾を吐いた。

マイケルは最後にもう一度すべてを見わたし——脚、家、ゆるんだ茶色い歯——銃を手に立ち去った。理解できないことも、できたこともたくさんあった。アビゲイルは貧しい家の生まれだった。それは問題ない。よくある話だ。この世に生まれ出たもっとも恐ろしい女が世間に出て、必死でのしあがろうとした。それもよくある話だ。生きていくのは楽じゃない。

だが、サリーナ・スローターという名の人物は生まれていなかった。その事実を告げたときにアラベラ・ジャックスが見せた嫌悪感が、いまもはっきりと思い出せる。

「あのくそったれな娘ときたら、金持ちになりたいあまりに、そんな名前をでっちあげたのさ。実の母親がジャガイモをこすり洗いしたり皿を洗ったり、娘を食べさせるためにありとあらゆることをやってるってのに、それが気に入らないんだとさ。どうやってそれを知ったかって？　店に行けばみんながあたしを見て笑うのさ。ちっちゃなアビゲイルが誰彼かまわず、自分はサリーナ・スローターで、母親が死んだらあの山は自分のものになるんだって話してたんだよ。言っとくけど、その母親ってのはあたしじゃないよ。ビッチな女王のセリーナ・スローターさ。陰険で残酷で、あたしを飼い犬以下に扱う女のことだよ。ああいう女を母親にほしかったんだとさ。娘がしょっちゅうそんなことばかり言ってるのは、この谷間に住む連中全員が知ってた。なにがサリーナ・スローターだ。ばかばかしい。死ぬほど殴ってやってもだめだったよ……」
当時、その子どもは十歳だった。四年後、彼女は母親の有り金を盗んで夜中に家出し、以来戻っていない。だが、ジェサップ・フォールズがここを訪ねた。彼はアラベラ・ジャックスをこれでもかと痛めつけ、そのせいで彼女はいまも彼を恐れている。フォールズをそこまで追いやったものはなんだったのか？　アビゲイルへの愛か、ほかに理由があるのか。あの男はどこまで必死だったのか、それにこのことがジュリアンとアイアン・ハウス出身の死んだ男たちとどう関係してくるのか？　まだ見落としているピースがある——それも大きなピースが。マイケルはそれがどこかそのへんで、回転刃のようにまわっている気がしてしょうがなかった。

**金。パーティ。政治家……**

その一行が、突如出現したあざやかな色の吹き流しのように、マイケルの思考に切りこんだ。

上院議員はスローター・マウンテンとつながりがあるのか？　彼とアビゲイルはいつどこで知り合ったのか？　彼は妻の貧しい出自を知っているのか。そしてどこで金を手に入れたのか。何度も何度もその疑問に舞い戻るが、アラベラ・ジャックスは娘とランドール・ヴェインの関係についてはなにも知らない。そもそも、現在の娘のことはなにも知らないのだ。

娘は十四のときに家を出た……

知りたいことはいくらでもあるが、どれほどそれが気になろうとも、ジュリアンを救う鍵はそこにはない。例のファイルだけで充分だ。チャタム郡は火薬樽で、ファイルはそれに着火するたいまつだ。マイケルはそれに軽く触れ、これから踏むべき手順をさらった。瑕疵がないかと探ったがひとつもなかった。しかし、その前にひとつ寄るところがある。アイアン・マウンテン少年養護施設だ。

フリントは同じバスローブ姿で、同じ酒の瓶を前にしていた。彼はマイケルを見ると一度うなずき、グラスのなかのものを飲みほした。「やはり復讐の甘美な響きは無視できなかったわけか」

「どういうことだ?」

フリントはもう一杯注ぐと、円らしきものを描くようにグラスをまわした。「わたしたちを殺しに戻ってきたのだろう?」

「あんたたちをどうこうしようという気はないよ、ミスタ・フリント。むしろ、ふたりの今後の幸せを願ってるくらいだ。ビリーはどこにいる?」

「いつものひとり遊びだろう」

「あんたにひとつ訊きたいことがある」

「なら、すわりたまえ。一杯やろう」

マイケルは腰をおろしたが、グラスは出てこなかった。フリントはすっかりできあがって朦朧とし、キッチンは散らかり放題だった。「おれのことで誰か訪ねてこなかったか? おれのことを訊きに? かなり前のことだと思うが」

フリントは目をしばたたかせ、酒を口に運んだ。

「子どもは大勢いたし、ずいぶんと昔のことだからなあ」

「言えば思い出すはずだ」

「どんな男だね?」

マイケルはできるかぎり詳細にステヴァンの特徴を伝えた。「その男はジュリアンのことも訊いていったんじゃないかと思う。あんたを脅すか、でなければ袖の下をつかませたかもしれん。口がやたらとうまいか、でなければ、ひどく不愉快かのどっちかだ」

「ああ、思い出したよ。上等なスーツを着た態度のでかい、不愉快な男だった。たしかジュリアンが引き取られて数年たっていた。金で釣ったり、すごんだりしてきたな。わたしの記憶ちがいでなければ、そいつの関心はきみの弟だけじゃなかった。ヴェイン上院議員についてもいろいろ聞き出そうとしていたよ。ジュリアンとの関係だとか、養子縁組の状況だとか」

「そいつの名前はステヴァン・ケイトリンだ。聞きおぼえはあるか？」

「なんとなくだが。ステヴァンか。だが、ラストネームは言ってなかったように記憶している。それともうひとりいた。なんという名前だったか。たしか、オットーだったと思う」

「オットー・ケイトリンか？」

「そいつもラストネームは言わなかったが、彼のほうが年配で、物静かで、黒幕という感じだったな。だがとても真剣で、じっとすわって、やりとりに聞き入っていたよ」

マイケルはさもありなんとばかりにうなずくと、テーブルに十万ドルを置き、フリントが酒を喉につまらせたのにもかまわず言った。「警察にしろほかの誰かにしろ、いまのと同じ質問をしにくるやつがいたら、正直に答えてやってくれ。男の名前はステヴァン・ケイトリンで、そいつが上院議員のことをいろいろと知りたがったと答えるんだ。オットーの名前を出してもかまわない。ちゃんと頭に入ったか？」

フリントの目はまだ現金に据えられていた。「ああ」

「そう先のことじゃない。一、二週間というところだろう。警察かＦＢＩが来る」

「一、二週間……」

「ありのままの事実を伝えろ。そしたら、ビリーを連れてここを出ろ。どこかよそに移るんだ。新しいスタートを切れ。ギャンブルはやめろ。酒もよせ」フリントが金に手をのばし、マイケルは立ちあがった。「ミスタ・フリント？」

フリントは現金から目をあげた。酔っぱらって、頭のなかが混乱している。マイケルはひらいた両手をテーブルにつき、現金をはさんで向かい合った。「あんたたがビリーに示した思いやりの情は、めったにあるもんじゃない」フリントの目はふたたび金に吸い寄せられたが、すぐにぱっと上を向いた。「こないだここに来たときは、もう少しであんたを殺すところだった。腹が立ってしょうがなかったんだ、わかるか？　このくらいの差だったよ」彼が親指と人差し指を一インチだけひらいて見せると、フリントは怯えているのか、後悔の念にさいなまれているのか、マイケルがぐっと顔を近づけると、両手を膝に落とした。「あの日からきょうまでは、いわばごほうびだったんだ。きょうから先の日々もごほうびだ。一分一分が」

マイケルは姿勢を戻した。

「あんたは思いやりのある人だ、ミスタ・フリント。だから、もう一度チャンスをもらう資格がある」彼はテーブルの奥へ札を押しやった。「あんたが飲んだくれて死んだらビリーがどうなるか、自分の胸によく訊いて、自分にチャンスをあたえるんだ。この施設は多くの人間の人生を狂わせたが、あくまで単なる場所にすぎない。ここから先に進むんだ」

顔をあげたフリントの目は真っ赤になっていた。

「きみも自分にそう言い聞かせているのか？」

「そう信じるようにしている」

フリントは酒瓶に手をのばした。「そんな簡単にはいくまい」

「いくかもしれない」

フリントはグラスにもう一杯注ぎ、テーブルに置いた。

「金を受け取ってくれ、ミスタ・フリント。出直すんだ」

「警察には言われたとおりに話すよ」

マイケルは深くため息をついた。「ビリーによろしく言ってくれ」

フリントはうなずいたが、グラスには手をつけなかった。彼はしばらくそれをじっと見つめていたが、やがて両手で顔を覆い、全身を震わせはじめた。マイケルは背を向け、立ち去った。

## 47

夕闇が迫るころ、マイケルはチャタム・カウンティ線を流しながら、青い反射板のついた郵便受けの近くに車がとまっていないのを確認した。半マイルほど手前の草の生えた路肩にとめ、死んだギャングがごろごろしている家に通じる未舗装路に目をこらした。警察の姿はない。これといった動きもない。偵察機はないかと空を見あげ、さらに首をめぐらして二百ヤード後方のガソリンスタンドをうかがった。

異状はなさそうだ。あたりは深閑として暖かく、太陽が燃えながら木立のなかをゆっくりと落ちていく。それでもマイケルは性急には動かなかった。ひたすら監視をつづけた。最後の光が消えると、さっそく向かった。現場が荒らされていないのはすぐにわかった。

納屋には見向きもせず、まっすぐ住居に向かい、ファイルを手に車を降りた。慎重な足取りでステヴァンの部屋に向かった。そこも、なんら変わっていなかった。ファイルを元どおり、ナイトテーブルに戻した。最後に室内にざっと目をやり、満足してその場をあとにした。

四十分後、まともなホテルに部屋を取った。シャワーを浴び、服を着替え、自分の電話の履歴から上院議員の番号にかけた。相手は最初の呼び出し音で出た。

「まだおれと会うつもりがあるのか確認したい」

「マイケル、ちょうどきみのことを考えていたところだ」

「明日のブランチを一緒に食うんでいいんですか？」

「こっちに戻ってきたのかね？」

「つい、いましがた。ジュリアンのことで話をする気持ちは変わってませんか？」

「もちろんだとも、きみ。当然だろう。だが、明日じゃなくてもよかろう。今夜は空いている。ちょうど一杯注いだところだ。わたしの書斎は酒も飲めるすばらしい書斎でね。スコッチの品揃えは、山のこっち側ではいちばんだと思うよ」

「いいでしょう」

「そうだな、半時間後でどうだ？　門のところで守衛に名前を告げるだけでいい」

マイケルは電話をきつく握りしめた。ファイルのことを考え、次に脅迫、裏切り、政治生命という代償を思った。「半時間後に」

アビゲイルは酒飲みではない。酒飲みは抑えがきかず、過ちをおかす。酒飲みは弱い。だが今夜のアビゲイルはルールを曲げた。透明なガラスの瓶に入ったそれは、喉を焼きながら胃へと落ちていった。だが、それでいい。

彼女は嘆き悲しんでいた。

そして愕然としていた。

**ジェサップ……**

身体を引きずるようにしてベッドを出ると、化粧台の前にすわり、長年にわたってまとってきた顔をじっと見つめた。これまで必死に、自信と理想への強い思いを演じてきたが、素《す》の自分になれる唯一の相手がジェサップだった。彼には失敗した自分もくじけた自分も見られている。彼は本当の彼女を知りながら、二十五年間、常に変わらずそばにいてくれた。

「なぜこんなにばかだったのかしら?」

舌がもつれてうまく言葉が出なかった。鏡のなかの自分の顔がぼやけて見える。上院議員の貞淑な妻として長年を過ごし、自分でもずっと誇らしく思ってきた。なにが誇らしいのか?　気丈な自分?　それとも貞操観念?　正しいことをおこない、いい選択をしようといつも心がけてきたのに。ばかばかしい!　陳腐でむなしい思い込みもいいところだ!

鏡に映った自分が辛辣な笑い声をあげている。

とにかくジェサップは彼女を求めてはいないのだ。

ずっと昔に彼から渡された銃を手に取った。二十年間、ランドローバーのなかに入っているが、一度も撃ったことはない。手に重く、ひんやりと冷たい。初めてこれを彼女の手に押しつけたときのジェサップの顔を思い浮かべた。うっすらとほほえんでいたけれど、すごくしかつめらしくて、髪には白いものが交じりはじめていた。〝危険な世の中ですから〟と彼は言った。〝こいつをいつも手近なところに置いておくほうがいいでしょう〟

あれも勘違いだったのだろうか?

彼は一度でもわたしを愛してくれたことがあったのだろうか?

銃をベッドに落として立ちあがり、部屋のなかを行き来しはじめた。つかの間、ジュリアンとマイケルのことや、あの納屋で目にしたおぞましい光景を思い出したりもしたが、ほとんどは自分の人生について、これまでしてきた選択や手に入れられなかったチャンスについての考察だった。けっして忘れることのできないことや、なかったことにはできない数々の失敗に関する考察だった。

**変わるためにひたすらがんばってきた……**

そもそも自分は本当に変わってきたのか。これまで下したむずかしい決断、いくつもの犠牲と崇高な理想。それらは若干でもちがいを生んだだろうか？　それとも、三十七年前の自分となんら変わりないのだろうか？　もっと上を目指してやると息巻いていた、あの少女のままではないのか？　そう考えると気が滅入った。ボトルは空になり、ふと気づくとドアを軽くノックする音がしていた。

「アビゲイル？」

ドアの前まで行き、無言で立ちつくした。

「あなたの息遣いが聞こえます」

目の奥を圧迫される感覚があったが、誰にもどうにもできない。「帰って、ジェサップ」

「いいんですか？」

彼の声は穏やかだった。アビゲイルはドアに触れ、泣きだしそうになるのをこらえた。

マイケルは銃をホテルの部屋に残した。どうせ警備員に見つかるし、そもそも必要とも思えない。秘密を握っている者の強みだ。

屋敷に到着したときにはすっかり暗くなっていた。あいかわらず記者たちが張っている。バンに機材に人員。マイケルが速度を落とすとざわめきがあがった。照明のスイッチが入り、誰かが大声で言った。「関係者じゃない」

カメラがおろされ、喫煙者が煙草に火をつけはじめる。

門のところで名前を告げると、制服姿の警備員がウィンドウからなかをのぞきこんだ。腰に銃を帯び、クリップボードを手にしている。マイケルは相手の表情を読もうとしたが、なにも浮かんでいなかった。「身分証を提示願います」

「おれが誰かは知ってるはずだ」

警備員は十五秒かけて、マイケルを値踏みした。

「車内、あるいは身体に武器を所持してますか？」

「いつもそんな質問をするのか？」

「匿名の脅迫があったものですから」

「いいや」マイケルは言った。「武器は持っていない」

「まっすぐ家まで向かってください。向こうの者が議員のところへ案内します」

マイケルの車が通過すると、門はゆっくりと閉まった。ガス灯がドライブウェイを照らしていた。遠くに見える家は燃えているように明るかった。ゆっくり近づいていくと、男がふたり玄関ステップで待っていた。ひとりが運転席側のドアをあけた。もうひとりはリチャード・ゲイルだった。「ボディチェックをさせてもらう」彼は言った。

「上院議員はいつもそうやって客をもてなすのか？」

「匿名の――」

「ああ、知ってる。脅迫があったんだろ」

ゲイルは硬い笑みを浮かべた。「あんたの仕業か？」

「そっちの脚はそっと頼むよ」マイケルは両腕をあげ、ゲイルがボディチェックをした。脅迫の話は本当だろうが、連中は口実を必要としているだけで、マイケルもあえて逆らわなかった。

「こちらへ」

上院議員の言うことはひとつだけ正しかった。書斎は豪勢だった。鏡板が蜂蜜のように輝き、敷物は手織りのシルクで、少なくとも一世紀は前のものだった。

ヴェインは革の椅子から腰をあげて両腕を大きく広げた。「わたしの言葉は嘘じゃなかったろう？」

「とてもすばらしい」

上院議員は三つ揃いのスーツにフレンチカフス、ピンクのネクタイを締めていた。大股で近づき、大きな手を差し出した。フレンチドアからは色つきライトに照らされた整形式庭園が見渡せた。「なにを飲むかね？」

「同じものでけっこう」

「その脚はどうかしたのか？」

「いえ、べつに。たいした怪我じゃない」

「そういうことにしておこう」ヴェインは背中を向け、酒をひとつ選んで注いだ。振り向いた彼は、マイケルがこれまで見てきたほかの政治家と同じ顔をしていた。満面の笑みで顔を輝かせながらも、どこか不機嫌そうな表情だった。彼はグラスを差し出し、自分のに口をつけると、質問の答えが返ってきたかのようにふるまった。

「リチャード・ゲイルとはもう会ってるな」

このゲームにはふた通りのやり方がある。遠まわりか近道か。いずれにせよ、最後は同じだ。「もちろん」マイケルは足を引きずりながら部屋の奥まで行き、大きな革の椅子のひとつに腰をおろした。グラスをかかげ、酒を光にすかしながら決断した。近道で行こう。「彼と部下数人が昨夜、おれが泊まってるホテルのドアを壊しに来た」しんとした部屋のなかでスコッチを口に運ぶ。

「いや、そういう意味では――」

ヴェインはわざとらしくとぼけて見せた。マイケルは言った。「もう少し腕の立つ者を雇ったほうがいい」

上院議員はグラスをおろした。「そうだな」

「ここに来たのはジュリアンのことを話し合うためのはずだが」

沈黙が流れ、やがてヴェインはうなずいた。「よかろう」彼の合図でゲイルがドアをあけ、男が三人入ってきた。おそらく、ホテルの襲撃にも同行した三人だろう。彼らは扇形に広がった。全員が目立たないように銃を所持している。

マイケルは自分のグラスをかかげた。「もう一杯もらっても？」議員はにっこり笑って腰をおろした。

「小生意気な男だな。気に入ったよ。そういうのは自分のためにならないが、とにかく気に入った。これからやらねばならないことを、先に謝っておく」

マイケルはグラスを椅子のそばのテーブルに置いた。

「手間《トラブル》を省いてやるよ」

「きみは悩みの種《トラブル》などではないよ」

「それなのにおれを殺すつもりでいる？」マイケルはゲイルに目を向けた。「そういう計画なんだろう？」

「拉致するんだよ」上院議員が言った。「殺すわけじゃない。届けるというほうがよりふさわしい」

「ステヴァン・ケイトリンにだな？」

議員の目が険しくなった。「ステヴァン・ケイトリンを知ってるのか？」

「やつがあんたを脅迫してたことは知ってる。それもしばらく前から。おれが目にした数字からすると、おそらく何年も前からだろう」

「数字？」

「台帳みたいなやつだよ。ずっと昔にオットー・ケイトリンとあんたが始めたものの記録だ」

マイケルは十七歳の誕生日にオットーからもらったファイルを思い浮かべた。ジュリアンの新しい家族に関する情報。上院議員がありとあらゆる売春婦と写っている写真。当時はマイケルだけにくれたのだと思っていたが、オットーがこれほどおいしい情報を使わないはずがないと、いまになってようやく気づいた。

「最初の五年間は一年につき五十万ドル払い、その後の三年間は六十万ドル。しばらく七十五万がつづき、この十六年で合計千三百万ドルを支払ったと推測できる」マイケルは自分の言葉が理解されるのを待ってほほえんだ。「若干の誤差はあるにしても」

「その数字をどこで見たのだね？」

「写真を見たのと同じ場所で」

「写真？」

「おれがそのファイルを持っている」

ヴェインは青ざめ、とたんに黙りこんだ。「席を外せ」リチャード・ゲイルに手を振った。

「全員ですか？」ゲイルは訊いた。

「そうだ」

「そんなことをして大丈夫ですか？」

「いいからとっとと出ていけ！」

「わかりました」ゲイルと三人の部下は出ていった。

ドアが閉まると、ヴェイン上院議員はマイケルのグラスを取って、スコッチをいくらか注ぎ足して渡した。自分にも同じものを注ぎ、一気にあおった。頬に赤みが戻りはじめた。「きみが嘘をついていない証拠はあるのか？」

マイケルは尻ポケットから写真を一枚出し、広げて渡した。「いいやつを一枚選んできた」

「なんてやつだ」上院議員は長いこと写真をながめていた。「おまえは何者だ？　ジュリアンの弟などというでたらめはよせ。ケイトリンとどう関係している？なぜあのファイルを持っている？」

彼は怒り狂い、同時に決まり悪さも覚えていた。それはそうだろう。多くの公人同様、上院議員もまずい趣味を持っていた。娼婦。少女。コカイン。「ステヴァンはあんたに取引を持ちかけた」マイケルは言った。

「おれの命とそのファイルを交換しようと」

「実際には殺すなと言われていた。あの男はそこにえらくこだわっていた」

「どうでもかまわん。とにかく取引は白紙だ。ファイルはおれが預かり、あんたはおもちゃの兵隊連中をおとなしくさせておく」マイケルは立ちあがり、グラスを置いた。「ごちそうになったな」

「なんだと？　もう帰るのか？　これで話は終わりか？」

「ここに来た目的はもう果たした。ジュリアンの無事が確認できるまでは近くに滞在する。だが、夜中の招待はもう受けないからそのつもりで」

「ファイルはどうなる？」

「どうなるとは？」

上院議員はなんとか言葉を絞り出した。「あれをどうするつもりだ？」

マイケルはこれからかける電話を思ってほくそえんだ。「おれの好きなようにする」

マイケルはいなくなった。部屋はがらんとし、ドアは閉まっている。ランドール・ヴェインは身を焦がすような怒りを覚えながら立っていた。ケイトリンのくそ野郎どもは十六年間にわたって脅迫してきた。脅しのネタそのものが、立ち入った内容のおぞましいものだったから、彼としては金を払うほか道はなかった。写真のなかでもっとも穢らわしいものは、はるか昔の、ピンホールカメラやファイバースコープなどというものが一般に知られていなかった時代のものだった。あの写真が公《おおやけ》になったら、とんでもないことになる。身の破滅だ。政治的にも。社会的にも。自殺する以外になくなってしまう。

さっきの写真をポケットから出した。

寒気がした。

十五年前に撮影されたその写真に写っているのはアシュリーという十七歳の少女で、ブロンドの髪に真っ黒に日焼けした肌の、ウィルミントン出身の典型的なビーチガールだった。ふたりは一糸まとわぬ姿でワシントンのホテルの一室にいた。ベッドの上でシーツがくしゃくしゃに乱れている。右胸のすべすべしたふくらみからコカインを吸引するヴェインを見て、少女が笑っている。

「くそ……」

彼は写真を暖炉にくべて燃やし、細かくなるまで灰をかき混ぜた。オットー・ケイトリンの訃報を聞いたときは、一瞬ながら希望を抱いた。だが、その翌日に息子のステヴァン・ケイトリンから電話があった。彼はマイケルを亡き者にしようと狙っていた。上院議員はマイケルという男が何者なのか知らなかった。聞いたこともなかった。知らなかったし、どうでもよかった。

だがステヴァンはどうでもいいとは思っていなかった。しかも彼の手もとにはまだあのファイルがある。

〝そいつはいずれあんたの前に現われる。そのときに、捕らえておれに引き渡せ〟

〝なぜだね？〟

〝それはあんたの知ったことじゃない〟

〝で、ファイルは？〟

〝返してやるよ。言われたとおりにすればな〟

簡単にすむはずだった。何人かその手のプロ、信頼できる筋の者を集めればよかった。標的の男は皿洗いという話だったじゃないか！　それがどうしたわけか……

もう一杯注いだときに、手が震えて少しこぼれた。

マイケルはああ言っていたが、アシュリーとの写真はさほど致命的なものではなかった。何年も前にオットー・ケイトリンがコピーを送ってきたのが何枚かある。娼婦や美しく若きロビイストと一緒の写真などはもっと淫靡で猥雑なものだった。だが、セックスだけならたいしたことはない。セックス・スキャンダルだけならなんとでもやり過ごせる。脅しの材料には財務記録、すなわち賄賂と票の売買の記録も含まれていたのだ。すべてではなくほんの一部だ。だがひとつだけでも充分なうえ、ヴェインには倫理委員会にほとんど友人がいなかった。「いったいどうすればいいんだ。どうすれば……」

　また同じことの繰り返しだ。賄賂。不安。恐怖。けっきょくは支払いに応じ、頭をさげるはめになる。あらたな人形遣いがひもを操り、偉大なるランドール・ヴェインは意志に反して踊らされる。

　またしても！

　いつまでこれがつづくのか。

　手に持った暖炉器具に生命が吹きこまれた。花瓶とクリスタルが粉々に砕け、美しい鏡板すべてにでかでかと白い筋がついた。

「くそ！」どっしりした金属を壁に投げつけた。「くそ！」

「上院議員？」ドアがわずかにあいた。「大丈夫ですか？」

「ああ。いや。入れ」リチャード・ゲイルはおそるおそる部屋に入ると、破壊行為の結果をながめまわした。

「あのくそったれのあとをつけろ。どこにいるのか、どこに泊まっているのか突きとめろ。あいつが持ってるファイルが必要なんだ」

　ゲイルは離れたところに立っていた。「さっきは追い出せとおっしゃったじゃありませんか。彼はすでにゲートを出てしまいました。もうここにはいません」

「ここにはいない？　このばかたれが」

「それは聞き捨てなりませんね、上院議員。指示はあなたが――」

「消えろ。さっさと消えろ。いや、待て。家内はどこにいる？」

「奥様ですか？」

「耳が聞こえないのか？」

「いえ、ですが――」

　上院議員はゲイルの襟をつかんだ。「わたしのくそったれな家内はどこだ？」

# 48

アビゲイルはヴィクトリア朝様式の鏡台を前に、アンティークの椅子に腰かけていた。大変だった一日が遠い過去のように感じる。この一週間も。築きあげた自分の人生も。そこで、よくなじんだものに安らぎを求めた。慣れた手つきで化粧を始めた。肩を怒らせながらも、自分の弱さが情けなくてしょうがなかった。酒に酔い、助けを必要とするなんて。唇から猛々しいつぶやきが漏れ、心が壊れはじめた。

**不屈、力、忍耐。**

子どものときからとなえているまじないの言葉だ。目を閉じて、もう一度言ってみる。

こうすればいつも、しっかりと生きていくためのバランスが得られる。しかし、目をあけると、子どもの顔が見えた。こっぴどく殴られた幼い少女が涙を必死にこらえ、傷の手当てをしながら、なぜ母はこんなにも激しくわたしを憎むのかと自分に問いかけている。それはすさまじい光景であり、すさまじいほど生々しかった。無数の痣と裂けた皮膚、淡いブロンドの髪が根もとから抜かれてできた、ラズベリー色の痕。涙がこみあげる前に目をつぶり、小さな椅子のなかで身体を揺らすうち、いつしか部屋が寒々とした掘っ立て小屋に変わり、赤ん坊の泣く声が聞こえた。

**不屈、力、忍耐。**

両手を鏡台の上に広げ、目をさらにきつく閉じ、銀色のブラシや象牙の歯のくしを手で探る。過去が頭をもたげはじめた。

**不屈、力、忍耐。**

**不屈、力——**

**いや。**

くしはピンク色のプラスチックで、少女は熱い涙を頬に感じながら、母のこぶしほどもあるじくじくしたところの髪をとかしていた。安物のプリントドレスからのびた脚が剝きだしで寒々しい。鏡はひび割れ、銀色の筋が何本も走っているせいで、あってもなくても同じだった。しかし銀色の筋のところに、大きな緑の目に捕らえられた生々しい恐怖が映りこんでいた。少女は目をしばたたいてその現実を消し去ろうとしたが、部屋は豚の背脂とマリファナのにおいがした。ドアの外で母の足音がし、かわいい娘の名を呼ぶ声が……

「なにぐずぐずしてんだい、このくそガキ」

少女は身動きひとつしなかった。母親がヘアスプレーと甘ったるい煙草のにおいを引きつれて入ってきた。

「いやよ、ママ」

「さっさとやらないと、おまえも同じ目に遭わせるよ」

「お願い、あたしにはできない――」

「やりな！」

「いやよ、ママ。お願い」

「この恩知らず」少女の髪に指がからんだ。「役立たずのわがまま娘」テーブルに顔が叩きつけられた。

「やりな！」ふたたび叩きつけられ、鼻が血で真っ赤になった。

「お願い……」市松模様の木のテーブルに折れた歯が転がった。

「やりな！」顔がテーブルに激突する。「さっさとやるんだよ！」

やがて、またもや髪をごっそりと抜かれ、周囲が真っ暗になった。気がついたときには、小川のほとりでぐしょ濡れになり、寒さで顔を真っ青にし、白んだ冬の太陽に目をしばたたいていた。痩せこけた胸に服がまとわりつき、鼻に水が入っている。両手が震え、喉から妙な音がした。隣で母が険しくも満足そうな表情を浮かべていた。「これでおまえは永遠にあたしのもんだ」

**少女は下を見おろした。**

**そして自分のしでかしたことを知った。**


ドアノブを乱暴に揺する音が聞こえ、アビゲイルはぎくりとした。小さな叫び声を漏らし、鏡に映った自分にうしろめたそうなまなざしを向けた。目はまだ苦悩でゆがんでいたが、鏡には傷ひとつなく、手に持ったくしは千八百ドルの価値がある。目もとを押さえ、気持ちを落ち着かせた。

「はい？」

「わたしだ」

「ランドール、どうかしたの？」

「ドアをあけろ」

「ちょっと待って」

またもノブが乱暴に揺すられ、ドア板が枠のなかで振動した。アビゲイルはこれまでに何度となくしてきたように過去を封じこめ、ドアをあけて夫を迎えた。息を切らせた大きな彼が立っていた。両手をきつく握っているせいで、関節がくっきりと浮き出ている。彼は部屋に入ってドアを閉めた。

アビゲイルは警戒してあとずさった。これまで夫が本当の意味で暴力をふるったことはないが、このときの彼の目は赤々と燃えあがっていた。「いったいなんなの、ランドール？」

「マイケルはどこだ？」

「なんのこと？」

「とぼけるのはやめろ、アビゲイル。どうしてもあいつの居場所を知らなきゃならん」

「本当に知らないのよ」

「嘘をつくな。ふたりでこそこそなにかやってるくせして」

夫に詰め寄られ、アビゲイルはその苛立ちを推し量り、怒りを抑えこんだ。夫の精神状態はよく知ってい るが、これはかなり悪い状態だ。「あなたの質問にはもう答えたわ」彼女は慎重に言った。「マイケルがどこにいるかは知りません。もう出ていって」

「今度はそう簡単に引きさがるわけにはいかない」

「だから知らないと――」

「黙れ！」彼はひびが入るほどテーブルを強く叩いた。「駆け引きだの嘘だのおまえの見当違いの過保護な性格だのにつき合ってる暇はない。大事なことだから、もう一度訊く。あいつはどこにいる？　どのホテルだ？」

「知らないわ」

「あいつはわたしが必要としてるものを持ってるんだ、アビゲイル。たいへんに重要なものだ。わかるか？　そのことで用がある。だから協力してもらわないと困る」

「なぜ？」アビゲイルはあとずさり、両手をデスクの椅子にかけた。

「あの男がわたしを苦しめようとしているから、先手を打たねばならんのだ。あいつがわたしを苦しめれば、きみも苦しむことになる。あいつを見つけられなければ、わたしはおしまいだ。すべてを失う。わかったか？　これまで築きあげてきたものすべてだぞ。わたしのすべてを失うんだ」

しかしアビゲイルはもう聞いていなかった。「彼を苦しめるつもり？」

「あの男は敵だ」

「マイケルを苦しめるつもりなの？」

「やつはどこだ、アビゲイル？」

デスクに片手をのばしたとき、アビゲイルの視界がせばまり、頭のなかで鈍い音がしはじめた。部屋が薄暗くなったが、上院議員は気づいていない。頭を横に傾けると、首が鳴った。頭のなかの音がしだいに大きくなり、まるで無数のミツバチが群がっているようで、アビゲイルは鳥肌が立った。デスクの上のレターオープナーに手が触れた。ジュリアンからプレゼントされたものだ。柄が骨でできていて、刃は純銀だ。「わたしのマイケルを苦しめるつもりなの？」

「苦しめる。殺す。なんとでもしてやるさ」

まばたきすると、黒々とした渦が、冷たく湿った闇が迫りあがって頭に流れこんでくるのを感じた。

まぶたがおりて、ふたたびあがった。

アビゲイルはいなくなっていた。

星空の下に出たジェサップは、アビゲイルのもとを去るのは簡単なことではないと気がついた。彼女の声は心なしか元気がなかったが、ささいなことで気を落とすような女性ではない。だが、非礼なふるまいにはがまんならない性格で、頼んでもいないことをされてもめったに感謝しない。

彼はしばらく立ちつくし、やがてぽつりと言った。

「ちくしょうめ」

幅の広いドライブウェイを足早に渡り、裏の小さなドアからなかに入った。厨房、ダイニングルームと抜けていき、豪勢な玄関の間に足を踏み入れると、ちょうどリチャード・ゲイルと三人の部下が階段をおりてくるところだった。ここ何年かでゲイルと顔を合わせたのは一、二度で——上院議員が外遊に出るときか、警備を急遽、増強する必要に迫られたときの短い期間だけだった——プロ意識の高い訓練とふるまいにはそれなりの敬意を抱いている。金で動く男だが有能なことはまちがいない。どこからともなく現われ、やるべきことをやって、また去っていく。ゲイルのほうはジェサップを古くさい男と見なしているかもしれないが、そんなことはどうでもいい。「ミセス・ヴェインを見かけなかったか？」

ふたりは最下段で顔を合わせた。ゲイルは階段を見あげ、しばらく躊躇したのちに答えた。「ご自分の部屋にいる。上院議員も一緒のはずだ」

「ありがとう」

ジェサップは階段を一段飛ばしにあがっていった。

彼が見えなくなると、ゲイルの部下のひとりが言った。

「われわれもなにかしなくていいんですか？」

「たとえば？」

「なんでもいいですが」

「そのことなんだがな」ゲイルはジェサップが消えたほうを見やり、ジャケットの襟をなでつけた。「ここでのわれわれの仕事は終わったようだ」


アビゲイルが暮らす部屋は屋敷の北側にある長い翼棟の突端にあった。結婚した七年後に彼女はそこに移った。着る物も家具もすべて一緒に。そのことでなにか言った者はいなかった。誰も疑問を口にしなかった。使用人はそれを受け入れ、上院議員と妻がべつべつに暮らす生活が始まった。ジェサップはめったにこの廊下を歩くことはなかった。それが不適切に見えるからというだけではなく――実際、不適切なことだ――アビゲイルにとってそこが安心して引きこもれる場所だからであり、自分のものではない家のなかで唯一自分のものと言える場所だからだ。彼女による廊下の演出は見事だった。色遣いといい照明といい。翼棟全体に彼女の洗練された趣味が反映されていた。

ジェサップは足早に廊下を進んだ。あたりは人けがなく静かで、彼の足音が高級カーペットにのみこまれていく。アビゲイルはいくつもの部屋を独り占めしていた――寝室、居間、音楽室、図書室。寝室のドアは六つ並んでいるうちのいちばん奥だった。

あと二十フィートのところで悲鳴が聞こえ、全速力でドアに向かった。乱暴にあけ、その場に凍りついた。上院議員が床の上で悲鳴をあげていた。アビゲイルが片膝で首を押さえ、鎖骨の下のやわらかな部分にレターオープナーが刺さっている。「マイケルを苦しめるって？」彼女がレターオープナーをひねると、議員の悲鳴はさらに大きくなった。「そんなことさせるもんか」

「アビゲイル、頼む……」議員は片手を床につき、もう片方の手で妻の手首をつかんで必死に訴えていた。

彼女がふたたびレターオープナーをひねった。「ああぁ！　くそ！　なにをする。どけ！　離せ！　アビゲイル！」

ジェサップは一歩なかに入った。「アビゲイル……」

「ジェサップ。助かった……」上院議員は片手をのばした。「このいかれた女をどけろ！」ジェサップはためらい、迷った。なにが起こっているのかはしっかりわかっている。上院議員にはこれっぽちも憐憫を感じない。「後生だ、ジェサップ……」

アビゲイルはぐっとかがみこんで、また少し、刃を深く食いこませた。「マイケルに指一本でも触れたら殺してやる。わかった？」

ジェサップは理解と恐怖を目に浮かべ、さらに近づいた。「アビゲイル？」

彼女は高笑いして、頭を大きく振った。髪の毛がふわりと舞いあがる。「その呼び名はちがうよ？」

「まさか」

アビゲイルは薄笑いを浮かべた。「言いな」

「まさか、そんな」

「言いなよ、しょぼくれ男」

「サリーナ」

「もっと大きな声で」

「サリーナ！」

彼女は顔をあげた。さっきと変わらぬ、うっすらとした笑みの上で目が輝いている。「今度こそあたしとやってくれんでしょ？」

「サリーナ、だめだ」

「サリーナだと？　いったい全体どういうことだ？」

ヴェインはアビゲイルの手首を持ちあげようとしたが、彼女が刃に体重をかけた。「あああ！　くそ！」

「今度やったら、心臓の奥深くまでこいつを突っこむよ。わかったかい、このでぶ？」

「わかった！　わかった！　やめてくれ！」

彼女はジェサップに目を向けた。「ねえ、ハンサムさん。あたしをいかせてくれたら、この男は殺さないでやってもいいよ」

「そんなことはできないと――」

「わかってるさ、このタマなし。あたしが気づいてないとでも思ってたのかい？　もっとも、何度かは……」彼女はしたり顔で大きくほほえんだ。

「サリーナ、聞いてくれ」ジェサップは両手をあげ、指を広げた。「こんなことをしても誰のためにもならない。連邦議会の上院議員を殺すなんてよくないことだ」

「罰を受けるのはあたしじゃないさ。あの女だよ」

「ふたりとも牢屋に入るんだ。きみもアビゲイルも。上院議員を殺しておいて、罰は逃れようなんて無理だ。結果を受けとめなきゃいけない」

「こいつはマイケルを殺そうとしてんだよ」彼女は刃をさらに押しこんだ。「その男に言ってやりな、でぶ」

「そ、そのとおりだ」

「そんなことは絶対にさせないよ」彼女はジェサップに目を向けた。「あんたはそろそろ消えな」

「そうしないのはわかってるだろう」

「ええ、よくわかってる」彼女がヒステリックな笑い声をあげると、上院議員はその響きに力を得た。大声をあげながら、組み敷かれたまま身体を起こし、全身に力をこめて相手の腰をつかんで振り落とした。彼女はベッドにぶつかり、彼は首から骨の柄を突き出したままなんとか膝立ちになった。その体勢から立ちあがろうとしたが、サリーナのほうが機敏でしっかりしていた。ヴェインがまだ立ちあがれず、ジェサップが少し迷ってからとめに入ろうとしたちょうどそのとき、彼女はベッドの上の三八口径に手をのばし、グリップを握って振り返った。

ジェサップの動きがとまった。

上院議員がペーパーナイフを引き抜いた。

「あたし好みのパーティになってきたね」サリーナは銃をしっかりとかまえた。男たちは五フィート離れて立っている。

死が目前まで迫っているのをきちんと把握していたのはジェサップだけだった。「サリーナ、やめろ……」

しかしサリーナはやめなかった。

その一発は、鮮明で鋭い音と灰色の煙、それにわずかな炎からなっていた。銃弾は上院議員の額上方に命中し、頭頂部を吹き飛ばし、彼をうしろざまに倒した。ジェサップは議員の身体から、愛する女性の顔へと視線を移した。寸分たがわないのに、恐ろしいほどちがっている。ひじょうに険しい目と、とりすました笑み。彼は手探りでベッドまで行き、そこに腰をおろした。

「なぜこんなことを?」

「マイケルに手出しをさせないためよ」

「しかし――」

「わたしはやるべきことをやっただけ。ここからはあんたの出番だよ」

ジェサップは呆然としていた。両手で抱えた頭がやけに重い。「わたしの出番?」

「そう」彼女も隣に腰をおろした。彼は動揺したまま顔をあげた。「なにをしろと?」

「始末すんのよ」

彼女を見つめるうち、強い憎しみが湧きあがった。

「きみに罰を受けさせないといけない」

彼女は三本の指で彼の太腿をなぞった。「そんなことできっこないくせに」

「きみは恐ろしい女だ、サリーナ・スローター」

「なにぐずぐずしてんのよ、こののろま」

## 49

マイケルは町はずれに小さなバーを見つけた。なかは静かで、客はほとんどおらず、奥から流れてくるジュークボックスの音楽だけが、音らしい音だった。バーテンダーにビールを注文し、隅のボックス席にすわった。冷たいビールをちびちび飲みながら、ポケットから携帯電話を出してテーブルに置いた。プリペイド式で、足はつかない。彼はしばらく技術の力についてしみじみと考えた。

それからいくつもの死体のことに頭を切り換えた。弟のことにも。

上院議員を締めあげて必要な情報――スローター・マウンテン、アビゲイル・ヴェイン、アイアン・ハウス——を聞き出すことも可能だが、それには時間がかかるし、面倒なことにもなる。だいいち、そんなことをしても意味がない。ジュリアンが刑事訴追されないなら、アイアン・ハウス出のチンピラどもを殺したのが誰かはどうでもいいことだ。そう思えるのも、脅迫材料のファイルのおかげだ。へたに情報を聞き出そうとすれば、上院議員はだんまりを決めこみ、じらすか、もっと証拠を見せろと言ってくるにちがいない。真実に到達するには時間がかかるし——ヴェインが真実を知っていたとしての話だが——マイケルは細かいことにはさほどこだわっていなかった。いますぐ事態の収拾に取りかかり、警察がどこかの穴からジュリアンを無理矢理引っぱり出す前にきっちり始末をつけられればそれでいい。

つるつるの黒いテーブルの上で電話をまわした。

最後にもう一度、計画をさらってみる。

湖からあがった死体は、かつてアイアン・ハウスに収容されていた連中で、ジュリアンとは知り合いだった。警察はすぐにその結びつきに気づくだろう。なにしろ連中は抜群に頭が切れるし、この方程式はさほどむずかしくないからだ。これだけの大事件となると、なぜジュリアンが彼らを殺したかということはどうでもよくなる。動機という瑣末な問題は、憶測と情況証拠という重みの陰に隠れてしまう。被害者は加害者を知っていた。かつては加害者の敵であった彼らは金につられて屋敷を訪れ、十八年前にジュリアンと親しかった娘が死んだ湖に沈められた。ほかの条件が同じなら、殺したのはジュリアンと思われてもしかたない。

だが、ありがたいことに状況はポニーの一発芸のように単純ではない。四マイル離れた農場で山のようなギャングの死体が見つかり、その連中がヴェイン上院議員を脅迫していたことが判明する。ファイルを見れば一目瞭然だ。写真、帳簿、収賄と贈賄の記録。マイケルの計画は単純にして緻密だった。問題の農場に警察を向かわせる。死体を発見させ、ファイルも発見させる。そのふたつはほぼ同時だ。

まず、湖の死体の件は農場での殺戮事件によって存在が薄くなる。死んだギャングたちはオットー・ケイトリンへとつながり、そこからニューヨークでの凶悪事件へとつながっていく。すなわち、レストラン爆破とサットン・プレイスでの殺人だ。連邦捜査機関が関わってくる。FBIにATF。大反響を呼ぶだろう。

つづいて——それもまたたく間に——これらの組織立った犯罪がすべてランドール・ヴェイン上院議員と結びつく。そうなれば、捜査の主眼はジュリアンからそれていく。これだけ大人数が死に、これだけの数のギャングが関わっているとなれば、まったくべつの角度からの捜査が始まる。やがて、捜査員がアイアン・マウンテン少年養護施設に派遣され、そこでアンドリュー・フリントから話を聞くことになる。

そしてフリントはケイトリン親子の話をする。

上院議員のことを訊きにアイアン・ハウスを訪れる捜査員もいるだろう。当時、ジュリアンは幼い子どもだったから、フリントはそう答える。それによって、ヴェイン上院議員と組織犯罪とを結ぶ証拠という鎖がさらに強固になる。そうなると、湖に二、三の死体が沈んでいるというだけの話ではなくなる。ギャングと腐った政治家の事件であり、賄賂と殺し屋と大量の死体がからんだ事件になる。この案のいいところは、これだけ複雑で大きな話となれば、ジュリアン・ヴェインという名の心に問題を抱えた児童書作家は無関係という見方が強くなる点だ。ギャングは上院議員を巻きこむためにアイアン・ハウス出身の男たちを殺したのかもしれない。上院議員は反撃に出たのかもしれない。ほかにもつながりがあり、ほかにも関係者がいるのかもしれない。警察はひたすら推測するしかない。

いずれにせよ、ジュリアンに罪を着せるには大きすぎる。

あまりに大きすぎる。

電話をかけようとすると、以前から使っている携帯電話が鳴った。マイケルの心臓が一瞬高鳴ったが、かけてきたのはエレナではなかった。アビゲイルの番号だったので、二度めの呼び出し音で応答した。「もしもし」

「マイケルか？　ああ、よかった」

ジェサップ・フォールズからだった。

ふたりは東ゲートの三マイル南にある、だだっ広い野原のはずれで落ち合った。そこなら記者やその他詮索好きな目も届かない。ジェサップはやつれ、老けこんだように見えた。薄暗いなかでも、悪事に手を染めた善良な男の表情が見てとれる。「死体はアビゲイルの部屋にある。わたしひとりでは動かせないし、ほかに頼める相手はいない。屋敷にいる全員が上院議員に忠実だ。なんとかしなければ彼女は刑務所行きになる。手を貸してくれ。頼む」

情けなかった。頭をさげて頼むのは。

マイケルは野原を見やった。ふたりの車は向かい合わせにとまり、サイドライトがつけっぱなしだ。彼はジェサップから聞いた話を検討し、説得力にとぼしいと思った。「もう一度、最初から話してくれ」

「時間がない！　銃声を聞いた者がいるかもしれん。いつ発見されてもおかしくないんだ！」

上院議員が死に、アビゲイルが引き金を引いたことをべつにすれば、ジェサップの話はすべてが嘘くさかった。「あんたの話では納得がいかない。アビゲイルが正当な理由なしにあの男を殺したりするはずがない。それも、くだらない口喧嘩なんかで。あれだけ冷静な人なんだ。しかも頭も切れる」

「いいじゃないか、そんなことは。頼む！」

「彼女はいまどこにいる？」

「わたしの部屋だ。当分は安全だ」

「銃は？」

「ここにある。持ってきた」

「出所をたどられる心配は？」

「二十年前、まっさらな状態でわたしが買った。われわれに結びつけられることはない」

マイケルはジェサップの表情をうかがった。一度はアビゲイル・ヴェインに対するこの男の気持ちを疑ったが、いまはちがう。ジェサップ・フォールズはすっかり取り乱していた。不安。恐怖。絶望。その気持ちはよくわかる。マイケル自身も同じ気持ちを抱えているからだ。ただし、その相手はエレナだが。マイケルは一部始終を、自分が知っている事実と聞いた話すべてを検討した。その結果、もうひと押ししようと決めた。「サリーナ・スローターについて教えてくれ」

「いいかげんにしないか」

「スローター・マウンテンに行ってきた。あんたも訪ねたことがあるそうだな」


ジェサップはいまにも卒倒しそうなほど思いつめた表情になった。ここからでは見えない遠くの屋敷を肩ごしに振り返り、顔全体で訴えた。「時間がないんだ。わからないのか？　彼女の人生がめちゃくちゃになってしまう。頼む、マイケル。力を貸してくれ。このとおりだ。こんなことで彼女を破滅させたくない」

「あんたに協力したら――」

「ああ、いいとも。なんでもする」

「――すべてを話してもらう」

「わかった」

「スローター・マウンテン。サリーナ・スローター。なにもかもだ」

「約束しよう」

ジェサップはうなずいたが、苦悶の表情を浮かべていた。マイケルはささやかな情けをかけた。「アビゲイルを傷つけるようなまねはしない。彼女はいい人だし、ジュリアンの母親だ」そこで、心からほほえんだ。

「ランドール・ヴェインのようなやつを殺したくらいのことで、あの人への気持ちは変わらないよ」

震えるため息が漏れた。「そうか。ありがたい」

「だが、おれがやることをやったら、ちゃんと話してくれよ」

ジェサップがほっとしたようにうなずくと、マイケルは言った。「銃をよこせ」

ジェサップは車から出したが、少しためらった。これは殺人事件の凶器だ。アビゲイルの指紋と、ジェサップ自身の指紋がついている。ふたりの目が合い、マイケルが手をのばした。「おれの言葉を信用しろ」

ジェサップは銃を差し出し、マイケルはそれを受け取った。ハンカチで全体をぬぐい、弾を抜いてそれもひとつひとつぬぐった。弾を装塡しなおし、布に包んでベルトに差した。「終わったら連絡する」

「議員の死体はどうするんだ？」

「気にするな。そのままにしておけ」

「しかし――」

「ちょっとは信用しろ、ジェサップ」

マイケルは車に向かいかけたが、ジェサップが引き留めた。「それでは困る。死体は彼女の部屋にあるんだ。それが意味するところは……」

「アビゲイルを部屋に近づけるな。死体はほかの者が発見するように仕向けろ。このあと数時間か、遅くとも夜明けまでには大変な騒ぎが始まる。なにを言われても否定しろ。彼女のアリバイを用意するんだ。一日か二日は疑われるかもしれないだろうが、約束する、いずれ矛先が変わる」

ジェサップはマイケルの腕に片手を置いた。「なかなかしんどいことだな、きみを信頼するのは」

「おれだって同じだ」

ジェサップの顔になるほどという表情が浮かんだ。マイケルは殺人の凶器をベルトに差している。彼はギャングとのつながりがある殺し屋だ。アビゲイルの重圧を取りのぞきたいなら、ジェサップが警察にマイケルのことを通報すればすむ。電話一本ですべてが解決する。マイケルは逮捕され、アビゲイルは疑われない。ジェサップはマイケルをちがう目で見た。根本的ななにかが変わり、マイケルもそれに気づいた。

「ささやかな信頼は危険なものにもなりかねない」マイケルは車のドアのところからうなずいた。「だが絶対というわけじゃない」

「連絡をくれるな？」

「電話のそばにいろ」

夜の闇のなか、マイケルは農場に三度《みたび》訪れた。くねくねした長いドライブウェイをゆっくりとたどり、家のなかにこれはという場所を見つけ、どんな警官でも見逃すはずのない場所に銃を置いた。アビゲイルも最初の数日は厳しく取り調べられるだろう――警察はたいてい、まずは配偶者に目をつけるものだからだ――が、弾道検査の結果は、ステヴァンのナイトテーブルにあった三八口径のものと一致する。評価のわかれる上院議員が銃弾に倒れる前に農場の全員が死んでいるため、時間的なずれはある。だが、けっきょくはたいした問題にはならないだろう。アビゲイルに必要なのは合理的疑いだ。ほかの可能性がいくつもあるし、死んだ上院議員とオットー・ケイトリンの犯罪帝国とは深く結びついていて、金と恨みもたっぷりからんでいる。とにかく、何者かが農場でギャング全員を殺し、何者かがそこに銃を置いていった。その何者かがアビゲイル・ヴェインだなどと、警察は思うだろうか？

とんでもない。ニューヨークでも農場でも湖でも人が死んでいるのだ。ヴェイン上院議員はそのすべてとつながっている。

農場をあとにした。右折でアスファルトの道に出ると、半マイルほど走ってエクソンのガソリンスタンドに行き、見えにくい場所に車をとめた。プリペイドの携帯電話を出し、ジェサップ・フォールズはまさに一分の差に泣いていたかもしれないのだなと考えた。電話をかけてくるのが一分でも遅ければ、マイケルも手の打ちようがなかった。すでにこの電話をしたあとなのだから。

だが、タッチの差とはえてしてそういうものだ。秒単位の差。

マイケルは電話のスイッチを入れ、警察署に電話し、内勤の巡査にジェイコブセン刑事に伝言があると伝えた。刑事本人と話すほどのことではなく、伝言だけでいいと。「そうなんだ」マイケルは言った。「エクソンを半マイルほどかな。青い反射板が三つついてる郵便受けが目印だ」

巡査はもっとくわしく教えるよう言ったが、マイケルは通話を引きのばすつもりはなかった。名前も告げず、具体的なことも言わず、なんの説明もしなかった。農場に死体がある。死んだ男たちと銃が。切り刻まれた死体も。ひょっとしたら巡査はマイケルを頭のおかしな男と思ったかもしれない。そうでなければ、昇進するかもしれない。

腕時計に目をやった。ヴェイン上院議員については、死んでいなくてもスケープゴートになってもらうつもりだった。なぜか？ それにはふたつ理由がある。あの男はマイケルをステヴァンに引き渡すつもりでいた。だから、こらしめてやれと思ったのだ。だが、もっと大きな理由はアビゲイルだ。本人は気づいていないだろうが、マイケルは彼女に一連の計画を取りやめるチャンスをあたえた。愛している人はほかにいる。彼女のその言葉で充分だった。

もう一度、腕時計に目をやり、ジェサップはアビゲイルの気持ちに気づいているのだろうかと考えた。

十八分後、警察がやって来た。

## 50

アビゲイルはこの三十七年間、毎晩のように見ている夢から目覚めた。目をきつく閉じたままでいると、ゆるやかに心が崩壊していき、いくつものイメージがちらついては、ぼやけ、消えるまいと抵抗した。彼女は十歳で、母の家の近くを流れる小川のほとりで凍えそうになっていた。歯がカタカタと鳴り、ひどい虚脱感で心が痛い。なにがあったのかわからないが、とんでもないことをしでかしたことだけはわかる。母の顔に、表情のない目と狡猾で満足そうな笑みにそう書いてある。

**これでおまえは永遠にあたしのものだ。**

それから、アビゲイルは自分のおこないの結果を見おろす。水を飲んで目を半開きにした男の赤ちゃんの顔が見えた。起こそうとしたが、赤ちゃんは目を覚まさない。人形のようにぴくりともせず、淡青色の身体は彼女の腕のなかでぐったりとしているだけだ。

**これでおまえは永遠にあたしのものだ。**

「いやよ、ママ」

**未来永劫に……**

「いや！」

「アビゲイル」

「いや！」

「アビゲイル。なんでもない。大丈夫。夢を見ただけだ」幻聴ではない、なつかしい声がした。アビゲイルはわけがわからず目をあけた。温かいものが手にのっている。握りしめると、ジェサップの指の感触が伝わった。高くて小さな窓から青い光がかすかに射しこんでいる。光がウィンクしたように見えた。アビゲイルは起きあがって顔から髪の毛を払った。

「ジェサップ?」

「はい」

「わたし、なにか寝言を言った?」

「いえ、とくに。ただ最後にひとこと、〝いや〟とだけ」

張りつめていたものがいくらか流れ出た。「ここはどこ? いま何時?」

「わたしの部屋です。遅い時間です。気になさらぬよう」

アビゲイルが夢を思い出して身体を震わせると、ジェサップがその肩に手を置いた。「わたし、ここでなにをしてるの? いやだわ。また意識を失ったのね、そうでしょう?」

「ごく短いあいだだけです」

「わたし、なにかしたかしら……つまり、その」

「とくになにも」

「なにも覚えてないわ」

「上院議員があなたの部屋を訪ねたのは覚えてますか?」

「なんとなく。口論した気がするわ」

ジェサップはうなずいた。「その最中にわたしが入っていったんです。ご主人は不満そうでしたがね。それであなたをここへ連れてきたというわけです。そのあとあなたは意識を失った」

「どうしましょう、どんどん悪くなってるみたい」

「心配するほどのことじゃありません。少しぼんやりしたくらいで。ここへお連れしたのは、充分に休んでもらうためです」

「頭が痛むわ」

ジェサップは力のない笑みを浮かべた。「お酒を飲んだからですよ」

「ほっとしないといけないみたいね」

彼女は立ちあがろうとしたが、ジェサップにとめられた。「しっかり聞いてほしいことがあります、アビゲイル」

「なんなの?」

「大事なことです。大変なことが起こりましたが、あなたが関わっているわけではありません」

「ああ、そんな」彼女はまたも立ちあがろうとしたが、ジェサップが制止した。

「いいですか。あなたと上院議員は口論した。わたしが割って入り、口論は終わった。あなたはわたしと部屋を出て、ここに来た。とても大事なことなんです。わたしたちはジュリアンのことを話し合った。ここ数日の出来事について話し合った。今年のクリスマスにはご主人になにをプレゼントしようか話し合った。絵にしようかという話になった。ワシントンにある上院議員お気に入りのギャラリーで油絵でも買おうかと。覚えてますか?」アビゲイルは不安をつのらせながら首を横に振った。「とにかく、こういうことです。あなたと上院議員は口論した。わたしが割って入り、口論は終わった」

アビゲイルは小さな窓を見あげた。青い光が射してくる。

「あなたはわたしと一緒に部屋を出てここに来た」ジェサップの話はまだつづいていた。「ちゃんと聞いてください。わたしたちはジュリアンについて話し合い――」

「どういうことなの、ジェサップ?」

「わたしたちはご主人にプレゼントする絵をなににするか話し合った」

しかしアビゲイルは聞いていなかった。ジェサップから逃れ、窓に駆け寄った。半地下の部屋なので、窓が高い。スツールに乗って、外をのぞいた。

ドライブウェイに警察官の姿があった。

「なんでもないんです」ジェサップは言った。「アビゲイル。わたしを信じてください」

「ジェサップ」消え入りそうな怯えた声だった。

「あなたはなにもしてません。あなたと上院議員は口論して――」

「ジェサップ？」

ドライブウェイに警察官が大勢いた。

## 51

マイケルはチャペル・ヒルのホテルに身をひそめていた。事件はほぼ思ったとおりに進んだ。警察が農場で死体を発見した直後、夜勤のメイドが上院議員の死体を発見した。警察は農場の一件については箝口令《かんこうれい》を敷いていた。あまりに衝撃的な事件で、一日ではとても処理しきれないものだったからだ。だが、上院議員殺害事件はまたべつの話だった。最初は丁重な捜査がおこなわれた。予備検査がおこなわれ、次にアビゲイルが厳しく取り調べられた。億万長者のランドール・ヴェインが彼女の自室で撃たれて死んだ。アリバイを証明するのは、二十五年にわたってボディガード兼運転手をつとめてきた男だけ。警察は、これまで百回は見てきたのと同じ退屈な動機によるものと考えたが、ジェサップは熟練を積んだプロのごとく弁護士で周囲を固めた。丸一日は勾留を逃れたが、次に警察は令状を持って現われた。彼らは六時間にわたって彼女の身柄を拘束して取り調べをおこなったが、その時点でジェサップが入れ知恵しており、けっきょく放免するしかなかった。その一時間後、マイケルのもとに電話があった。相手はすっかり取り乱していた。

「彼女はもうもたない。自分がやったと思っている」

「やったと思ってるとはどういう意味だ？　彼女の犯行なんだろう？　あんたがそう言ったんじゃないか」

「ああ、くそ」ジェサップは深くため息をついた。「込み入った話だ」

「おれは込み入っていてもかまわない」

「彼女はかなりまいってる」

マイケルはどうするのがいいかと考えた。「そろそろ会って話したほうがいいんじゃないか」

「いま彼女をひとりにはできない。ジュリアンはまだ行方不明だ。きみもニュースは見てるだろう。使用人までが彼女を避けている」

「わかった、しょうがないな。なら明日でどうだ。でなければその翌日でもいい」

「マイケル、聞いてくれ。きみが言ったとおりには運んでない。すべて彼女にのしかかってきている。わかるか？　彼女は連中の餌食になってるんだ。警察。マスコミ。連中がどう言ってるか、きみだって読んでるだろう？」

「ああ」

たしかに読んだ。マスコミはアビゲイルが金目当てで夫を殺したと書きたてていた。彼女とジェサップの写真を掲載し、ふたりの関係がどういうものか憶測をめぐらした。完璧な筋立てだった。湖から死体があがり、上院議員が死んだ。セックスと金と雇い人。女は美人で運転手はハンサム。掲載写真はかなり入念に選ばれたものだった。きめの細かい色白の肌に、アーチ形の眉のアビゲイル。その腕をつかんでいるジェサップ。彼女の指でウズラの卵ほどもあるダイヤモンドがきらめいている。大勢の弁護士に取り囲まれたアビゲイルはクロゴケグモを想像させ、いかにもうしろ暗いことを隠していそうに見えた。

「いつまで彼女をささえてやれるか自信がない」

「あと一日辛抱しろ」マイケルは言った。

「その一日ももたないかもしれん。彼女はかなり動揺している」

「一日だ」マイケルは言った。

実際にはそこまでかからなかった。警察内の誰かが農場の件をリークし、事件は一気に新しいレベルに突入した。組織犯罪と悪徳政治家。脅迫と拷問。ニューヨークでの凶悪事件との関連。マスコミは色めきたった。どの媒体でもトップ扱いだった。カメラマンは農場から死体袋が搬出される様子を撮影した。連邦捜査官の姿も。ちょっとした軍隊かと思うほどの人員が投入されていた。小型バンに黒のサバーバン、ダークスーツや背中にステンシル文字の入ったウィンドブレーカーを着たしかつめらしい面々。だが、アビゲイルが本当の意味で解放されたのは、誰も質問しようとは思わなかった物静かで小柄な弁護士の想定外の登場によってだった。

彼の名前はウェンデル・ジェイムズ・ウィンスロップ。上院議員の遺言の検認手続きをひそかにおこなった不動産専門弁護士だ。刑事がその遺言を調べた結果、アビゲイルは相続人に名を連ねていなかった。彼女は一セントすら相続できなかった。いま住んでいる家には一年だけ住めるが、その後は衣類、宝石類、その他の私物をまとめて出ていかねばならない。ジュリアンも相続人から除外されていた。遺産額は十億単位にものぼるが、ふたりはなにひとつ受け取れない。

だが、そのおかげで助かった。

金目当ての線が消えたとわかると、アビゲイルに対する容疑は霧散した。そのときには警察はすでに例のファイルに百回も目を通し、死んだ上院議員に関する情報を必要以上につかんでいた。

被害者は長年にわたって脅迫されていた。脅迫者のほとんど、あるいは全員が死んだ。凶器は死んだ脅迫者のそばで見つかった。

法執行機関の上層部では、べつの殺し屋、すなわち関係者全員を亡き者にした清掃人がいるのではないかという話になっていた。FBIの組織犯罪担当者の口からは、オットー・ケイトリンと彼が必死に正体を隠してきた殺し屋の存在がささやかれたが、そのささやきはほかの声にかき消された。そのような殺し屋の存在を裏づける証拠はなにもなかった。名前もわからず、写真もなく、人相風体もわからない。一部の者は、ひじょうに賢いギャングによる創作であり、いわば大人にとっての子取り鬼《ブギーマン》と見ていた。けっきょく、事件の全容が明らかになることはないという結論が、ひっそりと下された。

これら一連の動きのあいだ、マイケルはホテルの自室でニュース番組を見ていた。チャペル・ヒルを時間をかけて散策し、外で夕食を食べ、しじゅうエレナのことを思っていた。彼女はいまどこにいるのか、電話をかけてくるだろうかと考えていた。傷の具合を心配し、赤ん坊のことを気にかけた。ジュリアンからの連絡も待っていたが、それもかなわなかった。農場の一件が暴露された二日後、ようやくジェサップから電話があった。「彼女はひさしぶりに眠っているよ」彼は言った。

「彼女は大丈夫か？」

「重荷がおりたかのようだ。自分がやったのではないとやっと信じてくれたようだ」

マイケルは少し黙ってから言った。「その言い方をするのは二度めだな」
「ああ。意図的に言ってる」
「そろそろ説明をしてもらいたい」マイケルは言った。
「そうだな」

待ち合わせ場所にはローリーの街を選んだ。大都会で人目につきにくいのがその理由だった。身についた習慣は簡単には抜けないものだ。マイケルはジェサップが到着すると、三十分かけて彼がひとりかどうかを確認した。

ひとりだった。

そのレストランはスペアリブとビールが売りで、午後の三時はがらがらだった。ふたりは奥の小さな個室に席を取り、ビールをピッチャーで頼み、邪魔をしないでほしいと頼んだ。ビールが来ると、マイケルはふたつのグラスに注ぎ、ジェサップが目を合わせてくるまで待った。延々と待ったあげく、さっさと始めることにした。「ジュリアンから連絡はあったか?」

ジェサップは安堵したように頭を軽くさげた。「きのう帰ってきた。ようやく薬の効果があらわれて安定したようだ。頭はしゃんとしはじめてきた」ジェサップはビールに口をつけ、唇についた泡をぬぐい取った。「どうやら、ヴィクトリーン・ゴートローと親しくなったらしい。彼女が面倒を見ていたんだ」

「場所は?」

「森の奥深くに身を隠し、死ぬほど怯えていたよ」

「いまはどんな様子だ?」

「とまどっているし、身体が弱っている。いつものことだ。なにがあったか正確なところはわかってないんじゃないかと思う。だが、きみに会いたがっている。この前きみと対面したのは夢だと思ってるようだ。まるで遠足の前の日の子どもみたいにわくわくしてるよ」

マイケルはグラスをまわしながら、ジェサップを観察した。明らかに、これからする会話を恐れている。そこでマイケルはこう考えた。ジュリアンの話から始めれば、目的地にたどり着きやすくなるだろうと。

「あいつはアビゲイルがロニー・セインツを殺す現場を目撃したんだろう、ちがうか？」

ジェサップはビールを飲みほし、おかわりを注いだ。

「いや、それは……」

「あのボートハウスで。だからあいつはおかしくなった」マイケルは言った。「だから行方をくらました。アビゲイルがロニー・セインツを殺す現場を目撃し、それにうまく対処できなかったんだ」

「彼女もよかれと思って始めたんだ」ジェサップは頭を動かし、冷たいグラスに目を向けた。「ただ、あいつらがジュリアンに謝罪するのを望んだだけだ。連中の居所を突きとめ、金を払い――」

「そして殺した」

ジェサップの目がさっとあがった。「そんなんじゃない。アビゲイルには凶悪なところなど微塵もない。タフで正直で公平だが、とてつもなく優しい性格の持ち主だ。他人を傷つけるようなまねはしない。人を傷つけると考えただけで――」

「つまり彼女は統合失調症なんだな」

ジェサップは唇を舐め、穴があくほどテーブルを凝視した。

マイケルは肘をついて身を乗り出した。「彼女が言っていたよ。山岳地帯まで車で出かけたときに、家族には同じ血が流れてるという話をしていた」

「やはりまちがいだった。わたしはここに来るべきではなかった」

しかしジェサップは動かず、マイケルにはその理由がわかった。苛酷すぎる秘密は、人間を押しつぶす。

「実はな、アイアン・ハウスを訪れたときに、アンドリュー・フリントからおもしろい話を聞いた。アビゲイルがおれたちを養子に迎えようとしたあの日、フリントは彼女をすごく気に入ったそうだ。彼女は美人で金持ちだった。だが、そういうことに惹かれたわけじゃない。アビゲイルはなぜおれたち、つまりジュリアンとおれを気にかけるのか、理由を話したそうだ。彼女自身も妹と孤児院で育った。だから、アイアン・ハウスのような施設から出られない、年長のきょうだいに同情するんだと。かなり説得力のある言い方だったらしい。フリントは言ってたよ。言葉に感情がこもっていたと。彼女があの男にその話をしたのは知ってるか?」

「知っている」

「だが、スローター・マウンテンのふもとのみすぼらしい家で、おれは彼女の母親に会った。アラベラ・ジャックスだ。実に魅力的な女だったよ。あんたも会ってるな」

「なんてことだ」

ジェサップはかぶりを振った。マイケルは彼の不安も突然の苦悩も見ないふりをして先をつづけた。「その女の話によれば、アビゲイルは十四のときに家出したそうだが、そうなるとひとつ疑問が残る。なぜアビゲイルはアンドリュー・フリントに嘘をついたのか?そもそも、なぜ彼女はおれたちに目をつけたのか?」

ジェサップは椅子の背にもたれた。グラスを押しやった。「きみの口から聞かせてもらおうか」

マイケルは急にからからになった喉に唾を飲みこんだ。アビゲイルがジュリアンに抱く愛情を思い、一緒に農場に乗りこむと言って聞かなかったことやマイケルを救うためにジミーに挑んでいったことを思い出した。一千万ドル。三千万ドル。金には無頓着で、自分の身の安全すら気にかけなかった。と同時に、かなり怯えてもいた。しかし、納屋でこちらが劣勢になったとたん、恐怖は跡形もなく消え去った。彼女がどこからともなく現われ、ジミーの手首を切り落としたときのことはよく覚えている。あのときの彼女はまったく別人で、冷酷で動きによどみがなく、凶暴だった。あれほどの絶妙のタイミングと身体バランスにはめったにお目にかかれない。なのに、本人は自分のしたことを覚えてもいないと言う。

統合失調症は遺伝する、と彼女は言った。

きょうだい。

親子。

グラスを握る手の感覚が薄れたが、マイケルは無表情をよそおった。「アビゲイルはおれの母親なのか？」

「彼女とジュリアンが同じ病を患っているから、そんな質問をするのか？」

「必要以上の気遣いを見せるからだ。そもそも、おれたちを引き取る理由なんかないからだ」

ジェサップはもう一杯ビールを注いだ。今度はたっぷりと時間をかけた。味わうように飲むと、まるで神から合図されたかのように目を左上に向けた。「前にきみはサリーナ・スローターのことを訊いたな」彼は視線をもとに戻した。目が真っ赤で重たそうだった。「まず最初にアラベラ・ジャックスの話をしよう。どんな女かきみも見たんだろう？」

「ああ」

「アビゲイルが若いころはもっとひどかった。さもしくて自分勝手、骨の髄まで腐りきっていた。まったく……」ジェサップの目に強い感情が浮かんだ。「必死でこらえないと、殺してしまいそうなほどだったよ」

「サリーナ・スローターのことを聞き出すために訪ねたんだな？」

「何年も昔にな。あの女は話そうとしなかった。アビゲイルのことも。サリーナのことも」彼はうなずき、唇を引き結んだ。「最後はしゃべってもらったが」

「彼女を痛めつけたわけだ」

「自慢できることじゃないがな」

「彼女はいまもあんたを怖がってるよ。サリーナ・スローターの名前を出したとたん、おれの頭を吹き飛ばそうとしやがった。あんたに言われて訪ねて来たと思ったらしい」

「あの女は凶暴な嘘つきだよ。わたしは真実に到達するために必要なことをやったまでだ」

「アビゲイルを愛してるからか」

「どうしても知らなきゃいけなかったからだ。どうしても理解しなきゃ……」ジェサップは両手で自分の顔をこすった。「ああ、くそ」

「いいから先をつづけろ」

一分たってようやくジェサップは口をひらいた。

「アラベラ・ジャックスもその昔はきれいだった。家にあった古い写真を見たよ。けっこうな美貌で男には不自由しなかった。彼女は山のてっぺんにあるセリーナ・スローターの屋敷で働いていた」

「残骸を見たよ」

「豪勢な屋敷だった」ジェサップは言った。「莫大な財産、大規模なパーティ、それも何日もつづくようなパーティだ。州外からも人がやって来た。政治家にセレブ。リムジンに乗った金持ち連中。アラベラ・ジャックスは皿洗いをし、洗濯をし、掃除をした。たいした人生じゃなかった。金はろくにないし、雇い主には腹が立つが、ほかに行くところもなかった。若い時分にはスローター家の客と関係を持った。口がうまくてぴかぴかの時計をはめた、たちの悪い男どもとな。彼女自身がそう言ったんだ。相手は何人もいたらしい。どいつも使用人を乱暴に扱うのが好きな金持ち連中だった」ジェサップはマイケルと目が合うと、肩をすくめた。「歳をとって容貌がおとろえると、そういうことはなくなった。見栄えのいい男には相手にされなくなり、庭師や厩務員、地元の酔っぱらい連中と寝るようになった。この話でなにより異様なのは、あの女の怒りのばかでかさだ。思うに、あの女は生きながら憎悪に食われたようなもので、アビゲイルもそれを目撃したはずだ。彼女も屋敷に出入りしていた。母親が磨いたり洗い落としたり男あさりに精を出してるあいだ、遊んでいたそうだ。多感な時期のアビゲイルにとって、それがどんなものだったか想像がつくかね？　貧しく暮らしながら、ああいう屋敷を目の当たりにするんだぞ。クリスタルにシルバー、使用人に贅沢なパーティ。ねたみで母親がどんどん堕落していくのを見せつけられ、クラッカーの箱みたいな自宅にあるのは埃だけ」

「サリーナ・スローターという名の少女のふりをするようになったのも無理はない」

ジェサップは首を横に振り、しわがれた声を出した。

「ふりじゃない」

「じゃあ、本当にセリーナの娘なのか？」

「いや、そういうわけじゃない。彼女には……」ジェサップは目もとをぬぐい、ふいに立ちあがった。「ちょっと待ってくれ」窓に歩み寄ると背中を向けて目を伏せた。マイケルは顔をそむけた。大の男が泣くのを見るのは忍びなかった。

ようやく席に戻ったジェサップは、少し決まり悪そうな表情だった。「すまん」洟をすすり、ナプキンで鼻を拭いた。「傷ついた人を愛するのはつらいものだな」

「急がなくていい」マイケルは、心からそう思って言った。粗暴な性格とはいえ、強い感情には深い敬意を抱いている。

「アビゲイルには弟がいた」ジェサップはようやく言った。「生後数ヵ月の男の赤ん坊だった。当時彼女は十歳だったが、自分の子どもみたいにかわいがっていた。食事をあたえたりして、かいがいしく世話を焼いた。アラベラ・ジャックスは男の子を好かなかった。どうせ成長したらほかの男と同じでいなくなってしまうに決まってる。あるいは彼女にひどい仕打ちをし、利用できるだけ利用する。だが、娘なら家にとどまってくれる。家にとどまって、老いた自分の面倒をみてもらえる」

「召使いがほしかったわけか」

「召使い。奴隷。痛めつける相手」ジェサップはビールを飲み、両手を震わせた。

「彼女には弟がいたんだな」マイケルは先をうながした。

「その弟だが。ああ、くそ」ジェサップは年季の入った大きな手で顔をさすり、肌をぴんとのばしてから手をおろした。「あの女は弟を小川に沈めろとアビゲイルに命じた」マイケルは大きくのけぞった。ジェサップは悲しげにうなずいた。「アビゲイルを死ぬほど殴りつけ、彼女が大切にしてるものを殺せと命じたんだよ。それで心が壊れたんだろう」

「その結果、サリーナ・スローターが生まれた」

「本人はまったく気づいてないんだ、マイケル。わかるか？　アビゲイルは……」ジェサップは声をつまらせた。「心の優しい、すばらしい人だ。彼女はサリーナという人格が存在することすら知らない。意識を失い、その間の記憶がなくなってしまうんだ」

「でも、うすうす勘づいている」

「事実はちがうんじゃないかと恐れてはいる。彼女はジョージ・ニコルズとロニー・セインツを呼び寄せた。意識を失ったあとに、彼らが死体で発見された。チェイス・ジョンソンのときもそうだ」

「湖で三番めに見つかった死体だな？」

ジェサップはうなずいた。「次に上院議員が殺害された。アビゲイルは自分がなにかしたのではないかと怯えっぱなしだった。だが、きみがすべて始末をつけてくれた。警察はギャングの仕業と見ている。アイアン・ハウス出身の三人についてもその線で落ち着きそうだ。上院議員に脅しをかけるために、湖に沈められたんだとね。あるいは、ステヴァン・ケイトリンの線で落ち着くかもしれん。警察はすべての事件がつながっていると見ており、アビゲイルもそう信じようとしている。いまは生まれ変わったようだよ」

「だが、まだおれの質問には答えてない」ジェサップは浮かぬ顔でため息をついた。「真実を告げるのは慎重を要するんだよ」

「アビゲイルはおれの母親なのか？」

「わかった、マイケル。話そう」ジェサップは深くため息をつき、気持ちを切り替えた。「アビゲイルは十四歳になるまで家を出ていない。つまり、あのあともアラベラ・ジャックスと四年を過ごしている。四年にわたって虐待を受け、酷使されたわけだ。四年かけてサリーナ・スローターという人格が定着した。四年にわたる地獄のような……」

「要点を話せ」

「アラベラ・ジャックスは娘を望んだが、神にはべつの考えがあったようで、ふたりの男の子を授けた。ひとりは健康で、もうひとりは病弱だった。ふたりとも、きみが見た家の奥の寝室で産み落とされた。アビゲイルがいなければ、おそらくふたりとも死んでいただろう。ふたりは彼女のベッドで眠った。彼女は寒くないようにしてやり、食べる物をあたえた。ふたりを守ってやっていた」ジェサップはかぶりを振って、ふたたび話しはじめた。「アラベラもしばらくは好きなようにさせていたが、やがて、ふたりを川に沈めるよう命ずる日がやって来た。だがアビゲイルは、どれだけアラベラに殴られようと、絶対に従わなかった。そんな状態が二週間つづいた。折檻と出血と拒絶の日々が」

マイケルの心が激しくうずいた。「どういうことだ？」

ジェサップはこれからつらい事実を伝えると言うようにうなずいた。「彼女はきみら兄弟を殺すよりはと、家を出た」

マイケルはその事実から逃げるしかなかった。ジェサップは二十分待ってから勘定を払い、わきを車が猛スピードで行き交う駐車場でポケットに手を突っこんでいるマイケルを見つけた。

「アビゲイルはおれの姉さんだったのか」

「そうだ」

「あんたがこの話をするのは彼女も了承してるのか？」

「いいや」

「なぜだ？」

振り返ったマイケルの顔に、ジェサップは悲しみのロードマップを見た。「いまの彼女はもう、貧しくて心に傷を負った少女ではない。これから先もずっと。絶対にもとに戻ってはいけないんだ。そうでなければ強くいられない」

「それでも、死ぬとわかっておれたちを見捨てた事実は残る」

「子どもが抱えこめるものなどたかが知れているんだ、マイケル。きみならそのくらいわかるだろう」

「おれはジュリアンを見捨てたことなどない」

「そうか？」

「あれとこれとは話がちがう」

「だがジュリアンはアビゲイルが迎えに行くまでひとりぼっちだった」

マイケルは顔をそむけた。

「なぐさめになるかわからんが」ジェサップは言った。「彼女はそのときのことをいまも夢に見るし、罪悪感に苦しんでいる。それに、きみたちを引き取れるようになるとすぐに、迎えに行ったことを忘れないでほしい。アイアン・ハウスにいると知って、きみたちに人生をあたえようとしたのだからね」

「つらい話だ」

「ああ、まったく」

「この話はおれひとりの胸におさめておかなきゃいけないのか？」

ジェサップは理解した。そもそもマイケルに打ち明けるのも楽な決断ではなかったが、アラベラ・ジャックスをわめかせ、懇願させ、一切合切を吐かせた時点で魂を売り渡したのだ。この秘密から少しでもいいものが生まれるなら、それに越したことはない。

「それはきみ次第だ」ジェサップは言った。「このことをジュリアンがどう受けとめるか判断がつかない。ボートハウスで目撃した出来事は幻覚だとなかば信じこんでいるが、あくまでなかばにすぎない。彼にはささえになるものが必要だ。まわりの人間はみんな強く、いつも背後から見守ってくれる頼もしい存在だと言って聞かせないといけない。そんな彼にアラベラ・ジャックスみたいな女が実の母親だなどと言ってみろ。どう受けとめるか予測がつかん。愛情を一身に受けてきた彼に、この事実は残酷すぎる」

マイケルは頭のなかで検討し、たしかにジェサップの言うとおりだと判断した。いじめは肉体にくわえられるものだけを言うのではなく、弟はこんな事実を知って平然と耐えられる性分ではない。「では、このことはジュリアンには知らせないし、アビゲイルにもおれが知ってることを知らせないってことだな?」

「そうだ」

「えらく大変な頼みだな、ジェサップ。彼女はおれの姉さんだ。つまりおれたちは家族ってことだ。それがおれにとってどれほど大事か、わかってるのか? ジュリアンにとっても?」

「きみに教えたことを彼女に知られてはならない。過去に向き合ったら彼女はだめになる。自分のしたことがきみに知られたとわかったら、ジュリアンに知られたとわかったら……いまだってなんとか折り合いをつけて生きている状態なんだ」

「しかたない」

「悪いな、マイケル。心から悪いと思ってる」

長い沈黙が流れ、やがてマイケルが口をひらいた。

「アビゲイルはどうやってここまでたどり着いたん

「それがなにか？」

太陽が低くなり、マイケルは気が高ぶって顔がほてっているのを感じた。まるで溺れかけているかのように。肌がぴんと張りすぎているかのように。「アビゲイルはこれからも疑念を抱えて生きていくことになるんだぞ。上院議員は彼女の部屋で死んだ。ジュリアンはボートハウスで彼女を目撃したと思ってる」

「疑念だけなら生きていける」ジェサップは言った。「真実を知るほうがよっぽどつらい」

「サリーナ・スローターはどうなる？」

「サリーナはわたしがコントロールできる」

「それでも三人が死んだことには変わりない」

「彼女を凶暴にする要因はひとつだけだ」

「というと？」

「きみかジュリアンに対する脅威だ。アイアン・ハウス出身の男たち。上院議員」ジェサップは肩をすくめた。「サリーナは彼らを脅威と見なした。彼女はきみだ？」

「どういうことだ？」

「彼女が生まれ育った場所を見た。彼女の母親にも会って……」マイケルはアラベラ・ジャックスが自分の母親だと思ったとたん言葉を失ったが、すぐに怒りと嫌悪感を払いのけた。「どうやってスローター・マウンテンからいまの彼女にまでたどり着けたんだ？」

「強さと意志と性格のなせるわざだろう。家出したあとなにがあったかは知らないが、上院議員と出会ったときはまだ二十二歳だった。そのときには大学を終え、三カ国語を流暢にあやつれるまでになっていた。シャーロットのギャラリーで働いていたんだよ。実際、ヨーロッパの花嫁学校を出たと言ってもおかしくないほどだった。そのくらい洗練されていて、そのくらいそつがなかった。上院議員はひと晩で彼女のとりこになった」

「彼女のほうはあいつを愛してたのか？」

たちのこととなるとたんに過保護になる」
「ジョージ・ニコルズを湖に沈めたのはあんただな？
チェイス・ジョンソンも？」
「サリーナのやったことからアビゲイルを守るため
だ」
「なぜ、ロニー・セインツはボートハウスに放置し
た？」
「ロニーの件は知らなかった」ジェサップは言った。
「ふたりが会ってることも知らなかった。きみがあい
つの死体を湖に沈めるところをカラヴェル・ゴートロ
ーが目撃して初めて、殺されたことを知ったくらい
だ」
「カラヴェル？」意外だった。
「娘はどこかと、暗いなかをこそこそ探しまわってい
たんだろう。母屋のそばに近づくほどばかじゃない。
犬やらなにやらがあるのは知っているからな。だが、
遠くから死体を目撃し、警察に通報した。アビゲイル
を苦しめる絶好のチャンスと思ったんだろう。二十年
の恨みをようやく晴らせるとね」
「ふたりのあいだにはなにがあったんだ？」
「嫉妬。恨み」ジェサップは肩をまわした。「なんと
も言えんな」
マイケルはカラヴェル・ゴートローを頭から追い出
し、教えられたすべての事実を嚙みしめた。彼には名
乗り合えない姉がいて、はるか昔に死んで会うことの
かなわない兄がいる。選択肢があり、殺してやりたい
くらい憎い母親がいる。「あんたはどうやってサリー
ナ・スローターの存在を知った？」
「どういう意味だ？」
「あんたはアラベラ・ジャックスを見つけ出し、これ
だけの情報を得た」
「そうだ」
「なら、そもそもサリーナ・スローターの存在をどう
やって知ったんだ？」

「う……」

「簡単な質問じゃないか」

「くそ」ジェサップは頭を振りながら、少し歩いた。数フィート先で足をとめ、両手をポケットに突っこんで空を見あげた。

「ジェサップ……」

「彼女がわたしを苦しめたからだ。それを見て彼女が満足そうに笑ったからだ」

「なにを言っているのかわからない」

「夜、サリーナがわたしの部屋に現われたんだ。彼女と二度寝て、ようやくサリーナだと気がついた。アビゲイルだと思いこんでいたんだ。わたしは彼女に愛していると言った。てっきりあれは……」

「だが、サリーナだった」

ジェサップは暗い顔でため息をついた。「以来、わたしの人生は地獄だった」

## 52

ひんやりとした朝靄が渓谷にただようなか、マイケルはレンジローバーで急な泥道に折れ、兄が溺死した小川を目指した。太陽はまだ稜線の下にあるが、まもなく顔を出すだろう。静かで灰色の空の下、ゆっくりと静かに車を進めた。この車にはナンバープレートがついておらず、彼だとわかる者はいない。数匹の犬が頭をもたげたが、ほかのものと同様、くたびれて無頓着な様子だった。

隣に置いた銃に手を触れる。長年にわたって大勢の人間を殺してきたが、怒りや憎悪から殺したことは一度もなかった。

それが変わろうとしている。

フォールズと話したあと、先のことを考えようとし、眠ろうとしたが、目を閉じるたびに死んだ兄と心に傷を負ったジュリアンのことがちらつき、冷え冷えとしたむさくるしい恐怖の家で過ごす子ども時代のアビゲイルがちらついた。彼らのべつの人生を思い、いまの人生を思う。まるで渦を巻く靄のようで、手をのばせば崩れ去った人生に触れられるような気がした。悪行のすさまじさにはいまだに呆然とするばかりだ。暴力と暴力的な男たちの掟に彩られた人生だったとはいえ、あの母親ほどたちの悪い人間は見たことがない。あの際限のない身勝手さ。わが子にべつのわが子を殺させ、それを見て高笑いするとは。

いまこそ人でなし女にツケを払わせてやる。

渓谷の奥深くへと向かい、ベッドで寝ているアラベラ・ジャックスを見つけると、その額に銃口を押しつけた。彼女は冷徹な目と無愛想な顔で目覚めた。動揺は見られない。顔に銃を突きつけられているのに平然としている。「嘘はつかなかったろ」彼女は言った。

「おれが誰かわかるか?」

彼女の目が左を向いたが、ショットガンはすでにべつの場所に移してあった。部屋は白カビと膿んだ脚のにおいが充満していた。マイケルは内心に強い怒りをたぎらせ、自分を産み落としながら、森に放置して死なせようとした女を見おろした。

「煙草を一本おくれよ」彼女は言った。

マイケルが銃口で額を強く押すと、彼女の目から涙がこぼれ落ちた。口が大きくあき、指を鉤爪のようにしてシーツに食いこませている。「あそこの小川で赤ん坊を溺死させたな」マイケルは言った。「その子が埋葬されている場所が知りたい」

小ずるそうな表情が女の顔に浮かんで、車輪が動きはじめた。「それがあんたになんの関係があるってのさ?」

二秒が過ぎた。「おれの兄貴だ」

彼女はその意味を理解すると、マイケルを下から上へと見ていき、つづいて上から下へと視線を移動させた。「いまになって、わんわん泣けってのかい？」

「もう死ぬ準備はできてるだろ」マイケルは撃鉄を起こしたが、相手は肩をすくめて脅しをいなした。

「誰かがあんたらを見つけてくれたのは知ってたよ。新聞にそう書いてあった」

「自分の手でおれたちを沈めることだってできたろうに」

彼女は辛辣な笑い声をあげた。「もしかしたら地獄はないかもしれないけどさ、一か八かの賭けをするなんてごめんだね。それはアビゲイルの仕事さ」彼女は引き金を引けるなら引いてみろと挑発するように、ベッドの上に身を起こした。「やっぱりあんたは娘と知り合いだったわけだ。でなきゃ、ここに来るはずがないからね」

マイケルはうしろにさがった。「ベッドを出ろ」

「煙草を一本おくれよ」

マイケルは彼女をベッドから引きずりおろした。彼女は大きな音を立てて床に落ちると、身体を震わせながらも怒ったように立ちあがった。まだどこかに恐怖が残っているのかもしれないが、マイケルには見えなかった。椅子にかかっていた部屋着をつかみ、彼女に投げつけた。「そいつを着ろ」

「あんたに自分の母親を撃つなんてできるもんか」

「いいから着ろ」

「タマ舐め男のジェサップ・フォールズをべつにすれば、どいつもこいつも引き金どころか、グレープフルーツを絞る力もないやつばかりさね。あんたがフォールズみたいな男だったら、あたしはとっくに血を流してるよ。あたしは——」

マイケルは血を流させてやった。銃を振りあげ、ベッドに倒れるくらい強く殴りつけた。女の頬に赤い筋がにじんだ。それを境に彼女は反抗的な態度をやめた。部屋着を身につけ、かつてはピンク色だったらしき毛羽立ったスリッパを履いた。椅子のうしろから杖を取ると、足を引きずりながら、心ここにあらずでゆっくり、そろそろと外に出た。光が射しこみはじめ、谷間が黄色く輝くなか、ふたりは小屋をめぐる細い道をたどり、森のなかへと入っていった。彼女は二度振り返った。「あんた、あたしを殺す気かい？」

「その脚を折って、ここに放置するのもいいと思ってる」

「できっこないくせして」

「考えてはいる」

五分も歩くと森がぐっと迫った。アラベラは一度つまずいたものの、転倒はまぬがれた。「片割れはどこだい？」

「片割れ？」

「弟はどこにいるんだい？」

「黙って歩け」

一本のブナの木がそびえる場所にたどり着いた。樹齢を重ねた木は樹皮が灰色で、堂々たるたたずまいをしていた。樹皮には、かなり昔に彫ったものなのだろう、十字架と、その上にＲＪの文字があった。木が生長したせいで彫ったところがのび、すっかり読みにくくなっている。「ほら、ここだよ」アラベラは染みだらけの手を振った。「満足かい？」

かなり深く彫られた目印に触れたマイケルは、これをやったのはアビゲイルだと直感した。骨と皮のように痩せた十歳の彼女が、真剣な表情で十字架をまっすぐに本物らしく彫ろうとしているところが目に浮かんだ。「名前はなんだったんだ？」

「百ドルくれたら教えてやるよ」

「言わなければ頭に一発お見舞いするまでだ」

アラベラは口を尖らせた。「ロバート」

「ロバートか」彼はもう一度目印に触れ、母親に目をやった。「どんな子どもだった？」

「どうしようもなく手がかかるガキだったよ」彼女は手を振った。「あんたら男はみんなそうだ」

マイケルはあらたな怒りが湧き起こるのを感じた。

「あんたがやったことはりっぱな犯罪だ。電気椅子にすわらされたって文句は言えない」

「この世に正義ってものがあるなら、あたしはいまごろ羽振りのいい暮らしをしてるか、その銃を握ってるさ。けど、神様はそういうふうに世の中をつくってくれなかった。さてと……」彼女は持っていた杖で木を軽く叩いた。「もう充分見ただろ。それに言いたいことも言った。そろそろ、このあわれな老人に何ドルかめぐんで、さっさと消えてくれないかね」

「いま、正義と言ったか？」

「聞こえたろ」

彼は手のなかの銃を意識した。まるで神の手のようなそれが、世界を巻き戻し、詩と目的の意味を示してくれるように感じる。この女がマイケルを人殺しにしたのは、いつの日か自分を殺させるためなのだ。輪のあまりの完璧さは、神の意志としか思えない。持ちあげてみると、銃は軽かった。山の空気が喉に心地よい。いまここでこの女を殺せば、ほかの家族にとってのけじめになる。アビゲイルは解放され、ロバートの死は仇を取られる。少年だったマイケルとジュリアンにも正義がおこなわれる。

「やりなよ」彼女は言った。

マイケルは彼女の目をのぞきこんだが、なにも浮かんでいなかった。

「さっさとやりな！」

だが、引き金をじりじりと引き絞るマイケルの目に、オットー・ケイトリンの姿が浮かんだ。自分以上の人間になるよう育ててくれたおやじさんの姿が。次にエレナのことと彼女にとっての理想の男について思いをめぐらし、自分の子どもとふさわしい父親像を想像した。そうやって望ましい未来を描いた。

銃がおろされた。

「思ったとおりだ、この意気地なし」アラベラは地面に唾を吐いた。「へなちょこの癇癪持ちのタマ舐め男」

マイケルは損傷した脚と後悔というものを知らない目を、ひび割れた唇と憎悪を見やった。「せいぜい長生きしろ」彼は言うと、歩きだした。

十五フィートほど進んだところで、アラベラが呼び留めた。「アビゲイルはあんたの本当の名前を言ったかい？」

マイケルは振り返り、母親の顔に悪意が広がるのを見て一瞬ひるんだ。それは孤児にとって究極の疑問だ。自分の両親は誰なのか？　本当の名前はなんなのか？

「ロバートの名前を言わなかったってことは、あんたの名前も言ってないわけだ。そうだろ、え？　まったく自分勝手なガキだよ」

「もう話は終わりだ」マイケルはふたたび歩きだした。

アラベラは声を張りあげた。「孤児院でなんて名前をつけられたか知らないが、そいつは神様がご存じの名前じゃないよ！　あたしがつけたのが本当の名前さ！」

木の葉がマイケルの顔を打った。地面は平らで湿っている。「母親は子どもに命名するときに印をつけるんだよ！」

マイケルは振り向いた。「あんたからはなにももらいたくない」

「父親の名前ならどうだい？　知りたいだろ？」マイケルは銃を持ちあげ、彼女の顎の下のやわらかい部分に狙いをさだめた。「あんたに引き金を引く根性がないことくらい、おたがいもうわかってるじゃないか」

マイケルは彼女の頭の両側めがけて一発ずつ撃った。弾はすぐそばをものすごい速さで飛んでいき、髪がふわりと持ちあがった。

彼女は身をこわばらせ、口をぽかんとあけて黙りこんだ。マイケルは言った。「次の一発は右目に命中させる」彼女はこわごわ一歩うしろにさがり、それに合わせてマイケルは一歩前に進んだ。周囲の森の緑が目に痛い。「あんたなんかいなくなったところで誰も悲しまない。気にかける者すらいない」

アラベラは身動きひとつせず、二本の指ではさんだ煙草から煙が立ちのぼっている。うしろは深さ四十フィートの雨裂で、底を白濁した水が流れている。「本当の名前を知りたいのか、知りたくないのか、どっちなんだい？」

「知りたくない」

「なんの値打ちもない男だね」

「そうは思わないな」

「なにもないくせして」

「おれには八千万ドルがある。それに弟と姉がいる。おれの家族だ」マイケルは撃鉄を戻し、銃をベルトに差した。「あんたにはなにがあるんだ？」

## 53

二日後、最後の記者たちもチャタム郡を去った。警察はアビゲイルとジュリアンへの取り調べを終了した。連邦捜査官は去り、新聞に大きく取りあげられることもしだいになくなり、遺体は埋葬され、捜査の関心は北へと移った。午間《ひる》近の太陽が部屋に射しこむなか、ジュリアンは姿見の前に立って、シルクのネクタイを結び終えた。プレスのきいた、濃い色のスーツ姿だった。彼は不安を覚えた。

「入ってもいい?」

あけはなした戸口に、アビゲイルがかすかにほほえみながら立っていた。

「うん」

彼女は奥まで入っていくと、ジュリアンの隣に立って鏡をのぞきこんだ。「ずいぶん深刻な顔をしてること」

「やめてよ」

「それにガリガリだわ」

「頼むから」

「ごめん」息子の前にまわってネクタイを直し、ジャケットの襟に指を這わせた。「あなたの言うとおりだわ。世の中が深刻すぎただけよね。わたしたちまでそうである必要はないわ。あなたはもう安全よ。それにとても元気そう」

「元気なんかじゃないよ」

ジュリアンは顔色が悪く、病的なほど痩せこけていた。スーツがすっかりぶかぶかだ。「じきによくなるわよ」

「どうかな」ジュリアンはじっと動かず、悲しそうな大きな目で鏡に映った自分の姿をながめた。「なんだか……ちぐはぐな気がする」

「まさか……」

アビゲイルは統合失調症の症状かと心配したが、ジュリアンは首を横に振った。「そういうんじゃない。ただ……」

「ただ、なんなの？」

アビゲイルは上目遣いになった。ジュリアンを案じ、彼の足もとが異様に頼りなく思える世界に不安を感じた。これまでもずっとこうだった。消え入りそうな声と苦しげな表情、なにもない海に落とした新聞紙のように、自分はゆっくり確実に沈んでいくのだという確信。ジュリアンはその話はしたくないというように首を横に振った。「たぶん、緊張してるせいだ」

「あなたの名前は四十の国で知られてるのよ」アビゲイルは言った。「何百万部という本が売れている。何千人という聴衆を前に講演をしたことだって……」

「これはまったくちがうんだ」

「どうして？」

気がはやるせいで質問する声が大きくなった。沈黙が流れ、ジュリアンは彼女とのあいだのつながりを、語られない言葉でびっしりと覆われた、真に強い絆を感じた。

「理由なんかないよ」

子どもっぽい答えなのは自分でもわかっている。だが、これは知識とも強さとも、自分が目指す人間とも関係ないことをどう説明すればいいのだろう。どれだけのことを成し遂げようとも、アイアン・ハウス出の少年である事実は変わらない。追いかけられ、さらし者にされ、暗い隅に半歩だけよけいに近づいた感覚をこれからも抱きつづけることだろう。しばらくのあいだなら土に埋めておくことも可能だが、世の中にある土にはかぎりがある。そこが問題だ。マイケルとの再会はこの上なくすばらしいが、そのせいで隠してきた暗い過去がよみがえり、ゆるい土壌に張った根と許されない自分の行動を思い出した。自分は母の言葉どおりの人間だが、仲間の首を刺して、その責任を兄に負わせたこともまた事実だ。

「兄さんがいまのぼくを好きになってくれなかったらどうしよう？」

アビゲイルはほほえんで、てのひらを息子の胸に置いた。

「あなたは芸術家で、人並みはずれて優しいわ。とてもすばらしい息子よ。りっぱな人間だわ」

「兄さんはぼくが薬を飲んでるのを知ってるのかな？つまり、ぼくが、その……」

「知ってるわ」彼女はうなずき、いま一度、ネクタイに手をのばした。「わかってくれてる」

ジュリアンは母の手をつかんだ。深い場所から言葉が迫りあがった。「兄さんがぼくを憎んでたらどうしよう？」

つかんだ母の手をぎゅっと握ったが、彼女はその質問を一笑に付した。「血を分けた兄弟なのよ。あなたを大事に思ってる。家族なんだもの」

ジュリアンは、そんなはずはないと思いながらもうなずいた。「そうだね」

「そうよ」

ジュリアンはわきにどいて、鏡を見つめた。外の世界に出ていくにはあまりに無防備な目が見返している。こんな目ではマイケルにすべて見抜かれてしまうだろう。「このスーツでいいと思う？紺地にチョークストライプのほうがいいかな」アビゲイルが考えこむように息子をながめた。「どう思う？」

「そんなに躍起にならなくてもいいんじゃないかしら。そのスーツも。その高級な靴も」アビゲイルは彼の顔を両手ではさみ、額にキスをした。「あなたのお兄さんでしょ、ジュリアン。自分らしくして、気にしすぎないことよ」

「そうだね」

「さあ、笑顔を見せてちょうだい」彼女は笑顔が浮かぶのを待ち、頬から想像上の汚れをぬぐった。「十分後に、玄関前で待ってるわ」

母が出ていくと、ジュリアンの笑顔は砕け散った。鏡のなかの彼は長身で痩せこけ、一分の隙もない恰好をしている。だが、それは彼の目に映る姿ではなかった。彼の目には、ヘネシーの首にナイフを突き立て、その罪を兄に着せた少年が映っていた。マイケルが見ることになるのと同じ、子どものときそのままの弱虫のダメ人間。ジュリアンは喉に迫りあがってきたものをのみ下すと、スーツを脱いでクロゼットにかけた。腕は細く、胸はガリガリだ。罪悪感がこみあげる。この部屋にあるすばらしいものすべてに対して、母と金、その他、ナイフを奪って雪のなかに出ていった瞬間にマイケルが失ったものすべてに対して。こうして生きていることに罪悪感を覚え、ベッドにすわり、ささやかな確信が砂のように崩れていくあいだ、身体に腕をまわしていた。「ぼくをマイケルのようにしてくださ い」彼はつぶやいた。「ぼくを強くしてください」 しかし、鏡のなかの彼は青白く、弱々しく、小さかった。

「どうか兄さんがぼくを憎みませんように……」

心のなかのこだまに耳をすましたが、しんと静まり返っている。

「お願いです、神様……」

ジーンズを穿き、シャツの裾をたくしこんだ。

「どうか兄さんがぼくを憎んでいませんように」

ジェサップの運転で、ふたりは屋敷から四十マイル離れた小さな公園に到着した。人目につきにくく、詮索好きな目の届かない場所だと彼は言った。「おふたりとも大丈夫ですか?」

「ええ、大丈夫よ」アビゲイルは言った。

だがジュリアンの口のなかはからからだった。手がむずがゆい。「遅れちゃった？」

「時間ぴったりです」ジェサップは公園に車を入れると、細い通路を進み、ベンチとテーブルがあって、湖が見渡せるひっそりした一角に向かった。ジュリアンが一台だけとまっている車に気がついた。男がひとり、ボンネットのわきに立っている。

「あの人がそう？」

「そうよ」アビゲイルは答えた。

近づいていくと、マイケルも一歩踏み出して出迎えた。ジュリアンは母の手を取った。「一緒に来てくれる？」

「あなたとマイケルが会うための場なのよ」

ジュリアンはこっそりとうかがった。「怖そうな顔だ」

アビゲイルはほほえんだ。「いつもあんな顔をしてるのよ」

ジュリアンは怯えて尻込みした。「怖いよ」

「怖いことなんかないわ」

「だけどもし……？」言葉が途切れ、声に出さなかったつづきが頭のなかに聞こえた。

**もし、兄さんがぼくを憎んでいたらどうしよう？もし、兄さんがぼくの心を見抜いて、さっさと立ち去ってしまったらどうしよう？**

「気を強く持たなきゃだめ」アビゲイルが彼の手を握った。「しっかりしなさい」

ジュリアンはひとつ大きく呼吸すると、ドアをあけ、べつの惑星に降り立つように車を降りた。まばゆい色に迎えられ、太陽がてのひらのように頰に照りつける。マイケルは背が高く、がっしりして見えた。互いに近づきながら、ジュリアンは兄の顔の皺に見入った。希望を抱ける根拠を、胸にのった巨大な重しを取りのぞいてくれるなにかがないかと探した。ふたりの距離が二フィートに縮まったとき、マイケルが声をかけた。

「やあ、ジュリアン」

とたんにジュリアンの頭にぽっかりと穴があいて、明晰な思考はすべて吸い取られた。マイケルは昔と変わっていないようでいて、ちがって見えた。無精ひげがうっすらと頰を覆い、目はまばゆく輝いている。ジュリアンがかける言葉を見つけられずにいると、兄の大きな手が一度小さく震えた。

「ぼく……」

蚊の鳴くような声を絞り出したが、マイケルはうなずき、まっすぐな眉をさげ、目を和らげた。それを見てジュリアンは、兄をどう描こうか決めた。いかつい体格の男が片手をあげかけ、首をわずかにかしげて〝いいんだ〟と言う姿にしよう。

マイケルが一歩前へ進んだ。

「ごめん」ジュリアンは言った。

マイケルの手がジュリアンの首のうしろに置かれた。兄は首を振りながらもほほえんでいる。「なにがごめんなんだ?」

「本当にごめん……」

次の瞬間、両腕がジュリアンの身体にまわされた。ぬくもりと力を——兄を——感じたが、そこに怒りは少しも含まれていなかった。兄のざらざらした頰がジュリアンの頰と触れ合ったとき、熱く湿ったものを感じた。「いいんだ」マイケルは言った。

**兄さんが泣いている。**

「もう大丈夫だ」

ふたりは翌日も、その翌日も会った。陽の当たる場所にすわって話しこんだが、どちらにとっても不思議な体験だった。あまりに長い時が流れ、あまりに多くのことが変わった。だが、ふたりは血のつながった兄弟だから、話はすぐにはずんだ。話をするうち、離れていた期間は少しずつ縮まった。マイケルはこれまでの一部始終を打ち明けはしなかった——殺し屋稼業についてては、まだ言えない——が、エレナのことや赤ん坊のことは正直に話し、大事だと思うところは正直に話した。

「彼女からまだ連絡はないの？」

「いまのところは、ない」

ひりつくような強い痛みが襲った。

てるみたいなんだ」ジュリアンが言った。「ぼくも恋をし

マイケルは公園の反対側に目を向けた。アビゲイルがヴィクトリーン・ゴートローとピクニック・テーブルをはさんですわっている。ふたりはふたりで大変らしく、悪戦苦闘する姿は見ていてつらい。彼女たちのあいだにはまだ大きなギャップがあるが、たまに思い出したように笑い合っている。「彼女のことを話せよ」マイケルは言った。

ふたりは前と同じ公園のベンチにすわっていた。日陰になっているのであたりは涼しく、子どもたちが芝生の上で遊びまわっている。ジュリアンは小さな男の子がボールを蹴るのを見てから口をひらいた。「ぼくらによく似てるんだ」

「壊れてるってことか？」

ジュリアンはぎこちなく笑った。「まあね」

マイケルは肩で弟を軽く押し、ほほえんだ。「かわいそうだな」

「本当にそう思う？」

ジュリアンの不安そうな顔を見て、マイケルは首を横に振った。「彼女は美人で強い。自分のほしいものをちゃんとわかってる」

「彼女と結婚したいんだ」

マイケルはヴィクトリーンに目をやった。冷ややかな青い目と油断のない顔つきが恐怖を覆い隠している。彼女の子ども時代と、アビゲイルのそれとに思いを馳せた。「そうしたほうがいい」彼は言った。

「本当？」

マイケルは力強くうなずいた。「いますぐにでも」

公園で過ごしたひとときは、マイケルの一日のなかで最良の時間だった。そのあとはホテルに戻り、鳴らない電話をじっと見つめるだけだった。アビゲイルは二度、屋敷に泊まってほしいと言ってきたが、彼は人目をはばかる必要があると言って断った。だが、それだけが理由ではなかった。ひとりになる時間が、失った女を思って嘆く時間が必要だったのだ。

ジェサップからは一度、会いたいと電話があった。

「アビゲイルには内緒だ」彼は言った。「わたしのほうから話がある」

「場所は？」マイケルは訊いた。

ふたりは屋敷とチャペル・ヒルの中間点にある駐車場で落ち合った。ジェサップが乗ってきたランドローバーの助手席に、マイケルはするりと飛び乗った。

「ジュリアンはどうしてる？」彼は訊いた。

「ずいぶんよくなった。きみも見ただろう？」

「顔に力強さが出てきたと思う」

「だがな、ヴィクトリーンと一緒にいるときの彼を見たら驚くぞ。彼女は気むずかしくて頑固で無作法だ。その一方、頭が切れてパワフルで、信じられないほどの才能に恵まれている。ジュリアンにぴったりだ。見ているこっちがうれしくなるほどお似合いのカップルだよ」

マイケルも同じように思っていたのでうなずいた。片方は強く、もう片方はさほどでもない。ふたりとも心に傷を負い、ふたりともアーティストだ。「あんたとアビゲイルはどうなんだ？」

「わたしたちのあいだには壁がある」ジェサップは言った。

「そんなもの、壊してしまえばいい」

「どうかな……」

「壊しちまえ」マイケルは言った。「ぐずぐずしてちゃだめだ。さっさとやれよ。彼女に話せ。打ち明けるんだ」

「ちょっと待て、そんな話をするためにきみを呼び出したわけじゃない」

「そのくらいわかってるさ」

「アビゲイルに頼まれて、上院議員の身のまわりの品を片づけていたんだがね。彼女が手をつける気になれない書類とかファイルの山などだ。きみが目を通したいんじゃないかと思われるものがいくつか見つかった」

「たとえば？」

「何年も前に湖で溺死した少女の検死報告書があった」

「クリスティーナか？」

「そう、クリスティーナ・カーペンターだ。上院議員はその報告書を個人用金庫に隠していた。それによれば、彼女は死の前日に堕胎手術を受けている。警察は公表していなかったが、上院議員は知っていたわけだ」

「しかし、アビゲイルには言わなかった」

「どういう理由かは不明だが」

マイケルは考えこんだ。十代の少女が堕胎の翌日に死んだ。そんな単純なシナリオにもたくさんの感情がこもっている。それにたくさんの葛藤も。「父親はジュリアンなのか？」

「血液型は一致していない。どういうことだろうな。彼女は思うところがあって湖に飛びこんだのかもしれん。両親は信心深いところへ、望まない妊娠をしたわけだからな。ジュリアンは助けようとしたが間に合わなかったのかもしれん」

「あいつの爪に皮膚が入りこんでいたのはそれで説明がつく。あいつがびしょ濡れだったことも……」

「それに、いっさいの記憶がないことも。記憶があったらそうとう苦しんだだろう」

「父親は上院議員かもしれない」

「だとすれば検死報告書を隠していたことも納得がい

待てよ、彼女を殺したのは上院議員かもな」

マイケルはべつの可能性を考えていた。「サリーナとも考えられる」

「そういう冗談はよせ」

だが、ふたりともそのまま黙りこんだ。

「話したいことがいくつかあると言ったな。ほかにもあるのか?」

「これから話すことはきみの胸のうちにとどめてほしい、いいな?」

「わかった」

ジェサップは唇をぎゅっと引き結び、横を向いた。

「どうした?」マイケルは訊いた。

「しかたあるまい」ジェサップは座席のわきから薄いファイルを出した。「これも上院議員の金庫にあったものだ」

彼から渡されたファイルをマイケルはひらいた。

「病院のカルテじゃないか」

「アビゲイルのだ」

ページをめくるマイケルにジェサップは言った。

「きみたち兄弟を迎えたい彼女の気持ちがどれほど強かったか、知っておいてもらいたい」

そう言われてもぴんとこなかったが、すぐにわかった。「彼女は不妊手術を受けていたのか」

「結婚してすぐのことだ。上院議員には言っていない」

「しかし、彼は突きとめた」マイケルは言った。

「ファイルがあるのだから、そういうことだろう。知ったのは、ふたりが寝室をべつにする直前じゃないかと思う。この事実をアビゲイルに突きつけたかどうかはわからん」

「おれには子どもに恵まれなかったと言っていたが」

「公にもそう言っている。それで養子を迎えるよう、上院議員を説得したんだ」

マイケルはファイルを閉じた。感覚のなくなった彼く。

の手からジェサップがそれを取りあげた。「彼女はそこまでしてきみたちを家に迎えたかったんだよ、マイケル。きみたちに安心できる場所をあたえ、愛情を注ぎたかったんだ」

次に集まったときは三人だけ――マイケルとジュリアンとアビゲイル――だけで、いつもの日陰と芝生の一角はいつの間にか、彼らにとっての特別な場所になっていた。三人はいつもの木の下のテーブルを囲み、前にも見たことのある子どもたちをながめた。言葉は前よりも楽に出るようになり、受け答えにも気負ったところが少なくなった。それでもまだ、もやもやした感じは完全には消えず、マイケルはそう感じているのは自分だけだろうかと不安になった。アビゲイルを見やると元気そうに見えるが、心穏やかとまではいかない様子だ。彼女に本当のことを知っていると伝え、自分たちを捨てて逃げたことを赦し、これまでしてきてくれたことに感謝したい気持ちはある。そうしたほうが彼女はいくらかでも救われ、振りあおぐ空はもっと青く見えるはずだ。だが、アビゲイルはジュリアンにとっていい母であり、ジュリアンはいい息子である。そこには敬意と愛情と安らぎがある。いつまでも真実を引きずったところで誰のためにもならないと思い、あの件は眠らせておくことにした。陽射しを浴びながらのこの瞬間を楽しめばいい。アラベラ・ジャックスなどあのまま放っておけばいいのだ。話しかけられもせず、愛されもせず、ここにいる三人が子ども時代の一時期を過ごした粗末な小屋で、ひっそりと朽ちていけばいい。

三人は海岸沿いを軽く散歩した。マイケルの脚はずいぶんとよくなっていた。陽が傾くとテーブルに戻り、入口の注意書きには禁止事項にあげられていたが、プラスチックのカップで白ワインを飲んだ。ジュリアンは警察に見つかったらどうしようとしきりに気を揉んだが、彼がそう言うたびにアビゲイルは大笑いし、マイケルはほほえんだ。ワインがほぼ空になると、マイケルはアビゲイルと目を合わせて言った。「上院議員の遺言のことは聞いたよ」口をはさもうとする彼女を片手をあげて制した。「おれはけっこうな額を持ってる。それを受け取ってくれ」

アビゲイルは彼の手を取ってほほえんだ。「ありがとう。でも、そんなことはしなくて大丈夫」

「だが、書類によれば、宝石と身のまわりのもの以外はあんたのものにならないと……」

アビゲイルはいかにもおかしそうに笑った。「まあ、マイケルったら。手もとにある宝石だけでも千二百万ドルにはなるし、ランドールからもらった絵はその倍の価値があるわ。シャーロットの家はわたしの名義だし、アスペンにも家がある」彼女はかぶりを振った。「ランドールは遺言から受ける印象ほど悪い人じゃなかったわ。一度は愛し合っていたんだもの。わたしの言うことを聞いてくれたし、わたし名義の投資もしていた。それで思い出したわ。あなたたちにあげるものがあるの」

彼女はワイン・バスケットを探って、上品にラッピングされた小さな箱をふたつ出した。ひとつをマイケルに、もうひとつをジュリアンに渡した。「あけてみて」

マイケルはリボンを指でずらしてはずし、包装紙を破り取った。箱の中身はゴールドとプラチナのライターだった。片面に彼の名前が彫ってある。ジュリアンのも同じだった。「どういうことだかわからない」

「記念の品よ」アビゲイルは言った。「忘れないための」

「忘れないってなにを?」

「新しい出発をよ」

マイケルはジュリアンを見やった。アビゲイルはいぶかるふたりを見てほほえんでいる。

「ランドールがプレゼントしてくれたものがもうひとつあるの」彼女は言った。「あの孤児院が閉鎖されたときに、わたしのために買い取ってくれたのよ。建物も、敷地も。丸ごと全部」

「だけど、なぜ？」マイケルは訊いた。

「ひとつには、わたしがアンドリュー・フリントを近くに置いておきたかったから。でも理由の大半は、この日のために所有しておきたかったからよ」

「まだ、なにがなんだかさっぱり」

アビゲイルはマイケルが手にしているライターを示した。「ひっくり返してごらんなさい」

彼は言われたとおりにした。裏にも文字が彫ってあった。

**アイアン・ハウス**

「それであそこを燃やしなさい」アビゲイルはテーブルごしに手をのばし、ふたりの手を取った。「燃やしつくして、すべて忘れなさい」

# 54

ふたりがアイアン・ハウスを訪れたときには、アンドリュー・フリントはすでにいなくなっていた。門がでんと立ちはだかり、古い建物は閑散としていた。マイケルがビリー・ウォーカーの話を持ち出すと、ジュリアンは異常とも言えるほど黙りこんだ。彼は継ぎをあてたドアの前に立って、自分たちが暮らした三階の角部屋を見あげた。「フリントはおまえの本を全部持っていたよ」マイケルは言った。「たぶん、ビリーに読み聞かせてやってたんだろう」

「そのために書いたわけじゃない」

「わかってる」

「ぼくは子どもたちに悪の存在を教えるために書いたんであって、悪意のある子どもに読ませるためじゃない」

「いまのビリーはもう悪人とは言えない」

そよ風が草を揺らし、谷間に宵闇が迫るなか、ジュリアンは目を閉じた。ふたりが立っている場所はとても静かで、風がさやさやとそよぎ、記憶がゆっくりとよみがえっていく。「あいつらは本当に死んだんだよね」

ロニー・セインツとジョージ・ニコルズとチェイス・ジョンソンのことを言っているのだ。マイケルは地面から丈の高い草をむしり取った。「ああ、たしかに死んだ」

ジュリアンが目をあけると、そこに赤い太陽の光が反射していた。「あいつらがどうやって死んだか知ってる、マイケル？」

ジュリアンの頭にボートハウスと、いまも心の奥にひそむ記憶の断片がちらついた。彼はアビゲイルがロニー・セインツを殺す現場を目撃した。だが、あれは現実だったのか、それとも幻覚だったのか。彼はそれをはっきりさせたがっている。マイケルは半秒と考えず、肩をまわして答えた。「どうでもいいことじゃないか」

心からそう思っていた。マイケルのやるべきことはいまも、弟を守ることだからだ。ジェサップの言ったことが正しいからだ。

**疑念だけなら生きていける。**

**真実を知るほうがよほどつらい。**

「ヘネシーを殺したこと、後悔してるよ」

マイケルはジュリアンの首に腕をまわした。「あんなやつのことなんか忘れろ。最低の野郎だったんだからら」

「そう?」

マイケルは首にまわした腕に力をこめた。「なあ、ジュリアン、そろそろでかい火を燃やそうぜ」

ふたりは正面玄関にまわった。マイケルはアビゲイルから渡された鍵を使った。「先に見ておくものはあるか? おれたちの部屋とか、なんでもいいが」

「どうしてさ?」

マイケルはその答えにほっとした。これ以上ないい答えだった。ジュリアンがなるべき男にふさわしい答えだった。ふたりは炎が下から上にあがるよう、地下二階におりた。箱や壊れた家具、束ねた雑布を積みあげた。目についたものすべてをのせていくと、山はしだいに高くなって、最後には投げあげなくては上にのせられなくなった。「このくらいでなくちゃな」

山は高さ八フィート、ふもとの幅は十フィートにも達した。ジュリアンは息を切らしながらうしろにさがって訊いた。「ドレッジじいさんがぼくにしてくれた話を覚えてる?」

「陽の光と銀色の階段の話か?」マイケルは訊いた。

「よりよい場所に通じてる扉の話」

「覚えてるよ」

ジュリアンはしばらくためらい、やがて尋ねた。

「そういうものが本当にあると思う？」

「よりよい場所に通じる扉か？」マイケルは手を広げ、ライターを見せた。「いまからそれをつくり出すんじゃないか。おまえのライターは？」

ジュリアンはぬくもったそれをポケットから出し、怯えたような満足そうな笑みを浮かべた。「いよいよだね」

「おまえが先に火をつけるか？」マイケルは訊いた。

「一緒がいい」

マイケルは腰をかがめ、ジュリアンは三フィート離れたところへ移動した。「母さんがライターのオイルを入れ忘れてたら笑えるね」

ジュリアンは笑うと、ふたりでアイアン・ハウスを燃やしつくす火をつけた。炎が積みあげた箱を舐め、天井に達したのを見計らってふたりはドアのほうに移動した。そのまま一分間、燃えあがる炎を見ていた。


ジュリアンがライターをまわして、ポケットにするりとおさめた。「なにか感じるか？」マイケルは訊いた。

「温かいのを感じる」

「おまえ、ふざけてるのか？」

「いろんな種類の温かさだよ」

そばにいられないほど熱くなってきたので、階段をあがっておもてに出た。高い鉄の門まで車で移動すると、そこで車を降り、黄色い指が地下室の窓に攻撃を仕掛けるのをながめた。「もうじきだな」マイケルが言うと、ジュリアンは心臓のすぐ上に手をのせた。

「母さんも来ればよかったのに」

しかし、マイケルは首を横に振った。「これはおれたちの儀式だ」

「兄さんは満足？」ジュリアンはアイアン・ハウスに顎をしゃくった。

「シーッ」マイケルは優しく言った。「黙って見てろ」

かくしてふたりは、日が暮れ、山肌からひんやりした空気がおりてくるなか、じっと見つめていた。マイケルは弟の肩に腕をまわした。熱でガラスが割れ、煙があふれ出し、アイアン・ハウスが燃えるのを、黙って見ていた。

## 55

つづく数日はマイケルにとってほろ苦いものとなった。ジュリアンの足取りはしだいに軽くなり、アビゲイルはアビゲイルで、長く苦しんできた息子がよりよい人生に向けてゆっくりとだが着実に歩きはじめたことに、喜びをつのらせていた。ジュリアンが強い男になることはないだろうが、アイアン・ハウスを破壊したおかげで、これまでになかった自信を見せるようになっていた。一度、アビゲイルはマイケルとそれについて、テラスで飲み物を飲みながら話し合った。

「いじめていた連中が死んだのが原因かもしれないな」マイケルは言った。

「あるいはヴィクトリーン・ゴートローのおかげか

も」

マイケルは湖を進んでいくボートをながめやった。遠く離れているものの、ヴィクトリーンが笑っているのが見えた気がした。「彼女はあいつにぴったりの女性だよ、そう思うだろ?」

アビゲイルはうなずいたが、その目はくもっていた。「ついつい、母親と同じところがないかと探してしまうわ」その気持ちはマイケルにもわかる。家族は強大な力を持つものだが——人を形づくり、鍛えあげ、あるいは破滅させもする——マイケルの日々を予想外に居心地の悪いものにしたのも、ほかならぬその力だった。アビゲイルとジュリアンのあいだには長年にわたって築きあげた関係があり、そこにいたるまでの無数のいきさつと無数の理解を思うと、マイケルは自分ひとりが疎外されたように感じるのだった。ふたりは善かれ悪しかれ母と息子であり、自分には経験のない親密さを見せつけられるのはつらかったが、だからと言って、真実を知りながら、そこまでの愛情を感じることはできなかった。

アビゲイルは姉だが、単に血がつながっているというだけのことだ。

ジュリアンとは兄弟だが、まったくちがう世界に生きている。

もちろん、三人とも努力はしたが、二日が五日になるなかで、マイケルはふと気づくとオットー・ケイトリンのことを考えていた。アビゲイルとジュリアンのように、マイケルもオットーと長年にわたる信頼と時間と相互犠牲の上に築かれた橋を歩いていた。橋は強固で、安心して足をおろせた。だから、いつ来ても歓迎されたし、アビゲイルとジュリアンからもなにかにつけてそう説得されたが、マイケルは常にポケットに携帯電話を入れていた。エレナからの電話を待ち、夜眠るときは自分の家族——妻と子ども——の夢を見た。ことの発端となった夢を。そのうち、いても立ってもいられなくなった。

「どこへ行くの？」アビゲイルは訊いた。

「はっきり決めてない」

「また会えるよね？」ジュリアンは泣きそうな声で言った。泣きつくまいとするあまり、せっかく芽生えた自信が溶けてなくなっている。「やっと始まったばかりなんだよ……ぼくたちやっと……」彼はアビゲイルからマイケルに視線を移した。「ねえったら。なにも出ていかなくてもいいじゃないか」

「もうこれまでとはちがうさ。またすぐに会える」

「約束する？」

「するとも」

ジュリアンの顔に少年らしさが、不安と期待が浮かんだ。「誓える？」

マイケルは弟を強く抱き締めた。「誓うよ」

兄弟は家でひっそりと別れを告げ、そのあとジェサップがマイケルをローリーの空港まで車で送った。ふたりは道中ほとんど口をきかなかったが、かまわなかった。「どこで降ろせばいい？」ジェサップが訊いた。

「アメリカン航空」

「どこに行くか決めていないとアビゲイルから聞いたが」

「決めてない」

「そうか」ジェサップはアメリカン航空の標識に従い、路肩に寄せてとめた。大きなガラス壁の向こうに、大勢の普通の人々が普通のことをしているのが見える。

「着いたぞ」ジェサップは言ったが、マイケルは降りようとするそぶりを見せなかった。

「ヴィクトリーンとジュリアンはまじめにつき合うだろうな」彼は言った。

「ああ、たぶん」

「上院議員は死んだ。おれはいなくなる」

「なにが言いたい？」

マイケルは座席にすわったまま身体の向きを変えた。

「彼女はとてもさびしくなるかもしれない」

「アビゲイルのことか」

「おれがなにを言おうとしてるか、わかってるはずだ」

「金目当てと思われるのがおちだ」ジェサップは切なそうにかぶりを振った。「もう二十五年になるんだ……」

「彼女にはあんたが必要だ」

ジェサップの顎が引き締まった。「これから先も彼女のことはちゃんと守る」

「もう前とは同じにはいかない。あんただってわかってるだろう」マイケルはドアをあけた。「思いを打ち明けるべきだ」

「そっちこそ、他人のことに口をはさむのはひかえるべきだ」

マイケルはジェサップが唾を飲みこむまでとっくりとにらみ、それから車を降りると、振り返って年上の男の顔をまじまじと見つめた。犠牲と心配によって刻まれた皺がくっきりと見える。切望と欲望と心の奥深くにひそむ恐怖が見てとれる。あと押しするような言葉を探したが、けっきょくなにも言わなかった。ジェサップは正しい。他人のことに口をはさむべきではない。とくに気持ちの問題に関しては。いずれ勇気を出すかもしれないし、出さないかもしれない。この先もひとりで生きていくかもしれないし、彼女の手を取るかもしれない。「送ってくれて礼を言うよ」マイケルは言った。

「お安いご用だ」

マイケルはドアを閉め、車の屋根を軽く叩いた。建物のなかに入り——荷物もチケットもなかった——人混みにのみこまれる前に振り返った。ガラス壁の向こうにジェサップが見えた。青い顔で微動だにせず、千ヤード先を見るともなく見つめている。マイケルがしばらく見ていると、ジェサップは一度うなずき、ゆっくりと車を発進させた。

マイケルはそのあと十分かかって目当ての男を見つけた。前と同じ服に同じ帽子。「おれを覚えてるか？」マイケルは訊いた。

「ええ、千ドルくださった方ですね！」

ポーターの顔がぱっと明るくなり、大きくて真っ白な歯がのぞいた。マイケルはポケットから分厚い札束をゆっくりと出した。「また、五本ほど稼ぐ気はないか？」

「五千ドルですか？」

「五千ドルだ」マイケルは言い、札を数えはじめた。

## 56

五カ月後

マイケルはバルセロナ中心部にある混雑したカフェにすわっていた。窓際の席で、しばしば目をあげては通りすぎる人に目をやっている。コーヒーのおかわりを持ってきた美人のウェイトレスが、覚えたてのカタルーニャ語でなにか言おうとしてまちがえる彼にほほえみかけた。彼女はまちがいを直してやると、まばゆいばかりの笑みを見せ、笑いながらべつのテーブルに去っていった。

マイケルは分厚いよれよれの本の余白にメモをした。ここは彼の指定席で、全員が彼の名前を知っているが、誰もそれ以上のことは知らない。誰ともつき合わず、チップをたっぷりはずむ物静かなアメリカ人。角を曲がった丸石敷きの細い通りに建つ赤いドアのアパートメントに住んでいる。いつも物腰が柔らかいが、一部のウェイトレスはさびしそうだと思い、なにが原因かと頭をひねっている。長い夜の終わりに自宅に誘おうとした者もひとりやふたりではないが、彼は決まって同じ答えを返した。

**エスティック・エスペラント・ア・アルグ。**

**人を待ってるんだ。**

実際、マイケルはそう考えていた。いまは待つしかないと。毎日、自分にそう言い聞かせていた。

**彼女はきっと電話してくる。**

とは言え、すでに五カ月が経過した。空港のポーターから聞き出せたのは、エレナがマドリッド行きの飛行機に乗ったということだけで、そこから先はポーターにもわからなかった。とても五千ドルに見合う情報ではなかったが、マイケルはそれだけわかっただけでもめっけものだと考えた。マドリッドに飛び、そこからカタルーニャ地方最大の都市であるバルセロナに向かった。そこで彼女が見つかるとは思っていなかった——バルセロナには何百万もの人が住んでいる——が、かまわなかった。とにかく近くにいたかった。

少しでも近くに。

そこで、くねくねとした狭い通りに建つアパートメントを見つけた。地元の食べ物を食べ、カタルーニャ語を勉強した。それがエレナの父が話す言語であり、彼の子どももがいずれ話すことになる言語だからだ。自分でも驚いたことに、語学はとても楽しかった。異国での生活も思いのほか楽しかった。人生そのものが楽しかった。しかし夜になるたび迷いが生じ、夜明けまでの数時間が不安と後悔で長くなることもしばしばだった。それでも太陽は必ずのぼり、一日の始まりにはいつも同じことを思う。

彼女はきっと電話してくる。

マイケルはコーヒーを口に運び、指で窓に触れた。外は寒く、まさに冬だ。最後のひとくちを飲みほして、勘定を払った。ピレネー山脈の上のほうにある村に思いを馳せ、どれが彼女のふるさとだろうかと考えた。

アパートメントのある通りに入り、吹きつける冷たい風に首をすくめた。風はピューピューと音を立てながら丸石をかすめ、鎧戸を吹き抜けていく。その音があまりに甲高く、玄関から家のなかに入るまで携帯電話が鳴っているのに気づかなかった。彼は一瞬うろたえたが、あくまで一瞬だった。コートの前をあけ、電話を取ろうと手を突っこんだ。手が届く前に三度めが鳴った。電話を出したが、番号に覚えはない。「もしもし、もしもし」

電話のノイズに混じって雑音が聞こえた。声。金属と金属がぶつかり合う音。「マイケル?」

「エレナ。きみか」

パチパチというノイズが聞こえ、彼女の声が消えかけた。「ああ、どうしよう。本当にごめんなさ……」

「エレナ、なんだって? よく聞こえない」

「赤ちゃんが生まれそうなの」

また電話が遠くなった。「エレナ!」

「……なんと言ったらいいか。まだ余裕があると思ってたのに、早く生まれそうなの。ごめんなさい、マイケル。本当にごめんなさい。あなたにもいてもらおうと思ってたの。電話するつもりだった。あ……」

彼女が身の毛がよだつ大声をあげ、カタルーニャ語でなにか言う声がした。インターコムを通した音声だ。

「いまどこにいる? どこにいるのか教えてくれ」

しばらく間があき、聞き覚えのある病院の音が聞こえてきた。彼女はストレッチャーに乗せられているようだ。まじめくさった声は医者の声だろう。

「なんていう病院だ? どこの町だ?」

「あああ……」

「ベイビー。病院の名前は？」

エレナは荒い呼吸のあいまに告げた——病院の名と町の名を。次の瞬間、ノイズが消えて声がしっかり聞こえた。「生まれる。生まれる」

とたんに電話は取りあげられ、切られてしまった。

マイケルはかけ直したがつながらなかった。生まれて初めて金縛りに遭ったように身体が動かず、長いこと壁をじっと見つめて立っていた。彼女が電話してきた。子どもが生まれると。思考が完全に停止した。しかし金縛り状態はすぐに解けた。アパートメントを駆け抜け、地図と鍵を手にした。「ほかになにか必要なものは？　考えろ！　考えろ！」

しかしほかに必要なものはなかった。財布。鍵。地図。

小さなガレージにとめた小さな車に身体を押しこんだ。震える手で地図をひらき、エレナのもとへと導いてくれる道を探した。エンジンをかけ、混雑した滑りやすい通りに出ると、北にまっすぐのびる公道に向かった。小さな車が振動するほどスピードを出した。

**子どもが生まれる**
**おれの子どもが生まれる。**

だが、それは正確な言い方ではなかった。分娩には三時間半を要した。

彼は八分の差で間に合った。

# 解説

本書はジョン・ハートの第四長篇 *Iron House* (2011) の全訳です。

二〇〇六年発表のデビュー作『キングの死』はアメリカ探偵作家クラブ賞最優秀新人賞の受賞を惜しくも逃したものの、二〇〇七年の第二長篇『川は静かに流れ』、二〇〇九年の第三長篇『ラスト・チャイルド』のいずれもが同賞の最優秀長篇賞に輝き、ジョン・ハートは一気にミステリ界の最重要作家とみなされるようになりました。『ラスト・チャイルド』はさらに、英国推理作家協会賞最優秀スリラー賞、日本では『ミステリが読みたい！』および週刊文春ミステリーベスト10の海外部門第一位を獲得しています。まさに、「ミステリ界の新帝王」のキャッチフレーズどおりの大活躍です。

これまでは親子の絆をベースにミステリを紡いできた著者ですが、本作ではいくらか趣向を変えて兄弟小説にチャレンジしています。主人公はかつて孤児院アイアン・ハウスで育った兄弟、マイケルとジュリアン。とある理由で離れ離れとなった二人ですが、やがて、兄マイケルはプロの殺し屋、弟ジュリアンは児童書作家としてそれぞれの人生を生きてきました。しかし、マイケルがガールフレンドのエレナの妊娠を機にギャング組織からの足抜けを決意したことで、この兄弟に苦難が訪れます。組織のボスのオットーはわが子同然のマイケルの決断に理解を示しますが、オットーの実の息子で組織のナンバー2のステヴァンや残忍な殺し屋ジミーはマイケルの足抜けを組織への裏切りとみなします。オットーは死の床にあり、その威光が消えた瞬間、刺客たちがマイケルとエレナの命を間違いなく狙いに来る。やがては、弟ジュリアンまでがギャングたちのターゲットだと判明し、マイケルはエレナを連れて、ジュリアンの養父母である上院議員とその妻の住む屋敷へと向かいます。しかし、兄弟の十数年ぶりの再会は、二人がアイアン・ハウスに捨ててきた壮絶な過去を甦らせる結果に――

本書は発売されるやニューヨーク・タイムズ・ベストセラー・リストにスティーグ・ラーソンやトム・クランシーらの大御所と肩を並べてランクインして、著者の人気が完全に確立されたことを証明しました。著者は本国のみならず、オーストラリア、ニュージーランドへの宣伝ツアーにて、今年の三月にはドイツも訪れるとのこと。詳細はフェイスブックのアーティストページで本人がエキサイト気味に紹介しているので、ぜひご確認ください（ただ、John Hart で検索すると同姓同名の一般の方や、俳優が出てくるので紛らわしいかもしれません。その際は、本書の著者写真をご参考に）。

さて、本書でまた注目されるのは三作連続のアメリカ探偵作家クラブ賞最優秀長篇賞受賞の可能性です。その六十年以上の歴史のなかで、レイモンド・チャンドラー、ジョン・ル・カレ、ロバート・B・パーカー、トマス・H・クック、マイクル・コナリーと錚々たる受賞者を誇る同賞ですが、複数回受賞したのは二回のジョン・ハートおよびT・J・パーカーと三回のディック・フランシスの三人だけです。『アイアン・ハウス』が受賞に輝けば、なんとジョン・ハートは四作にして巨匠フランシスに並ぶことになるのです。本書が発売されることには、候補作が発表されているはずです。さて、結果やいかに。

二〇一二年一月　早川書房編集部

本書は、二〇一二年一月にハヤカワ・ミステリ文庫版と同時に刊行されました。

HAYAKAWA POCKET MYSTERY BOOKS No. 1855

東《ひがし》野《の》さやか

上智大学外国語学部英語学科卒，
英米文学翻訳家
訳書
『川は静かに流れ』
『ラスト・チャイルド』ジョン・ハート
『ボストン、沈黙の街』ウィリアム・ランデイ
『逃亡のガルヴェストン』ニック・ピゾラット
（以上早川書房刊）他多数

この本の型は，縦18.4センチ，横10.6センチのポケット・ブック判です.

〔アイアン・ハウス〕

2012年1月20日印刷　　2012年1月25日発行

著　者　ジョン・ハート
訳　者　東野さやか
発行者　早川浩
印刷所　星野精版印刷株式会社
表紙印刷　大平舎美術印刷
製本所　株式会社川島製本所

発行所　株式会社　早川書房
東京都千代田区神田多町2－2
電話　03-3252-3111（大代表）
振替　00160-3-47799
http://www.hayakawa-online.co.jp

（乱丁・落丁本は小社制作部宛お送り下さい
送料小社負担にてお取りかえいたします）

ISBN978-4-15-001855-9 C0297
Printed and bound in Japan

ハヤカワ・ミステリ〈話題作〉

1838
# 卵をめぐる祖父の戦争
デイヴィッド・ベニオフ
田口俊樹訳

私の祖父は十八歳になるまえにドイツ人をふたり殺している……戦争の愚かさと若者たちの冒険を描く、傑作歴史エンタテインメント

1839
# 湖は餓えて煙《けぶ》る
ブライアン・グルーリー
青木千鶴訳

寂れゆく町で、挫折にまみれた地元紙記者が追う町の英雄の死の真相とは？　熱き友情と記者魂を描き、数多くの賞に輝いた注目作！

1840
# 殺す手紙
ポール・アルテ
平岡　敦訳

親友から届いた奇妙な手紙は、男を先の見えない事件の連続に巻き込む。密室不可能犯罪の巨匠が新機軸に挑んだ、サスペンスの傑作

1841
# 最後の音楽
イアン・ランキン
延原泰子訳

〈リーバス警部シリーズ〉退職が近づく中、反体制派ロシア人詩人が殺され、捜査が開始される。人気シリーズがついに迎える完結篇

1842
# 夜は終わらない
ジョージ・ペレケーノス
横山啓明訳

二十年越しの回文殺人事件をめぐり、正義を求める者たちが立ち上がる……家族の絆を軸に描く、哀切さに満ちた傑作。バリー賞受賞

ハヤカワ・ミステリ〈話題作〉

1843 午前零時のフーガ　レジナルド・ヒル　松下祥子訳

〈ダルジール警視シリーズ〉ダルジールの非公式捜査は背後の巨悪に迫る！　二十四時間でスピーディーに展開。本格の巨匠の新傑作

1844 寅《いん》申《しん》の刻　R・V・ヒューリック　和爾桃子訳

〈ディー判事シリーズ〉テナガザルの残した指輪を手掛かりに快刀乱麻の推理を披露する「通臂猿の朝」他一篇収録のシリーズ最終作

1845 二流小説家　デイヴィッド・ゴードン　青木千鶴訳

冴えない中年作家は収監中の殺人鬼より告白本の執筆を依頼される。作家は周囲を見返すため、一発逆転のチャンスに飛びつくが……

1846 黄昏に眠る秋　ヨハン・テオリン　三角和代訳

各紙誌絶賛！　スウェーデン推理作家アカデミー賞最優秀新人賞、英国推理作家協会賞最優秀新人賞ダブル受賞に輝く北欧ミステリ。

1847 逃亡のガルヴェストン　ニック・ピゾラット　東野さやか訳

すべてを失くしたギャングと、すべてを捨てようとした娼婦の危険な逃亡劇。二人の旅路の哀切に満ちた最後とは？　感動のミステリ

ハヤカワ・ミステリ〈話題作〉

1848
## 特捜部Q ―檻の中の女―
ユッシ・エーズラ・オールスン　吉田奈保子訳

未解決の重大事件を専門に扱うコペンハーゲン警察の新部署「特捜部Q」の活躍を描く、デンマーク発の警察小説シリーズ、第一弾。

1849
## 記者魂
ブルース・ダシルヴァ　青木千鶴訳

正義なき町で起こった謎の連続放火事件。ベテラン記者は執念の取材を続けるが……。アメリカ探偵作家クラブ賞最優秀新人賞受賞作

1850
## 謝罪代行社
ゾラン・ドヴェンカー　小津　薫訳

ひたすら車を走らせる「わたし」とは？　女を殺した「おまえ」の正体は？　謎めいた「彼」とは？　ドイツ推理作家協会賞受賞作。

1851
## ねじれた文字、ねじれた路
トム・フランクリン　伏見威蕃訳

自動車整備士ラリーは、ある事件を契機に少年時代の親友サイラスと再会するが……。英国推理作家協会賞ゴールド・ダガー賞受賞作

1852
## ローラ・フェイとの最後の会話
トマス・H・クック　村松　潔訳

歴史家ルークは、講演に訪れた街で、昔の知人ローラ・フェイと二十年ぶりに再会する。一晩の会話は、予想外の方向に。名手の傑作